ESTRELA DA MANHÃ

PIERCE
BROWN

ESTRELA DA MANHÃ

PIERCE BROWN

Tradução

Alexandre D'Elia

Título original: *Morning Star*

Publicado originalmente em inglês, segundo acordo com a Del Rey, um selo pertencente à Random House, divisão da Random House LLC, Penguin Random House Company, Nova York.

Editora responsável **Eugenia Ribas-Vieira**
Editora assistente **Sarah Czapski Simoni**
Capa **David G. Stevenson e Faceout Studio**
Ilustração da capa **David G. Stevenson**
Diagramação **Gisele Baptista de Oliveira e Diego de Souza Lima**
Preparação **Silvia Massimini Felix**
Revisão **Huendel Viana e Andressa Bezerra Corrêa**

Texto fixado conforme as regras do Acordo Ortográfico da Língua Portuguesa (Decreto Legislativo nº 54, de 1995).

CIP-BRASIL. CATALOGAÇÃO NA PUBLICAÇÃO
SINDICATO NACIONAL DOS EDITORES DE LIVROS, RJ

B897m
Brown, Pierce
Estrela da Manhã / Pierce Brown ; tradução Alexandre D'Elia. – 1. ed. – São Paulo : Globo Alt, 2016.
632 p. ; 23 cm.

Tradução de: *Morning Star*
ISBN 978-85-250-5953-6

1. Ficção americana. I. D'elia, Alexandre. II. Título.

16-31559 CDD: 813
CDU: 821.111(73)-3

1ª edição, 2016 - 1ª reimpressão, 2022

Editora Globo S.A.
Rua Marquês de Pombal, 25 – 20230-240 – Rio de Janeiro – RJ
www.globolivros.com.br

SUMÁRIO

Parte I 17
Espinhos

Parte II 129
Raiva

Parte III 339
Glória

Parte IV 477
Estrelas

Agradecimentos 627

À irmã,
que me ensinou a escutar.

MERCÚRIO
VÊNUS
LUA
TERRA
MARTE
PHOBOS
DEIMOS
LEGALISTAS
Planetas ainda alinhados
à Soberana.
CASA AUGUSTUS
Esferas sob o controle
do Chacal.

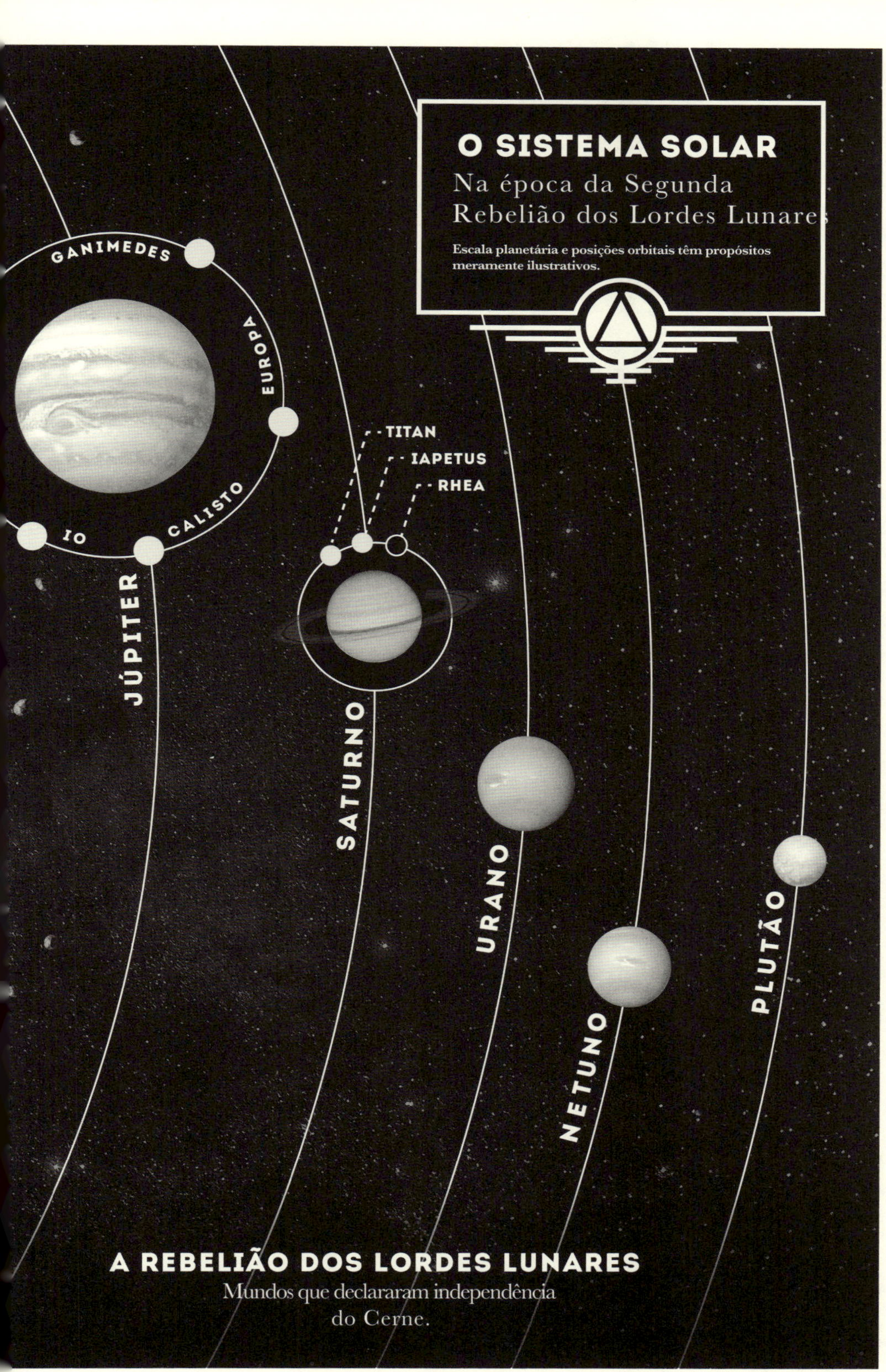
O SISTEMA SOLAR
Na época da Segunda Rebelião dos Lordes Lunares
Escala planetária e posições orbitais têm propósitos meramente ilustrativos.
GANIMEDES
EUROPA
CALISTO
IO
JÚPITER
TITAN
IAPETUS
RHEA
SATURNO
URANO
NETUNO
PLUTÃO
A REBELIÃO DOS LORDES LUNARES
Mundos que declararam independência do Cerne.

A HISTÓRIA ATÉ AGORA...

Fúria Vermelha

Darrow é um Vermelho, um mineiro humilde que trabalha como escravo abaixo da superfície de Marte. Ele labuta para tornar a superfície de seu planeta habitável para gerações futuras, mas ele e os de sua espécie foram traídos: a superfície é habitável e governada pelos inescrupulosos Ouros. Quando eles enforcam sua mulher por exprimir ideias rebeldes, Darrow junta-se a um grupo revolucionário conhecido como os Filhos de Ares. Com a ajuda dos Filhos, Darrow é enviado em uma missão cujo objetivo é destruir os alicerces da Sociedade a partir de seu interior.

Ele ingressa no Instituto, uma escola de treinamento para a elite Ouro que transforma adolescentes mimados nos melhores guerreiros da Sociedade. Lá, Darrow aprende os rudimentos bélicos e a navegar através das amizades frequentemente traiçoeiras, porém às vezes sinceras, e pelo complexo clima político dos Ouros. Somente mudando o paradigma e confiando em seus novos amigos Darrow torna-se capaz de superar o Instituto e todos os perigos nele contidos.

Filho Dourado

A partir de sua vitória no Instituto, Darrow ganha prestígio e uma posição como empregado do ArquiGovernador de Marte, Nero au Augustus. Todavia, Darrow descobre que é difícil estar à altura de sua própria lenda, à medida que ingressa na Academia, onde os Ouros treinam combates nave a nave. Superado por um rival da família de seu empregador, o valor de Darrow declina rapidamente aos olhos do ArquiGovernador, até que Darrow dá ao Ouro sedento de poder o que ele deseja: guerra civil.

Jogando o clã de Augustus contra os Bellona, Darrow instala o caos no seio da Sociedade. Após reunir um impressionante exército e alguns aliados dúbios, Darrow lidera um bem-sucedido ataque a Marte, tirando dos Bellona o controle do planeta. Mas no Triunfo celebrado em honra de sua vitória militar, a traição mais uma vez apresenta sua feição maligna e tudo pelo qual ele lutou é desfeito. Com seus amigos e aliados mortos ou desaparecidos, Darrow é capturado e sua identidade secreta é descoberta; o destino da rebelião encontra-se no fio da navalha...

DRAMATIS PERSONAE

Ouros

OCTAVIA AU LUNE — soberana da Sociedade atualmente no poder

LYSANDER AU LUNE — neto de Octavia, herdeiro da Casa Lune

ADRIUS AU AUGUSTUS/CHACAL — ArquiGovernador de Marte, irmão gêmeo de Virginia

VIRGINIA AU AUGUSTUS/MUSTANG — irmã gêmea de Adrius

MAGNUS AU GRIMMUS/LORDE ASH — o Arqui-Imperador da Soberana, pai de Aja

AJA AU GRIMMUS — a Cavaleira Multiforme, principal guarda-costas da Soberana

CASSIUS AU BELLONA — o Cavaleiro da Manhã, guarda-costas da Soberana

ROQUE AU FABII — Imperador da Armada Espada

ANTONIA AU SEVERUS-JULII — meia-irmã de Victra, filha de Agrippina

VICTRA AU JULII — meia-irmã de Antonia, filha de Agrippina

KAVAX AU TELEMANUS — chefe da Casa Telemanus, pai de Daxo e Pax

DAXO AU TELEMANUS — herdeiro e filho de Kavax, irmão de Pax

ROMULUS AU RAA — chefe da Casa Raa, ArquiGovernador de Io

CARDO — ex-Uivadora, agora tenente da Tropa dos Ossos

LILATH AU FARAN — companheira do Chacal, líder da Tropa dos Ossos

VIXUS AU SARNA — ex-Casa Marte, tenente da Tropa dos Ossos

MédioCores e baixoCores

TRIGG TI NAKAMURA — legionário, irmão de Holiday, um Cinza

HOLIDAY TI NAKAMURA — legionária, irmã de Trigg, uma Cinza

REGULUS AG SUN/QUICKSILVER — homem mais rico da Sociedade, um Prata

ALIA SNOWSPARROW — rainha das Valquírias, mãe de Ragnar e Sefi, uma Obsidiana

SEFI, A QUIETA — guerreira das Valquírias, filha de Alia e irmã de Ragnar

ORION XE AQUARII — capitã de nave, uma Azul

Filhos de Ares

DARROW DE LYKOS/CEIFEIRO — ex-Lanceiro da Casa Augustus, um Vermelho

SEVRO AU BARCA/DUENDE — Uivador, um Ouro

RAGNAR VOLARUS — Novo Uivador, um Obsidiano

DANCER — tenente de Ares, um Vermelho

MICKEY — Entalhador, um Violeta

Eu me levanto na escuridão, distanciando-me do jardim que eles regaram com o sangue dos meus amigos. O Ouro que matou minha mulher está morto ao meu lado em cima do deque frio de metal: sua vida foi extinta pelas mãos do próprio filho.

O vento de outono flagela meus cabelos. A nave ruge lá embaixo. Ao longe, chamas de fricção rasgam a noite num brilhante tom alaranjado. São os Telemanus descendo da órbita para me resgatar. É melhor que não façam isso. É melhor deixarem a escuridão me possuir e permitirem que os abutres se empastelem sobre meu corpo paralisado.

As vozes dos meus inimigos ecoam atrás de mim. São demônios gigantescos com rostos de anjos. O menor deles se curva e acaricia minha cabeça enquanto olha para seu pai morto.

— É sempre assim que a história termina — diz ele. — Não com seus gritos. Não com sua raiva. Mas com seu silêncio.

Roque, o que me traiu, está sentado no canto. Ele era meu amigo. Tinha o coração gentil demais para sua Cor. Agora ele vira a cabeça e eu vejo suas lágrimas. Mas elas não são para mim. São para ele mesmo, pelo que perdeu. Por aqueles que eu tirei dele.

— Não há nenhum Ares pra te salvar. Nenhuma Mustang pra te amar. Você está sozinho, Darrow. — Os olhos do Chacal estão distantes e quietos. — Como eu. — Ele ergue uma máscara preta desprovida de olhos e com uma focinheira e a ajusta no meu rosto, escurecendo minha visão. — É assim que isso acaba.

Para me machucar, ele assassinou aqueles que amo.

Mas há esperança naqueles que ainda vivem. Em Sevro. Em Ragnar e Dancer. Penso em todo o meu povo amarrado na escuridão. Em todas as Cores que existem em todos os mundos, agrilhoadas e acorrentadas para que os Ouros possam exercer o poder, e sinto a raiva queimar em meio ao buraco que ele entalhou na minha alma. Não estou sozinho. Não sou a vítima dele.

Portanto, deixe que ele faça o pior. Eu sou o Ceifeiro.

Eu sei como sofrer.

Eu conheço a escuridão.

Não é assim que isso acaba.

Parte I
ESPINHOS

Per aspera ad astra.

1

APENAS A ESCURIDÃO

Bem no fundo da escuridão, distante do calor e do sol e das luas, estou deitado, quieto como a pedra que me cerca: meu corpo aprisionado está curvado no interior de um útero pavoroso. Não consigo me levantar. Não consigo me esticar. Consigo apenas encolher o corpo até virar uma bola, um fóssil definhado do homem que fui outrora. Minhas mãos estão algemadas atrás das costas. Estou nu sobre a rocha fria.

Estou inteiramente só com a escuridão.

Parece que se passaram meses, anos, milênios desde que meus joelhos se distenderam, desde que minha coluna cervical se esticou abandonando a posição envergada. A dor é enlouquecedora. Minhas juntas estão fundidas como ferro oxidado. Quanto tempo se passou desde que vi meus amigos Ouros sangrando na grama? Desde que senti o delicado Roque beijar meu rosto enquanto me partia o coração?

O tempo não é um rio.

Não aqui.

Neste túmulo, o tempo é a pedra. É a escuridão, permanente e inflexível; sua única medida são pêndulos gêmeos da vida — minha respiração e meus batimentos cardíacos.

Dentro. *Buh...bump. Buh...bump.*

Fora. *Buh...bump. Buh...bump.*

Dentro. *Buh...bump. Buh...bump.*

E isso se repete ao infinito. Até... Até quando? Até que eu morra de velhice? Até que que eu esmague meu crânio de encontro à pedra? Até que eu despedace com os dentes os tubos que os Amarelos ataram à parte inferior do meu abdome para forçar os nutrientes a entrarem e os dejetos a saírem do meu organismo?

Ou até que eu enlouqueça?

— Não. — Eu cerro os dentes.

Simmmmmm.

— É apenas a escuridão. — Eu inspiro. Me acalmo. Toco as paredes no meu padrão tranquilizador. Costas, dedos, cóccix, calcanhares, dedos do pé, joelhos, cabeça. Repito. Uma dúzia de vezes. Uma centena. Por que não ter certeza? Façamos mil vezes.

Sim. Estou sozinho.

Eu podia ter imaginado que existissem fatalidades piores do que essa, mas agora sei que não há nenhuma. O homem não é uma ilha. Precisamos daqueles que nos amam. Precisamos daqueles que nos odeiam. Precisamos que os outros nos liguem à vida, que nos deem uma razão para viver, para sentir. Tudo o que tenho é a escuridão. Às vezes eu grito. Às vezes eu rio durante a noite, durante o dia. Quem sabe agora? Eu rio para passar o tempo, para exaurir as calorias que o Chacal me fornece e para fazer meu corpo estremecer até que adormeça.

Eu choro também. Cantarolo. Assobio.

Escuto as vozes lá em cima. Elas vêm até mim do interminável mar de escuridão. E com elas também vem o enlouquecedor tilintar das correntes e ossos, vibrando através das paredes da minha prisão. Tudo está tão próximo, ainda que a milhares de quilômetros de distância, como se todo um mundo existisse além da escuridão e eu não pudesse enxergá-lo, não pudesse tocá-lo, saboreá-lo, senti-lo ou penetrar aquele véu para pertencer novamente ao mundo. Estou aprisionado na solidão.

Ouço as vozes agora. As correntes e os ossos escorrem com estrépito através da minha prisão.

As vozes são minhas?

Eu rio da ideia.

Eu xingo.

Eu conspiro. *Mate. Assassine. Estripe. Estraçalhe. Queime.*

Eu imploro. Eu alucino. Eu barganho.

Choramingo preces a Eo, feliz por ela ter sido poupada de uma fatalidade como essa. *Ela não está escutando.*

Canto baladas da infância e recito *A terra moribunda*, *O acendedor de lampiões*, o *Ramayana*, a *Odisseia* em grego e latim, e em seguida nas línguas perdidas: árabe, inglês, chinês e alemão, forçando a memória para lembrar dos dataDrops que Matteo me deu quando eu mal saíra da adolescência. Em busca da força do obstinado argivo que desejava apenas encontrar o caminho de volta à sua casa.

Você esquece o que ele fez.

Odisseu era um herói. Ele quebrou os muros de Troia com seu cavalo de madeira. Como eu quebrei os exércitos dos Bellona na Chuva de Ferro sobre Marte.

E então...

— Não — eu rebato. — Quieto.

... homens entraram em Troia. Encontraram mães. Encontraram crianças. Adivinhe o que eles fizeram?

— Cale-se!

Você sabe o que eles fizeram. Osso. Suor. Carne. Cinzas. Choro. Sangue.

A escuridão cacareja de regozijo.

Ceifeiro, Ceifeiro, Ceifeiro... Todos os feitos duradouros estão manchados de sangue.

Estou adormecido? Estou acordado? Perdi o rumo. Tudo está sangrando ao mesmo tempo, afogando-me em visões e sussurros e sons. Toda hora eu puxo os pequenos e frágeis tornozelos de Eo. Arrebento a cara de Julian. Ouço Pax e Quinn e Tactus e Lorn e Victra darem seus últimos suspiros. Tanta dor. E para quê? Para fracassar com minha mulher. Para fracassar com meu povo.

E fracassar com Ares. Fracassar com seus amigos.

Quantos ao menos ainda restam?

Sevro? Ragnar?

Mustang?

Mustang. E se ela souber que estou aqui... E se ela não der a mínima para isso... E por que daria? Foi você quem traiu. Foi você quem mentiu. Foi você que usou a mente dela. O corpo dela. O sangue dela. Você lhe mostrou sua verdadeira face e ela fugiu. E se foi ela? E se ela o traiu? Você conseguiria amá-la nesse caso?

— Cale-se! — berro para mim mesmo, para a escuridão.

Não pense nela. Não pense nela.

Por que nunca posso pensar nela? Você sente saudades dela.

Uma visão de Mustang é gerada na escuridão como tantas outras antes — uma garota cavalgando para longe de mim por um campo gramado, virando-se na sua sela e rindo para que eu a seguisse. Com os cabelos ondulando como ondularia o feno de verão adejando da carroça de um lavrador.

Você anseia por ela. Você a ama. A garota Dourada. Esqueça aquela piranha Vermelha.

— Não. — Bato a cabeça na parede. — É só o escuro — sussurro. É só o escuro pregando peças na minha mente. Mas ainda assim eu tento esquecer Mustang, Eo. Não há mundo além desse lugar. Não posso sentir falta do que não existe.

O sangue morno respinga pela minha testa de antigas feridas, agora recentemente reabertas. Ele escorre pelo meu nariz. Estico a língua, sondando a pedra fria até encontrar as gotas. Saboreio o sal, o ferro marciano. Lentamente. Lentamente. Deixo a novidade da sensação durar. Deixo o sabor perdurar e lembro a mim mesmo de que sou um homem. Um Vermelho de Lykos. Um Mergulhador-do-Inferno.

Não. Você não é. Você não é nada. Sua mulher o abandonou e roubou seu filho. Sua puta lhe deu as costas. Você não era bom o bastante. Você era orgulhoso demais. Estúpido demais. Perverso demais. Agora, você foi esquecido.

Fui?

Quando vi pela última vez a garota Dourada, eu estava de joelhos ao lado de Ragnar nos túneis de Lykos, pedindo a Mustang que traísse seu próprio povo e vivesse por algo maior. Eu sabia que, se ela escolhesse se juntar a nós, o sonho de Eo floresceria. Um mundo melhor estava nas pontas dos nossos dedos. Em vez disso, ela partiu. Será que ela conseguiu me esquecer? Será que seu amor por mim acabou?

Ela amava apenas sua máscara.

— É só o escuro. Só o escuro. Só o escuro — murmuro cada vez mais rápido.

Eu não deveria estar aqui.

Eu deveria estar morto. Depois da morte de Lorn, eu deveria ter sido dado a Octavia, para que seus Entalhadores pudessem me dissecar e descobrir os segredos de como me tornei um Ouro. Para ver se poderia haver outros como eu. Mas o Chacal fez uma barganha. Ele me manteve para si mesmo. Ele me torturou nesta propriedade em Attica, perguntando-me sobre os Filhos de Ares, sobre Lykos e minha família. Sem jamais me contar como descobriu meu segredo. Eu implorei a ele que acabasse com minha vida.

No fim, ele me deu a pedra.

— Quando tudo está perdido, a honra exige a morte — Roque me disse certa vez. — É um fim nobre. — Mas o que um poeta rico poderia saber sobre a morte? Os pobres conhecem a morte. Os escravos conhecem a morte. Mas mesmo enquanto anseio por ela, eu a temo. Porque quanto mais vejo deste mundo cruel, menos acredito que ele acabe em alguma agradável ficção.

O Vale não é real.

É uma mentira contada por mães e pais para dar aos seus filhos famintos um motivo para o horror. Não há motivo. Eo se foi. Ela jamais me viu lutar pelo seu sonho. Ela não ligava para o destino que eu pudesse vir a ter no Instituto ou para o fato de eu amar ou não Mustang, porque no dia em que morreu ela se tornou nada. Não há nada além deste mundo. É nosso começo e nosso fim. Nossa única chance de alegria antes do fim.

Sim. Mas você não precisa ter um fim. Você pode escapar deste lugar, sussurra a escuridão para mim. *Diga as palavras. Diga. Você sabe o caminho.*

Está certo. Eu sei.

— Tudo o que você precisa dizer é "Eu estou arrebentado", e isso acabará — disse o Chacal muito tempo atrás, antes de me empurrar para este inferno aqui embaixo. — Eu vou te colocar numa propriedade linda pelo resto dos seus dias e te enviar Rosas acolhedoras e belas e comida o bastante pra te deixar mais gordo do que Lorde Ash. Mas as palavras têm um preço.

Dê valor a elas. Salve-se. Ninguém mais o fará.

— Esse preço, caro Ceifeiro, é sua família.

A família que ele arrancou de Lykos com seus mestiços e agora mantém na prisão nos intestinos da sua fortaleza em Attica. Sem jamais permitir que eu os veja. Sem jamais permitir que eu lhes diga que os amo, e que sinto muito por não ter sido forte o suficiente para protegê-los.

— Eles vão ser dados como alimento aos prisioneiros dessa fortaleza — disse ele. — Esses homens e mulheres que você pensa que podem exercer o poder no lugar dos Ouros. Assim que você enxergar o lado animalesco no homem, vai saber que eu estou certo e que você está errado. Os Ouros devem exercer o poder.

Deixe-os ir, diz a escuridão. *O sacrifício é prático. É sábio.*

— Não... Não vou deixar...

Sua mãe iria querer que você continuasse vivo.

Não a esse preço.

Que homem poderia agarrar para si o amor de uma mãe? Viva. Por ela. Por Eo.

Será que ela poderia querer algo assim? A escuridão está certa? Afinal de contas, eu sou importante. Eo dizia isso. Ares dizia isso; ele me escolheu. Eu, dentre todos os Vermelhos. Posso romper as correntes. Posso viver por mais. Não é egoísmo da minha parte escapar dessa prisão. No grande esquema das coisas, é algo altruísta.

Sim. Altruísta, de fato...

Minha mãe me imploraria para que eu fizesse esse sacrifício. Kieran entenderia. E também sua irmã. Posso salvar outras pessoas. O sonho de Eo precisa se tornar real, não importa o custo. É minha responsabilidade perseverar. É meu direito.

Diga as palavras.

Bato com força a cabeça na pedra e berro para a escuridão desaparecer. Ela não pode me ludibriar. Ela não pode me fazer ceder.

Você não sabia? Todos os homens cedem.

Seu cacarejo altissonante debocha de mim, estendendo-se infinitamente.

E eu sei que ela está certa. Todos os homens cedem. Eu já fiz isso, sob a tortura que ele me infligiu. Contei-lhe que era de Lykos. Onde ele poderia encontrar minha família. Mas há uma saída, uma saída que possa honrar o que eu sou. O que Eo amava. Que possa silenciar as vozes.

— Roque, você estava certo — sussurro. — Você estava certo. — Só quero ir para casa. Sumir daqui. Mas não posso ter isso. Tudo o que restou, o único caminho honroso para mim é a morte. Antes que eu traia ainda mais a pessoa que sou.

A morte é a saída.

Não seja tolo. Pare. Pare.

Projeto minha cabeça de encontro à parede com uma força ainda maior do que a anterior. Não para punir, mas para matar. Para acabar comigo mesmo. Se não existe fim prazeroso para este mundo, então o nada será suficiente. Mas se houver um Vale além deste plano, eu o encontrarei. Estou indo, Eo. Por fim, estou indo.

— Eu te amo.

Não. Não. Não. Não. Não.

Bato mais uma vez a cabeça com toda a força de encontro à pedra. O calor escorre pelo meu rosto. Fagulhas de dor dançam no negrume. A escuridão geme para mim, mas eu não paro.

Se isso é o fim, irei com raiva na direção dele.

Contudo, assim que recuo a cabeça para desferir um último e grandioso golpe, a existência rosna e ruge como um terremoto. Não a escuridão. Algo além. Algo na própria pedra, que fica mais altissonante e mais profundo acima de mim, até que a escuridão racha e uma flamejante espada de luz descai sobre mim com fúria.

2

PRISIONEIRO L17L6363

O teto se desfaz. A luz queima meus olhos. Eu os cerro com força enquanto o chão da minha cela se eleva até que, com um estalo, ele para e eu repouso, exposto, sobre uma achatada superfície de pedra. Empurro as pernas e arquejo, quase desmaiando de dor. As juntas estalam. Os tendões retesados se soltam. Luto para reabrir meus olhos de encontro à luz furiosa. As lágrimas os preenchem. A luz é tão forte que consigo apenas captar lampejos do mundo ao meu redor.

Fragmentos de vozes estranhas me cercam.

— Adrius, o que é isso?

— ... ele ficou ali durante todo esse tempo?

— O fedor...

Estou deitado sobre uma pedra. Ela se estende ao meu redor de ambos os lados. Preta, ondulante em tons azuis e púrpuras, como a casca de um besouro creoniano. Um chão? Não. Vejo xícaras. Pires. Um carrinho de café. Trata-se de uma mesa. Esta era minha prisão. Não um abismo hediondo. Apenas uma base de mármore com um metro de largura, doze metros de extensão e um centro oco. Eles comiam a centímetros de mim todas as noites. Os distantes sussurros que eu ouvia na escuridão eram suas vozes. O tilintar da prataria e das travessas era minha única companhia.

— Que barbaridade...

Agora me lembro. Esta é a mesa na qual o Chacal se sentava quando eu o visitei depois de me recuperar dos ferimentos que recebi durante a Chuva de Ferro. Será que já nessa época ele planejava minha prisão? Eu estava usando um capuz quando eles me puseram aqui. Eu imaginava estar nos intestinos da fortaleza dele. Mas não. Trinta centímetros de pedra separavam seus jantares do meu inferno.

Levanto os olhos da bandeja de café ao lado da minha cabeça. Uma pessoa está olhando fixo para mim. Muitas pessoas. Não consigo enxergá-las em meio às lágrimas e ao sangue nos meus olhos. Eu me contorço para me afastar, encolhendo-me como uma toupeira cega desenterrada pela primeiríssima vez. Estou perplexo e aterrorizado demais para lembrar de orgulho ou de ódio. Mas sei que ele está me encarando. O Chacal. Um rosto infantil num corpo delgado, com cabelos da cor de areia repartidos de lado. Ele limpa a garganta.

— Meus estimados convidados. Permitam-me apresentar meu prisioneiro L17L6363.

Seu rosto é ao mesmo tempo céu e inferno.

Ver outro homem…

Saber que não estou sozinho…

Mas depois, lembrar o que ele fez comigo… despedaça minha alma.

Outras vozes deslizam e ribombam, ensurdecedoras no seu volume. E, mesmo encolhido como estou, sinto algo além dos ruídos deles. Algo natural e delicado e gentil. Algo que a escuridão me convenceu que eu jamais voltaria a sentir. Vagando suavemente através de uma janela aberta, beijando minha pele.

Uma brisa invernal penetra no fedor úmido e carnoso da minha imundície e me faz pensar que em algum lugar uma criança está correndo em disparada pela neve em meio às árvores, passando as mãos por cascos e agulhas de pinheiro e recebendo seiva nos cabelos. Trata-se de uma lembrança que eu sei que jamais tive, mas sinto como se devesse ter tido. Essa é a vida que eu teria querido. O filho que eu poderia ter tido.

Eu choro. Menos por mim do que por aquele menino que pensa que vive num mundo gentil, onde a mãe e o pai são tão grandes e fortes quanto montanhas. Se ao menos eu pudesse ser tão inocente de novo. Se ao menos eu soubesse que esse momento não é uma enganação. Mas é. O Chacal não dá coisa alguma a não ser para tomar em seguida. Logo a luz será uma lembrança e a escuridão retornará. Mantenho meus olhos bem cerrados, escutando o sangue caído do meu rosto secar sobre a pedra, e espero a mudança.

— Maldição, Augustus. Isso era mesmo necessário? — ronrona uma matadora felina, com o sotaque rouco abafado naquela indolente cadência de Luna aprendida nas quadras da Colina Palatina, onde todos são menos impressionados com tudo do que qualquer outros. — Ele tem cheiro de morte.

— Suor fermentado e pele morta debaixo de grilhões magnéticos. Está vendo a crosta amarelada nos antebraços dele, Aja? — repara o Chacal. — Mesmo assim, ele está muito saudável e pronto pros seus Entalhadores. Tendo em vista tudo o que ocorreu.

— Você o conhece melhor do que eu — diz Aja para uma outra pessoa. — Certifique-se de que é ele mesmo e não um impostor.

— Você duvida da minha palavra? — pergunta o Chacal. — Você me magoa.

Eu estremeço, sentindo alguém se aproximar.

— Por favor. Pra isso você iria precisar de um coração, ArquiGovernador. E você possui muitos dons, é verdade. Esse órgão, contudo, sinto muito, mas está ausente na sua pessoa.

— Você me elogia demais.

Colheres tilintam de encontro à porcelana. Gargantas são limpas. Eu anseio por poder tapar os ouvidos. Há sons em excesso, informações em excesso.

— Dá realmente pra ver o Vermelho nele agora. — É uma voz feminina, fria e culta, proveniente do norte de Marte. Mais brusca do que o sotaque de Luna.

— Exato, Antonia! — responde o Chacal. — Eu tinha muita curiosidade pra ver como foi a transformação dele. Um membro do gênero Áurico jamais poderia ser tão reles quanto essa criatura aqui diante de nós. Você sabe, ele me pediu a morte antes que eu o enfiasse aí dentro.

Começou a choramingar sobre isso. A ironia é que ele podia ter se matado assim que quisesse. Mas não o fez, porque alguma parte dele sentia prazer nesse buraco. Entenda, os Vermelhos há muito tempo se adaptaram à escuridão. Como minhocas. Não há nenhum orgulho no rosto enferrujado dessa gente. Ele estava em casa aí embaixo. Mais do que jamais esteve na nossa companhia.

Agora me lembro do ódio.

Abro os olhos para que eles saibam que os estou vendo. Que os estou ouvindo. No entanto, assim que meus olhos se abrem, eles são atraídos não para meus inimigos, mas para a vista invernal que se espalha janelas afora atrás dos Ouros. Lá, seis dos sete picos montanhosos de Attica cintilam à luz matinal. Edifícios de metal e vidro formam cristas em pedra e neve, e bocejam na direção do céu azul. Pontes suturam os picos conjuntamente. A neve cai aos poucos. É uma miragem baça para meus cavernosos olhos míopes.

— Darrow? — Conheço a voz dele. Viro um pouco a cabeça para ver uma das suas mãos calosas na beirada da mesa. Estremeço, pensando que ele me atacará. Isso não ocorre. Mas o dedo médio da mão sustenta a águia dourada dos Bellona. A família que eu destruí. A outra mão pertence ao braço que decepei em Luna quando duelamos pela última vez, o que foi refeito por Zanzibar, o Entalhador. Dois anéis com cabeças de lobos da Casa Marte circundam esses dedos. Um deles é meu. O outro é dele. Cada um dos anéis vale a vida de um jovem Ouro.
— Você me reconhece? — pergunta ele.

Levanto a cabeça para olhar seu rosto. Posso estar destroçado, mas Cassius au Bellona não está obscurecido pela guerra ou pelo tempo. Muito mais belo do que a lembrança poderia jamais permitir, ele pulsa com vida. Mais de dois metros de altura. Ele veste o manto branco e dourado de Cavaleiro da Manhã, e seus cabelos encaracolados são lustrosos como o rastro de uma estrela cadente. Ele está bem barbeado, e seu nariz está ligeiramente torto devido a uma fratura recente. Quando nossos olhos se encontram, faço tudo o que posso para não começar a soluçar. Ele olha para mim de um modo triste, quase carinhoso. Que sombra de mim mesmo eu devo ser para merecer pena de um homem que feri tão profundamente.

— *Cassius* — eu murmuro, sem nenhum outro intuito além de dizer seu nome. De falar com um outro ser humano. De ser ouvido.

— E? — pergunta Aja au Grimmus atrás de Cassius. A mais violenta das Fúrias da Soberana usa a mesma armadura que estava usando quando nos encontramos pela primeira vez no espigão da Cidadela em Luna, na noite em que Mustang me resgatou e Aja espancou Quinn até a morte. Ela está arranhada. Desgastada pelas batalhas. O medo se sobrepõe ao meu ódio, e mais uma vez eu desvio o olhar da mulher de pele escura.

— Ele está vivo, então — diz Cassius num sussurro. Ele se vira para o Chacal. — O que você fez com ele? As cicatrizes…

— Na minha opinião, seria algo óbvio — diz o Chacal. — Eu desfiz o Ceifeiro.

Finalmente baixo os olhos na direção do meu corpo, passando primeiro pela minha barba repugnante, para ver o que ele quer dizer com suas palavras. Eu sou um cadáver, esquelético e pálido. As costelas irrompem da pele, mais magras do que nata de leite morno. Os joelhos se projetam de pernas raquíticas. As unhas dos pés ficaram longas e com formato de garra. Cicatrizes provenientes das torturas do Chacal salpicam minha pele. Os músculos definharam. E tubos que me impedem de morrer na escuridão irrompem da minha barriga, como cordões umbilicais pretos e fibrosos que me mantêm ancorado ao chão da minha cela.

— Quanto tempo ele ficou aí? — pergunta Cassius.

— Três meses de interrogatório e depois nove meses de solitária.

— Nove…

— Como é apropriado. A guerra não deveria nos fazer abandonar as metáforas. Apesar de tudo, não somos selvagens, hein, Bellona?

— As sensibilidades de Cassius estão ofendidas, Adrius — diz Antonia do seu lugar próximo ao Chacal. Ela é uma maçã envenenada em forma de mulher. Resplandecente, brilhante e promissora, mas podre e cancerosa até o cerne. Ela matou minha amiga Lea no Instituto. Pôs uma bala na cabeça da própria mãe, e em seguida outras duas na coluna da sua irmã Victra. Agora ela está aliada ao Chacal, um homem que a crucificou no Instituto. Que mundo. Atrás de Antonia se encontra Cardo, de rosto escuro, no passado uma Uivadora, agora membro da Tropa dos Ossos do Chacal, como se pode ver pela flâmula representando a caveira de um pássaro localizada no seu peito. Ela olha para o chão em vez de me encarar. Sua capitã é a calva Lilath, que se senta à direita do Chacal. Sua matadora pessoal favorita desde os tempos do Instituto.

— Perdoem-me se deixo de enxergar o propósito em se torturar um inimigo derrotado — responde Cassius. — Sobretudo se ele já forneceu todas as informações que tem a fornecer.

— O propósito? — O Chacal olha fixamente para ele, com os olhos quietos, enquanto explica. — O propósito é punição, meu bom homem. Essa... *coisa* presumia pertencer a nós. Como se fosse um igual, Cassius. Um superior, inclusive. Ele debochou de nós. Dormiu com minha *irmã*. Riu de nós e nos fez de tolos antes de o descobrirmos. Ele precisa saber que não foi por acaso que ele perdeu, mas por pura inevitabilidade. Vermelhos sempre foram criaturinhas astuciosas. E ele, meus amigos, é a personificação do que eles desejam ser, do que serão se permitirmos. Portanto, deixo o tempo e a escuridão refazê-lo nos moldes do que ele realmente é. Um *Homo flammeus*, pra usar o novo sistema de classificação que eu propus ao Comitê. Não há quase nenhuma diferença em relação ao *Homo sapiens* na linha de tempo evolucionária. O resto era apenas uma máscara.

— Você quer dizer que ele fez de *você* um tolo — analisa Cassius — quando seu pai preferiu um Vermelho entalhado ao seu herdeiro de sangue? É disso que se trata, *Chacal*. A petulante vergonha de um rapaz não amado e não querido.

O Chacal se contrai diante dessas palavras. Aja está igualmente insatisfeita com o tom do seu jovem companheiro.

— Darrow tirou a vida de Julian — diz Antonia. — Depois chacinou sua família. Cassius, ele enviou matadores pra degolar os filhos do seu sangue quando estavam escondidos nas Luas de Olimpo. Alguém pode muito bem imaginar o que sua mãe pensaria da pena dele.

Cassius os ignora, virando a cabeça na direção dos Rosas na extremidade da sala.

— Arranjem um cobertor pro prisioneiro.

Eles não se movem.

— Que modos. Até você, Cardo? — Ela não oferece nenhuma resposta. Bufando de desprezo, Cassius despe seu manto branco e o deposita sobre meu corpo trêmulo. Por um momento, ninguém fala coisa alguma, tão aturdidos pelo ato quanto eu.

— *Obrigado* — crocito. Mas ele desvia o olhar do meu rosto descarnado. Pena não é perdão, nem gratidão é absolvição.

Lilath dá uma risada resfolegante sem levantar os olhos da tigela que contém ovos de beija-flor cozidos. Ela se refestela com eles como se fossem balas.

— Há *um* ponto em que a honra se torna uma falha de caráter, Cavaleiro da Manhã. — Sentada ao lado do Chacal, a mulher calva levanta a cabeça e espia Aja com olhos semelhantes aos das enguias dos mares cavernosos de Vênus. Outro ovo é engolido. — O velho Arcos aprendeu da maneira mais difícil.

Aja não responde, seus modos são impecáveis. Mas um silêncio mortífero se forma dentro da mulher, um silêncio que me lembra os momentos que antecederam o assassinato de Quinn perpetrado por ela. Lorn a ensinou a usar a lâmina. Ela não vai gostar de ver o nome dele ridicularizado. Lilath engole avidamente mais um ovo, sacrificando os modos pelo insulto.

Há uma animosidade entre essas duas aliadas, como sempre ocorre com pessoas dessa estirpe. Mas isso significa uma contumaz nova divisão entre os antigos Ouros e a nova raça mais moderna do Chacal.

— Somos todos amigos aqui — diz o Chacal de modo brincalhão. — Olhe os modos, Lilath. Lorn era um Ouro Férreo que simplesmente escolheu o lado errado. Portanto, Aja, estou curioso. Agora que o prazo estipulado por mim pra manter o Ceifeiro se encerrou, vocês ainda planejam dissecá-lo?

— Planejamos, sim — diz Aja. Eu não devia ter agradecido a Cassius, afinal de contas. Sua honra não é verdadeira. É apenas sanitária. — Zanzibar está curioso pra descobrir como ele foi feito. Ele tem lá as teorias dele, mas está ansioso pra colocar as mãos no espécime. Estávamos esperando capturar o Entalhador que fez o serviço, mas achamos que ele pereceu num ataque de mísseis em Kato, na província de Alcidalia.

— Ou eles querem que você ache isso — diz Antonia.

— Você já o teve aqui no passado, não teve? — pergunta Aja incisivamente.

O Chacal balança a cabeça, concordando.

— O nome dele é Mickey. Perdeu a licença depois que entalhou um nascimento Áurico ilegal. A família tentou poupar a criança do abandono. De uma forma ou de outra, ele se especializou no mercado negro de mods de prazeres aéreos e aquáticos depois disso. Era dono de uma loja de entalhes em Yorkton antes de os Filhos o recrutarem pra um trabalho especial. Darrow o ajudou a escapar da minha custódia. Se vocês querem saber minha opinião, ele ainda está vivo. Meus agentes afirmam que ele está localizado em Tinos.

Aja e Cassius trocam olhares.

— Se você tem uma pista do paradeiro dele em Tinos, é preciso que a compartilhe conosco agora — diz Cassius.

— Ainda não tenho nada definitivo. Tinos está bem... escondido. E ainda temos que capturar um dos capitães de nave situados lá... com vida. — O Chacal toma um gole do seu café. — Mas temos várias coisas em andamento, e vocês serão os primeiros a saber caso surja alguma informação deles. Embora eu imagine que minha Tropa dos Ossos tenha grande interesse em pôr as mãos nos Uivadores antes de qualquer um. Estou certo, Lilath?

Tento não me agitar diante da menção desse nome. Mas é difícil. Eles estão vivos. Alguns deles, pelo menos. E eles escolheram os Filhos de Ares em detrimento dos Ouros...

— Sim, senhor — diz Lilath, estudando-me. — Seria um deleite pra nós, uma verdadeira caçada. Lutar com a Legião Vermelha e com os outros insurgentes é uma chatice, até mesmo pra Cinzas.

— A Soberana necessita de nós em casa, de uma forma ou de outra, Cassius — diz Aja. Então, voltando-se para o Chacal: — Partiremos assim que minha legião Treze levantar acampamento na Bacia Golan. Provavelmente ao amanhecer.

— Você vai levar suas legiões de volta a Luna?

— Apenas a Treze. O resto permanecerá sob sua supervisão.

O Chacal demonstra surpresa.

— Minha supervisão?

— Um empréstimo a você até que esse... *Levante* tenha sido inteiramente sufocado. — Ela praticamente cospe a palavra. Mais uma novidade para meus ouvidos. — É uma prova da confiança da Soberana. Você sabe que ela está satisfeita com seu progresso aqui.

— Apesar dos seus métodos — acrescenta Cassius, atraindo um olhar irritado de Aja.

— Bom, se vocês estão partindo amanhã de manhã, deviam evidentemente jantar comigo essa noite. Estou querendo discutir certas... questões concernentes aos rebeldes na Borda. — O Chacal é vago porque estou escutando. Informação é a arma dele: sugere que meus amigos me traíram, jamais dizendo quais. Solta indícios e pistas durante minha tortura, antes de eu ser levado para a escuridão. Um Cinza conta a ele que sua irmã está esperando no salão. Seus dedos cheiram a chá de chai espumoso, a bebida favorita da sua irmã. Será que ela sabe que estou aqui? Será que ela se sentou a esta mesa? O Chacal ainda está tagarelando. É difícil rastrear as vozes. Quanto mais decifrá-las. Há vozes em excesso.

— ... vou mandar meus homens limparem Darrow pras viagens que ele fará e nós poderemos dar um banquete de proporções trimalquianas depois da nossa discussão. Eu sei que os Volox e os Coriolanus ficariam deliciados em vê-los novamente. Faz muito tempo desde a última vez que tive uma companhia tão augusta quanto dois Cavaleiros Olímpicos. Vocês estão quase sempre no campo de batalha, perambulando pelas províncias, caçando através dos túneis e dos guetos. Quanto tempo faz desde que vocês tiveram uma refeição digna sem preocupações em função de ataques noturnos ou de explosões suicidas?

— Um tempo curto — admite Aja. — Nós aceitamos a hospitalidade dos Irmãos Rath quando passamos por Thessalonica. Eles estavam ansiosos pra demonstrar sua lealdade depois do... comportamento que tiveram durante a Chuva de Leão. Foi... desconcertante.

O Chacal ri.

— Temo que meu jantar seja maçante em comparação a isso. Ultimamente só me aparecem políticos e soldados. Essa maldita guerra tem posto muitos empecilhos no meu calendário social, como vocês podem muito bem imaginar.

— Certamente não é sua reputação pra hospitalidade? — pergunta Cassius. — Ou será sua dieta?

Aja suspira, tentando esconder o fato de estar se divertindo.

— Modos, Bellona.

— Não há o que temer... a inimizade entre nossas casas é difícil de ser esquecida, Cassius. Mas precisamos encontrar um terreno comum em tempos como os que estamos vivendo. Pelo bem dos Ouros. — O Chacal sorri, embora em seu íntimo eu saiba que ele está visualizando as cabeças dos dois sendo serradas com uma faca mal amolada. — De qualquer maneira, nós todos temos nossas histórias de colégio. Não tenho nenhuma vergonha em admitir isso.

— Há uma *outra* questão que gostaríamos de discutir — diz Aja.

É a vez de Antonia suspirar.

— Eu disse pra você que haveria. O que nossa Soberana está requerendo agora?

— É algo que tem a ver com o que Cassius mencionou antes.

— Meus métodos — confirma o Chacal.

— Exato.

— Pensei que a Soberana estivesse satisfeita com o esforço de pacificação.

— Ela está, mas...

— Ela pediu ordem. Eu providenciei. O hélio-3 continua a fluir, com um decréscimo de apenas 3,2% na produção. O Levante está ficando sem ar; logo Ares será encontrado e Tinos e tudo isso aqui será passado. É Fabii quem está levando seu...

Aja interrompe.

— É o esquadrão da morte.

— Ah.

— E os protocolos de liquidação que você instituiu nas minas rebeldes. Ela está preocupada com a possibilidade de que a severidade dos seus métodos contra os baixoVermelhos crie uma reação comparável aos reveses anteriores que tivemos em termos de propaganda. Houve explosões de bombas na Colina Palatina. Ataques em latifúndios na Terra. Até mesmo protestos no portão da própria Cidadela. O espírito de rebelião está vivo, mas fraturado. E deve permanecer assim.

— Duvido que vejamos mais protestos depois que os Obsidianos forem enviados — diz Antonia com ar presunçoso.

— Mesmo assim…

— Não há perigo de que minhas táticas alcancem o olho público. As habilidades dos Filhos em propagar suas mensagens foram neutralizadas — diz o Chacal. — Eu controlo as mensagens agora, Aja. O povo sabe que essa guerra já está perdida. Eles jamais verão alguma foto dos corpos. Jamais vislumbrarão uma mina liquidada. O que eles continuarão a ver são ataques Vermelhos a alvos civis. Crianças médioCores e altaCores mortas em escolas. O público está conosco…

— E se eles de fato puderem ver o que você está fazendo? — pergunta Cassius.

O Chacal não responde de imediato. Em vez disso, faz um gesto para uma Rosa quase nua nos sofás da sala de estar adjacente. A garota, pouco mais velha do que Eo, vem se posicionar ao lado dele e fixa humildemente os olhos no chão. Seus olhos são quartzos rosados; seus cabelos, de um lilás prateado, estão presos em tranças que lhe caem pelas costas nuas. Ela foi criada para dar prazer a esses monstros, e eu temo saber o que aqueles suaves olhos dela já testemunharam. Minha dor de repente parece tão diminuta. A insanidade na minha mente, tão silenciosa. O Chacal acaricia o rosto da garota, ainda olhando para mim, e enfia os dedos na boca dela, separando-lhe os dentes. Ele move a cabeça da garota com seu cotoco para que eu possa ver, e em seguida para que Aja e Cassius possam ver.

Ela não tem língua.

— Eu mesmo fiz isso depois que nós a tomamos, oito meses atrás. Ela tentou assassinar um dos membros da minha Tropa dos Ossos num clube em Agea Pearl. Ela me odeia. Não quer nada mais neste mundo além de me ver apodrecendo no chão. — Soltando-a, ele tira a arma do coldre e a empurra para as mãos da garota. — Atire na minha cabeça, Calliope. Por todas as indignidades que eu impus a você e aos da sua estirpe. Vá em frente. Eu arranquei sua língua. Você se lembra do que fiz com você na biblioteca. Vai acontecer mais uma vez, e outra e outra. — Ele põe de novo a mão no rosto dela, esmagando a frágil mandíbula. — E outra. *Puxe o gatilho, sua vadiazinha*. Puxe! — A Rosa treme de pavor e joga a arma no chão, caindo de joelhos para agarrar os pés dele. O Chacal se posta de pé diante dela, benévolo e amoroso, tocando-lhe a cabeça com a mão.

— Pronto, pronto, Calliope. Você fez o certo. Você fez o certo. — O Chacal se vira para Aja. — Para o público, mel é sempre melhor do que vinagre. Mas para os que lutam com chave inglesa, com veneno, com sabotagem nos esgotos e terror nas ruas, e nos mordem como se fossem baratas na noite, o medo é o único método. — Seus olhos encontram os meus. — Medo e extermínio.

3

MORDIDA-DE-COBRA

Gotículas de sangue se aglomeram onde o metal rumorejante belisca meu couro cabeludo. Tufos de cabelos louros sujos caem em penca sobre o concreto à medida que o Cinza termina de me escalpelar com a lâmina elétrica. Seus compatriotas o chamam de Danto. Ele rola minha cabeça de um lado para o outro para se certificar de que tirou cada fio de cabelo antes de me dar um tapa com força em cima dela.

— Que tal um banhozinho agora, *dominus*? — pergunta ele. — Grimmus gosta dos prisioneiros dela bem cheirosinhos e civilizados, está entendendo? — Ele dá um tapinha na focinheira que foi atada ao meu rosto depois que tentei dar uma mordida em um deles quando me arrancaram da mesa do Chacal. Eles puseram um colar elétrico no meu pescoço, amarraram meus braços nas costas, e um esquadrão de doze mestiços barras-pesadas me arrastou através dos corredores como se eu fosse um saco de lixo.

Um outro Cinza me tira com força da cadeira, segurando no meu colar enquanto Danto vai puxar uma mangueira de força da parede. Eles são mais do que uma cabeça menores do que eu, mas compactos e cascudos. Suas vidas são duras — perseguem Batedores no cinturão, emboscam matadores da Corporação em meio às profundezas de Luna, caçam Filhos de Ares nas minas…

Odeio que eles toquem em mim. Odeio todas as visões e sons que eles produzem. É tudo demais. É áspero demais. É duro demais. Tudo o que eles fazem machuca: me jogar de um lado para o outro, desferir tapas em mim casualmente. Eu me esforço ao máximo para conter as lágrimas, mas não sei como compartimentalizar tudo isso.

A linha de doze soldados se reúne, me observando enquanto Danto mira a mangueira. Há três Obsidianos com eles. A maior parte dos esquadrões de mestiços tem Obsidianos. A água me atinge o peito como o coice de um cavalo, esfolando minha pele. Eu giro o corpo no piso de concreto, deslizando pelo recinto até ficar grudado no canto. Meu crânio bate com força na parede. Estrelas infestam minha visão. Eu engulo água. Engasgo e me encolho para proteger o rosto porque minhas mãos ainda estão presas nas costas.

Quando eles terminam, ainda estou arfando e tossindo através da focinheira, tentando sugar um pouco de ar. Eles tiram minhas algemas e deslizam meus braços e pernas para dentro de um macacão preto de prisioneiro antes de voltar a me algemar. Há também um capuz que eles logo jogam por cima da minha cabeça para me roubar a pouca humanidade que ainda me resta. Sou jogado de volta à minha cadeira. Eles acionam com um clique os dispositivos que me restringem no receptáculo da cadeira, de modo que meu corpo fica completamente preso. Tudo é redundante. Cada movimento é observado. Eles me vigiam como se eu fosse o que eu era, não o que sou. Estreito os olhos para eles, com a visão turva e míope. A água escorre dos meus cílios. Tento farejar, mas meu nariz está entupido com sangue coagulado das narinas à cavidade nasal. Eles o quebraram quando puseram a focinheira em mim.

Estamos numa sala de processamento para o Comitê de Controle de Qualidade, que supervisiona as funções administrativas da prisão abaixo da fortaleza do Chacal. O prédio possui o formato de caixa de concreto de toda instalação governamental. Uma iluminação venenosa faz todos aqui parecerem cadáveres ambulantes como poros do tamanho de crateras de meteoros. Além dos Cinzas, dos Obsidianos e de um único médico Amarelo, há uma cadeira, uma mesa de exames e uma mangueira. Mas as manchas de fluido ao redor do ralo de metal do piso e as marcas de unhadas sobre a cadeira de metal são o rosto e a alma desse recinto. O fim de vidas começa aqui.

Cassius jamais viria a um buraco como este. Poucos Ouros jamais teriam a necessidade disso, a menos que arranjassem os inimigos errados. Aqui é o interior do relógio, onde os equipamentos zumbem e trituram. Como alguém poderia ser corajoso o bastante num lugar tão inumano como este?

— Louco, né não? — pergunta Danto àqueles atrás de si. Ele volta a olhar para mim. — Em toda a minha vida nunca vi uma coisa tão esquisitona como essa.

— O Entalhador deve ter colocado uns cem quilos no cara — diz um outro.

— Mais. Você já o viu na armadura? O cara era um monstrengo do cacete.

Danto dá uma pancadinha na minha focinheira com um dedo tatuado.

— Aposto que dói pacas nascer duas vezes. Tem que respeitar, na boa. Dor é uma linguagem universal. Né não, *Enferrujado*? — Como eu não reajo, ele se curva para a frente e pisa em cima do meu pé descalço com a botina com sola de aço. A unha do dedão se parte ao meio. A dor e o sangue irrompem do leito exposto da unha. Minha cabeça pende para o lado enquanto eu arquejo. — Né não? — pergunta ele novamente. As lágrimas escorrem dos meus olhos, não por causa da dor, e sim pelo caráter trivial da crueldade dele. Faz com que eu me sinta pequeno demais. Por que tão pouco é necessário para que ele me cause tanta dor? Faz com que eu quase sinta saudade da caixa.

— Ele não passa de um babuíno num terno — diz um outro. — Deixe-o pra lá. Ele não sabe o que faz.

— Não sabe o que faz? — pergunta Danto. — Porra nenhuma. Ele gostava de usar as roupas dos mestres. Gostava de ficar dando ordens na gente. — Danto se agacha para poder me olhar nos olhos. Tento desviar o olhar, com medo de que ele me machuque de novo, mas ele segura minha cabeça e abre minhas pálpebras com os polegares, de modo que ficamos olho com olho. — Duas irmãs minhas morreram naquela sua Chuva, Enferrujado. Perdi um montão de amigos, está escutando? — Ele bate na minha cabeça com algo de metal. Eu vejo pontinhos pretos. Sinto mais sangue escorrer de mim. Atrás dele, seus centuriões verificam o datapad de Danto. — Você ia querer que a mesma coisa acontecesse com meus moleques, não ia? — Ele vasculha meus olhos em busca de uma resposta. Não tenho nenhuma que ele possa aceitar.

Como o restante deles, Danto é um legionário veterano, áspero como a grade enferrujada de um bueiro. Techs engrinaldam seu equipamento preto de combate, onde desgastados dragões púrpuras serpenteiam numa tênue filigrana. Implantes ópticos nos olhos para visão térmica e leitura de mapas de batalha. Sob sua pele ele terá mais techs embutidos para ajudá-lo a caçar Ouros e Obsidianos. A tatuagem com um XIII agarrado por um dragão do mar em movimento mancha o pescoço deles, pequenas pilhas de cinza na base do numeral. Eles são membros da Legio XIII Dracones, a legião de Pretorianos favorita de Lorde Ash e agora da sua filha, Aja. Civis os chamariam apenas de dragões. Mustang odiava os fanáticos. Trata-se de um exército independente composto de trinta mil soldados escolhidos por Aja para serem a mão da Soberana fora de Luna.

Eles me odeiam.

Eles odeiam baixaCores com um racismo entranhado até a medula, que nem mesmo o dos Ouros consegue rivalizar.

— Pegue nos ouvidos, Danto, se você quiser mesmo vê-lo gemer — sugere uma Cinza. A mulher está parada ao lado da porta; sua mandíbula mais parece um quebra-nozes subindo e descendo enquanto ela masca um chiclete. Seus cabelos grisalhos estão raspados num estilo Mohawk. Sua voz se arrasta em algum dialeto de nascido-na-Terra. Ela está encostada no metal ao lado de um bocejante Cinza do sexo masculino com um delicado nariz mais parecido com o de um Rosa do que com o de um soldado. — Bata neles com as mãos em forma de xícara, dá pra estourar os tímpanos com a pressão.

— Obrigado, Holi.

— Estou aqui pra ajudar.

As mãos de Danto ficam na posição indicada.

— Assim? — Ele atinge minha cabeça.

— Um pouquinho mais curvadas.

O centurião estala os dedos.

— Danto. Grimmus quer que ele fique inteiro. Dê um tempinho e deixe o doutor dar uma examinada nele. — Eu suspiro aliviado diante da reprimenda.

O gordo médico Amarelo aparece para me inspecionar com efervescentes olhos ocres. As pálidas luzes acima fazem a faixa calva na sua cabeça brilhar como uma maçã branca, lustrosa. Ele passa seu bioscópio sobre meu tórax, observando o visual através de pequenos implantes digitais nos seus olhos.

— Bom, e aí, doutor? — pergunta o centurião.

— Notável — sussurra o Amarelo depois de um momento. — A densidade óssea e os órgãos estão bastante saudáveis, apesar da dieta de baixas calorias. Os músculos ficaram atrofiados, como observamos nas imagens laboratoriais, mas não de modo tão grave quanto ocorreria em tecido natural Áurico.

— Você está dizendo que ele é melhor do que um Ouro? — pergunta o centurião.

— Eu não disse isso — rebate o médico.

— Relaxe aí. Não há nenhuma câmera aqui, doutor. Isso aqui é uma sala de processamento. Qual é o veredicto?

— A coisa pode viajar.

— A coisa? — eu consigo exprimir num murmúrio sobrenatural por trás da focinheira.

O médico recua, surpreso com o fato de eu conseguir falar.

— E a sedação de longa duração? São três semanas até Luna nesta órbita.

— Isso não será problema. — O médico me olha de maneira assustada. — Mas eu aumentaria a dose pra dez miligramas ao dia, capitão, só pra garantir. A *coisa* possui um sistema circulatório estranhamente forte.

— Certo. — O capitão faz que sim com a cabeça na direção da mulher Cinza. — É com você agora, Holi. Coloque-o pra dormir. Depois vamos pegar o carrinho e sair daqui com ele. Você foi honesto, doutor. Pode voltar agora pro seu mundinho seguro com seus cafés expressos e suas sedas. A gente vai cuidar do...

Pop. A metade frontal da testa do centurião se solta. Algo metálico atinge a parede. Eu olho fixamente para o centurião, tentando processar o motivo pelo qual o rosto dele sumiu. *Pop. Pop. Pop. Pop.* Como nós dos dedos batendo. Uma névoa vermelha esguicha no ar das cabeças dos dragões mais próximos e espirra no meu rosto. Eu abaixo a cabeça para me desviar. Atrás deles, a mulher de mandíbula semelhante a um quebra-nozes anda ao longo das fileiras de soldados, atirando neles à queima-roupa na altura da nuca. O restante empunha os rifles, cambaleando, incapazes até mesmo de proferir xingamentos antes que um segundo Cinza atire duas vezes na cabeça de cinco deles do seu lugar na porta com uma antiquada pistola de pólvora. Há um silenciador no cano, de modo que o serviço é realizado de maneira fria e tranquila. Os Obsidianos são os primeiros a atingir o chão, esvaindo-se em sangue.

— Limpeza — diz a mulher.

— Mais dois — responde o homem. Ele atira no médico Amarelo enquanto este rasteja até a porta tentando escapar. Em seguida põe a bota no peito de Danto. O Cinza olha fixamente para ele, sangrando sob o queixo.

— Trigg... Por que...

— Ares manda lembranças, seu puto. — O Cinza atira em Danto logo abaixo da borda do seu capacete tático, entre os olhos, e gira a pistola na mão, soltando fumaça da extremidade antes de recolocá-la no coldre da perna. — Limpeza.

Meus lábios trabalham contra a focinheira, lutando para formar um pensamento coerente.

— Quem... são vocês... — A mulher Cinza cutuca um corpo, tirando-o do seu caminho.

— Meu nome é Holiday ti Nakamura. Esse aqui é Trigg, meu irmão bebê. — Ela ergue uma sobrancelha marcada por cicatrizes. Seu rosto largo é infestado de sardas. Ela tem o nariz achatado devido a lutas. Seus olhos são estreitos e de um tom cinza-escuro. — A questão é a seguinte: quem é você?

— Quem sou eu? — murmuro.

— Nós viemos buscar o Ceifeiro. Mas se isso aí é você, é melhor a gente pegar nosso dinheiro de volta. — Ela dá uma piscadela súbita. — Estou brincando, senhor.

— Pare com isso, Holiday. — Trigg a empurra para o lado, de maneira protetora. — Não dá pra ver que ele está em estado de choque? — Trigg se aproxima cuidadosamente, as mãos estendidas, a voz tranquilizadora. — Você está ótimo, senhor. Nós estamos aqui pra resgatá-lo. — Suas palavras são mais densas, menos refinadas do que as de Holiday. Eu estremeço quando ele dá mais um passo. Vasculho suas mãos em busca de uma arma. Ele vai me machucar. — Nós vamos te soltar agora. E pronto. Você quer isso, né?

É uma mentira. Um truque do Chacal. Ele tem a tatuagem com o XIII. Eles são Pretorianos, não Filhos. Mentirosos. Matadores.

— Eu não vou te soltar se você não quiser.

Não. Não, ele matou os guardas. Está aqui para ajudar. Ele só pode estar aqui para ajudar. Eu balanço a cabeça cautelosamente para Trigg em sinal de anuência e ele desliza para trás de mim. Não confio nele. Eu meio que espero uma agulhada. Uma torção. Mas tenho apenas a sensação de estar sendo solto à medida que meu risco é recompensado. As algemas são destravadas. As juntas do meu ombro estalam e, gemendo, eu puxo as mãos para a frente do corpo pela primeira vez em nove meses. A dor faz com que elas fiquem trêmulas. As unhas cresceram muito e adquiriram um aspecto vil. Mas essas mãos me pertencem de novo. Eu me ponho imediatamente de pé para escapar, e desabo no chão.

— Opa... opa — diz Holiday, alçando-me de novo à cadeira. — Calma aí, herói. Você está com uma atrofia muscular insana. Vai precisar de uma troca de óleo.

Trigg dá a volta e se põe de pé à minha frente, sorrindo de esguelha, o rosto franco e ameninado, nem um pouco intimidante quanto o da irmã, apesar das duas tatuagens de gotas de lágrima douradas que escorrem do seu olho direito. Ele tem a aparência de um cão leal. Delicadamente, ele retira a focinheira do meu rosto e em seguida se lembra de algo, com um sobressalto.

— Eu tenho uma coisa pra você, senhor.

— Agora não, Trigg. — Holiday olha para a porta. — Não rola tempo pra isso.

— Ele precisa disso — diz Trigg baixinho, mas espera até que Holiday lhe dê permissão com um meneio para então tirar uma trouxa de couro da sua mochila de tartaruga. Ele a entrega a mim. — É sua, senhor. Pegue. — Ele sente minha apreensão. — Ei, eu não menti quando disse que ia te soltar, menti?

— Não...

Estendo as mãos e ele deposita a trouxa sobre elas. Com os dedos tremendo, eu puxo a cordinha que mantém a trouxa unida e sinto o poder antes mesmo de ver a mortífera cintilação. Minhas mãos quase deixam a trouxa cair, tão assustadas com ela quanto meus olhos estavam da luz.

É minha lâmina. A que me foi dada por Mustang. A que eu já perdi duas vezes. Uma vez para Karnus e depois de novo, no meu Triunfo, para o Chacal. Ela é branca e lisa como a primeira dentição de uma criança. Minhas mãos deslizam sobre o metal frio e sobre o cabo de couro de bezerro manchado de sal. Tocam lembranças melancólicas recém-despertas de força há muito desvanecidas e de calor há muito esquecidas. O cheiro de avelã volta à minha mente, transportando-me à sala de exercícios de Lorn, onde ele me treinava enquanto sua neta favorita aprendia a assar pães na cozinha adjacente.

A lâmina desliza através do ar, tão bela, tão enganadora na sua promessa de poder. A lâmina me diria que sou um deus, como disse a gerações de homens que vieram antes de mim, mas agora conheço a mentira embutida nisso. O terrível preço que ela obrigou os homens a pagar pelo orgulho.

É assustador empunhá-la novamente.

E ela chia como o chamado de acasalamento de uma víbora-das-cavidades ao adquirir o formato de uma curviLâmina. Ela era vazia e lisa quando a vi pela última vez, mas agora está ondulante, com imagens gravadas no metal branco. Inclino a lâmina para ver melhor a forma gravada logo acima do cabo. Olho a imagem, estupefato. Eo está olhando para mim. Uma imagem dela foi gravada no metal. O artista captou-a não no cadafalso, não no momento que a definirá para sempre aos outros, mas intimamente, como a garota que eu amava. Ela está agachada, os cabelos despenteados na altura dos ombros, colhendo um haemanthus no chão, olhando para cima, prestes a dar um sorriso. E acima de Eo está meu pai, beijando minha mãe na porta da nossa casa. E na ponta da lâmina, Leanna, Loran e eu perseguimos Kieran através de um túnel, usando máscaras de Octobernacht. É minha infância.

Quem quer que tenha feito esse trabalho artístico me conhece.

— Os Ouros entalham seus feitos nas espadas. As merdas *grandiosas* e *violentas* que eles fizeram. Mas Ares imaginou que você ia preferir ver as pessoas que ama — diz Holiday num sussurro por trás de Trigg. Ela olha de relance para a porta.

— Ares está morto. — Eu perscruto os rostos deles, vendo a mentira ali. Vendo a maldade nos seus olhos. — O Chacal enviou vocês. Isso é um estratagema. Uma armadilha. Pra levar vocês até a base dos Filhos. — Minha mão aperta com força o cabo da lâmina. — Pra me usar. Vocês estão mentindo.

Holiday dá um passo para trás, afastando-se de mim, temerosa em relação à lâmina que se encontra na minha mão. Mas Trigg fica arrasado com a acusação.

— Mentindo? Pra *você*? A gente morreria por você, senhor. A gente morreria por Perséfone... Eo. — Trigg luta para encontrar as palavras, e tenho a sensação de que ele está acostumado a deixar sua irmã falar. — Há um exército esperando por você do lado de fora desses muros. Isso te diz alguma coisa? Um exército esperando que a... que a *alma* deles retorne. — Ele se curva para a frente de modo suplicante enquanto Holiday olha para trás, na direção da porta. — A gente vem de South Pacifica, o cu da Terra. Eu imaginava que morreria lá cuidando dos silos de grãos. Mas estou aqui. Em Marte. E nosso único trabalho é te levar pra casa...

— Eu já conheci mentirosos melhores — debocho.

— Ah, vai se ferrar. — Holiday vai atrás do seu datapad.

Trigg tenta detê-la.

— Ares disse que isso era apenas pra emergências. Se eles hackearem o sinal...

— Olhe só pra ele. Isso é uma emergência. — Holiday libera seu datapad e o joga para mim. Uma chamada está sendo feita por um outro dispositivo. O display pisca, esperando que o outro lado atenda. Quando viro o objeto na minha mão, o holograma de um capacete com raios de sol radiante de repente ganha vida no ar, pequeno como minha mão fechada. Olhos vermelhos refulgem funestamente do capacete.

— Fitchner?

— *Tente de novo, seu cabeça de merda* — gorjeia a voz.

Não pode ser.

— Sevro? — A palavra escapa da minha boca quase como um gemido.

— *Oi, garotão, você está com a aparência de quem foi retirado à força da xereca de um esqueleto raquítico.*

— Você está vivo... — digo, enquanto o capacete holográfico desliza para longe para revelar meu amigo de rosto comprido. Ele sorri com aqueles dentes de serra. A imagem tremeluz.

— *Não existe nenhum Pixie em mundo algum que possa me matar.* — Ele dá uma gargalhada. — *Agora está na hora de você voltar pra casa, Ceifa. Mas eu não posso ir aí te buscar. Você precisa vir até onde estou. Está entendendo?*

— Como? — Eu enxugo as lágrimas dos olhos.

— *Confie nos meus Filhos. Consegue fazer isso?*

Eu olho para o irmão e para a irmã e balanço a cabeça em concordância.

— O Chacal... ele está com minha família.

— *Aquele viadinho canibal não está com porra nenhuma. Eu estou com sua família. Peguei todo mundo em Lykos depois que botaram as mãos em você. Sua mãe está esperando pra te ver.*

Começo a chorar. O alívio é demais para suportar.

— *Mas você precisa ter coragem, garotão. E precisa se mexer.* — Ele olha de esguelha para alguém. — *Deixe eu falar com a Holiday.* — Eu faço o que ele pede. — *Faça a coisa limpa, se der. Vá na escalada mesmo, se não der de outra forma. Entendeu?*

— Entendi.

— *Rompa as correntes.*

— Rompa as correntes — ecoam os Cinzas à medida que a imagem dele tremeluz e some.

— Não leve em conta nossa Cor — diz Holiday para mim. Ela exibe uma mão tatuada. Olho fixamente para os Sinetes Cinzas gravados na carne dela e em seguida levanto os olhos para esquadrinhar seu rosto sardento, rude. Um dos seus olhos é biônico, e não pisca como o outro. As palavras de Eo soam tão diferentes na boca dela. No entanto, acho que esse é o momento em que minha alma retorna a mim. Não minha mente. Ainda sinto as rachaduras nela. A escuridão é deslizante, duvidosa. Mas minha esperança. Agarro sua pequena mão desesperadamente.

— Rompa as correntes — ecoo em tom áspero. — Vocês terão que me carregar. — Olho para minhas pernas imprestáveis. — Nem consigo ficar de pé.

— É por isso que a gente trouxe um negocinho pra você. — Holiday tira uma seringa.

— O que é isso? — pergunto.

Trigg apenas ri.

— Sua troca de óleo. É sério, meu amigo. Você não vai querer saber mesmo o que é isso. — Ele dá uma risadinha. — Essa merda aqui faz até um cadáver reviver.

— Me dê isso aí — digo, estendendo o braço.

— Vai doer — alerta Trigg.

— Ele já é bem grandinho. — Holiday chega mais perto.

— Senhor… — Trigg me entrega uma das suas luvas. — Morda isso.

Um pouquinho menos confiante, eu mordo o couro com manchas de sal e balanço a cabeça para Holiday indicando que estou preparado. Ela ignora meu braço e enfia a seringa diretamente no meu coração. O metal penetra a carne enquanto a carga é liberada.

— Cacete! — tento gritar, mas a coisa sai mais como um gorgolejo.

O fogo dá pinotes nas minhas veias, meu coração é um pistão. Baixo os olhos, esperando vê-lo galopando para fora da porra do meu peito. Sinto cada músculo. Cada célula do meu corpo explode e pulsa de energia cinética. Começo a ter uma convulsão. Caio, golpeando o peito. Arfando. Cuspindo bile. Socando o chão. Os Cinzas cambaleiam para longe do meu corpo espasmódico. Avanço na direção da cadeira, quase a arrancando do chão com pregos e tudo. Disparo uma torrente de xingamentos que deixariam Sevro enrubescido. Em seguida eu tremo e levanto os olhos para eles.

— O que foi... o que foi... isso?

Holiday tenta não rir.

— Mãezinha chama isso de mordida-de-cobra. Só vai demorar uns trinta minutinhos, com seu metabolismo.

— Sua mãezinha fez *isso*?

Trigg dá de ombros.

— A gente é da Terra.

4
CELA 2187

Eles me escoltam pelos corredores como se eu fosse um prisioneiro: capuz na cabeça, mãos nas costas em grilhões sem cadeado. Irmão à minha esquerda, irmã à minha direita, ambos me amparando. A mordida-de-cobra permite que eu ande, mas não com desenvoltura. Meu corpo, por mais sustentado que esteja pelas drogas, ainda está molenga como roupa molhada. Mal consigo sentir meus dedos do pé arrebentados ou minhas pernas frágeis. Meus finos sapatos de prisioneiro arranham o chão. Minha cabeça nada, mas agora há uma hipervelocidade no meu cérebro. É uma obsessão concentrada. Mastigo a língua para que não consiga sussurrar, e lembro a mim mesmo que não estou na escuridão como antes. Meu corpo está zanzando de maneira desorientada por um corredor de concreto. Está andando na direção da liberdade. Na direção da minha família, na direção de Sevro.

Ninguém aqui vai deter dois dragões da Treze, não quando eles têm salvo-conduto e a própria Aja se encontra aqui. Duvido que muitos no exército do Chacal saibam que estou vivo. Eles verão meu tamanho, minha palidez fantasmagórica, e pensarão que sou algum desafortunado prisioneiro Obsidiano. Mesmo assim, sinto os olhos. A paranoia toma conta de mim. *Eles sabem. Eles sabem que você deixou corpos para trás. Quanto tempo ainda resta até que eles abram aquela porta? Quanto tempo ainda resta até que sejamos descobertos?* Meu cérebro percorre freneticamente as possibilidades de desfecho. Como tudo poderia dar errado. As drogas. Isso é apenas o efeito das drogas.

— Não deveríamos estar subindo? — pergunto enquanto descemos por um gravElevador bem fundo até o coração da prisão da Cidadela na montanha. — Ou existe uma baia de hangar mais baixa?

— Boa sacada, senhor — diz Trigg, impressionado. — A gente tem uma nave à espera.

Holiday estoura uma bola de chiclete.

— Trigg, você está com uma coisa marrom no seu nariz. Bem... aqui.

— Ah, dá um tempo. Não fui eu que fiquei vermelho quando o viu pelado.

— Tem certeza disso, moleque? Quieto. — O gravElevador diminui a velocidade e os irmãos ficam tensos. Ouço suas mãos destravando o dispositivo de segurança das armas. As portas se abrem e alguém se junta a nós.

— *Dominus* — diz Holiday suavemente à nova companhia, empurrando-me para o lado para dar espaço. As botas que entram são pesadas o bastante para um Ouro ou Obsidiano, mas Cinzas jamais chamariam um Obsidiano de *dominus*, e um Obsidiano jamais exalaria um perfume de cravo e canela.

— Sargento. — A voz passa raspando por mim. O homem à qual ela pertence tinha o hábito de fazer colares a partir de orelhas humanas. Vixus. Um membro do antigo grupo de Titus. Ele fez parte do massacre ocorrido durante meu Triunfo. Eu encolho na lateral do gravElevador, que volta a descer. Vixus me reconhecerá. Ele me farejará. Está fazendo isso agora, olhando na nossa direção. Consigo ouvir o farfalhar do colarinho da jaqueta dele. — Legião Treze? — pergunta Vixus depois de um momento. Ele deve ter reparado as tatuagens nos pescoços deles. — Vocês são de Aja ou do pai dela?

— Das Fúrias, pra essa viagem, *dominus* — responde Holiday com frieza. — Mas servimos sob o comando de Lorde Ash.

— Ah, então vocês estavam aqui na Batalha de Deimos no ano passado?

— Sim, *dominus*. Estávamos com Grimmus na vanguarda da nave-Ventosa enviada pra matar os Telemanus antes de Fabii dispersar suas naves e também as de Arcos. Meu irmão aqui acertou um tiro no ombro do velho Kavax. Quase o derrubou antes de Augustus e a mulher de Kavax neutralizarem nosso pelotão de assalto.

— Minha nossa, minha nossa — Vixus emite um som de aprovação. — Isso daria um maldito prêmio e meio. Você poderia ter acrescentado uma outra lágrima ao rosto, legionário. Estou caçando aquele cão Obsidiano com a Sétima. Lorde Ash ofereceu um preço e tanto pelo retorno do seu escravo. — Ele aspira algo pelo nariz. Parece uma daquelas latas de estimulante de que Tactus gostava tanto. — Quem é esse aí?

Ele se refere a mim.

Ouço as batidas do coração nos ouvidos.

— Um presente da Pretora Grimmus em troca do... do *pacote* que ela está levando pra casa — diz Holiday. — Se é que você me entende, senhor.

— Pacote. Seria mais certo dizer metade de um pacote. — Ele ri da própria piada. — Alguém que eu conheça? — Sua mão toca a borda do meu capuz. Eu me encolho. — Um Uivador acalentaria o coração. Pedrinha? Erva? Não, alto demais.

— Um Obsidiano — diz Trigg rapidamente. — Queria muito que fosse um Uivador.

— Ugh. — Vixus joga a mão para trás como se estivesse contaminado. — Espere. — Ele tem uma ideia. — Vamos colocá-lo na cela com a puta da Julii. Vamos deixá-los lutarem pelo jantar. O que acham, Treze? Não querem uma diversãozinha?

— Trigg, desligue a câmera — digo bruscamente por baixo do capuz.

— O quê? — pergunta Vixus, virando-se.

Pop. Surge uma embaralhÁrea.

Eu me mexo, desengonçado porém rápido. Soltando-me dos grilhões, libero minha lâmina escondida com uma das mãos e arranco o capuz com a outra. Apunhalo Vixus no ombro. Grudo-o na parede e dou uma cabeçada no seu rosto. Mas eu não sou o que era, mesmo com as drogas. Minha visão está turva. Eu tropeço. Ele não, e antes que eu possa reagir, antes que eu possa inclusive focar minha visão, Vixus saca sua própria lâmina.

Holiday se posiciona como um escudo à frente do meu corpo, empurrando-me para longe. Eu caio no chão. Trigg age ainda com mais rapidez; ele mira sua pistola na boca aberta de Vixus. O Ouro fica paralisado, olhando para a extensão metálica da arma, a língua encostada no cano frio. Sua lâmina para a centímetros da cabeça de Holiday.

— Shhhhhh — sussurra Trigg. — Solte a lâmina. — Vixus obedece.

— Que maluquice foi essa? — Holiday me pergunta, com raiva. Ela está respirando pesadamente e me ajuda a levantar. Minha cabeça ainda está girando. Peço desculpas. Foi idiotice da minha parte. Eu me reequilibro e olho na direção de Vixus, que me encara fixamente, horrorizado. Minhas pernas tremem, e eu preciso me apoiar no parapeito do gravElevador. Meu coração chacoalha devido ao esforço da droga no meu organismo. Foi estupidez tentar lutar. Foi estupidez usar um embaralhador. Os Verdes que estiverem vigiando o farão em pedaços. Eles vão enviar Cinzas para investigar a sala de preparação. Para encontrar os corpos.

Tento remontar meus pensamentos num todo lógico. Focar.

— Victra está viva? — consigo dizer. Trigg puxa a arma da boca de Vixus, passando pelos dentes, de modo que ele possa responder. Ele não responde. Ainda não. — Você sabe o que ele fez comigo? — pergunto. Depois de um momento de teimosia, Vixus faz que sim com a cabeça. — E... — Eu rio. O riso se estende como uma rachadura no gelo, espalhando-se, ampliando-se, prestes a se disseminar através de milhares de caminhos, até que eu mordo a língua para encurtar o processo. — E... e ainda assim você tem colhões pra me obrigar a fazer a pergunta duas vezes?

— Ela está viva.

— Ceifeiro... eles vão vir atrás de nós. Eles vão ver a embaralhÁrea — diz Holiday, olhando para a diminuta câmera localizada num nicho do teto do elevador. — A gente não pode mudar o plano.

— Onde ela está? — Giro a lâmina no ar. — Onde ela está?

Vixus sibila de dor.

— Nível 23, cela 2187. Seria sábio da sua parte não me matar. Você talvez possa me jogar na cela dela e escapar. Vou te dizer qual é o caminho adequado, Darrow. — Os músculos e as veias sob a pele do pescoço dele deslizam e inflam como se fossem serpentes na areia. Ele não tem nenhuma gordura corporal. — Dois Pretorianos mal armados não te levarão muito longe. Há um exército nessa montanha. Legiões na cidade, em órbita. Trinta Maculados Inigualáveis. Pelotões da Tropa dos Ossos na região sul de Attica. — Ele aponta com a cabeça o pequeno crânio de pássaro na lapela do seu uniforme. — Lembra deles?

— Nós não precisamos dele — rebate Trigg, encostando o dedo no gatilho da sua arma.

— Oh? — diz Vixus, rindo, a confiança retornando ao ver minha fraqueza. — E o que *você* vai fazer contra um Cavaleiro Olímpico, seu ordinário? Oh, espere. São dois aqui, não são?

Holiday apenas bufa.

— A mesma coisa que você faria, cachinhos dourados. Fugir.

— Nível 23 — digo a Trigg.

Trigg aperta os controles do gravElevador, desviando-nos da rota de fuga que eles iriam seguir. Ele aciona um mapa no seu datapad e o estuda brevemente com Holiday.

— A cela 2187 fica... aqui. Vai haver um código. Câmeras.

— Longe demais do ponto de evacuação. — A boca de Holiday fica rígida. — Se a gente for nessa direção, estamos ferrados.

— Victra é minha amiga — digo. E eu imaginava que ela estivesse morta mas, de alguma maneira, ela sobreviveu aos tiros da irmã. — Não vou deixá-la pra trás.

— Não há escolha — diz Holiday.

— Sempre há uma escolha. — As palavras soam frágeis, até para mim.

— Olhe só pra você, cara. Não tem nada aí dentro!

— Saia de perto dele, Holi — diz Trigg.

— Aquela vaca Dourada não é uma de nós! Eu não vou morrer por ela.

Mas Victra teria morrido por mim. Na escuridão, eu pensava nela. A alegria infantil nos seus olhos quando dei a ela a garrafa de petricor no estúdio do Chacal. "Eu não sabia. Darrow, eu não sabia", foi a última coisa que ela disse para mim depois que Roque nos traiu. Morte ao nosso redor, balas nas suas costas, e tudo o que Victra queria era que eu ficasse com uma boa impressão dela no fim.

— Não vou deixar minha amiga pra trás — repito dogmaticamente.

— Vou te seguir — diz Trigg, com a fala arrastada. — O que você disser, Ceifeiro. Eu estou com você.

— Trigg — sussurra Holiday. — Ares disse…

— Ares não mudou a maré a nosso favor. — Trigg balança a cabeça na minha direção. — Ele pode mudar. Nós vamos aonde ele for.

— E se a gente perder nossa janela?

— Aí fazemos uma outra. Temos explosivos o bastante.

Os olhos de Holiday ficam vítreos e ela mexe sua potente mandíbula. Conheço esse olhar. Ela não vê o irmão como eu vejo. Ele não é um mestiço, um matador. Para ela, é o menino ao lado do qual passou a infância.

— Tudo bem. Estou dentro — diz ela, relutante.

— E o Inigualável aqui? — pergunta Trigg.

— Ele aciona o código e fica vivo — digo. — Se ele tentar alguma coisa, atirem nele.

Saímos do elevador no nível 19. Estou novamente usando o capuz, tendo Holiday a me guiar enquanto Vixus caminha à frente como se estivesse nos escoltando a uma cela. Trigg está preparado com sua arma logo atrás. Os corredores estão quietos. Nossos passos ecoam. Não consigo ver nada além do meu capuz.

— É aqui — diz Vixus quando alcançamos a porta.

— Digite o código, seu babaca — ordena Holiday.

Ele o faz e a porta se abre com um sibilo. Um ruído ruge ao nosso redor. Uma horrível estática dos alto-falantes. A cela está congelante, tudo num tom branco. No teto há uma luz tão brilhante que nem consigo olhar diretamente para cima. A emaciada ocupante da cela está deitada no canto, as pernas encolhidas numa posição fetal, a coluna voltada para mim. As costas com manchas pretas de antigas queimaduras e com marcas de espancamento. A bagunça de cabelos louros quase brancos sobre os olhos é tudo o que protege a mulher da luz incandescente. Eu não saberia quem ela é exceto pelas duas cicatrizes de bala no topo da coluna vertebral, entre as omoplatas.

— Victra! — grito por sobre o barulho. Ela não consegue me ouvir. — Victra! — grito mais uma vez, no instante em que o barulho acaba, substituído nos alto-falantes pelo som de um batimento cardíaco. Eles a estão torturando com o som, com a luz. Sensações. O exato oposto da violência que me foi imposta. Agora capaz de me ouvir, ela joga a cabeça na minha direção. Com os olhos dourados como os de uma fera selvagem, ela me encara fixamente através do emaranhado de cabelos louros. Nem sei se ela está me reconhecendo. A ousadia com a qual Victra se apresentava despida anteriormente não existe mais. Ela cobre o corpo, vulnerável. Aterrorizada.

— Ponha-a de pé — diz Holiday, empurrando Vixus para o chão. — A gente precisa sair daqui.

— Ela está paralisada — diz Trigg. — Não está?

— Merda. Vamos carregá-la, então.

Trigg se move rapidamente na direção de Victra. Eu lhe dou um tapa no peito, detendo-o. Mesmo nessas condições, ela poderia lhe arrancar os braços do corpo. Ciente do terror que senti quando fui tirado do buraco, eu me aproximo lentamente dela. Meu próprio medo recua para os fundos da minha mente, substituído pela raiva ao ver o que a própria irmã fez com ela. Por saber que isso é culpa minha.

— Victra, sou eu. Darrow. — Ela não faz nenhum sinal de ter me ouvido. Eu me agacho ao lado dela. — Vamos tirar você daqui. Será que dá pra gente te levantar dessa…

Ela investe sobre mim, avançando com os braços.

— *Tire seu rosto* — berra ela. — Tire seu rosto. — Ela está tendo convulsões enquanto Holiday avança com rapidez e encosta com força um dispositivo na altura da sua lombar. O choque elétrico não é suficiente.

— Pra baixo! — grita Holiday. Victra a atinge no centro do peitoral da sua armadura de duroplástico, lançando a Cinza a metros de distância de encontro à parede. Trigg dá dois tiros de tranquilizantes na coxa dela com seu ambirrifle, uma carabina multiuso. Eles a derrubam com rapidez, mas ainda assim ela arqueja no chão, observando-me através de olhos estreitos até ficar inconsciente.

— Holiday… — começo.

— Eu sou Dourada — resmunga Holiday, erguendo-se do chão. O peitoral apresenta uma reentrância do tamanho de um punho no centro. — A Pixie sabe bater, hein? — diz Holiday, admirando a reentrância. — Essa armadura deveria suportar uma saraivada de tiros de artilharia.

— Genética Julii — murmura Trigg. — Foi uma boa coisa ela ter controlado as calorias. — Ele ergue Victra nos ombros e segue Holiday de volta ao corredor enquanto ela estala o dedo para que eu corra atrás deles. Deixamos Vixus de barriga para baixo no chão da cela. Vivo, como eu havia prometido.

— Nós vamos te achar — diz ele, sentando-se enquanto bato a porta. — Você sabe que nós vamos te achar. Diga pro Sevro que estamos chegando. Um Barca já caiu. Só falta o outro.

— O que foi que você disse?

Entro subitamente na cela e seus olhos se iluminam de medo. O mesmo medo que Lea deve ter sentido tantos anos atrás quando eu estava escondido no escuro enquanto Antonia e Vixus a torturaram para me atrair. Ele ria enquanto o sangue dela empapava a grama. E enquanto meus amigos morriam no jardim. Ele me faria poupá-lo agora de modo que pudesse voltar a matar mais tarde. O mal se alimenta da misericórdia.

Minha lâmina desliza para o formato de uma curviLâmina.

— Por favor — implora ele agora, os lábios finos tremendo de modo que eu também posso ver o menino nele, enquanto se dá conta de que cometeu um erro. Alguém em algum lugar ainda o ama. Lembra dele como uma criança travessa ou adormecida num berço. Se ao menos ele tivesse permanecido aquela criança. Se ao menos nós todos tivéssemos. — Tenha coração. Darrow, você não é um assassino. Você não é Titus.

O som de batimentos cardíacos da sala se aprofunda. A luz branca recorta sua silhueta.

Ele quer pena.

Minha pena se perdeu na escuridão.

Os heróis das canções Vermelhas têm misericórdia, honra. Eles deixam os homens viverem, como eu deixei o Chacal viver, para que possam permanecer livres do pecado. Que o vilão seja o malévolo. Que ele use preto e tente me apunhalar enquanto eu lhe dou as costas, para que eu possa girar o corpo e matá-lo, dando satisfação sem culpa. Mas isso aqui não é uma canção. Isso aqui é guerra.

— Darrow…

— Eu preciso que você leve uma mensagem ao Chacal.

Eu rasgo a garganta de Vixus. E enquanto ele desaba no chão com a vida se esvaindo do seu corpo, sei que está com medo porque nada espera por ele do outro lado. Ele gorgoleja. Choraminga antes de morrer. E eu não sinto nada. Além dos batimentos cardíacos da sala, sirenes de alarme começam a soar.

5
PLANO C

— Merda — diz Holiday. — Eu te disse que a gente não tinha tempo.

— Está tudo bem com a gente — diz Trigg.

Estamos juntos no elevador. Victra está no chão. Trigg a ajuda a vestir seu equipamento de chuva para lhe conferir uma aparência mais decente. Minhas juntas estão embranquecidas. O sangue de Vixus goteja sobre a imagem inscrita de crianças brincando nos túneis. Respinga sobre meus pais e mancha os cabelos de Eo antes que eu o enxugue da lâmina com meu macacão de prisioneiro. Esqueci como é fácil tirar a vida de alguém.

— Viva por si mesmo, morra sozinho — diz Trigg num sussurro. — Você imagina que com todos aqueles cérebros, eles seriam sensatos o bastante pra não agirem com tamanha idiotice. — Ele olha para mim, tirando fios de cabelo da frente dos seus olhos pétreos. — Desculpa aí se estou enchendo o saco, senhor. Sabe como é, né? Se ele era amigo seu…

— Amigo? — Sacudo a cabeça. — Ele não tinha amigos.

Eu curvo o corpo para tirar os cabelos de Victra do seu rosto. Ela dorme tranquilamente, encostada à parede. Suas bochechas estão encovadas devido à inanição. Os lábios, finos e tristes. Há uma beleza dramática nas suas feições inclusive agora. Imagino o que eles não terão feito com ela. Pobre mulher, sempre tão forte, tão ousada, mas sempre para cobrir sua delicadeza interior. Fico pensando se algo disso ainda resta.

— Você está bem? — pergunta Trigg. Eu não respondo. — Ela era sua namorada?

— Não — digo. Toco a barba que cresceu no meu rosto. Odeio a coceira e o fedor que ela proporciona. Eu gostaria muito que Danto também a tivesse raspado. — Eu não estou bem.

Não sinto esperança, não sinto amor. Não quando olho para o que eles fizeram com Victra, para o que eles fizeram comigo.

É o ódio que comanda.

Sinto ódio também pelo que me tornei. Percebo os olhos de Trigg sobre mim. Sei que ele está decepcionado. Ele queria o Ceifeiro. E eu sou apenas uma casca definhada em forma de homem. Passo os dedos nas costelas. Tantas coisinhas magricelas. Eu prometi muito a esses Cinzas. Prometi a todos muitas coisas, coisas em excesso, sobretudo a Victra. Ela foi sincera comigo. O que eu fui para ela a não ser mais uma pessoa disposta a usá-la? Mais uma pessoa contra a qual a mãe dela a alertou, treinando-a para enfrentar.

— Você sabe do que a gente precisa? — pergunta Trigg.

Levanto os olhos para ele, mirando-o intensamente.

— Justiça?

— Uma cerveja gelada.

Um riso explode da minha boca. Alto demais, assustando-me.

— Merda — murmura Holiday, com as mãos voando sobre os controles. — Merda. Merda. Merda…

— O que foi? — pergunto.

Estamos presos entre o vigésimo quarto e o vigésimo quinto. Ela aperta os botões, mas subitamente o elevador sacode e começa a subir.

— Eles tomaram conta dos controles. A gente não vai conseguir chegar no hangar. Estão nos redirecionando pro… — Ela deixa escapar um longo suspiro enquanto olha para mim. — Pro primeiro nível. Merda. Merda. Merda. Eles estarão esperando a gente com mestiços, de repente até com Obsidianos… Quem sabe Ouros. — Ela faz uma pausa. — Eles sabem que você está aqui.

Reprimo o desespero que me sobe pelo ventre. Não vou voltar atrás. Seja lá o que aconteça. Vou matar Victra, e vou me matar antes de deixar que eles nos capturem.

Trigg está debruçado sobre a irmã.

— Você consegue hackear o sistema?

— Quando é que eu posso ter aprendido a fazer esse tipo de coisa, cacete?

— Eu gostaria muito que Ephraim estivesse aqui. Ele saberia fazer.

— Bom, eu não sou Ephraim.

— Que tal se a gente saísse daqui escalando?

— Se você quiser virar picadinho de gente...

— Estou imaginando que só nos resta uma opção, nesse caso. Certo? — Ele enfia a mão no bolso. — Plano C.

— Eu odeio o Plano C.

— Bom, tudo bem. Mas está na hora de enfrentar o impossível, bonequinha. De liberar o selvagem que existe em nós.

— O que é o Plano C? — pergunto baixinho.

— Escalada. — Trigg ativa seu comunilink. Alguns códigos piscam sobre a tela enquanto ele se conecta a uma frequência segura. — Batedor pra Wrathbone, está na escuta? Batedor pra...

— *Wrathbone na escuta* — ecoa uma voz fantasmagórica. — *Solicitando liberação de código Eco. Câmbio.*

Trigg fornece a referência do seu datapad.

— 13439283. Câmbio.

— *O código é verde.*

— A gente precisa de uma extração secundária em cinco. Estamos com a princesa e mais um no estágio dois.

Há uma pausa na outra linha, o alívio na voz palpável mesmo através da estática.

— *A notícia demorou.*

— Assassinato não segue exatamente uma pontualidade.

— *Esteja lá em dez. Mantenha-o vivo.* — O link é cortado.

— Amadores do cacete — murmura Trigg.

— Dez minutos — repete Holiday.

— Já estivemos em merdas bem piores do que essa.

— Quando? — Ele não responde. — A gente devia ter ido pra droga do hangar e pronto.

— O que eu posso fazer? — pergunto, sentindo o temor deles. — Posso ajudar em alguma coisa?

— Não morra — diz Holiday enquanto tira a mochila das costas. — Se você morrer, essa merda não terá valido nada.

— Você vai ter que arrastar sua amiga — diz Trigg enquanto começa a tirar techs do seu corpo, exceto a armadura. Ele tira mais duas armas antiquadas da mochila, duas pistolas para complementar o ambirrifle altamente poderoso. Ele me entrega uma pistola. Minha mão treme. Não seguro uma arma de fogo desde os dezesseis anos de idade, quando treinava com os Filhos. Elas são vastamente ineficientes e pesadas, e o coice que elas dão as torna barbaramente imprecisas.

Holiday tira uma caixa de plástico grande da mochila. Seus dedos fazem uma pausa nos fechos.

Ela abre a caixa de plástico para revelar um cilindro de metal com uma bola giratória de mercúrio no centro. Olho fixamente para o dispositivo. Se a Sociedade a pegasse levando consigo um objeto como esse, ela jamais voltaria a ver a luz do dia. É vastamente ilegal. Olho para o display do gravElevador na parede. Dez níveis até o destino. Holiday segura com firmeza um controle remoto para acionar o cilindro. Oito níveis.

Cassius estará esperando? Aja? O Chacal? Não. Eles devem estar nas suas naves, preparando-se para o jantar. O Chacal deve estar vivendo sua vida. Eles não devem saber que o alarme diz respeito a mim. E quando souberem, já será tarde demais. Mas há muito o que temer, mesmo que nenhum deles apareça. Um Obsidiano poderia despedaçar esses dois com as próprias mãos. Trigg sabe disso. Ele fecha os olhos, tocando o peito em quatro pontos para fazer uma cruz. Holiday mentaliza o gesto, mas não o repete.

— Essa é nossa profissão — diz ela para mim com tranquilidade. — Portanto, engula o orgulho. Fique atrás de nós e deixe Trigg e eu trabalharmos.

Trigg estala o pescoço e beija o dedo esquerdo enluvado.

— Fique pertinho. Coladinho em mim. Não seja tímido.

Três níveis até o destino.

Holiday prepara um rifle de gás na mão direita e masca intensamente seu chiclete, com o polegar esquerdo no controle remoto. Falta um nível. Estamos diminuindo a velocidade. Observamos as portas duplas. Engato as pernas de Victra nas minhas axilas.

— Te amo, moleque — diz Holiday.

— Também te amo, bonequinha — murmura Trigg de volta, a voz agora embargada e mecânica.

Sinto mais medo do que quando estava encaixado numa couraçaEstelar na câmara de um cospeTubo antes da minha chuva. Não apenas com medo por minha causa, mas por Victra, por esses irmãos. Quero que eles continuem vivos. Quero saber sobre South Pacifica. Quero saber que pegadinhas eles pregavam na mãe. Se eles tinham um cachorro, uma casa na cidade, no campo...

O gravElevador chia até parar.

A luz da porta pisca. E as espessas portas de metal que nos separam de um pelotão de elite do Chacal sibilam e se abrem. Duas resplandecentes granadas-de-atordoamento entram e se grudam à parede. *Bipe. Bipe.* E Holiday aperta o botão do dispositivo. Uma profunda implosão de som perfura a quietude do elevador enquanto uma invisível pulsação eletromagnética ondula do esférico objeto nos nossos pés. As granadas emitem um chiado e morrem. As luzes ficam pretas no elevador e fora dele. E todos os Cinzas que esperam do lado de fora da porta com suas armas pulsantes de alta tecnologia, e todos os Obsidianos nas suas armaduras pesadas com juntas eletrônicas e capacetes e unidades de filtragem de ar, recebem na cara o impacto da Idade Média.

Mas o aparato antiquado de Holiday e Trigg ainda funciona. Eles avançam elevador afora em direção ao corredor de pedra, curvados sobre suas armas como gárgulas malignas. É uma carnificina. Dois atiradores peritos desferem rajadas curtas a partir de pistolas arcaicas à queima-roupa sobre esquadrões de indefesos Cinzas em amplos corredores. Não há onde se esconder. Lampejos no corredor. Sons gigantescos de rifles de alta potência, que chacoalham meus dentes. Fico petrificado no elevador até que Holiday grita na minha direção, e eu saio correndo atrás de Trigg, puxando Victra comigo.

Três Obsidianos são abatidos quando Holiday arremessa uma granada antiquada. *Buuuummmm*. Um buraco se abre no teto. Uma chuva de reboco. Poeira. Cadeiras e Cobres caem do buraco aberto no teto acima, espatifando-se no meio da contenda. Eu fico sem ar. A cabeça de um homem é jogada para trás. O corpo gira no chão. Uma Cinza foge para dar cobertura num corredor de pedra. Holiday atira nela na altura da coluna. Ela se esparrama como uma criança escorregando no gelo. Há movimento em todos os lados. Um Obsidiano me ataca pela lateral.

Eu atiro com minha pistola, mas a mira é uma desgraça. As balas passam de raspão pela armadura dele. Duzentos quilos de homem erguem um machado-de-íon, com a bateria gasta, mas a ponta ainda afiada. Ele ulula o gutural canto de guerra típico da sua estirpe e uma névoa vermelha espirra do seu capacete como de um gêiser. Uma bala trespassa o capacete e atinge sua cavidade ocular. Seu corpo tomba para a frente, escorrega. Quase me faz cair. Trigg já está a caminho do segundo alvo, lançando metal em homens com a mesma paciência com a qual um artesão pregaria pregos num pedaço de madeira. Não há paixão aqui. Nenhuma arte. Apenas treinamento e capacidade física.

— Ceifeiro, vê se mexe esse rabo! — grita Holiday. Ela me empurra por um corredor para me afastar do caos enquanto Trigg nos segue, arremessando uma pegajosa granada na coxa de um Ouro desprovido de armadura que consegue se desviar de quatro dos seu tiros de rifle. *Buuummm.* Osso e carne virando poeira.

Os irmãos recarregam enquanto correm; Trigg ajeita Victra novamente nos ombros assim que passamos pelo esquadrão inicial. Eu apenas tento não desmaiar ou cair.

— Cinquenta passos pra direita e depois escada acima! — diz Holiday. — A gente tem sete minutos.

Os corredores estão assustadoramente quietos. Não há nenhuma sirene, nenhuma luz. Nenhum zumbido de ar quente vindo dos dutos de ventilação. Apenas o barulho das nossas botas e os gritos distantes e o estalar das minhas juntas e o arfar dos pulmões. Passamos por uma janela. Naves, pretas e mortas, caem do céu. Pequenos incêndios ocorrem onde outras aterrissaram. Trens chiam ao parar nos trilhos magnéticos. As únicas luzes que ainda estão acesas são as oriundas dos dois picos montanhosos mais distantes. Reforços com aparatos tech logo surgirão, mas não saberão o que causou isso. Onde examinar. Com sistemas de câmera e escâneres biométricos desativados, Cassius e Aja não serão capazes de nos encontrar. Isso talvez salve nossas vidas.

Subimos a escada correndo. Uma cãibra atormenta minha panturrilha e o tendão do jarrete da perna direita. Dou um grunhido e quase caio. Holiday aguenta grande parte do meu peso. Seu poderoso pescoço está pressionado na minha axila. Três Cinzas nos avistam por trás na base da comprida escadaria de mármore. Empurrando-me para o lado, ela derruba dois deles com seu rifle, mas o terceiro reage ao ataque com vários tiros. As balas mordem o mármore.

— Eles têm pelotões de apoio com gás — late Holiday. — Temos que dar o fora daqui agora. Agora!

Mais duas viradas à direita, passamos por vários baixaCores, que olham fixamente para mim, boquiabertos, através de corredores de mármore com tetos imensos e estátuas gregas; passamos por galerias onde o Chacal mantém seus artefatos roubados e uma vez me mostrou a declaração de Hancock e a cabeça preservada do último governante do Império Americano.

Meus músculos queimam. A lateral do corpo está praticamente rachando.

— Aqui! — grita por fim Holiday.

Alcançamos uma porta de serviço num corredor lateral e a empurramos para dar de cara com a fria luz do dia. O vento me engole. Dentes gélidos despedaçam meu macacão à medida que nós quatro pisamos numa passarela de metal ao longo de um dos lados da fortaleza do Chacal. À nossa direita, a pedra da montanha cerca o moderno edifício de metal e vidro acima. Há um penhasco de mil metros à nossa esquerda. A neve rodopia ao redor da face da montanha. O vento uiva. Avançamos ao longo da passarela até ela contornar parte da fortaleza e se ligar a uma ponte pavimentada que se estende da montanha a uma abandonada plataforma de aterrissagem como um braço esquelético estendendo uma bandeja de concreto coberta de neve.

— Quatro minutos — berra Holiday enquanto me ajuda na luta para percorrer a ponte em direção à plataforma de aterrissagem. No fim, ela me solta no chão. Trigg deposita Victra no chão atrás de mim. Uma camada dura de gelo deixa o concreto escorregadio e com um aspecto acinzentado. Flocos de neve se aglomeram ao redor do muro de concreto de mais ou menos um metro de altura que cerca a plataforma de aterrissagem circular, protegendo-a do penhasco de mil metros de altura.

— Estou com oitenta na pistola comprida, seis na relíquia — diz ele para a irmã. — Aí acabou.

— Estou com doze — diz ela, jogando no chão a latinha. Ela a estoura e uma fumaça verde envolve o ar. — Temos que manter a ponte.

— Tenho seis minas.

— Ponha logo elas.

Ele dispara de volta à ponte. Na extremidade dela há um conjunto de portas anti-impacto fechadas, bem maiores do que o caminho de serviço que utilizamos na lateral. Trêmulo e cego devido à neve, puxo Victra para junto de mim e ficamos os dois encostados na parede para escapar do vento. Flocos de neve se aglomeram em cima do equipamento de chuva preto que ela está usando. Eles flutuam em direção ao chão como as cinzas que caíram quando Cassius, Sevro e eu queimamos a cidadela de Minerva e roubamos o cozinheiro deles.

— Vai ficar tudo bem com a gente — digo a ela. — A gente vai conseguir. — Dou uma espiada por cima do muro baixo de concreto na direção da cidade abaixo. Ela está estranhamente quieta. Todos os seus sons, todos os seus problemas foram silenciados pela detonação eletromagnética. Observo um floco de neve maior do que o restante flutuar pelo vento e pousar no meu dedo.

Como foi que cheguei aqui? Um menino das minas, agora um senhor da guerra derrotado e trêmulo, mirando uma cidade escurecida abaixo, esperando, contra tudo e contra todos, poder voltar para casa. Fecho os olhos, desejando estar com meus amigos, com minha família.

— Três minutos — diz Holiday atrás de mim. Sua mão enluvada toca meu ombro de modo protetor enquanto ela olha para o céu em busca dos nossos inimigos. — Três minutos e a gente cai fora daqui. Só três minutinhos.

Eu gostaria muito de poder acreditar nela, mas a neve parou de cair.

6

VÍTIMAS

Estreito os olhos além de Holiday à medida que um iridescente escudo de defesa ondula para se ajustar no seu lugar sobre os sete picos de Attica, afastando-nos das nuvens e do céu ao longe. O gerador de escudo deve ter saído do alcance da explosão eletromagnética. Nenhuma ajuda chegará até nós de algum ponto além dela.

— Trigg! Volte pra cá! — grita ela enquanto fixa a última mina na ponte.

Um único tiro tritura a manhã de inverno, ecoando quebradiço e frio. Outros se seguem. *Taque. Taque. Taque*. A neve cai ao redor de Trigg. Ele volta em disparada enquanto Holiday se curva para lhe dar cobertura, com o rifle balançando no ombro. Esforçando-me, ponho-me de pé. Meus olhos doem ao tentarem mirar a luz do sol. O concreto explode à minha frente. Cacos voam em direção ao meu rosto. Eu me abaixo, tremendo de medo. Os homens do Chacal encontraram seus armamentos de reforço.

Dou uma nova espiada. Através de pálpebras estreitadas, vejo Trigg grudado ao chão na metade do caminho entre nós e os inimigos, trocando tiros com um esquadrão de Cinzas munidos de poderosos rifles. Eles saem aos borbotões das portas reforçadas da fortaleza, agora abertas na extremidade oposta da ponte. Dois são abatidos. Dois mais pisam nas proximidades de uma mina e desaparecem numa nuvem de fumaça, enquanto Trigg atira nos pés deles. Holiday pega um outro no exato instante em que Trigg cambaleia para trás em busca de cobertura, atingido por um tiro no ombro. Ele aplica uma dose de estimulante na coxa e se levanta de novo. Uma bala bate de encontro ao concreto em frente a mim e ricocheteia na direção de Holiday, atingindo-a nas costelas logo abaixo da axila da sua armadura num impacto carnudo.

Ela gira e cai. As balas me forçam a ficar agachado ao lado dela. Uma chuva de concreto tem início. Ela cospe sangue e um ecoar úmido e cheio de catarro pode ser percebido na sua respiração.

— Está no meu pulmão — diz ela, arfando enquanto remexe a bolsa na sua perna em busca de uma dose de estimulante. Se os circuitos da sua armadura não tivessem sofrido uma pane, os medicamentos seriam injetados de forma automática. Mas ela precisa arrebentar a tampa do estojo e tirar uma dose manualmente. Eu ajudo, liberando uma das microsseringas e injetando no pescoço dela. Suas pupilas se dilatam e sua respiração desacelera à medida que os narcóticos percorrem seus vasos sanguíneos. Ao meu lado, os olhos de Victra estão fechados.

O tiroteio cessa. Com cautela, dou uma espiada. Os Cinzas do Chacal estão escondidos atrás dos muros e dos mastros de concreto ao longo da ponte a uns sessenta metros de distância. Trigg recarrega sua arma. O vento é o único som. Algo está errado. Eu vasculho o céu, temendo a quietude. Um Ouro está se aproximando. Posso sentir isso na pulsação da batalha.

— Trigg! — grito até meu corpo estremecer. — Corra!

Holiday vê a expressão do meu rosto. Ela se levanta às pressas, não sem um considerável esforço, gemendo de dor enquanto Trigg abandona sua cobertura, com as botas escorregando na ponte lambida pelo gelo. Ele cai e se levanta de novo, cambaleando na nossa direção, aterrorizado. Tarde demais. Atrás dele, Aja au Grimmus arrebenta a porta da fortaleza, passando pelos Cinzas, passando pelos Obsidianos que estão à espreita nas sombras. Ela está vestindo sua jaqueta preta formal. Suas compridas pernas se apoderam de Trigg. É uma das imagens mais tristes que já vi na minha vida.

Eu atiro. Holiday descarrega seu rifle. Não atingimos nada além de ar. Aja dá um passo para o lado, contorce o corpo e, quando Trigg está a dez passos de nós, trespassa-lhe o tórax com sua lâmina. O metal reluz umidamente ao sair do seu esterno. O choque lhe arregala os olhos. Sua boca emite um quieto arquejo. E ele grita ao ser alçado ao ar. Levantado pela lâmina de Aja como se fosse um sapo de brejo espetado na extremidade da lança improvisada de um menino.

— *Trigg*... — sussurra Holiday.

Eu avanço, cambaleando, na direção de Aja, sacando minha lâmina, mas Holiday me puxa de volta para trás do muro enquanto balas disparadas por Cinzas ao longe atingem em cheio o concreto ao nosso redor. O sangue de Holiday derrete a neve embaixo dela.

— Não seja idiota — rosna ela, arrastando-me ao chão com o que lhe resta de força. — A gente não pode ajudá-lo em nada.

— Ele é seu irmão!

— Ele não é a missão. Você é.

— Darrow! — grita Aja da ponte. Holiday dá uma espiada no local onde Aja está parada com seu irmão, o rosto dele pálido e quieto. A cavaleira mantém Trigg no alto na ponta de sua lâmina com uma das mãos apenas. Trigg balança na lâmina. Deslizando por ela na direção do cabo. — Meu bom homem, o tempo de se esconder atrás dos outros está encerrado. Saia.

— Não — murmura Holiday.

— Saia — diz Aja. E ela tira Trigg da lâmina e o joga por sobre a ponte. Seu corpo cai duzentos metros antes de se espatifar de encontro a uma saliência de granito.

Holiday emite um som engasgado, débil. Ela levanta o rifle vazio e puxa o gatilho uma dúzia de vezes na direção de Aja. Esta se agacha antes de perceber que a arma de Holiday está descarregada. Puxo Holiday para baixo no instante em que a bala de um atirador cujo alvo era seu peito atinge a arma dela, despedaçando-a, jogando-a para longe da mão e lhe amputando um dedo. Ficamos sentados, trêmulos, encostados no concreto, Victra entre nós.

— Sinto muito — consigo exprimir. Ela não me ouve. Suas mãos tremem mais do que as minhas. Não há nem sombra de lágrima nos seus olhos distantes, nem sombra de cor no seu rosto vincado.

— Eles vão vir — diz ela depois de um momento vazio. Seus olhos seguem a fumaça verde. — Eles têm que vir. — O sangue escorre pela roupa dela e pelo canto da boca antes de congelar a caminho do pescoço. Ela agarra a faca da sua bota e tenta se erguer, mas seu corpo já era. Sua respiração é úmida e densa, cheirando a cobre. — Eles vão vir.

— Qual é o plano? — pergunto a ela. Seus olhos se fecham. Eu a sacudo. — Como é que eles vão vir?

Ela aponta com a cabeça na direção da extremidade da plataforma de aterrissagem.

— Escute.

— Darrow! — A voz de Cassius soa através do vento. Ele se juntou a Aja. — Darrow de Lykos, saia! — Sua voz encorpada é imprópria para o momento. Nobre demais e alta demais e intocada pela tristeza que nos engole. Enxugo as lágrimas dos meus olhos. — Você precisa decidir o que é, afinal de contas, Darrow. Você vai sair como um homem? Ou precisaremos arrancá-lo daí como se estivéssemos tirando um rato de uma caverna?

A raiva enrijece meu peito, mas eu não quero me levantar. No passado eu teria me levantado, quando usava a armadura de um Ouro e imaginava que pudesse assomar sobre o matador de Eo e revelar meu verdadeiro eu enquanto suas cidades estivessem queimando e suas Cores fenecendo. Mas aquela armadura não existe mais. Aquela máscara do Ceifeiro foi triturada pela dúvida e pela escuridão. Sou apenas um rapaz, e tremo e me acovardo e me escondo do meu inimigo porque sei qual é o preço do fracasso, e estou com medo, estou com muito medo.

Mas não vou permitir que eles me levem. Não serei a vítima deles, e não permitirei que Victra caia outra vez nas mãos deles.

— *Que se dane* — digo. Agarro o colarinho de Holiday e a mão de Victra; meus olhos faíscam devido ao esforço, estão cegos pelo sol na neve, meu rosto está dormente. Arrasto as duas com toda a força de que disponho e as retiro do nosso esconderijo. Atravessamos juntos a plataforma de aterrissagem em direção ao seu limite, onde o vento ruge.

Meus inimigos estão em silêncio.

A visão que devo estar proporcionando — uma forma enegrecida, cambaleante, arrastando minhas amigas, os olhos fundos, o rosto semelhante ao de um velho demônio faminto, barbado e ridículo — é digna de pena. Vinte metros atrás de mim, os dois Cavaleiros Olímpicos estão imperiosamente postados sobre a ponte, no local onde esta se encontra com a plataforma de aterrissagem, flanqueados por mais de cinquenta Cinzas e Obsidianos que vieram das portas da Cidadela localizadas atrás deles. A lâmina prateada de Aja respinga sangue. Mas não se trata do sangue dela. É sangue de Lorn, sangue que ela tirou do cadáver dele. Os dedos dos meus pés latejam dentro dos sapatos molhados.

Os homens deles parecem tão diminutos em contraste com a vasta fortaleza da montanha. Suas armas de metal são tão reles e simples. Olho para a direita, para longe da ponte. Quilômetros além, uma debandada de soldados se ergue de um distante pico montanhoso onde a detonação eletromagnética não foi sentida. Eles se aproximam de nós através de uma camada baixa de nuvens. Um rasgAsa os segue.

— Darrow — Cassius me chama enquanto, na companhia de Aja, se afasta da ponte em direção à plataforma. — Vocês não podem escapar. — Ele me observa, com os olhos indecifráveis. — O escudo está acionado. O céu está bloqueado. Nenhuma nave pode ultrapassá-lo para resgatá-los aqui. — Ele olha para a fumaça verde rodopiando da lata sobre a plataforma de aterrissagem e subindo ao ar invernal. — Aceite sua sina.

O vento uiva entre nós, levando consigo flocos de neve soltos da montanha.

— Dissecação? — pergunto. — É isso o que você acha que eu mereço?

— Você é um terrorista. Seja lá que direitos tinha, você renunciou a eles.

— Direitos? — eu rosno por sobre Victra e Holiday. — Direito de puxar os pés da minha mulher? Direito de assistir à execução do meu pai? — Eu tento cuspir, mas a saliva se gruda aos meus lábios. — Que direitos você tinha de tirá-los de mim?

— Isso aqui não é um debate. Você é um terrorista e deve ser levado a julgamento.

— Então por que você está falando comigo, seu hipócrita da porra?

— Porque a honra ainda é uma coisa importante. *A honra é o que ecoa.* — As palavras do pai dele. Mas elas são tão vazias nos lábios dele quanto eu as sinto nos meus ouvidos. Essa guerra tirou tudo de Cassius. Vejo nos seus olhos o quanto ele está destroçado. O quanto ele tenta terrivelmente ser o filho do seu pai. Se ele pudesse, escolheria voltar à fogueira que acendemos juntos nas terras altas do Instituto. Ele voltaria aos dias de glória quando a vida era simples, quando amigos pareciam verdadeiros. Mas desejar a volta do passado não limpa o sangue das mãos de nenhum de nós dois.

Escuto o rosnado do vento vindo do vale. Meus calcanhares alcançam a extremidade da plataforma de aterrissagem. Não há nada além de ar atrás de mim. Ar e a topografia mutante de uma cidade escura ao sopé do vale dois quilômetros abaixo de nós.

— Ele vai pular — diz Aja a Cassius, num tom baixo. — Nós precisamos do corpo.

— Darrow... não faça isso — diz Cassius, mas seus olhos estão me dizendo para pular, estão me dizendo para escolher esse caminho em vez de me render, em vez de ir para Luna e ser despedaçado. Esse é o caminho nobre. Ele está outra vez querendo fazer de mim um herói.

Eu o odeio por isso.

— Você se acha honrado? — sibilo. — Você se acha bondoso? Quem sobrou pra você dizer que ama? Por quem você luta? — A raiva penetra nas minhas palavras. — Você está *sozinho*, Cassius. Mas eu não. Não estava quando encarei seu irmão na Passagem. Não estava quando me escondi entre vocês. Não estava quando fiquei na escuridão. Nem agora eu estou. — Seguro com o máximo de firmeza de que disponho o corpo inconsciente de Holiday, enfiando meus dedos por dentro das correias da sua armadura corporal. Agarro a mão de Victra. Meus calcanhares raspam a extremidade do concreto. — Ouça o vento, Cassius. Ouça a porra do vento.

Os dois cavaleiros inclinam a cabeça. E ainda assim não compreendem o estranho grunhido que sobe do sopé do vale, porque como um filho e uma filha dos Ouros poderiam conhecer o som de uma perfuratriz-garra mastigando a rocha? Como eles adivinhariam que meu povo viria não do céu, mas do coração do nosso planeta?

— Tchau, Cassius — digo. — Espere por mim. — E empurro a saliência com ambas as pernas, alçando a mim mesmo para trás na direção do abismo, arrastando Holiday e Victra para o ar rarefeito.

7
MANGANGÁS

Caímos na direção de um olho liquefeito no centro de uma cidade coberta de neve. Lá, entre fileiras de plantas industriais, edifícios tremem e se inclinam à medida que o chão infla para o alto. Chaminés racham e giram no ar. O vapor sibila através do asfalto partido. Explosões de gás ondulam formando uma coroa, tecendo linhas de fogo em meio a ruas que vergam e se agitam, como se Marte em si estivesse se esticando o equivalente a seis andares de altura para dar à luz algum leviatã imemorial. E então, quando o chão e a cidade não conseguem mais se esticar, uma perfuratriz-garra irrompe em direção ao ar invernal — uma titânica mão de metal com dedos liquefeitos que soltam fumaça e agarram o que aparece pela frente para em seguida desaparecer quando a perfuratriz-garra volta a se enterrar em Marte, puxando consigo metade de um quarteirão.

Estamos caindo rápido demais.

Pulamos cedo demais.

O chão está correndo em disparada na nossa direção.

Então o ar estala com um ribombar sônico.

Em seguida outro. E outro, até que todo um coro ressoa da escuridão do túnel cavado pela perfuratriz-garra à medida que esta dá à luz um pequeno exército. Duas, vinte, cinquenta formas munidas de armaduras em gravBotas saem do túnel berrando na nossa direção. À minha esquerda, à minha direita. Pintados de vermelho-sangue, despejando rajadas pulsantes atrás de nós na direção do céu. Meus cabelos se eriçam e sinto cheiro de ozônio. Munições superaquecidas ondulam em azul devido à fricção enquanto trituram moléculas de ar à medida que avançam. Minicanhões montados nos ombros dos soldados vomitam morte.

Em meio à aparição dos Filhos de Ares, um homem munido de armadura em tom carmesim com o capacete pontudo do seu pai avança e segura Victra segundos antes que ela se choque contra o telhado de um arranha-céu. Uivos de lobo balbuciam dos alto-falantes do capacete dele. É Ares em pessoa. Meu melhor amigo em todos os mundos não se esqueceu de mim. Ele veio com sua legião de arrombadores de império, terroristas e renegados: os Uivadores. Uma dúzia de homens e mulheres de metal com mantos pretos de lobo balouçando ao vento voam atrás dele. O maior de todos veste uma diáfana armadura branca com impressões de mãos azuladas que lhe cobrem o peito e os braços. Seu manto preto tem uma listra vermelha que vai até a metade. Por um momento, penso que é Pax que acabou de voltar dos mortos para se encontrar comigo. Mas quando o homem agarra a mim e a Holiday, vejo os glifos desenhados na mesma tinta azul das impressões de mãos. Glifos do polo sul de Marte. Trata-se de Ragnar Volarus, príncipe dos Espigões das Valquírias. Ele joga Holiday a um outro Uivador e me empurra para trás de si de modo que eu possa abraçá-lo, enterrando meus dedos nos rebites da sua armadura. Então ele margeia a esfumaçada cidade do vale na direção do túnel, gritando para mim:

— *Segure firme, irmãozinho.*

E mergulha. Sevro está à esquerda, segurando Victra; há Uivadores por todos os lados, e suas gravBotas gritam enquanto mergulhamos em direção à escuridão da boca do túnel. O inimigo nos persegue. Os sons são horríveis. Berros de vento. Rochas sendo rasgadas à medida que rajadas pulsantes trituram as paredes atrás de nós e armas gorjeiam. Meu queixo chacoalha de encontro ao ombro de metal de Ragnar. Suas gravBotas vibram a todo vapor. Ferrolhos da armadura se enterram nas minhas costelas. O conjunto da bateria acima do seu cóccix bate de encontro à minha virilha enquanto disparamos em meio ao negrume. Estou cavalgando um tubarão de metal, indo cada vez mais fundo, cada vez mais fundo para dentro do ventre de um mar raivoso. Meus ouvidos estalam. O vento assobia. Uma pedra se choca com minha testa. O sangue escorre pelo meu rosto, deixando meus olhos ardentes. A única luz vem das botas reluzentes e do lampejo das armas.

A pele do meu ombro direito está bastante dolorida. Rajadas pulsantes dos nossos perseguidores deixam de me acertar por um triz. Mesmo assim, minha pele borbulha e exala fumaça, deixando a manga do meu macacão em fogo. O vento mata as chamas. Mas as rajadas pulsantes passam zunindo novamente e explodem nas gravBotas do Filho logo à minha frente, derretendo a perna do homem e transformando-a num único pedaço de metal liquefeito. Ele se contorce no ar, batendo de encontro ao teto, onde seu corpo se enrosca. O capacete escapa da sua cabeça e gira a toda a velocidade na minha direção.

Luzes vermelhas latejam através das minhas pálpebras. Há fumaça no ar, carnuda, que irrita o fundo da minha garganta. Tecido espesso chamuscado e tostado. Sinto o peito quente de dor. Um pântano de berros e uivos e gritos por mães em todas as partes. E uma outra coisa. O som de mangangás nos meus ouvidos. Alguém está acima de mim. Vejo-os na luz vermelha ao abrir os olhos. Eles berram no meu rosto, pressionando uma máscara na minha boca. Um manto de lobo úmido pende de um ombro metálico, pinicando meu pescoço. Outras mãos tocam as minhas. O mundo vibra, inclina-se.

— Estibordo! Estibordo! — grita alguém, como se estivesse debaixo d'água.

Estou cercado de homens moribundos, em cascas de armaduras retorcidas e queimadas. Há homens menores em cima deles, curvados como abutres, com serras reluzentes nas mãos tentando arrancar as armaduras, tentando livrar esses moribundos das suas queimaduras internas. Mas as armaduras estão derretidas e bem grudadas aos corpos. Uma mão toca a minha. Um menino está deitado ao meu lado, de olhos arregalados, armadura escurecida. A pele das suas bochechas é jovem e lisa abaixo da fuligem e do sangue. Sua boca ainda não foi vincada por sorrisos. Sua respiração é mais curta, mais rápida. Ele balbucia meu nome.

E morre.

8

CASA

Estou sozinho, distante do horror, parado, leve e desintoxicado numa estrada com aromas de relva e terra. Meus pés tocam o chão, mas não consigo senti-lo sob eles. Para ambos os lados se estende um gramado de urzais açoitado pelo vento. O céu lampeja ao longe com relâmpagos. Minhas mãos estão sem os Sinetes e vagam ao longo do muro de paralelepípedos que segue em zigue-zague dos dois lados da estrada. Quando comecei a andar? Em algum lugar ao longe, ascende fumaça de madeira. Sigo a estrada, mas sinto que não tenho outra opção. Uma voz me chama de algum ponto além da colina.

Ó túmulo, Ó câmara matrimonial, casa
Esvaziada que me vigiará para sempre onde quer que eu vá.
A meu próprio povo, quase todo aqui;
Perséfone os levou a ela.
Último de todos, condenado, passando pelo resto,
Devo descer, antes que meu rumo seja traçado.
Mesmo assim, quando lá chegar, posso esperar encontrar
Eu venho como bom amigo do meu caro pai
A você, minha mãe, e também a meu irmão.
E vocês todos, vocês três, conheceram minha mão na morte
E lavo seus corpos...

É a voz do meu tio. Isso aqui é o Vale? Essa aqui é a estrada que eu percorro antes da morte? Não pode ser. No Vale não há dor, mas meu corpo está doendo. Minhas pernas me incomodam. Mesmo assim ouço a voz dele à minha frente, atraindo-me a seguir através da névoa. O homem que me ensinou a dançar depois que meu pai morreu, que me protegeu e me enviou a Ares. Que morreu ele próprio numa mina e habita agora o Vale.

Imaginei que seria Eo a me receber. Ou meu pai. Não Narol.

— Continue lendo — sussurra uma outra voz. — A dra. Virany disse que ele consegue nos ouvir. Só precisa encontrar o caminho de volta. — Mesmo enquanto caminho, sinto uma cama embaixo de mim. O ar ao redor é frio e fresco nos meus pulmões. Os lençóis, macios e limpos. Os músculos nas minhas pernas se contraem. A sensação que tenho é de abelhas os picando. E a cada picada, o mundo de sonho desvanece e eu deslizo de volta ao meu corpo.

— Bom, se a gente tem que ler alguma coisa pro novato aí, que seja algo Vermelho. Não essa merda Violeta toda aviadada.

— Dancer disse que essa era uma das favoritas dele.

Meus olhos se abrem. Estou numa cama. Lençóis brancos, tubos de medicação intravenosa nos braços. Debaixo dos lençóis, toco os nódulos do tamanho de uma formiga que foram grudados nas minhas pernas para canalizar a corrente elétrica através dos músculos a fim de combater a atrofia. O quarto é uma caverna. Equipamentos científicos, máquinas e viveiros se encontram por toda parte.

Foi tio Narol quem eu ouvi no sonho, afinal de contas. Mas ele não está no Vale. Ele está vivo. Está sentado ao lado da minha cama, estreitando os olhos para um dos velhos livros de Mickey. Ele está grisalho e magricela, mesmo para um Vermelho. Suas mãos calosas tentam ser delicadas com as frágeis páginas de papel. Ele está careca agora, e bastante queimado de sol nos antebraços e na nuca. Mas ainda assim parece que ele foi remendado a partir de velhos pedaços de couro. Ele teria quarenta e um anos agora. Parece mais velho. Mais selvagem. Há um ar de perigo no seu semblante, dentes postiços repousam ao lado da armatrilho no coldre da sua coxa. Uma curviLâmina foi costurada na sua jaqueta militar preta acima de um logo da Sociedade que foi arrancado e invertido: Vermelho no topo, Ouro na base.

O homem esteve na guerra.

Ao meu lado está sentada minha mãe. Uma mulher curvada e frágil desde o derrame que a acometeu. Quantas vezes imaginei o Chacal de pé sobre ela, com alicates na mão? Todo o tempo ela esteve em segurança. Seus dedos tortos manuseiam agulha e linha em meias esgarçadas, remendando os buracos. Eles não se movem como se moviam antes. A idade e a fraqueza a tornaram mais lenta. Seu corpo alquebrado não representa o que ela é por dentro. Lá ela é alta como um Ouro, tão corpulenta quanto qualquer Obsidiano.

Observando-a ali sentada respirando tranquilamente, absorta na sua tarefa, quero protegê-la mais do que qualquer outra coisa neste mundo. Quero curá-la. Dar-lhe tudo o que ela nunca teve. Eu a amo tanto que nem sei o que dizer, o que fazer para ao menos conseguir transmitir a ela o quanto eu a amo.

— Mamãe... — eu sussurro.

Eles levantam os olhos. Narol está petrificado na cadeira. Minha mãe deposita a mão sobre a dele e se ergue lentamente para se postar ao lado da minha cama. Seus passos são lentos, cautelosos.

— Olá, criança.

Ela se joga sobre mim, esmagando-me com o amor que vejo nos seus olhos. Minha mão é maior do que a cabeça dela, mas eu toco seu rosto delicadamente como se para provar a mim mesmo que ela é real. Percorro as rugas dos seus olhos até os cabelos grisalhos nas têmporas. Quando menino, eu não gostava tanto dela quanto do meu pai. Ela às vezes me batia. Chorava sozinha e fingia que não havia nada errado. E agora tudo o que eu quero é escutá-la cantarolar enquanto cozinha. Tudo o que eu quero são aquelas noites quietas onde tínhamos paz e eu era uma criança.

Eu quero que o tempo retroceda.

— Sinto muito... — flagro a mim mesmo dizendo. — Sinto muito...

Ela beija minha testa e balança a cabeça de encontro à minha. Ela tem cheiro de ferrugem e suor e óleo. Como nossa casa. Minha mãe me diz que sou o filho dela. Não há motivo para se desculpar. Eu estou em segurança. Eu sou amado. Minha família está aqui. Kieran, Leanna, os filhos deles. Estão esperando para me ver. Eu soluço descontroladamente, compartilhando toda a dor que minha solidão me forçou a armazenar. As lágrimas são uma linguagem mais profunda do que minha língua consegue exprimir. Já estou exausto quando ela beija novamente minha cabeça e se afasta. Narol se posta ao lado dela e põe a mão no meu braço.

— Narol...

— Olá, seu putinho — diz ele asperamente. — Ainda o filho do seu pai, hein?

— Eu pensava que você estivesse morto — digo.

— Que nada. A morte já me mordeu algumas vezes. Depois cuspiu de volta a porra do meu rabo ensanguentado. Ela disse que havia algumas mortes que precisavam ser levadas a cabo e que um sangue selvagem como o meu precisava ser salvo. — Ele dá uma risadinha na minha direção. Aquela velha cicatriz nos lábios dele agora é acompanhada de duas novas.

— A gente está esperando você acordar há um bom tempo — diz mamãe. — Já faz dois dias que eles te trouxeram de volta na nave.

Ainda posso sentir a fumaça da carne queimada no fundo da minha garganta.

— Onde estamos? — pergunto.

— Em Tinos. A cidade de Ares.

— Tinos... — sussurro. Eu me sento na cama rapidamente. — Sevro... Ragnar...

— Estão vivos — grunhe Narol, empurrando-me de volta à posição deitada. — Veja se não arranca esses tubos e a resCarne. A dra. Virany levou horas e horas pra te remendar todo depois daquela porra de fuga desastrada. Os membros da Tropa dos Ossos deveriam estar no raio de alcance da detonação eletromagnética. Não estavam. Os caras trituraram a gente nos túneis. Ragnar é o único motivo de você estar vivo.

— Você estava lá?

— Quem você pensa que liderou a equipe de perfuração que chegou em Attica? Foi sangue de Lykos, Lambda e Ômicron.

— E Victra?

— Calma, garoto. — Ele leva a mão ao meu peito para impedir que eu tente me levantar de novo. — Ela está com o médico. A mesma coisa com aquela Cinza. Elas estão vivas. Sendo remendadas.

— Você precisa dar uma checada em mim, Narol. Fale pros médicos darem uma checada em mim pra ver se eu não estou com algum rastreador de radiação. Algum implante. Eles podem muito bem ter me deixado escapar de propósito, pra encontrar Tinos... Eu preciso ver Sevro.

— Olhe! Eu falei pra se acalmar — diz Narol rispidamente. — A gente fez a checagem em você. Havia dois implantes no seu corpo. Mas os dois fritaram durante a detonação eletromagnética. Você não foi rastreado. E Ares não está aqui. Ele ainda está em combate com os Uivadores. Só voltou pra entregar os feridos e pra botar um rango pra dentro. — Havia quase uma dúzia de mantos lupinos. O que quer dizer que ele recrutou soldados. Cardo nos traiu, mas Vixus mencionou Pedrinha e Palhaço. Imagino se Cara Ferrada também está com eles.

— Ares está sempre circulando — diz mamãe.

— Há muita coisa a fazer. E apenas um Ares — responde Narol defensivamente. — Eles ainda estão por aí atrás de sobreviventes. Logo, logo voltam. Ao amanhecer, contando com a sorte. — Minha mãe lhe lança um olhar fulminante e ele se cala.

Volto a me recostar na cama, embasbacado por estar falando com eles. Por estar vendo os dois. Eu mal consigo formar sentenças. Há tantas coisas a dizer. Tanta emoção desconhecida percorrendo meu corpo. A única coisa que acabo fazendo é ficar ali sentado, respirando aceleradamente. O amor da minha mãe preenche o recinto, mas mesmo assim sinto a escuridão se movendo para além desse momento. Exercendo pressão sobre essa família que eu imaginava haver perdido e agora temo não ter mais condições de proteger. Meus inimigos são grandiosos demais. E numerosos demais. E eu estou demasiadamente fraco. Sacudo a cabeça, passando o polegar pelas juntas dos dedos dela.

— Pensei que nunca mais fosse voltar a te ver.

— E no entanto, aqui está você. — De alguma maneira, ela faz a frase soar fria. É bem o jeito da minha mãe: ser a que está com os olhos secos quando ambos os homens mal conseguem falar. Sempre imaginei como sobrevivi ao Instituto. Com certeza não foi por causa do meu pai. Ele era um homem gentil. Mamãe é a espinha em mim. O ferro. E eu seguro com força a mão dela como se um gesto tão simples pudesse dizer tudo isso.

Uma leve batida é ouvida da porta. Dancer estica a cabeça. Com a aparência diabolicamente bela de sempre, ele é o único Vermelho vivo que faz com que a idade avançada tenha um aspecto bom. Consigo ouvir seu pé se arrastando ligeiramente atrás dele no corredor. Não só minha mãe como também meu tio fazem um meneio na direção dele, em deferência. Narol dá um passo para o lado respeitosamente enquanto ele se aproxima da cama, mas minha mãe permanece imóvel.

— Ainda não acabaram com esse Mergulhador-do-Inferno, ao que parece. — Dancer aperta minha mão com força. — Mas você deu um baita susto na gente.

— Porra, como é bom te ver, Dancer.

— Digo a mesma coisa, garoto. Digo a mesma coisa.

— Obrigado. Por ter cuidado deles. — Balanço a cabeça na direção da minha mãe e do meu tio. — Por ter ajudado Sevro...

— É pra isso que servem as famílias — diz ele. — Como é que você está?

— Meu peito está doendo. E todo o resto também.

Ele ri levemente.

— E deveria estar mesmo. Virany disse que aquele estimulante que Nakamura te deu quase te matou. Você teve um ataque cardíaco.

— Dancer, como é que o Chacal sabia de tudo? Todo dia eu imaginava o que havia acontecido. Todo dia eu tentava refazer tudo na minha cabeça. Ficava pensando nas pistas que eu tinha deixado pra ele. Acabei me entregando? Foi isso?

— Não foi você — diz Dancer. — Foi Harmony.

— Harmony... — sussurro. — Ela não iria... Ela odeia os Ouros. — Mas mesmo enquanto digo essas palavras, sei o quanto o ódio dela é irresponsável. Como Harmony deve ter ficado vingativa depois que deixei de detonar a bomba que ela me deu para matar a Soberana e os outros em Luna.

— Ela acha que a gente perdeu o passo da rebelião — diz Dancer. — Que a gente está pondo muitas coisas em risco. Ela contou pro Chacal quem você era.

— Ele sabia de tudo quando eu estava no escritório dele. Quando lhe dei o presente...

Ele faz um meneio concordando, com o semblante cansado.

— Sua presença comprovou as alegações dela. Então o Chacal deixou a gente resgatá-la e aos outros. Trouxemos Harmony de volta pra base e, uma hora depois de o esquadrão de matadores dele aparecer, ela sumiu.

— Fitchner está morto por causa dela. Ele lhe deu um propósito... Até entendo ela me trair, mas trair Fitchner? Trair Ares?

— Ela descobriu que ele era um Ouro, então deixou de ter consideração por ele. Deve ter dado ao Chacal as coordenadas da base. — Ares era o herói dela. O deus dela. Depois que os filhos de Harmony morreram nas minas, ele lhe deu um motivo pra viver, um motivo pra lutar. E então ela descobriu que Ares era o inimigo, e fez com que ele fosse morto. É devastador pra mim pensar que esse é o motivo pelo qual ele morreu.

Dancer me avalia silenciosamente. Está claro que eu não sou o que ele esperava. Mamãe e Narol o observam quase com o mesmo cuidado que dirigem a mim, deduzindo a mesma coisa.

— Sei que não sou mais o que eu era — digo lentamente.

— Não, garoto. Você passou pelo inferno. Não é isso.

— Então o que é?

Ele troca um olhar com minha mãe.

— Tem certeza?

— Ele precisa saber. Conte-lhe — diz ela. Narol também balança a cabeça em concordância.

Dancer ainda hesita. Ele procura uma cadeira. Narol se apressa em puxar uma para ele e deixá-la perto da cama. Dancer faz um meneio como forma de agradecimento e então se curva sobre mim, juntando os dedos das duas mãos.

— Darrow, você foi longe demais com pessoas que lhe escondiam coisas. Então quero ser bem transparente daqui por diante. Até cinco dias atrás, a gente imaginava que você estivesse morto.

— E estive bem perto disso.

— Não. Não, eu quero dizer que paramos de te procurar nove meses atrás.

A mão da minha mãe aperta com mais força a minha.

— Três meses depois que você foi capturado, os Ouros te executaram no HC por traição. Eles arrastaram um rapaz idêntico a você até os degraus da Cidadela em Agea e leram em voz alta todos os seus crimes. Fingindo que você ainda era um Ouro. A gente tentou te libertar, mas era uma armadilha. Perdemos milhares de homens. — Seus olhos vagam pelos meus lábios, pelos meus cabelos. — Ele tinha seus olhos, suas cicatrizes, a porra da sua cara. E a gente teve que assistir ao Chacal cortando sua cabeça e destruindo seu obelisco no Campo de Marte.

Eu olho fixamente para eles, não compreendendo aquilo tudo.

— Ficamos de luto por você — diz mamãe, com a voz tênue. — O clã inteiro, a cidade inteira. Eu mesma conduzi o Réquiem Evanescente e nós enterramos suas botas nos túneis profundos nos confins de Tinos.

Narol cruza os braços, tentando se proteger da lembrança.

— Ele era igualzinho a você. Tinha o mesmo andar, o mesmo rosto. Pensei que tinha te visto morrer de novo.

— Provavelmente era uma máscaraCarne ou então eles entalharam alguém, ou eram efeitos digitais — explica Dancer. — Agora isso não importa. O Chacal te matou como um Áurico. Não como um Vermelho. Teria sido tolice da parte deles revelar sua identidade. Teria dado uma ferramenta pra gente. Aí, em vez disso, você morreu simplesmente como mais um Ouro que pensou que poderia virar rei. Um alerta.

O Chacal prometeu que maltrataria aqueles que amo. E agora vejo o quão profundamente ele cumpriu sua promessa. A fachada da minha mãe está alquebrada. Todo o pesar que ela manteve dentro de si aumenta por trás dos seus olhos à medida que ela me encara fixamente. A culpa lhe tensiona o rosto.

— Eu desisti de você — diz ela com suavidade, a voz quebradiça. — Desisti.

— Não foi culpa sua — digo. — Você não tinha como saber.

— Sevro sabia — diz ela.

— Ele nunca deixou de te procurar — explica Dancer. — Pensei que ele estivesse maluco. Ele dizia que você não estava morto. Que ele podia sentir isso. Que ele sabia. Inclusive lhe pedi que cedesse o capacete a uma outra pessoa. Ele agia de maneira muito imprudente ao te procurar.

— Mas o filho da puta te achou — diz Narol.

— É isso aí — responde Dancer. — Achou mesmo. Eu estava errado sobre isso. Eu devia ter acreditado em você. Acreditado nele.

— Como *foi* que vocês me acharam?

— Theodora idealizou uma operação.

— Ela está aqui?

— Está trabalhando pra gente no setor de inteligência. A mulher tem contatos. Alguns dos informantes dela num Clube Pérola ficaram sabendo que os Cavaleiros Olímpicos estavam levando um pacote de Attica de volta a Luna pra entregar à Soberana. Sevro acreditava que esse pacote era *você*, e depositou uma imensa porção dos nossos recursos de reserva nesse ataque, queimou dois dos nossos ativos mais profundos...

À medida que ele fala, observo minha mãe mirar na direção de uma lâmpada rachada no teto. O que será que tudo isso significa para ela? Uma mãe ver seu filho destroçado por outros homens? Ver a dor escrita em cicatrizes na sua pele, falada em silêncios, em olhares distantes. Quantas mães não rezaram para ver seus filhos, suas filhas retornarem da guerra apenas para se dar conta de que a guerra os deteve, o mundo os envenenou, e que eles jamais serão os mesmos?

Por nove meses, mamãe esteve de luto por mim. Agora está afogada em culpa por ter desistido de me considerar vivo, e o desespero ao ouvir sobre a guerra volta a me engolir, pois estou ciente de que ela é incapaz de impedi-la. Nos últimos anos, pisei em tantas pessoas para obter o que eu achava que queria. Se essa é minha última chance na vida, quero fazer a coisa certa. Eu preciso fazer.

— … Mas agora o verdadeiro problema não é equipamento, é mão de obra o que a gente necessita…

— Dancer… pare — digo.

— Parar? — Ele franze o cenho, confuso, olhando de relance para Narol. — Qual é o problema?

— Não há problema nenhum. Mas eu converso com você amanhã de manhã sobre isso.

— Amanhã de manhã? Darrow, o mundo está mudando bem debaixo dos seus pés. A gente perdeu o controle sobre as outras facções Vermelhas. Os Filhos não vão durar até o fim deste ano. Eu preciso te informar sobre tudo. A gente precisa que você volte…

— Dancer, eu estou vivo — digo, pensando em todas as perguntas que quero fazer, sobre a guerra, sobre meus amigos, sobre como eu perdi o rumo das coisas, sobre Mustang. Mas isso pode esperar. — Você pode pelo menos imaginar a sorte que eu tenho? Ser capaz de voltar a ver vocês todos neste mundo? Não vejo meu irmão e minha irmã há seis anos. Então amanhã vou ouvir todas as suas orientações. Amanhã a guerra vai voltar a contar comigo. Mas esta noite eu pertenço à minha família.

Escuto as crianças antes de alcançarmos a porta e me sinto um convidado no sonho de alguma outra pessoa. Despreparado para o mundo das crianças. Mas tenho pouco a apitar nesse assunto, já que minha mãe empurra minha cadeira de rodas à frente na direção de um apertado dormitório abarrotado de beliches de metal, crianças, cheiro de xampu e barulho. Cinco das crianças do meu sangue, recém-saídas do chuveiro, a se levar em consideração a aparência dos seus cabelos e as pequenas sandálias no chão, estão em plena disputa num dos beliches: dois meninos mais altos de nove anos de idade formando uma aliança contra dois meninos de seis anos e uma pequenina garota com cara de anjo que não para de dar cabeçadas na perna do maior deles. Ele ainda não reparou nela. A sexta criança no quarto é alguém de quem eu me lembro, do dia que visitei mamãe em Lykos. A menininha que não conseguia dormir. Filha de Kieran. Ela observa as outras crianças por sobre o brilhante livro de fábulas de um outro beliche e é a primeira a reparar na minha presença.

— Pa — chama ela, olhos arregalados. — Pa...

Kieran prontamente se levanta do seu jogo de dados com Leanna quando me vê. Leanna é mais lenta atrás dele.

— Darrow — diz ele, correndo na minha direção e parando diante da minha cadeira de rodas. Ele também está barbado agora. Vinte e poucos anos de idade. Não tem mais os ombros caídos como costumava ter. Seus olhos irradiam uma bondade que eu costumava pensar que faziam dele um pouco tolo, mas agora apenas parecem tresloucadamente corajosos. Lembrando-se, ele faz um gesto para que seus filhos se aproximem. — Reagan, Iro, crianças. Venham falar com meu irmãozinho. Venham conhecer o tio de vocês.

As crianças se alinham de modo canhestro ao redor dele. Um bebê ri do fundo do recinto e uma jovem mãe se levanta do seu beliche onde estava amamentando o filho.

— Eo? — sussurro. A mulher é uma visão do passado. Pequena, rosto no formato de um coração. Seus cabelos são um farto emaranhado de fios despenteados. Do tipo que fica crespo em dias úmidos, como ficavam os cabelos de Eo. Mas essa não é Eo. Seus olhos são menores, seu nariz é semelhante ao de um elfo. Há mais delicadeza aqui do que fogo. E essa é uma mulher, não uma garota como era minha esposa. Vinte anos agora, pelas minhas contas.

Eles todos me encaram estranhamente.

Imaginando se não estou louco.

Exceto Dio, a irmã de Eo, cujo rosto se abre num sorriso.

— Sinto muito, Dio — digo rapidamente. — Você... se parece tanto com ela.

Ela não permite que isso soe esquisito, abafando meu pedido de desculpas. Dio diz que essa é a coisa mais gentil que eu poderia ter dito.

— E quem é essa aí, afinal de contas? — pergunto, indicando o bebê que ela está segurando. Os cabelos da criancinha são um absurdo. Vermelho-ferrugem e presos por uma fitinha, de modo a mantê-

-los muito bem esticados no topo da cabeça da menina como se fosse uma pequena antena. Ela me observa entusiasmada com seus olhos vermelho-escuros.

— Essa coisinha aqui? — pergunta Dio, aproximando-se da minha cadeira. — Oh, essa aqui é alguém que eu quero te apresentar desde que Deanna contou pra gente que você estava vivo. — Ela olha com muito amor para o meu irmão. Sinto uma pontinha de inveja. — Essa é nossa primogênita. Quer segurá-la?

— Segurá-la? — digo. — Não... Eu...

As mãozinhas gorduchas da menina me procuram, e Dio empurra a criança para o meu colo antes que eu possa me afastar. A menina se gruda ao meu suéter, grunhindo ao se virar e girar o corpo até ficar sentada na minha perna de acordo com sua vontade. Ela bate palmas e ri, completamente alheia ao que eu sou. Ao motivo pelo qual minhas mãos são tão cheias de cicatrizes. Deliciada pelo tamanho delas e pelos Sinetes de Ouro, ela agarra meu polegar e tenta mordê-lo com a gengiva.

O mundo dela é alheio aos horrores que eu conheço. Tudo o que a criança enxerga é amor. Sua pele é clara e macia de encontro à minha. Ela é feita de nuvens e eu de pedra. Seus olhos são grandes e brilhantes como os da mãe. Suas feições e os lábios finos são como os de Kieran. Fosse esta uma outra vida, talvez ela pudesse ser minha filha com Eo. Minha mulher teria rido ao pensar que seriam meu irmão e sua irmã juntos no fim e não nós. Nós éramos uma pequena tempestade que não podia durar. Mas quem sabe Dio e Kieran durarão.

Muito depois de as luzes diminuírem de intensidade ao longo do complexo para tirar a carga dos geradores, estou sentado com meu tio e meu irmão ao redor da mesa no fundo da sala, escutando Kieran me contar suas novas tarefas, que consistem em aprender com os Laranjas a realizar serviços em rasgAsas e naves. Dio foi para a cama há muito tempo, mas deixou comigo o bebê, que agora dorme nos meus braços, mudando de posição aqui e ali à medida que seus sonhos a levam onde quer que possam levá-la.

— Na verdade não é assim tão horrível aqui — está dizendo Kieran. — É melhor do que ficar todo empilhado lá embaixo, como a gente ficava. A gente tem comida. Chuveiros com água. Não tem mais aqueles jorros! Há um lago acima de nós, dizem. Um troço deslumbrante mesmo, essa porra de chuveiro. As crianças adoram. — Ele observa seus filhos na luz tênue. Dois numa cama, mudando de posição enquanto dormem. — O duro é não saber o que acontecerá com eles. Será que eles vão trabalhar nas minas algum dia? Será que vão trabalhar na tecelagem? Eu sempre pensei que eles iriam. Que eu estava lhes passando alguma coisa de pai pra filho, uma missão, uma habilidade. Está entendendo? — Faço que sim com a cabeça. — Acho que eu queria que meus filhos fossem Mergulhadores-do-Inferno. Como você. Como papai. Mas... — Ele dá de ombros.

— Não há mais nada disso agora que você tem olhos — diz tio Narol. — A vida fica vazia quando você sabe que está sendo pisado.

— É mesmo — responde Kieran. — Morrer lá pelos trinta pra que aquele pessoal possa viver até os cem. Essa porra não pode ser justa. Só quero que meus filhos tenham mais do que isso, irmão. — Ele olha intensamente para mim e eu lembro de como minha mãe me perguntou o que viria depois da revolução. Que mundo estamos fazendo? Era o que Mustang perguntava. Algo que Eo jamais avaliou. — Eles precisam ter mais do que isso. E eu amo Ares tanto quanto qualquer outra pessoa por aqui. Devo minha vida a ele. A vida dos meus filhos. Mas... — Ele balança a cabeça, querendo dizer mais, porém sentindo o peso dos olhos de Narol sobre si.

— Continue — digo.

— Não sei se ele sabe o que acontece em seguida. É por isso que estou contente por você ter voltado, irmãozinho. Sei que você tem um plano. Sei que você pode salvar a gente.

Ele diz isso com tanta fé, com tanta confiança.

— É claro que eu tenho um plano — digo, porque sei que é isso que ele precisa saber. Mas, enquanto minha mãe enche a caneca dele expressando um grande contentamento, meu tio capta meu olhar e sei que ele vê através da mentira, e nós dois sentimos a escuridão nos pressionando.

9

A CIDADE DE ARES

É de manhã cedo e eu estou bebericando café e comendo cereais que minha mãe conseguiu para mim com o comissário. Ainda não estou pronto para multidões. Kieran e Leanna já partiram para o trabalho, de modo que fico sentado com Dio e mamãe enquanto as crianças se vestem para a escola. É um bom sinal. Você sabe que um povo desistiu de lutar quando para de ensinar suas crianças. Termino meu café. Mamãe me serve mais um pouco.

— Você pegou um pote inteiro? — pergunto.

— O chef insistiu. Tentou me dar dois.

Tomo um gole do café.

— É quase como se fosse a coisa de verdade.

— É a coisa de verdade — diz Dio. — Tem um pirata por aí que manda mercadorias contrabandeadas pra gente. O café vem da Terra, acho. Jamaca, eles dizem.

Eu não a corrijo.

— Oi! — grita uma voz nos corredores. Minha mãe dá um salto ao ouvir o som. — Ceifeiro! Ceifeiro! Sai daí e vem brincar-ar--ar? — Há um estrondo no corredor e o som de botas pisoteando o chão.

— Lembre-se, Deanna disse pra gente bater antes — diz uma voz trovejante.

— Você é muito irritante. Beleza. — Uma batida educada é ouvida na porta. — Novidades! Tio Sevro e o Gigante Moderadamente Amigável acabaram de chegar.

Minha mãe faz um gesto para uma das minhas entusiasmadas sobrinhas.

— Ella, tenha a gentileza. — Ela dispara na direção da porta e a abre para Sevro. Ele entra estrepitosamente, erguendo-a nos braços. Ela dá gritinhos de alegria. Ele está com seu traje de baixo, um tecido aderente que os soldados usam sob suas armaduras pulsantes. Gotas de suor mancham suas axilas. Seus olhos dançam ao me verem, e ele joga Ella rudemente em cima de uma cama e avança na minha direção, com os braços abertos. Um riso esquisito lhe escapa do peito, seu rosto comprido exibe um sorrisinho dentado. Seus cabelos estilo Mohawk estão sujos e empapados de suor.

— Sevro, cuidado — diz minha mãe.

— Ceifa! — Ele vem com tudo ao meu encontro, fazendo a cadeira girar para o lado, fazendo meus dentes cerrarem enquanto me levanta parcialmente da cadeira, mais forte do que era, cheirando a tabaco e combustível de motor e suor. Ele quase ri, quase chora como um excitado cão encostado no meu peito. — Eu sabia que você estava vivo. Eu sabia, porra, eu sabia. Esses putos desses Pixies não podem me enganar. — Afastando-se, ele baixa os olhos para mim com um sorrisinho de riquixá. — Seu filho da puta da porra.

— Olhe a língua! — rebate minha mãe.

Eu estremeço.

— Minhas costelas.

— Ah, merda, desculpa aí, irmãozinho. — Ele me deixa sentar novamente na cadeira e se ajoelha para que possamos ficar cara a cara. — Eu já disse isso antes. Agora vou dizer pela segunda vez. Se existem duas coisas neste mundo que não podem ser mortas são os fungos debaixo da minha mochila e o Ceifeiro da porra do planeta Marte. Hahaha!

— Sevro!

— Desculpe, Deanna. Desculpe.

Eu me afasto dele.

— Sevro. Você está com... um cheiro horrível.

— Eu não tomo banho há vários dias — diz ele, orgulhoso, segurando a virilha. — É uma sopa de Sevro aqui, garotão. — Ele põe as mãos nos quadris. — Sabia que você está com uma aparência… — Ele olha de relance para minha mãe e doma a língua. — … horrível.

Uma sombra cai por sobre o recinto quando um homem entra e bloqueia a luz de cima próxima à porta. As crianças se aglomeram contentíssimas ao redor de Ragnar, de modo que ele mal consegue andar.

— Olá, Ceifeiro — diz ele por sobre os gritos das crianças.

Eu saúdo Ragnar com um sorriso. Seu rosto está insensível como sempre. Tatuado e pálido, calejado pelo vento do seu lar ártico, a pele semelhante à de um rinoceronte. Sua barba branca possui quatro tranças, e seus cabelos estão raspados, com exceção de um rabicho branco trançado com fitas vermelhas. As crianças estão perguntando se ele lhes trouxe presentes.

— Sevro. — Eu me curvo para a frente. — Seus olhos…

Ele se aproxima de mim.

— Está gostando deles? — Enterrados naquele rosto de ângulos duros e olhar estreito, seus olhos não têm mais aquele tom sujo de Ouro. São agora vermelhos como o solo de Marte. Ele baixa as pálpebras para que eu possa ver melhor. Não se trata de lentes de contato. E o direito não é mais biônico.

— Porra. Você foi entalhado?

— Pelo melhor na praça. Está gostando?

— Estão maravilhosos, porra. Encaixam como uma luva em você.

Ele soca as mãos uma na outra.

— Fico contente que você ache isso. Porque eles são seus.

Eu empalideço.

— O quê?

— Eles são seus.

— Meus o quê?

— Seus olhos!

— Meus olhos…

— Por acaso o Gigante Amigável deixou você cair de cabeça durante o resgate? Mickey mantinha seus olhos numa criocaixa naquela espelunca dele em Yorkton (lugarzinho de arrepiar, por falar nisso). Quando a gente deu uma batida por lá em busca de suprimentos pra trazer pra Tinos e ajudar no Levante, passou pela minha cabeça que você não ia mais usar esses olhos, aí eu... — Ele dá de ombros estranhamente. — Aí eu perguntei se ele não podia pôr os olhos em mim. Sabe como é, né? Pra você poder enxergar quando estivesse morto. Pra aproximar a gente um do outro. Alguma coisa que pudesse me fazer lembrar de você. Isso não é um troço assim tão esquisito, é?

— Eu disse pra ele que isso era bizarro — diz Ragnar. Uma das meninas está escalando a perna dele.

— Você quer seus olhos de volta? — pergunta Sevro, subitamente preocupado. — Posso devolver na boa.

— Não! — eu digo. — Só que eu tinha esquecido o quanto você é malucão.

— Ah. — Ele ri e me dá um tapa no ombro. — Legal. Pensei que fosse alguma coisa séria. Então não tem problema eu ficar com eles?

— Achado não é roubado — digo, dando de ombros.

— Deanna de Lykos, posso pegar emprestado seu filho pra questões marciais? — pergunta Ragnar à minha mãe. — Ele tem muitas coisas a fazer. Muitas coisas a saber.

— Só se você o devolver inteiro. E leve um pouco de café também. E leve essas meias pra lavanderia. — Minha mãe empurra um saco cheio de meias recentemente remendadas para os braços de Ragnar.

— Como você quiser.

— E os presentes? — pergunta um dos meus sobrinhos. — Você não trouxe nenhum?

— Eu tenho um presente pra você... — diz Sevro.

— Sevro, não! — gritam Dio e mamãe.

— O quê? — Ele pega uma bolsa. — Desta vez são balas, nada além disso.

— ... E foi então que Ragnar tropeçou em Pedrinha e caiu atrás do transporte — diz Sevro, rindo. — Como um idiota total. — Ele está comendo um bombom acima da minha cabeça enquanto empurra a cadeira de rodas imprudentemente através do corredor de pedra. Ele dispara mais uma vez em alta velocidade e sobe nas costas da cadeira para deslizarmos até que damos uma guinada em direção à parede. Eu estremeço de dor. — Aí Ragnar cai em cheio no mar. A coisa foi sinistra, cara. As ondas eram do tamanho de uma espaçonave. Aí eu vou lá e mergulho também, pensando que ele precisava da minha ajuda, bem na hora que esse imenso... sei lá como é que você chama essa coisa. Tipo uma fera entalhada...

— Demônio — diz Ragnar atrás de nós. Eu não tinha reparado que ele estava nos seguindo. — Era um demônio dos mares do terceiro nível do Inferno.

— Com certeza. — Sevro contorna a esquina guiando minha cadeira de rodas; ele bate com tanta força na parede que me faz morder a língua, e um grupo de pilotos dos Filhos se espalha para sair do caminho. Eles olham fixamente para mim enquanto continuamos deslizando aos trancos e barrancos. — Esse troço — ele se vira para olhar para Ragnar —, esse demônio dos mares aparentemente pensa que Ragnar é uma guloseima saborosa, então engole nosso amigo aqui quase no instante em que ele atinge a água. Aí eu vejo isso e estou caindo na gargalhada com o Cara Ferrada, como qualquer um faria porque a coisa é engraçada pra cacete, porra, e você sabe como Cara Ferrada curte uma boa piada. Mas aí o monstrengo mergulha. Então eu vou lá e sigo o bicho na parte de trás do transporte. E estou lá na cola do bicho, atirando com meu pulsoPunho na porra do — ele olha mais uma vez para Ragnar — *demônio* dos mares que está nadando pro fundo da droga do Mar Termal. A pressão só está crescendo. Meu traje zumbe sem parar. E acho que vou morrer a qualquer momento quando de repente Ragnar começa a arrebentar o monstrengo escamoso por dentro e escapa do bicho. — Ele se aproxima. — Mas adivinhe só por onde ele escapa? Vá lá. Adivinhe. Adivinhe!

— Sevro, por acaso ele escapou pelo reto do demônio dos mares? — pergunto.

Sevro berra de tanto rir.

— Isso! Isso mesmo! Bem pelo rabo da coisa. Escapou da coisa como se fosse um pedaço de cocô... — Minha cadeira para. A voz dele sofre uma parada brusca, em seguida se ouve um baque e o som de algo deslizando. Minha cadeira de rodas volta a rolar para a frente. Olho para trás e vejo Ragnar empurrando-a com ar inocente. Sevro não está no corredor atrás de nós. Franzo o cenho, imaginando para onde ele foi até que ele surge repentinamente de uma passagem lateral.

— Você! Seu troll! — grita Sevro. — Sou um líder guerreiro, um terrorista! Pare de me derrubar. Você fez com que eu deixasse meu bombom cair no chão! — Sevro olha para o chão do corredor. — Espera. Onde é que ele está? Droga, Ragnar. Onde está meu bombom de manteiga de amendoim? Sabe quantas pessoas eu tive que matar pra conseguir isso? Seis! Seis! — Ragnar mastiga silenciosamente acima de mim e, embora eu possa estar enganado, tenho a impressão de que o vejo sorrindo.

— Ragnar, você tem escovado os dentes? Eles estão com um aspecto esplêndido.

— Obrigado — diz ele, exibindo o quanto de vaidade um homem de dois metros e meio de altura consegue exibir com um bombom de manteiga de amendoim na boca. — O mago removeu os antigos. Eles me doíam demais. Estes são novos. Não são lindos?

— Mickey, o mago — confirmo.

— De fato. Ele também me ensinou a ler antes de partir de Tinos. — Ragnar prova o que diz lendo todo e qualquer sinal e aviso pelos quais passamos no corredor até entrarmos na baia do hangar, uns dez minutos depois. Sevro segue atrás, ainda reclamando a perda do bombom. O hangar é apertado, devido a uma grande quantidade de estandartes da Sociedade, mas ainda assim tem quase trinta metros de altura e sessenta de largura. Foi cortado na rocha por perfuratrizes a laser. O piso é de pedra, chamuscado de preto por causa dos motores. Diversas espaçonaves dilapidadas estão atracadas ao lado de três reluzentes rasgAsas novas. Vermelhos dirigidos por dois Laranjas realizam serviços nas naves e olham fixamente para mim quando minha cadeira de rodas passa por eles. Eu me sinto um forasteiro aqui.

Um grupo heterogêneo de soldados se afasta de uma nave em mau estado. Alguns ainda estão em armadura, com seus mantos lupinos pendurados nos ombros. Outros vestem apenas os trajes de baixo ou têm o peito despido.

— Chefe! — grita Pedrinha debaixo do braço de Palhaço. Ela está gorducha como sempre, e ri para mim, carregando Palhaço pelo caminho para se mover com mais rapidez. Os cabelos fartos dele estão suados, e ele se curva sobre a garota mais baixa. Os rostos de ambos estão brilhantes ao se aproximarem, como se eu fosse a imagem exata que eles tinham de mim. Pedrinha tira Palhaço dos seus ombros para me dar um abraço. Palhaço, por sua vez, faz uma mesura ridícula.

— Uivadores se apresentando ao serviço, Primus — diz ele. — Desculpe a confusão.

— A merda ficou espinhosa — explica Pedrinha antes que eu possa falar.

— Exageradamente espinhosa. Tem alguma coisa diferente em você, Ceifeiro. — Palhaço põe as mãos nos quadris. — Você parece estar... menor. Você cortou o cabelo? Não me diga. É a barba... Ela diminui mesmo as pessoas.

— Que gentil da sua parte reparar nisso — digo. — E permanecer aqui, em vista de tudo.

— O quê? Você está se referindo ao fato de ter mentido pra gente durante cinco anos?

— Exatamente isso — digo.

— Bom... — diz Palhaço, prestes a me atacar. Pedrinha lhe dá um tapinha no ombro.

— É claro que a gente ia ficar, Ceifeiro! — diz ela com doçura. — Esta é nossa família...

— Mas temos exigências... — continua Palhaço, balançando um dedo. — Se você quiser nossa participação integral. Mas... por enquanto, a gente precisa dar um tempinho. Eu lamento, mas tenho um estilhaço de bomba na minha bunda. Portanto, vou implorar que você parta. Venha, Pedrinha. Vamos aos cirurgiões.

— Tchau, chefe! — diz Pedrinha. — Fiquei contente por você não ter morrido!

— Jantar do esquadrão às oito! — grita Sevro às costas deles. — Não se atrasem. Estilhaço na bunda não é nenhuma desculpa, Palhaço.

— Sim, senhor!

Sevro se vira para mim com um risinho.

— Os putos nem piscaram quando eu lhes contei que você era um Enferrujado. Vieram comigo e com Rags pegar sua família na mesma hora. Mas foi meio barra-pesada contar pra eles o que era o quê. Vamos por aqui.

Enquanto passamos pela nave por onde saíram Pedrinha e Palhaço, vejo seu ventre pelo alto da rampa. Dois rapazes trabalham dentro dela, açoitando o piso com mangueiras. A água escorre num tom vermelho-amarronzado pela rampa em direção ao deque do hangar, fluindo não para um ralo, mas por uma tina estreita na direção da extremidade do hangar, onde desaparece sobre a borda.

— Alguns pais deixam naves ou vilas pros seus filhos. O bundão do Ares deixou pra mim essa colmeia pestilenta de angústia e rusticidade.

— *Porra* — eu sussurro ao perceber para o que exatamente estou olhando.

Além do hangar existe uma floresta invertida de estalactites. Ela cintila na madrugada subterrânea. Não apenas por causa da água que percorre sinuosamente suas escorregadias superfícies acinzentadas, mas também pelas luzes de docas, acampamentos e das coleções de sensores que fornecem os dentes ao grande bastião de Ares. Naves de suprimentos adejam entre as múltiplas docas.

— Estamos numa estalactite — digo, rindo e maravilhado. Mas então olho para baixo na direção do horror e o peso sobre meus ombros duplica. Cem metros abaixo da nossa estalactite se esparrama um campo de refugiados. No passado, o local foi uma cidade subterrânea entalhada na pedra de Marte. As ruas são tão profundas entre os edifícios que mais parecem cânions em miniatura. E a cidade extravasa sobre o chão da colossal caverna até os longínquos paredões a quilômetros de distância, onde mais lares em formato de favo foram construídos. Ruas sobem em zigue-zague pelo arenito. Mas, sobre isso, uma nova cidade desprovida de teto foi gerada. Uma cidade de refugiados. Peles e tecidos e cabelos lamacentos se contorcem como se fossem um mar bizarro e carnoso. Eles dormem sobre os telhados. Nas ruas. Em escadas sinuosas. Vejo símbolos de metal improvisados para Gama, Ômicron, Ípsilon. Todos os doze clãs em que eles dividem meu povo.

Estou perplexo diante da visão.

— Quantas pessoas estão lá?

— Não sei nem fodendo. Pelo menos umas vinte minas. Lykos era pequena em comparação com algumas das que ficam próximas aos maiores depósitos de H-3.

— Quatrocentas e sessenta e cinco mil. De acordo com os registros — diz Ragnar.

— Só meio milhão? — sussurro.

— Parece que tem muito mais gente do que isso, não é?

Faço que sim com a cabeça.

— Por que essas pessoas estão aqui?

— Eu tinha que dar algum abrigo pra elas. Esses pobres coitados chegam de todas as minas que o Chacal purgou. Ele manda espalhar achlys-9 nos dutos de ventilação se suspeita da presença de um Filho. É um genocídio invisível.

Um calafrio percorre meu corpo.

— O Protocolo de Liquidação. A última medida do Comitê de Controle de Qualidade pra minas comprometidas. Como é que você mantém tudo isso em segredo? Embaralhadores?

— Isso. E a gente está a mais de dois cliques debaixo da terra. Meu pai alterou os mapas topográficos no banco de dados da Sociedade. Pros Ouros, isso aqui é um leito de rocha que esgotou sua reserva de hélio-3 há mais de trezentos anos. Por enquanto a historinha está funcionando.

— E como é que você alimenta todo mundo?

— A gente não alimenta. Enfim, a gente tenta, mas não aparece um rato em Tinos há mais de um mês. As pessoas estão dormindo praticamente umas em cima das outras. A gente começou a transferir os refugiados pra dentro das estalactites. Mas as doenças já estão se espalhando pelas pessoas. Não há medicamentos o bastante. E eu não posso correr o risco de meus Filhos adoecerem. Sem eles, a gente não tem dentes. A gente é apenas uma vaca doente esperando pra ser abatida.

— E eles começaram uma rebelião — diz Ragnar.

— Uma rebelião?

— É, eu quase ia me esquecendo disso. Tive que cortar as rações pela metade. Elas já eram pequenas. Aqueles merdinhas ingratos ali embaixo não gostaram muito.

— Muitos perderam suas vidas antes de eu descer — explica Ragnar.

— O Escudo de Tinos — diz Sevro. — Ele é mais popular do que eu, com certeza. Eles não o culpam pelas rações de merda. Mas eu sou mais popular do que Dancer, porque tenho um capacete maneiraço e ele é encarregado de fazer as merdas obrigatórias que não posso fazer. As pessoas são muito idiotas. O cara se ferra todo por eles e todo mundo imagina que ele é um pão-duro com minhoca na cabeça.

— É como se tivéssemos feito um retrocesso de mil anos — digo, desconsolado.

— Bem por aí, mesmo, exceto pelos geradores. Há um rio que corre por baixo da pedra. Então existe água, saneamento, energia, às vezes. E... tem também uma merda perversa. Crime. Assassinatos. Estupros. Roubos. A gente precisa manter os sacanas dos Gamas separados de todos os outros. Alguns Ômicrons enforcaram um moleque Gama na semana passada e entalharam o Sinete de Ouro no peito dele, arrancaram os Sinetes Vermelhos dos seus braços. Eles disseram que ele era um legalista, um douradinho. Ele tinha catorze anos.

Eu me sinto mal.

— Nós mantemos as luzes bem acesas. Mesmo durante a noite — diz Ragnar.

— É isso aí. Se as luzes forem apagadas, lá embaixo fica uma coisa... do outro mundo. — Sevro parece cansado ao baixar os olhos na direção da cidade. Meu amigo sabe lutar, mas essa é uma batalha muito diferente.

Olho fixamente para a cidade, incapaz de encontrar as palavras que preciso dizer. Eu me sinto como um prisioneiro que passou a vida inteira escavando uma parede apenas para derrubá-la e descobrir que chegou a uma outra cela. Exceto pelo fato de que sempre haverá uma outra cela. E outra. E outra. Essas pessoas não estão vivendo. Estão apenas tentando adiar o fim.

— Não era isso o que Eo queria — digo.

— Pode crer… Bom… — diz Sevro, dando de ombros. — Sonhar é fácil. A guerra não é. — Ele mastiga o lábio pensativamente. — Afinal, você esteve com Cassius?

— Uma vez, no fim. Por quê?

Ele se vira para mim, com os olhos cintilando.

— Foi ele quem acabou com o papai.

10

A GUERRA

— **Nossa Sociedade está em guerra...** — Dancer me diz na sala de comando dos Filhos de Ares. A instalação possui um domo, é esculpida na rocha e iluminada por tênues luzes azuladas acima, e uma coroa de terminais de computadores que refulgem ao redor de um display holográfico central. Ele está de pé ao lado do display encharcado pela luz azul do Mar Termal de Marte. Conosco estão Ragnar, diversos outros Filhos que eu não reconheço e Theodora, que me cumprimentou com o gracioso beijo nos lábios popular nos círculos altaCor de Luna. Elegante mesmo usando calças cargo pretas, ela tem um ar de autoridade no recinto. Como meus Uivadores, ela não foi convidada por Augustus ao jardim depois do Triunfo. Não era muito importante, graças a Júpiter. Sevro enviou Pedrinha para tirá-la da Cidadela assim que tudo desabou. Ela está com os Filhos desde então, ajudando na propaganda política de Dancer e nos bastidores da inteligência. — ... Não somente o Levante contra os Ouros força nossas células daqui e em todo o Sistema. Mas *entre* os próprios Ouros. Depois que eles mataram Arcos e Augustus, bem como seus mais dedicados apoiadores no seu Triunfo, Roque e o Chacal fizeram uma jogada coordenada para tomar posse da armada em órbita. Eles temiam que Virginia ou os Telemanus reagrupassem as naves dos Ouros assassinados no jardim. Virginia fez isso, não somente com as próprias naves do seu pai, mas com aquelas de Arcos, sob o comando de três das noras dele. Elas entraram na batalha ao redor de Deimos. E a frota de Roque, mesmo superada em número, esmagou a de Mustang e obrigou as naves a bater em retirada.

— Ela está viva, então — digo, ciente de que eles estão cautelosos acerca de como eu reagiria ao saber da informação.

— É isso aí — diz Sevro, observando-me cuidadosamente, assim como o restante do grupo. — Até onde a gente sabe, ela está viva. — Ragnar parece estar prestes a dizer alguma coisa, mas Sevro o corta. — Dancer, mostre Júpiter a ele.

Meus olhos perduram em Ragnar enquanto Dancer faz um gesto e o display holográfico se curva para exibir o grande gigante gasoso e marmóreo de Júpiter. Cercando-o se encontram os sessenta e três satélites menores em formato de asteroide e as quatro grandes luas de Júpiter: Europa, Io, Ganimedes e Calisto.

— O expurgo instituído pelo Chacal e a Soberana foi uma impressionante operação que abarcou não apenas os treze assassinatos do jardim, mas também mais de trezentos outros assassinatos ao redor do sistema solar. A maior parte deles foi levada a cabo por Cavaleiros Olímpicos e Pretorianos. O expurgo foi proposto e idealizado pelo Chacal pra eliminar os principais inimigos da Soberana em Marte, mas também em Luna e em toda a Sociedade. A coisa funcionou bem, muito bem. Mas um erro grandioso foi cometido. No jardim, eles mataram Revus au Raa e sua neta de nove anos de idade.

— O ArquiGovernador de Io — digo. — Pra mandar uma mensagem aos Lordes Lunares?

— Sim, mas o tiro saiu pela culatra. Uma semana depois do Triunfo, os filhos dos Lordes Lunares que a Soberana mantinha em Luna sob tutela pra negociar a lealdade dos seus pais escaparam. Dois dias mais tarde, os herdeiros de Raa roubaram o *Classis Saturnus*. A guarnição da Oitava Frota inteira nas suas docas em Calisto com a ajuda dos Cordovan de Ganimedes. Os Raa declararam a independência de Io às luas de Júpiter, sua nova aliança com Virginia au Augustus e os herdeiros de Arcos e sua guerra com a Soberana.

— Uma segunda Rebelião Lunar. Sessenta anos depois de Rhea ter sido queimada — digo com um lento sorriso, pensando em Mustang na chefia de todo um sistema planetário. Mesmo que ela tenha me abandonado, mesmo que haja aquele vazio na boca do meu estômago quando penso nela, essa é uma boa notícia para nós. Não somos os únicos inimigos da Soberana. — Urano e Saturno se juntaram? Netuno certamente se juntou.

— Todos se juntaram.

— Todos? Então há esperança... — digo.

— Pode crer. Dá pra se pensar que sim. Certo? — murmura Sevro.

Dancer explica:

— Os Lordes Lunares também cometeram um erro. Eles esperavam que a Soberana fosse se encontrar atolada em Marte e seria afligida por uma insurreição de baixaCores no Cerne. Portanto, eles imaginavam que ela não seria capaz de enviar uma frota de tamanho suficiente a uma viagem de seiscentos milhões de quilômetros para sufocar a rebelião deles por pelo menos três anos.

— E eles estavam absolutamente equivocados — murmura Sevro. — Que idiotas. Foram pegos com as calças abaixadas.

— Quanto tempo ela levou pra enviar uma frota? — pergunto. — Seis meses?

— Sessenta e três dias.

— Isso é impossível, só a logística de combustível já... — Minha voz perde a intensidade à medida que eu me lembro que Lorde Ash estava a caminho de reforçar a Casa Bellona na órbita ao redor de Marte antes de tomarmos o planeta. Ele estava a semanas de distância naquele momento. Ele deve ter continuado até a Borda, seguindo Mustang durante todo o trajeto.

— Você deveria conhecer mais do que qualquer outra pessoa a eficiência da Armada da Sociedade. Eles são uma máquina de guerra — diz Dancer. — A logística e os sistemas de operação são perfeitos. Quanto mais tempo a Borda levasse para se preparar, mais difícil seria pra Soberana empreender uma campanha. Octavia sabia disso. Então toda a Armada Espada foi imediatamente mobilizada pra órbita de Júpiter, e estão lá há quase dez meses.

— Roque fez uma sacanagenzinha — diz Sevro. — Foi antes da frota principal e botou as mãos no quebraLua que o velho Nero tentou roubar no ano passado.

— Ele roubou um quebraLua.

— Pode crer. Ele o batizou de *Colossus* e o escolheu pra ser sua nau capitânia. O rufião. É uma máquina de respeito. Faz o *Pax* parecer diminuto.

O holo acima de nós mostra a frota de Roque se aproximando de Júpiter, onde o quebraLua está à espera para lhes dar as boas-vindas. Os dias e semanas e meses de guerra passam a jato diante dos nossos olhos.

— O alcance da coisa é... alucinante — diz Sevro. — Milhares de cargueiros de suprimento, centenas de naves de guerra. Cada frota é duas vezes maior do que a coalizão que você reuniu pra arrebentar os Bellona... — Ele diz mais, porém estou absorto, assistindo aos meses de guerra que passam em alta velocidade à minha frente, percebendo como os mundos continuaram girando na minha ausência.

— Octavia não teria usado Lorde Ash — digo, com ar distante. — Se ele ao menos passasse pelo cinturão de asteroides, não haveria reconciliação. A Borda jamais se renderia. Então, quem os lidera? Aja?

— Roque au Lambedorderrabo Fabii — diz Sevro, debochando.

— Ele lidera a frota inteira? — pergunto, surpreso.

— Eu sei, certo? Depois do Sítio de Marte e da Batalha de Deimos, ele é tipo uma porra de afilhado do Cerne. Um Ouro de Ferro regular tirado dos anais do passado. Pouco importa o fato de você ter acertado o nariz dele. Ou ele ter sido a piada do Instituto. Ele é bom em três coisas. Choramingar, esfaquear pessoas pelas costas e destruir frotas.

— Eles o chamam o Poeta de Deimos — diz Ragnar. — Ele é invencível em batalhas. Mesmo contra Mustang e os titãs dela. Ele é muito perigoso.

— Guerra de frotas não é o jogo dela — digo. Mustang sabe lutar. Mas ela sempre foi uma criatura mais política. Ela agrupa pessoas. Mas tática nua e crua? Essa é a praia de Roque.

O senhor da guerra que existe em mim lamenta ter sido mantido afastado por tanto tempo. Ter perdido tamanho espetáculo como o que foi a Segunda Rebelião Lunar. Sessenta e sete luas, a maioria delas militarizada, quatro com populações de mais de cem milhões de pessoas. Batalhas de frota. Bombardeios orbitais. Manobras de assalto e ocupação de asteroides com exércitos em trajes mecânicos. Isso teria sido um parque de diversões. Mas o homem em mim sabe que se eu não tivesse estado esse tempo na caixa, várias pessoas estariam ausentes nesta sala.

Percebo que estou internalizando demais. Forço a mim mesmo a me comunicar.

— Nosso tempo está acabando. Não está?

Dancer balança a cabeça em concordância.

— Na semana passada, Roque tomou Calisto. Somente Ganimedes e Io ainda mantêm suas posições. Se os Lordes Lunares capitularem aquela armada, as legiões que estão com ela retornarão pra cá a fim de ajudar o Chacal contra nós. Nós seremos o único foco do poder militar unido da Sociedade, e eles vão nos erradicar.

Era por isso que Fitchner odiava bombas. Elas abrem os olhos, despertam o gigante.

— E Marte, como vai ficar? E nossa guerra? Que droga, o que é nossa guerra?

— É uma porra de uma zona, é isso o que ela é — diz Sevro. — A coisa acabou virando uma guerra aberta mais ou menos oito meses atrás. Os Filhos permaneceram firmes. Não sei onde Orion está. Morta, a gente calcula. O *Pax* e nossas naves foram destruídos. E agora há uns exércitos paramilitares que não são ligados aos Filhos surgindo no norte, massacrando civis e sendo por sua vez dizimados por unidades aéreas das Legiões. Aí temos greves em massa e protestos em dezenas de cidades. As prisões estão abarrotadas de prisioneiros políticos, então eles precisam realocar esse pessoal todo nesses acampamentos improvisados onde a gente sabe que eles estão na realidade empreendendo execuções em massa.

Dancer aciona um dos holos, de modo que posso ver imagens borradas do que parecem ser grandes prisões no deserto e em florestas. Elas dão um zoom em baixaCores desembarcando de transportes sob a mira de armas e entrando nas estruturas de concreto. As imagens mudam para ruas repletas de detritos. Homens com máscaras e faixas Vermelhas nos braços atiram sobre os dejetos enfumaçados dos trens da cidade. Um Ouro aterrissa entre eles. A imagem é cortada.

— A gente tem batido com força neles, o máximo que dá — diz Sevro. — Fizemos uns troços bem pauleira mesmo. Roubamos umas doze naves, dois destróieres. Demolimos o Centro de Comando Termal…

— E agora eles estão reconstruindo tudo — diz Dancer.

— Aí nós vamos lá e destruímos tudo outra vez — rebate Sevro.

— Quando não conseguimos nem mesmo manter uma cidade?

— Esses Vermelhos não são guerreiros — diz Ragnar, interrompendo os dois. — Eles sabem pilotar naves. Atirar. Jogar bombas. Lutar contra Cinzas. Mas quando chega um Ouro, eles se derretem todos.

Um silêncio profundo segue as palavras dele. Os Filhos de Ares são guerrilheiros. Sabotadores. Espiões. Mas nessa guerra, as palavras de Lorn me perseguem. "Como uma ovelha pode matar um leão? Afogando-o em sangue."

— Cada civil que morre em Marte é culpa nossa, segundo a propaganda oficial — diz Theodora, por fim. — Nós matamos dois deles ao bombardearmos uma indústria de munições e eles vão lá e dizem que matamos mil pessoas. Em toda greve ou passeata, a Sociedade dispõe agentes infiltrados na multidão disfarçados de manifestantes pra atirar em oficiais Cinzas ou detonar trajes suicidas. Essas imagens são dispersadas no circuito midiático. E quando as câmeras estão desligadas, os Cinzas invadem a casa e fazem os simpatizantes da causa desaparecerem. MeiaCores. BaixaCores. Pouco importa. Eles contêm a dissensão. No norte, como Sevro acabou de dizer, há uma rebelião aberta.

— Uma facção chamada Legião Vermelha está massacrando todos os altaCores que encontra pela frente — diz Dancer com o semblante sombrio. — Uma velha amiga nossa se juntou à liderança deles. Harmony.

— Tudo a ver.

— Ela envenenou o grupo contra nós. Eles se recusam a acatar nossas ordens, e nós paramos de mandar armas pra eles. Nossa moral está indo pro espaço.

— O homem com voz e violência controla o mundo — murmuro.

— Arcos? — pergunta Theodora. Faço um meneio, anuindo. — Se ao menos ele estivesse aqui.

— Não tenho muita certeza de que ele nos ajudaria.

— Lamentavelmente, parece que a voz não tem como existir sem violência — diz a Rosa. Ela cruza uma perna sobre a outra. — A maior arma que uma rebelião possui é seu *spiritus*. O espírito da mudança. Aquela sementezinha que encontra esperança na mente e floresce e se espalha. Mas a habilidade pra plantar essa ideia, e até mesmo a ideia em si nos foi tirada. A mensagem nos foi roubada. Pelo Chacal, enquanto cortava nossa língua. Estamos sem voz.

Quando ela fala, os outros escutam. Não para comprazê-la como os Ouros fariam, mas como se sua posição tivesse quase a mesma importância que a de Dancer.

— Nada disso faz sentido — digo. — O que foi que acendeu a fagulha dessa guerra? O Chacal não tornou pública a morte de Fitchner. Seria do interesse dele manter isso quieto enquanto expurgava os Filhos. Qual foi o catalisador disso? E também, vocês dizem que estão sem uma voz. Mas Fitchner tinha uma rede de comunicação que podia transmitir às minas, a qualquer lugar. Ele forçou a divulgação da morte de Eo às massas. Tornou o rosto dela a imagem do Levante. O Chacal acabou com essa imagem? — Eu olho para os rostos preocupados ao meu redor. — O que é que vocês estão escondendo de mim?

— Você ainda não contou pra ele? — pergunta Sevro. — Que droga vocês estavam fazendo enquanto eu estava fora: coçando o saco?

— Darrow queria estar com a família dele — diz Dancer de modo ríspido. Ele se volta para mim com um suspiro. — Grande parte da nossa rede digital foi destruída durante os expurgos do Chacal um mês depois de Ares ter sido morto e de você ter sido capturado. Sevro conseguiu nos avisar antes de os homens do Chacal alcançarem nossa base em Agea. Nós fomos a pique, salvamos equipamentos, mas perdemos uma gigantesca quantidade de mão de obra. Milhares de Filhos. Operadores treinados. Passamos os três meses seguintes tentando te encontrar. Sequestramos um transporte indo pra Luna, mas você não estava nele. Vasculhamos as prisões. Distribuímos propinas. Mas você tinha sumido, como se jamais tivesse existido. E aí o Chacal te executou nos degraus da Cidadela em Agea.

— Eu sei disso tudo.

— Bom, o que você não sabe é o que Sevro fez em seguida.

Eu olho para o meu amigo.

— O que foi que você fez?

— O que eu precisava fazer. — Ele assume o controle do holograma e apaga a imagem de Júpiter, substituindo-a pela minha imagem. Dezesseis anos de idade. Magricela e pálido e nu em cima de uma mesa enquanto Mickey se curva sobre mim com sua serra. Um calafrio me percorre a espinha. Mas nem minha espinha ela é. Não mesmo. Ela pertence a essas pessoas. À revolução. Eu me sinto... usado ao perceber o que ele fez.

— Você soltou essas imagens.

— Acertou em cheio — diz Sevro de um jeito irritante, e eu sinto os olhos de todos eles pousados sobre mim, agora entendendo por que a imagem da minha lâmina está grafitada em todos os telhados dos refugiados de Tinos. Eles todos sabem que eu era um Vermelho. Eles sabem que um deles conquistou Marte numa Chuva de Ferro.

Eu comecei a guerra.

— Soltei as imagens do seu entalhamento em todas as minas. Em todo holoSite existente. Em cada milímetro da porra da Sociedade. Os Ouros pensavam que podiam te matar, que podiam te derrotar e deixar sua morte desprovida de significado. Nem a pau eu deixaria isso acontecer. — Ele dá um tapa na mesa. — Nem a pau eu deixaria você desaparecer sem um rosto dentro daquela máquina, como aconteceu com minha mãe. Não existe um único Vermelho sequer em Marte que não saiba seu nome, Ceifa. Nem uma única pessoa sequer no mundo digital que não saiba que um Vermelho se tornou um príncipe dos Ouros, pra conquistar Marte. Eu fiz de você um mito.

E agora que retornou dos mortos, você não é apenas um mártir. Você é a porra do Messias em pessoa que os Vermelhos estão esperando há séculos.

11

MEU POVO

Estou sentado na beira do hangar com as pernas penduradas, observando a cidade abaixo que fervilha de vida. O rumor de mil vozes abafadas se ergue até mim como um mar de folhas roçando umas nas outras. Os refugiados sabem que estou vivo. CurviLâminas foram grafitadas em muros. Em telhados. O silencioso grito desesperado de um povo perdido. Por seis anos eu quis estar de volta ao convívio deles. Mas, ao olhar lá para baixo, ao ver o apuro deles e me lembrar das palavras de Kieran, sinto que estou me afogando nas esperanças desse povo.

Eles têm muitas expectativas.

Eles não compreendem que não podemos vencer essa guerra. Ares inclusive sabia que jamais poderíamos enfrentar os Ouros cara a cara. Então, como vou poder conduzi-los? Como vou poder lhes mostrar o caminho?

Eu tenho medo não apenas de não ter condições de lhes dar o que eles querem. Mas do fato de que, ao liberar a verdade, Sevro tocou fogo no barco atrás de nós. Não há volta para nós.

Portanto, o que isso significa para minha família? Para meus amigos e para essas pessoas? Eu me senti tão sobrepujado por essas questões, pelo uso que Sevro fez do meu entalhamento, que saí de lá às pressas sem dizer uma palavra. Foi petulante.

Atrás de mim, Ragnar passa pela minha cadeira de rodas e desliza para se sentar ao meu lado. Suas pernas estão penduradas na beira do hangar como as minhas. Suas botas são comicamente grandes. A brisa de uma nave que passa faz balançar as fitas na sua barba. Ele não diz nada, à vontade com o silêncio. Eu me sinto seguro sabendo que ele está ali. Sabendo que ele está comigo. Como eu imaginava me sentir quando estava perto de Sevro. Mas ele mudou. Há um peso excessivo naquele capacete de Ares.

— Quando eu era criança, sempre queríamos saber quem era o mais corajoso de nós — digo. — Saíamos às escondidas da nossa casa de noite pra irmos pros túneis profundos e ficávamos de costas pra escuridão. Dava pra ouvir as víboras-das-cavidades se você ficasse quieto. Mas nunca era possível saber com certeza o quanto elas estavam próximas. A maior parte dos meninos saía correndo depois de um minuto, quem sabe dois. Eu sempre era o que resistia mais tempo. Até que Eo descobriu nosso jogo. — Sacudo a cabeça. — Hoje em dia acho que eu não ficaria mais do que um minuto.

— Porque você agora sabe quanto há a se perder.

Os olhos pretos de Ragnar contêm as sombras de uma vasta história. Ele tem quase quarenta anos e é um homem que foi criado num mundo de gelo e magia, foi vendido aos Ouros para comprar o direito à vida para seu povo e serviu como escravo mais tempo do que eu tenho de vida. O quanto ele entende a vida melhor do que eu?

— Você ainda sente saudades de casa? Da sua irmã? — pergunto.

— Sinto, sim. Eu anseio as primeiras neves na agonia do verão, como os flocos se colavam ao couro das botas de Sefi enquanto eu a carregava nos ombros pra ver Níohqggr irromper em meio ao gelo da primavera.

Níohqggr era um dragão que vivia sob a árvore do mundo das sociedades da Velha Noruega e passava seus dias mastigando as raízes de Yggdrasil. Muitas tribos de Obsidianos acreditam que ele venha das águas profundas do mar deles para romper o gelo que bloqueia seus portos e abrir as veias do polo para seus barcos de ataque por ocasião da primavera. Em honra a ele, os Obsidianos mandam os corpos dos seus criminosos para as profundezas num feriado chamado Ostara, o primeiro dia de verdadeira luz primaveril.

— Eu mandei amigos aos Espigões e ao Gelo com o intuito de espalhar sua mensagem. Pra dizer ao meu povo que os deuses deles são falsos. Eles estão acorrentados, e em breve os libertaremos. Eles vão conhecer a canção de Eo.

A canção de Eo. Ela agora parece tão frágil e tola.

— Eu não a sinto mais, Ragnar. — Olho de relance atrás de mim para os Laranjas e Vermelhos que trocam olhares na nossa direção enquanto trabalham nas rasgAsas no hangar. — Sei que pensam que sou a ligação deles com ela. Mas eu a perdi na escuridão. Eu tinha o hábito de imaginar que ela estava me observando. Eu antes conversava com ela. Agora... ela é uma estranha. — Baixo a cabeça. — Muito disso tudo aqui é culpa minha, Ragnar. Se eu não tivesse sido tão orgulhoso, teria visto os sinais. Fitchner estaria vivo. Lorn estaria vivo.

— Você acha que conhece os fios do destino? — Ele ri da minha arrogância. — Você não sabe o que teria acontecido se eles tivessem continuado vivos.

— Sei que não posso ser o que essas pessoas precisam que eu seja.

Ele franze o cenho.

— E como você poderia saber o que eles precisam se tem medo deles? Se não consegue nem mesmo olhar nos olhos deles? — Não sei como responder. Ele se levanta abruptamente e me estende a mão. — Venha comigo.

O hospital já foi uma cafeteria no passado. Fileiras de carroças e camas improvisadas agora preenchem o local juntamente com tosses e solenes sussurros à medida que enfermeiros e enfermeiras Vermelhos, Rosas e Amarelos em trajes hospitalares de hospital se movem em meio às camas verificando os pacientes. A parte dos fundos do recinto é uma enfermaria para pessoas queimadas, separada do resto dos pacientes por muros plásticos de contenção. Uma mulher está berrando do outro lado do plástico: ela luta com um enfermeiro que tenta lhe aplicar uma injeção. Dois outros enfermeiros correm para contê-la.

Eu me sinto engolido pela estéril tristeza do local. Não há entranhas expostas ali. Não há sangue espirrando no chão. Mas isso é o resultado imediato da minha fuga de Attica. Mesmo com um Entalhador tão bom quanto Mickey, eles não terão os recursos para remendar essas pessoas.

Os feridos olham para o teto de pedra imaginando como sua vida será daqui em diante. Essa é a sensação presente nesse recinto. Trauma. Não de carne, mas de vidas e sonhos interrompidos.

Eu me retiraria da sala, mas Ragnar me empurra adiante na direção da beirada da cama de um jovem. Ele estava me observando quando entrei. Seus cabelos são curtos. Ele tem o rosto rechonchudo e esquisito, com a arcada dentária inferior proeminente.

— E aí? — pergunto, e minha voz lembra o sabor da mina.

Ele dá de ombros.

— Só estou dançando pra fazer o tempo passar, entende?

— Entendo. — Estendo a mão. — Darrow... de Lykos.

— A gente sabe. — Suas mãos são tão pequenas que ele nem consegue fazer com que seus dedos envolvam minha mão. Ele ri do ridículo da situação. — Vanno de Karos.

— Noite ou dia?

— Turno do dia, seu porcalhão. Por acaso eu pareço algum escavador noturno de rosto molenga?

— Nunca se sabe hoje em dia...

— É verdade. Sou Ômicron. Terceiro perfurador, segunda linha.

— Então devia ser do seu refugo que eu me desviava lá no fundo.

Ele dá uma risadinha.

— Mergulhadores-do-Inferno, sempre olhando só pra si mesmos. — Ele faz um movimento obsceno com as mãos. — Alguém precisa ensinar vocês a olhar pro alto.

Nós dois rimos.

— Doeu muito isso aí? — pergunta ele, mexendo a cabeça na minha direção. A princípio eu penso que ele está perguntando sobre o que o Chacal fez comigo. Então percebo que ele está se referindo aos Sinetes nas minhas mãos. Os que eu tentei cobrir com o suéter. E agora os descubro. — Doideira essa merda, hein? — Ele mexe nos Sinetes com o dedo.

Eu olho ao redor, subitamente ciente de que não é apenas Vanno que está me observando. São todos. Mesmo no extremo da sala na unidade de queimaduras, vários Vermelhos se levantam da cama para olhar para mim. Eles não conseguem enxergar o medo dentro de mim. Eles enxergam o que querem. Olho de relance para Ragnar, mas ele está ocupado falando com uma mulher ferida. Holiday. Ela me cumprimenta com um aceno de cabeça. O pesar ainda está bastante presente no rosto dela, a dor pelo seu irmão perdido. A pistola de Trigg está na cabeceira da sua cama, o rifle dele encostado na parede. Os Filhos recuperaram o corpo de Trigg durante o resgate, de modo que ele pôde ser enterrado.

— Se doeu muito? — repito. — Bom, imagine cair dentro de uma perfuratriz-garra, Vanno. Um centímetro por vez. Primeiro vai a pele. Depois a carne. Depois os ossos. Troço fácil.

Vanno assobia e baixa os olhos para suas pernas ausentes com uma expressão cansada, quase entediada.

— Nem senti isso aí. Meu traje injetou hidrofone o bastante pra derrubar um desses aí. — Ele mexe a cabeça na direção de Ragnar e solta ar pelos dentes. — E pelo menos ainda fiquei com minha piroca.

— Pergunte a ele — insta um homem na cama ao lado. — Vanno…

— Cale essa boca — suspira Vanno. — Os moleques querem saber, né? Você conseguiu manter a sua?

— Manter o quê?

— *Isso*. — Ele olha para minha virilha. — Ou será que eles… Sabe como é, né? Eles… a deixaram num tamanho proporcional?

— Você quer mesmo saber?

— Enfim… Não é por motivos pessoais nem nada. Mas é que eu fiz uma aposta.

— Bom. — Eu me curvo para a frente com o olhar bem sério. O mesmo acontece com Vanno e seus companheiros de enfermaria que estão nas proximidades. — Se você quer mesmo saber, seria melhor perguntar pra sua mãe.

Vanno olha intensamente para mim, então cai na gargalhada. Seus companheiros riem e espalham a piada até os confins da enfermaria. E naquele pequenino momento, o clima muda. A sufocante esterilidade é substituída por uma atmosfera de diversão e de piadas toscas. Sussurrar passou a ser subitamente ridículo naquele lugar. Encho-me de energia ao ver a mudança de ares e percebo que isso ocorreu devido a um simples riso. Em vez de me retirar daqueles olhos, daquele recinto, eu me afasto de Ragnar e começo a percorrer as fileiras de catres para me misturar mais com os feridos, para agradecer a eles, para lhes perguntar de onde são e aprender seus nomes. E é aqui que eu agradeço a Júpiter por ter uma boa memória. Esqueça o nome de um homem e ele te perdoará. Lembre-se dele e ele te defenderá para sempre.

A maioria me chama de senhor ou de Ceifeiro. E eu quero corrigi-los e lhes pedir para me chamarem de Darrow, mas conheço o valor do respeito, da distância entre homens e líder. Porque muito embora eu esteja rindo com eles, muito embora eles estejam ajudando a curar o que foi retorcido dentro de mim, eles não são meus amigos. Não fazem parte da minha família. Ainda não. Não até que tenhamos esse luxo. Por enquanto, eles são meus soldados. E precisam de mim tanto quanto eu preciso deles. Eu sou o Ceifeiro deles. Foi necessário que Ragnar me lembrasse disso. Ele me presenteia com uma risadinha desajeitada, tão satisfeito de me ver sorrindo e rindo com os soldados. Nunca fui um homem de alegrias ou um homem de guerra, ou uma ilha numa tempestade. Jamais um absoluto como Lorn. Isso era o que eu fingia ser. Eu sou e sempre fui um homem que se vê completo com aqueles que estão ao seu redor. Sinto a força crescendo dentro de mim. Uma força que eu não sentia há muito tempo. Não é apenas pelo fato de ser amado. É pelo fato de eles acreditarem em mim. Não na máscara, como meus soldados no Instituto. Não no falso ídolo que construí a serviço de Augustus, mas no homem por baixo disso. Lykos pode não existir mais para mim. Eo pode estar silenciada. Mustang, a um mundo de distância de mim. E os Filhos, à beira da extinção. Mas sinto minha alma voltando a se agitar em mim ao perceber que finalmente estou em casa.

* * *

Com Ragnar ao meu lado, volto à sala de comando onde Sevro e Dancer estão debruçados sobre uma planta. Theodora está no canto trocando correspondências. Eles se viram quando eu entro, surpresos por ver meu rosto e por ver que agora estou de pé. Não por conta própria, mas com a ajuda de Ragnar. Deixei a cadeira no hospital e mandei que ele me guiasse de volta à sala de comando da qual havia fugido uma hora antes. Eu me sinto um novo homem. E posso não ser o que era antes da escuridão, mas talvez esteja mais apto para a atual situação. Tenho a humildade que não tinha antes.

— Sinto muito pelo modo como agi — digo a meus amigos. — Tudo isso é muito… surpreendente. Sei que vocês fizeram o máximo que poderiam fazer. Fizeram melhor do que quaisquer outras pessoas poderiam ter feito, dadas as circunstâncias. Vocês todos mantiveram a chama da esperança acesa. E me salvaram. E salvaram minha família. — Faço uma pausa, certificando-me de que eles estejam cientes de quanto isso significa para mim. — Sei que vocês não esperavam que eu voltasse desse jeito. Sei que vocês pensavam que eu voltaria com ira e fogo. Mas não sou o que eu era. Simplesmente não sou — digo, enquanto Sevro tenta me corrigir. — Confio em vocês. Confio nos planos de vocês. Quero ajudar no que quer que eu possa fazer. Mas não posso ajudar vocês desta maneira. — Levanto os braços magros. — Portanto, preciso da ajuda de vocês com três coisas.

— Sempre tão dramático — diz Sevro. — Quais são suas exigências, princesa?

— Primeiro quero enviar um emissário a Mustang. Sei que vocês acham que ela me traiu, mas quero que ela saiba que estou vivo. Quem sabe haja alguma chance de isso fazer diferença. De ela nos ajudar.

Sevro bufa.

— A gente já lhe deu essa oportunidade uma vez. Ela quase matou você e Rags.

— Mas não matou — diz Ragnar. — Vale a pena correr o risco, se ela nos ajudar. Eu irei como emissário pra que ela não duvide das nossas intenções.

— Nem a pau — diz Sevro. — Você é um dos homens mais procurados do sistema. Os Ouros desativaram todo tráfego aéreo desautorizado. E você não vai durar dois minutos num porto espacial, mesmo com uma máscara.

— Vamos mandar um dos meus espiões — diz Theodora. — Tenho uma pessoa em mente. Ela é boa, e cem quilômetros menos conspícua do que você, Príncipe dos Espigões. A garota já está numa cidade-porto.

— Evey? — pergunta Dancer.

— Justamente. — Theodora olha na minha direção. — Evey se esforçou ao máximo pra reparar seus erros do passado. Inclusive alguns pecados que nem eram dela. Ela tem sido bastante prestativa. Dancer, vou agilizar os preparativos da viagem e do disfarce que ela usará, se você concordar.

— Tudo bem — diz Sevro rapidamente, embora Theodora esteja esperando que Dancer expresse sua concordância com um meneio de cabeça.

— Obrigado — digo. — Também preciso que você traga Mickey de volta a Tinos.

— Por quê? — pergunta Dancer.

— Eu preciso que ele me transforme novamente numa arma.

Sevro dá uma gargalhada.

— Agora, sim, a gente está falando minha língua. Botar um pouco de carne assassina nesses seus ossos. Chega dessa merdinha anoréxica com aspecto de espantalho.

Dancer balança a cabeça, discordando.

— Mickey está a quinhentos cliques de distância daqui, em Varos, trabalhando no seu pequeno projeto. Ele é necessário lá. Você precisa de calorias. Não de um Entalhador. Nesse estado em que você se encontra, poderia ser perigoso.

— O Ceifa dá conta disso numa boa. A gente pode ter Mickey e o equipamento dele aqui já na quinta-feira — diz Sevro. — De qualquer modo, Virany tem feito consultas com ele sobre sua condição. Ele vai ficar excitado como uma Rosa ao te ver.

Dancer observa Sevro com um paciência forçada.

— E o último pedido?

Faço uma careta.

— Tenho a sensação de que você não vai gostar deste último pedido.

12

A JULII

Encontro Victra numa sala isolada com diversos Filhos vigiando a porta. Ela está deitada com os pés para fora de um catre hospitalar, assistindo a um holo ao pé da cama no qual canais de noticiários da Sociedade alardeiam sem parar o valente ataque da Legião a uma força terrorista que destruiu uma represa e inundou a parte inferior do vale do rio Mystos. A inundação forçou dois fazendeiros Marrons a abandonar suas casas. Cinzas distribuem pacotes de ajuda retirados das traseiras de caminhões militares. Vermelhos poderiam ter facilmente explodido a represa. Ou poderia ter sido o Chacal. A essa altura, quem sabe?

Os cabelos louros quase brancos de Victra estão presos num rabo de cavalo atrás da cabeça. Cada membro, inclusive as pernas paralisadas, está algemado à cama. Aqui nessas bandas, não há muita confiança por gente da espécie dela. Victra não levanta os olhos para mim quando o holo passa a exibir um perfil de Roque au Fabii, o Poeta de Deimos e o mais novo queridinho do circuito de fofocas. Vasculhando o passado dele, levando a cabo entrevistas com sua mãe Senadora, seus professores antes do Instituto, mostrando-o quando criança na sua propriedade no campo.

"Roque sempre achou o mundo natural mais bonito do que as cidades", diz sua mãe à câmera. "É a ordem perfeita na natureza que ele tanto admirava. Como ela se transformava tão sem esforço numa hierarquia. Acho que é por isso que ele amava a Sociedade com tanto carinho, mesmo quando..."

— Aquela mulher ficaria com uma aparência bem melhor com uma arma na boca — murmura Victra, abaixando o som.

— Provavelmente ela disse o nome de Roque mais vezes no último mês do que em toda a infância dele — respondo.

— Bom, políticos nunca deixam um membro de uma família popular ir pro lixo. O que foi mesmo que Roque disse uma vez sobre Augustus numa festa? "Oh, como os abutres se aglomeram ao redor dos poderosos pra comer as carcaças deixadas no seu rastro." — Victra olha para mim com seus olhos faiscantes, beligerantes. A insanidade que vi neles anteriormente se retirou, mas não desapareceu de todo. — Podia muito bem estar falando de você.

— Isso é bem justo — digo.

— Você está liderando esse grupinho de terroristas?

— Tive minha chance de liderar. Mas só fiz besteira. Sevro está no comando.

— Sevro. — Ela se recosta na cama. — Jura?

— Isso é engraçado?

— Não. Por algum motivo não estou nem um pouco surpresa, pra falar a verdade. Ele sempre foi de morder mais do que ladrar. Quando o vi pela primeira vez, ele estava dando um chute na bunda de Tactus.

Eu me aproximo.

— Tenho a impressão de que te devo uma explicação.

— Ah, que droga. Não dá pra gente pular essa parte? — pergunta ela. — Isso é chato demais.

— Pular?

Ela suspira pesadamente.

— Desculpas. Recriminação. Toda essa baboseira que as pessoas julgam importante porque se sentem inseguras. Você não me deve nenhuma explicação.

— Por que você acha isso?

— Nós todos acatamos um certo contrato social ao vivermos nessa Sociedade. Meu povo oprime seu povinho. Vivemos dos despojos do trabalho de vocês, fingindo que vocês não existem. E vocês se revoltam, na maioria das vezes de um jeito bem incompetente. Pessoalmente, acho que vocês têm esse direito. Não se trata de bondade ou maldade. Mas é justo. Eu aplaudiria um rato que conseguisse matar uma águia, você não? Melhor pra ele. É absurdo e hipócrita os Ouros agora reclamarem apenas porque os Vermelhos finalmente começaram a lutar bem. — Ela ri da minha surpresa. — Que é, querido? Você estava esperando que eu gritasse e reclamasse e me aporrinhasse sobre honra e traição como aquelas duas feridas ambulantes, Cassius e Roque?

— Um pouco — digo. — Eu...

— Isso é porque você é mais emotivo do que eu. Eu sou uma Julii. A frieza corre nas minha veias. — Ela revira os olhos quando tento corrigi-la. — Não me peça pra ser diferente porque você precisa de validação, por favor. Isso está abaixo de nós dois.

— Você nunca foi tão fria quanto finge ser — digo.

— Eu já existia há muito tempo antes de você aparecer na minha vida. O que você realmente sabe sobre mim? Sou a filha da minha mãe.

— Você é mais do que isso.

— Se você acha.

Não há artifício nela. Não há nenhuma manipulação tímida. Mustang é apenas sorrisos afetados e brincadeiras sutis. Victra é uma bola de demolição. Ela ficou mais suave antes do Triunfo. Baixou a guarda. Mas agora a guarda está de volta, tão alienante quanto na ocasião em que nos conhecemos. Mas quanto mais conversamos, mais vejo que seus cabelos estão com mechas grisalhas: não exibem mais aquela unidade loura. Suas bochechas estão afundadas, sua mão direita, a que está no lado oposto do catre, agarra com força os lençóis.

— Eu sei por que você mentiu pra mim, Darrow. E posso respeitar isso. Mas o que não entendo é por que você me salvou em Attica. Foi pena? Foi uma tática?

— Foi porque você é minha amiga — digo.

— Ah, por favor.

— Eu preferia muito mais ter morrido tentando te tirar daquela cela do que deixá-la apodrecer lá. Trigg morreu tirando você de lá.

— Trigg?

— Um dos Cinzas que estavam atrás de mim quando entramos na sua cela. A outra Cinza era irmã dele.

— Eu não pedi pra ser salva — diz ela com amargura; é sua maneira de lavar as mãos para a morte de Trigg. Ela agora desvia o olhar de mim. — Você sabia que Antonia pensava que éramos amantes, você e eu? Ela me mostrou seu entalhe. Ela gozou com minha cara. Como se fosse me desagradar ver o que você é. Ver de onde você veio. Ver como você tinha mentido pra mim.

— E desagradou?

Ela dá um riso debochado.

— Por que eu ligaria pro que você era? Eu ligo pro que as pessoas fazem. Eu ligo pra verdade. Se você tivesse me contado, eu não teria feito uma única coisa sequer de modo diferente do que fiz. Eu teria te protegido. — Eu acredito nela. E acredito na dor que vejo estampada nos seus olhos. — Por que você não me contou?

— Porque eu tinha medo.

— Mas eu aposto que pra Mustang você contou.

— Contei.

— Por que pra ela e não pra mim? Eu pelo menos mereço saber isso.

— Eu não sei.

— É porque você é um mentiroso. Você disse pra mim no corredor que eu não era má. Mas no fundo, no fundo, é exatamente isso o que você acha. Você nunca confiou em mim.

— Não — digo. — Eu nunca confiei. Esse foi meu erro. E meus amigos pagaram por isso com suas vidas. Essa… essa culpa foi minha única companhia na caixa em que ele me deixou por nove meses. — Pelo semblante que Victra exibe, sei que ela não estava ciente do que havia sido feito comigo. — Mas agora recebi uma segunda chance na vida. Não quero desperdiçá-la. Quero consertar as coisas com você. Eu te devo uma vida. Eu te devo justiça. E quero que você se junte a nós.

— Que eu me junte a vocês? — diz ela, rindo. — Como um membro dos Filhos de Ares?

— Exato.

— Você está falando sério. — Ela ri de mim. Outro mecanismo de defesa. — Eu não sou muito afeita a suicídio, querido.

— O mundo que você conhece acabou, Victra. Sua irmã o roubou de você. Sua mãe e os amigos dela foram dizimados. Sua casa agora é sua inimiga. E você é uma pária pro seu próprio povo. Esse é o problema com essa Sociedade. Ela come seus próprios membros. Ela nos põe uns contra os outros. Você não tem pra onde ir...

— Bom, você sabe mesmo como fazer uma garota se sentir especial.

— ... eu quero te dar uma família que não vai te apunhalar pelas costas. Quero te dar uma vida com significado. Sei que você é uma boa pessoa, mesmo que você ria de mim por dizer isso. Mas eu acredito em você. Em todo caso... nada disso importa: o que eu acredito, o que eu quero. O que importa é o que você quer.

Ela perscruta meus olhos.

— O que eu quero?

— Se você quiser sair daqui, você pode sair. Se você quiser ficar nesta cama, você pode ficar. Diga o que você quer, e isso será feito. Eu te devo isso.

Ela pensa por um momento.

— Eu não ligo pra sua rebelião. Eu não ligo pra sua mulher morta. Ou pra achar uma família ou algum significado pra minha vida. Quero poder dormir sem que eles me encham de produtos químicos, Darrow. Quero poder voltar a sonhar. Quero esquecer a cabeça afundada da minha mãe e os olhos vazios dela e seus dedos trêmulos. Quero esquecer o riso de Adrius. E quero que Antonia e Adrius sejam recompensados pela hospitalidade deles. Quero ficar em pé em cima deles e daquele pedacinho de merda, Roque, observando-os chorarem pelo fim, e quero arrancar-lhes os olhos e despejar ouro derretido nas suas meias pra que eles berrem e se contorçam e espalhem urina no chão e implorem por perdão por ao menos ter passado pela cabeça deles que podiam colocar Victra au Julii numa maldita cela. — Ela sorri como uma fera. — Eu quero vingança.

— Vingança é um fim vazio — digo.

— E agora eu sou uma garota vazia.

Sei que ela não é. Sei que ela é mais do que isso. Mas também sei melhor do que qualquer outra pessoa que feridas não se curam num dia. Eu mesmo mal tive meus pontos retirados, e tenho toda a minha família aqui comigo.

— Se é isso o que você quer, é isso o que eu te devo. Em três dias o Entalhador que me transformou num Ouro estará aqui. Ele vai nos deixar do jeito que éramos. Ele vai remendar sua coluna. Vai te dar suas pernas de volta, se você as quiser de volta.

Ela estreita os olhos para mim.

— E você confia em mim depois do que a confiança lhe custou?

Pego a chave magnética que me foi dada pelos Filhos do lado de fora do recinto e pressiono-a no interior das suas algemas. Uma após a outra elas vão se desengatando na cama, libertando as pernas e os braços de Victra.

— Você é mais tolo do que parece — diz ela.

— Talvez você não acredite na nossa rebelião. Mas eu vi Tactus mudar antes que o futuro dele lhe fosse roubado. Vi Ragnar esquecer seus laços e ir atrás do que deseja neste mundo. Vi Sevro se tornar um homem. Vi a mim mesmo mudar. Realmente acredito que escolhemos quem queremos ser nesta vida. Isso não é ordenado previamente. Você me ensinou o que é lealdade, mais do que Mustang, mais do que Roque. E por causa disso eu acredito em você, Victra. Como nunca acreditei em nenhuma outra pessoa. — Estendo a mão. — Seja minha família e eu jamais te abandonarei. Jamais mentirei pra você. Serei seu irmão enquanto estiver vivo.

Sobressaltada pela emoção contida na minha voz, a fria mulher olha fixamente para mim. As defesas erigidas por ela agora estão esquecidas. Em outra vida talvez tivéssemos sido um par. Talvez tivéssemos tido aquele fogo que sinto por Mustang, que sentia por Eo. Mas não nesta vida.

Victra não amolece. Não se esvai em lágrimas. Ainda há raiva dentro dela. Ainda há um ódio cru e tanta traição e frustração e perda enrodilhadas no seu coração gélido. Mas, nesse momento, ela está livre de tudo isso. Nesse momento, ela se curva solenemente para a frente para me apertar a mão. E eu sinto a esperança tremeluzir dentro de mim.

— Bem-vinda aos Filhos de Ares.

Parte II
RAIVA

A merda cresce.

Sevro au Barca

13
UIVADORES

— Dá muita raiva ser mantida nesse maldito anonimato — murmura Victra enquanto me ajuda a pôr os pesos na prancha de musculação. O som ecoa através do ginásio de pedra. Aqui é só o essencial. Pesos de metal. Pneus de borracha. Cordas. E meses do meu suor.

— Eles não sabem quem você é? — digo, sentando-me.

— Ah, cale essa boca. Você não encontrou os Uivadores? Você não tem nada a dizer sobre como eles nos tratam? — Victra me cutuca para que eu saia da prancha e libere o lugar para ela, deitando as costas na superfície acolchoada e levantando os braços para segurar o haltere. Tiro um pouco do peso. Mas ela olha com fúria para mim e eu os recoloco enquanto ela o segura com firmeza.

— Tecnicamente, não — digo.

— Ah. Falando sério, agora. O que uma garota precisa fazer pra conseguir um manto lupino? — Seus poderosos braços retiram a barra do apoio, movendo-a para cima e para baixo enquanto fala. Mais de trezentos quilos. — Dei um tiro na cabeça de um Legado duas missões atrás. Um Legado! Eu vi seus Uivadores. Fora... Fora Ragnar, eles são diminutos. Eles precisam... ganhar mais peso se querem mesmo... encarar a Tropa dos Ossos de Adrius ou os... Pretorianos da Soberana. — Ela cerra os dentes enquanto finaliza a última série, recolocando a barra no apoio sem minha ajuda e se levantando para apontar a si mesma no espelho. Suas formas são poderosas, lacônicas. Seus ombros largos se balançam com os passos altivos. — Eu sou um espécime perfeitamente físico, exausta ou não. Não me utilizar é uma acusação à inteligência de Sevro.

Eu reviro os olhos.

— Provavelmente é sua falta de autoconfiança que deixa Sevro preocupado.

Ela joga uma toalha em mim.

— Você é tão irritante quanto ele. Juro por Júpiter que se Sevro disser mais alguma coisa sobre minha "pobreza nascente" vou cortar a cabeça dele com uma maldita colher. — Eu a observo por um momento, tentando não rir. — O que é? Você também tem alguma coisa a dizer?

— Nada, minha boa moça, nada — digo, levantando as mãos. Os olhos de Victra perduram sobre elas instintivamente. — Fazemos uns abaixamentos agora?

O ginásio caindo aos pedaços tem sido nossa segunda casa desde que Mickey nos entalhou. Foram semanas de recuperação na enfermaria enquanto os nervos dela se lembravam de como caminhar e nós dois tentávamos ganhar peso novamente sob a supervisão da dra. Virany. Um bando de Vermelhos e um Verde nos observa do canto do ginásio. Mesmo após dois meses, a novidade de ver a quantidade de peso que dois Inigualáveis Maculados química e geneticamente aprimorados conseguem levantar ainda não se dissipou.

Ragnar apareceu para nos constranger algumas semanas atrás. O brutamontes nem disse uma palavra. Apenas começou a empilhar pesos numa barra de haltere até não caber mais nenhum, levantou-os sem dificuldade e em seguida fez um gesto para que fizéssemos o mesmo. Victra não conseguiu nem mesmo tirar o peso do chão. Eu cheguei no máximo à altura dos joelhos. Depois tivemos de ouvir as centenas de idiotas que se aglomeraram ao redor dele entoar seu nome por uma hora. Descobri depois disso que tio Narol vinha supervisionando apostas acerca de quanto Ragnar conseguia levantar mais do que eu. Até meu próprio tio apostou contra mim. Mas isso é um bom sinal, mesmo que os outros não pensem dessa maneira. Os Ouros não conseguem vencer tudo.

Foi com a ajuda de Mickey e da dra. Virany que Victra e eu reconquistamos o controle sobre nossos corpos. Mas reconquistar nossos sentidos no campo de batalha levou quase o mesmo tempo. Começamos com passos de bebê. Nossa primeira missão juntos foi garantir uma rede de abastecimentos com Holiday e uma dúzia de guarda-costas, não pela rede de abastecimento em si, mas por mim. Não fizemos isso com os Uivadores.

— Você precisa batalhar pra voltar pro esquadrão A, Ceifa. Veja se mantém essa pegada — disse Sevro, dando-me um tapinha no rosto. — E a Julii precisa provar que tem nível pra isso. — Victra deu um tapa na sua mão quando ele tentou acariciá-la como se ela fosse um bichinho de estimação.

Dez missões de rede de abastecimento, duas missões de sabotagem e três assassinatos mais tarde, Sevro ficou finalmente convencido de que Holiday, Victra e eu estávamos preparados para participar do esquadrão B: as Víboras-das-Cavidades, lideradas pelo meu próprio tio Narol, que se tornou uma espécie de herói cult para os Vermelhos daqui. Ragnar é uma criatura semelhante a um deus. Mas meu tio é apenas um velho rude que bebe demais, fuma demais e possui uma destreza bélica incomum. Suas Víboras-das-Cavidades são uma coleção heterogênea de indivíduos durões especializados em atos de sabotagem e roubos. Mais ou menos metade deles é composta de ex-Mergulhadores-do-Inferno, o restante é uma colcha de retalhos formada por outros baixaCores úteis. Completamos três missões com eles, destruindo um acampamento e diversas instalações de comunicação de Legiões, mas não consigo me livrar da sensação de que somos uma cobra comendo o próprio rabo. Cada explosão é deturpada pela mídia da Sociedade. Cada estrago específico que realizamos parece apenas trazer mais Legiões de Agea às minas ou às cidades menores de Marte.

Tenho a sensação de que estou sendo caçado.

Pior, tenho a sensação de que sou um terrorista. Só me senti assim uma vez antes, e isso foi quando carregava uma bomba no peito, entrando num baile de gala em Luna.

Dancer e Theodora têm pressionado Sevro no sentido de conquistar mais aliados. Para que ele tente fazer uma ponte entre os Filhos e outras facções. Relutantemente, Sevro concordou. Portanto, no início dessa semana, as Víboras-das-Cavidades e eu fomos despachados dos túneis para o continente nortista de Arabia Terra, onde a Legião Vermelha entalhou uma fortaleza na cidade portuária de Ismenia. Dancer tinha a esperança de que eu pudesse trazê-los para nosso lado, coisa que Sevro não conseguira fazer; quem sabe afastá-los da influência de Harmony. Mas, em vez de encontrar aliados, descobrimos um cemitério coletivo. Uma cidade cinzenta e bombardeada a partir da órbita. Ainda consigo ver a pálida massa inchada de corpos que se contorciam no litoral. Caranguejos passavam por cima dos cadáveres, fazendo dos mortos suas refeições à medida que um solitário fio de fumaça rodopiava na direção das estrelas, o velho eco mudo da guerra.

Continuo assaltado pela visão, mas Victra parece tê-la esquecido enquanto se concentra nos seus exercícios. Victra empurrou as imagens para aquele vasto cofre nos fundos da sua mente onde ela comprime e guarda a sete chaves toda a maldade que já viu até hoje, toda a dor que já sentiu. Eu gostaria muito de ser mais parecido com ela. Gostaria muito de sentir menos e de ter menos medo. Mas, à medida que rememoro aquele fio de fumaça, a única coisa que posso pensar é que ela pressagia algo pior. Como se o Universo estivesse nos fornecendo um vislumbre do fim na direção do qual estamos correndo.

É tarde da noite e os espelhos ficaram embaçados com a condensação quando terminamos nossa série de exercícios. Nós nos lavamos nos chuveiros, conversando por sobre as divisórias de plástico.

— Entenda isso como um sinal de progresso — digo. — Pelo menos ela está falando com você.

— Não. Sua mãe me odeia. Ela sempre vai me odiar. Não há droga nenhuma que eu possa fazer a respeito.

— Bom, você podia tentar ser mais educada.

— Eu sou perfeitamente educada — diz Victra, ofendida, desligando o chuveiro e saindo da cabine. Com os olhos fechados por causa da água, termino de lavar meus cabelos com xampu na esperança de que ela diga mais alguma coisa. Ela não o faz, de modo que termino de tirar o xampu dos cabelos e saio da cabine em seguida. Sinto que há algo errado instantes antes de ver Victra nua no chão, com as mãos e pernas firmemente atadas nas costas. Há um capuz sobre sua cabeça. Algo se move atrás de mim. Eu giro o corpo e vejo meia dúzia de fantasMantos se movendo em meio ao vapor. Então alguém inumanamente forte me ataca por trás, abraçando-me, prendendo meus braços nas laterais do corpo. Sinto o hálito deles no meu pescoço. O terror berra através de mim. O Chacal nos encontrou. Ele entrou aqui sorrateiramente. Como?

— Ouros! — grito. — Ouros! — Meu corpo está molhado por causa do banho. O chão está escorregadio. Eu o uso em meu benefício, contorcendo-me de encontro aos braços do meu agressor como se fosse uma enguia e revidando com uma cotovelada no seu rosto. Ouço um grunhido. Eu me contorço de novo, meus pés deslizam. Meus joelhos batem com força no piso de concreto. Levanto-me cambaleando. Sinto dois agressores investindo sobre mim pela esquerda. Encapuzados. Eu me abaixo sobre um deles, pondo o ombro nos seus joelhos. Ele é catapultado por sobre minha cabeça e bate de encontro às barreiras de plástico que dividem o chuveiro atrás de mim. Agarro o outro pelo pescoço, bloqueando um soco, e o jogo de encontro ao teto. Um outro me ataca pelo lado, puxando minha perna com as mãos para me fazer perder o equilíbrio. Vou no sentido em que ele me leva, saltando no ar, contorcendo o corpo num movimento de kravat que lhe rouba o centro de gravidade e joga nós dois no chão, sua cabeça entre minhas coxas. Tudo o que preciso é dar uma torção e seu pescoço se quebrará. Mas outros dois conjuntos de mãos estão em cima de mim, golpeando-me o rosto, outras mais estão nas minhas pernas. FantasMantos ondulam no vapor. Estou berrando e me debatendo e cuspindo, mas há muitos, muitos, e são desagradáveis, socando os tendões atrás dos meus joelhos de modo que não tenho como chutar, e os nervos nos meus ombros de modo que meus braços parecem estar pesados como chumbo. Então eles me enfiam um capuz na cabeça e prendem minhas mãos nas costas. Eu fico lá deitado, imóvel, aterrorizado, arquejante.

— Ponham-nos de joelhos — rosna uma voz eletrônica. — De joelhos, porra! — *Porra?* Ah, merda. Assim que percebo de quem se trata, eu os deixo me colocarem de joelhos. O capuz é removido. As luzes estão apagadas. Diversas dúzias de velas foram dispostas no piso do chuveiro, formando sombras ao redor do recinto. Victra está à minha esquerda, com os olhos furiosos. O sangue escorre do seu nariz agora torto. Holiday apareceu à minha direita. Inteiramente vestida mas também amarrada, ela é carregada por duas figuras vestidas de preto e forçada a se postar de joelhos. Um risinho largo lhe atravessa o rosto.

De pé ao nosso redor no vapor do banheiro se encontram dez demônios com rostos pintados de preto olhando fixamente para nós por baixo das bocas das peles lupinas que pendem das suas cabeças até a metade das coxas. Dois deles estão encostados na parede, com dores devido à minha raivosa defesa. Por baixo da pele de um urso, Ragnar assoma ao lado de Sevro. Os Uivadores vieram selecionar novos recrutas e a aparência deles é aterrorizante.

— Saudações, seus putinhos horrorosos — rosna Sevro, retirando o sintetizador de voz. Ele avança em meio às sombras para se postar diante de nós. — Chamou-me a atenção o fato de que vocês são criaturas anormalmente desonestas, selvagens e em geral maliciosas, dotadas de talento nas artes do assassinato, do tumulto e do caos. Se estou enganado, por favor se manifestem agora.

— Sevro, você fez a gente se cagar de medo — diz Victra. — Você é maluco ou o quê?

— Não profane este momento — diz Ragnar ameaçadoramente.

Victra cospe.

— Você quebrou meu nariz.

— Tecnicamente, fiz isso, sim — diz Sevro. Ele inclina a cabeça na direção de uma delgada Uivadora com Sinetes Vermelhos nas mãos. — A Dorminhoca ali ajudou.

— Seu anãozinho...

— Você estava se contorcendo, amor — diz Pedrinha de algum lugar entre os Uivadores. Eu não sei dizer qual deles é ela. A voz ressoa das paredes.

— E se você continuar falando, vamos simplesmente te amordaçar e começar a fazer cosquinhas em você — diz Palhaço de maneira sinistra. — Portanto... shhhh. — Victra balança a cabeça, mas mantém a boca fechada. Estou tentando não rir da solenidade do momento. Sevro prossegue, andando às pressas de um lado para o outro diante de nós.

— Vocês vêm sendo observados, e agora são desejados. Se aceitarem nosso convite pra se juntar à nossa irmandade, devem fazer o juramento de serem sempre fiéis aos seus irmãos e irmãs. De nunca mentir, nunca trair aqueles por baixo dos mantos. Todos os seus pecados, todas as suas cicatrizes, todos os seus inimigos agora pertencem a nós. Nosso fardo deve ser compartilhado. Seus amores, suas famílias irão se tornar seus segundos amores, suas segundas famílias. Nós somos a primeira. Se não tiverem condições de acatar isso, se esse laço não puder entrar na consciência de vocês, digam agora e poderão ir embora.

Ele espera. Nem Victra diz nada.

— Bem, agora, em consonância com as regras estabelecidas no nosso texto sacro... — Ele levanta um livrinho preto com as pontas das páginas amassadas e a cabeça de um lobo branco uivando na frente. — ... vocês devem ser purgados dos seus antigos juramentos e devem provar seu valor antes de poderem assumir nossos votos. — Ele levanta as mãos. — Portanto, que tenha início a purgação.

Os Uivadores jogam a cabeça para trás e uivam como maníacos. O que vem em seguida é um borrão de esquisitices caleidoscópicas. Uma música irrompe de algum lugar. Nós somos mantidos de joelhos, com as mãos amarradas. Os Uivadores correm para a frente. Garrafas são levadas aos nossos lábios e engolimos o conteúdo enquanto eles entoam ao nosso redor uma estranha melodia rodopiante que Sevro conduz com um obsceno aprumo. Ragnar ruge de satisfação quando eu termino de beber o líquido da garrafa que eles me trouxeram. Eu quase vomito. A bebida alcoólica queima, purgando meu esôfago e minha barriga. Victra está tossindo atrás de mim. Holiday simplesmente engole a bebida e os Uivadores dão vivas assim que ela termina sua garrafa. Nós ficamos lá, oscilantes, enquanto eles cercam Victra, entoando o cântico à medida que ela arqueja e tenta terminar o conteúdo da garrafa. O líquido espirra no seu rosto. Ela tosse.

— Isso é o máximo que você consegue, filha do Sol? — berra Ragnar. — Beba!

Ragnar ruge, deliciado, quando ela finalmente termina a zurrapa, tossindo e murmurando xingamentos.

— Tragam as cobras e as baratas! — grita ele.

Eles cantam como sacerdotes à medida que Pedrinha avança com um balde, o corpo trêmulo. Eles nos empurram conjuntamente para que cerquemos o balde e, à luz oscilante, possamos ver o fundo dele repleto de vida. Espessas e brilhantes baratas com pernas e asas cabeludas rastejam ao redor de uma víbora-das-cavidades. Eu me encolho, aterrorizado e embriagado, mas Holiday já alcançou o fundo do balde e, com a cobra na mão, bate com força o animal no chão até que ele morra.

Victra apenas olha para a Cinza.

— O que…

— Termine o balde ou pegue a caixa — diz Sevro.

— E o que isso significa, afinal de contas?

— Termine o balde ou pegue a caixa! Termine o balde ou pegue a caixa! — entoam eles. Holiday dá uma mordida na cobra morta, despedaçando-a com os dentes.

— Sim! — berra Ragnar. — Ela possui a alma de um Uivador. Sim!

Estou tão embriagado que mal consigo enxergar. Meto a mão no balde, tremendo ao sentir as baratas rastejarem sobre minha mão. Agarro uma delas e a enfio na boca. Ela ainda está se mexendo. Forço a mandíbula a mastigar. Estou quase chorando. Victra fica enjoada ao me ver. Eu engulo o bicho, agarro a mão dela e a empurro para dentro do balde. Ela faz um súbito movimento para a frente e eu sou lento demais para perceber o que ele significa. O vômito dela espirra no meu ombro. Diante do cheiro, não consigo segurar o meu próprio vômito. Holiday continua mastigando. Ragnar grita suas palavras elogiosas.

Quando terminamos o balde, já somos um amontoado patético de sujeira bêbada e coberta de insetos e tripas. Sevro está dizendo alguma coisa diante de nós. Não para de balançar o corpo para a frente e para trás. Talvez esse seja eu. Ele está falando? Alguém sacode meu ombro por trás. Eu estava dormindo?

— Esse é nosso texto sagrado — está dizendo meu amiguinho. — Vocês estudarão esse texto sagrado. Logo saberão de cor e salteado esse texto sagrado. Mas hoje vocês precisam saber apenas a Regra Número Um dos Uivadores.

— Nunca se curve — diz Ragnar.

— Nunca se curve — ecoam os restantes, e Palhaço dá um passo à frente com três mantos lupinos. Como a pele dos lobos no Instituto, essas pelagens se modulam aos seus ambientes e assumem uma tonalidade escura na sala à luz de vela. Ele estende uma delas a Victra. Eles a desamarram e ela tenta se levantar, mas não consegue. Pedrinha se aproxima para ajudá-la a se pôr de pé, mas Victra ignora a mão. Tenta mais uma vez e seu corpo oscila e fica apoiado sobre um dos joelhos. Então Sevro se ajoelha ao lado dela e estende a mão. Olhando para ela através dos seus cabelos encharcados de suor, Victra solta uma risada ao perceber do que se trata tudo isso. Ela aperta a mão dele, e apenas com sua ajuda consegue caminhar com equilíbrio o bastante para pegar seu manto. Sevro o pega de Palhaço e o deposita sobre os ombros nus de Victra. Seus olhos se encontram e perduram por um momento antes de se moverem para o lado de modo que Holiday possa ser ajudada por Pedrinha a receber seu manto. Ragnar me ajuda, ajeitando o manto nos meus ombros.

— Bem-vindos, irmão e irmãs, aos Uivadores.

Juntos, os Uivadores jogam as cabeças para trás e soltam um poderoso uivo. Eu me junto a eles e descubro, para minha surpresa, que Victra faz o mesmo. Joga a cabeça para trás na escuridão sem nenhuma reserva. Então, repentinamente, as luzes se acendem. Os uivos arrefecem e olhamos ao redor, confusos. Dancer adentra os chuveiros com pisadas fortes na companhia de tio Narol.

— Que porra é essa? — pergunta Narol, olhando para as baratas e para o que restava da cobra, e para as garrafas. Os Uivadores olham com estranheza uns para os outros e para o ridículo da situação em que se encontram.

— A gente está realizando um ritual oculto e secreto — diz Sevro. — E vocês estão interrompendo, subordinados.

— Certo — diz Narol, assentindo com a cabeça, um pouco perturbado. — Desculpe, senhor.

— Um dos nossos Rosas roubou um datapad de um membro da Tropa dos Ossos em Agea — diz Dancer a Sevro, não achando a exibição dos Uivadores em nada divertida. — Descobrimos quem ele é.

— Não sacaneie — diz Sevro. — Eu estava certo?

— Quem? — pergunto ebriamente. — De quem vocês estão falando?

— O sócio comanditário do Chacal — diz Dancer. — É Quicksilver. Você estava certo, Sevro. Nossos agentes dizem que ele está no seu quartel-general corporativo em Phobos, mas não vai ficar lá por muito tempo. Ele parte pra Luna daqui a dois dias. Não conseguiremos tocar nele lá.

— Portanto, a Operação Mercado Negro pode entrar em ação — diz Sevro.

— Pode entrar, sim — admite Dancer com relutância.

Sevro soca o ar.

— Cacete, é isso aí. Vocês ouviram o cara, Uivadores. Tomem banho. Fiquem sóbrios. Comam. A gente tem um Prata pra sequestrar e uma economia pra arrasar. — Ele olha para mim com um risinho selvagem no rosto. — Vai ser um dia do cacete. Um dia do cacete.

14

A LUA VAMPIRA

***Phobos* significa medo.** Na mitologia, ele era a cria de Afrodite e Ares, o filho do amor e da guerra. É um nome adequado para a maior das luas de Marte.

Formada muito antes da idade do homem, quando um meteorito atingiu o pai Marte e lançou detritos em órbita, a lua oblonga flutuou como um cadáver à deriva, morta e abandonada, por um bilhão de anos. Agora ela pulula com a vida parasitária que bombeia sangue nas veias do império Ouro. Enxames de diminutas naves cargueiras com formas roliças alçam voo da superfície de Marte para se afunilarem nas duas imensas docas cinzas que circundam a lua. Lá, elas transferem o butim de Marte para os cosmoRebocadores de um quilômetro de extensão que carregarão o tesouro ao longo das grandiosas rotas comerciais Julii-Agos até a Borda ou, mais provavelmente, para o Cerne, onde a faminta Luna espera para ser alimentada.

A rocha estéril de Phobos foi entalhada e tornada oca pelo homem e está revestida de metal. Com um raio de apenas doze quilômetros na sua parte mais larga, a lua é circundada por duas enormes docas que percorrem perpendicularmente uma a outra. Elas são de metal escuro com glifos brancos e piscam em luzes vermelhas para as naves que estão atracando. Elas deslizam com o movimento dos trens magnéticos e das embarcações cargueiras. Abaixo das docas, e às vezes se erguendo ao redor delas na forma de torres pontudas, encontra-se a Colmeia — uma cidade quebra-cabeça formada não por ideais neoclássicos Dourados, mas pela economia nua e crua sem as restrições da gravidade. Valiosas edificações que remontam a seiscentos anos de idade perfuram Phobos. Trata-se da maior alfineteira jamais construída pelo homem. E a disparidade de riqueza entre os habitantes das Agulhas, das pontas dos edifícios e do Vazio no interior da rocha lunar chega a ser hilário.

— Parece maior quando você não está na ponte de uma naveChama — fala Victra atrás de mim, com a voz arrastada. — Ficar privada dos seus direitos é um tédio só.

Sinto a dor que ela sente. A última vez que vi Phobos foi antes da Chuva de Leão. Na ocasião, eu tinha uma armada na minha retaguarda, Mustang e o Chacal ao meu lado e milhares de Inigualáveis Maculados sob meu comando. Tinha poder de fogo suficiente para fazer um planeta tremer. Agora estou voando sorrateiramente pelas sombras num frágil rebocador cargueiro tão velho que nem possui um gerador de gravidade artificial, acompanhado apenas de Victra, uma tripulação de três Filhos transportadores de metal e uma pequena equipe de Uivadores na baia cargueira. E dessa vez estou recebendo ordens, não dando. Minha língua brinca com o dente suicida que eles puseram atrás do meu molar direito depois da iniciação dos Uivadores. Todos os Uivadores agora têm um deles. Melhor do que ser pego com vida, disse Sevro. Tenho de concordar com ele. Mesmo assim, a sensação é estranha.

Logo depois da minha fuga, o Chacal deu início a uma imediata moratória em todos os voos que saem da órbita de Marte. Ele desconfiava que os Filhos fariam uma desesperada tentativa de me tirar do planeta. Felizmente, Sevro não é tolo. Se fosse, eu provavelmente estaria nas mãos do Chacal. Por fim, nem mesmo o ArquiGovernador de Marte poderia manter em terra por muito tempo todo o comércio, e portanto a moratória dele teve vida curta. Mas as ondas de choque que ela enviou através do mercado foram impressionantes. Bilhões de créditos perdidos a cada minuto que o fluxo de hélio-3 era interrompido. Sevro achou isso bastante inspirador.

— Quanto desse montante Quicksilver possui? — pergunto.

Victra se alça ao meu lado na gravidade nula. Seu penteado pontudo flutua ao redor da cabeça como se fosse uma coroa branca. Seus cabelos estão descoloridos e seus olhos foram enegrecidos com lentes de contato. É mais fácil para os Obsidianos se moverem pelos cantos mais duros da Colmeia com o disfarce do que seria sem ele e, sendo uma das maiores Uivadoras, ela dificilmente conseguiria se passar por qualquer outra Cor.

— É difícil adivinhar — diz ela. — As posses de Silver acabam sendo bastante enganosas. O cara tem tantas corporações fraudulentas e contas bancárias fantasmas que eu duvido que até a Soberana em pessoa saiba qual é o tamanho do portfólio dele.

— Ou quem faz parte dele. Se os boatos que dizem que ele possui Ouros forem verdadeiros...

— E são — diz Victra, dando de ombros, o que faz seu corpo recuar. — Ele tem participação em tudo. Um dos únicos homens ricos demais pra ser assassinado, de acordo com minha mãe.

— Ele é mais rico do que ela era? Do que você é?

— Era — corrige ela, sacudindo a cabeça. — Ele sabia que não dava pra competir com a gente. — Há uma pausa. — Mas pode ser que sim.

Meus olhos procuram o ícone Prateado que representa um calcanhar alado estampado na maior das torres de Phobos, uma hélice dupla de aço e vidro de três quilômetros de altura cuja ponta é um crescente de prata. Quantos olhos Dourados olham para isso com inveja? Quantos mais ele deve possuir ou subornar para protegê-lo de todo o resto? Quem sabe apenas um. Crucial para a ascensão do Chacal foi seu sócio comanditário. Um homem que o ajudou sigilosamente a obter o controle da mídia e as indústrias de telecomunicação. Por um longo tempo, pensei que esse sócio fosse Victra ou sua mãe e ele apenas confirmou tudo no jardim. Mas, ao que parece, o maior aliado do Chacal está vivo e prosperando. Por enquanto.

— Trinta milhões de pessoas — sussurro. — Incrível.

Posso sentir os olhos dela sobre mim.

— Você não concorda com o plano do Sevro. Concorda?

Meu polegar cutuca um pedaço de chiclete rosa preso no anteparo enferrujado. Sequestrar Quicksilver vai nos fornecer informações e acesso a vastas fábricas de armamentos, mas a jogada de Sevro contra a economia é mais preocupante.

— Sevro manteve os Filhos vivos. Eu não. Portanto, seguirei a liderança dele.

— Hmm… — Ela olha para mim com ceticismo. — Imagino quando foi que você começou a acreditar que coragem e visão são a mesma coisa.

— *Oi, cabeças de merda* — guincha Sevro pelo comunicador no meu ouvido. — *Se vocês já terminaram de olhar a vista ou de se esfregar um no outro ou de fazer seja lá que droga estejam fazendo, está na hora de começar a ralar.*

Meia hora mais tarde, Victra e eu estamos aninhados junto com os Uivadores num dos contêineres de hélio-3 empilhados nos fundos do nosso transporte. Podemos sentir a nave reverberar além do contêiner quando efetiva seu engate magnético na superfície circular da doca. Além do casco da nave, os Laranjas estarão flutuando em trajes mecânicos, esperando para carregar os contêineres sem peso para os trens magnéticos que, por sua vez, os levarão para os cosmoRebocadores esperando a viagem a Júpiter. Lá, eles serão os novos suprimentos da frota de Roque em seu esforço de guerra contra Mustang e os Lordes Lunares.

Mas antes de os contêineres serem transportados, inspetores Cobres e Cinzas virão examiná-los. Eles serão subornados pelos nossos Azuis para contar a presença de quarenta e nove contêineres em vez de cinquenta. Em seguida, um Laranja subornado pelo nosso contato na Colmeia perderá o contêiner no qual estamos, uma prática comum para o contrabando de drogas ilegais ou de mercadorias que não pagaram imposto. Ele depositará o contêiner num alojamento reservado para partes de máquinas no nível inferior, quando o contato dos nossos

Filhos irá se encontrar conosco e escoltará o grupo até nossa casa segura. Pelo menos esse é o plano. Mas por enquanto estamos esperando.

Depois de um tempo, a gravidade retorna, sinalizando que estamos no hangar. Nosso contêiner é depositado no chão com um barulho. Nós nos ajeitamos de encontro aos tambores de hélio-3. Vozes vagam além das paredes de metal do contêiner. O rebocador soa um bipe ao nos desengatar e retorna ao espaço através do pulsoCampo. Em seguida, silêncio. Não gosto disso. Minha mão se contorce ao redor do cabo de couro da minha lâmina no interior da manga da jaqueta. Dou um passo adiante na direção da porta. Victra me segue. Sevro agarra meu ombro.

— Vamos esperar o contato.

— Nós nem conhecemos o homem — digo.

— Dancer confia nele. — Ele estala os dedos para que eu retorne ao meu lugar. — Vamos esperar.

Eu noto os outros escutando, de modo que balanço a cabeça em concordância e calo a boca. Dez minutos depois ouvimos um solitário bater de pés de encontro ao exterior do deque. O cadeado emite um ruído nas portas do contêiner e uma luz tênue entra no espaço à medida que elas se separam para revelar um Vermelho de cara limpa e saudável com uma barbicha e um palito nos dentes. Meia cabeça mais baixo do que Sevro, ele pisca os olhos para cada um de nós. Uma pálpebra se eleva quando ele avista Ragnar. A outra a segue quando ele baixa os olhos na direção do cano do abrasador de Sevro. De algum modo, ele não recua. O homem tem coragem.

— O que não pode jamais morrer? — rosna Sevro no seu melhor sotaque Obsidiano.

— O fungo embaixo do saco de Ares. — O homem sorri e olha de relance por sobre o ombro. — Você se importa de baixar a nojentinha aí? Temos que nos mandar agora. Peguei emprestada esta doca com a Corporação. Só que eles não estão sabendo disso, na verdade, e se vocês não estão a fim de se meter com uns profissionais barras-pesadas é melhor a gente acabar com esse papo e sair batido daqui. — Ele bate palmas. — "Agora" significa agora.

* * *

Nosso contato atende pelo nome de Rollo. Ele tem um aspecto duro e contorcido, os olhos vivos e brilhantes e trânsito fácil com as mulheres, apesar de falar na sua própria esposa, por sinal a mais bela mulher que, para todos os efeitos, já pisou na superfície de Marte, pelo menos duas vezes por minuto. Ele também não a vê há oito anos. Passou esse tempo na Colmeia na condição de soldador nas torres espaciais. Não tecnicamente um escravo como os Vermelhos nas minas, ele e seus companheiros são trabalhadores contratados. Escravos assalariados que trabalham catorze horas por dia, seis dias por semana, suspensos entre as torres megalíticas que furam a Colmeia, soldando metal e rezando para que jamais sofram uma contusão no seu local de trabalho. Contundir-se significa ficar sem receber. Ficar sem receber significa não comer.

— Muito cheio de si — entreouço Sevro dizendo baixinho a Victra no meio do bando enquanto Rollo está à frente do grupo.

— Eu bem que gostei da barbichinha dele — diz Victra.

— Os Azuis chamam este lugar de Colmeia — está dizendo Rollo enquanto nos encaminhamos para um trem todo grafitado num andar abandonado reservado para a manutenção. O cheiro é de graxa, ferrugem e mijo antigo. Vagabundos sem-teto infestam os pisos dos sombrios corredores metálicos. Trouxas vivas de cobertores e trapos de quem Rollo desvia sem olhar, embora sua mão jamais se afaste do cabo do abrasador coberto por um plástico. — Pode muito bem ser pra eles. Eles têm escolas, casas aqui. Pequenas comunas sem pé nem cabeça, seitas, tecnicamente falando, onde eles aprendem a voar e a se conectar com os computadores. Mas deixa eu dizer pra vocês o que este lugar é na verdade: simplesmente um moedor de carne. Homens entram. Torres sobem. — Ele balança a cabeça na direção do chão. — Carne sai.

Os únicos sinais de vida dos vagabundos no chão são pequenas gotas de respiração que sobem como uma pluma dos seus trapos inchados como vapor das rachaduras de um campo de lava. Eu estremeço por baixo da minha jaqueta cinza e ajusto a bolsa de equipamentos no ombro. Está gelado nesse nível. Material isolante velho, ao que tudo indica. Pedrinha sopra uma nuvem de vapor através das narinas enquanto empurra um dos nossos carrinhos de equipamentos, olhando com tristeza à direita e à esquerda para os mendigos. Menos simpática, Victra guia o carrinho pela frente, cutucando um mendigo com sua bota para que saia do caminho. O homem sibila e levanta os olhos para ela, e levanta mais, e mais, até olhar todos os dois metros e vinte centímetros de altura da irritada matadora. Ele rasteja para o lado, respirando baixinho. Nem Ragnar nem Rollo parecem reparar o quanto está frio.

Filhos de Ares esperam por nós na depredada plataforma de trem e dentro do próprio trem. A maioria deles é Vermelha, mas há uma boa quantidade de Laranjas e um Verde e um Azul na mistura. Eles portam com carinho uma coleção multiforme de velhos abrasadores e metralham os outros corredores que levam à plataforma com olhos aguçados que, é claro, saltam na nossa direção e simplesmente imaginam quem diabos nós somos. Sou grato mais do que nunca às lentes de contato e às próteses dos Obsidianos.

— Esperando problemas? — pergunta Sevro, olhando as armas nas mãos dos Filhos.

— Alguns Cinzas têm pintado por aqui nos últimos meses. Não os ordinários da delegacia local, mas uns filhos da puta tinhosos. Legionários. Havia até alguns da Treze misturados com a Dez e a Cinco. — Ele baixa a voz. — Nós tivemos um mês pauleira, eles trituraram a gente na boa. Tomaram nosso quartel-general nos Vazios, puseram uns caras bem barras-pesadas da Corporação na nossa cola também, uns sujeitos pagos pra caçar gente igual a eles. A maioria de nós foi obrigada a ir pro chão, se esconder em casas seguras como segunda opção. A parcela principal dos Filhos tem ajudado os rebeldes Vermelhos na estação, obviamente, mas nossos agentes especiais não flexionaram um músculo sequer até hoje. A gente não queria assumir riscos, sabe como é, né? Ares disse que vocês têm uns assuntos importantes...

— Ares é sábio — diz Sevro com ares de desprezo.

— E bastante dramático — acrescenta Victra.

Na porta do trem, Ragnar hesita: seus olhos perduram num pôster antiterrorista colado numa coluna de apoio de concreto na área de espera do trem. "Veja algo, diga algo" é o que está escrito nele, exibindo uma pálida Vermelha com malignos olhos carmesim e o estereotipado vestido esfarrapado de uma mineira que se aproxima sorrateiramente de uma porta onde está escrito "acesso restrito". Não consigo ver o resto. Está coberto por pichações rebeldes. Mas então percebo que Ragnar não está olhando para o pôster, e sim para o homem que eu nem notei mas que está encolhido no chão embaixo dele. Seu capuz está levantado. A perna esquerda é um antigo substituto mecânico. Um curativo marrom feito há muito tempo cobre metade do seu rosto. Ouve-se uma lufada. A liberação de gás pressurizado. E o homem se curva e nos dá as costas, tremendo e sorrindo com perfeitos dentes pretos. Um cartucho de plástico contendo estimulante cai no chão com estrépito. Pó de alcatrão.

— Por que você não ajuda essas pessoas? — pergunta Ragnar.

— Ajudar com o quê? — pergunta Rollo. Ele vê a simpatia no rosto de Ragnar e não sabe de fato como responder. — Meu irmão, a gente mal consegue pra nossa carne e pra nossa família. Não é legal compartilhar com essa gente, sabia?

— Mas esse aí é Vermelho. São sua família...

Rollo franze o cenho para a verdade nua e crua.

— Guarde a pena, Ragnar — diz Victra. — Esse bagulho que ele está fumando é da Corporação. A maioria deles cortaria seu pescoço por uma tarde de delírio. Isso aí é carne vazia.

— O que você disse que é vazio? — pergunto, virando-me para ela.

Ela é pega de surpresa pela rispidez do meu tom, mas é odioso para ela recuar. Portanto, Victra se esquiva instintivamente:

— A carne vazia, querido — repete ela. — Uma parte da condição humana é ter dignidade. Esses aí não têm. Eles estão assim porque quiseram. Essa foi a escolha deles, não dos Ouros. Mesmo que seja fácil culpá-los por tudo. Então, por que eles deveriam merecer minha pena?

— Porque nem todos são você. Ou tiveram seu berço.

Ela não responde. Rollo limpa a garganta, cético agora em relação aos nossos disfarces.

— A moça aí tem razão sobre a parte de cortar a garganta. A maior parte deles é formada por trabalhadores importados. Como eu. Sem contar a esposa, tenho mais três em New Thebes pra quem mando dinheiro, mas só posso ir pra casa quando terminar meu contrato. Ainda tenho quatro anos pela frente. Esses sacanas aí desistiram de tentar voltar.

— Quatro anos? — pergunta Victra em tom de dúvida. — Você disse que já estava aqui há oito.

— Preciso pagar meu trânsito.

Ela o mira ironicamente.

— A empresa não cobre isso. Eu devia ter lido as letrinhas do contrato. Mas com certeza foi escolha minha vir pra cá. — Ele balança a cabeça na direção dos vagabundos. — Foi escolha deles também. Mas quando a única outra opção é morrer de fome... — Ele dá de ombros como se nós todos soubéssemos a resposta. — Esses sacanas tiveram azar no emprego, só isso. Perderam pernas. Braços. A empresa não cobre as próteses, pelo menos não próteses de boa qualidade...

— E Entalhadores? — pergunto.

Ele escarnece:

— E quem é que você conhece que pode se dar ao luxo de pagar por um serviço de carne?

Nem pensei no custo. Isso me fez lembrar o quão distante eu sou de tantas pessoas desse povo para quem afirmo lutar. Aqui está um Vermelho, mais ou menos da minha espécie, e nem sei que tipo de comida é popular na cultura dele.

— Você trabalha pra qual empresa? — pergunta Victra.

— Ora, Indústrias Julii, é claro.

Observo a selva de metal passar do lado de fora da suja janela de durovidro enquanto o trem se afasta da estação. Victra está sentada perto de mim, com um olhar preocupado estampado no rosto. Mas estou a um mundo de distância dela e dos meus amigos. Perdido em lembranças. Estive na Colmeia antes com o ArquiGovernador Augustus e Mustang. Ele trouxe os lanceiros para se encontrar com os ministros da economia da Sociedade com o objetivo de discutir a modernização da infraestrutura da lua. Depois do encontro, ela e eu saímos sorrateiramente em direção ao famoso aquário da lua. Eu havia alugado o local a um preço absurdo e encomendado um jantar com vinho a nos ser servido em frente ao tanque da orca. Mustang sempre gostou mais de criaturas naturais do que entalhadas.

Troquei vinhos de cinquenta anos de idade e valetes Rosas por um mundo mais soturno com ossos enferrujados e bandidos rebeldes. Esse é o mundo real. Não o sonho no qual os Ouros vivem. Hoje sinto os gritos silenciosos de uma civilização que tem sido pisoteada há centenas de anos.

Nosso caminho contorna a beirada dos Vazios, o centro da lua onde a treliça de moradias faveladas em formato de jaula apodrece sem gravidade. Se fôssemos até lá, correríamos o risco de cair no meio da guerra de rua da Corporação contra os Filhos de Ares. E se subíssemos a um ponto mais elevado, até os níveis médioCores, correríamos o risco de enfrentar fuzileiros da Sociedade e sua infraestrutura de vigilância com câmeras e holoScanners.

Em vez disso, passamos pelas hinterlândias de níveis de manutenção entre os Vazios e as Agulhas, onde Vermelhos e Laranjas mantêm a lua funcionando. Nosso trem, conduzido por um simpatizante dos Filhos, passa em alta velocidade pelos seus locais de parada. Os rostos dos trabalhadores que estão esperando o trem viram um borrão à medida que passamos. Um pastiche de olhos, mas rostos inteiramente cinzas. Não da cor do metal, mas da cor de cinza velha numa fogueira de acampamento. Rostos acinzentados. Roupas acinzentadas. Vidas acinzentadas.

Mas à medida que o túnel engole nosso trem, cores irrompem ao nosso redor. Grafites e anos de raiva sangrando dos muros estriados e rachados da sua garganta uma vez cinzenta. Profanações em quinze dialetos. Ouros estripados em dezenas de maneiras sombrias. E à direita de um esboço cru representando a foice de um ceifeiro decapitando Octavia au Lune se encontra a imagem em tinta digital de Eo enforcada e pendurada no cadafalso, os cabelos flamejantes. "Rompa as Correntes" escrito em diagonal. É uma única flor cintilante em meio a ervas daninhas recheadas de ódio. Um nó se forma na minha garganta.

Meia hora depois da nossa partida, nosso trem para em frente a um conglomerado industrial baixaCor deserto onde milhares de trabalhadores deveriam divergir do seu transporte matinal das Pilhas para cuidar das suas funções. Mas agora o local está silencioso como um cemitério. Há lixo por todos os lados do chão metálico. HoloCans ainda lampejam com os noticiários da Sociedade. Uma xícara se encontra em cima da mesa num café, o vapor ainda ascende sobre a bebida. Os Filhos limparam o caminho poucos minutos atrás. O que demonstra a extensão da sua influência aqui.

Quando sairmos, a vida retornará ao local. Mas e depois que plantarmos as bombas que trouxemos? Depois que destruirmos a fábrica, por acaso todos os homens e mulheres que pretendemos ajudar não ficarão simplesmente tão desempregados quanto aquelas pobres criaturas na estação de trem? Se o trabalho é a razão de ser deles, o que acontece quando lhes tiramos isso? Eu extravasaria minhas preocupações a Sevro, mas ele é uma flecha com rumo definido. Tão dogmático quanto já fui um dia. E questioná-lo em voz alta parece uma traição à nossa amizade. Ele sempre confiou cegamente em mim. Então sou o pior dos amigos por ter dúvidas em relação a ele?

Passamos por diversos gravElevadores até entrarmos numa garagem para rebocadores de lixo, também de propriedade das Indústrias Julii. Pego Victra esfregando o timbre da família sobre uma das portas para retirar a sujeira que o cobre. O sol penetrado por uma lança está desbotado e gasto. As poucas dezenas de trabalhadores Vermelhos e Laranjas da instalação industrial fingem não reparar na presença do nosso grupo quando entramos numa das baias de rebocadores. Dentro dela, na base de dois enormes rebocadores, encontramos um pequeno exército de Filhos de Ares. Mais de seiscentos.

Eles não são soldados. Não como nós. A maioria são homens, mas há uma ou outra mulher espalhada no grupo; muitos deles são Vermelhos e Laranjas mais jovens forçados a migrar para cá para trabalhar na alimentação das famílias partidárias de Marte. Suas armas são de má qualidade. Alguns estão de pé. Outros estão sentados, e se viram das suas conversas para ver nosso bando de doze matadores Obsidianos à espreita do outro lado do deque de metal, carregando bolsas com equipamentos e empurrando misteriosos carrinhos de mão. Uma pequena tristeza me acomete. Seja lá o que eles fazem, para onde quer que sigam, suas vidas serão manchadas pelo dia de hoje. Se fosse minha tarefa me dirigir a eles, eu os alertaria a respeito do fardo que estão assumindo, a respeito do mal que estão deixando entrar nas suas vidas. Eu diria que é mais agradável ouvir sobre vitórias gloriosas na guerra do que testemunhá-las. Do que sentir a estranha irrealidade que é se deitar numa cama todas as manhãs sabendo que você matou um homem, sabendo que um amigo seu se foi.

Mas eu não digo nada. Meu lugar agora é ao lado de Ragnar e Victra, atrás de Sevro enquanto ele cospe seu chiclete e avança, dando-me uma piscadela e uma leve cotovelada no meu flanco, para se postar em frente ao pequeno exército. Seu exército. Ele é pequenino para um Obsidiano do sexo masculino, mas ainda cheio de cicatrizes e tatuagens e aterrorizante para sua companhia de lixeiros de mão pequena e soldadores que se debruçam em torres. Ele curva a cabeça para a frente, os olhos fervilhantes por trás das lentes de contato pretas. Tatuagens de lobo com aspecto maligno em contraste com sua pele clara à luz industrial.

— Saudações, macacos ensebados. — Sua voz ribomba, baixa e predatória. — Vocês talvez estejam imaginando por que Ares enviou um bando de brutamontes barras-pesadas como nós pra este lugarzinho de merda. — Os Filhos olham uns para os outros nervosamente. — A gente não está aqui pra fazer carinho em vocês. A gente não está aqui pra inspirar vocês ou pra fazer discursos de doer o rabo como aquele porra do Ceifeiro. — Ele estala os dedos. Pedrinha e Palhaço empurram o carrinho para a frente e destravam a parte superior. As dobradiças chiam ao se abrirem e revelam explosivos. — A gente está aqui pra explodir essa merda toda. — Ele abre os braços e dá uma gargalhada. — Alguma pergunta?

15

A CAÇADA

Eu flutuo nos fundos do coletor de lixo com os Uivadores. Está escuro. A visão noturna dos meus instrumentos ópticos mostra o lixo que orbita ao nosso redor num tom verde sombreado. Cascas de banana. Embalagens de brinquedo. Grãos de café. Victra emite pelo comunicador um som de quem está prestes a vomitar quando um pedaço de papel higiênico gruda no seu rosto. Sua máscara é um demonElmo. Como a minha, é preta como uma pupila e com a forma sutil de um rosto de demônio gritando. Fitchner conseguiu roubá-las dos arsenais de Luna para os Filhos há mais de um ano. Com elas, podemos ver a maioria dos espectros, amplificar sons, rastrear as coordenadas uns dos outros, acessar mapas e nos comunicar silenciosamente. Meus amigos ao redor de mim estão todos de preto. Não estamos usando nenhuma armadura mecanizada, apenas finas pelEscaravelhos por sobre nossos corpos que deterão facas e ocasionais projéteis. Não temos nenhuma gravBota ou pulsArmadura. Nada que possa nos tornar mais lentos, causar ruído ou acionar sensores. Usamos tanques de oxigênio com ar suficiente para quarenta minutos. Termino de ajustar o arreio de Ragnar e olho para meu datapad. Os dois Vermelhos tripulando o velho coletor de lixo estão nos dando uma contagem regressiva. Quando alcançamos dez, Sevro diz:

— *Engatem as bolsas e vistam os mantos.*

Eu ativo meu fantasManto e o mundo fica deformado, distorcido pelo manto. É como olhar através de água suja refratada, e já estou sentindo o conjunto da bateria aquecendo de encontro ao meu cóccix. O manto é bom para operações de assalto curtas. Mas queima pequenas baterias como as que estamos usando aqui e necessita de tempo para refrigerar e recarregar. Tateio em busca das mãos de Sevro e Victra, conseguindo segurá-las a tempo. O resto do grupo se une também. Não me lembro de me sentir tão assustado antes da Chuva de Ferro. Eu era mais corajoso naquela época? Quem sabe um pouco mais ingênuo.

— *Segurem firme. A manobra é radical* — diz Sevro. — *Estourando em três... dois...* — Eu aperto a mão dele com mais força ainda — ... *um.*

A porta do coletor se retrai silenciosamente, banhando-nos com a luz âmbar de uma tela de holoDisplay num arranha-céu nas proximidades. Há uma explosão de ar e meu mundo gira à medida que o coletor de lixo ejeta sua carga de dejetos pela parte traseira. Somos como sementes trituradas lançadas na cidade. Giramos com os detritos através de um mundo caleidoscópico de torres e anúncios de publicidade. Centenas de naves se afunilam ao longo das avenidas. Tudo é um borrão faiscante, líquido. Continuamos a girar completamente para mascarar nossas assinaturas.

Pelo comunicador, ouço o resmungo de um controlador de tráfego Azul, irritado com o lixo que vazou. Logo aparece um Cobre da empresa na linha ameaçando demitir os incompetentes motoristas. Mas é o que não ouço que me faz sorrir. Os canais da polícia zumbem no seu costumeiro vozerio atravessado, relatando um sequestro aéreo da Corporação na Colmeia, um pavoroso assassinato no museu de arte antiga perto da Park Plaza, um roubo de datacenter no Emaranhado Bancário. Eles não nos viram em meio aos detritos.

Diminuímos nossos giros pouco a pouco usando pequenos impulsionadores nos capacetes. Explosões de ar nos levam num voo estável. O vácuo é silencioso. Estamos no alvo. Juntamente com o resto do lixo, estamos prestes a bater de encontro à lateral de uma torre de aço. É preciso que seja uma aterrissagem limpa. Victra xinga enquanto nos aproximamos cada vez mais, cada vez mais. Meus dedos tremem. Não balance. Não balance.

— *Soltem* — ordena Sevro.

Solto as mãos dele e de Victra, e nós três atingimos em cheio o aço. O lixo ao nosso redor ricocheteia no metal, fazendo piruetas em ângulos esquisitos. Sevro e Victra se grudam ao edifício, graças aos magnetos nas suas luvas, mas um pedaço de detrito vindo a toda a velocidade na minha direção ricocheteia no aço e me atinge na altura da coxa, alterando minha trajetória. Jogo-me para o lado, com as mãos em forma de cata-vento tentando segurar algo, o que faz com que meu corpo gire no ar.

Meus pés sofrem o impacto em primeiro lugar e sou jogado para trás na direção do espaço, xingando.

— Sevro! — grito.

— *Victra. Pegue-o.*

Uma mão agarra meu pé, parando-me com um puxão. Olho para baixo e vejo uma forma distorcida e invisível segurando minha perna. Victra. Cuidadosamente, ela puxa meu corpo sem peso de volta à parede para que eu possa grudar meus próprios magnetos no aço. Pontinhos pretos correm à frente dos meus olhos. A cidade está toda ao nosso redor. É pavorosa no seu silêncio, nas suas cores, na sua inumana paisagem metálica. Ela dá a sensação de ser um artefato alienígena muito mais do que um lugar para seres humanos.

— *Desacelere* — diz a voz de Victra, rangendo no meu capacete. — *Darrow. Você está com a respiração acelerada. Respire comigo. Inspire. Expire. Inspire...* — Forço meus pulmões a respirar em sincronia com ela. Os pontinhos pretos logo desaparecem. Abro os olhos, meu rosto está a centímetros do aço.

— *Você cagou no seu traje ou o quê?* — pergunta Sevro.

— Estou bem — digo. — Um pouquinho enferrujado.

— *Urgh. Com trocadilho, certamente.* — Ragnar e o resto dos Uivadores aterrissam na parede trinta metros abaixo de nós. Pedrinha acena para mim. — *Ainda temos trezentos metros. Vamos escalar, seus Pixies.*

Luzes brilham atrás do vidro das torres de dupla hélice de Quicksilver. Conectando as duplas hélices existem quase duzentos níveis de escritórios. Lá dentro consigo distinguir formas que se movem em terminais de computador. Dou um zoom na minha óptica para observar os corretores da Bolsa sentados nos seus escritórios, seus assistentes que andam de um lado para o outro, analistas que sinalizam furiosamente em painéis holográficos repletos de dados que se comunicam com os mercados em Luna. Todos Pratas. Eles me fazem lembrar de abelhas diligentes.

— *Isso me deixa com saudade dos rapazes* — diz Victra. Levo um momento para perceber que ela não está falando dos Pratas. A última vez que ela e eu tentamos essa tática, Tactus e Roque estavam conosco. Nós nos infiltramos na nau capitânia de Karnus pelo vácuo enquanto ele reabastecia numa base de asteroide durante a guerra-teste da Academia. Invadimos o casco dele com o objetivo de sequestrá-lo e eliminar sua equipe. Mas era uma armadilha e eu escapei por pouco com a ajuda dos meus amigos, e um braço quebrado foi minha única recompensa pela manobra.

Levamos cinco minutos para escalar do nosso local de pouso até o pico da torre, onde ela se torna um grande crescente. Não seguimos mão atrás de mão, portanto escalar não é o termo correto. Os magnetos nas nossas luvas possuem correntes de flutuação positivas e negativas que nos permitem rolar para cima pela lateral da torre como se tivéssemos rodas nas palmas das nossas mãos. A parte mais difícil da subida, ou da descida, ou seja lá como se chame isso na gravidade nula, é a inclinação do crescente no cimo extremo ou final da torre. Temos que nos grudar a um suporte de metal estreito que se projeta do meio de um teto de vidro, de modo muito semelhante ao talo de uma folha. Abaixo das nossas barrigas e do outro lado do vidro se encontra o famoso museu de Quicksilver. E acima de nós, sobre a ponta da torre de Quicksilver, encontra-se Marte.

Meu planeta parece maior do que o espaço. Maior do que qualquer coisa jamais pudesse ser. Um mundo de bilhões de almas, de oceanos projetados, montanhas, e mais hectares irrigáveis de terra do que a Terra jamais teve. É noite deste lado do mundo. E ninguém jamais poderia dizer que milhões de quilômetros de túneis perfuram os ossos do planeta, que mesmo enquanto sua superfície refulge com as luzes das Milhares de Cidades de Marte há uma pulsação invisível, uma maré que está subindo. Mas agora ela parece tranquila. A guerra parece uma coisa distante, impossível. Imagino o que um poeta diria nesse momento. O que Roque sussurraria ao ar. Algo a respeito da calma antes da tempestade. Ou sobre um batimento cardíaco entre as profundezas. Mas então surge um lampejo. Ele me deixa sobressaltado. Um espasmo de luz intensamente branca que em seguida erode e se transforma num demoníaco neon quando um cogumelo cresce no negrume do planeta.

— Estão vendo isso? — pergunto pelo comunicador, piscando para me livrar da queimadura de charuto que a detonação distante produziu na minha visão. Nossos comunicadores chiam com xingamentos quando os outros se viram para ver.

— *Merda* — murmura Sevro. — *New Thebes?*

— *Não* — responde Pedrinha. — *Mais ao norte. Aquilo é a Península Aventina. Então provavelmente a explosão foi em Cyprion. A última info dizia que a Legião Vermelha estava se movendo na direção dessa cidade.*

Então ocorre um outro clarão. E nós sete ficamos agachados, imóveis, na crista do edifício, observando a segunda bomba nuclear ser detonada a um polegar de distância da primeira.

— Porra. Somos nós ou eles? — pergunto. — Sevro!

— *Não sei* — diz Sevro com impaciência.

— *Você não sabe?* — pergunta Victra.

Como ele poderia não saber? É o que eu quero gritar. Mas saco a resposta, porque as palavras de Dancer agora me perseguem. "Sevro não está tocando essa guerra", ele me disse semanas atrás depois de mais uma missão fracassada dos Uivadores. "Ele é apenas um homem jogando gasolina no fogo." Quem sabe eu não tenha entendido o quanto essa guerra está avançada, o quanto o caos já se alastrou.

Será que posso ter me equivocado ao confiar nele tão cegamente? Observo sua máscara desprovida de expressão. A pele da sua armadura absorve as cores da cidade ao redor, refletindo coisa alguma. Um abismo para a luz. Ele se vira lentamente da explosão e começa a escalar de novo. Já a caminho.

— *O HoloNoticiário está dando* — diz Pedrinha. — *Rápido. Eles dizem que a Legião Vermelha usou bombas nucleares contra forças Douradas próximo a Cyprion. Pelo menos é essa a história.*

— *Mentirosos da porra* — rebate Palhaço. — *Mais uma isca, mais um desvio.*

— *Onde é que a Legião Vermelha arrumaria bombas nucleares?* — pergunta Victra. Harmony as usaria se tivesse alguma. Mas aposto que foi o contrário, aposto que foi Ouro usando as bombas na Legião Vermelha.

— *Isso agora não significa merda nenhuma pra gente. Esqueçam isso* — diz Sevro. — *A gente ainda precisa fazer o que viemos fazer aqui. Enfiem esses rabos nos equipamentos.* — Entorpecidos, nós obedecemos. Quando alcançamos nossa zona de entrada no crescente da torre de dupla hélice, a rotina ensaiada é posta em prática. Tiro um pequeno frasco de ácido da mochila nas costas de Victra. Sevro libera uma nanoCam do tamanho da minha unha no ar, onde ela paira acima do vidro, procurando vida dentro do museu. Não há nenhuma, o que não é surpreendente, já que são três da madrugada. Ele saca um pulsoGerador e espera que Pedrinha termine seu trabalho no datapad.

— *E aí, qual vai ser, Pedrinha?* — pergunta ele impacientemente.

— *Os códigos funcionaram. Estou no sistema* — diz ela. — *Só preciso encontrar a zona certa. Pronto. A grade de laser foi... removida. Câmeras térmicas estão... congeladas. Sensores de batimentos cardíacos estão... desligados. Congratulações a todos. Somos oficialmente fantasmas! Contanto que ninguém ative o alarme manualmente.*

Sevro ativa o pulsoGerador e uma tênue bolha iridescente surge ao nosso redor, criando um selo, para que o vácuo do espaço não invada o edifício conosco. Seria uma maneira rápida de sermos descobertos. Ponho um pequeno copo de sucção no centro do vidro e em seguida abro o contêiner de ácido e aplico o creme na janela numa caixa de dois metros de largura por dois metros de comprimento ao redor do copo de sucção. O ácido borbulha ao comer o vidro, criando uma abertura. Com uma leve lufada de ar vinda do edifício em direção ao nosso pulsoCampo, a parte furada da janela se solta com um ruído e Victra segura o pedaço de vidro solto para que não saia voando pelo espaço.

— *Rags primeiro* — diz Sevro. São cem metros até o chão do museu abaixo.

Ragnar gruda um sarilho de rapel na extremidade do vidro e prende seu arreio no fio magnético. Puxando sua lâmina, ele reativa seu fantasManto e passa buraco adentro. É perturbador para os sentidos ver sua forma quase invisível acelerar até o chão abaixo, seguro pela gravidade artificial do gancho aéreo enquanto ainda estou flutuando. Ele parece um demônio feito do calor que tremeluz acima do deserto num dia de verão.

— *Limpo.*

Sevro segue.

— *Quebre um braço* — diz Victra, empurrando-me buraco adentro depois dele. Eu flutuo para a frente, então sinto que estou sendo seguro pela gravidade enquanto atravesso o limite para entrar no recinto. Deslizo pelo fio, ganhando velocidade. Meu estômago se contrai com o súbito influxo de peso, a comida espirra para todos os lados. Aterrisso pesadamente no chão, quase torcendo o tornozelo enquanto saco meu abrasador munido de silenciador e vou em busca de contatos. O resto dos Uivadores aterrissa atrás de mim. Nós nos agachamos de costas uns para os outros no grande corredor. O chão é de mármore cinza. É impossível de medir o comprimento do corredor, porque ele faz uma curva de acordo com o crescente, virando-se para cima e escapando das nossas vistas, brincando com a gravidade e me dando uma sensação de vertigem. Relíquias de metal assomam ao nosso redor. Velhos foguetes da Era Pioneira do homem. O brasão da Companhia Luna marca o casco de uma sonda cinza perto de Ragnar. O local decididamente se parece com o espigão onde reside Octavia au Lune.

— *Então essa é a sensação de ser gordo* — diz Sevro com um grunhido ao dar um pequeno salto na pesada gravidade. — *Nojento.*

— *Quicksilver é da Terra* — diz Victra. — *Ele vai a uma altura ainda maior quando está negociando com qualquer um que tenha nascido em lugares de baixa gravidade.*

É três vezes mais do que o que estou acostumado em Marte, oito vezes mais do que o que eles preferem em Io ou Europa mas, ao reconstruir meu corpo, Mickey elevou os simuladores para duas vezes a gravidade da Terra. É uma sensação desagradável pesar quase trezentos e sessenta quilos, mas trabalha os músculos de um modo horroroso.

Tiramos nossos tanques de oxigênio e os guardamos no aro do motor de uma antiga espaçonave na qual está pintada a bandeira da América pré-império. Portanto, ficamos apenas com nossas pequenas mochilas, pelEscaravelhos, demonElmos e armas. Sevro pega mapas toscos do interior da torre e pergunta para Pedrinha se ela já encontrou Quicksilver.

— *Não consigo. É estranho. As câmeras estão desligadas nos dois últimos andares. A mesma coisa com os leitores biométricos. Não estou conseguindo localizá-lo como havia sido planejado.*

— Desligadas? — pergunto.

— *De repente ele está no meio de uma orgia ou batendo uma punheta e não está a fim de que os seguranças vejam* — rosna Sevro, dando de ombros. — *De um jeito ou de outro, ele está escondendo alguma coisa, então é pra lá que a gente tem que ir.*

Eu me conecto à linha pessoal de Sevro para que os outros não possam nos ouvir.

— *Não podemos ficar vagando por aí atrás dele. Se formos pegos nos corredores sem apoio…*

— *A gente não vai ficar vagando por aí.* — Ele me corta antes de se dirigir aos Uivadores. — *Vistam os mantos, mocinhas. Lâminas e abrasadores com silenciadores. PulsoPunhos apenas se der muita merda.* — Ele ondula e fica transparente. — *Uivadores, comigo.*

Deslizamos do museu até um labirinto de corredores do outro mundo, seguindo Sevro. Passamos por pisos de mármore preto. Paredes de vidro. Tetos com dez metros de altura feitos a partir de pulsoCampos com vista para aquários onde vibrantes recifes de corais se estendem como tentáculos fungosos. Sereias reptilianas com trinta centímetros de comprimento e rostos humanoides, pele cinza e crânios com formato de coroa nadam em meio a um reino de escaldante azul e violento laranja. Odiosos olhinhos de corvo nos miram com fúria enquanto passamos.

As paredes são vidroClima e pulsam com sutis cores alternantes. Agora um pulsar de magenta, logo cortinas ondulantes de prata-cobalto. É como um sonho. Em meio ao labirinto se encontram pequenas alcovas. Galerias de arte em miniatura que exibem trabalhos contemporâneos de holografia pontilhada e ostentacionismo do século XXI d.C. em vez do reservado romanismo neoclássico tão em voga entre os Inigualáveis Maculados. Recarregando as baterias nos nossos fantasMantos, entramos numa galeria onde se encontra à espreita um espalhafatoso cachorro de metal em tom púrpura no formato de um animal balão.

Victra suspira.

— *Maldição. O homem tem o gosto de uma socialite de jornal sensacionalista.*

Ragnar empina a cabeça para o cachorro.

— *O que é isso?*

— *Arte* — diz Victra. — *Supostamente.*

O tom de condescendência utilizado por Victra me deixa intrigado, bem como o edifício. Ele pulsa de artifícios. A arte, as paredes, as sereias, tudo tão certinho, tão do jeito que um Inigualável Maculado esperaria de um recentemente endinheirado Prata. Quicksilver deve conhecer bem a fundo a psicologia Ouro para ter tido permissão de se tornar tão rico. Então eu imagino, essa extravagância toda é algo bem mais inteligente? Uma máscara tão óbvia e fácil de aceitar que ninguém jamais pensaria em olhar por baixo dela? Quicksilver, apesar de toda a sua reputação, nunca foi chamado de estúpido. Então, talvez esse aparatoso lugar de sonhos não seja para ele. Talvez seja para seus convidados, o que me faz pensar que algo aqui está errado.

Alcançamos um átrio sem iluminação com piso de arenito não polido perfurado por jasmineiros rosas e deslizamos pelo piso numa formação em V na direção do conjunto de portas duplas que leva à suíte de Quicksilver. Os mantos estão desativados para que possamos ver melhor. As lâminas estão rígidas e estendidas, metal que vaga centímetros acima do arenito.

Isso não é uma residência. É um palco. Feito para manipular. Sinistro no cálculo frio com o qual foi construído. Não gosto disso. Conecto-me novamente à frequência de Sevro.

— Tem alguma coisa errada aqui. Onde estão os serviçais? Os guardas?

— *De repente ele gosta de privacidade...*

— Acho que isso aqui é uma armadilha.

— *Uma armadilha? Sua cabeça ou seu estômago falando?*

— Meu estômago.

Sevro fica quieto por um instante, e imagino se ele está falando com alguma outra pessoa na outra linha. Quem sabe esteja falando com todos eles.

— *Qual é sua recomendação?*

— Dar o fora. Avaliar a situação pra ver...

— *Dar o fora?* — Ele rebate a pergunta. — *Até onde eu sei, eles acabaram de jogar umas bombas nucleares no nosso povo. A gente precisa disso aqui.* — Tento interromper, mas ele passa por cima de mim como um rolo compressor. — *Que merda, eu usei treze agentes só pra obter info sobre esse babaca prateado. A gente dá o fora agora e vai tudo pro cacete. Eles vão saber que a gente esteve aqui. A gente não vai ter essa chance outra vez. Ele é a chave pra chegar no Chacal. Você precisa confiar em mim, Ceifa. Você confia ou não?*

Reprimo um palavrão e corto o sinal de conexão, sem ter certeza se estou com raiva dele ou de mim mesmo, ou porque sei que o Chacal retirou a fagulha que fazia com que eu me sentisse diferente. Cada opinião que eu tenho é frágil e maleável aos outros. Porque sei que, no fundo, no fundo, por baixo da intimidadora pelEscaravelho, por baixo da máscara de demônio, existe um menininho imaturo que chorava porque estava com medo de ficar sozinho no escuro.

Uma luz púrpura subitamente inunda a sala quando uma embarcação de luxo passa pela parede de janelas às nossas costas. Nós nos alinhamos rapidamente em cada lado da porta que dá para a suíte de Quicksilver, preparando-nos para a invasão. Observo a embarcação vagar pelo ar através dos meus ópticos pretos. Luzes pulsam num dos seus deques à medida que diversas centenas de Pixies dançam ao som de uma música lunar, se contorcem à batida de algum clube etruriano que é o que há de mais popular na distante Luna, como se uma guerra não estivesse ocorrendo no planeta abaixo dessa lua. Como se não estivéssemos nos movimentando para acabar com o estilo de vida deles. Eles vão beber champanhe da Terra em roupas feitas em Vênus em naves cujo combustível vem de Marte. E eles vão rir e consumir e trepar e não vão encarar nenhuma consequência. Tantos diminutos gafanhotos. Sinto a ira justa de Sevro queimar dentro de mim.

Sofrer não é algo real para eles. A guerra não é real. É apenas uma palavra de seis letras para outras pessoas que eles veem nos noticiários digitais. Apenas um fluxo de imagens desconfortáveis pelas quais eles passam depressa. Todo um negócio de armamentos e armas e naves e hierarquias que eles nem notam, tudo para proteger esses tolos da verdadeira agonia do que significa ser humano. Logo eles saberão.

E nos seus leitos de morte, eles se lembrarão dessa noite. Com quem eles estavam. O que estavam fazendo quando aquela palavra de seis letras os agarrou e nunca mais os soltou. Esse cruzeiro dos prazeres, essa hedionda decadência é o último suspiro da Era Dourada.

E que suspiro patético ele é.

— É claro que confio em você — digo, apertando com mais força ainda minha lâmina. Ragnar está nos observando, muito embora não consiga ouvir nosso sinal. Victra está esperando para detonar a porta e entrar.

A luz fica mais tênue, e eles desaparecem na paisagem urbana. Fico surpreso ao perceber que não sinto satisfação em saber o que está prestes a acontecer. Em saber que a era deles vai cair. Tampouco me proporciona alguma alegria pensar em todas as luzes em todas as cidades ao redor de todo o império do homem arrefecendo, ou todas as naves diminuindo de velocidade, ou todos os brilhantes Ouros desvanecendo à medida que seus edifícios enferrujam e desabam. Gostaria muito de poder ouvir a opinião de Mustang acerca desse plano. Antes, eu sentia falta dos lábios dela, do cheiro dela, mas agora sinto falta do conforto que vem ao saber que sua mente está alinhada à minha. Quando eu estava com Mustang, não me sentia tão sozinho. Ela provavelmente nos castigaria por nos concentrarmos no mundo que estamos destruindo em vez de nos concentrarmos naquele que estamos construindo.

Por que me sinto assim agora? Estou cercado de amigos, atacando os Ouros como sempre desejei. Contudo, algo coça no fundo da minha mente. Como olhos a me vigiar. Seja lá o que Sevro diga, algo está errado aqui. Não apenas neste edifício, mas com o plano dele. É assim que eu o teria posto em prática? Como Fitchner o teria colocado em prática? Se ele tiver sucesso, o que anunciaremos depois que a poeira tiver baixado e o hélio não estiver mais fluindo? Uma era de trevas? Sevro é uma força em si mesmo. Sua raiva, uma coisa que move montanhas.

Eu já fui assim no passado. E veja o que isso me trouxe.

— *Matem os guardas dele. Atordoem os Rosas. Arrebentem, agarrem e avancem* — está dizendo Sevro aos seus Uivadores. Minha mão aperta com força o cabo da lâmina. Ele dá o sinal, e Ragnar e Victra deslizam pelas portas. O restante de nós segue em direção à escuridão.

16

AMANTE

As luzes estão apagadas. O silêncio é sepulcral. A sala da frente está vazia. Uma água-viva verde-elétrica flutua num tanque em cima de uma mesa, lançando estranhas sombras. Nós nos movemos pelo quarto, irrompendo pelas portas filigranadas a ouro. Eu vigio a porta com Pedrinha, agachando-me sobre um joelho, uma armatrilho com silenciador aconchegada num dos meus braços, a lâmina embainhada no outro. Atrás de nós, um homem dorme numa cama de quatro colunas. Ragnar o agarra pelo pé e o puxa. Nu, ele se esparrama pelo chão, acordando no meio do ar e berrando suplicante na mão de Ragnar.

— *Merda. Não é ele* — diz Victra atrás de mim. Olho de relance para trás. Ragnar se ajoelha sobre o Rosa, bloqueando a visão que tenho dele.

Sevro dá um soco na coluna da cama, partindo-a em dois.

— *São três da manhã. Onde é que ele está, cacete?*

— *São quatro da tarde, meio de expediente em Luna* — diz Victra. — *Talvez ele esteja no escritório? Pergunte ao escravo.*

— *Onde está seu mestre?* — A máscara de Sevro faz sua voz entortar como um cabo de aço atingido por uma viga de ferro. Mantenho os olhos fixos na sala de estar até que o choramingo do Rosa faz com que eu olhe para trás. Sevro está com o joelho na virilha do homem. — *Pijaminha bonitinho, garotão. Está a fim de ver como é que ele fica pintado de vermelho?*

Estremeço diante da frieza na sua voz. Conheço muito bem aquele tom. Eu o ouvi da boca do Chacal enquanto ele me torturava em Attica.

— *Onde está seu mestre?* — Sevro dobra o joelho. O Rosa choraminga de dor mas ainda assim se recusa a responder. Os Uivadores assistem à tortura em silêncio, curvados, manchas sem rosto no cômodo escuro. Não há discussão. Nenhuma questão moral a ser levantada, não depois de plantar as bombas. Mas sei que eles já fizeram isso antes. Eu me sinto sujo ao perceber isso, ao ouvir o Rosa soluçando no chão. Isso é mais uma parte da guerra do que trombetas ou naves estelares. Momentos de crueldade quietos e não lembrados.

— Eu não sei — diz ele. — Eu não sei.

A voz. Eu me lembro de ter ouvido essa voz no passado. Entorpecido de surpresa, corro do meu posto na porta e me junto a Sevro, puxando-o de cima do Rosa. Porque eu conheço o homem e suas feições delicadas. Seu nariz longo e anguloso, seus olhos de quartzo e sua pele cor de mel escuro. Ele é tão responsável em me tornar o que sou quanto Mickey. É Matteo. Belo e frágil, agora arfando no chão, com o braço quebrado. Ele sangra pela boca, segurando a virilha onde Sevro o golpeou.

— *O que é que você tem nessa cabeça, cacete?* — diz Sevro, rosnando para mim.

— Eu o conheço — digo.

— *O quê?*

Aproveitando minha distração, e não vendo nada além do semblante de demônios pretos dos nossos capacetes, Matteo dispara na direção de um datapad que está em cima da mesinha de cabeceira. Sevro é mais rápido. Com um ruído carnudo, a densidade óssea mais dura dentre as espécimes do homem encontra a mais mole. O punho de Sevro despedaça a frágil mandíbula de Matteo. Ele tem um acesso de náusea e cai no chão em convulsões, com os olhos revirando. Observo aquilo atordoado, a violência parece irreal, ainda que tão fria e primitiva e fácil. Apenas músculo e osso se movendo da maneira que não deveriam se mover. Flagro a mim mesmo indo na direção de Matteo, caindo sobre seu corpo em convulsão, empurrando Sevro para trás.

— Não toque nele! — Matteo foi nocauteado e está inconsciente, por sorte. Eu não tenho como dizer se ele está com algum dano na cervical ou algum trauma cerebral. Toco os cachos dos seus cabelos agora escurecidos. Eles possuem um certo brilho azulado. Sua mão está bem apertada como a de uma criança, e há uma fina tira prateada no seu dedo anelar. Onde esteve ele esse tempo todo? Por que está aqui? — Eu o conheço — sussurro.

Ragnar está se curvando ao meu lado numa atitude protetora, embora não haja nada que possamos fazer por Matteo. Palhaço joga o datapad para Sevro.

— *Tecla pânico.*

— *Como assim você o conhece?* — pergunta Sevro.

— Ele é um Filho de Ares — digo, entontecido. — Ou era. Ele foi um dos meus professores antes do Instituto. Ele me deu aulas sobre cultura Áurica.

— *Maldição* — murmura Cara Ferrada.

Victra toca com o pé o punho dele, onde pequenas flores adornam seus Sinetes Rosas.

— *Ele é uma Rosa do Jardim, como Theodora.* — Ela olha de relance para Ragnar. — *Ele custa o mesmo que você, Manchado.*

— *Tem certeza de que é o mesmo cara?* — Sevro me pergunta.

— É claro que eu tenho certeza, porra. O nome dele é Matteo.

— *Então por que ele está aqui?* — pergunta Ragnar.

— *Ele não parece um cativo* — diz Victra. — *Esses pijamas são caros. Provavelmente ele é um amante. Quicksilver não tem fama de celibatário, afinal de contas.*

— *Ele deve ter mudado de lado* — diz Sevro asperamente.

— Ou estava numa missão pro seu pai — digo.

— *Então por que ele não entrou em contato com a gente? Ele desertou. Significa que Quicksilver se infiltrou nos Filhos.* — Sevro gira o corpo para olhar para a porta. — *Merda. Ele podia estar sabendo de Tinos. Podia estar sabendo da porra do nosso ataque.*

Minha mente está acelerada. Será que Ares enviou Matteo para cá? Ou será que Matteo abandonou uma nave prestes a ser destruída?

Quem sabe foi Matteo quem lhes contou a meu respeito... É uma facada na barriga pensar nisso. Eu não o conheci muito, mas gostava dele. Ele era uma pessoa gentil, e há tão poucas pessoas assim ultimamente. Agora, veja o que fizemos com ele.

— *É melhor darmos o fora daqui* — está dizendo Palhaço.

— *Não sem Quicksilver* — responde Sevro.

— Não sabemos onde Quicksilver está — digo. — Há mais coisas aqui. Temos que esperar que Matteo acorde. Alguém tem um estimulante?

— *A dose o mataria* — diz Victra. — *O sistema circulatório dos Rosas não aguenta bagulho militar.*

— *A gente não tem tempo pra ficar de bate-papo* — rosna Sevro. — *Não dá pra gente correr o risco de ficar preso aqui. Vamos embora agora.* — Tento falar, mas ele continua, olhando para Palhaço, que está usando o datapad de Matteo. — *Palhaço, o que você tem aí?*

— *Tenho uma solicitação de refeição na subseção de cozinha do servidor interno. Parece que alguém pediu sanduíches de carneiro e presunto e café pro quarto C19.*

— *Ceifeiro, o que você acha?* — pergunta Ragnar.

— Pode ser uma armadilha — digo. — Precisamos ajustar...

Victra ri desdenhosamente, cortando-me:

— *Mesmo que seja uma armadilha, olha só pro nosso grupo aqui. Nós vamos arrebentar essa merda toda.*

— *Porra, Julii, palavras certeiras.* — Sevro se move na direção da porta. — *Cara Ferrada. Cuide do Rosa. Garras à mostra. Ragnar e Victra na frente. Vem sangue por aí.*

Um nível abaixo, encontramos nossa primeira equipe de segurança. Meia dúzia de mestiços estão em frente a uma grande porta de vidro que ondula como a superfície de uma fonte. Eles estão usando trajes pretos em vez de armaduras militares. Implantes na forma de talões prata se projetam da pele atrás das suas orelhas esquerdas. Há mais patrulhamento nesse nível, mas nenhum serviçal. Diversos Cinzas em trajes similares levaram um carrinho de café para a sala alguns minutos antes. É estranho que eles não usem Rosas ou Marrons para entregar o café. A segurança é rígida. Portanto, quem quer que esteja no escritório de Quicksilver deve ser importante. Ou pelo menos muito paranoico.

— *A gente está fluindo com rapidez* — diz Sevro, inclinando o corpo para trás na esquina do corredor onde estamos esperando a trinta metros de distância do grupo de Cinzas. — *Neutralizem esses merdinhas e depois invadam rapidamente.*

— *Não sabemos quem está lá dentro* — diz Palhaço.

— *E só há um jeito de descobrir* — rosna Sevro. — *Entrem.*

Ragnar e Victra dobram primeiro a esquina, seus fantasMantos entortando a luz. O resto de nós segue em disparada. Um dos Cinzas estreita os olhos quando nos vê no corredor. As ópticas térmicas implantadas nas suas íris latejam em vermelho assim que são ativadas e ele vê o calor irradiando das nossas baterias.

— FantasMantos! — ele grita. Seis conjuntos de mãos calejadas fluem na direção de abrasadores. Tarde demais. Ragnar e Victra os atacam com ferocidade. Ragnar brande sua lâmina, cortando o braço de um deles e acertando a jugular de um outro. O sangue espirra sobre as paredes de vidro. Victra atira com seu abrasador munido de silenciador. Balas magneticamente lançadas se chocam com duas cabeças. Deslizo para a frente entre os corpos caídos. Enfio minha lâmina nas costelas de um homem. Sinto o estalo e a parada do seu coração. Retraio minha lâmina para a forma de chicote para poder soltá-la. Permito que ela enrijeça novamente na forma de curviLâmina antes que o homem caia no chão.

Os Cinzas não conseguiram dar um único tiro. Mas um deles apertou um botão no seu datapad, e o profundo e latejante som do alarme da torre ecoa ao longo do corredor. As paredes pulsam em vermelho, sinalizando uma emergência. Sevro abate o último homem.

— *Invadam a sala. Agora!* — grita ele.

Alguma coisa está errada. Sinto isso no estômago, mas Victra e Sevro estão impulsionando seus corpos para a frente. E Ragnar está dando um chute na porta. Sempre um escravo da impulsão, mergulho atrás dele.

A sala de conferência de Quicksilver é menos espalhafatosa do que as salas do nível de cima. O pé-direito tem dez metros de altura. Suas paredes são de vidro digital que rodopiam sutilmente com a fumaça prateada. Duas fileiras de pilares de mármore percorrem paralelamente ambos os lados de uma gigantesca mesa de conferência ônix com uma árvore branca morta que se ergue do seu centro. Na extremidade da sala há uma imensa janela com vista para a indústria da Colmeia. Regulus ag Sun, reverenciado de Mercúrio a Plutão como Quicksilver, o homem mais rico sob o sol, encontra-se diante da janela marretando uma taça de vinho tinto com uma mão carnuda.

Ele é calvo. Tem a testa vincada como uma tábua de lavar roupa. Lábios de pugilista. Ombros caídos de aspecto simiesco levando a dedos de açougueiro que brotam das mangas de um robe turquesa venusiano de colarinho alto adornado com macieiras. Ele está na casa dos sessenta. Tem a pele bronzeada num tom profundo de tutano. Uma barbichinha e um bigode acentuam seu rosto numa vã tentativa de lhe dar forma, embora pareça que ele tenha ficado afastado dos Entalhadores por grande parte da vida. Ele está descalço. Mas são seus três olhos que demandam atenção. Dois têm pálpebras pesadas e cor Prata. Uma sombra terrosa e eficiente. O terceiro é Ouro e implantado num simples anel de prata que o homem usa no dedo médio da sua gorda mão direita.

Nós interrompemos sua reunião.

Quase trinta Cobres e Pratas enchem a sala. Eles estão dispostos em dois grupos e sentados uns em frente aos outros na gigantesca mesa ônix repleta de xícaras de café, garrafas de vinho e datapads. Um documento em holo azul flutua no ar entre as duas facções, obviamente o objeto da atenção deles até a porta ser despedaçada. Agora eles se afastam às pressas da mesa, a maioria perplexa demais para ao menos sentir medo, ou para ao menos nos ver quando os Uivadores entram na sala nos seus fantasMantos. Mas não são somente Cobres e Pratas sentados à mesa.

— *Ah, merda* — fala Victra, confusa.

Entre as Cores profissionais se levantam seis cavaleiros Dourados usando pulsArmaduras completas. E eu conheço todos eles. À esquerda, um homem mais velho de rosto escuro usando a armadura retinta do Cavaleiro da Morte, ao lado dele estão a cara gorducha Moira — uma Fúria, irmã de Aja — e o bom e velho Cassius au Bellona. À direita estão Kavax au Telemanus, Daxo au Telemanus e a garota que me deixou de joelhos nos velhos túneis das minas de Marte quase um ano antes.

Mustang.

17

MATANDO OUROS

— Parem de atirar! — grito, baixando a arma de Victra, mas Sevro está latindo ordens e Victra a levanta de novo. Formamos uma linha vacilante com nossos pulsoPunhos e abrasadores mirados nos Ouros. Mantemos o cessar-fogo porque precisamos de Quicksilver vivo, e sei que Sevro está tão perplexo quanto eu de ver Mustang, Cassius e os Telemanus aqui.

— *Pro chão ou a gente acaba com vocês!* — berra Sevro, a voz inumana e magnificada pelo seu demonElmo. Os Uivadores se juntam a ele, enchendo o ar com um agressivo coro de comandos. Meu sangue gela. O alarme lateja ao redor das vozes trovejantes. Sem saber o que fazer, aponto meu pulsoPunho para o mais perigoso Ouro na sala, Cassius, ciente do que deve estar se passando pela mente de Sevro ao ver o assassino do seu pai em carne e osso. Meu capacete se sincroniza com a arma para iluminar pontos fracos na sua armadura, mas meus olhos absorvem Mustang quando ela deposita na mesa a xícara de café, graciosa como sempre, e se afasta da mesa, o pulsoPunho implantado na luva esquerda da sua armadura começando lentamente a se abrir.

Minha mente e meu coração guerreiam um contra o outro. Que droga está acontecendo aqui? Ela deveria estar na Borda. Como ela, os outros Ouros não estão nos escutando. Eles não sabem quem está por trás dos nossos capacetes. Ninguém vestiu mantos hoje. Eles se afastam, com os olhos cautelosos, julgando a situação. A lâmina de Cassius desliza no seu braço direito. Kavax lentamente se ergue da cadeira junto com Daxo. Quicksilver balança as mãos sem parar.

— Parem! — grita ele, a voz quase perdida em meio ao caos. — Não atirem! Isso aqui é uma reunião diplomática! Identifiquem-se!
— Caímos no meio de alguma negociação, eu me dou conta. Uma rendição das forças de Mustang? Uma aliança? Uma ausência notável é o Chacal. Será que Quicksilver o está traindo? Deve estar. Como também deve estar traindo a Soberana. É por isso que esse lugar está tão deserto. Nenhum serviçal, segurança mínima. Quicksilver queria apenas homens de sua confiança nessa reunião realizada tão perto do nariz do seu aliado.

Meu estômago se contrai quando percebo que o resto da sala deve estar pensando que viemos da parte do Chacal. O que significa que eles acham que estamos aqui para matá-los, e que isso aqui só terminará de uma única maneira.

— *Na porra do chão!* — berra Victra.

— *O que fazemos?* — pergunta Pedrinha pelo comunicador. — *Ceifeiro?*

— *O Bellona é meu* — diz Sevro.

— Usem armas de atordoamento! — digo. — É Mustang...

— *Isso não vai fazer merda nenhuma naquelas armaduras* — interrompe Sevro. — *Se eles erguerem as armas, matem os putos. Cargas pulsantes totais. Não vou arriscar ninguém da nossa família.*

— Sevro, escute um minutinho. Nós precisamos falar com... — Minhas palavras são cortadas porque ele usa o comando mestre instalado no seu capacete para embaralhar o sinal de saída do meu comunicador. Eu consigo ouvi-los, mas eles não conseguem me ouvir. Eu o xingo inutilmente.

— *Bellona, não se mova!* — grita Palhaço. — *Eu disse: não se mova!*

Em frente a Mustang, Cassius silenciosamente vaga através dos Pratas, usando-os como cobertura para diminuir a distância entre nós. Ele está a apenas dez metros de distância. Aproximando-se. Sinto Victra ficar tensa ao meu lado, faminta para ser deixada à solta com um dos homens que ela culpa pela morte da sua mãe, mas há civis entre nós e os Ouros, e Quicksilver é um prêmio que não podemos nos dar ao luxo de perder.

Meus olhos julgam as bochechas gorduchas dos Pratas e dos Cobres. Nenhuma alma aqui presente é oprimida. Nenhuma barriga aqui presente já ficou faminta algum dia. Esses são colaboradores. Sevro os escalpelaria um a um se recebesse uma faca enferrujada e algumas horas ociosas.

— *Ceifeiro*... — diz Ragnar num sussurro, olhando para mim em busca de instruções.

— *Afaste a mão da lâmina!* — grita Victra para Cassius. Ele fica quieto. Avançando, infalível como um glaciar. Moira e o Cavaleiro da Morte o seguem. O capacete de Kavax está deslizando para cima para lhe cobrir a cabeça. O rosto de Mustang já está coberto. Seu pulsoPunho foi ativado e aponta para o chão.

Conheço a morte muito bem para ouvi-la dar seu alento.

Aciono meus alto-falantes externos.

— *Kavax, Mustang, parem. Quem está aqui é*...

— *Pare de se mover, seu merdinha!* — rosna Victra. Cassius sorri prazenteiramente e avança. Ragnar realiza um estranho movimento de contorção à minha esquerda, e uma das lâminas que ele carrega voa pelo ar e penetra a testa do Cavaleiro da Morte. Os Pratas ficam boquiabertos ao verem o Cavaleiro Olímpico despencando no chão.

— KAVAX AU TELEMANUS — ruge Kavax, e dispara à frente com Daxo. Mustang investe pelo flanco. Moira ataca, erguendo seu pulsoPunho.

— *Acabem com eles* — diz Sevro com um risinho debochado.

A sala entra em erupção. O ar é triturado por partículas superaquecidas quando os Uivadores abrem fogo à queima-roupa na sala lotada. O mármore vira pó. As cadeiras derretem, transformando-se em nacos retorcidos de metal, e se espalham pelo chão. Carne e ossos explodem, enchendo o ar de névoa vermelha à medida que Pratas e Cobres são pegos no fogo cruzado. Sevro não consegue acertar Cassius, que mergulha atrás de um pilar. Kavax recebe uma dúzia de tiros, mas não se abala nem mesmo quando percebe que seus escudos estão superaquecidos. Ele está prestes a arrebentar Sevro e Victra com sua lâmina quando Ragnar ataca pelo lado e atinge o homem menor com tanta força com seu ombro que Kavax é tirado do chão. Daxo ataca Ragnar por trás, e três gigantes tombam para o lado da sala, esmagando dois Cobres trêmulos com a metade do tamanho deles ao caírem. Os Cobres gritam no chão, com as pernas esfaceladas.

Atrás de Kavax, Mustang leva dois tiros no peito, mas seu pulsoEscudo a protege. Ela tropeça, revida o ataque atirando em nós e acerta a perna de Pedrinha. Pedrinha dá um salto para trás e bate de encontro à parede, com a perna despedaçada devido ao ataque. Ela berra e segura a perna. Palhaço e Victra lhe dão cobertura, atirando em Mustang, arrastando Pedrinha para trás de um pilar. Cara Ferrada e quatro outros Uivadores que estavam vigiando a porta e mantendo Matteo do lado de fora agora abrem fogo na sala do corredor.

Tombo para o lado, perdido no caos, quando o mármore onde eu me encontrava se despedaça. Pratas rastejam debaixo da mesa. Outros se afastam das cadeiras, disparando em direção à imaginada segurança das colunas nas fímbrias da sala. Pulsotiros hipersônicos explodem entre eles, sobre suas cabeças, através deles. Derrubando suas colunas. Quicksilver corre atrás de dois Cobres, usando-os como escudos humanos quando estilhaços explodem sobre eles, e todos tombam no chão numa confusão de membros dilacerados e sangue.

Moira, a Fúria, corre na direção de Sevro para empalar meu amigo por trás com sua lâmina enquanto ele está tentando passar por Ragnar, que luta com ambos os Telemanus, para chegar em Cassius. Eu atiro com meu pulsoPunho à queima-roupa no flanco dela pouco antes de a guerreira alcançá-lo. Os pulsoEscudos da armadura dela absorvem as primeiras cargas de tiro, ondulando em azul ao formar um casulo em torno da Fúria. Ela tomba para o lado e, se eu não tivesse continuado a atirar, ela não teria nada além de um hematoma na manhã seguinte. Mas meu dedo médio é pesado no gatilho da arma. Ela é uma engenheira da opressão, e uma das melhores mentes dos Ouros. E tentou matar Sevro. Jogada ruim.

Eu atiro até o escudo dela exibir uma reentrância, até ela cair de joelhos, até ela se contorcer e gritar quando as moléculas da sua pele e dos seus órgãos começam a superaquecer. Sangue fervente lhe escapa dos olhos e do nariz. Armadura e carne se fundem, e eu sinto a raiva pulsando de selvageria dentro de mim, anestesiando-me para o medo, para as sensações, para a compaixão. Esse é o Ceifeiro que colocou Cassius no chão. Que chacinou Karnus. Que os Ouros não podem matar.

O pulsoPunho de Moira atira tresloucadamente quando os tendões dos seus dedos se contraem no calor. Ela atirando no teto como um autômato, contorcendo-se para o lado, produzindo uma torrente de morte ao redor da sala. Dois Pratas que correm para se proteger acabam explodindo. O vidro do porto de observação na extremidade da sala, com vista para a cidade espacial, racha perigosamente. Uivadores cambaleiam em busca de um abrigo até que o pulsoPunho reluz derretido na mão esquerda de Moira e o cano superaquece para derreter internamente com um corrupto crepitar. Com esse último arquejo de raiva, a mais sábia das três Fúrias da Soberana fica deitada no chão, uma casca carbonizada.

Meu único desejo é que ela pudesse ser Aja.

Retorno à sala, sentindo a mão fria da ira me guiando, faminta por mais sangue. Mas todos aqueles que sobraram são meus amigos. Ou pelo menos foram, no passado. Estremeço com um vazio interior à medida que a raiva sai de mim com a mesma rapidez que chegou. Ela é substituída pelo pânico enquanto observo meus amigos tentarem se matar uns aos outros. As linhas ordenadas se partiram e se transformaram numa briga hi-tech. Pés escorregam no vidro. Omoplatas batem de encontro a paredes. Batalhas de PulsoPunhos entre pilares. Mãos e joelhos rastejam no chão à medida que pulsoPunhos gemem e lâminas vociferam e estraçalham.

E é somente agora, somente com essa aterrorizante clareza, que eu percebo que existe apenas um fio em comum que me liga a eles. Não é uma ideia. Não é o sonho de minha mulher. Não é a confiança ou as alianças ou as Cores.

Sou eu.

E sem mim, é isso o que eles farão. Sem mim, é isso o que Sevro tem feito. Que inevitável desperdício. Morte gera morte que gera morte.

Tenho de parar isso.

No centro da sala, Cassius tropeça atrás de Victra em meio a cadeiras retorcidas e vidro esfacelado. O sangue torna o piso escorregadio embaixo deles. O fantasManto estragado dela lampeja aqui e ali, ligando e desligando, e ela brilha entre fantasma e sombra como se fosse um demônio indeciso. Cassius lhe dá um outro talho na coxa e gira o corpo quando Palhaço atira nele, fazendo um corte na lateral da cabeça deste último antes de se curvar para trás para se desviar de um tiro de Pedrinha, no chão do outro lado da sala. Victra rola o corpo debaixo da mesa para escapar de Cassius, atacando os tornozelos do seu adversário. Ele dá um salto para cima da mesa, disparando seu pulsoPunho no ônix até produzir um buraco no seu centro, prendendo Victra embaixo. Ele está a centímetros de matá-la quando Sevro atira nele por trás, a detonação absorvida pelo escudo de Cassius, mas uma explosão que o deixa nocauteado a diversos metros de onde estava.

À direita, Ragnar, Daxo e Kavax estão engalfinhados num duelo de titãs. Ragnar prende o braço de Kavax na parede com sua lâmina, solta a arma, se abaixa, atira com seu pulsoPunho em Daxo à queima-roupa. Os escudos de Daxo absorvem o impacto e sua lâmina não acerta Ragnar mas, em vez disso, tira um naco da parede. Ragnar atinge Daxo nas juntas e está prestes a partir seu pescoço quando Kavax lhe acerta o ombro com a lâmina, berrando o nome da sua família. Corro para ajudar meu amigo *Manchado* mas, enquanto faço isso, sinto alguém à minha esquerda.

Eu me viro no momento exato em que Mustang está voando pelos ares na minha direção, o capacete lhe cobrindo o rosto, sua lâmina fazendo um arco para baixo para me cortar em dois. Levanto minha própria lâmina no momento exato. Lâminas batem de encontro uma na outra. Vibrações chacoalham meu braço. Estou mais lento do que me lembro, grande parte do meu instinto muscular foi perdida para a escuridão apesar do laboratório de Mickey e das minhas sessões de treinamento com Victra. E Mustang ficou mais rápida.

Sou pressionado para trás. Tento fluir ao redor de Mustang, mas ela move sua lâmina como se estivesse na guerra desde o ano passado. Tento deslizar o corpo para o lado, como Lorn me ensinou, mas não há escapatória. Ela é esperta e usa os escombros, os pilares, para me acantonar. Estou sendo cercado, encurralado pelo metal faiscante. Minha defesa não é penetrada, mas erode ao longo das bordas quando protejo meu cerne.

A lâmina abre um talho de três centímetros no meu ombro esquerdo. Arde como a mordida de uma víbora-das-cavidades. Eu xingo e ela me golpeia mais uma vez, arrancando mais pedaços de carne. Eu gritaria para ela parar. Gritaria meu nome, alguma coisa, se tivesse ao menos metade do fôlego, mas isso é o que me resta para que eu consiga manter os braços em movimento. Eu me curvo para trás no exato instante em que ela produz um talho superficial no pescoço da minha pelEscaravelho. Três cortes rápidos nos tendões do meu braço direito se seguem a isso, deixando de cortá-lo por pouco. Construindo um ritmo. Minhas costas estão tocando a parede. Corte. Corte. Furo. O fogo abre minha pele. Vou morrer aqui. Peço ajuda através do comunicador, mas ele ainda está com o embaralhamento acionado por Sevro.

Nós mordemos mais do que temos condições de mastigar.

Grito inutilmente à medida que a lâmina de Mustang roça três das minhas costelas. Ela gira a lâmina na mão. Joga a arma para trás num *backhand* para arrancar minha cabeça. Consigo me desviar do golpe da lâmina empurrando a dela para a parede com a minha própria, prendendo-a acima da minha cabeça de modo que o capacete dela fica próximo à minha máscara. Dou uma cabeçada nela. Mas seu capacete é mais forte do que o composto de duroplástico da minha máscara. Ela joga a cabeça para trás e a arremessa de encontro à minha, usando minha própria tática. Uma onda de dor penetra meu crânio. Eu quase desmaio. A visão ora escapa, ora retorna. Mas ainda estou de pé. Sinto parte da minha máscara rachar e deslizar do meu rosto. Meu nariz está quebrado novamente. Vejo pontinhos. O resto da máscara desaba e eu miro o capacete de Mustang em formato de cavalo com olhos de morte enquanto ela se prepara para me finalizar.

Sua lâmina recua para desferir o golpe mortífero. E lá permanece acima da cabeça dela, tremendo ao olhar para meu rosto exposto. Seu capacete desliza e ela revela o próprio rosto. Cabelos empapados de suor grudam na sua testa, escurecendo o dourado lustre. Abaixo, seus olhos são selvagens, e eu gostaria muito de poder dizer que é amor ou alegria que eu vejo neles, mas não é. Se tanto, é medo, quem sabe horror o que faz o sangue fluir do seu rosto enquanto ela tropeça para trás, gesticulando com a mão livre, incapaz de falar.

— Darrow...?

Ela olha por cima do ombro para ver o caos que ainda está instalado na sala, nosso quieto momento é uma pequena bolha no meio da tempestade. Cassius foge, desaparecendo pela porta lateral, deixando os cadáveres do Cavaleiro da Morte e de Moira para trás. Nossos olhos se encontram antes de ele desaparecer. Victra vai em seu encalço até Sevro a conter. O resto dos Uivadores estão vindo na direção de Mustang. Dou um passo na direção dela, e paro quando a ponta da sua lâmina encosta na minha clavícula.

— Eu vi você morrer.

Ela recua na direção da porta principal, as botas deslizando sobre o mármore, triturando pedacinhos de vidro das paredes.

— Kavax, Daxo! — chama ela, uma veia no seu pescoço inchada devido ao esforço. — Bater em retirada!

Os Telemanus cambaleiam para se separar de Ragnar, confusos a respeito de quem é o mascarado com quem eles estão lutando e por que eles estão sangrando em tantas partes do corpo. Eles tentam se reagrupar em torno de Mustang, ambos os homens correndo até ela numa apressada retirada mas, quando passam por mim para se juntar a ela perto da porta, sei que não posso simplesmente assistir à partida dela. Então, envolvo o pescoço de Kavax com minha lâmina. Ele se sente asfixiado e gira o corpo para me enfrentar, mas eu mantenho a posição. Com o aperto de um botão, eu poderia retrair minha lâmina e decapitá-lo. Mas não tenho nenhum interesse em matar o homem. Ele cai apenas quando Ragnar golpeia sua perna e lhe dá uma joelhada no peito. Seu corpo então bate de encontro ao chão. Cara Ferrada e os outros estão em cima dele, prendendo-o no chão.

— Não o mate — grito. Cara Ferrada conhecia Pax. Conheceu os Telemanus, portanto segura sua lâmina e estala o dedo para que os Uivadores mais novos façam o mesmo. Daxo tenta correr para ajudar seu pai, mas Ragnar e eu barramos sua passagem, e Sevro e Victra estão correndo para se juntar a nós. Seu olhos brilhantes miram confusos meu rosto.

— Vá, Virginia! — ruge Kavax do chão. — Fuja!

— Orion está viva. Ela está comigo — diz Mustang, olhando os ensanguentados Uivadores que estão atrás de mim, vindo atrás dela e de Daxo. — Não o mate. Por favor. — E então, com um pesaroso olhar na direção de Kavax, ela foge da sala.

18
ABISMO

— O que ela quis dizer com Orion estar viva? — pergunto a Kavax. Ele está tão abalado quanto eu, nervosamente olhando para os Uivadores vestidos de preto à espreita na sala. Não perdemos nenhum, mas nossa aparência está uma merda. — Kavax!

— O que ela disse — diz ele. — Exatamente o que ela disse. A *Pax* está a salvo.

— Darrow! — grita Sevro ao entrar novamente na sala com Victra. Eles perseguiram Cassius pela porta preta na extremidade da sala mas voltam de mãos vazias e mancando. — Comigo! — Há mais coisas que eu quero perguntar a Kavax, mas Victra parece estar ferida. Corro em sua direção quando ela se apoia na mesa de ônix despedaçada, debruçada sobre um talho profundo no seu bíceps. Ela está sem máscara, o rosto contorcido e suado enquanto injeta em si mesma analgésicos e coagulantes sanguíneos para deter o fluxo de sangue do ferimento. Vejo o brilho do osso em meio ao sangue.

— Victra...

— Merda — diz ela com um risada sombria. — Seu namoradinho está mais rápido do que era antes. Quase o peguei no corredor, mas acho que Aja lhe ensinou um pouco do seu Estilo do Salgueiro.

— É o que parece — digo. — Tudo bem com você?

— Não se preocupe comigo, querido. — Ela me dá uma piscadela quando Sevro me chama de novo. Ele e Palhaço estão curvados sobre os restos fumegantes de Moira. O lorde terrorista não demonstra nenhuma preocupação com a carnificina que nos cerca.

— Uma das Fúrias — diz Palhaço. — Grelhada.

— Cozinhou com esmero, Ceifa — diz Sevro, a voz arrastada. — Crocante nas bordas, sangrento no meio. Exatamente como eu gosto. Aja vai ficar puta com...

— Você cortou meu comunicador — interrompo com raiva.

— Você estava agindo de um modo escroto. Confundindo meus homens.

— Agindo de um modo escroto? Qual é a sua, afinal de contas? Eu estava usando a cabeça em vez de simplesmente sair atirando em tudo. Nós poderíamos ter feito a ação sem assassinar metade das pessoas presentes na sala.

Os olhos dele estão mais sombrios e mais cruéis do que os do amigo de quem eu me lembro.

— Isso aqui é guerra, garotão. Assassinato é o nome do jogo. Não fique triste porque a gente é bom nisso.

— Aquela era Mustang! — digo, dando um passo para me aproximar dele. — E se nós a tivéssemos matado? — Ele dá de ombros. Cutuco o peito dele. — Você sabia que ela estaria aqui? Diga a verdade.

— Que nada — diz ele lentamente. — Eu não sabia. Agora recue, garotão. — Ele levanta os olhos para mim de modo descarado, como se não se importasse de me dar um soco. Eu não recuo.

— O que ela estava fazendo aqui?

— Como é que eu vou saber essa droga? — Ele olha por cima de mim na direção de Ragnar, que está empurrando Kavax para os Uivadores reunidos no centro da sala. — Todo mundo aqui, preparem-se pra pancadaria. A gente vai ter que passar pelo meio de um exército pra poder escapar deste covil de merda. O ponto de evacuação fica a dez andares acima daqui no lado preto.

— Onde está nosso prêmio? — pergunta Victra, olhando a carnificina. Corpos espalhados pelo chão. Pratas tremendo de dor. Cobres rastejando, arrastando pernas quebradas.

— Provavelmente fritado — digo.

— É provável mesmo — concorda Palhaço, lançando-me um olhar de comiseração enquanto nos afastamos de Sevro para percorrer a sala entulhada de corpos. — Isso aqui está uma zona do cacete.

— Você sabia que Mustang estaria aqui? — pergunto.

— Nem a pau. É sério, chefe. — Ele olha de relance para Sevro. — Que história é essa de ele embaralhar seu comunicador?

— Parem de lero-lero e encontrem a porra do Prata — late Sevro do centro da sala. — Alguém vá lá pegar o Rosa no corredor.

Palhaço encontra Quicksilver na extremidade oposta da sala, na área mais afastada da porta do corredor, à direita do grande porto de observação com vista para Phobos. Ele está deitado, imóvel, preso sob um pilar que se partiu onde estava fincado no chão e se encontra agora caído de lado, encostado na parede. O sangue de outras pessoas cobre sua túnica azul-turquesa. Pedacinhos de vidro se projetam das juntas feridas. Sinto sua pulsação. Ele está vivo. Portanto, a missão não foi uma droga de desperdício. Mas há uma contusão na sua testa proveniente de algum estilhaço. Chamo Ragnar e Victra, os dois mais fortes do nosso grupo, para ajudar a remover o pilar de cima do homem.

Ragnar encaixa a lâmina que lançou na cabeça do Cavaleiro da Morte embaixo do pilar, usando uma rocha como ponto de apoio, e está prestes a levantar o pilar junto comigo quando Victra nos fala para esperar.

— Olhem — diz ela. No local onde o topo do pilar se encontra com a parede, há um tênue fulgor azul ao longo de uma viga que percorre a parede do chão até o teto, formando um retângulo na parede. Trata-se de uma porta escondida. Quicksilver devia estar correndo para ela quando o pilar desabou. Victra encosta o ouvido na porta, e seus olhos se estreitam.

— PulsoTochas — diz ela. — Oh, ho. — Ela ri. — Um monte de guarda-costas Pratas lá dentro. Ele deve tê-los escondido ali pra eventualidade de as coisas ficarem feias. Eles estão falando *tagna*. — A língua dos Obsidianos. E estão derrubando a parede. Estaríamos mortos se o pilar não tivesse caído e bloqueado a porta.

Pura sorte salvou nossas peles. Nós três sabemos disso, o que aprofunda a raiva que eu tenho de Sevro e acalma um pouquinho a selvageria contida nos olhos de Victra. Subitamente, ela está vendo o quanto essa ação foi imprudente. Jamais deveríamos ter entrado nesse lugar sem as plantas originais. Sevro fez o que eu teria feito um ano antes. Com o mesmo resultado. Nós três compartilhamos um pensamento em comum, olhando de relance para a porta principal da sala. Não temos muito tempo.

Ragnar e Victra me ajudam a libertar Quicksilver. As pernas do homem inconsciente se arrastam atrás dele, quebradas, à medida que Victra o carrega de volta ao centro da sala. Lá, Sevro está preparando Palhaço e Pedrinha para abandonar a sala com nossos prisioneiros, Matteo e Kavax, que olha para mim boquiaberto. Mas Pedrinha não consegue nem se levantar. A condição física do grupo todo está uma merda.

— Nós temos muitos prisioneiros — digo. — Não vamos conseguir seguir com rapidez. E não temos nenhuma bomba eletromagnética dessa vez. — Não que elas pudessem fazer algo de bom numa estação espacial quando tudo o que nos separa do espaço são anteparos com três centímetros de espessura e recicladores de ar.

— Então a gente vai cortar gordura — diz Sevro, avançando na direção de Kavax, que está ferido e com as mãos amarradas nas costas. Ele aponta o pulsoPunho dele para o rosto de Kavax. — Não é nada pessoal, não, grandão.

Sevro puxa o gatilho. Eu o empurro para o lado. A explosão pulsante deixa de acertar a cabeça de Kavax e faz um estrondo no chão perto da forma caída de Matteo, quase arrancando a perna do homem. Sevro gira o corpo na minha direção, com o pulsoPunho apontado para minha cabeça.

— Tire isso do meu rosto — digo, olhando para o cano da arma. O calor se irradia nos meus olhos, fazendo-os arder, de modo que sou obrigado a desviar o olhar.

— Quem você pensa que aquele ali é? — rosna Sevro. — Seu amigo? Ele não é seu amigo, não.

— Nós precisamos dele com vida. Ele é uma moeda de troca. E Orion pode muito bem estar viva.

— Moeda de troca? — diz Sevro, bufando. — E a Moira? Não foi problema nenhum pra você fritar a mulher, mas ele você poupa. — Sevro estreita os olhos para mim, baixando a arma. Seus lábios ficam franzidos acima dos dentes dilapidados. — Ah, é pra Mustang. É claro que é.

— Ele é pai de Pax — digo.

— E Pax está morto. Por quê? Porque você deixou inimigos vivos. Isso aqui não é o Instituto, garotão. Isso aqui é guerra. — Ele encosta um dedo com força no meu rosto. — E guerra é uma coisa realmente simples, porra. Mate os inimigos quando puder, se puder e com o máximo de rapidez que puder. Ou então eles vão te matar e matar seus companheiros.

Sevro me dá as costas, percebendo agora que os outros estão nos observando com uma crescente trepidação.

— Você está errado em relação a isso — digo.

— A gente *não tem como* arrastar esse pessoal todo.

— Os corredores estão infestados, chefe — diz Cara Ferrada, voltando do corredor principal. — Mais de cem vigilantes. Estamos ferrados.

— A gente pode passar por eles com menos peso nas costas — diz Sevro.

— Cem? — diz Palhaço. — Chefe...

— Dê uma verificada no seu estoque de fluidos — diz Sevro, estreitando os olhos para seu pulsoPunho.

Não. Eu não vou deixar que a falta de visão de Sevro nos arruíne.

— Esqueça isso — digo. — Pedrinha, chame a Holiday. Diga a ela que a evacuação deu errado. Dê-lhe nossas coordenadas. Ela tem que estacionar um quilômetro além do vidro, a pior parte do nosso jeito. — Pedrinha não pega o datapad. Ela olha de relance para Sevro, dividida entre nós dois, sem saber a quem seguir. — Eu voltei — digo. — Agora faça o que eu disse.

— Faça isso, Pedrinha — diz Ragnar.

Victra balança ligeiramente a cabeça. Pedrinha faz uma careta para Sevro.

— Desculpe, Sevro. — Ela faz um meneio para mim e abre seu comunicador para chamar Holiday. O restante dos Uivadores olha para mim, e é doloroso saber que eu os obriguei a fazer uma escolha como essa.

— Palhaço, pegue o datapad de Moira, se não estiver fritado, e se puder pegue as informações no console. Quero saber que espécie de contrato eles estavam negociando — digo rapidamente. — Cara Ferrada, pegue a Dorminhoca e cubra o corredor. Ragnar, Kavax é seu. Se ele tentar fugir, corte os pés dele. Victra, você ainda tem alguma corda de rapel? — Ela verifica o cinto e faz que sim com a cabeça. — Comece a nos amarrar. Todo mundo no centro da sala. Tem que prender com firmeza. — Eu me viro para Sevro. — Ponha uns vigias na porta. Vamos ter companhia logo, logo.

Ele não diz nada. Não vejo raiva atrás dos seus olhos. São as sementes secretas da dúvida pessoal e do medo começando a florescer, o ódio extravasando dos seus olhos. Eu conheço esse olhar. Senti isso no meu próprio rosto tantas vezes que já perdi a conta. Estou arrancando a única coisa pela qual ele já demonstrou afeto até hoje. Seus Uivadores. Depois de tudo o que ele fez, eu os obrigo a me escolher em detrimento dele, quando ele não confia que eu esteja preparado. É uma acusação à sua liderança, uma validação da intensa dúvida pessoal que eu sei que ele deve estar sentindo no rastro do falecimento do seu pai.

Não deveria ter sido dessa maneira. Eu disse que o seguiria e não fiz isso. Isso é culpa minha. Mas agora não é o momento de fazer afagos. Tentei usar de palavras com ele, tentei usar nossa amizade para fazê-lo enxergar a razão, mas desde que voltei eu o tenho visto reagir às coisas usando apenas a violência e a força. Então agora vou falar a porra da língua dele. Dou um passo à frente.

— A menos que você queira morrer aqui, arrume logo essa mochila e siga em frente.

Seu rostinho vincado endurece quando ele observa seus Uivadores correndo para cumprir minhas ordens.

— Se eles morrerem por sua causa, eu nunca vou te perdoar.

— Então somos dois. Agora siga.

Ele me dá as costas, correndo na direção da porta para plantar o restante dos explosivos que estão no seu cinto. Eu fico olhando ao redor da sala destroçada, finalmente vendo organização no meio do caos à medida que meus amigos trabalham juntos. Eles todos já terão deduzido meu plano a essa altura. Eles sabem o quanto o plano é maníaco. Mas a confiança com a qual eles trabalham sopra vida dentro de mim. Eles depositam uma confiança em mim que Sevro não depositaria. Mesmo assim, pego Ragnar olhando de relance para o porto de observação três vezes agora. Todos os nossos trajes estão comprometidos. Nenhum de nós será capaz de permanecer pressurizado no vácuo. Nem máscara eu tenho. Nós morrermos ou permanecermos vivos vai depender de Holiday. Eu gostaria muito que houvesse alguma maneira de eu controlar as variáveis, mas se o tempo na escuridão me ensinou alguma coisa, foi que o mundo é maior do que as minhas possibilidades de segurá-lo. Preciso confiar nos outros.

— Todos com embaralhadores — digo, engatando o meu no cinto. Não quero que as câmeras do lado de fora avistem o rosto descoberto de ninguém.

— Holiday está na posição — diz Pedrinha. Olho pela janela e vejo o transporte adejando um clique além da janela. Pouco maior do que a pontinha de uma caneta, a essa distância.

— Quando eu der a ordem, vamos atirar no centro do porto de observação — digo aos meus amigos, fazendo um esforço para que o medo não apareça na minha voz. — Cara Ferrada! Dorminhoca! Voltem pra cá. Vistam suas máscaras nos prisioneiros inconscientes.

— Oh, maldição — murmura Victra. — Eu tinha esperança de que seu plano fosse melhor do que esse.

— Se você tentar prender a respiração, seus pulmões vão explodir. Então exale assim que o porto de observação se despedaçar. Desmaie. Tenha sonhos agradáveis e reze pra que Holiday seja tão rápida na alavanca quanto Palhaço é no quarto.

Eles riem e se apertam bem, deixando Victra ajustar sua corda de rapel nos nossos cintos de munição para que possamos ficar juntos como uvas numa vinha. Sevro está terminando de instalar os explosivos na porta, Dorminhoca e Cara Ferrada se juntam a nós, acenando para que ele se apresse.

— *Atenção* — ribomba uma voz vinda de alto-falantes ocultos nas paredes enquanto Victra se aproxima de mim para me atrelar a Ragnar. — *Aqui quem fala é Alec ti Yamato. Chefe da Segurança das Indústrias Sun. Vocês estão cercados. Abandonem suas armas. Libertem seus reféns. Ou seremos forçados a atirar. Vocês têm cinco segundos para obedecer.*

Não há ninguém na sala além de nós. As portas principais estão fechadas. Sevro corre de volta depois de instalar as cargas explosivas.

— Sevro, rápido! — grito. Ele não está nem no meio do caminho quando desaba no chão como uma lata vazia esmagada por uma bota. Sou forçado a cair no chão atingido pela mesma força. Meus joelhos se dobram. Ossos, pulmões, garganta, tudo pisoteado por uma maciça gravidade. Minha visão dança à minha frente. O sangue se move preguiçosamente em direção à minha cabeça. Tento levantar o braço. Ele pesa mais de cem quilos. A segurança aumentou a gravidade artificial na sala, e somente Ragnar ainda não está de bruços no chão. Ele caiu de joelhos, os ombros caídos e fazendo força, como Atlas amparando o mundo.

— Que droga é essa… — consegue dizer Victra no chão, olhando além de mim na direção da porta. Está aberta, e por ela passa não um Cinza ou um Obsidiano ou um Ouro, mas um ovo preto gigante do tamanho de um homem pequeno, rolando de lado. Ele é liso e reluzente, e pequenos números brancos marcam sua lateral. Um robô. Ilegal como bombas eletromagnéticas ou ogivas nucleares. O grande temor de Augustus. Como se estivesse produzindo um vazamento de petróleo, o metal se transmuta nas pontas do ovo para revelar um pequeno canhão apontado para Sevro. Eu tento me levantar. Tento mirar meu pulsoPunho. Mas a gravidade é intensa demais. Nem consigo erguer meu braço para apontar a arma. Apesar de toda a sua força, nem Victra consegue. Sevro está grunhindo no chão, rastejando para longe da máquina.

— O porto de observação! — consigo dizer. — Ragnar, atire no porto de observação.

Seu pulsoPunho está ao lado dele. Esforçando-se, ele começa a levantá-lo contra a maciça gravidade. Seu braço está trêmulo. A garganta gargareja aquele fantasmagórico cântico de guerra que soa como se fosse uma avalanche distante. O som aumenta de tom, um berro do outro mundo até que todo o corpo dele entra em convulsão com o esforço e seu braço fica nivelado e a menor das estrelas nasce na palma da sua mão à medida que o pulsoPunho reúne sua trêmula carga liquefeita.

Meu amigo estremece por inteiro e seus dedos apertam o gatilho. Seu braço dá um repuxão. O pulsotiro salta à frente para berrar no centro da janela de vidro. As muitas estrelas ondulam à medida que a janela se curva para fora e rachaduras se formam.

— *Kadir njar laga*… — berra Ragnar.

E o vidro se despedaça. O espaço absorve o ar da sala. Tudo desliza. Uma Cobre voa por cima de nós, gritando. Ela fica em silêncio quando atinge o vácuo. Outros que estavam agachados durante nossa contenda se grudam à mesa quebrada no centro da sala. Eles abraçam os pilares. Dedos sangram, unhas se racham. Pernas se debatem. Pegadas cedem. Cadáveres voam espaço afora enquanto o abismo devora tudo que o edifício contém. Sevro é alçado ao ar, para longe do robô, mais leve do que nosso grupo combinado. Eu vou até ele e agarro seu penteado Mohawk até Victra envolvê-lo com suas pernas e puxá-lo para junto de si.

Estou aterrorizado ao deslizarmos na direção do destroçado porto de observação. Minhas mãos tremem. Duvido da minha decisão quando agora a vejo de frente. Sevro estava certo. Deveríamos ter invadido o edifício. Matado Kavax e Cassius ou usado os dois como escudos. Qualquer coisa menos a frieza. Qualquer coisa menos a escuridão do Chacal da qual eu acabei de escapar.

É apenas medo, digo a mim mesmo. É apenas medo fazendo com que eu entre em pânico. E se espalhou pelos meus amigos. Vejo o horror estampado nos seus rostos. Como eles voltam os olhares para mim e veem esse medo refletido nos meus próprios olhos. Não posso estar com medo. Passei tempo demais sentindo medo. Tempo demais sendo diminuído pela perda. Tempo demais sendo tudo, exceto o que precisava ser. E, quer eu seja o Ceifeiro, quer isso seja apenas uma outra máscara, trata-se de uma máscara que devo usar, não somente por eles, mas por mim mesmo.

— *Omnis vir lupus!* — grito, jogando a cabeça para trás para uivar, exalando todo o ar que tenho nos pulmões. Ao meu lado, os olhos de Ragnar estão arregalados em selvagem êxtase. Ele abre sua maciça boca e berra um uivo que faria seus ancestrais o ouvirem das suas criptas gélidas. Então Pedrinha se junta a nós, e Palhaço, e inclusive a nobre Victra. A raiva e o medo estão abandonando nossos corpos. Embora o espaço nos arraste pelo chão em direção ao seu abraço. Embora a morte possa muito bem vir em nosso encalço. Estou em casa nessa estranha massa berrante de humanidade. E, à medida que fingimos ser corajosos, nos tornamos corajosos. Todos, com exceção de Sevro, que permanece silencioso enquanto voamos espaço afora.

19

PRESSÃO

Atravessamos o destroçado porto de observação em direção ao vácuo a oitenta quilômetros por hora. O silêncio engole nossos uivos. Um choque atinge meu corpo, como se eu tivesse caído em água fria. Meu corpo se contrai. O oxigênio se expande no meu sangue, forçando minha boca a soluçar em busca do ar que não existe lá. Os pulmões não inflam. Eles são sacos fibrosos caídos. Meu corpo se contorce, desesperado em busca de oxigênio. Mas, à medida que os segundos vão passando e eu vejo o inumano metal dos arranha-céus de Phobos, e observo meus amigos ligados uns aos outros na escuridão, mantidos unidos pelas mãos e por pedaços de corda, uma quietude me acomete. A mesma quietude que me acometia nas neves com Mustang, que me acometia quando os Uivadores e eu ficávamos bem agachados nas ravinas do Instituto para grelhar a carne de cabra e escutar Quinn contar suas histórias. Afundo lentamente em mais uma lembrança. Não de Lykos, ou de Eo ou Mustang. Mas sim da fria baia do hangar da Academia onde Victra, Tactus, Roque e eu descobrimos pela primeira vez por intermédio de um pálido professor Azul o que o espaço faz com o corpo de um homem.

"Ebulismo, ou a formação de bolhas nos fluidos corporais devido a uma reduzida pressão no ambiente, é o mais grave componente da exposição ao vácuo. A água nos tecidos do seu corpo virará vapor, causando inchaços maciços..."

"Meu caro cabeça de vento, eu estou bem acostumado a inchaços maciços. Basta perguntar à sua mãe. E ao seu pai. E à sua irmã." Ouço Tactus dizer essas palavras nas minhas lembranças. E me lembro de Roque rindo. Como suas bochechas enrubesciam diante da crueza da piada, o que me faz imaginar por que ele ficava tão próximo de Tactus. Por que se importava tanto com o uso de drogas por parte do nosso obsceno amigo e depois chorou ao lado da cama de Tactus quando ele estava morto. O professor continua...

"... e um aumento multiplicativo do volume corporal em dez segundos, seguido de falência circulatória..."

Eu me sinto sonolento mesmo enquanto a pressão cresce nos meus olhos, distorcendo minha visão e distendendo o tecido do local. A pressão cresce nos meus dedos congelados e doloridos, nos meus tímpanos estourados. Minha língua está imensa e fria, como uma serpente de gelo deslizando pela boca em direção à barriga à medida que o líquido evapora. A pele se estica, inflando. Meus dedos são bananas-da-terra. Há gás no meu estômago, transformando-o num balão. A escuridão me reivindica. Vislumbro Sevro ao meu lado. Seu rosto está grotesco, inchado, duas vezes do tamanho normal. Com as pernas ainda enroladas nele, Victra parece um monstro. Ela está acordada e mirando-o com olhos vermelhos, caricaturais, soluçando em busca de oxigênio como um peixe fora da água. As mãos deles estão apertadas umas nas outras.

"Água e gás dissolvido no sangue formam bolhas nas suas veias principais, que viajam através do sistema circulatório, obstruindo o fluxo sanguíneo e proporcionando inconsciência em quinze segundos..."

Meu corpo desvanece. Os segundos se tornam um eterno crepúsculo, tudo em velocidade mais lenta, tudo tão sem sentido e pungente quando vejo o quão ridícula nossa força humana é, no fim das contas. Leva-nos das nossas bolhas de vida, e o que somos nós? As torres de metal ao nosso redor parecem entalhadas em gelo. As luzes e as brilhantes telas de HC são como escamas de dragões congelados dentro deles.

Marte está sobre nossas cabeças, devorador e onipotente. Mas na rotação rápida de Phobos, já estamos nos aproximando de um lugar no planeta onde a madrugada está chegando e a luz esculpindo um crescente na escuridão. Feridas liquefeitas ainda refulgem onde as duas bombas nucleares foram detonadas. E eu imagino, nos meus últimos momentos, se o planeta não se importa pelo fato de que ferimos sua superfície ou pilhamos suas riquezas, porque ele sabe que nós, coisas cálidas e tolas, não representamos nem um sopro na sua vida cósmica. Crescemos e nos espalhamos, e ficaremos com raiva e morreremos. E quando tudo o que restar de nós forem nossos monumentos de aço e nossos ídolos de plástico, seus ventos irão sussurrar, suas areias se mexerão, e ele girará e girará e girará, esquecendo-se dos ousados macacos calvos que pensavam que mereciam a imortalidade.

Estou cego.

Desperto sobre metal. Sinto um plástico encostado no meu rosto. Ouço arquejos ao meu redor, corpos se movendo. A frieza de um motor de nave rugindo sob o deque. Meu corpo tem convulsões e tremores. Sugo o oxigênio. A sensação é de que minha cabeça afundou. A dor está em todas as partes e desaparece a cada pulsação do meu coração. Meus dedos estão do tamanho normal. Eu os esfrego, tentando me orientar. Estou tremendo, mas há um cobertor térmico em cima de mim, e mãos desprovidas de sentimento me esfregam para promover a circulação. À minha esquerda, ouço Pedrinha chamando Palhaço. Nós todos ficaremos cegos por vários minutos enquanto nossos nervos ópticos são recalibrados. Ele responde a ela de maneira grogue e ela quase tem um acesso de choro.

— Victra! — diz Sevro, a voz arrastada. — Acorde. Acorde. — O equipamento chia quando ele a sacode. — Acorde! — Ele dá um tapa no seu rosto. Ela acorda com um arquejo.

— ... que droga. Você por acaso me bateu?

— Eu pensei que...

Ela devolve o tapa.

— Quem é você? — pergunto às mãos que esfregam meus ombros por cima do cobertor.

— Holiday, senhor. Pegamos vocês como se fossem picolés quatro minutos atrás.

— Quanto tempo... Quanto tempo ficamos lá fora?

— Mais ou menos dois minutos, trinta segundos. Foi um espetáculo dantesco. A gente teve que esvaziar a baia de carga e mandar o piloto dar uma guinada na rota na direção de vocês. E depois fazer a pressurização durante o voo. Esses moleques não sabem guerrear, mas sabem guiar naves de lixo bem pra cacete. Mesmo assim, se vocês não estivessem atrelados, a maior parte estaria morta como chumbo. Tem detrito e cadáver flutuando ao redor de todo o setor a uma hora dessas. Equipes de HC estão zanzando por toda parte.

— Ragnar? — pergunto, temeroso, pois não o ouvi ainda.

— Estou aqui, meu amigo. Ainda não é dessa vez que o Abismo nos reivindicará. — Ele começa a rir. — Ainda não é dessa vez.

20

DISSENSÃO

Estamos em apuros, e Sevro sabe disso. Retomando das minhas mãos o comando assim que aterrissamos no dilapidado ancoradouro de um local seguro dos Filhos de Ares bem no fundo do setor industrial, ele ordena que os ainda inconscientes Matteo e Quicksilver sejam levados para a enfermaria e despertados, e envia Kavax para uma cela. E diz para Rollo e os Filhos se prepararem para um ataque. Os Filhos nos miram, bestificados. Nossos disfarces de Obsidianos estão obliterados. Em especial o meu. As próteses do meu rosto caíram durante a batalha. As lentes de contato foram sugadas no vácuo. A tintura preta dos cabelos está agora descolorida devido ao suor. Ainda estou com minhas luvas, entretanto. Mas esses Filhos não estão olhando para um bando de Obsidianos. Eles estão mirando um grupo de Ouros e pelo menos um fantasma.

— O Ceifeiro... — sussurra alguém.

— Fique calado — rebate Palhaço. — Não fale nada sobre isso com ninguém.

Independente do que ele diga, logo o boato irá se espalhar entre eles. O Ceifeiro está vivo. Seja lá que efeito isso tenha, não é o momento adequado. Pode ser que tenhamos evitado uma perseguição policial, mas um sequestro de tamanho quilate, sem mencionar o assassinato de dois Inigualáveis de alto nível, garantirá que todo o peso analítico das unidades antiterroristas do Chacal leve em consideração as evidências. Esquadrões tech de antiterrorismo formados por Pretorianos e Securitas já estarão debruçados sobre as filmagens do ataque. Eles descobrirão como ganhamos acesso à instalação, como realizamos nossa fuga e quem eram nossos prováveis compatriotas. Cada arma, cada peça de equipamento, cada nave usada será rastreada até suas fontes. Retaliações por parte da Sociedade a baixaCores em toda a estação serão rápidas e brutais.

E quando analisarem as evidências visuais da nossa pequena fuga no vácuo, eles verão meu rosto e o rosto de Sevro. Então o Chacal em pessoa virá, ou enviará Antonia ou Lilath no meu encalço com sua Tropa dos Ossos.

O relógio está batendo.

Mas isso tudo supondo que as autoridades suspeitem de que apenas Quicksilver foi sequestrado. Não sei por que Mustang e Cassius estavam na reunião, mas tenho de supor que o Chacal não sabe a respeito disso. É por isso que usei nossos embaralhadores. Para que as câmeras de segurança fora do controle de Quicksilver não identificassem Kavax. Se o Chacal o visse aqui, saberia que algo estava errado com sua aliança com a Soberana e Quicksilver. E eu quero manter essa carta na manga até saber a melhor maneira de usá-la e poder falar com Mustang.

Mas o que a Soberana pensará quando Cassius lhe chamar para contar que Moira está morta? E qual é a posição de Mustang aqui? Há muitas perguntas. Muitas coisas que eu não sei. Mas o que me persegue enquanto percorremos os corredores de metal, enquanto meus amigos vão remendar seus ferimentos e passamos por arsenais onde dúzias e mais dúzias de Vermelhos e Marrons e Laranjas estocam armamentos e afivelam armaduras é o que ela disse.

"Orion está viva. Ela está comigo."

Com ela, isso poderia significar uma dezena de coisas, e a única pessoa que saberá a resposta é Kavax. Preciso perguntar a ele, mas Ragnar já o levou por um outro corredor até a área de detenção dos Filhos e Sevro parou de cuspir ordens aos outros e se dirige a mim:

— Ceifa, os caras vão pegar a gente, e vão pegar feio — está dizendo ele. — Você conhece os procedimentos militares das Legiões melhor do que eu. Vá logo pro datacenter. Veja se consegue pra mim um organograma das atividades e o plano de ataque deles. A gente não vai conseguir deter os caras, mas vamos poder ganhar tempo.

— Tempo pra quê? — pergunto.

— Pra detonar as bombas e encontrar uma maneira de escapar desta rocha. — Ele põe a mão no meu braço, tão ciente dos Filhos nos observando quanto eu. — Por favor. Vá logo lá. — Ele segue corredor afora com o resto dos Uivadores, deixando-me sozinho com Holiday. Eu me viro para ela.

— Holiday, você conhece os procedimentos das Legiões. Vá lá no datacenter. Dê aos Filhos o suporte tático de que eles necessitam. — Ela olha para trás no corredor onde Sevro virou numa esquina. — Dá pra fazer isso sem problema? — pergunto.

— Sim, senhor. Pra onde você está indo?

Eu aperto as luvas.

— Conseguir respostas.

— Virginia nos disse que você era um Vermelho depois de te abandonar. Por isso não comparecemos ao seu Triunfo — Kavax me diz. Ele está amarrado a uma chaminé de aço, as pernas esparramadas pelo chão. Ainda está de armadura, e sua barba ruivo-dourada se esconde na penumbra. Suas feições são ameaçadoras, mas estou surpreso com a franqueza do seu rosto. Com a falta de ódio. Com a clareza de entusiasmo à medida que suas narinas se escancaram ao recontar sua narrativa a mim e a Ragnar. Sevro disse aos Filhos que ninguém deveria ver Kavax. Mas, aparentemente, eles não acham que as regras se aplicam muito ao Ceifeiro. Bom. Não tenho um plano, mas sei que o de Sevro não está funcionando. Não tenho tempo para pilotar seus sentimentos ou para lutar com ele. As peças estão em movimento, e eu preciso de informações.

— Ela ainda não sabia o que fazer, portanto se aconselhou conosco como fazia quando era criança — continua Kavax. — Nós estávamos na minha nave, a *Reynard*, comendo carneiro assado ao molho de ponzu com Sophocles, embora ele não goste do molho, quando o Comando de Agea entrou em contato dizendo que as forças leais à Soberana haviam atacado o Triunfo em Agea. Virginia não conseguiu entrar em contato com você ou com o pai dela, então passou a temer um golpe e enviou Daxo e a mim da órbita com nossos cavaleiros. Ela permaneceu em órbita com as naves e finalmente conseguiu entrar em contato com Roque quando Daxo e eu já estávamos descendo pela atmosfera. Roque disse que a Soberana havia atacado o Triunfo e ferido você e o pai dela com gravidade. Ele a instou a vir pra uma das suas novas naves, pra onde ele estava levando você porque a superfície não estava mais segura.

Lembro-me de Roque conversando na espaçonave enquanto o Chacal estava curvado sobre mim, mas eu não tinha condições de ouvi-lo. Nós aterrissamos numa nave. A Soberana estava lá. Ela jamais saiu de Marte. Ela estava escondida na frota de Roque. Bem debaixo do meu nariz.

— Mas Virginia não saiu correndo pra ficar ao seu lado. — Ele dá uma risadinha jovial. — Uma tola apaixonada o faria. Mas Virginia é inteligente. Ela conseguiu enxergar por trás do embuste de Roque. Ela sabia que a Soberana não atacaria simplesmente o Triunfo. Seria um plano dentro de um plano. Portanto, ela avisou Orion e a Casa Arcos que um golpe estava sendo tramado. Que Roque era um conspirador. Então, quando os assassinos atacaram, tentando matar Orion e os leais comandantes nas suas pontes, eles estavam preparados. Houve tiroteios em pontes. Em camarotes. Orion teve um ferimento grave no braço, mas sobreviveu e então as naves de Roque abriram fogo sobre as nossas e a frota foi fraturada...

Tudo isso enquanto Sevro e Ragnar estavam descobrindo que Fitchner estava morto e que a base dos Filhos de Ares havia sido destruída. E eu estava paralisado no chão da espaçonave de Aja enquanto tudo se espatifava ao meu redor. Não. Nem tudo.

— Ela salvou a vida da tripulação — eu digo.

— Sim — diz Kavax. — Sua tripulação está viva. A que você libertou com Sevro. Inclusive muitos da sua Legião que nós organizamos e conseguimos evacuar de Marte antes que as forças do Chacal e da Soberana tomassem o poder.

— Onde meus amigos estão aprisionados? — pergunto. — Em Ganimedes? Em Io?

— Aprisionados? — Kavax estreita os olhos para mim e em seguida cai na gargalhada. — Não, rapaz. Não. Nenhum homem ou mulher abandonou sua estação. A *Pax* está exatamente como você a deixou. Orion está no comando, o restante a segue.

— Eu não compreendo. Ela está deixando uma Azul comandar?

— Você acha que Virginia teria te deixado com vida naquele túnel quando Ragnar estava de joelhos se não acreditasse no seu novo mundo? — Eu sacudo a cabeça, entorpecido, sem saber a resposta. — Ela teria matado você ali mesmo se o considerasse um inimigo. Mas quando ela ficava sentada ao lado de Pax diante da minha lareira quando era criança, que histórias eu contava pra eles? Será que eu lia pra eles mitologia grega? Será que lia acerca de homens fortes recebendo glórias pelas suas próprias cabeças? Não. Eu lhes contava as histórias de Arthur, do Nazareno, de Vishnu. Heróis fortes que desejavam apenas proteger os fracos.

E Mustang o fez. Mais do que isso. Ela provou que Eo estava certa. E não foi por minha causa. Não foi por causa de amor. Foi porque era a coisa certa a fazer, e porque o poderoso Kavax foi para ela mais pai do que seu próprio pai jamais fora. Sinto lágrimas nos olhos.

— Você estava certo, Darrow — diz Ragnar. A mão dele pousa no meu ombro. — A maré está subindo.

— Então por que você está aqui hoje, Kavax?

— Porque estamos perdendo — diz ele. — Os Lordes Lunares não durarão dois meses. Virginia sabe o que está acontecendo em Marte. O extermínio. A selvageria do irmão dela. Os Filhos estão fracos demais pra lutar em qualquer frente que seja. — Seus grandes olhos exibem a dor de um homem assistindo à sua casa pegar fogo. Marte é tanto herança dele quanto minha. — O custo da guerra é grande demais pra uma derrota certa. Então, quando Quicksilver propôs uma paz, nós escutamos.

— E quais são os termos? — pergunto.

— Virginia e todos os aliados dela seriam perdoados pela Soberana. Ela se tornaria ArquiGovernadora de Marte e Adrius e sua facção seriam aprisionados pelo resto da vida. E certas reformas seriam levadas a cabo.

— Mas a hierarquia permaneceria.

— Sim.

— Se isso for verdade, devemos falar com ela — diz Ragnar ansiosamente.

— Pode ser que seja uma armadilha — digo, observando Kavax, perscrutando a mente que trabalha por trás do seu rosto rude. Quero confiar nele. Quero acreditar que seu senso de justiça é igual ao meu amor por ele, mas essas águas são profundas, e eu sei que amigos podem mentir tão bem quanto inimigos. Se Mustang não está do meu lado, então essa seria a jogada a realizar. Ela me deixaria exposto, e não resta dúvida de que, apesar de ter chegado a essa estação, ela possui um acompanhante desagradável.

— Uma coisa não faz sentido, Kavax. Se isso for verdade, por que você não entrou em contato com Sevro?

Kavax pisca para mim.

— Nós entramos. Meses atrás. Ele não te disse?

Os Uivadores já estão reunidos quando Ragnar e eu nos juntamos novamente a eles na sala disponível.

— Está tudo uma merda — está dizendo Sevro enquanto Victra cuida de um ferimento nas suas costas com uma aplicação de resCarne. A fumaça causticante sibila da ferida que está sendo cauterizada. Ele joga no chão o datapad, que desliza para um canto, onde Cara Ferrada o recolhe e o traz de volta a Sevro. — Eles abateram tudo, inclusive voos utilitários.

— Está tudo bem, chefe, vamos arrumar uma maneira — diz Palhaço.

Entrei na sala silenciosamente, fazendo um aceno de cabeça para Sevro indicando que gostaria de ter uma palavrinha com ele. Ele me ignorou. Seu plano está uma bagunça. Deveríamos estar instalados dentro de um dos rebocadores de hélio-3 vazios retornando a Marte. Teríamos partido antes mesmo que qualquer pessoa soubesse que Quicksilver havia sido sequestrado, e então teríamos detonado as bombas de fora da estação. Agora, como diz Sevro, está tudo uma merda.

— Obviamente não podemos ficar aqui — diz Victra, baixando o aplicador de resCarne. — Deixamos por lá evidências de DNA suficientes pra uma centena de cenas de crime. E nossos rostos estão em toda parte. Adrius vai mandar toda uma legião atrás de nós quando eles descobrirem que estamos aqui.

— Ou Phobos vai pelos ares — murmura Holiday. Ela está sentada num engradado de suprimentos médicos no canto, estudando mapas com Palhaço no seu datapad. Pedrinha os observa do seu lugar à mesa. Suas pernas estão comprimidas com uma gelAtadura, mas o osso ainda não está no lugar. Vamos precisar de um Amarelo e de uma enfermaria completa para consertar o que Mustang quebrou com um único tiro. Pedrinha teve sorte de estar usando uma pelEscaravelho, o que minimizou os estragos provenientes da queimadura. Mesmo assim ela está sentindo muitas dores. Suas pupilas estão dilatadas devido a uma forte dose de narcóticos. O que deixou suas inibições à solta, e vejo que Victra repara como, obviamente, a Ouro de rosto rechonchudo está observando Palhaço se curvar sobre Holiday para apontar o mapa.

— Hélio-3 é o sangue vital de Adrius — diz Victra. — Ele não vai arriscar sua estação.

— Sevro... — digo. — Um momento.

— Estou ocupado agora. — Ele se volta para Rollo. — Tem alguma outra maneira de sair desta droga de rocha?

O Vermelho encosta na parede cinza da sala ambulatorial próxima a um vívido recorte de papel com uma modelo Rosa numa das praias de areias alvas de Vênus.

— Aqui embaixo só tem rebocador — diz ele, silenciosamente notando como nossos disfarces de Obsidianos foram descartados. Se ele está sobressaltado ao ver quantos de nós somos Ouros, isso não fica visível. Provavelmente já sabia desde o início. Seus olhos perduram mais tempo em mim. — Mas foram todos destruídos. Eles têm naves cruzadoras de luxo e iates particulares nas Agulhas, mas se vocês forem pra lá, pessoal, vão ser pegos em um minuto. No máximo dois. Por lá existem câmeras de reconhecimento facial em cada porta de trem. Scanners de retina nos holos de publicidade. E mesmo se conseguirem entrar numa das naves deles, vão precisar passar pelas estacas navais. Não pensem que é só sair se teletransportando por aí até um local seguro. Nem pensar.

— Isso seria conveniente — murmura Palhaço.

— A gente toma uma nave e derruba as estacas — diz Sevro. — Já fizemos isso antes.

— Os caras vão nos metralhar — digo, tenso. Estou ficando puto com o fato de ele ignorar minhas tentativas de levá-lo até a porta para termos uma conversa.

— Isso não rolou da última vez.

— Da última vez tínhamos Lysander — lembro a ele.

— E agora a gente tem Quicksilver.

— O Chacal vai sacrificar Quicksilver pra nos matar — digo. — Pode contar com isso.

— Não se a gente descer direto numa queimada vertical até a superfície — diz Sevro. — Os Filhos têm entradas escondidas pra túneis. A gente cai de órbita e vai direto pro subterrâneo.

— Eu não farei isso — diz Ragnar. — É temerário. E abandona esses nobres homens e mulheres à destruição.

— Concordo com o Rags — diz Holiday. Ela se afasta de Palhaço e continua olhando seu datapad, monitorando frequências policiais.

— Digamos que vocês consigam sair daqui. O que acontece com a gente? — pergunta Rollo. — O Chacal descobre que o Ceifeiro e Ares estiveram aqui e vai esmigalhar essa estação toda em dois minutos. Qualquer Filho que tenha ficado vai estar morto numa semana. Vocês pensaram nisso? — Ele exibe um olhar enojado. — Eu sei quem você é. A gente soube assim que Ragnar pisou naquele hangar. Mas eu achava que os Uivadores não fugiam. E achava que o Ceifeiro não recebia ordens.

Sevro dá um passo na direção dele.

— Tem mais alguma opção, seu merdinha? Ou é só conversinha mole?

— Eu tenho uma, sim — diz Rollo. — Fiquem aqui. Ajudem a gente a tomar a estação.

Os Uivadores riem.

— Tomar a estação? Com que exército? — pergunta Palhaço.

— O dele — diz Rollo, voltando-se para mim. — Não sei direito como é que você está vivo, Ceifeiro. Mas... eu estava comendo uma massa sozinho à meia-noite quando os Filhos puseram o vídeo do seu Entalhe no holoNet. A ciberpolícia da Sociedade tirou o site do ar em dois minutos. Mas uma vez que o vídeo saiu... deu pra achá-lo em um milhão de sites antes mesmo de eu terminar minha comida. Eles não puderam impedir a viralização. E aí todos os servidores de Phobos entraram em colapso. Sabe por quê?

— A divisão cibernética da Securitas desplugou — diz Victra. — Protocolo-padrão.

Ele sacode a cabeça em negativa.

— Os servidores entraram em colapso porque trinta milhões de pessoas estavam tentando acessar o holoNet ao mesmo tempo no meio da noite. Os servidores não conseguiram lidar com o tráfego intenso da rede. Os Ouros desplugaram, afinal de contas. Aí o que estou dizendo é o seguinte: se você for marchando até a Colmeia e falar pros baixa-Cores que está vivo, a gente pode tomar essa lua.

— Tão fácil assim? — pergunta Victra ceticamente.

— É isso aí. Tem mais ou menos vinte e cinco milhões de baixa-Cores aqui rastejando uns por cima dos outros, lutando por metros quadrados, por pacotes de proteína, bagulho da Corporação, seja lá o que for. O Ceifeiro mostra a caneca dele e tudo isso vira vapor. Toda essa luta. Toda essa briga. Eles *querem* um líder, e se o Ceifeiro de Marte decide voltar dos mortos aqui... você não vai ter um exército, você vai ter uma maré aos seus pés. Está captando isso? Isso vai mudar a guerra.

Suas palavras me dão calafrio na espinha. Mas Victra está cética, e Sevro quieto. Magoado.

— Você sabe o que um esquadrão de Legionários da Sociedade pode fazer com uma turba de desordeiros? — pergunta Victra. — As armas que você viu são equipadas pra pegar homens em armaduras. PulsoPunhos. Lâminas. Quando eles usam armas retráteis ou crepitadores em turbas, um único homem pode atirar mil balas por minuto. Parece papel sendo rasgado. O corpo humano nem sabe como esse som é assustador. Eles podem superaquecer a água na sua estrutura celular com micro-ondas. E esses são apenas os esquadrões antiturba de Cinzas. E se eles soltarem os Obsidianos? E se os próprios Ouros vierem nas suas armaduras? E se eles acabarem com o oxigênio de vocês? Com a água de vocês?

— E se a gente acabar com a deles? — pergunta Rollo.

Franzo o cenho.

— Você consegue fazer isso?

— Basta me dar um motivo. — Ele olha para Victra e, pelo veneno na sua voz, sei que ele sabe exatamente qual é o último nome dela. — Eles podem até ser soldados, *domina*. Podem até ser capazes de pôr metal suficiente no meu corpo pra me fazer sangrar até morrer. Mas antes de eu ter nove anos de idade, conseguia tirar uma gravBota e remontar a coisa em menos de quatro minutos. Agora tenho trinta e oito anos e posso assassinar essa corja toda de dez maneiras diferentes até domingo com uma chave de fenda e um kit de eletricidade. E estou doente e cansado de não poder ver minha família. De ser pisado e de ser cobrado por oxigênio, por água, por viver. — Ele se curva para a frente, com os olhos vítreos. — E há vinte e cinco milhões como eu do outro lado daquela porta.

Victra revira os olhos para a fanfarronice.

— Você é um soldador com delírios de grandeza.

Rollo dá um passo à frente e bate na mesa com força, jogando um conjunto de parafusos no chão, produzindo um clangor e sobressaltando Palhaço e Holiday, que levanta os olhos do datapad. Rollo olha fixamente para Victra, indignado. Ela é facilmente trinta centímetros mais alta do que ele, mas ele não deixa de encará-la.

— Eu sou engenheiro. Não soldador.

— Chega! — rosna Sevro. — Isso aqui não é um debate, porra. Quicksilver vai tirar a gente desta rocha. Ou eu vou começar a arrancar os dedos dele. Depois vou detonar essas bombas...

— Sevro... — diz Ragnar.

— Eu sou Ares! — rosna Sevro. — Não você. — Ele encosta um dedo no peito de Ragnar e em seguida aponta para mim. — E nem você. Terminem de arrumar a porra do equipamento. Agora.

Ele sai da sala em disparada, deixando-nos num esquisito silêncio.

— Não vou abandonar esses homens — diz Ragnar. — Eles nos ajudaram. Eles são nosso povo.

— Ares está pirado — diz Rollo a todos os presentes. — Fora de si. Vocês precisam...

Eu giro o corpo na direção do homenzinho, erguendo-o com uma mão e suspendendo-o com toda a força de encontro ao teto.

— Não abra a boca pra falar coisa alguma dele. — Rollo se desculpa e eu o deposito novamente no chão. Em seguida me certifico de que os Uivadores estão escutando. — Todos fiquem onde estão. Eu já volto.

Pego Sevro antes de entrar na cela de Quicksilver numa destripada garagem velha que os Filhos agora usam para guardar geradores. Sevro e os guardas se viram quando me ouvem chegar.

— Não confia em mim sozinho com ele? — diz ele, com a voz zombeteira. — Legal.

— Precisamos ter uma conversa.

— Com certeza. Depois que eu conversar com ele. — Sevro empurra a porta. Xingando, eu o sigo. O recinto tem um melancólico tom enferrujado. Máquinas mais velhas do que algumas em Lykos. Uma delas chia atrás do robusto Prata, cuspindo a eletricidade que gera energia para as lâmpadas que banham o homem num círculo de luz, e cegando-o a qualquer coisa além dele. Quicksilver está sentado com os ombros para trás na cadeira de metal no centro do local. Seus braços estão amarrados nas costas. O robe azul-turquesa está ensanguentado e amarrotado. Os olhos de buldogue, pacientes, avaliam a situação. Sua ampla testa está coberta por uma densa camada de suor e graxa.

— Quem são vocês? — sibila ele com irritação em vez de medo. A porta bate atrás de nós. O homem parece bastante irritado com seu apuro. Nem desrespeitoso nem raivoso, mas profissionalmente aborrecido com a humilde dimensão da nossa hospitalidade e com a inconveniência que empurramos para cima dele. Quicksilver não é capaz de distinguir nossos rostos devido à luz intensa nos seus olhos. — Fabricantes de dentes da Corporação? Produtores de poeira do Lorde Lunar? — Como não disséssemos nada, ele engole em seco. — Adrius, é você que está aí?

Calafrios percorrem minha espinha. Não dizemos nada. Apenas agora, quando ele começa a desconfiar que somos os homens do Chacal, é que Quicksilver parece verdadeiramente amedrontado. Se tivéssemos tempo, poderíamos usar esse medo, mas precisamos de informações com rapidez.

— A gente precisa dar o fora dessa rocha — diz Sevro asperamente. — Você vai dar um jeito de isso acontecer, garotão. Ou então vou começar a arrancar seus dedos um a um.

— Garotão? — murmura Quicksilver.

— Sei que você tem uma embarcação pra fugas, pra contingências...

— Barca, é você? — Sevro é pego de surpresa. — É você. Malditas sejam as estrelas, rapaz. Quase me fez cagar de medo. Pensei que fosse o maldito do Chacal.

— Você tem dez segundos pra me dar alguma coisa que eu possa usar ou vou transformar suas costelas em espartilho — diz Sevro, impactado pela familiaridade de Quicksilver. Essa não é a melhor ameaça dele.

Quicksilver sacode a cabeça.

— Você precisa me ouvir, sr. Barca, e ouvir com atenção. Tudo isso é um mal-entendido. Um tremendo mal-entendido. Sei que você pode não acreditar nisso. Sei que você pode achar que estou maluco. Mas você precisa me ouvir. Eu estou do seu lado. Eu sou um dos seus, sr. Barca.

Sevro franze o cenho.

— Um de nós? O que você quer dizer com isso?

— O que eu quero dizer com isso? — diz Quicksilver, rindo com rudeza. — Eu quero dizer com isso exatamente o que estou dizendo, meu jovem. Eu, Regulus ag Sun, chevalier da Ordem de Coin, CEO das Indústrias Sun, sou também membro fundador dos Filhos de Ares.

21

QUICKSILVER

— Um Filho de Ares? — repete Sevro, dando um passo à frente na direção da luz para que Quicksilver possa enxergar seu rosto. Eu fico atrás. Trata-se de uma afirmação risível.

— Assim é melhor. Achei que tivesse reconhecido sua voz. É mais parecida com a do seu pai do que você provavelmente goste. Mas é verdade, eu sou um Filho. O primeiro Filho, na realidade.

— Bom, nesse caso eu sou tão cego quanto uma puta Rosa — grita Sevro. — Isso *tudo* não passou de um mal-entendido! — Ele dá um salto à frente e se agacha ao lado de Quicksilver para estirar o robe do homem. — A gente vai te deixar limpinho. Você vai poder ligar pros seus homens. Tudo bem assim?

— Bom, porque você conseguiu fazer uma besteira das...

Sevro atinge o Prata bem nos lábios carnudos com um golpe do seu punho. É um pedacinho íntimo e familiar de violência que faz com que eu estremeça. A cabeça de Quicksilver bate de encontro à cadeira. O homem tenta se afastar, mas Sevro o prende com facilidade. — Seus truques não funcionam aqui, seu sapinho gorducho.

— Não é truque...

Sevro o atinge de novo. Quicksilver cospe, o sangue escorre pelos seus lábios rachados. Tenta piscar para se livrar da dor. Provavelmente está vendo pontinhos pretos. Sevro o atinge uma terceira vez, com displicência, e eu acho que esse golpe foi para mim, não para o executivo, porque Sevro olha para trás na direção da escuridão onde me encontro com olhos insolentes. Como se estivesse balançando uma isca moral na minha frente para que pudéssemos explodir novamente num conflito. Seu credo moral sempre foi simples: proteja seus amigos, que se danem todas as outras pessoas.

Sevro encosta uma faca na boca de Quicksilver.

— Sei que você acha que está sendo espertinho, garotão — rosna Sevro. — Falando que é um Filho. Pensando que é todo bacaninha. Pensando que pode escapar de nós brutamontes imbecis aqui na base da conversa. Mas eu já joguei esse jogo com tipos bem mais espertos do que você. E aprendi na dureza. Saca? — Ele posiciona a faca de lado, na bochecha de Quicksilver, fazendo com que o homem mova a cabeça de acordo com o movimento da lâmina. Mesmo assim, ela corta o canto da sua boca apenas ligeiramente. — Então, pode vir com o lero-lero que quiser que você não vai sair dessa numa boa, seu cabeça de merda. Você é um rato. Um colaborador. E já está mais do que na hora de colher o que você plantou. Aí depois você vai contar pra gente direitinho como é que se faz pra sair daqui. Se você tem alguma nave escondida. Se você consegue fazer a gente passar pela armada. Aí você vai contar pra gente quais são os planos do Chacal, quais são os equipamentos dele, como é a infraestrutura dele; depois você vai nos dar as ferramentas pra equipar nossa armada. — Os olhos de Quicksilver miram ora a faca, ora o rosto de Sevro.

— Use seu cérebro, rapazinho selvagem — rosna Quicksilver quando Sevro afasta a faca da sua boca. — Onde você acha que Fitchner conseguiu o dinheiro pra...

— Não fale o nome dele. — Sevro aponta um dedo para o rosto do homem. — Não ouse falar o nome dele.

— Eu conhecia seu pai...

— Então por que ele nunca mencionou você? Por que Dancer não te conhece? Porque você está mentindo.

— Por que eles *saberiam* a meu respeito? — pergunta Quicksilver. — Nunca se atrela dois navios numa tempestade.

As palavras são um soco na minha barriga. Fitchner disse exatamente a mesma frase ao explicar por que ele não me contou sobre Titus. Os Filhos perderam muito da sua habilidade tática quando ele morreu. E se houvesse dois organismos no corpo dos Filhos de Ares? Os baixaCores, e os altaCores? Mantidos separados caso um deles fosse comprometido? É o que eu faria. Ele me prometeu melhores aliados se eu fosse para Luna. Aliados que me ajudariam a me tornar Soberano. Esse poderia ser um deles. Um aliado que fugiu quando Fitchner morreu. Que cortou a si mesmo do corpo contaminado dos Filhos.

— Por que Matteo estava no seu quarto? — pergunto cautelosamente.

Quicksilver mira a escuridão, imaginando de quem é a voz que se dirige a ele. Todavia, agora há medo nos seus olhos, não apenas raiva.

— Como... Como vocês sabiam que ele estava no meu quarto?

— Responda à pergunta — diz Sevro, dando-lhe um chute.

— Vocês o machucaram? — pergunta Quicksilver, enraivecido. — *Vocês o machucaram?*

— Responda à pergunta — repete Sevro, dando-lhe um tapa.

Quicksilver treme de raiva.

— Ele estava no meu quarto porque ele é meu marido. Seu filho da puta. Ele é um dos nossos! Se vocês fizeram algum mal a ele...

— Há quanto tempo ele é seu marido? — pergunto.

— Dez anos.

— Onde ele estava seis anos atrás? Quando trabalhava com Dancer?

— Ele estava em Yorkton. Ele era o homem que treinava seu amigo, Sevro. Ele treinou Darrow. O Entalhador fez o corpo. Matteo esculpiu o homem.

— Ele está falando a verdade. — Dou um passo em direção à luz para que Quicksilver possa ver meu rosto. Ele olha fixamente para mim, perplexo.

— Darrow. Você está vivo. Eu... Eu pensei que... Não pode ser verdade.

Eu me viro para Sevro.

— Ele é um Filho de Ares.

— Só porque ele acertou umas coisinhas? — rosna Sevro. — Você está falando sério mesmo.

— *Você está vivo* — murmura Quicksilver consigo mesmo, tentando fazer sua mente dar sentido ao que está acontecendo. — *Como? Ele te matou.*

— Ele está falando a verdade — repito.

— Verdade? — Sevro mexe a boca como se tivesse uma barata nela. — O que essa porra significa, afinal de contas? Como você pode ter certeza disso? Você acha que consegue ouvir a verdade de um magnata inescrupuloso e cheio de artimanhas como esse aqui. Ele vai pra cama com a metade dos Inigualáveis Maculados da Sociedade. O cara não é apenas a ferramenta deles. O cara é amigo deles. E está te enganando exatamente da mesma maneira que o Chacal te enganou. Se ele é um Filho, por que ele abandonou a gente? Por que ele não entrou em contato com a gente quando meu pai morreu?

— Porque sua nave estava sendo abatida — diz Quicksilver, ainda olhando fixamente para mim, atônito. — Suas células estavam comprometidas. Eu não tinha como saber a profundidade da contaminação. Ainda não sei como o Chacal te descobriu, Darrow. Meu único contato com as células baixaCor era Fitchner. Da mesma maneira que eu era o contato dele com as células altaCor. Como é que eu poderia me aproximar de vocês se eu não sabia se havia sido Dancer em pessoa quem te delatou e fez uma jogada de poder pra se livrar de Fitchner?

— Dancer jamais faria isso — diz Sevro com um risinho de desprezo.

— E como eu poderia saber disso? — diz Quicksilver em tom de frustração. — Eu não conheço o homem.

Sevro está sacudindo a cabeça. Sobressaltado pelo absurdo da situação.

— Eu tenho vídeos. Conversas que tive com seu pai.

— Não vou te deixar chegar perto de nenhum datapad — diz Sevro.

— Faça um teste com ele — digo. — Faça-o provar o que está dizendo.

— Uma vez me encontrei com sua mãe, Sevro — oferece rapidamente Quicksilver. — O nome dela era Bryn. Ela era Vermelha. Se eu não fosse um Filho, como saberia disso?

— Você poderia saber disso de várias maneiras. Isso não prova merda nenhuma, cacete — diz Sevro.

— Eu tenho um teste — digo. — Se você for mesmo um Filho, vai saber a resposta. Se você pertence ao Chacal, você teria usado isso. Onde fica Tinos?

Quicksilver sorri largamente.

— Cinco quilômetros ao sul do Mar Termal. Três quilômetros abaixo das velhas minas próximas à Estação Vengo. Numa colônia mineira abandonada cujos registros foram apagados dos servidores internos da Sociedade pelos *meus* hackers. As estalactites foram entalhadas e tornadas ocas usando perfuratrizes a laser Acharon-19 das minhas fábricas nos corredores espirais pra manter a integridade estrutural. O hidrogerador Atalian foi construído com planos projetados pelos meus engenheiros. Tinos pode até ser a Cidade de Ares, mas fui eu que a projetei. Eu paguei por ela. Eu a construí.

Sevro mexe o corpo num silêncio perplexo.

— Seu pai trabalhava pra mim, Sevro — diz Quicksilver. — Primeiro num consórcio de terratransformação em Triton, onde ele conheceu sua mãe. Depois de maneiras... menos legítimas. Naquela época eu não era o que sou hoje. Eu precisava de um Ouro. Um Inigualável Maculado cascudo e de todo tipo de proteção que isso dá. Um que devesse a mim e que estivesse disposto a jogar duro com meus competidores. Por baixo dos panos, você entende, é claro.

— Você está dizendo que meu pai funcionava como um mercenário. Pra você?

— Estou dizendo que ele funcionava como um assassino. Eu estava crescendo. Havia resistência no mercado a esse crescimento. Então o mercado foi obrigado a encontrar espaço. Você acha que todos os Pratas jogam limpo e dentro das leis? — Ele dá uma gargalhada. — Alguns, quem sabe. Mas os negócios numa sociedade capitalista selvagem são matéria-prima de tubarões. Pare de nadar e os outros vão tirar sua comida e se alimentar do seu corpo. Eu dei dinheiro ao seu pai. Ele contratou uma equipe. Trabalhava longe. Fazia o que eu precisava que ele fizesse. Até eu descobrir que ele estava usando meus recursos pra um projeto paralelo. *Os Filhos de Ares*.

Ele debocha das palavras.

— Mas você não o delatou? — pergunto ceticamente.

— Os Ouros tratam as rebeliões como câncer. Eu também seria cortado. Portanto, eu estava numa armadilha. Mas ele não me queria numa armadilha. Ele queria um conspirador coadjuvante. E, gradualmente, ele foi me convencendo com suas argumentações. E aqui estamos.

Sevro dá uns passos para se afastar de nós, tentando dar sentido à história.

— Mas... a gente... a gente está morrendo como moscas. E você aqui esse tempo todo... transando com Rosas. Confraternizando com o inimigo. Se você fosse um dos nossos...

Quicksilver levanta o nariz, reconquistando seja lá que postura havia perdido durante o espancamento.

— Então eu teria feito o quê, sr. Barca? Diga-me. A partir da sua extensa experiência em subterfúgios.

— Você teria lutado com a gente.

— Com o quê? Hein? — Ele espera uma resposta. Nenhuma vem. Sevro está mudo. — Eu tenho uma força particular de segurança composta de trinta mil soldados pra meu uso pessoal e pras minhas empresas. Mas eles estão espalhados de Mercúrio a Plutão. Acontece que não sou proprietário desses homens. Eles são Cinzas que foram contratados. Somente uma fração deles é formada por Obsidianos que pertencem a mim. Tenho armas, mas não tenho tropas suficientes pra enfrentar Inigualáveis Maculados. Você está louco? Eu uso poder suave. Não poder duro. Esse era o campo de ação do seu pai. Mesmo uma casa menor poderia me apagar do mapa num conflito direto.

— Você possui a maior empresa de software do sistema solar — diz Sevro. — Isso significa hackers. Você possui plantas industriais de munição. Desenvolvimento tecnológico militar. Você poderia ter espionado o Chacal pra gente. Poderia ter dado armas pra gente. Você poderia ter feito um milhão de coisas.

— Posso ser grosso?

Faço uma careta:

— Momento melhor do que este impossível...

Quicksilver se recosta para dar uma espiada em Sevro pelo seu nariz arqueado.

— Sou um Filho de Ares há mais de vinte anos. Isso requer paciência. Uma visão de longo prazo. Você é membro do nosso grupo há menos de um ano. E olhe o que aconteceu. Você, sr. Barca, é um mau investimento.

— Um… mau investimento?

A frase soa ridícula vindo de um homem acorrentado a uma cadeira de metal com sangue escorrendo pela boca. Mas algo nos olhos de Quicksilver garante seu argumento. Ali não há uma vítima. Ali há um titã de um plano diferente. Mestre do seu próprio domínio. Igual, ao que parece, à estirpe genial do próprio Fitchner. E um caráter mais vasto, mais nuançado do que o que eu teria esperado. Mas reservo alguma afeição pelo homem. Ele sobreviveu esses vinte anos por meio da mentira. Tudo é um ato. Provavelmente inclusive esse.

Quem é o verdadeiro homem por trás dessa cara de buldogue?

O que o leva a fazer tudo isso? O que ele quer?

— Eu ficava observando. Esperando pra ver o que faria — explica ele a Sevro. — Pra ver se você era talhado do mesmo material que seu pai. Mas então eles executaram Darrow — ele levanta os olhos para mim —, ou pelo menos fingiram executá-lo, e você agiu como um menino. Você começou uma guerra que não podia vencer, com infraestrutura, equipamentos, sistemas de coordenação e linhas de suprimento insuficientes. Você liberou propaganda na forma do entalhe de Darrow a todos os mundos, às minas, na esperança de… de quê? De um glorioso levante do proletariado? — Ele escarnece. — Pensei que você entendesse de guerra. Apesar de todos os erros dele, seu pai era um visionário. Ele me prometeu algo melhor. E o que o filho dele nos deu em vez disso? Limpeza étnica. Guerra nuclear. Decapitações. Pogrons. Cidades inteiras trituradas por grupos selvagens formados por Vermelhos rebeldes e por retaliações de Ouros. Desunião. Em outras palavras, caos. E não foi no caos, sr. Barca, que eu investi meu dinheiro. O caos é ruim pros negócios, e o que é ruim pros negócios é ruim pro Homem.

Sevro engole em seco, lentamente, sentindo o peso das palavras.

— Eu fiz o que tinha que fazer — diz ele, parecendo diminuto. — O que mais ninguém iria fazer.

— Fez, é? — Quicksilver se curva para a frente de maneira agressiva. — Ou será que você fez o que queria fazer? Porque seus *sentimentos* foram magoados? Porque você queria reagir de modo brutal?

Os olhos de Sevro estão vítreos. Seu silêncio está me ferindo. Quero defendê-lo, mas ele precisa ouvir isso.

— Você pensa que não tenho lutado. Mas eu tenho, sim — continua Quicksilver. — A opinião da Soberana sobre o Chacal logo depois da sua fuga parece haver azedado.

— Por quê? — pergunto.

— Não sei. Mas enxerguei uma oportunidade. Reuni aqui Virginia au Augustus e os representantes da Soberana pra selar uma paz que daria a Virginia o ArquiGoverno de Marte e retiraria o Chacal do poder e o jogaria na prisão pro resto da vida. Não é o fim que eu queria. Mas se o que estamos vendo na Marte do Chacal serve de alguma indicação, ele é a maior ameaça individual aos mundos e às nossas metas de longo prazo.

— No entanto, você o ajudou a consolidar o poder dele em primeiro lugar — digo.

Quicksilver suspira.

— Naquela época, eu imaginava que ele era menos ameaçador do que o pai. Eu estava errado. E você também estava. Ele precisa ser deposto.

Nesse caso, o Chacal foi traído por dois aliados.

— Mas seus planos pra uma aliança agora estão ferrados.

— De fato. Mas não vou chorar a oportunidade perdida. Você está vivo, Darrow, e isso significa que essa rebelião está viva. Significa que o sonho de Fitchner, o sonho da sua mulher, ainda não desapareceu deste mundo.

— Por quê? — pergunta Sevro. — Por que você ia querer uma guerra, porra? Você é o cara mais rico do sistema. Você não é um anarquista.

— Não. Eu não sou um anarquista, um comunista, um fascista, um plutocrata e nem mesmo um demokrata, por falar nisso. Meus rapazes, não acreditem no que vocês aprendem na escola. O governo nunca é a solução, mas é quase sempre o problema. Eu sou capitalista. E acredito no esforço e no progresso e na genialidade das nossas espécies. Na evolução e no avanço contínuos da nossa espécie baseado na competição justa. A questão é a seguinte: os Ouros não querem que o homem continue a evoluir. Desde a conquista, eles têm rotineiramente asfixiado o avanço pra manter seu paraíso. Eles se cobriram numa mitologia. Encheram seus grandiosos oceanos de monstros pra caçar. Cultivaram Mirkwoods e Olimpos particulares da sua própria cultura. Eles possuem trajes munidos de armadura que os transformam em deuses alados. E preservam esse ridículo conto de fadas mantendo a espécie humana congelada no tempo. Reprimindo a invenção, a curiosidade, a mobilidade social. A mudança ameaça essa visão.

"Olhem só pra onde estamos. No *espaço*. Acima de um planeta cuja *forma* foi dada por nós. Contudo, vivemos numa Sociedade modelada a partir dos devaneios de pedófilos da Idade do Bronze. Lançando mitologia pra todos os lados como se essa babaquice não tivesse sido inventada ao redor de uma fogueira por um fazendeiro de Attica deprimido pelo fato de que sua mulher era chata, tosca e baixinha.

"Os Ouros afirmam aos Obsidianos que são deuses. Eles não são. Deuses criam. Se os Ouros são algo, eles são reis vampiros. Parasitas bebendo da nossa jugular. Quero uma Sociedade livre dessa pirâmide fascista. Quero desacorrentar o livre mercado de riquezas e ideias. Por que os homens deveriam labutar nas minas quando podemos construir robôs pra labutar por nós? Por que deveríamos ter parado nesse sistema solar? Merecemos mais do que nos foi dado. Mas primeiro os Ouros precisam cair e a Soberana e o Chacal precisam morrer. E eu acredito que você é o sinal pelo qual tenho esperado, sr. Andromedus."

Ele faz um aceno de cabeça na direção das minhas mãos enluvadas.

— Eu paguei pelos seus Sinetes. Paguei pelos seus ossos, seus olhos, sua carne. Você é a criação do meu melhor amigo. O aluno do meu marido. A suma dos Filhos de Ares. Portanto, meu império está à sua disposição. Meus hackers. Minhas equipes de segurança. Meus transportes. Minhas empresas. Tudo seu. Sem reservas. Sem restrições. Nenhuma apólice de seguro. — Ele olha para Sevro. — Cavalheiros. Em outras palavras, eu estou totalmente dentro.

— Muito legal — diz Sevro, aplaudindo, debochando de Quicksilver. — Darrow, ele está apenas tentando te comprar pra poder escapar.

— Pode ser — digo. — Mas não podemos mais detonar as bombas.

— Bombas? — pergunta Quicksilver. — Do que você está falando?

— Plantamos explosivos nas refinarias e nas docas de atracação — respondo.

— Esse é o plano de vocês? — Quicksilver olha ora para um, ora para outro, como se estivéssemos loucos. — Vocês não podem fazer uma coisa dessas. Vocês fazem ideia do que isso ocasionaria?

— Um colapso econômico — digo. — Sintomas incluindo uma desvalorização das ações da Bolsa, um congelamento dos empréstimos bancários ao comércio e à indústria, uma corrida aos bancos locais, uma eventual estagflação. E uma desagregação da ordem social. Mostre algum respeito quando estiver conversando conosco. Não somos diletantes ou meninos. E esse era *mesmo* nosso plano.

— Era? — pergunta Sevro, dando um passo para se afastar de mim. — Então agora você está deixando esse cara ditar as regras do que a gente faz ou não faz?

— As coisas mudaram, Sevro. Precisamos fazer uma reavaliação. Temos agora novos ativos.

Meu amigo olha fixamente para mim como se não estivesse reconhecendo meu rosto.

— Novos ativos? Esse aí?

— Não apenas ele. Orion — digo. — Você nunca me disse que Mustang tinha entrado em contato com você.

— Porque você teria deixado que ela te manipulasse — diz ele sem pedir desculpas. — Como você fez antes. Como você está deixando esse cara fazer agora. — Ele me avalia, apontando um dedo enquanto imagina que entende o que está se passando. — Você está com medo. Não está? Com medo de puxar o gatilho. Com medo de cometer um erro. A gente finalmente tem uma chance de fazer os Ouros sangrarem e você quer reavaliar. Você quer um tempo pra examinar suas opções.

— Ele tira o detonador do bolso. — Isso é guerra. A gente não tem tempo. A gente pode levar esse puto com a gente, mas não dá pra deixar escapar essa chance.

— Pare de agir como um terrorista — rosno. — Somos melhores do que isso.

Eu o encaro, furioso nesse momento. Ele deveria ser minha amizade mais simples, mais forte. Mas por causa da perda, tudo está deturpado entre nós. Mesmo com ele há tantas camadas de dor. Tantos níveis de medo e recriminação e culpa para ambos. Sevro já foi chamado no passado de minha sombra. Ele não é mais isso. E acho que fui amargo com ele durante essas últimas horas porque elas são a prova disso. Ele agora é ele próprio, com suas próprias marés. Da mesma maneira que eu acho que ele foi amargo comigo porque não voltei como o Ceifeiro. Voltei como um homem que ele não reconhece. E agora que estou tentando ser a força que ele queria, a força que está tomando decisões, ele duvida de mim porque sente fraqueza e isso é uma coisa que sempre o deixou com medo.

— Sevro, me dê esse detonador — digo friamente.

— Que nada. — Ele abre o principal escudo do detonador, revelando a cavilha vermelha para o polegar no interior do estojo de proteção. Se ele a pressionar, mil quilos de explosivos de alto impacto serão detonados em toda Phobos. Isso não destruirá a lua, mas demolirá a infraestrutura econômica da lua. O hélio deixará de fluir por meses. Anos. E todos os temores de Quicksilver serão realizados. A Sociedade sofrerá, mas também nós.

— Sevro...

— Você deixou meu pai ser morto — diz ele. — Você deixou Quinn e Pax e Erva e Harpia e Lea morrerem porque pensava que era mais esperto do que todas as outras pessoas. Porque você não matou o Chacal quando pôde. Porque você não matou Cassius quando pôde. Mas, diferente de você, eu não tremo.

22

O PESO DE ARES

O polegar de Sevro se move na direção do interruptor de detonação. Mas antes que ele o pressione, eu ativo minha embaralhÁrea com o embaralhador localizado no meu cinto, bloqueando o sinal e impedindo-o de sair da sala.

— Seu filho da puta — rosna ele, disparando em direção à porta para sair do alcance do campo.

Vou atrás dele. Sevro gira o corpo debaixo das minhas mãos. Meu embaralhador não é dos mais fortes, de modo que ele não precisa se afastar muito de mim. Ele entra correndo no corredor e eu cambaleio atrás dele.

— Sevro, pare! — digo, enquanto adentro o corredor. Ele já está a dez metros de mim no corredor, correndo a toda a velocidade para se livrar do alcance do meu campo embaralhador para que seu sinal possa funcionar. Ele é mais rápido do que eu nesses pequenos corredores. Ele vai escapar. Saco meu pulsoPunho, miro acima da cabeça dele e atiro, mas minha mira é fajuta e quase lhe arranca a cabeça. Seu penteado Mohawk crepita, esfumaçando. Ele fica paralisado onde está e gira o corpo de volta para mim, o rosto selvagem.

— Sevro... eu não tive intenção de...

Com um uivo de raiva, ele investe contra mim. Pego de surpresa, dou um passo em falso para trás com o intuito de me afastar do maníaco. Ele se aproxima em polvorosa. Eu bloqueio seu primeiro soco, mas um golpe curto acerta em cheio meu queixo, fazendo meus dentes se chocarem uns com os outros, obrigando meu corpo a oscilar para trás. Sinto meus dentes num canto da boca. Sinto sabor de sangue e quase caio. Se Mickey não tivesse feito ossos de altíssima qualidade, Sevro poderia ter despedaçado minha mandíbula. Em vez disso, ele xinga, segurando seu punho dolorido.

Eu me movo com o golpe no queixo e ataco com a perna esquerda, chutando-o com tanta força na altura das costelas que seu corpo inteiro bate de lado de encontro à parede, produzindo uma reentrância no anteparo de metal. Dou um *jab* com meu punho direito. Ele se abaixa e meu soco aterrissa em duroAço. A dor percorre meu braço. Solto um grunhido. Ele voa para cima de mim abaixo do cotovelo esquerdo que eu projeto na sua cabeça, golpeando minha barriga e mirando meu saco. Giro o corpo para trás, agarro um dos braços dele e o obrigo a rodopiar com o máximo de força que consigo imprimir. Ele bate de cara na parede e em seguida desaba no chão.

— Onde está ele? — Vasculho o corpo dele em busca do detonador. — Sevro...

Ele dá uma tesoura nas minhas pernas, prendendo-as. Ele me joga no chão, de modo que estamos engalfinhados um no outro em vez de nos socando mutuamente. Ele é melhor lutador. E o máximo que consigo é impedi-lo de me asfixiar por trás quando suas pernas formam um triângulo, os calcanhares presos em frente ao meu rosto, as pernas pressionando em ambos os lados do meu pescoço. Eu o ergo do chão, mas não consigo deslocá-lo. Ele está pendurado de cabeça para baixo embaixo de mim, a coluna encostada na minha coluna, os calcanhares ainda no meu rosto, tentando dar cotoveladas no meu saco por trás pelo meio das minhas pernas. Não consigo alcançá-lo. Não consigo respirar. Portanto, agarro suas panturrilhas no meu pescoço e giro o corpo. Ele bate de encontro ao metal. Uma vez. Duas vezes. Então, finalmente cede, cambaleando para longe de mim. Estou em cima dele num átimo, desferindo uma dura série de cotoveladas ao estilo kravat no seu rosto. Ele bate no meu queixo acidentalmente com a coroa da cabeça.

— Idiota... filho da puta... — murmuro, recuando de modo desequilibrado. Ele está segurando a cabeça, sentindo muitas dores.

— Seu babaca idiota e desengonçado...

Ele desfere um chute na parte central do meu corpo. Recebo o golpe, pegando a perna com meu braço esquerdo, e troco-o por um soco violento de direita que acerta em cheio o crânio dele com todo o peso de que disponho. Ele cai com força, como se eu fosse um martelo pregando um prego no chão. Ele tenta se levantar, mas eu o empurro para baixo com a bota. Ele está deitado sobre ela, arfando intensamente. Estou tonto e arquejando, odiando-me pelo que estou fazendo com ele.

— Terminou? — pergunto. Ele faz que sim com a cabeça. Retiro a bota e estendo a mão para ajudá-lo a se levantar. Ele rola o corpo para ficar de costas no chão e aceita minha mão. Em seguida dá um chute com a bota esquerda bem na minha virilha. Caio atrás dele, o enjoo me sobe à boca. Uma náusea arrasadora cresce da minha lombar ao meu saco e meu estômago. Ao meu lado, ele está arfando como um cão. A princípio, penso que ele está rindo, mas quando levanto os olhos fico chocado ao ver lágrimas nos seus olhos. Ele está deitado de costas. Fortes soluços fazem suas costelas tremerem. Ele me dá as costas, tenta se esconder de mim para conter as lágrimas, mas isso só piora a situação.

— Sevro...

Eu me sento no chão, sentindo-me devastado diante da visão que tenho dele. Eu não o abraço, mas ponho a mão na sua cabeça. E ele me surpreende ao não recusar minha aproximação; ao contrário, rasteja para pôr a cabeça no meu joelho. Pouso a outra mão no seu ombro. Ele soluça baixinho e assoa o nariz. Mas não se mexe. É como o momento que se segue a uma tempestade com relâmpagos. O ar cinético e vibrante. Depois de vários minutos, ele limpa a garganta e levanta o corpo para ficar sentado com as pernas cruzadas no centro do corredor. Seus olhos estão inchados, envergonhados. Sevro está brincando com as mãos, as tatuagens e o Mohawk fazendo com que ele se pareça com algo saído diretamente de um livro infantil insano.

— Se você contar pra alguém que eu chorei, vou pegar um peixe morto, vou esconder no seu quarto e deixar apodrecer.

— Muito justo.

O detonador se encontra ao lado dele. Perto o bastante para que possamos os dois alcançá-lo. Nenhum dos dois o faz.

— Odeio isso — diz ele debilmente. — Pessoas desse tipo. — Ele levanta os olhos para mim. — Não quero que ele seja um Filho. Não quero ser como Quicksilver.

— Você não é.

Ele não acredita nisso.

— No Instituto, eu acordava de manhã e pensava que ainda estava sonhando. Depois começava a sentir o frio. E aí, lentamente, eu começava a me lembrar de onde estava, e havia terra e sangue nas minhas unhas. E tudo o que eu queria fazer era voltar a dormir. Ficar no quentinho. Mas eu sabia que tinha que me levantar e encarar um mundo que não dava a mínima pra mim. — Ele faz uma careta. — É assim que eu me sinto agora todas as manhãs. Tenho medo o tempo todo. Não quero perder ninguém. Não quero que eles fiquem decepcionados comigo.

— Você não deixou isso acontecer. Se tanto, fui eu que te decepcionei. — Ele tenta me interromper. — Você estava certo. Nós dois sabemos disso. Foi culpa minha a morte do seu pai. Foi culpa minha aquela noite toda ter acontecido.

— Mesmo assim, foi uma merda eu falar aquilo. — Ele bate os dedos no chão. — Estou sempre falando merda.

— Fico feliz por você ter falado aquilo.

— Por quê?

— Porque nós dois esquecemos que não viemos pra cá por conta própria. Você e eu deveríamos ser capazes de dizer qualquer coisa um ao outro. É assim que isso funciona. É assim que nós funcionamos. Nós não pisamos em ovos. Nós conversamos um com o outro. Mesmo que a gente fale umas merdas difíceis de ouvir. — Eu vejo como ele se sente solitário. Quanto peso ele carregou. É como eu me sentia quando Cassius me apunhalou e me abandonou à morte no Instituto.

Ele precisa compartilhar o peso. Não sei como fazer para lhe transmitir isso. Essa teimosia, essa intransigência parece uma insanidade vista de fora, mas por dentro ele estava se sentindo exatamente como eu me sentia quando Roque me questionava. Ou quando eu tinha a mente imersa em alguma coisa.

— Você sabe por que eu te ajudei no Instituto quando você e Cassius iam se afogar naquele lago? — pergunta ele. — Foi pela maneira como eles olhavam pra você. Não que eu te achasse um bom primus. Você era tão inteligente quanto um saco cheio de peidos molhados. Mas eu olhava pra eles. Pedrinha. Palhaço. Quinn... Roque. — Ele quase tropeça neste último nome. — Eu ficava olhando vocês ao redor das suas fogueiras, naquelas ravinas, quando Titus estava no castelo. Vi você ensinar Lea a cortar a garganta do cabrito mesmo com ela morrendo de medo de fazer a coisa. Eu queria fazer aquilo também. Eu queria me juntar a vocês.

— E por que você não fez isso?

Ele dá de ombros.

— Tinha medo de vocês não me quererem.

— Eles olham pra você desse jeito agora — digo. — Você não vê isso?

Ele bufa.

— Que nada. Eles não olham, mesmo. O tempo todo eu tentava ser você. Tentava ser o papai. Não funcionava. Dava pra ver que todo mundo queria mesmo era que o Chacal tivesse me capturado. Não a você.

— Você sabe que isso não é verdade.

— É verdade, sim — diz ele intensamente, curvando-se para a frente. — Você é melhor do que eu. Eu te vi. Quando você estava olhando pra Tinos. Eu vi seus olhos. O amor neles. A ânsia de proteger aquelas pessoas. Eu tentava sentir isso. Mas sempre que eu olhava pros refugiados lá embaixo, simplesmente odiava aquela gente. Por serem fracos. Por causarem mal uns aos outros. Por serem estúpidos e não saberem o perrengue que nós passamos pra ajudá-los. — Ele engole em seco e mexe nas cutículas dos dedos gorduchos. — Sei que esse comportamento não tem nada a ver, mas é assim que eu me sinto.

Sevro parece tão vulnerável aqui neste corredor, a raiva ausente de nós depois da luta. Ele não está em busca de uma lição. A liderança o desgastou, o alienou até mesmo dos seus Uivadores. Nesse exato momento ele está tentando se sentir diferente de Quicksilver ou do Chacal ou de qualquer um dos Ouros contra os quais lutamos. Ele imaginou, equivocadamente, que eu sou melhor do que ele. E parte disso é culpa minha.

— Eu também os odeio — digo.

Ele balança a cabeça.

— Não faça isso…

— Odeio, sim. Odeio o fato de eles me lembrarem do que eu era, ou do que poderia ter sido. Merda, eu era um idiotinha. Você teria me odiado. Eu estava confortável e era arrogante e egoísta mesmo ajoelhado. Eu gostava de ser cego a tudo porque estava apaixonado. E eu pensava que, por algum motivo, viver por amor era a coisa mais corajosa de todos os mundos. Transformei inclusive Eo em algo que ela não era. Eu a romantizei, e a vida que a gente tinha, provavelmente porque vi meu pai morrer pela mesma causa. E vi tudo o que ele deixou pra trás. Aí tentei me grudar à vida que ele abandonou.

Percorro as linhas na palma da minha mão.

— Eu me sinto pequeno quando penso que fiz tudo isso por ela. Ela era tudo pra mim, mas eu era apenas um pedaço da vida dela. Quando o Chacal me mantinha preso, essa era a única coisa que eu conseguia pensar. Que eu não era suficiente. Que nosso filho não era suficiente. Uma parte de mim odeia Eo por isso. Ela não sabia que isso tudo aconteceria, nem sabia que os mundos haviam sido terratransformados. Tudo o que ela poderia saber era que estava dando um exemplo pra alguns milhares de pessoas em Lykos. E por acaso valia a pena morrer por isso? Por acaso valia a pena uma criança morrer por isso?

Faço um gesto na direção do corredor.

— Agora todas essas pessoas pensam que ela era divina ou qualquer coisa assim. Uma perfeita mártir. Mas ela era apenas uma menina. E era corajosa, mas era estúpida e egoísta e altruísta e romântica; mas ela morreu antes de ter chance de se tornar algo mais. Pense o quanto Eo poderia ter feito com a vida dela. De repente a gente poderia ter feito isso juntos. — Eu rio amargamente e encosto a cabeça na parede. — Eu acho que a maior merda de envelhecer é que agora a gente está esperto o bastante pra ver as rachaduras em tudo.

— A gente tem vinte e três anos, seu merdalhão.

— Bom, eu me sinto com oitenta.

— Você parece ter isso mesmo. — Cruzo os dedos para ele, recebendo em troca um sorriso. — Você... — Ele quase não termina o pensamento. — Você acha que ela te observa? Do Vale? Você acha que seu pai te observa?

Estou prestes a dizer que não sei quando capto a fixidez do seu olhar. Ele não está perguntando sobre minha família, e sim sobre a dele própria, quem sabe inclusive sobre Quinn, que ele sempre amou mas a quem jamais teve a coragem de contar. Com toda a selvageria de Sevro, é difícil lembrar o quanto ele é vulnerável. Ele está à deriva. Alienado dos Vermelhos e dos Ouros. Sem lar. Sem família. Sem nenhuma visão de um mundo após a guerra. Nesse exato momento eu diria qualquer coisa para fazer com que ele se sentisse amado.

— Acho. Acredito que ela me observe, sim — digo com mais confiança do que sinto possuir. — E meu pai também. E o seu.

— Então deve ter cerveja no Vale.

— Olhe o sacrilégio! — digo, chutando-lhe o pé. — Só tem uísque. Torrentes de uísque até onde a vista alcança.

A gargalhada dele faz com que eu me sinta mais inteiro. Pedacinho a pedacinho, sinto como se meus amigos estivessem voltando a mim. Ou quem sabe eu esteja voltando a eles. Tenho a impressão de que é a mesma coisa, na realidade. Eu sempre disse para Victra deixar as pessoas entrarem. Nunca pude pôr em prática meu próprio conselho porque sabia que um dia eu teria de traí-los, que a fundação da nossa amizade era uma mentira. Agora estou com pessoas que sabem quem eu sou, e estou com medo de deixá-las entrar porque tenho medo de perdê-las, de desapontá-las. Mas é esse laço que Sevro e eu compartilhamos que nos torna mais fortes do que jamais fomos antes. É o que nós temos e que o Chacal não tem.

— Você sabe o que acontece depois disso? — pergunto. — Se matarmos Octavia, o Chacal? Se, de algum modo, nós vencermos?

— Não — diz Sevro.

— Isso é um problema. Eu não tenho a resposta. E não vou fingir que tenho. Mas não vou deixar Augustus ter a razão. Não vou trazer o caos pra este mundo sem pelo menos um plano pra algo melhor. Pra isso precisamos de aliados como Quicksilver. Precisamos parar de bancar os terroristas. E precisamos de um verdadeiro exército.

Sevro pega de novo o detonador e o quebra em dois.

— Quais são as ordens, Ceifa?

23
A MARÉ

Sevro e eu disparamos de volta à sala de preparativos onde os Uivadores estão agrupados e preparados para partir da estação. Rollo e uma dezena de pessoas do seu povo nos observam da sua posição no recinto, com olhares tensos. Eles sabem que estão prestes a ser abandonados. Quicksilver segue atrás de mim; suas algemas foram deixadas para trás, na cela. Ele concordou com nosso plano, com alguns ajustes.

— Bem, olhe só pra isso... — diz Victra, olhando nossos hematomas e os nós dos dedos ensanguentados. — Vocês dois finalmente conversaram. — Ela olha para Ragnar. — Está vendo?

— As merdas foram resolvidas — diz Sevro.

— E o homem rico? — pergunta Ragnar, demonstrando curiosidade. — Ele está sem grilhões.

— Isso é porque ele é um Filho de Ares — diz Sevro. — Vocês não sabiam?

— Quicksilver é um Filho? — diz Victra, irrompendo em risos. — E eu sou uma Mergulhadora-do-Inferno disfarçada. — Ela olha ora para mim, ora para Sevro. — Espere aí... você está falando sério. Vocês têm provas?

— Sinto muito pela sua mãe, Victra — diz Quicksilver, com a voz rouca. — Mas é um prazer vê-la caminhando, de verdade. Estou com os Filhos há mais de vinte anos. Tenho centenas de horas de conversas com Fitchner pra provar isso.

— Ele é um Filho — diz Sevro. — Podemos ir nessa?

— Bom, estou perplexa. — Victra sacode a cabeça. — Mamãe estava certa sobre você. Sempre disse que você tinha segredos. Eu pensava que era algo sexual. Que você gostava de cavalos ou coisas assim. — Sevro se mexe desconfortavelmente.

— Então você vai nos achar um caminho pra escaparmos desta rocha, rico homem? — pergunta Holiday a Quicksilver.

— Nem tanto — diz ele. — Darrow...

— Nós não vamos sair — anuncio. Rollo e seus homens se agitam no canto. Os Uivadores trocam olhares confusos.

— Quem sabe você queira contar pra gente o que está acontecendo — pergunta Cara Ferrada rispidamente. — Vamos começar com quem é que está no comando. É você?

— Uivador Um — diz Sevro, dando-me um soco no ombro.

— Uivador Dois — digo, dando-lhe um tapinha no ombro em retribuição.

— Beleza? — pergunta Sevro. Os Uivadores balançam a cabeça em assentimento.

— Primeira ordem dos negócios, mudança de orientação — digo. — Quem tem um alicate? — Olho ao redor até que Holiday pega o dela no seu kit-bomba e o joga para mim. Eu abro a boca e encosto o alicate no molar direito traseiro onde o dente suicida achlys-9 foi implantado. Com um grunhido, eu o arranco e o deposito sobre a mesa. — Eu já fui capturado antes. E não vou ser capturado novamente. Portanto, isso aqui não tem nenhum valor pra mim. Não tenho planos de morrer, mas se isso acontecer, eu morro com meus amigos. Não numa cela. Não num pódio. Com vocês. — Entrego o alicate a Sevro. Ele tira seu próprio dente traseiro. Cuspindo sangue em cima da mesa.

— Eu morro com meus amigos.

Ragnar não espera o alicate. Ele puxa seu dente traseiro com os próprios dedos, com os olhos arregalados de prazer enquanto deposita a enorme coisa sangrenta em cima da mesa.

— Eu morro com meus amigos.

Um a um, eles passam o alicate, puxando seus dentes e jogando-os em cima da mesa. Quicksilver assiste a tudo, mirando-nos como se fôssemos um bando de arruaceiros ensandecidos, sem dúvida imaginando no que foi se meter. Mas eu preciso que meus homens percam esse pesado manto que estão usando. Com esse veneno no crânio, eles tinham a sensação de que as sentenças de morte já haviam sido lidas, e estavam apenas esperando que o carrasco batesse na porta. Dane-se isso. A morte terá que merecer sua recompensa. Eu quero que eles acreditem nisso. Em cada um. Na ideia de que podemos de fato vir a vencer e a continuar vivos.

Pela primeira vez, eu acredito.

Depois que detalhei minhas instruções aos meus homens e eles partiram para executar as ordens, retorno com Sevro à sala de controle dos Filhos de Ares e lhes peço para prepararem um link direto impossível de ser rastreado.

— Pra Cidadela em Agea, por favor. — Os Filhos de Ares se viram para olhar para mim, pensando ter ouvido mal. — No dobro da velocidade, pessoal. Não temos o dia inteiro.

Estou de pé em frente à holoCâmera com Sevro.

— Você acha que eles já sabem que a gente está aqui?

— Provavelmente ainda não — respondo.

— Você acha que ele vai se mijar todo de medo?

— Vamos esperar que sim. Lembre-se, nada sobre Mustang e Cassius estarem aqui. Vamos manter isso na manga da camisa.

O holoLink direto é ativado e o rosto lívido de uma jovem administradora Cobre olha sonolentamente para nós.

— *Comando Geral da Cidadela* — diz ela, com a voz arrastada —, *como eu posso dirigir sua...* — Ela pisca repentinamente para nossas imagens no display. Esfrega os olhos para se livrar do sono. E perde toda a faculdade de falar.

— Eu gostaria de falar com o ArquiGovernador — digo.

— *E... eu posso perguntar quem está... ligando?*

— É a porra do Ceifeiro de Marte — late Sevro.

— *Um momento, por favor.*

O rosto da Cobre é substituído por uma pirâmide da Sociedade. Uma previsível peça de Vivaldi é executada enquanto esperamos. Sevro bate os dedos na perna e murmura sua canção baixinho:

— *Se seu coração está acelerado e sua calça molhada, é por ter o Ceifeiro chegado, pra receber sua dívida não paga.*

Vários minutos depois, o rosto pálido do Chacal aparece diante de nós. Ele está usando uma jaqueta com um colarinho branco elevado, e seus cabelos estão repartidos para o lado. Ele não olha de esguelha para nós. Se tanto, ele parece estar se divertindo enquanto continua a comer seu café da manhã.

— *O Ceifeiro* e *Ares* — diz ele numa voz baixa e arrastada, escarnecendo da sua própria cortesia. Ele esfrega a boca com um guardanapo. — *Você partiu tão rapidamente da última vez que nem tive tempo de dizer adeus. Devo dizer que você está com uma aparência positivamente radiante, Darrow. Victra está com você?*

— Adrius — digo sem delongas. — Como você deve estar ciente, sem dúvida nenhuma, houve uma explosão nas Indústrias Sun, e seu sócio comanditário, Quicksilver, desapareceu. Sei que a justiça é uma bagunça, e as evidências só aparecerão daqui a horas, quem sabe dias. Então eu quis ligar e esclarecer a situação. Nós, os Filhos de Ares, sequestramos Quicksilver.

Ele baixa a colher para tomar um gole da sua xícara branca de café.

— *Entendo. Com qual finalidade?*

— Nós vamos manter o homem conosco por um resgate até que você solte todos os prisioneiros políticos ilegalmente detidos nas suas prisões e todos os baixaCores mantidos em campos de internamento. Você também deverá assumir a responsabilidade pelo assassinato do seu pai. Em público.

— *Isso é tudo?* — pergunta o Chacal, sem exibir uma pontinha de emoção, embora eu saiba que ele está imaginando como descobrimos que Quicksilver era seu aliado.

— Você também deverá beijar pessoalmente meu rabo cheio de espinhas — diz Sevro.

— *Adorável.* — O Chacal desvia o olhar da tela e o dirige a uma outra pessoa. — *Meus agentes estão me informando que uma moratória de voo foi instituída dez minutos depois do ataque às Indústrias Sun e que a embarcação que fugiu da cena desapareceu nos Vazios. Devo eu presumir, então, que vocês ainda estão em Phobos?*

Faço uma pausa como se tivesse sido pego de surpresa.

— Se você não acatar nossas condições, a vida de Quicksilver será confiscada.

— *Lamentavelmente, eu não negocio com terroristas. Sobretudo com aqueles que podem estar gravando minha conversa pra transmiti-la e obter com isso ganhos políticos.* — O Chacal dá um outro gole no café. — *Eu escutei sua proposta, agora escute a minha. Fuja. Agora. Enquanto pode. Mas saiba que, onde quer que você vá, onde quer que se esconda, você não pode proteger seus amigos. Eu vou matar a todos e recolocá-lo na escuridão com as cabeças decepadas dos seus amigos como companhia. Não há saída, Darrow. Isso eu te prometo.*

Ele interrompe o sinal.

— Você acha que ele vai enviar a Tropa dos Ossos antes das legiões? — pergunta Sevro.

— Vamos esperar que sim. Hora de se mexer.

Os Vazios são uma cidade de gaiolas. Fileira sobre fileira. Coluna sobre coluna de casas de metal enferrujadas ligadas uma a uma na gravidade nula até onde a vista alcança aqui no coração de Phobos. Cada gaiola é uma vida em miniatura. Roupas flutuam em ganchos. Pequenas grelhas térmicas crepitam com alimentos provenientes de uma centena de regiões diferentes de Marte. Fotos em papel se grudam às paredes das gaiolas de ferro por pedacinhos de fita adesiva, exibindo lagos distantes, montanhas e famílias reunidas. Tudo aqui é apático e cinzento. O metal das gaiolas. As roupas molengas. Até mesmo os rostos cansados e desgastados dos Laranjas e dos Vermelhos que estão presos aqui nessa armadilha, a milhares de quilômetros de casa. Fagulhas de cor dançam para o alto dos datapads e holoVisores que refulgem através da cidade como se fossem pedacinhos de sonho espalhados em retorcidos fragmentos de metal. Homens e mulheres sentam-se à frente dos seus pequenos displays, com os olhares penitentes, assistindo aos seus programinhas, esquecendo onde estão em favor de onde gostariam de estar. Muitos colaram folhas de papel ou puseram cobertores sobre as laterais das suas paredes para ter algo que pudesse se assemelhar a privacidade em relação aos seus vizinhos. Mas é do cheiro e do som que não se consegue escapar. O incessante e gutural chacoalhar de portas de gaiola sendo fechadas. Fechaduras dando cliques. Homens rindo e tossindo. Geradores zumbindo. HoloCans públicas ganindo e latindo a linguagem canina da distração. Tudo agitado e fervido para produzir uma sopa espessa de ruído e uma sombria luminosidade aqui.

Rollo já viveu na extremidade sul negativa da cidade. Agora o local é território totalmente dominado pela Corporação. Os Filhos foram perseguidos e forçados a sair mais de dois meses atrás. Eu voo ao longo das linhas de corda de plástico que percorre os cânions das gaiolas, passando por operários das docas e das torres que descem aos seus pequenos lares em formato de gaiola. Eles empinam as cabeças na direção do zunido gutural das minhas novas gravBotas. Trata-se de um som estranho a eles. Um som ouvido apenas nos holoVídeos ou em realidades virtuais experimentais que os Verdes do baixo mundo oferecem pelo preço de cinquenta créditos por minuto. A maioria jamais terá visto um Inigualável Maculado em carne e osso. Muito menos um usando uma armadura completa. Sou um espetáculo aterrorizante.

Foi sete horas atrás que meus tenentes e eu nos juntamos na sala de preparativos dos Filhos de Ares em Tinos e contei a eles e a Dancer meu plano. Seis horas desde que descobri acerca da fuga de Kavax da nossa cela de detenção — alguém o deixou sair. Cinco horas desde que Victra devolveu Quicksilver e Matteo à torre deles, onde Quicksilver passou o restante da noite ativando suas próprias celas e contatos nas Colmeias Azuis, fazendo preparativos para esse momento. Quatro horas desde que Quicksilver juntou suas equipes de segurança aos Filhos de Ares e deu-lhes acesso aos seus arsenais e aos seus depósitos de armamentos, e recebemos a notícia de que dois destróieres de Augustus estavam chegando das docas orbitais. Três horas desde que Ragnar e Rollo levaram mil Filhos de Ares aos hangares de lixo no nível 43C para preparar seus esquifes. Duas horas desde que um dos iates particulares de Quicksilver foi preparado para zarpar. Uma hora desde que os destróieres da Sociedade descarregaram quatro transportadores de tropa nas docas do Porto Espacial Interplanetário Skyresh e a nova camada de tinta vermelho-sangue na minha armadura secou e eu a vesti para marchar em direção à guerra.

Está tudo pronto.

Agora entalho um rastro de silêncio no coração dos Vazios. Minha lâmina branco-osso está no meu braço. Ao meu lado voa Sevro, usando com orgulho o enorme capacete pontudo de Ares. Ele o trouxe consigo, mas o restante da armadura que está usando foi empréstimo de Quicksilver. Tecnologia de ponta. Melhor inclusive do que os trajes que usávamos para Augustus. Holiday segue atrás, ao lado de uma centena de Filhos de Ares.

Os Filhos estão desengonçados nas suas gravBotas. Alguns levam consigo lâminas. Outros pulsoPunhos. Mas, seguindo minhas ordens, ninguém está usando capacete enquanto voamos. Eu queria que esses baixaCores das pilhas lá de baixo testemunhassem nossa traição, de modo que se sentissem encorajados ao verem Vermelhos e Laranjas e Obsidianos usando a armadura dos mestres.

Os rostos são um borrão. Cem mil espiando dos seus lares em todas as direções. Pálidos e confusos, a maioria com menos de quarenta anos. Vermelhos e Laranjas trazidos para cá mediante falsas promessas, exatamente como Rollo, com famílias em Marte, exatamente como Rollo. Pequenos sinais de vida normal são inexistentes nas pilhas. Nenhuma criança. Nenhum animal de estimação.

Vizinhos apontam na minha direção. Vejo meu nome nos seus lábios. Em algum lugar, os vigias da Corporação estarão discando para seus superiores, transmitindo à polícia ou ao aparato antiterrorista da Securitas a notícia de que o Ceifeiro está vivo e se encontra em Phobos. O Chacal virá com sua Tropa dos Ossos e suas legiões. E em algum lugar, perto ou longe, Aja saberá onde se encontra o matador da sua irmã.

Eu atraio os monstros. Do mesmo jeito que atraí o Chacal.

Enquanto margeio para penetrar o emaranhado central da cidade, faço uma oração em silêncio, desejando que Eo me dê forças. Lá, como alguma espécie de ídolo eletrônico pulsante protegido por uma sarça metálica, um display holográfico de cem metros de comprimento por cinquenta metros de largura exibe programas de comédia da Sociedade. A tela banha o círculo de gaiolas ao redor com uma enjoativa luz de neon. Alto-falantes reproduzem os risos nos momentos adequados. Uma luz azul brinca na minha armadura. Fechaduras tilintam ao ser destrancadas e gaiolas são abertas para que seus habitantes possam se sentar na beirada e pendurar as pernas para me observar sem serem obrigados a olhar através das barras de ferro.

Os Verdes de Quicksilver focalizam suas câmeras de capacetes em mim. Os Filhos organizam suas formações ao redor, com olhos flamejantes sobre os baixaCores, minha guarda de honra. Os cabelos vermelhos flutuam como uma centena de raivosas chamas. Holiday e Ares me flanqueiam, cada um de um lado, flutuando duzentos metros no ar. Cercados por gaiolas. O silêncio toma conta da cidade, exceto pelo riso da trilha sonora da comédia. É doentio e estranho o som das gargalhadas oriundas dos alto-falantes. Faço um aceno de cabeça para os Verdes de Quicksilver e eles cortam o ruído e, em algum ponto da torre dele, as equipes de hackers que ele reuniu tomam de assalto cada transmissão na lua e emitem comandos a aglomerados de informação secundários na Terra, em Luna, no cinturão de asteroides, Mercúrio, nas luas de Júpiter, de modo que minha mensagem queimará por todo o negrume do espaço, assumindo o controle da rede de dados que liga toda a humanidade. Quicksilver está provando sua lealdade com essa transmissão, usando a rede que o Chacal construiu. Isso aqui não é como a morte de Eo. Um vídeo viral que você desenterra dos espaços escuros do holoNet. Isso aqui é um grandioso rugido por toda a Sociedade, sendo transmitido em dez bilhões de holos, para dezoito bilhões de pessoas.

Eles nos deram essas telas como grilhões. Hoje, nós fazemos delas martelos.

Karnus au Bellona tinha suas falhas. Mas ele estava certo quando disse que tudo o que temos nessa vida é nosso grito ao vento. Ele gritou seu próprio nome, e eu aprendi a loucura nisso. Mas antes que eu comece a guerra que me tomará de uma forma ou de outra, darei meu grito. E será algo bem maior do que meu próprio nome. Bem maior do que um rugido de orgulho familiar. É o sonho que carreguei comigo e do qual cuido desde que tenho dezesseis anos de idade.

Eo aparece embaixo de mim no holograma, substituindo a comédia.

Uma imagem gigantesca e fantasmagórica da menina que eu conhecia. Seu rosto está quieto e pálido e com mais raiva do que nos meus sonhos. Cabelos baços e viscosos. Trajes puídos e maltrapilhos. Mas seus olhos queimam das suas cercanias acinzentadas, brilhantes como o sangue nas suas costas laceradas enquanto ela levanta os olhos do pelourinho metálico. Sua boca mal parece se abrir. Apenas uma nesga de espaço entre os lábios, mas sua canção sangra dela, a voz tênue e frágil como um sonho de primavera.

Meu filho, meu filho
Lembre-se das algemas
Quando o Ouro governava com rédeas de ferro
Nós rosnamos e rosnamos
E nos contorcemos e berramos
Pelo nosso vale
Um vale de sonhos melhores

Ela ecoa ao longo da cidade metálica numa altura maior do que ecoava naquela perdida e distante cidade de pedra. Sua luz cintila ao longo dos pálidos rostos observando tudo das suas gaiolas. Esses Laranjas e Vermelhos que jamais a conheceram em vida, mas a escutam na morte. Eles estão silenciosos e tristes enquanto ela é conduzida ao cadafalso. Escuto meu choro em vão. Vejo a mim mesmo desfalecendo nas mãos dos Cinzas. Sinto que estou novamente lá. A terra endurecida nos meus joelhos à medida que o mundo desaba sob meus pés. Augustus fala com Pliny e Letto enquanto a desgastada corda da forca é colocada ao redor do pescoço de Eo. O ódio irradia das faces nas Pilhas. Eu não podia naquela ocasião impedir a morte de Eo muito mais do que posso impedi-la agora. É como se ela sempre tivesse estado morta. Minha mulher tomba. Estremeço, ouvindo o farfalhar da sua roupa. O rangido da corda. E olho para baixo na direção do holograma, forçando a mim mesmo a assistir o menino que eu era cambalear para, com suas mãos com os Sinetes Vermelhos, abraçar as pernas de Eo que não param de se debater. Eu o observo beijar o tornozelo dela e puxar seus pés com toda a débil força de que dispõe. O haemanthus dela cai, e eu falo.

— Eu teria vivido em paz. Mas meus inimigos me trouxeram a guerra. Meu nome é Darrow de Lykos. Vocês conhecem minha história. Ela não passa de um eco das de vocês próprios. Eles vieram até minha casa e mataram minha mulher, não por cantar uma canção mas por ousar questionar o poder deles. Por ousar ter uma voz. Por séculos, milhões abaixo do solo de Marte têm sido alimentados com mentiras do berço ao túmulo. Essa mentira lhes foi revelada. Agora eles entraram no mundo que vocês conhecem; e sofrem como vocês sofrem.

"O homem nasceu livre, mas dos litorais às cidades localizadas nas crateras de Mercúrio, à vastidão gelada de Plutão passando pelas minas de Marte, ele está acorrentado. Correntes feitas de deveres, fome e medo. Correntes marteladas no nosso pescoço por uma raça que nós erguemos. Uma raça que nós fortalecemos. Não pra governar, não pra reinar, mas pra nos tirar de um mundo devastado pela guerra e a ganância sob sua condução. Em vez disso, eles nos conduziram à escuridão. Eles usaram os sistemas de ordem e prosperidade em seu próprio benefício. Eles esperam a obediência de vocês, ignoram seu sacrifício e entesouram a prosperidade que suas mãos criam. Pra se manterem firmes no poder, eles proíbem nossos sonhos. Dizendo que uma pessoa só é boa de acordo com a Cor dos seus olhos ou dos seus Sinetes."

Eu retiro as luvas e cerro o punho direito no ar como fez Eo antes de morrer. Mas, diferentemente de Eo, minhas mãos não exibem nenhum Sinete. Eles foram retirados por Mickey quando fui entalhado em Tinos. Sou a primeira alma em centenas de anos a andar sem eles. O silêncio nos Vazios cede lugar a um choque rumorejante.

— Mas agora eu me encontro diante de vocês, um homem desacorrentado. Eu me encontro diante de vocês, meus irmãos e minhas irmãs, pra pedir que se juntem a mim. Pra que se lancem nas máquinas da indústria. Pra que se unam por trás dos Filhos de Ares. Deixem pra trás suas cidades, sua prosperidade. Ousem sonhar com mundos melhores do que este. Escravidão não é paz. Liberdade é paz. E até que tenhamos isso, é nosso dever ir pra guerra. Isso não quer dizer uma licença pra atos selvagens ou genocidas. Se um homem estupra, você o mata imediatamente. Se um homem assassina civis, baixo ou alto, você o mata imediatamente. Isso é guerra, mas vocês estão do lado do bem e isso carrega consigo um fardo pesado. Nosso levante não é por ódio, não é por vingança, mas por justiça. Pelos filhos de vocês. Pelo futuro deles.

"Eu falo agora aos Ouros, aos Áuricos que detêm o poder. Eu percorri seus corredores, destruí suas escolas, comi nas suas mesas e sofri nos seus calabouços. Vocês tentaram me matar. Não conseguiram. Eu conheço o poder de vocês. Eu conheço o orgulho de vocês. E vi como vocês vão cair. Por setecentos anos, vocês foram os senhores dos domínios do homem, e isso é tudo que vocês nos deram. Não é o suficiente.

"Hoje, eu declaro que o poder de vocês está no fim. Suas cidades não são suas cidades. Suas embarcações não são suas embarcações. Seus planetas não são seus planetas. Eles foram construídos por nós. E eles pertencem a nós, o consórcio comum dos homens. Agora estamos tomando tudo isso de volta. Pouco importa a escuridão que vocês venham a espalhar, pouco importa a noite que venham a invocar, enfrentaremos tudo isso com fúria. Uivaremos e lutaremos até o último suspiro, não apenas nas minas de Marte, mas nos litorais de Vênus, nas dunas dos mares sulfúricos de Io, nos vales glaciais de Plutão. Lutaremos nas torres de Ganimedes e nos guetos de Luna e nos oceanos assolados por tempestades de Europa. E, se cairmos, outros tomarão nosso lugar, porque nós somos a maré. E estamos nos levantando."

Então Sevro bate o punho de encontro ao peito. Uma vez, duas, batendo ritmicamente. O som é ecoado pelos duzentos Filhos de Ares. Seus punhos batendo no peito. Pelos Uivadores.

Nas grades de aço das gaiolas, homens e mulheres batem o punho nas paredes até que o som se assemelha ao de um batimento cardíaco se erguendo através dos intestinos dessa lua vampiresca; o som ecoa em meio às Colmeias de Azuis, onde eles estão sentados tomando café e estudando matemática gravitacional à luz cálida das suas comunas intelectuais; nos acampamentos Cinzas em cada recinto; entre os Pratas nas suas mesas de finanças; entre os Ouros nos seus mundos de mansões e iates.

Através da tinta preta que separa nossas pequenas bolhas de vida antes de dar uma guinada para o interior dos corredores da solitária fortaleza do Chacal em Attica, onde ele está sentado no seu trono invernal, cercado por um mar de pescoços curvados. Lá, nosso som chacoalha nos seus ouvidos. Lá ele escuta o coração da minha mulher batendo. E não pode pará-lo, à medida que ele desce cada vez mais fundo, cada vez mais fundo, na direção das minas de Marte, aparecendo nas telas enquanto Vermelhos batem nas suas mesas e os magistrados Cobres assistem a tudo em crescente temor à medida que os mineiros levantam olhos eivados de ódio através do durovidro que os mantém aprisionados.

O coração de Eo bate sediciosamente através dos movimentados calçadões na orla dos arquipélagos de Vênus à medida que barcos a vela flutuam orgulhosamente no porto e sacolas de compras se encontram em mãos assustadas e Ouros olham para seus motoristas, seus jardineiros, para os homens que geram energia às suas cidades. Ele bate através dos refeitórios de telhados de zinco dos latifúndios de trigo e soja que cobrem as Grandes Planícies da Terra, onde Vermelhos usam máquinas para labutar sob o titânico sol para alimentar bocas de pessoas que jamais conhecerão, em locais que jamais frequentarão. Ele bate inclusive ao longo da espinha do império, ensandecidamente através da cidade-lua de Luna e seus arranha-céus, passando pela Soberana no seu elevado refúgio de vidro para trovejar por serpeantes fios elétricos e varais de roupas em direção à Cidade Perdida, onde uma garota Rosa faz café da manhã depois de uma longa noite de trabalho para o qual não recebeu nem um obrigado sequer. Onde um cozinheiro Marrom se afasta do seu fogão para ouvir a gordura salpicar seu avental, e um Cinza observa da janela do seu esquife de patrulha uma garota Violeta arrebentar a porta da frente de uma agência de correios e seu datapad o convoca à estação para protocolos de arruaça emergenciais.

E bate dentro de mim, essa terrível esperança, já que eu sei que o fim começou, e estou finalmente acordado.

— Rompa as correntes — rosno.

E meu povo retribui o rosnado.

— Ragnar — digo no meu comunicador. — Mãos à obra.

Os Verdes mudam para um provedor diferente à medida que os punhos batem e as gaiolas chacoalham. E nós vemos uma tomada distante do espigão militar da Sociedade em Phobos. Um edifício descomunal com docas e vestíbulos para armas. Eficiente e horrendo como um caranguejo. A partir dele, o Chacal controla a lua com punhos de ferro. Lá, os Cinzas e Obsidianos estarão vestindo armaduras a luzes tênues, correndo em meio a corredores metálicos em linhas rígidas, estocando cintos de munição e beijando fotos dos seus entes queridos para que possam descer aos Vazios e fazer com que esse coração pare de bater. Mas eles jamais conseguirão.

Porque, à medida que os punhos batem ainda com mais intensidade nas gaiolas, as luzes desse espigão militar se apagam. Toda a energia do edifício foi desligada por Rollo e seus homens com os cartões de acesso fornecidos por Quicksilver.

Poderíamos ter bombardeado o edifício, mas eu queria um triunfo de ousadia, de conquista, não de destruição. Precisamos de heróis. Não de mais uma cidade em cinzas.

E, portanto, um pequeno esquadrão de uma dúzia de esquifes de manutenção surge à nossa frente. Voadores achatados e horríveis projetados para transportar Vermelhos e Laranjas como Rollo aos seus trabalhos de construção nas torres. Arraias-lixa ásperas cobertas de cracas. Mas não são cracas que se grudam nelas agora. Uma outra câmera oferece um ângulo mais próximo, e podemos ver que cada esquife está coberto de centenas de homens. Vermelhos e Laranjas nos seus desajeitados trajes de vinil, quase a metade dos Filhos de Ares em Phobos. Botas encostadas ao deque, arreios atrelados às fivelas exteriores da nave. Eles carregam consigo seus equipamentos de solda e estão com as armas de Quicksilver afixadas nas pernas com fita magnética.

Entre eles, sessenta centímetros mais alto do que os outros, está seu general, Ragnar Volarus, numa armadura pintada recentemente numa tonalidade branco-osso, uma curviLâmina vermelha estampada no peito e nas costas.

À medida que se aproximam do espigão militar da Sociedade, os esquifes se dividem ao longo da extensão do edifício. Os Filhos atiram arpões magnéticos para atar os esquifes ao aço. E então eles seguem com experimentada tranquilidade ao longo das linhas, voando a velocidades implausíveis à medida que os pequenos motores nas suas fivelas puxam-nos um a um na direção do edifício. É como observar Vermelhos em ação nas minas. A graciosidade e a destreza mesmo nos trajes desajeitados é deslumbrante.

Mais de mil soldadores desembarcam no vasto edifício como fizemos no espigão de Quicksilver, mas eles não estão dispostos a se ocultar e são melhores na gravidade nula do que éramos. Com as botas magnéticas agarrando vigas de metal, eles deslizam ao longo do edifício, misturando-se pelos portos de observação e entrando com extremo prejuízo. Dezenas são triturados quando Cinzas atiram com armastrilho de dentro do vidro, mas eles revidam os tiros e entram aos borbotões. Uma patrulha rasgAsa margeia ao longo da superfície exterior do edifício e varre a tiros dois dos esquifes com metralhadoras. Homens viram névoa.

Um Filho atira um foguete no rasgAsa. O fogo sobe aos ares e desaparece, e a nave racha ao meio numa gota de chama púrpura.

A câmera segue Ragnar enquanto ele arrebenta uma janela, entra num corredor e corre a toda a velocidade em direção a um trio de cavaleiros Ouro, um que eu reconheço como sendo o primo de Priam, o homem que Sevro matou na Passagem e cuja mãe é proprietária da escritura de Phobos. Ragnar flui através do jovem cavaleiro sem parar. Brandindo ambas as lâminas como se fossem tesouras e ondulando o grito de guerra do seu povo, seguido por um bando de soldadores e trabalhadores pesadamente armados. Eu disse a Ragnar que queria o espigão. Eu não lhe disse como tomá-lo. Quando partiu para a missão, saiu abraçado a Rollo.

Agora os mundos assistem a um escravo se tornar herói.

— Essa lua pertence a vocês — diz Sevro, rugindo para a cidade de gaiolas espiraladas. — Levantem-se e tomem-na! Levantem-se, homens de Marte. Mulheres de Marte, levantem-se! Seus filhos da puta de uma porra! Levantem-se! — Homens e mulheres estão saindo das suas casas. Calçando suas botas e vestindo suas jaquetas. Empurrando uns aos outros na nossa direção de modo que milhares entopem as avenidas aéreas, rastejando por sobre a parte externa das gaiolas.

A maré subiu. E eu sinto um terror profundo ao imaginar exatamente o que ela vai lavar.

— Estupro e assassinato de inocentes é punível com a morte. Isso é guerra, mas vocês estão do lado do bem. Lembrem-se disso, seus cabecinhas de merda! Protejam seus irmãos! Protejam suas irmãs! Todos os residentes das seções 1a-4c devem se dirigir ao arsenal no nível 14. Residentes das seções 5c-3f devem se dirigir ao centro de purificação de água no...

Sevro assume o controle da batalha e os Uivadores e Filhos se dispersam para organizar a turba. Não se trata de um exército, mas de um aríete. Muitos morrerão. E quando morrerem, outros se levantarão no lugar deles. Essa é apenas uma das cidades-pilha de Phobos. Os Filhos as suprirão com armas, mas a quantidade não chegará nem perto do suficiente para dar continuidade ao processo. A espada deles é a pressão da carne. Sevro os liderará e os gastará, Victra nos espigões de Quicksilver os guiará, e a lua cairá para a rebelião.

Mas eu não estarei aqui para ver.

24

HIC SUNT LEONES

Phobos está em alvoroço. Detonações sacodem a lua enquanto Holiday e eu corremos pelos corredores. Ouros e Pratas evacuam as Agulhas nos seus reluzentes iates de luxo à medida que, quilômetros abaixo, as Pilhas ficam infestadas de turbas de baixaCores armados com maçaricos de solda, cortadores de fusão, canos, abrasadores adquiridos no mercado negro e antiquados lançadores de bala. As turbas estão sobrepujando o sistema de trens e as passagens para ganhar acesso ao setor médio e às Agulhas enquanto a guarnição militar da Sociedade, pega girando a esmo em função do ataque aos seus quartéis-generais, corre para deter a migração em direção ao alto. As Legiões possuem treinamento e organização ao seu lado. Nós temos quantidade e surpresa.

Sem mencionar a fúria.

Não importa quantos postos de controle os Cinzas bloqueiem, quantos trens os Cinzas destruam, os baixaCores passarão à força pelas rachaduras porque eles fizeram esse lugar, porque eles têm aliados entre os meiaCores, graças a Quicksilver. Eles abrem túneis de transporte abandonados, sequestram naves cargueiras no setor industrial, enchem-nas de homens e mulheres e as conduzem em direção aos hangares de luxo nas Agulhas, ou mesmo na direção do Porto Espacial Interplanetário Skyresh, onde naves de cruzeiro e de passageiros estão recebendo os evacuados.

Estou remotamente sintonizado à grade de segurança de Quicksilver, assistindo à balbúrdia de altaCores se acotovelando uns aos outros como gado em disparada. Carregando suas bagagens e seus itens de valor e seus filhos. RasgAsas da armada de Marte e bombardeiros supersônicos passam zunindo em meio às torres, atirando nas naves dos Rebeldes que alçam voo dos Vazios em direção às Agulhas. Os fragmentos de uma nave baixaCor destruída batem de encontro ao vidro arqueado e ao teto de aço de um terminal Skyresh, matando civis e despedaçando quaisquer ilusões que eu pudesse ter tido de que essa guerra seria sanitária.

Abaixando-nos para nos afastar de uma turba de baixaCores, Holiday e eu chegamos na parte externa de um hangar abandonado nas velhas garagens de carga, que não são usadas desde antes da época de Augustus. Está quieto aqui. Abandonado. A velha entrada de pedestres está fechada e soldada. Sinais de radiação alertam potenciais coletores de lixo a se manterem afastados. Mas as portas se abrem para nós com um profundo grunhido quando um moderno scanner de retina construído no metal registra minha íris, como Quicksilver disse que aconteceria.

O hangar é um vasto retângulo recoberto de poeira e teias de aranha. No centro do deque do hangar se encontra um luxuoso iate prateado com setenta metros de comprimento no formato de um papagaio voando. Trata-se de um modelo feito sob encomenda aos Estaleiros Venusianos, ostentatório, veloz e perfeito para um refugiado de guerra obscenamente rico. Quicksilver tirou-o da sua frota para nos ajudar a nos misturar com os membros da alta classe que estão migrando. Sua prancha traseira para carga está baixada e, dentro, o pássaro está completamente preenchido por engradados pretos estampados com o calcanhar alado — símbolo das Indústrias Sun —, dentro dos quais se encontram armamentos e equipamentos hi-tech no valor de vários bilhões de créditos.

Holiday assobia:

— Bolso cheio tem seu valor. Só o combustível disso aí custaria um ano do meu salário. Duas vezes isso, melhor dizendo.

Atravessamos o hangar para nos encontrar com a piloto de Quicksilver. A jovem Azul de cabelos curtos nos espera na base da rampa. Ela não tem sobrancelhas e sua cabeça é calva. Sinuosas linhas azuis pulsam abaixo da pele onde links sinápticos subcutâneos a conectam remotamente à nave. Ela fica atenta num estalo, com os olhos arregalados. Visivelmente, ela não fazia a menor ideia de quem estava transportando até agora.

— Senhor, sou a tenente Virga. Serei sua piloto hoje. E devo dizer que é uma honra tê-lo a bordo.

Há três níveis no iate: o mais elevado e o mais baixo para uso de Ouros; o intermediário para cozinheiros, serviçais e tripulação. Há quatro camarotes, uma sauna e assentos de couro em tom creme com refinados bombons de chocolate e guardanapos repousando elegantemente nos seus braços na cabine dos passageiros na extremidade do cockpit. Enfio um deles no bolso. E em seguida mais alguns.

Enquanto Holiday e Virga preparam a embarcação, eu me dispo da minha pulsArmadura na cabine de passageiros e tiro das caixas equipamentos de inverno. Visto um tecido de nanofibra justo no corpo que é bem parecido com uma pelEscaravelho. Mas em vez de preto, ela tem uma cor branca mosqueada e parece oleosa, exceto pelas empunhaduras texturizadas nos cotovelos, luvas, nádegas e joelhos. O traje é projetado para temperaturas polares e para imersão em água. Também é muito menos pesado do que uma pulsArmadura, é imune a falhas de componentes digitais e possui o benefício adicional de não necessitar de baterias. Por mais que eu goste de usar uma tecnologia no valor de quatrocentos milhões de créditos para me transformar num tanque humano voador, às vezes calças confortáveis são mais valiosas. E nós sempre temos a pulsArmadura se precisarmos usá-la em alguma urgência.

Chama-me a atenção o silêncio na baia de carga e no hangar enquanto termino de amarrar o cadarço das botas. Há ainda quinze minutos restantes no cronômetro do meu datapad, de modo que me sento na borda da rampa, com as pernas penduradas, para esperar Ragnar. Tiro os bombons do bolso e lentamente removo o papel laminado que os cobre. Dando uma mordida, deixo o chocolate se assentar na minha língua, esperando que ele derreta, como sempre faço. E, como sempre, eu perco a paciência e o mastigo antes que a metade inferior tenha ao menos começado a derreter. Eo fazia os bombons durarem dias e dias, quando tínhamos a sorte de ter um.

Deposito o datapad no chão e observo as câmeras nos capacetes dos meus amigos enquanto eles executam minha guerra por Phobos. O alarido deles ressoa dos alto-falantes do datapad, ecoando na vasta câmara metálica. Sevro está em seu elemento natural, disparando pela unidade de ventilação central com centenas de Filhos se lançando nos dutos de ar. Eu me sinto culpado por estar aqui sentado assistindo-os, mas cada um de nós tem sua parte no jogo.

A porta pela qual entramos se abre com um grunhido e Ragnar e dois dos Uivadores Obsidianos entram no recinto. Recém-chegada do campo de batalha, a armadura branca de Ragnar está com reentrâncias e manchada.

— Você foi gentil com aqueles idiotas, meu bom homem? — falo da rampa no meu mais denso altoIdioma. Em resposta, ele joga para mim uma curul: um cetro dourado retorcido representando o poder dado a oficiais de alta patente militar. Essa tem na ponta um entalhe de uma *banshee* aos berros em tom carmesim.

— A torre caiu — diz Ragnar. — Rollo e os Filhos terminam meu trabalho. Essas são as manchas da subGovernadora Priscilla au Caan.

— Bem-feito, meu amigo — digo, tomando o cetro nas mãos. Sobre ele estão entalhados os feitos da família Caan, que era proprietária de duas luas de Marte e, no passado, seguiu os Bellona na guerra. Entre grandes guerreiros e estadistas, existe um jovem que eu reconheço, de pé, ao lado de um cavalo.

— Algum problema? — pergunta Ragnar.

— Nada — digo. — Eu conhecia o filho dela, só isso. Ele me parecia um sujeito decente o bastante.

— Ser decente não é o bastante — diz Ragnar, melancolicamente. — Não pro mundo deles.

Com um grunhido, curvo a curul de encontro ao meu joelho e a jogo de volta a ele para mostrar minha concordância.

— Dê pra sua irmã. Está na hora de irmos.

Olhando de volta para o hangar por cima de mim na direção do carregamento, com o cenho franzido, ele verifica seu datapad e os arquivos. Eu tento tirar o sangue que a curul deixou no tecido branco que cobre minha perna. Ele apenas se espalha sobre o tecido oleoso, proporcionando-me uma listra vermelha na coxa. Fecho a rampa atrás de mim. No interior, ajudo Ragnar a despir sua pulsArmadura e o deixo deslizar para dentro de um equipamento de inverno enquanto me junto a Holiday e Virga na inicialização do lançamento que antecede o voo.

— Lembre-se, nós somos refugiados. Mire os comboios maiores que estão saindo daqui e cole neles. — Virga balança a cabeça em concordância. É um hangar antigo. Portanto, não possui pulsoCampo. Tudo que nos separa do espaço são portas de aço com altura de um prédio de quatro andares. Elas rugem à medida que os motores começam a se retrair e levá-las de volta para o interior do teto e do piso.

— Pare! — digo. Virga vê o que chamou minha atenção um segundo depois de mim e sua mão dispara na direção dos controles, parando as portas antes que elas se separem e abrindo o hangar ao vácuo.

— Não posso acreditar nisso — diz Holiday, dando uma espiada fora do cockpit na direção de uma pequena figura bloqueando o caminho da nossa nave ao espaço. — É a leoa.

Mustang está em frente à nave iluminada pelos nossos faróis dianteiros. Seus cabelos estão branquíssimos, devido à intensa luminosidade. Ela pisca quando Holiday apaga os faróis do cockpit e eu me dirijo a ela através do hangar imerso na penumbra. Seus olhos dançantes me dissecam à medida que me aproximo. Eles disparam das minhas mãos despojadas de Sinetes à cicatriz que mantive no rosto. O que ela vê?

Será que ela vê minha resolução? Meu medo?

Nela eu vejo tantas coisas. A garota por quem me apaixonei na neve não existe mais: foi substituída nos últimos quinze meses por uma mulher. Uma líder magra e intensa dotada de uma força vasta e perene e um intelecto alarmante. Olhos cinéticos, contornados por linhas de exaustão e presos num rosto tornado pálido pelos longos dias vividos em terras distantes do sol e em corredores metálicos. Tudo o que ela é reside por trás dos seus olhos. Ela tem a mente do pai. O rosto da mãe. E um tipo de inteligência distante, agourenta, que pode te dar asas ou te esmagar na terra.

E bem na cintura dela se encontra um fantasManto com uma unidade refrigeradora.

Ela tem nos observado desde que chegamos.

Como ela entrou no hangar?

— Olá, Ceifeiro — diz ela, brincalhona, quando eu paro.

— Olá, Mustang. — Vasculho o resto do hangar.

— Como foi que você me encontrou?

Ela franze o cenho, confusa.

— Pensei que você quisesse que eu viesse. Ragnar disse pra Kavax onde eu podia te encontrar... — Ela fica subitamente sem palavras. — Oh. Você não sabia.

— Não. — Eu olho para trás na direção das janelas do cockpit, onde Ragnar deve estar me observando. O homem ultrapassou os limites. Mesmo enquanto eu preparava uma guerra, ele saiu nas minhas costas e pôs em perigo minha missão. Agora sei exatamente como Sevro se sentiu.

— Onde você esteve? — pergunta ela.

— Com seu irmão.

— Então a artimanha da execução teve como objetivo fazer com que nós parássemos de te procurar.

Há tantas outras coisas a dizer, tantas perguntas e acusações que poderiam voar entre nós dois. Mas eu não queria vê-la porque não sei por onde começar. O que dizer. O que pedir.

— Não tenho tempo pra conversa fiada, Mustang. Sei que você veio pra Phobos pra se render à Soberana. Agora, por que você está aqui falando comigo?

— Não venha com lições de moral pra cima de mim — diz ela rispidamente. — Eu não estava me rendendo. Estava fazendo um acordo de paz. Você não é o único com pessoas a proteger. Meu pai governou

Marte por décadas. Seu povo faz parte de mim tanto quanto faz parte de você.

— Você deixou Marte à mercê do seu irmão — digo.

— Eu deixei Marte pra salvar o planeta — corrige ela. — Você sabe que tudo é um comprometimento. E você sabe que não é por ter saído de Marte que você está com raiva de mim.

— Preciso que você fique fora disso, Mustang. Isso aqui não tem a ver com nós dois. E eu não tenho tempo pra briguinhas. Então, ou você sai daqui ou nós vamos abrir a porta e voar por cima de você.

— Voar por cima de mim? — dia ela, rindo. — Você sabe que eu não precisava vir sozinha. Eu podia ter vindo com meus guarda-costas. Eu podia ter ficado à espreita, preparado uma emboscada pra você. Ou te delatado à Soberana pra salvaguardar o acordo de paz que você arruinou. Mas eu não fiz nada disso. Dá pra você parar um momentinho e pensar por quê? — Ela dá um passo à frente. — Você disse pra mim naquele túnel que queria um mundo melhor. Você não consegue enxergar que eu ouvi suas palavras? Que me juntei aos Lordes Lunares porque acredito em algo melhor?

— E ainda assim você se rendeu.

— Porque eu não podia aceitar que o reino de terror do meu irmão continuasse existindo. Eu quero paz.

— Este não é o momento pra paz — digo.

— Maldição, você é impenetrável. Você sabe disso. Por que você acha que estou aqui? Por que você acha que trabalhei com Orion e mantive seus soldados nas suas estações?

Eu a examino.

— Honestamente não sei.

— Estou aqui porque quero acreditar em você, Darrow. Quero acreditar no que você disse naquele túnel. Fugi porque não queria aceitar que a única resposta era a espada. Mas o mundo em que vivemos conspirou pra tirar de mim tudo o que eu amo. Minha mãe, meu pai, meus irmãos. Não vou deixar que ele tire de mim os amigos que deixei pra trás. Não vou deixar que ele leve você.

— O que você está dizendo? — pergunto.

— Estou dizendo que não vou deixar você sair de perto de mim. Eu vou com você.

É minha vez de rir.

— Você nem sabe pra onde eu estou indo.

— Você está vestindo peleFoca. Ragnar está a bordo. Você declarou aberta a rebelião. Agora você está saindo no meio da maior batalha que o Levante jamais testemunhou. Na boa, Darrow. Não é preciso tanta genialidade pra deduzir que agora você está usando essa nave pra fingir ser um refugiado Ouro pra fugir daqui e ir até aos Espigões das Valquírias com o objetivo de suplicar à mãe de Ragnar que forneça um exército.

Droga. Eu tento não deixar visível minha surpresa.

É por isso que eu não queria envolver Mustang. Convidá-la a entrar nesse jogo significa acrescentar uma outra dimensão que eu não consigo controlar. Ela poderia destruir minha tramoia com uma única ligação ao irmão, à Soberana, contando-lhes para onde estou me dirigindo. Tudo depende da falta de direção. Dos meus inimigos imaginarem que estou em Phobos. Ela sabe o que estou pensando. Não posso deixá-la sair deste hangar.

— Os Telemanus também sabem — diz ela, conhecendo minha mente. — Mas estou cansada de ter planos de seguro contra você. Cansada de joguinhos. Nós fomos obrigados a nos afastar por causa de uma quebra de confiança. Você não está cansado disso? Dos segredos entre nós? Da culpa?

— Você sabe que estou. Eu pus a nu meus segredos nos túneis de Lykos.

— Então deixe que esta seja nossa segunda chance. Pra você. Pra mim. Pros nossos povos. Eu quero o que você quer. E quando você e eu estivemos alinhados, quando foi que perdemos? Juntos nós podemos construir algo, Darrow.

— Você está sugerindo uma aliança... — digo num sussurro.

— Exato. — Os olhos dela estão em chamas. — Os poderes da Casa Augustus, da Casa Telemanus e da Casa Arcos unidos ao Levante. Ao Ceifeiro. A Orion e a todas as naves dela. A Sociedade tremeria nas bases.

— Milhões vão morrer nessa guerra — digo. — Você sabe disso. Os Inigualáveis Maculados vão lutar até o último Ouro. Você vai conseguir ter estômago pra isso? Vai conseguir assistir a tudo isso acontecendo?

— Pra construir, precisamos destruir — diz ela. — Eu estava escutando.

Mesmo assim, eu balanço a cabeça, em dúvida. Há fardos demais entre nós, entre nossos povos. Seria uma vitória qualificada, nos termos dela.

— Como eu poderia pedir que meus homens confiassem num exército Ouro? Como eu poderia confiar em você?

— Você não pode. É por isso que estou indo com você. Pra provar que acredito no sonho da sua mulher. Mas você precisa provar uma coisa pra mim. Que você é digno da *minha* confiança, por sua vez. Eu sei que você consegue destruir. Preciso ver que você consegue construir. Preciso ver o que você vai construir. Ver se o sangue que derramarmos vai ter alguma serventia. Prove isso e você terá minha espada. Fracasse, e você e eu seguiremos por caminhos diferentes. — Ela empina a cabeça para mim. — E aí, o que você me diz, Mergulhador-do-Inferno? Vai querer fazer uma nova tentativa?

25

ÊXODO

Eu ajudo a desafivelar a pulsArmadura de Mustang no compartimento de carga.

— O equipamento de inverno está aqui — digo, fazendo um gesto na direção de uma grande caixa de plástico. — As botas estão aqui.

— Quicksilver te deu as chaves do arsenal dele? — pergunta ela, olhando para o calcanhar alado em cima das caixas. — Quantos dedos isso custou a ele?

— Nenhum — digo. — Ele é um Filho de Ares.

— O quê?

Dou uma risadinha. É reconfortante saber que o mundo não é um livro aberto para ela. Os motores roncam e a nave ascende sob nossos pés.

— Vista-se e junte-se a nós na cabine. — Eu a deixo para que ela mude de roupa em privacidade. Fui mais ríspido do que era minha intenção original. Mas sorrir na presença dela me deu uma sensação estranha. Encontro Ragnar recostado na sua cadeira na cabine de passageiros comendo chocolate, as botas brancas sobre o braço do assento adjacente.

— Não quero ofender, mas que loucura é essa que você está fazendo? — Holiday me pergunta. Ela se levanta, braços cruzados, entre o cockpit e a cabine de passageiros. — Senhor?

— Assumindo um risco — digo. — Sei que isso talvez pareça estranho pra você, Holiday. Mas vou voltar com ela.

— Ela é a definição de elite. Pior do que Victra. O pai dela...

— Matou minha mulher — digo. — Então, se eu consigo ter estômago pra isso, você também consegue. — Holiday emite um som de assobio e retorna à cabine, infeliz com nossa nova aliada.

— Então Mustang se juntou à nossa jornada — diz Ragnar.

— Ela está se vestindo — respondo. — Você não tinha o direito de libertar Kavax. Muito menos de contar pra ele onde nós estaríamos. E se eles nos entregassem, Ragnar? E se eles preparassem uma emboscada pra nós? Você jamais voltaria a ver sua casa. Se eles descobrirem onde estamos, nunca vão deixar seu povo sair da superfície. Vão matar todos eles. Você pensou nisso?

Ele come outro bombom.

— Um homem pensa que pode voar, mas tem medo de pular. Um amigo comum o empurra por trás. — Ele levanta os olhos para mim. — Um bom amigo pula com ele.

— Você tem lido o *Lado-de-pedra*, não tem?

Ragnar faz que sim com a cabeça.

— Theodora me deu. Lorn au Arcos era um grande homem.

— Ele ficaria contente em saber que você acha isso, mas não interprete tudo de modo tão literal. O biógrafo tomou algumas liberdades. Principalmente na fase inicial da vida dele.

— Lorn teria dito a você que precisamos dela. Agora, na guerra. E depois, na paz. Se não a trouxermos pra nossa causa, só venceremos quando todos os Ouros estiverem mortos. Não é por isso que eu luto.

Ragnar se levanta para cumprimentar Mustang quando ela chega para se juntar a nós. A última vez que eles ficaram frente a frente, ela tinha uma arma apontada para a cabeça dele.

— Ragnar, você tem estado ocupado desde que te vi pela última vez. Não há um Ouro vivo que não o conheça e não tema seu nome. Obrigada por soltar Kavax.

— A família me é cara — diz Ragnar. — Mas vou te alertar. Nós vamos pra minha terra. Você está sob minha proteção. Se vier com seus truques, se vier com seus joguinhos, essa proteção perderá a validade.

E até você não sobreviverá muito tempo no gelo sem mim, filha do Leão. Está entendendo?

Mustang faz uma mesura respeitosa.

— Estou. E vou retribuir sua fé em mim, Ragnar. Eu te prometo isso.

— Chega de blá-blá-blá. É hora de apertar os cintos — rebate Holiday da cabine. Virga está sincronizada com a nave e saindo do hangar. Nós achamos nossos assentos. Existem vinte dentre os quais podemos fazer nossa escolha, mas Mustang senta-se ao meu lado no corredor esquerdo. Sua mão roça meu quadril acidentalmente quando ela vai pegar seu arreio de segurança.

Nossa nave parte do hangar, silenciosamente flutuando à frente na direção do vácuo do penumbroso mundo industrial subcutâneo de Phobos. Há chaminés e docas de descarga e baias de lixo até onde nossa vista alcança. Fechadas para as estrelas e a luz do sol. Poucas naves tão adoráveis quanto a nossa já voaram tão abaixo da superfície de Phobos. A palavra *SetorBaixo* está escrita em tinta branca sobre um emaranhado de meios de transporte industrial onde homens entram aos borbotões em naves, e as naves rolam para fora deste mundo penumbroso na direção dos portões do setor que os Filhos invadiram.

Nosso elegante iate passa pelos lentos rebocadores e cargueiros de lixo. Dentro deles, homens e mulheres se aglomeram silenciosamente em cubos de aço imundos e desprovidos de janela. O suor encharca as costas deles. Suas mãos tremem ao segurar instrumentos que lhes são pouco familiares: armas. Eles rezam para que possam ser tão corajosos quanto sempre imaginaram ser. Então eles aterrissarão em algum hangar Ouro. Os Filhos gritarão ordens. E as portas se abrirão.

Rezo silenciosamente por eles, apertando com força minhas mãos uma na outra enquanto olho pela janela. Sinto Mustang me observando, mensurando as marés bem no fundo de mim.

Logo deixamos para trás as Pilhas industriais, trocando os penumbrosos nichos pelos anúncios em neon que banham os bulevares espaciais do setorMédio. Cânions de aço feitos pelo homem de ambos os lados. Trens. Elevadores. Apartamentos. Cada tela conectada à rede foi escravizada pelos hackers de Quicksilver, exibindo imagens de Sevro e dos Filhos ultrapassando portões de segurança e postos de verificação, pintando foices nos muros.

E ao nosso redor, a cidade de trinta milhões se agita. Transportes comerciais do espaço profundo passam correndo por pequenos táxis civis que circulam entre os edifícios aqui. Por toda a cidade, cargueiros pairam dos Vazios, passando pelo setorMédio, em direção às Agulhas. Um rasgAsa voa a toda a velocidade pelas ruas acima de nós. Prendo a respiração. Eles poderiam nos despedaçar com um apertar de gatilho. Mas não fazem isso. Eles registram a identidade da nossa nave altaCor e nos saúdam pelo comunicador, e se oferecem para nos escoltar para fora da zona de guerra em direção a uma corrente de iates e esquifes que refulgem silenciosamente ao se afastar da lua.

— *Discurso contagiante* — ronrona Victra no comunicador da nave enquanto eu respondo a uma chamada da torre de Quicksilver, sua voz entediada em discordância com o mundo em guerra ao nosso redor. — *Palhaço e Cara Ferrada acabaram de tomar os principais terminais do Skyresh. Os homens de Rollo se apoderaram das cisternas de água que abastecem o setorMédio. Os canais de Quicksilver estão transmitindo tudo isso até Luna. As foices estão pipocando em todas as partes. Há tumulto em Agea, Corinth, em todas as partes de Marte. E estamos ouvindo a mesma coisa da Terra e de Luna. Prédios municipais estão desabando. Delegacias de polícia estão em chamas. Você despertou a ralé.*

— Logo, logo eles vão revidar.

— *Como você disse, querido. Massacramos as primeiras unidades que o Chacal mandou pra reagir. Pegamos alguns membros da Tropa dos Ossos, exatamente como queríamos. Mas nada de Lilath ou Cardo.*

— Droga. Vale um tiro.

— *A armada marciana está a caminho, vinda de Deimos. As Legiões estão vindo, e estamos fazendo nossos preparativos finais.*

— Bom. Bom. Victra, eu preciso que você avise o Sevro que acrescentamos um membro à nossa expedição. Mustang se juntou a nós.

Silêncio da parte dela.

— *Essa linha que estou usando é particular?*

Holiday joga para mim do cockpit um fone de ouvido.

— Agora, sim. Linha particular. Você não concorda.

A amargura no tom de voz dela é aguda:

— *Aqui estão meus pensamentos a respeito. Você não pode confiar em Mustang. Olhe só pro irmão dela. Pro pai dela. A ganância está no sangue daquela garota. É claro que ela iria se aliar a nós. Isso se encaixa perfeitamente nas metas dela.* — Observo Mustang enquanto Victra fala. — *Mustang precisa de nós porque está perdendo a guerra dela. Mas o que acontece quando lhe dermos o que ela precisa? O que acontecerá quando estivermos no caminho dela? Será que você vai ser capaz de detoná-la? Será que vai ser capaz de puxar o gatilho?*

— Sim.

As palavras de Victra perduram enquanto passamos pelos gigantescos espigões de vidro de Phobos; nosso cockpit raspa uma dúzia de metros acima das janelas do edifício. Dentro, palavrinhas de insanidade trazem incômodo. O Levante alcançou as Agulhas nesse distrito da cidade. BaixaCores avançam inexoravelmente corredores afora. Cinzas e Pratas montam barricadas nas portas. Rosas em pé num quarto ao lado de um ensanguentado Ouro e sua esposa, facas na mão. Três crianças Prata assistindo a Ares num holo do tamanho de uma parede enquanto seus pais falam na biblioteca. E, finalmente, uma mulher Ouro trajando um vestido de noite azul-celeste, pérolas no pescoço, cabelos dourados soltos até a cintura. Ela está postada perto de uma janela enquanto Filhos de Ares se espalham pelo edifício, alguns níveis abaixo da sua cobertura. Engolfada no seu próprio drama, ela ergue um abrasador na direção da cabeça dourada. Seu corpo está rígido numa imaginada majestade. Seus dedos apertam o gatilho.

E nós passamos. Deixando a vida dela e o caos para trás a fim de nos juntarmos ao fluxo de iates e naves de lazer que fogem da batalha em busca da segurança do planeta. A maior parte dos refugiados considera Marte seu lar. Suas naves, ao contrário das nossas, não são equipadas para o espaço profundo. Agora eles se espalham pela atmosfera do planeta como sementes flamejantes, a maior parte mergulhando diretamente no porto espacial de Corinth abaixo de nós, no meio do Mar Termal. Outros dão voos rasantes pela atmosfera, desconsiderando linhas de trânsito designadas previamente, disparando pelo bloqueio erigido às pressas pelo Chacal e pelo nível de satélite na direção das suas casas no hemisfério oposto. RasgAsas e vespas das fragatas militares piscam atrás deles, tentando trazê-los de volta às avenidas designadas. Mas direitos e caos não são uma mistura sólida. Esses Ouros em fuga agem como maníacos.

— O *Dido* — diz Mustang baixinho para si mesma, olhando uma nave de vidro do formato de um barco a vela a estibordo de nós. — A embarcação de Drusilla au Ran. Ela me ensinou a pintar aquarelas quando eu era pequena. — Mas minha atenção se concentra mais ao longe, onde horríveis embarcações pretas sem os cascos iluminados das linhas elegantes das naves de lazer disparam na direção de Phobos. É mais da metade da frota de defesa marciana. Fragatas, navesChamas, destróieres. Inclusive couraçados. Imagino se o Chacal não está numa daquelas pontes. Provavelmente não. Provavelmente é Lilath quem lidera o destacamento, ou algum outro pretor recentemente designado no mandato dele. Suas naves estarão abarrotadas de soldados vitalícios. Homens e mulheres tão duros quanto nós. Muitos derrotados na minha Chuva de Ferro. E eles vão partir para cima da turba que convoquei no interior de Phobos como se ela fosse feita de papel. Eles estarão furiosos e confiantes: quanto mais, melhor.

— Isso é uma armadilha, não é? — pergunta Mustang num sussurro. — Nunca foi sua intenção manter Phobos.

— Você sabe como as tribos de esquimó da Terra matavam lobos? — pergunto. Ela não sabe. — Mais lentos e mais fracos do que os lobos, eles talhavam facas até que elas virassem lâminas bem afiadas, cobriam-nas de sangue e as enfiavam no gelo pelo cabo. Aí os lobos vinham e lambiam o sangue. E, à medida que o lobo lambe cada vez com mais velocidade, ele está tão voraz que só percebe que o sangue que está bebendo é o dele próprio quando já é tarde demais. — Faço um sinal com a cabeça indicando as embarcações militares que estão passando por nós. — Eles odeiam o fato de eu ter sido um deles. Quantos soldados de primeira linha você acha que aquelas naves lançarão em Phobos pra me pegar, a grandiosa abominação pra própria glória deles? O orgulho novamente representará a queda da sua Cor.

— Você está tentando pegá-los na estação — diz ela, compreendendo. — Porque você não precisa de Phobos.

— Como você mesma disse, vou pros Espigões das Valquírias em busca de um exército. Pode até ser que você e Orion ainda tenham o que sobrou da minha frota. Mas vamos precisar de mais naves do que isso. Sevro está esperando no sistema de ventilação dos hangares. Quando as forças de ataque aterrissarem pra tomarem de volta o espigão militar e as Agulhas, vão deixar suas espaçonaves pra trás nos hangares. Sevro descerá do seu esconderijo, sequestrará as espaçonaves e as devolverá pras suas naves originais recheadas com todos os Filhos que deixamos lá.

— E você sinceramente acredita que pode controlar os Obsidianos? — pergunta ela.

— Eu não. Ele. — Mexo a cabeça na direção de Ragnar. — Eles vivem com medo dos "deuses" deles na estação Asgard do Comitê de Controle de Qualidade. Ouros trajando armaduras representando Odin e Freya. Da mesma maneira que eu vivia com medo dos Cinzas no Vaso. Como éramos intimidados pelos Inspetores. Ragnar vai mostrar a eles como os deuses deles são realmente mortais.

— Como?

— Nós vamos matá-los — diz Ragnar. — Enviei amigos na frente, meses atrás, pra espalhar a verdade. Vamos retornar pra minha mãe e minhas irmãs como heróis, e vou contar a eles na minha própria língua que os deuses deles são falsos. Vou mostrar pra eles como voar. Vou lhes dar armas e esta nave vai transportá-los pra Asgard e nós vamos conquistá-la como Darrow conquistou o Olimpo. Depois libertaremos as outras tribos e os levaremos para longe dessa terra nas naves de Quicksilver.

— É por isso que você tem aquele maldito arsenal lá atrás — diz Mustang.

— O que você acha? — pergunto a ela. — Possível?

— Insano — diz ela, embevecida com a audácia da ideia. — Mas poderia ser possível. Somente *se* Ragnar puder de fato controlá-los.

— Eu não vou controlar. Vou liderar. — Ele diz isso com uma quieta certeza.

Mustang admira o homem por um instante.

— Acredito que você o fará.

Observo Ragnar olhar pela janela. O que se passará por trás daqueles olhos escuros? Essa é a primeira vez que sinto que ele está deixando de me dizer algo. Ele já me enganou ao libertar Kavax. O que mais estará planejando?

Escutamos num tenso silêncio as ondas de rádio rangendo com os capitães dos iates requisitando liberação para atracar nas docas das fragatas militares ao invés de continuar descendo ao planeta. Contatos são usados. Propinas são oferecidas. Pauzinhos são mexidos. Homens choramingam e imploram. Esses civis estão descobrindo que o lugar deles no mundo é menor do que o que eles imaginavam. Eles não têm importância. Na guerra, homens perdem o que os torna grandes. Sua criatividade. Sua sabedoria. Sua alegria. Tudo o que resta é sua utilidade. A guerra não é monstruosa por produzir cadáveres de homens tanto quanto por fazer deles máquinas. E desgraçados são aqueles cuja única utilidade na guerra é alimentar as máquinas.

Os Inigualáveis Maculados conhecem essa fria verdade. E treinaram por séculos para essa nova era de guerra. Matando na Passagem. Lutando em meio às privações do Instituto para que pudessem ser valorosos quando a guerra chegasse. É hora de os Pixies com vastos fundos e gastos caros apreciarem as realidades da vida: você só tem importância se puder matar.

A conta, como Lorn sempre dizia, chega no fim. Agora os Pixies pagam.

A voz de uma Pretora Ouro invade os alto-falantes da nossa nave, ordenando que as naves com refugiados sejam redirecionadas a pistas de trânsito autorizadas e que se mantenham afastadas das naves de guerra da armada. Do contrário, serão bombardeadas. A Pretora não pode permitir a presença de embarcações desautorizadas num raio de cinquenta quilômetros da sua nave. Elas poderiam estar carregando bombas. Poderiam estar transportando Filhos de Ares. Dois iates ignoram os avisos e explodem pelos ares quando um dos cruzadores lança nos seus cascos foguetes provenientes de armastrilho a seis quilômetros de distância. A Pretora repete sua ordem. Dessa vez é obedecida. Olho para Mustang e imagino o que ela pensa sobre isso. Sobre mim. Gostaria que pudéssemos estar em algum lugar tranquilo onde mil coisas não nos arrastassem. Onde eu faço perguntas sobre ela e não sobre a guerra.

— Parece o fim do mundo — diz ela.

— Não. — Sacudo a cabeça. — É o começo de um novo.

O planeta abaixo aparece azul e salpicado de pintas brancas enquanto fingimos seguir as coordenadas designadas ao longo do hemisfério ocidental no equador. Pequeninas ilhas verdes cercadas por praias em tom castanho piscam para nós das águas azuladas do Mar Termal. Abaixo, naves repuxam e queimam ao atingirem a atmosfera antes de nós. Como as bombinhas fosforosas com as quais Eo e eu brincávamos na infância, debatendo-se espasmodicamente e refulgindo em tom laranja, depois azul, à medida que a fricção do calor se acentua ao longo dos seus escudos. Nossa Azul dá uma guinada no nosso iate para nos afastar de lá, seguindo uma série de outras naves que partem do fluxo geral de tráfego na direção das suas casas.

Logo, Phobos está meio planeta distante de nós. Os continentes passam abaixo. Uma a uma as outras naves descem e ficamos sozinhos na nossa jornada cujo destino é o polo incivilizado, voando por várias dezenas de satélites da Sociedade que monitoram o continente do extremo sul. Também eles sofreram ataques de hackers e foram convencidos a reciclar informações obtidas três anos antes. Nós estamos invisíveis, por enquanto. Não somente para nossos inimigos, mas também para nossos amigos. Mustang desencosta o corpo da cadeira, espiando o interior do cockpit.

— O que é aquilo? — Ela faz um gesto na direção do display de sensores. Um único pontinho segue atrás de nós.

— Uma outra nave de refugiados de Phobos — responde a piloto. — Embarcação de civis. Nenhum armamento. — Mas está se aproximando com rapidez. Uns oitenta quilômetros atrás de nós.

— Se for uma embarcação civil, por que ela acabou de aparecer nos nossos sensores? — pergunta Mustang.

— Ela podia estar com um escudo antissensor. Amortecedores — diz Holiday cautelosamente.

A nave se aproxima ainda mais e fica a quarenta quilômetros de nós. Alguma coisa está errada aqui.

— Embarcações civis não contam com esse tipo de aceleração — diz Mustang.

— Mergulhe — digo. — Ponha a gente no meio da atmosfera agora. Holiday, no canhão.

A Azul desliza para os protocolos de defesa, aumentando nossa velocidade, fortalecendo nossos escudos traseiros. Atingimos a atmosfera. Meus dentes chacoalham uns contra os outros. A voz eletrônica da nave sugere que os passageiros encontrem seus assentos. Holiday tropeça, passando por nós correndo na direção do canhão de cauda. Então uma sirene de alarme soa quando a nave atrás de nós ganha forma no display do radar, os contornos bem definidos de armas escondidas brotando do seu casco anteriormente liso. Ela nos segue atmosfera adentro, então atira.

Nossa piloto torce as mãos magras nos controles de gel. Meu estômago se contrai. Cápsulas de urânio hipersônico esvaziadas ferem a tela de nuvens e o terreno gélido, superaquecendo ao passarem zunindo. A nave dá um solavanco ao atingirmos a atmosfera. Nossa piloto continua a dançar, dobrando os dedos no gel elétrico, o rosto plácido e perdido na sua dança com a embarcação que nos persegue. Seus olhos estão distantes do corpo. Há uma única gotinha de suor na sua têmpora direita, que escorre pelo queixo. Então um borrão cinza irrompe no cockpit e ela explode numa chuva de carne, espirrando sangue nos portos de observação e no meu rosto. A cápsula de urânio arranca a metade superior do corpo dela e em seguida arrebenta o chão. Uma segunda cápsula do tamanho da cabeça de uma criança berra ao longo da nave entre mim e Mustang, fazendo um rombo no chão e no teto. O vento chia. Máscaras de emergência caem nos nossos colos. Sirenes de alarme gorjeiam à medida que a pressão escapa da nossa nave, chicoteando nossos cabelos. Vejo o negrume do oceano através do buraco no chão. Estrelas através do buraco no teto à medida que nosso oxigênio se esvai. A nave que nos persegue continua a atirar no nosso iate moribundo. Eu me encolho, aterrorizado, com as mãos na cabeça, dentes cerrados, tudo que há de humano em mim gritando.

Uma gargalhada maligna e inumana ribomba com tanta intensidade que eu penso que está vindo do vento fustigante. Mas ela vem de Ragnar, que está com a cabeça inclinada para trás enquanto ri para seus deuses.

— Odin sabe que estamos chegando pra matá-lo. Nem deuses falsos morrem facilmente! — Ele se lança do seu assento e corre pelo corredor, rindo insanamente, não escutando quando eu grito para que ele se sente. Cápsulas sussurram ao passar voando por ele. — Eu estou indo, Odin! Estou indo até você!

Mustang veste sua máscara de emergência e aperta o botão da sua teia de segurança para se soltar do assento antes que eu possa reunir meus pensamentos. A nave sacode, jogando-a de encontro ao teto e ao chão com força suficiente para rachar o crânio de qualquer pessoa que não uma Áurica. O sangue escorre na sua testa de um talho na altura dos cabelos e ela se segura no chão como pode, esperando até que a nave role de novo para se posicionar num ângulo melhor de modo que possa usar a gravidade para cair na cadeira da copiloto. Ela aterrissa desajeitadamente em cima do braço da cadeira mas consegue se arrastar ao assento e se afivelar. Mais luzes de alerta pulsam no console encharcado de sangue. Eu olho para trás no corredor para ver se Ragnar e Holiday estão vivos e a única coisa que consigo enxergar é um trio de cápsulas devastar o recinto atrás de nós. Meus dentes chacoalham no meu crânio. O estômago vibrando com as taças de champanhe no armário à minha esquerda. Eu não consigo fazer nada além de me segurar enquanto Mustang tenta controlar nossa queda através da órbita. As teias de gel do assento apertam minhas costelas. Sinto as forças gravitacionais me esmagando. O tempo parece ficar mais lento à medida que o mundo abaixo se dilata. Estamos no meio das nuvens. No sensor, vejo algo pequeno disparar para longe da nossa nave e colidir com a embarcação que nos rastreia. Um clarão surge atrás de nós. Neve e montanhas e banquisas de gelo se dilatam até serem tudo o que eu consigo enxergar através da janela quebrada do cockpit. O vento uiva, devastadoramente frio de encontro ao meu rosto.

— Preparar pro impacto — grita Mustang. — Em cinco…

Mergulhamos em direção a um feixe de gelo flutuando no meio do mar. No horizonte, uma sangrenta faixa vermelha amarra o céu crepuscular ao rugoso litoral de rocha vulcânica. Um homem gigantesco se encontra de pé sobre a rocha. Preto e imenso em contraste com a luz vermelha. Eu pisco, imaginando se minha mente não estará me pregando peças. Se estou vendo Fitchner antes da minha morte. A boca do homem é um escuro abismo aberto para o interior do qual nenhuma luz escapa.

— Darrow, se segure! — grita Mustang. Ponho a cabeça entre os joelhos e os abraço. — Três… Dois… Um.

Nossa nave bate de encontro ao gelo.

26
O GELO

Tudo fica escuro e frio ao afundarmos no mar. A água penetrou pela cauda avariada da nave e gorgoleja através das dezenas de rombos no cockpit. Já estamos debaixo das ondas, o último ar borbulhando em direção à escuridão. A teia anti-impacto se ajustou bem ao meu corpo assim que nos chocamos com a água, expandindo-se pra proteger meus ossos. Mas agora ela está me matando, arrastando-me para o fundo junto com a nave. A água é como agulhas congelantes encostadas no meu rosto. A peleFoca protege meu corpo todavia, de modo que corto a teia com minha lâmina. A pressão cresce nos meus ouvidos à medida que procuro freneticamente por Mustang.

Ela está viva e já trabalhando na fuga. Uma luz na sua mão vasculha a escuridão do cockpit inundado. Ela está com a lâmina na mão, cortando sua teia como eu acabei de fazer. Impulsiono meu corpo na direção da cabine inundada para me juntar a ela. A cauda da nave não existe mais. Três níveis da embarcação arrancados e flutuando em alguma outra parte na escuridão com Ragnar e Holiday no seu interior. Meu pescoço está rígido devido ao impacto sofrido. Sugo o oxigênio da máscara que cobre meu nariz e minha boca.

Mustang e eu nos comunicamos silenciosamente, usando os sinais dos esquadrões de mestiços Cinzas. O instinto humano é fugir do local do desastre o mais rápido possível, mas o treinamento nos faz lembrar de contar as vezes que aspiramos ar. De pensar clinicamente. Há suprimentos aqui que talvez necessitemos. Mustang vasculha o cockpit em busca do kit-padrão de emergência enquanto vou atrás da bolsa com meu equipamento. Não a encontro junto com o resto das ferramentas, acomodadas no compartimento de carga, que estávamos levando para os Obsidianos tomarem posse de Asgard. Mustang se junta a mim, carregando uma caixa de plástico com utensílios de emergência do tamanho do seu torso, que ela tirou de um gabinete localizado atrás da cadeira da piloto.

Respirando pela última vez, deixamos o oxigênio para trás.

Nadamos até a extremidade do casco arrebentado, onde a nave termina e o oceano começa. É um abismo. Mustang apaga sua luz enquanto eu amarro nossos cintos com uma extensão da teia anti-impacto que tirei do meu assento. Projetadas para manter os Obsidianos contidos neste continente gélido, as criaturas Entalhadas aqui são comedoras de seres humanos. Já vi fotos dessas coisas. Translúcidas e cheias de garras. Olhos esbugalhados. Pele clara, veias azuladas serpeantes. Luz e calor as atraem. Nadar em mar aberto com uma lanterna atrairia essas coisas dos níveis mais profundos. Nem mesmo Ragnar teria essa ousadia.

Incapazes de enxergar além da extensão de uma mão à nossa frente, nós nos afastamos do cadáver do iate na água preta. Lutamos por cada agonizante metro. Não consigo enxergar Mustang ao meu lado. Estamos lentíssimos na água fria, nossos membros queimam ao golpearem a escuridão; mas minha mente está trancada e imersa numa certeza. Não morreremos neste oceano. Não nos afogaremos. Repito isso seguidamente, odiando a água.

Mustang chuta meu pé, perturbando nosso ritmo. Tento restabelecê-lo. Onde está a superfície? Não há sol para nos saudar, para nos dizer que estamos próximos. É tremendamente desorientador. Mustang chuta novamente minha perna. Só que dessa vez sinto uma ondulação de água embaixo de nós quando alguma coisa grande e veloz e fria nada nas profundezas abaixo.

Ataco cegamente com minha lâmina, mas não atinjo coisa alguma. É impossível conter o pânico. Estou balançando na escuridão do oceano de dois quilômetros que se estende abaixo de mim e bato minhas pernas tão desesperadamente que nado em direção à crosta de gelo sobre a água quase desfalecendo. Sinto a mão de Mustang nas minhas costas, me equilibrando. O gelo é uma opaca pele cinza que se estende acima de nós. Golpeio com minha lâmina a superfície. Ouço Mustang fazendo a mesma coisa ao meu lado. É espessa demais para que possamos furá-la. Agarro o ombro dela e desenho um círculo para sinalizar meu plano. Eu me viro de modo que minhas costas fiquem encostadas às dela. Juntos, quase cegos e sem oxigênio, cortamos um círculo no gelo. Continuo o movimento até sentir o gelo ceder um pouco. A calota é pesada demais para ser erguida sem tração. Flutuante demais para ser puxada para baixo apenas com nossos braços. Portanto, eu nado para o lado de modo que Mustang possa destruir o cilindro que cortamos com nossas lâminas, picar o gelo o suficiente para empurrar a caixa de emergência pelo buraco em primeiro lugar. Ela vai em seguida e estende a mão para me ajudar. Eu golpeio cegamente a escuridão abaixo e a sigo.

Nós desabamos de cabeça na superfície dura e rochosa do gelo.

O vento chacoalha nossos corpos trêmulos.

Estamos na borda de uma placa de gelo entre um litoral selvagem e o começo de um mar preto e gelado. O céu lateja num azul profundo, o Polo Sul preso em dois meses de crepúsculo ao transitar em direção ao inverno. A costa montanhosa escura e retorcida, quem sabe três quilômetros de extensão, com gelo espalhado por toda a parte, furada por icebergs. Destroços queimam nas montanhas do litoral. O vento sopra no mar aberto anunciando uma tempestade, chicoteando calamitosamente as ondas de modo que sal e água espirram sobre o gelo como areia fustigando ao longo do deserto.

A água espirra no ar, como um gêiser, cinquenta metros mais próximo da terra quando alguém atira com um pulsoPunho debaixo do gelo. Entorpecidos e enregelados, corremos na direção de Holiday assim que ela se liberta do gelo, Mustang seguindo atrás com a caixa de emergência.

— Onde está Ragnar? — grito. Holiday olha para mim, com o rosto contorcido e pálido. O sangue brota da sua perna. Um fragmento de bomba se projeta da sua coxa. Sua peleFoca a manteve a salvo da pior parte do gelo, mas ela não teve tempo de vestir o capuz do seu traje nem as luvas. Ela aperta um torniquete ao redor da perna, olhando de volta para o buraco no gelo.

— Não sei — diz ela, e arqueja.

— Você não sabe? — Solto minha lâmina com um puxão e cambaleio até a fenda no gelo. Holiday cambaleia na minha frente.

— Tem alguma coisa lá embaixo! Ragnar a tirou de cima de mim.

— Eu vou descer — digo.

— O quê? — rebate Holiday. — Está um breu lá embaixo. Você nunca vai achá-lo.

— Você não tem como garantir.

— Você vai morrer — diz ela.

— Não vou deixar Ragnar pra trás.

— Darrow, pare. — Ela joga no chão o pulsoPunho, saca a pistola de Trigg do seu coldre na perna e atira na frente do meu pé. — Pare.

— O que você está fazendo? — grito por cima do vento.

— Eu vou atirar na sua perna antes de deixar você se matar. É isso o que você vai fazer se descer lá.

— Você o deixaria morrer.

— Ele não é nossa missão. — Os olhos dela estão duros. Desprovidos de sentimento e clínicos. Muito diferente da maneira como eu luto. Eu sei que ela vai puxar o gatilho para salvar minha vida. Estou prestes a voar em cima dela quando Mustang passa em disparada à minha esquerda, rápida demais para que eu consiga dizer qualquer coisa ou para Holiday ameaçá-la enquanto ela mergulha no buraco, com uma lâmina na mão direita e, na esquerda, uma chama brilhando intensamente.

27

BAÍA DO RISO

Eu corro para o buraco. A água bate pacificamente na margem. O gelo é espesso demais para que eu possa ver Mustang nadando abaixo da superfície, mas a chama refulge suavemente através da extensão de gelo sujo, azul e vagando na direção da terra. Sigo o rastro luminoso. Holiday tenta se arrastar atrás de mim. Grito para que ela fique onde está e pegue o medkit para si mesma.

Sigo a luz de Mustang. A lâmina raspa o gelo, rastreando a luz abaixo por vários minutos até que, por fim, a luz para. Não é tempo suficiente para ela ficar sem ar, mas a luz não se move por dez segundos. E então começa a desaparecer. Gelo e água escurecem à medida que a luz afunda no mar. Preciso tirá-la de lá. Golpeio o gelo com minha lâmina, arrancando um naco. Eu rosno enquanto enfio os dedos na fenda e levanto um pedaço da placa de gelo, arremessando-o para trás, por cima da minha cabeça, para revelar a água agitada com corpos pálidos e sangue. Mustang irrompe na superfície, gritando de dor. Ragnar está ao lado dela, azul e rígido, preso sob seu braço esquerdo enquanto o direito ataca alguma coisa branca na água.

Golpeio o gelo com minha lâmina atrás de mim e seguro até o cabo. Mustang procura minha mão e eu a puxo. Em seguida nós dois puxamos Ragnar com um rugido de esforço. Mustang golpeia o gelo e desaba junto com Ragnar. Mas ela não está sozinha. Uma criatura branca vermiforme do tamanho de um homem pequeno se grudou às suas costas. O ser tem o formato de um caramujo em alta velocidade, exceto pelo fato de que suas costas são duras, a carne translúcida e cabeluda salpicada de dezenas de pequenas bocas berrantes repletas de dentes em forma de agulha que mordem as costas de Mustang. A coisa a está comendo viva. Uma segunda criatura do tamanho de um cachorro grande está grudada às costas de Ragnar.

— Tire isso de mim! — rosna Mustang, golpeando tresloucadamente com sua lâmina. — Tire isso de cima de mim! — A criatura é mais forte do que deveria ser e rasteja de volta ao buraco no gelo, tentando arrastá-la à sua casa. Um tiro ecoa e a criatura se contorce quando uma bala atirada por Holiday atinge-a em cheio na lateral. Sangue preto espirra. A criatura berra e diminui consideravelmente a velocidade, o que me permite correr até Mustang e escalpelar a coisa das suas costas com minha lâmina. Eu a chuto para o lado, onde ela tem alguns espasmos e em seguida morre. Corto o monstro de Ragnar ao meio, arrancando-o das suas costas e jogando-o para o lado.

— Tem mais lá embaixo. E tem também uma coisa maior — diz Mustang, esforçando-se para se levantar. Seu rosto enrijece quando ela vê Ragnar. Corro até ele. Ele não está respirando.

— Fique de olho no buraco — digo a Mustang.

Meu maciço amigo parece tão infantil ali sobre o gelo. Dou início ao processo de ressuscitação cardiorrespiratória. Ele está sem a bota esquerda. Metade da meia está fora do pé. O pé se contorce no gelo enquanto pressiono seu tórax. Holiday cambaleia na nossa direção. Suas pupilas estão dilatadas devido aos analgésicos. A perna dela está com uma atadura de resCarne pega no medkit. Mas com danos profundos no tecido ela não será capaz de caminhar quando os analgésicos deixarem de fazer efeito. Ela desaba no gelo ao lado de Ragnar. Recoloca a meia dele no lugar como se isso tivesse alguma importância.

— *Volte* — ouço a mim mesmo dizendo. A saliva congela nos meus lábios. Minhas pálpebras estão duras, com lágrimas que eu nem sabia que estava vertendo. — *Volte. Seu trabalho ainda não terminou.* — A tatuagem de Uivador é escura em contraste com sua pele clara. As runas de proteção se assemelham a lágrimas no seu rosto branco. — *Seu povo precisa de você* — digo. Holiday segura a mão dele. As duas mãos dela juntas não equalizam em tamanho a gigantesca pata de seis dedos.

— *Você quer que eles vençam?* — pergunta Holiday. — *Acorde, Ragnar. Acorde.*

Ele se contorce sob as minhas mãos. Seu peito se mexe à medida que o coração recomeça a bater. A água borbulha da sua boca. Seus braços se debatem no gelo enquanto ele tosse em busca de ar, confuso. Ele aspira. O imenso tórax sobe e desce enquanto ele levanta os olhos para o céu. Seus lábios cheios de cicatrizes ficam franzidos num sorriso debochado.

— Ainda não, Mãe-de-Todos. Ainda não.

— A gente está fodido — diz Holiday ao olharmos os escassos suprimentos que Mustang conseguiu resgatar da nossa embarcação. Trememos juntos numa ravina, encontrando um alívio momentâneo do vento. Não é muita coisa. Nós nos amontoamos ao redor do reles calor fornecido por duas chamas térmicas depois de carregá-las com muito esforço pela banquisa de gelo com ventos de oitenta quilômetros por hora nos triturando com seus dentes gélidos. A tempestade escurece sobre a água atrás de nós. Ragnar a observa com olhos cautelosos enquanto o resto de nós remexe os suprimentos. Há um transponder de GPS, diversas barras de proteína, duas lanternas, comida desidratada, um fogão térmico e um cobertor térmico grande o bastante para um de nós. Cobrimos Holiday com ele, já que o traje dela é o mais comprometido. Há também uma arma-chama, um aplicador de resCarne e um guia de sobrevivência digital do tamanho de um polegar.

— Ela tem razão — diz Mustang. — Precisamos dar o fora daqui senão vamos morrer.

Os dois Obsidianos de Ragnar morreram. Nossas caixas com armas se perderam. Nossas armaduras e gravBotas e suprimentos estão no fundo do mar. Tudo isso teria permitido que os Obsidianos destruíssem seus deuses. Tudo isso teria permitido que entrássemos em contato com nossos amigos em órbita. Os satélites estão cegos. Ninguém está nos vendo. Ninguém, exceto os homens que atiraram em nós do céu. A bênção solitária é que eles também foram avariados. Vimos a fogueira deles no fundo das montanhas enquanto cambaleávamos pela camada de gelo. Mas se eles sobreviveram, se estão munidos de equipamentos, virão em nosso encalço, e tudo o que temos para nos proteger são quatro lâminas, um rifle e um pulsoPunho com carga quase esgotada. Holiday está ferida nas costas. Nossa peleFoca está retalhada e estragada. Mas a desidratação acabará conosco muito antes do frio. Há somente rochas pretas e gelo no horizonte. Todavia, se comermos esse gelo, nossas temperaturas internas baixarão e o frio nos levará.

— Precisamos encontrar um abrigo de verdade — diz Mustang, soprando nas suas luvas, trêmula. — Da última vez que vi as coordenadas no cockpit, estávamos a duzentos quilômetros dos espigões.

— Mas poderia muito bem ser mil quilômetros — diz Holiday asperamente. Ela morde o lábio inferior rachado, ainda mirando os suprimentos como se eles fossem se reproduzir.

Ragnar observa nossa discussão com ar fatigado. Ele conhece essa terra. Ele sabe que não temos como sobreviver aqui. E embora não diga isso, ele sabe que assistirá à nossa morte um após o outro, e não haverá coisa alguma que poderá fazer para impedir isso. Holiday morrerá primeiro. Depois Mustang. Sua peleFoca está rasgada onde o monstro a mordeu e entra água pelo furo. Em seguida irei eu, e ele sobreviverá. Como devemos ter soado arrogantes, imaginando que poderíamos descer e libertar os Obsidianos em uma noite.

— Não há nômades aqui? — pergunta Holiday a Ragnar. — Nós sempre ouvimos histórias sobre legionários desgarrados…

— Não são histórias — diz Ragnar. — Os clãs raramente se aventuram no gelo depois que o outono dá adeus. Esta é a estação dos Comedores.

— Você não mencionou isso — digo.

— Pensei que voaríamos por sobre a terra deles. Sinto muito.

— O que são Comedores? — pergunta Holiday. — Minha antropologia antártica não vale merda nenhuma.

— Comedores de homens — diz Ragnar. — Párias aviltados dos clãs.

— Porra.

— Darrow, deve haver um jeito de entrar em contato com seus homens pra que eles nos tirem daqui — diz Mustang, determinada a descobrir uma maneira.

— Não há. A disposição complicada de Asgard torna este continente inteiro estático. A única tech disponível em mil quilômetros está lá. A menos que a outra nave tenha alguma coisa.

— Quem são eles? — pergunta Ragnar.

— Não sei. Não pode ser o Chacal — digo. — Se ele soubesse quem éramos, teria enviado sua frota pra nos perseguir, não apenas uma única nave pra fazer o trabalho sujo.

— É Cassius — diz Mustang. — Imagino que ele tenha vindo numa nave disfarçada, como eu. Ele deveria estar em Luna. Isso é um dos pontos positivos em negociar aqui. Eles são pegos ao buscarem a proteção do meu irmão. É tão ruim pra eles quanto pra mim. Pior, até.

— Como ele sabia em qual nave estávamos? — pergunto.

Mustang dá de ombros.

— Deve ter farejado por pura distração. De repente ele nos seguiu dos Vazios. Não sei. Ele não é nenhum idiota. Ele também te pegou na Chuva, passando debaixo do muro.

— Ou alguém contou pra ele — diz Holiday em tom sombrio.

— Por que eu contaria isso pra ele estando na maldita nave? — diz Mustang.

— Bom, vamos esperar que seja Cassius — digo. — Se for ele, então eles não vão simplesmente vestir gravBotas e voar até Asgard em busca de ajuda porque aí terão que explicar ao Chacal por que estavam em Phobos, pra começo de conversa. Aliás, como a nave foi abatida? — pergunto. — Parecia um míssil vindo da cauda da nossa nave. Só que não temos mísseis.

— As caixas tinham — diz Ragnar. — Eu disparei uma sarissa da cauda do cargueiro utilizando um lançador de ombro.

— Você lançou um míssil neles enquanto a gente estava caindo? — pergunta Mustang, incrédula.

— Sim. E tentei pegar gravBotas. Fracassei.

— Acho que você mandou muito bem — diz Mustang com um súbito riso que infecta a todos nós, inclusive Holiday. Ragnar não entende o bom humor. Meu entusiasmo desaparece rapidamente quando Holiday tosse e aperta firme o capuz.

Observo as nuvens negras sobre o mar.

— Quanto tempo até aquela tempestade chegar aqui, Ragnar?

— Talvez duas horas. Ela se move com velocidade.

— Vai chegar a sessenta abaixo de zero — diz Mustang. — A gente não vai sobreviver. Não com nossos equipamentos nesse estado. — O vento uiva em meio à nossa ravina e ao soturno lado da montanha ao nosso redor.

— Então existe apenas uma opção — digo. — Pegamos nossas coisas e atravessamos as montanhas. Vamos atrás da nave abatida. Se for Cassius que estiver lá, ele pelo menos terá um esquadrão completo de soldados da Legião Treze pro trabalho sujo.

— Isso não é uma coisa boa — diz Mustang cautelosamente. — Aqueles Cinzas são treinados pra combate de inverno melhor do que nós.

— Melhores do que você — diz Holiday, puxando sua peleFoca de modo que Mustang possa ler a tatuagem da Treze no seu pescoço. — Do que eu, não.

— Você é uma dragão? — pergunta Mustang, incapaz de esconder a surpresa.

— Fui. A questão é: RCP, Regulamentos de Campo Pretorianos, equipamento de sobrevivência requerido em missão de transporte de longo alcance suficiente pra que cada esquadrão dure um mês em quaisquer condições. Eles vão ter água, comida, aquecimento e gravBotas.

— E se eles sobreviveram ao desastre? — diz Mustang, olhando as costas contundidas de Holiday e nosso reles suprimento de armas.

— Então eles não sobreviverão a nós — diz Ragnar.

— E é melhor que a gente os acerte quando eles estiverem ainda juntando os cacos — digo. — Vamos agora, o mais rápido que pudermos, e quem sabe a gente consiga chegar lá antes da tempestade. Essa é nossa única chance.

Ragnar e Holiday se juntam a mim, o Obsidiano acertando seu equipamento enquanto a Cinza verifica a munição do seu rifle. Mas Mustang está hesitante. Há algo mais que ela não nos contou.

— O que é? — pergunto.

— É Cassius — diz ela lentamente. — Eu não sei ao certo. E se ele não estiver sozinho? E se Aja estiver com ele?

28

BANQUETE

A tempestade chega enquanto escalamos um rochoso braço da montanha. Logo não podemos mais ver nada além do nosso grupo. A neve, em tonalidade cinza-aço, nos tritura os corpos. Enegrecendo o céu, o gelo, o continente montanhoso. Baixamos a cabeça, estreitando os olhos para enxergar através das balaclavas das nossas peleFocas. As botas raspam o gelo sob nossos pés. O vento ruge tão alto quanto uma queda d'água. Eu me encolho contra ele, colocando um pé depois do outro, conectado a Mustang e Holiday pela corda no caminho Obsidiano para que não nos percamos uns dos outros na nevasca. Ragnar nos escolta à frente. Como ele consegue não se perder está além da minha capacidade compreensiva.

Ele retorna agora, saltando sobre as rochas com desenvoltura. Ele sinaliza para nós o seguirmos.

É mais fácil dizer do que fazer. Nosso mundo é pequeno e furioso. Montanhas se encontram à espreita na brancura. Seus ombros descomunais são o único resguardo do vento. Cambaleamos ao longo de amargas rochas pretas que rasgam nossas luvas enquanto o vento tenta nos lançar nos despenhadeiros e nas fissuras cujo fundo é infindável. O exercício nos mantém vivos. Nem Holiday nem Mustang diminuem a velocidade e, depois de mais de uma hora de viagem pavorosa, Ragnar nos guia ao interior de uma passagem na montanha e a tempestade sossega. Abaixo de nós, empalada num espinhaço, encontra-se a nave que atirou em nós do céu.

Sinto uma pontinha de solidariedade por ela. Linhas semelhantes às de um tubarão e uma tremeluzente cauda em forma de explosão estelar indicam que ela já foi uma embarcação de corrida comprida e elegante produzida nos famosos estaleiros de Ganimedes. Pintada com orgulho e ousadia em tom carmesim e prata por mãos amorosas. Agora ela é um cadáver rachado e escurecido empalado de cabeça para baixo num íngreme espinhaço. Cassius, ou quem quer que estivesse nela, experimentou enormes dissabores a bordo. O terço traseiro da nave se desagregou colina abaixo, afastando-se uns quinhentos metros do corpo principal. Ambas as partes parecem estar desertas. Holiday rastreia os destroços com a mira telescópica do seu rifle. Não há nenhum sinal de vida ou de movimento do lado de fora.

— Tem alguma coisa estranha aqui — diz Mustang, agachada ao meu lado. O semblante do seu pai me observa da lâmina no seu braço.

— O vento está contra nós — diz Ragnar. — Não sinto cheiro de nada. — Seus olhos pretos vasculham os picos das montanhas ao nosso redor, indo de rocha a rocha, em busca de sinais de perigo.

— Não podemos correr o risco de sermos abalroados por rifles — digo, sentindo o vento ganhar ímpeto novamente atrás de nós. — Precisamos diminuir a distância, e rápido. Holiday, você faz a cobertura. — Holiday cava uma pequena trincheira na neve e se cobre com o cobertor térmico. Cobrimos o cobertor com neve de modo que apenas o rifle dela se projete dele. Então Ragnar desliza pela ribanceira para investigar a metade traseira da nave, enquanto Mustang e eu intensificamos as buscas em meio aos destroços principais.

Mustang e eu deslizamos sobre as rochas agachados, cobertos pelo renovado vigor da tempestade, incapazes de ver a nave até ficarmos a quinze metros dela. Percorremos o restante da distância rastejando no chão e encontramos um buraco dentado na popa onde a metade traseira da fuselagem foi despedaçada pelo míssil de Ragnar. Parte de mim esperava um acampamento recheado de guerraCores e Ouros se preparando para nos caçar. Em vez disso, a nave é um cadáver epiléptico, sua energia tremeluz debilmente. No interior, a nave está oca e cavernosa e quase escura demais para que se possa enxergar qualquer coisa quando as luzes cessam em definitivo. Algo goteja na escuridão quando seguimos na direção do meio da embarcação espacial. Sinto cheiro de sangue antes de vê-lo. No compartimento de passageiros, encontram-se quase uma dúzia de Cinzas mortos, esmagados no chão acima de nós pelas rochas que espetaram a nave assim que ela aterrissou. Mustang se ajoelha perto do corpo de um Cinza estraçalhado para examinar sua vestimenta.

— *Darrow.* — Ela puxa o colarinho do homem e aponta para a tatuagem. A tinta digital ainda se move, muito embora a carne esteja morta. Legio XIII. Então se trata da escolta de Cassius. Manipulo o pino da minha lâmina, movendo o polegar no formato do novo desenho desejado. Pressiono o botão. A lâmina desliza na minha mão, abandonando sua aparência de curviLâmina em função de uma lâmina mais curta e mais larga para que eu possa apunhalar com mais facilidade nos locais apertados.

Não há nenhum sinal de vida à medida que avançamos, muito menos de Cassius. Somente o vento gemendo através dos ossos da embarcação. Sinto uma estranha sensação de vertigem ao caminhar ao longo do teto e olhar para o chão. Assentos e fivelas de cintos de segurança estão pendurados como intestinos. A nave sacoleja de volta à vida, iluminando um mar de datapads e pratos quebrados e embalagens de chiclete sob nossos pés. O esgoto vaza de uma rachadura na parede de metal. A nave morre novamente. Mustang dá um tapinha no meu braço e aponta para uma janela de anteparo despedaçada, indicando o que parecem ser marcas de coisas arrastadas na neve. Há manchas de sangue pretas na penumbra. Ela sinaliza para mim. Urso? Balanço a cabeça em concordância. Um porco selvagem deve ter encontrado os destroços e começado a se banquetear com os cadáveres da missão diplomática. Eu estremeço, pensando no nobre Cassius sofrendo tal destino.

Um apavorante som de sucção chega até nossos ouvidos vindo de uma parte distante da nave. Avançamos em disparada, sentindo o pavor da cena antes de entrarmos na cabine de passageiros adiante.

O Instituto nos ensinou a detectar o som de dentes em carne crua. Mas mesmo assim, trata-se de uma visão horripilante, inclusive para mim. Há Ouros pendurados no teto de cabeça para baixo, aprisionados nas suas teias anti-impacto, as pernas presas por um revestimento entortado. Abaixo deles se amontoam cinco pesadelos. Sua pelagem é intimidadora e fosca, no passado branca mas agora repleta de sangue seco e sujeira. Eles mastigam os corpos dos mortos. Suas cabeças são as de ursos descomunais. Mas os olhos que espiam através dos globos oculares daquelas cabeças são pretos e frios e dotados de inteligência. Sustentado não sobre quatro pernas, mas sobre duas, o maior do bando se vira na nossa direção. As luzes da nave latejam de volta. Braços pálidos e musculosos, pegajosos com a gordura das focas para espantar o frio, escuros com o sangue dos Ouros mortos que acabaram de esfolar, movem-se sob a pelagem de urso.

O Obsidiano é mais alto do que eu. Há uma lâmina de ferro entortada costurada na sua mão. Ele usa ossos humanos atados uns aos outros com tendões secos como um peitoral. Seu hálito quente escapa pela narina do crânio ursino que ele usa como capacete. Lenta e comedidamente, a profunda ululação de um maligno canto de guerra floresce entre seus dentes enegrecidos. Eles avistaram nossos olhos e um deles grita algo ininteligível.

A nave chia e as luzes se apagam.

O primeiro canibal salta sobre nós através de um corredor atravancado, o resto vem atrás dele. Só vejo sombras na escuridão. Minha lâmina pálida golpeia à frente e arrebenta a faca de ferro dele, furando seu peitoral e a clavícula e se alojando diretamente no seu coração. Giro o corpo para o lado para que ele não possa me acertar. Seu impulso faz com que ele me ultrapasse e vá na direção de Mustang, que dá um passo para o lado e corta a cabeça dele. O corpo do canibal desaba no chão ao lado dela, contorcendo-se.

Um grunhido audível, e uma lança com um ferro pontudo na extremidade voa de um dos outros canibais. Eu me abaixo e dou um soco para cima com minha mão esquerda, desviando a trajetória dela em direção ao teto, logo acima da cabeça de Mustang. Então o Obsidiano atrás de mim me acerta em cheio quando me levanto. Ele é tão grande quanto eu. Mais forte. Mais criatura do que homem. Sobrepujando-me com o frenesi de uma mente perdida, ele me prende à parede e me ataca com dentes enegrecidos e afiados. As luzes da nave piscam, iluminando as feridas ao redor da sua boca. Meus braços estão presos ao lado do corpo. Ele morde meu nariz. Viro o rosto um pouco antes de o ser arrancá-lo. Em vez disso, ele enterra seu próprio rosto na carne localizada na base da minha mandíbula inferior. Eu grito de dor. O sangue escorre pelo meu pescoço. Ele me agride novamente, mordendo meu rosto. Ele está me comendo vivo enquanto as luzes se apagam. Sua mão direita tenta usar uma faca para rasgar a peleFoca e deslizar para minhas costelas e chegar ao meu coração. O tecido não cede.

Então o canibal perde o ímpeto, contorcendo-se, e seu corpo cai no chão, a medula espinhal cortada por Mustang por trás dele.

Um míssil preto passa como um borrão pelo meu rosto e acerta Mustang. Nocauteando-a e fazendo-a cair no chão. A pena de uma flecha se projeta do seu ombro esquerdo. Ela rosna, rastejando no chão. Eu me afasto rapidamente dela, seguindo na direção dos três Obsidianos remanescentes. Um está lançando uma outra flecha, o segundo está brandindo um imenso machado, o terceiro está segurando um enorme corne curvado, que o canibal traz até a boca através do capacete de urso.

Então um terrível uivo chega até nossos ouvidos vindo da parte externa da nave.

As luzes se apagam.

A escuridão ondula com o surgimento de uma quarta forma. Silhuetas sombrias se atacam mutuamente. O metal corta a carne. E quando as luzes retornam, Ragnar está de pé segurando a cabeça de um Obsidiano enquanto puxa a lâmina do peito do segundo. A terceira, o arco cortado em dois, saca uma faca, apunhalando Ragnar tresloucadamente. Ele corta o braço dela. Mesmo assim ela rola para longe, ensandecida, imune à dor. Ele vai no encalço dela e lhe arranca o capacete. Por baixo dele se encontra uma jovem. O rosto pintado de branco, as narinas abertas de modo que ela se assemelha a uma serpente. Cicatrizes ritualísticas formam uma série de barras sob ambos os olhos. Ela não pode ter mais de dezoito anos. Sua boca tenta exprimir algo enquanto ela mira a vastidão de Ragnar, grande mesmo para os padrões do povo dela. Então seus olhos selvagens encontram as tatuagens no rosto dele.

— *Vjrnak* — diz ela, arfando, não horrorizada, mas numa febril alegria. — *Tnak ruhr. Ljarfor aesir!* — Ela fecha os olhos e Ragnar lhe corta a cabeça.

— Tudo bem com você? — pergunto a Mustang, correndo até ela. Ela já está de pé. A flecha se projeta sob sua clavícula.

— O que foi que ela disse? — pergunta Mustang, passando por mim. — Seu Nagal é melhor do que o meu.

— Não entendi o dialeto. — Era gutural demais. Ragnar o conhece.

— Filho Manchado. Mate-me. Eu ascenderei Dourada — explica Ragnar. — Eles comem o que encontram. — Ele faz um aceno de cabeça na direção dos Ouros. — Mas comer a carne de deuses é ascender imortal. Mais deles virão.

— Mesmo na tempestade? — pergunto. — Os grifos deles conseguem voar nessa tempestade?

Ele franze os lábios, enojado.

— Os monstros não cavalgam grifos. Mas a resposta é não. Eles vão procurar abrigo.

— E os outros destroços? — pergunta Mustang. — Suprimentos? Homens?

Ele sacode a cabeça.

— Corpos. Munições da nave.

Mando Ragnar pegar Holiday no posto dela. Mustang e eu permanecemos com planos de vasculhar a nave em busca de equipamentos. Mas eu continuo em pé, imóvel, no ossuário dos canibais mesmo depois de Ragnar ter partido para a neve. Os Ouros podem ter sido inimigos, mas esse horror faz a vida parecer barata demais. Há uma cruel ironia nesse lugar. É aterrorizante e maligno, mas ele não existiria se os Ouros não tivessem possibilitado sua existência com o intuito de criar medo, de criar essa necessidade para seu domínio férreo. Esses pobres-diabos foram comidos pelos seus próprios monstros de estimação.

Mustang se levanta depois de examinar um dos Obsidianos, estremecendo devido à flecha ainda cravada no seu ombro.

— Você está bem? — pergunta ela, notando meu silêncio. Faço um gesto para as unhas quebradas num dos Ouros.

— Eles não estavam mortos quando começaram a ser esfolados. Apenas presos.

Ela balança a cabeça, entristecida, e estende a palma da mão. É alguma coisa que ela encontrou no corpo do Obsidiano. Seis anéis de alunos do Instituto. Duas árvores representando Ciprestes de Plutão, uma coruja de Minerva, um raio de Júpiter, um veado de Diana e um outro que eu pego da palma da mão dela, brasonado com a cabeça lupina de Marte.

— Deveríamos procurar por ele — diz ela.

Alcançamos o teto para examinar os Ouros que estão pendurados de cabeça para baixo dos seus assentos. Seus olhos e línguas foram arrancados mas posso ver que, por mais mutilados que eles estejam, nenhum deles é meu velho amigo. Vasculhamos o resto da nave de ponta-cabeça e encontramos diversas pequenas suítes. No vestíbulo de uma delas, Mustang encontra uma caixa de couro adornada com vários relógios de pulso e um pequeno par de brincos de pérola em prata.

— Cassius esteve aqui — diz ela.

— Esses relógios são dele?

— Esses brincos são meus.

Ajudo Mustang a remover a flecha do seu ombro na suíte de Cassius, distante da carnificina. Ela não emite nenhum som enquanto quebro a ponta, empurro seu corpo de encontro à parede e arranco a flecha pela extremidade. Ela se encolhe em si mesma, desabando nos calcanhares devido à intensidade da dor. Eu me sento na pontinha do colchão que caiu do teto e a observo se curvar para se afastar de mim. Ela não gosta de ser tocada quando está ferida.

— Termine logo — diz ela, levantando-se.

Eu uso a resArma para fazer um curativo brilhante e colocá-lo em cima do buraco na frente e atrás, logo abaixo da clavícula. O curativo interrompe o sangramento e ajudará a reparar o tecido, mas ela vai sentir a ferida e ficará mais lenta por dias e dias. Puxo a peleFoca e cubro seu ombro nu. Ela puxa o zíper da parte da frente antes de fazer o curativo na minha mandíbula. A respiração dela preenche o ar. Ela se aproxima tanto que eu posso sentir a umidade da neve que derreteu nos cabelos dela. Ela pressiona a resArma no meu queixo e pincela uma pequena camada dos microrganismos na ferida. Eles cambaleiam até os poros e se contraem para produzir uma cobertura antibacteriana semelhante a carne humana. A mão dela perdura na minha nuca, os dedos nos fios dos meus cabelos, como se quisesse dizer alguma coisa mas não tivesse as palavras. Tampouco ela já as encontrou quando Holiday e Ragnar estão de volta. Ouvindo Holiday dizer meu nome, aperto o ombro são de Mustang e a deixo lá.

A maior parte do equipamento da nave desapareceu. Diversos conjuntos de aparelhos ópticos não estão nos estojos. O arsenal está inteiramente desaparecido, espalhado pelas montanhas quando a nave se desfez e um rombo foi aberto no compartimento de carga. O restante foi destruído pelos Obsidianos ou se quebrou durante o desastre. Tudo o que consigo ouvir do transponder e dos comunicadores é estática.

Ragnar avalia que Cassius e o resto do seu bando, uns quinze homens, partiram várias horas antes de alcançarmos a embarcação. Eles levaram consigo todos os equipamentos. Os Comedores provavelmente desceram assim que a nave aterrissou, do contrário Cassius não teria deixado esses Ouros para trás para serem comidos. Apoiando essa ideia, Mustang acha diversos corpos de Comedores próximos ao cockpit, o que significa que Cassius e seus homens estavam sob ataque ao saírem da nave. A neve quase cobriu por completo os cadáveres. Empilhamos os corpos mais recentes do lado de fora, na neve, caso predadores piores do que os Comedores venham fazer alguma visita.

Depois de fuçar a nave em busca de suprimentos, mando Mustang e Holiday nos lacrar dentro da cozinha da nave. Fechamos bem as duas entradas com tochas soldadoras encontradas no closet de manutenção da nave. Pode não ter restado nada dos armamentos e dos equipamentos de frio, mas a cisterna da nave está cheia, a água no seu interior ainda não está congelada. E as despensas da cozinha estão com o estoque de comida intacto.

Nosso abrigo é temporariamente aconchegante. O isolamento prende nosso calor no interior. Duas lâmpadas de emergência cor de âmbar banham o recinto com um suave tom alaranjado. Holiday usa a energia intermitente para cozinhar um banquete de massa com molho marinara e salsicha nos fogões elétricos da cozinha enquanto Ragnar e eu montamos um plano para chegar aos Espigões e Mustang remexe as pilhas de provisões pilhadas da nave, enchendo pacotes militares que encontrou no depósito.

Queimo a língua quando Holiday traz para mim e para Ragnar porções generosas de massa. Não percebi o quanto estava faminto. Ragnar me cutuca e eu sigo os olhos dele para observar silenciosamente Holiday levar também para Mustang uma tigela e se afastar dela com um discreto meneio de cabeça. Mustang sorri para si mesma. Nós quatro ficamos sentados comendo em silêncio, escutando nossos garfos baterem de encontro às tigelas. O vento chia do lado de fora. Os rebites gemem. A neve cinza-aço se acumula de encontro às janelinhas circulares, mas não antes que possamos ver estranhas formas que se movem pela brancura com o objetivo de arrastar os cadáveres que depositamos lá fora.

— Como é que foi ter crescido aqui? — pergunta Mustang a Ragnar. Ela está sentada de pernas cruzadas e encostada na parede. Estou adjacente a ela, uma mochila entre nós dois, num colchão que Ragnar arrastou para alinhar a sala, comendo minha terceira porção de massa.

— Era meu lar. Eu não conhecia mais nada.

— Mas e agora que você conhece?

Ele sorri delicadamente.

— Era um playground. O mundo além é vasto, mas muito pequeno. Homens que se enfiam em caixas. Que se sentam em escrivaninhas. Andam em carros. Em naves. Aqui, o mundo é pequeno, mas sem fim. — Ele se perde em histórias. Lento em compartilhar a princípio, agora parece que ele se regozija ao saber que estamos escutando. Que estamos interessados. Ele nos conta acerca de nadar nas banquisas gélidas quando criança. Como era um menino desengonçado. Lento demais.

Os ossos cresciam mais rapidamente do que o resto dele. Quando ele foi espancado por um outro menino, sua mãe o levou ao céu para a primeira vez dele sobre o grifo dela. Fazendo-o se segurar firme nela por trás. Ensinando-o que são seus braços que o impedem de cair. Sua vontade. — Ela voou mais alto, mais alto, até que o ar ficou rarefeito e eu pude sentir o frio nos meus ossos. Ela estava esperando que eu desistisse. Que eu fraquejasse. Mas ela não sabia que eu tinha amarrado os punhos um no outro. Isso foi o mais próximo que estive até hoje da Morte Mãe-de-Todos.

A mãe dele, Alia Snowsparrow, é uma lenda entre seu povo pela reverência que dedica aos deuses. Filha de um andarilho, ela se tornou uma guerreira dos Espigões e ascendeu em proeminência à medida que foi conquistando outros clãs. Tamanha é sua devoção aos deuses que, quando ascendeu ao poder, ela deu quatro dos seus filhos aos serviços deles. Manteve apenas uma para si própria, Sefi.

— Ela parece meu pai — diz Mustang suavemente.

— Coitados — murmura Holiday. — Minha mãe fazia biscoitos pra mim e me ensinou a tirar botas de montaria.

— E seu pai? — pergunto.

— Ele era um sujeito mau. — Ela dá de ombros. — Mas mau de um jeito entediante. Tinha uma família diferente em cada porto. O próprio estereótipo do legionário. Eu tenho os olhos dele. Trigg tinha os da mamãe.

— Nunca conheci meu primeiro pai — diz Ragnar, referindo-se ao seu pai natural. Mulheres Obsidianas são polígamas. Elas podem vir a ter sete filhos de sete pais. Esses homens ficam então compromissados a proteger os outros filhos da mulher. — Ele se tornou escravo antes de eu ter nascido. Minha mãe nunca fala o nome dele. Nem sei se ele está vivo.

— Podemos descobrir — diz Mustang. — Teríamos que dar uma busca nos registros do Comitê de Controle de Qualidade. Não é fácil, mas podemos encontrá-lo. Saber o que aconteceu com ele, se você quiser.

Ele fica impressionado com a ideia e balança lentamente a cabeça em concordância.

— Sim. Eu gostaria disso.

Holiday olha para Mustang de uma maneira bastante diferente da que olhava poucas horas antes quando estávamos saindo de Phobos, e fico perplexo ao perceber o quanto isso parece natural, nossos quatro mundos colidindo uns com os outros.

— Todos nós conhecemos seu pai. Mas como é sua mãe? Ela parece frígida.

— Essa é minha madrasta. Ela não gosta de mim. Só de Adrius, pra falar a verdade. Minha mãe de verdade morreu quando eu era nova. Ela era gentil. Maliciosa. E muito triste.

— Por quê? — pressiona Holiday.

— Holiday... — digo. A mãe dela é um assunto no qual eu jamais toquei. Ela a manteve afastada de mim. Uma caixinha trancada a sete chaves na sua alma e que ela nunca compartilha com ninguém. Exceto essa noite, ao que parece.

— Tudo bem — diz ela. Mustang levanta as pernas, abraçando-as, e prossegue: — Quando eu tinha seis anos de idade, minha mãe estava grávida de uma menininha. O médico disse que haveria complicações com o nascimento e recomendou uma intervenção médica. Mas meu pai disse que se a criança não estivesse apta a sobreviver ao nascimento, ela não merecia a vida. Nós podemos voar entre as estrelas. Moldar planetas, mas papai deixou minha irmã morrer no útero da minha mãe.

— Cacete — murmura Holiday. — Por que não fizeram com ela uma terapia celular? Vocês tinham dinheiro.

— Pureza no produto — diz Mustang.

— Isso é insano.

— Isso é minha família. Mamãe nunca mais foi a mesma. Eu a ouvia chorando no meio do dia. Eu a via olhando pela janela. Então, uma bela noite ela foi dar uma caminhada em Caragmore. A propriedade que meu pai lhe deu como presente de casamento. Ele estava em Agea trabalhando. Ela nunca voltou pra casa. Encontraram-na nos rochedos embaixo do penhasco à beira-mar. Papai disse que ela escorregou. Se ele estivesse vivo agora, ainda diria que ela escorregou.

— Sinto muito — diz Holiday.

— E eu também — ecoa Ragnar.

— É por isso que estou aqui, já que é isso o que vocês estavam imaginando — diz Mustang. — Meu pai era um titã. Mas estava equivocado. Ele era cruel. E se eu puder ser algo mais — seus olhos se encontram com os meus —, eu serei.

29

CAÇADORES

Quando acordamos, a tempestade já havia passado. Nós nos cobrimos de material isolante tirado das paredes da nave e partimos em direção à frialdade. Nenhuma nuvem macula o marmóreo céu azul-escuro. Seguimos na direção do sol, que mancha o horizonte com uma refrescante sombra de ferro liquefeito. Restam poucos dias de outono. Nós nos encaminhamos aos Espigões com planos de acender fogueiras à medida que seguimos, na esperança de sinalizar aos poucos batedores das Valquírias ativos na área. Mas a fumaça também trará os Comedores.

Vasculhamos as montanhas ao passarmos, cautelosos com as tribos de canibais e com o fato de que em algum lugar à frente Cassius e quem sabe Aja marcham pela neve com uma tropa de soldados da força especial.

Ao meio-dia, encontramos evidências da passagem deles. Há neve remexida do lado de fora de uma alcova rochosa grande o bastante para abrigar dezenas de homens. Eles acamparam ali para esperar a tormenta passar. Um monte de pedras empilhadas se encontra próximo ao local do acampamento. Uma das pedras, entalhada por uma lâmina, exibe os seguintes dizeres: *per aspera ad astra*.

— É a letra de Cassius — diz Mustang.

Retirando as rochas, encontramos os cadáveres de dois Azuis e um Prata. Seus corpos mais enfraquecidos congelaram durante a noite.

Mesmo aqui, Cassius teve a decência de enterrá-los. Recolocamos as pedras à medida que Ragnar pisa à frente, seguindo as pegadas a uma velocidade que não conseguimos equiparar. Seguimos depois dele. Uma hora mais tarde, um trovão produzido pelo homem ribomba ao longe, acompanhado do solitário grito de distantes pulsoPunhos. Ragnar retorna logo depois, com os olhos brilhando de entusiasmo.

— Segui as pegadas — diz ele.

— E? — pergunta Mustang.

— São de Aja e Cassius juntamente com uma tropa de Cinzas e três Inigualáveis.

— Aja está aqui? — pergunto.

— Sim. Eles estão fugindo a pé através de um desfiladeiro na montanha em direção a Asgard. Uma tribo de Comedores está no encalço deles. Há corpos aos montes pelo caminho. Dezenas. Eles fizeram uma emboscada e fracassaram. Outras ocorrerão.

— Quanto equipamento eles têm? — pergunta Mustang.

— Nenhuma gravBota. Somente pelEscaravelho. Mas eles têm mochilas. Deixaram a pulsArmadura pra trás uns dois quilômetros ao norte. Falta de energia.

Holiday olha para o horizonte e toca a pistola de Trigg na cintura.

— Dá pra gente pegá-los?

— Eles estão carregando muitos suprimentos. Água. Comida. Homens feridos também, agora. Sim. Nós podemos surpreendê-los.

— Por que estamos aqui? — intromete-se Mustang. — Não é pra caçar Aja e Cassius. A única coisa que importa é levar Ragnar aos Espigões.

— Aja matou meu irmão — diz Holiday.

Mustang é pega de surpresa.

— Trigg. O que você mencionou. Eu não sabia. Mas mesmo assim, não podemos nos afastar do nosso objetivo por vingança. Não podemos lutar com duas dúzias de homens.

— E se eles alcançarem Asgard antes de a gente chegar nos Espigões? — pergunta Holiday. — Aí estamos perdidos. — Mustang não fica convencida.

— Você consegue matar Aja? — pergunto a Ragnar.

— Sim.

— Isso é uma oportunidade — digo a Mustang. — Quando eles vão ficar novamente tão expostos? Sem suas Legiões? Sem o orgulho dos Ouros os protegendo? Esses são campeões. Como Sevro diz: "Quando você tem a chance de acabar com seu inimigo, faça isso". Esse é o único momento em que eu concordo com aquele putinho pirado. Se conseguirmos tirá-los de campo, a Soberana perde duas Fúrias em uma semana. E Cassius é a ligação de Octavia com Marte e com as grandes famílias daqui. E se expusermos a ele as negociações dela com você, fraturamos essa aliança. Cortamos Marte da Sociedade.

— Um inimigo dividido… — diz Mustang lentamente. — Gosto disso.

— E nós temos uma dívida com eles — diz Ragnar. — Por Lorn, Quinn, Trigg. Eles vieram aqui pra nos caçar. Agora vamos caçá-los.

A trilha é inconfundível. A neve está recheada de cadáveres. São dezenas de Comedores. Os corpos ainda exalam fumaça devido aos pulsotiros próximos ao desfiladeiro da montanha onde os Obsidianos montaram uma emboscada contra os Ouros. Eles não compreenderam o poder de fogo que os Ouros poderiam suportar. Enormes crateras marcam as escarpadas ribanceiras. Impressões mais fundas na neve sinalizam a passagem de auroques. Imensos animais semelhantes a bezerros com pelagens desgrenhadas que os Obsidianos montam.

O desfiladeiro se alarga numa fina floresta alpina que recobre uma extensão de colinas ondeadas. Gradualmente, as crateras diminuem de tamanho e começamos a ver pulsoPunhos descartados e diversos corpos de Cinzas com flechas ou machados enterrados neles. Os Obsidianos mortos estão agora mais perto do rastro de Ouros e exibem ferimentos provenientes de lâminas. Há dezenas desmembrados, decapitações bem executadas. O bando de Cassius está ficando sem munição e agora os Cavaleiros Olímpicos estão realizando o trabalho de perto. No entanto, o vento ainda chia com os tiros quilômetros à frente.

Passamos por Obsidianos Comedores gemendo no chão, morrendo devido a ferimentos a bala, mas Ragnar para apenas diante de um Cinza ferido. O homem ainda está com vida, mas por um fio. Um machado de ferro está enterrado no seu estômago. Ele assobia na direção de um céu pouco familiar. Ragnar se agacha sobre ele. O reconhecimento atravessa os olhos do Cinza quando ele vê o rosto descoberto do Manchado.

— Feche os olhos — diz Ragnar, pressionando a extremidade vazia do rifle do homem nas mãos. — Pense na sua casa. — O homem fecha os olhos. E, com uma torção, Ragnar quebra seu pescoço e deposita a cabeça do Cinza delicadamente sobre a neve. Uma trombeta aguda ecoa ao longo da cadeia de montanhas. — Eles estão dizendo que a caçada está encerrada — diz Ragnar. — A imortalidade não vale o preço hoje.

Aceleramos o passo. Quilômetros à nossa direita, Comedores cavalgando auroques percorrem a borda da floresta, encaminhando-se aos seus acampamentos no alto da montanha. Eles não nos veem quando nos movemos pela taiga de pinheiros. Holiday observa o grupo de caça desaparecer atrás de uma colina através da mira telescópica do seu rifle.

— Eles levaram dois Ouros — diz ela. — Não deu pra reconhecer nenhum. Eles ainda não estavam mortos.

Nós todos sentimos o calafrio.

Uma hora mais tarde, espionamos a pedreira abaixo de nós num desnivelado campo nevado cheio de fendas. Dois braços de floresta abraçam o campo nevado. Aja e Cassius escolheram uma rota exposta ao invés de continuar através da traiçoeira floresta onde eles perderam tantos Cinzas. Há quatro restantes no grupo. Três Ouros e um Cinza. Eles usam pelEscaravelhos pretas com mantos de pele e camadas extras que tiraram dos canibais mortos. Eles se movem a uma velocidade alucinante, o resto do seu grupo massacrado nas profundezas da floresta. Não temos como dizer quem é Aja ou Cassius por causa das máscaras e dos formatos similares dos dois por baixo dos mantos.

Inicialmente, eu queria ficar esperando e emboscá-los com o intuito de tomar a iniciativa tática, mas me lembro de que não havia equipamento óptico nas suas caixas e presumo que Aja e Cassius estão ambos em posse deles. Com visão térmica, os dois nos verão escondidos sob a neve. Poderiam inclusive nos ver se nos escondermos nas barrigas dos auroques ou das focas mortos. Portanto, em vez disso, mando Ragnar me conduzir até a trilha que ele encontrou para interceptá-los numa passagem pela qual os dois devem passar e bloquear a trilha para atrair a atenção deles.

Estou arfando ao lado de Ragnar, tossindo o frio que se acumula nos meus doloridos pulmões, quando o grupo de quatro chega no local escolhido por nós. Eles correm ao longo da extremidade da fenda em improvisados calçados de neve, curvados sob o peso da comida e do equipamento de sobrevivência que carregam atrás de si em pequenos trenós improvisados. Habilidades de sobrevivência dos Manuais das Legiões, cortesia das escolas militares dos Campos Marianos. Todos os quatro estão munidos de visores ópticos pretos com lentes de vidro esfumaçadas. É sinistro quando eles nos avistam. Não há nenhuma expressão nos visores ou nos rostos mascarados. Então a sensação é de que eles esperavam nos ver ali na extremidade do campo nevado, bloqueando a passagem.

Meus olhos disparam entre um e outro. Cassius é suficientemente fácil de se distinguir pela estatura. Mas qual dos quatro é Aja? Estou em dúvida entre dois fortes Ouros, cada qual mais baixo do que Cassius. Então vejo a arma do meu antigo mestre de lâmina pendurada no cinto dela.

— Aja! — chamo, retirando a balaclava de peleFoca.

Cassius tira a máscara. Seus cabelos estão suados, o rosto afogueado. Ele é o único a carregar consigo um pulsoPunho, mas sei que a carga da arma deve estar no fim, baseado nos padrões de dispersão dos canibais mortos que ele deixou para trás. Sua lâmina é desembainhada, bem como as de todo o grupo. Elas parecem longas línguas vermelhas, o sangue congelado nas lâminas.

— Darrow… — murmura Cassius, atônito ao nos ver. — Eu vi você afundar…

— Eu nado tão bem quanto você. Lembra-se? — Olho além dele. — Aja, você vai deixar Cassius ter toda a palavra?

Finalmente, ela dá um passo para se afastar do outro e se posta ao lado do alto cavaleiro, retirando da sua cintura a corda que a mantém atada ao seu trenó improvisado. Aja tira sua máscara pelEscaravelho, revelando o rosto escuro e a cabeça calva. A fumaça sobe dela. Aja avalia as fendas que percorrem o caminho através da neve, e as rochas e as árvores, o cercado no campo nevado, imaginando de onde virá minha emboscada. Ela se lembra muito bem de Europa, mas não consegue saber quem era minha tripulação ou mesmo quantos sobreviveram.

— Uma abominação e um cão raivoso — ronrona ela, e seus olhos perduram em Ragnar antes de retornarem a mim. A pelEscaravelho que ela está usando não tem marcas. Será possível que ela não tenha mesmo nenhum ferimento proporcionado por um Obsidiano? — Estou vendo que seu Entalhador te remontou pedaço por pedaço, Enferrujado.

— O bastante pra matar sua irmã — digo em resposta, incapaz de impedir que o veneno escape na minha voz. — Pena que não era você. — Ela não dá nenhuma resposta. Quantas vezes a vi matar Quinn em minhas lembranças? Quantas vezes a vi roubar a lâmina de Lorn quando ele estava morto depois de ser alvejado pelas lâminas do Chacal e de Lilath? Faço um gesto na direção da arma. — Isso não é seu.

— Você nasceu pra servir, não pra falar, sua abominação. Não se dirija a mim. — Ela olha de relance para o céu onde Phobos cintila no horizonte oriental. Luzes vermelhas e brancas tremeluzem ao redor dela. Trata-se de uma batalha espacial, o que significa que Sevro capturou naves. Mas quantas? Aja franze o cenho e troca olhares preocupados com Cassius.

— Eu espero esse momento há muito tempo, Aja.

— Ah, o bichinho de estimação favorito do meu pai — diz Aja, examinando Ragnar. — O Manchado te convenceu de que é domado? Imagino se ele contou como gostava de ser recompensado depois de uma luta na Circada. Depois que os aplausos refreavam e ele limpava o sangue das mãos, papai mandava jovens Rosas pra ele satisfazer seus desejos animalescos. Como ele era ávido com elas. Como elas tinham medo dele. — A voz dela é equilibrada e exibe tédio diante desse gelo, dessa conversa, de nós. Tudo o que ela quer é o que temos para dar a ela, e isso é um desafio. Depois de todos os corpos de Obsidianos atrás dela, Aja ainda não está cansada de sangue. — Você já viu um Obsidiano no cio? — continua ela. — É melhor pensar duas vezes antes de tirar as coleiras deles, Enferrujado. Eles têm apetites que você nem consegue imaginar.

Ragnar dá um passo à frente, segurando suas lâminas em ambas as mãos. Ele solta do corpo a pele branca que tirou dos Comedores e a deixa cair atrás de si. É estranho estar aqui cercado pelo vento e pela neve. Desprovidos das nossas armas, das nossas armadas. A única coisa que protege cada uma das nossas vidas: pequenas espirais de metal. A imensidão do Antártico ri do nosso tamanho e da nossa autoimportância, pensando o quão facilmente poderia extinguir o calor dos nossos pequenos peitos. Mas nossas vidas significam muito mais do que os frágeis corpos que as carregam.

O passo à frente de Ragnar é um sinal para Mustang e Holiday nas árvores.

Capriche na mira, Holiday.

— Seu pai me comprou, Aja. Envergonhou-me. Fez de mim seu demônio. Uma coisa. A criança dentro de mim sumiu. A esperança desapareceu. Eu não era mais Ragnar. — Ele toca seu próprio peito. — Mas eu sou Ragnar hoje, amanhã, e para sempre serei. Sou filho dos Espigões, irmão de Sefi, a Quieta, irmão de Darrow de Lykos e de Sevro au Barca. Sou o Escudo de Tinos. Sigo meu coração. E quando o seu não estiver mais batendo, ignominiosa Cavaleira, eu o tirarei do seu peito e o darei como alimento ao grifo de…

Cassius rastreia as rochas escarpadas e as árvores mirradas que cobrem o campo nevado à sua esquerda. Seus olhos se estreitam quando pousam sobre um aglomerado de lenha quebrada na base da formação rochosa. Então, sem alarde, ele empurra Aja. A Fúria tropeça e, logo às suas costas, onde ela se encontrava antes, a cabeça do Cinza remanescente explode. O sangue espirra na neve quando o estalo do rifle de Holiday ecoa das montanhas. Mais balas despedaçam a neve ao redor de Cassius e Aja. A Fúria se move para trás do terceiro Ouro, usando o corpo dele como cobertura. Duas balas atingem em cheio a pelEscaravelho dele, penetrando o forte polímero. Cassius rola sobre o ombro e usa o último fluido do seu pulsoPunho. A encosta da colina entra em erupção. As rochas refulgem. Explodem. A neve se transforma em vapor.

E, sob esse barulho, o som de um arco liberando uma flecha. Aja também o ouve. Ela se move com rapidez, girando à medida que a flecha atirada por Mustang da floresta voa na direção dela. Ela erra o alvo por centímetros. Cassius atira na posição de Mustang na colina, despedaçando árvores e superaquecendo rochas.

Não dá para dizer se ela foi atingida. Não dá para gastar os segundos para olhar porque Ragnar e eu usamos a distração para atacar, a visão estreitando, curviLâmina se curvando ao adquirir sua forma. Encurtando a distância na neve. Com um pulsoPunho cintilando na mão, Cassius se vira no exato instante em que eu invisto sobre ele. Ele atira com o pulsoPunho. É uma carga fraca sob a qual eu mergulho, atingindo o chão e rolando para cima como um saltador de Lykos. Ele atira novamente. O pulsoPunho está morto, a bateria esgotada devido aos tiros na encosta da colina. Ragnar arremessa uma das suas lanças em Aja como se a arma fosse uma imensa faca. Ela voa pelo ar. Aja não se mexe. A arma a atinge com força. O corpo dela faz um rodopio para trás. Por um momento eu acho que ele a matou. Mas então ela se volta novamente para nós, segurando a lâmina pelo cabo com a mão direita.

Ela pegou a lança.

Um temor sombrio percorre meu corpo quando todos os alertas de Lorn acerca de Aja voltam em disparada à minha mente.

"Nunca lute com um rio, e nunca lute com Aja."

Nós quatro nos engalfinhamos, transformando-nos numa massa desengonçada de chicotes estalando e lâminas retinindo. Cambaleando e contorcendo e curvando. Nossas lâminas mais velozes do que nossos olhos conseguem rastrear. Aja ataca diagonalmente minhas pernas enquanto tento acertar as dela; Ragnar e Cassius miram o pescoço um do outro em rápidas investidas às cegas. Estratégias idênticas, todas. É tão esquisito que nós todos quase matamos uns aos outros no primeiro meio segundo. Contudo, cada manobra deixa de acertar por um fio de cabelo.

Nós nos separamos, cambaleando para trás. Há sorrisos desprovidos de bom humor no nosso rosto — um bizarro parentesco à medida que nos lembramos que nós todos falamos a mesma língua marcial. Todas aquelas odiosas linhagens humanas sobre as quais Dancer me falou antes de eu ser entalhado, aquelas entre as quais Lorn vivia e que ao mesmo tempo desprezava.

Arrebento a estranha paz em primeiro lugar. Avanço numa rígida série de golpes centrados no flanco direito de Cassius, afastando-o de Aja de modo que Ragnar possa derrubá-la sozinho. Atrás de Cassius, Mustang dá sinal de vida em meio aos destroços. Ela corre pela neve com um imenso arco Obsidiano na mão. Ainda está a cinquenta metros de distância. Chicoteio duas vezes as pernas de Cassius com minha lâmina, retraindo-a ao formato de lâmina quando ele me ataca diagonalmente mirando minha cabeça. O golpe chacoalha meu braço quando eu o pego na metade do caminho ao longo da curva da lâmina. Ele é mais forte do que eu. Mais rápido do que era da última vez que lutamos. E ele agora é experiente contra uma lâmina curva. Esteve treinando com Aja, sem dúvida nenhuma. Ele força meu corpo a recuar. Eu tropeço, caio, entre as pernas dele vejo a Fúria e o Manchado se atacando mutuamente. Ela o apunhala na coxa esquerda.

Uma outra flecha sussurra pelo ar. Ela acerta as costas de Cassius. Sua pelEscaravelho detém o projétil. Desequilibrado, ele investe novamente contra mim com um rígido conjunto de oito movimentos. Eu me lanço para trás no exato instante em que a lâmina sibila pelo ar onde minha cabeça estava anteriormente. Eu me esparramo na neve a centímetros da borda da enorme fenda. Levanto-me aos trancos e barrancos à medida que Cassius corre na minha direção. Bloqueio um outro golpe vindo de cima na minha direção, oscilando na borda. Caio para trás e dou um salto sobre a borda com o máximo de intensidade que consigo imprimir de modo a aterrissar com desenvoltura do outro lado, usando minha agilidade para evitar a investida dele. Atrás de Cassius, Aja rodopia sob a lâmina de Ragnar, dilacerando seu tendão do jarrete. Ela o está triturando.

Cassius me persegue, transpondo a fenda e me atacando. Bloqueio a lâmina. Ela teria aberto do ombro ao quadril no lado oposto. Atiro uma pedra na cara dele. Consigo me levantar. Ele brande novamente a lâmina numa finta, gira o punho e golpeia para arrebentar meus joelhos. Cambaleio para o lado, desviando-me por pouco. Ele converte a lâmina num chicote, flagela minhas pernas e as tira de baixo de mim. Eu caio. Ele me dá um chute no peito. Fico sem fôlego. Ele se põe de pé em cima do meu punho, prendendo minha lâmina no chão, e está prestes a enterrar sua lâmina no meu coração, ostentando no rosto uma máscara de determinação.

— *Pare* — grita Mustang. Ela está a vinte metros de distância, mirando Cassius com seu arco. A mão tremendo devido ao esforço de manter a corda tensa. — Eu vou te abater.

— Não — diz ele. — Você...

A corda do arco estala. Ele levanta a lâmina para desviar da flecha. Erra, pois é mais lento do que Aja. A ponta de ferro serrilhada atravessa a frente do pescoço dele e sai pela nuca, a pena roçando a parte inferior do seu queixo. Não há nenhum esguicho de sangue. Somente um gorgolejo carnoso, úmido. Ele desaba para trás e atinge o chão com dureza. Sufoca. Debate-se de maneira hedionda. Seus pés chutam enquanto ele segura a flecha. Sibilando em busca de ar, com os olhos a centímetros dos meus. Mustang corre até mim. Eu me levanto com um esforço, afastando-me de Cassius, e agarro minha lâmina sobre a neve, apontando-a para o corpo convulsivo de Cassius.

— Eu estou bem — digo, tirando os olhos do meu velho amigo à medida que o sangue empoça embaixo dele e ele luta por sua vida. — Ajude Ragnar.

Por sobre o corpo de Cassius, vemos o Manchado e Aja rodopiando um sobre o outro na borda da fenda. O sangue pinta a neve ao redor dos dois. Todo ele vindo de Ragnar. Mas mesmo assim ele força a cavaleira a recuar, uma furiosa canção cascateando da sua garganta. Obrigando-a a se abaixar. Sobrepujando-a com seus duzentos e cinquenta quilos de massa. Fagulhas brilham de ambas as lâminas. Ela cede diante dele agora, incapaz de fazer frente à raiva do banido príncipe dos Espigões. Seus calcanhares escorregam na neve. Seu braço estremece. Ela se curva para trás para se afastar de Ragnar. Curva-se como um salgueiro. A canção dele ruge em tom maior.

— Não — murmuro. — Atire nela — digo a Mustang.

— Eles estão muito próximos um do outro...

— Eu não estou nem aí!

Ela atira a flecha. O projétil passa zunindo a centímetros da cabeça de Aja. Mas isso não tem importância. Ragnar já caiu na armadilha que a mulher montou para ele. Mustang ainda não consegue enxergá-la. Mas enxergará. É uma das muitas armadilhas que Lorn me ensinou. A que Ragnar não poderia ter aprendido porque jamais teve um mestre de lâminas. Ele teve na sua vida apenas raiva e anos de luta com armas sólidas, não com o chicote. Mustang dispara outra flecha. E Ragnar acerta a parte superior da cabeça de Aja com um golpe de ferreiro, Aja ergue sua lâmina rígida para encontrar a dele. Ela ativa a função chicote. Sua lâmina amolece. Esperando encontrar a resistência de fibra de poliene sólida, todo o peso de Ragnar é carregado para baixo sobre o ar vazio. Ele é suficientemente atlético para diminuir o movimento de modo que sua lâmina não bate de encontro ao chão, e contra um oponente com menos poder ele teria se recuperado com desenvoltura. Mas Aja era a maior aluna de Lorn au Arcos. Ela já está girando o corpo para o lado, contraindo o chicote para transformá-lo novamente numa lâmina e usando seu impulso para atacar Ragnar pelo flanco enquanto termina seu rodopio. O movimento é simples. Lacônico. Como uma das bailarinas que Mustang e Roque assistiam na casa de ópera de Agea enquanto eu estudava com Lorn, fazendo uma pirueta através de um *fouetté*. Se eu não tivesse visto o vermelho pintar a lâmina dela e formar um delicado arco vermelho na neve, poderia ficar convencido de que ela não acertara o alvo.

Aja não erra o alvo.

Ragnar tenta se virar e encará-la, mas suas pernas o traem e desabam embaixo dele. Sua ferida escancarada é um sangrento sorriso em contraste com a brancura da sua peleFoca. A lâmina de Aja penetra a lombar de Ragnar, atravessa a medula espinhal e sai pela parte dianteira do estômago, na altura do umbigo. Ele desaba na borda da fenda. A lâmina escorrega pelo gelo. Eu uivo de raiva, numa esmagadora descrença, e ataco Aja enquanto Mustang dispara flechadas e sai correndo comigo. Aja dá um passo para o lado para se desviar das flechas de Mustang e apunhala Ragnar duas vezes mais no estômago enquanto ele está deitado no chão segurando o ferimento. Seu corpo se contorce. A lâmina escorrega para dentro e para fora. Aja se posiciona agora, preparando-se para mim, quando seus olhos ficam arregalados. Ela dá um passo para trás, maravilhada diante de algo no céu acima da minha cabeça. Mustang atira duas vezes numa rápida sucessão de flechadas. A cabeça de Aja se contorce. Ela gira o corpo para se afastar de nós, rodopiando para trás na direção da borda da fenda. O gelo cede sob seus pés, desmoronando na fenda. Os braços dela se debatem no ar mas ela não consegue reconquistar o equilíbrio enquanto seus olhos se encontram com os meus e ela despenca de cabeça na escuridão juntamente com o gelo.

30
A QUIETA

Aja se foi. Para o fundo da fenda, as laterais se estreitando em direção à escuridão. Corro de volta a Ragnar enquanto Mustang olha para o alto da colina e para as nuvens, com o arco em prontidão. Restam-lhe apenas três flechas.

— Não estou vendo nada — diz ela.

— Ceifeiro — murmura Ragnar do chão. Seu peito sobe e desce, arfando pesadamente. O sangue vital, escuro, pulsa do seu ventre aberto. Aja poderia tê-lo finalizado com rapidez com os dois golpes quando ele estava no chão. Em vez disso, ela apunhalou o baixo-ventre de Ragnar para que ele sofresse enquanto morria. Continuo concentrado no primeiro ferimento, com os braços vermelhos até os cotovelos, mas há tanto sangue que eu nem sei o que fazer. Uma resArma não consegue consertar o que Aja fez. Nem consigo mantê-lo vivo. As lágrimas ardem nos meus olhos. Mal consigo enxergar. O vapor borbulha do seu ferimento. Meus dedos congelados pinicam com o calor do sangue do meu amigo. Ragnar empalidece diante do sangue, um olhar constrangido no seu rosto enquanto sussurra pedidos de desculpa.

— Podem ter sido os canibais — diz Mustang a respeito da distração de Aja. — Ele consegue se mexer?

— Não — digo debilmente. Ela olha de relance para ele, mais estoica do que eu.

— A gente não pode ficar aqui — diz ela.

Eu a ignoro. Já assisti a muitos amigos morrerem para deixar Ragnar partir. Eu o levei a lutar com Aja. Eu o convenci a voltar para sua casa. Não vou deixá-lo escapar assim. Devo isso a ele. Mesmo que seja a última coisa que eu faça, tolice ou não, vou defendê-lo. Encontrarei alguma maneira de consertá-lo, de levá-lo a um Amarelo. Mesmo que os canibais apareçam. Mesmo que isso custe minha vida, eu não o deixarei. Mas pensar nisso não transforma a vontade em verdade. Não me fornece poderes mágicos. Seja lá que plano eu elabore, parece que o mundo sempre fica contente em desfazê-lo.

— Ceifeiro... — consegue exprimir Ragnar novamente.

— Guarde sua energia, meu amigo. Toda ela vai ser necessária pra você conseguir sair daqui.

— Ela foi rápida. Rápida demais.

— Ela já era — digo, embora não possa ter certeza.

— Sempre sonhei com uma boa morte. — Ele estremece ao perceber novamente que está morrendo. — Isso não parece nada bom.

Suas palavras fisgam um soluço do meu peito e o transportam à minha garganta.

— Está tudo bem — digo, com a voz densa. — Vai ficar tudo bem. Assim que a gente te remendar vai ficar tudo bem. Mickey vai te consertar direitinho. A gente vai chegar nos Espigões. Vamos conseguir uma evacuação daqui.

— Darrow... — diz Mustang.

Ragnar pisca intensamente para mim, tentando adquirir foco no olhar. Sua mão vai em direção ao céu.

— Sefi...

— Não. Sou eu, Ragnar. Sou eu, Darrow — digo.

— Darrow... — insiste Mustang.

— O que é? — rebato.

— Sefi... — aponta Ragnar. Sigo seu dedo em direção ao céu. Não vejo coisa alguma. Somente as tênues nuvens levadas pelo vento que vem do mar. Escuto apenas o som de Cassius tossindo e o rangido do arco de Mustang e Holiday mancando na nossa direção. Então entendo por que Aja fugiu ao avistar três quilos de um predador alado furar as nuvens. Corpo de um leão. Asas, pernas dianteiras e cabeça de uma águia. Penas brancas. Bico em forma de gancho e preto. Cabeça do tamanho de um Vermelho adulto. O grifo é descomunal, a parte inferior das suas asas exibe imagens de rostos berrantes de demônios azul-celestes. Seus dez metros de largura se expandem à medida que o monstro aterrissa na neve em frente a mim. A terra sacode. Os olhos da fera são azul-claros, e há glifos e proteções pintados ao longo do seu bico preto em tinta branca. Sobre suas costas se encontra um ser humano magro, terrível, que sopra pesarosamente uma trombeta branca.

Mais trombetas ecoam das nuvens acima e doze outros grifos descem ruidosamente pela passagem montanhosa; alguns deles se grudam nas íngremes paredes rochosas acima de nós, outros dão patadas na neve. O primeiro ser montado no grifo, o que soprava a trombeta, está coberto dos pés à cabeça com uma imunda pele branca e usa um capacete de osso sobre o qual se encontra um único suporte de penas azuis que descem pela sua nuca. Nenhum dos outros seres sobre grifos tem menos de dois metros de altura.

— Nascido-no-Sol — chama uma do grupo no seu arrastado dialeto enquanto corre para o lado do silencioso líder. A porta-voz retira seu capacete para revelar o embrutecido rosto repleto de cicatrizes e piercings antes de cair de joelhos e tocar a testa com a palma da mão enluvada num sinal de respeito. A impressão de uma mão em tom azul cobre o rosto dela. — Nós vimos a chama no céu... — A voz dela titubeia quando vê minha curviLâmina.

Os outros retiram seus capacetes, desmontando às pressas ao verem nossos cabelos e nossos olhos. Nenhum deles é do sexo masculino. Os rostos das mulheres estão pintados com imensas impressões de mãos em tom azul-celeste. Há um pequeno olho desenhado no centro de cada uma delas. Cabelos brancos fluem em longas tranças pelas suas costas. Olhos pretos espiam dos capuzes. Piercings de ferro e osso unem narizes e engancham lábios e furam orelhas. Apenas a líder ainda não retirou seu capacete ou se ajoelhou. Ela dá um passo na nossa direção, em transe.

— Irmã — consegue dizer Ragnar. — Minha irmã.

— Sefi? — repete Mustang, olhando as pretas línguas humanas sobre o gancho-prêmio no quadril esquerdo da Obsidiana. Ela não usa luvas. As costas das suas mãos têm glifos tatuados.

— Você me conhece? — arqueja Ragnar. Um sorriso tentativo em lábios trêmulos à medida que a mulher se aproxima. — Deveria conhecer. — A mulher cataloga as cicatrizes dele a partir de olhos ocultos pela máscara. Olhos escuros e arregalados. — Eu te conheço — continua Ragnar. — Eu te conheceria se o mundo estivesse escuro e nós estivéssemos definhados e idosos. — Ele estremece de dor. — Se o gelo tivesse derretido e o vento se aquietado. — Ela vaga à frente, passo a passo. — Eu te ensinei os quarenta e nove nomes do gelo... Os trinta e quatro sopros do vento. — Ele sorri. — Embora você conseguisse se lembrar apenas de trinta e dois.

Ela não lhe dá nada, mas as outras amazonas já estão sussurrando o nome dele, e olhando para nós como se, pelo fato de o estarmos acompanhando e por possuirmos uma lâmina curva, elas pudessem juntar as peças e saber quem eu sou. Ragnar continua, a voz carregando os últimos resquícios da sua força.

— Eu te carreguei nos ombros pra assistir a cinco Quebras. E deixei você trançar meus cabelos com suas fitinhas. E brinquei com as bonecas de couro de foca que você fazia e jogava bolas de neve no velho Proudfoot. Sou seu irmão. E quando os homens do Sol Choroso levaram a mim e uma colheita da nossa estirpe às Terras Acorrentadas, você se lembra o que foi que eu te disse?

Apesar do seu ferimento, o homem exala poder. Esta é a terra dele. Esta é a casa dele. E ele é tão vasto aqui quanto eu era montado numa perfuratriz-garra. A gravidade dele leva Sefi a se aproximar ainda mais. Ela cai de joelhos e retira o capacete de osso.

Sefi, a Quieta, famosa filha de Alia Snowsparrow, é tosca e majestosa. Ela tem o rosto severo, anguloso como o de um corvo. Seus olhos são pequenos demais, próximos demais um do outro. Seus lábios são finos, púrpuras no frio, e permanentemente franzidos em pensamento. Os cabelos brancos são raspados na lateral esquerda, trançados e caindo até a cintura na lateral direita. A tatuagem de uma asa circundada por runas astrais é azul-lívida do lado esquerdo do seu pálido crânio. Mas o que a torna singular entre os Obsidianos, e objeto da admiração deles, é o fato de que sua pele não possui manchas ou cicatrizes. O único ornamento que ela exibe é uma única barra de ferro ligando as duas narinas. E quando ela pisca na direção do ferimento de Ragnar, os olhos azuis tatuados nas costas das suas pálpebras me penetram.

Ela estende a mão ao seu irmão, não para tocá-lo, mas para sentir a fumaça da respiração diante da boca e do nariz dele. Isso não é o suficiente para Ragnar. Ele agarra a mão dela e a pressiona ferozmente de encontro ao peito de modo que ela possa sentir seus evanescentes batimentos cardíacos. Lágrimas de alegria lhe encharcam os olhos. E quando elas escorrem dos olhos de Sefi, passando pelas bochechas e entalhando um caminho através da sua pintura azul de guerra, a voz dele engasga.

— Eu te disse que retornaria.

Os olhos dela deixam os dele para seguir as pegadas de Aja em direção à fenda. Ela estala a língua e quatro Valquírias afixam cordas na neve e descem de rapel na escuridão para ir em busca de Aja. O restante monta guarda em torno da sua líder de guerra e vigia as colinas, elegantes arcos recurvados de prontidão.

— Nós temos que levá-lo até os Espigões — digo na língua delas. — Até o xamã de vocês.

Sefi não olha para mim.

— É tarde demais. — A neve se acumula na barba branca de Ragnar. — Deixe-me morrer aqui. No gelo. Sob o céu selvagem.

— Não — murmuro. — Nós podemos te salvar.

O mundo parece distante demais e totalmente desprovido de importância. O sangue dele continua a sair do seu corpo, mas não há mais tristeza no meu amigo. Sefi acabou com ela.

— Não é grande coisa morrer — diz ele para mim, embora eu saiba que ele não creia nisso com a mesma profundidade que gostaria de crer. — Não quando se viveu. — Ele sorri, tentando me reconfortar mesmo num momento como esse. Mas ele tem estampado no rosto a injustiça que marcou sua vida e marca sua morte. — Devo isso a você.

Mas... há muita coisa ainda por fazer. Sefi. — Ele engole em seco, sua língua pesada e seca. — Meus homens te encontraram? — Sefi faz que sim com a cabeça, permanecendo debruçada sobre o irmão, seus cabelos brancos voando ao redor dela no vento. Ele olha para mim. — Darrow, sei que você acha que palavras serão suficientes — diz Ragnar em idioma Áurico para que Sefi não possa compreender. — Elas não serão. Não com minha mãe. — Isso foi o que ele não me disse. O motivo pelo qual ele estava tão quieto no ônibus espacial, o motivo pelo qual ele carregava nos ombros o pavor. Ele estava vindo para casa com o objetivo de matar a mãe. E agora está dando a mim a permissão para fazer exatamente isso. Olho de relance para Mustang. Ela também ouviu, e exibe na face a desolação que sente no coração. Tanto pelo meu sonho tolo e despedaçado de um mundo melhor quanto pelo meu amigo moribundo. Ele estremece de dor e Sefi tira uma faca da sua bota, não conseguindo mais assistir ao sofrimento do irmão. Ragnar sacode a cabeça para ela como quem diz não e faz um meneio olhando para mim. Ele quer que eu faça isso. Sacudo a cabeça como se pudesse despertar desse pesadelo. Sefi olha fixamente para mim, desafiando-me a contradizer os últimos desejos do seu irmão.

— Morrerei com meus amigos — diz Ragnar.

Deixo minha lâmina escorregar tropegamente em direção à mão e seguro-a sobre o tórax dele. Há paz finalmente nos olhos úmidos de Ragnar. Isso é tudo o que eu posso fazer para ser forte para ele.

— Eu levarei seu amor a Eo. Farei uma casa pra você no Vale dos seus pais. Ela ficará ao lado da minha. Junte-se a mim quando morrer. — Ele dá uma risadinha. — Mas eu não sou construtor. Portanto, demore-se por aqui. Nós esperaremos.

Balanço a cabeça em aquiescência, como se ainda acreditasse no Vale. Como se ainda pensasse que ele espera por mim e por ele.

— Seu povo vai ser livre — digo. — Juro pela minha vida. E logo, logo vamos nos ver de novo. — Ele sorri e olha para o céu. Sefi coloca freneticamente seu machado na palma da mão de Ragnar de modo que ele possa morrer como um guerreiro, uma arma na mão, e assim assegurar seu lugar nos corredores de Valhalla.

— Não, Sefi — diz ele, soltando o machado e pegando neve com a mão esquerda, a mão dela com a direita. — Viva por mais. — Ele balança a cabeça para mim.

O vento açoita.

A neve cai.

Ragnar observa o céu, onde as luzes frias de Phobos cintilam enquanto eu silenciosamente deslizo o metal em direção ao seu coração. A morte chega como o cair da noite, e eu não sei dizer em que momento a luz o abandona, em que momento seu coração não bate mais e seus olhos não enxergam mais. Mas sei que ele se foi. Sinto isso no calafrio que toma conta de mim. No som do solitário e ávido vento, e no pavoroso silêncio estampado nos olhos negros de Sefi, a Quieta.

Meu amigo, meu protetor, Ragnar Volarus deixou este mundo.

31

A RAINHA PÁLIDA

Estou entorpecido de pesar. Incapaz de pensar em qualquer coisa além da maneira como Sevro reagirá quando ouvir que Ragnar morreu. Como minhas sobrinhas e sobrinhos jamais farão outro arco trançado nos cabelos do Gigante Amigável. Parte da minha alma partiu e jamais retornará. Ele era meu protetor. Ele me deu muita força. Agora, sem ele, eu me grudo às costas da Valquíria enquanto seu grifo ascende aos céus para se afastar da neve ensanguentada. Mesmo enquanto pairamos em meio às nuvens em imensas asas, mesmo enquanto vejo os Espigões das Valquírias pela primeira vez, não sinto nenhuma admiração. Apenas entorpecimento.

Os espigões são um emaranhado e vertiginoso espinhaço de picos montanhosos tão lúdicros na sua abrupta ascensão das planícies árticas que apenas um Ouro maníaco nos controles de um motor Lovelock com cinquenta anos de manipulação tectônica e um sistema solar de recursos poderia conspirar para criá-los. Provavelmente apenas pensar se poderiam ser feitos. Dezenas de espigões de pedra serpenteiam uns ligados aos outros como se fossem amantes rancorosos. A névoa forma um véu sobre eles. Os grifos fazem ninhos nos seus picos, corvos e águias, nas partes mais baixas. Sobre um alto paredão rochoso, sete esqueletos estão pendurados por correntes. O gelo está manchado com sangue e com fezes de animais. Este é o lar da única raça que jamais ameaçou os Ouros. E nós chegamos manchados no sangue do seu príncipe banido.

Sefi e suas amazonas vasculharam a fenda na qual Aja caíra; não encontraram nada além de pegadas de bota. Nenhum corpo. Nenhum sangue. Nada que pudesse minorar a raiva que queima dentro de Sefi. Acho que ela teria permanecido debruçada sobre o corpo do irmão por mais algumas horas se elas não tivessem escutado os tambores batendo ao longe. Comedores que haviam reunido uma força maior e que pretendiam desafiar as Valquírias pela posse dos deuses caídos.

A ira manchava seu rosto quando ela se postou sobre Cassius, com o machado na mão. Ele é um dos primeiros Ouros que ela jamais terá visto sem uma armadura, quem sabe o primeiro, além de Mustang. E eu acho que, manchada com o sangue do seu irmão, ela o teria matado ali mesmo na neve. Sei que eu teria deixado que ela o fizesse, e também Mustang. Mas ela se enterneceu, estalando a língua para suas Valquírias, embainhando o machado e sinalizando para que elas montassem nos seus grifos. Agora Cassius está amarrado à sela de uma Valquíria à minha direita. A flecha não acertou a jugular, mas a morte pode muito bem vir para ele mesmo sem o beijo do machado de Sefi.

Pousamos numa alta alcova cortada no ponto mais alto de um espigão em formato de saca-rolhas. Escravos dos clãs Obsidianos inimigos, olhos cegos pelo ferro em brasa, recebem nossos grifos ao pousarmos. Seus rostos pintados de amarelo representam a covardia. Portas de ferro rosnam ao serem batidas atrás de nós, lacrando-nos do vento. As amazonas saltam das suas selas antes de pousarmos para ajudar a carregar Ragnar para longe de nós na direção das profundezas da cidade rochosa.

Há uma comoção à medida que várias dezenas de guerreiros se acotovelam para chegar ao estábulo de grifos e confrontar Sefi. Eles gesticulam tresloucadamente para nós. Seus sotaques são mais fortes do que o Nagal que eu aprendi com os uploads de Mickey e meus estudos na Academia, mas entendo o suficiente para perceber que o grupo mais novo de guerreiros está gritando que deveríamos estar acorrentados, e qualquer coisa a respeito de heresias. As mulheres de Sefi estão gritando de volta, dizendo que somos amigos de Ragnar, e apontam agitadamente para o Ouro dos nossos cabelos. Eles não sabem como nos tratar, ou a Cassius, que diversos dos guerreiros puxam de nós como se fossem cães lutando por um pedaço de carne. A flecha ainda está no seu pescoço. Os brancos dos seus olhos estão imensos. Ele vem na minha direção, aterrorizado, enquanto os Obsidianos o arrastam pelo chão. Sua mão agarra a minha, segura-a por um momento e então ele desaparece num corredor iluminado por tochas, carregado por uma dúzia de gigantes. O restante se aglomera ao nosso redor, com enormes armas de ferro na mão; o fedor das suas pelagens é denso e nauseante. Eles se aquietam apenas quando uma senhora idosa e corpulenta com uma tatuagem na testa em formato de mão abre caminho em meio às fileiras de soldados para falar com Sefi. Uma das chefes de guerra da sua mãe. Ela gesticula na direção do teto com movimentos da sua mão grande.

— O que ela está dizendo? — pergunta Holiday.

— Eles estão falando de Phobos. Estão vendo as luzes da batalha. Acham que os deuses estão lutando. Esses aí pensam que deveríamos ser prisioneiros, não hóspedes — diz Mustang. — Deixe-os ficarem com suas armas.

— Nem a pau. — Holiday dá um passo para trás com seu rifle. Agarro o cano da arma e o empurro para baixo, entregando a eles minha lâmina. — Isso aqui é uma porra de um espetáculo mesmo — murmura ela. Eles agrilhoam nossos braços e pernas com grandes algemas de ferro, tomando cuidado para não tocar nossa pele ou nossos cabelos, e nos conduzem ao túnel vigiados pelos guardas dos Espigões, levando-nos para longe das Valquírias de Sefi. Mas, à medida que seguimos, capto o olhar de Sefi nos observando: há uma estranha e conflituosa expressão no seu rosto branco.

Depois de sermos arrastados por muitas dezenas de escadarias parcamente iluminadas, somos enfiados numa abafada cela de pedra entalhada e desprovida de janelas, com ar fumarento. Há óleo de foca queimando nos braseiros de ferro. Tropeço numa laje elevada e caio no chão. Lá, bato minhas algemas de encontro à pedra, sentindo a raiva. O desamparo. Todas as coisas acontecem muito rapidamente, me fazem rodopiar, de modo que não sei dizer qual o melhor caminho a seguir. Mas consigo pensar o tempo suficiente para sacar a inutilidade das minhas ações, dos meus planos. Mustang e Holiday me observam num pesado silêncio. Um dia passado no meu grandioso plano e Ragnar já está morto.

Mustang fala mais suavemente.

— Você está bem?

— O que você acha? — pergunto em tom amargurado. Ela não diz nada em resposta, não sendo o tipo de pessoa frágil que se ofende e choraminga dizendo que está só tentando ajudar. Ela conhece a dor da perda suficientemente bem. — Precisamos ter um plano — digo mecanicamente, tentando tirar Ragnar à força da minha cabeça.

— Ragnar era nosso plano — diz Holiday. — Ele era toda a droga do plano.

— Podemos dar um jeito de salvá-lo.

— E como é que você pretende fazer isso, cacete? — pergunta Holiday. — A gente já não tem mais nenhuma arma. E eles não me pareceram exatamente Rosas excitadinhos ao nos ver. Eles provavelmente vão comer a gente.

— Esses não são canibais — diz Mustang.

— Você está disposta a apostar a perna nisso, menina?

— Alia é a chave — digo. — Ainda podemos convencê-la. Vai ser difícil sem Ragnar, mas essa é a única maneira. Convencê-la de que ele morreu tentando trazer a verdade ao seu povo.

— Você não ouviu o cara? Ele disse que palavras não funcionariam.

— Elas ainda podem funcionar.

— Darrow, dê a si mesmo um momento — diz Mustang.

— Um momento? Meu povo está morrendo em órbita. Sevro está em guerra, e depende do exército que prometemos levar pra ele. Não temos o luxo de contarmos com uma porra de um momento.

— Darrow... — Mustang tenta interromper. Sigo em frente, metodicamente avaliando as opções, como devemos ir à caça de Aja, reunirmo-nos de novo aos Filhos. Ela põe a mão no meu braço. — Darrow, pare. — Eu engasgo, perdendo o rastro de onde estava, escapando do conforto da lógica e caindo diretamente na emoção de tudo isso. O sangue de Ragnar está sob minhas unhas. Tudo o que ele queria era vir para casa, para seu povo, e liderá-los para fora da escuridão como ele me viu fazer com o meu. Roubei dele essa escolha liderando o ataque a Aja. Eu não choro. Não há tempo para isso, mas fico ali sentado com a cabeça nas mãos. Mustang toca meu ombro.

— Ele sorriu no fim — diz ela suavemente. — Você sabe por quê? Porque ele sabia que o que estava fazendo era certo. Ele estava lutando por amor. Você fez dos seus amigos uma família. Você sempre fez isso. Ragnar virou um homem melhor ao te conhecer. Nesse sentido, você não o levou à morte. Você o ajudou a viver. Mas agora você precisa viver. — Ela se senta perto de mim. — Sei que você quer acreditar no melhor das pessoas. Mas pense quanto tempo você levou pra conquistar a confiança de Ragnar. Pra convencer Tactus ou a mim. O que você pode fazer num dia? Numa semana? Este lugar... não é nosso mundo. Eles não ligam pras nossas regras ou pra nossa moralidade. Nós vamos morrer aqui se não escaparmos.

— Você não acha que Alia vai me ouvir.

— E por que ela deveria? Obsidianos só valorizam a força. E onde está a nossa? Ragnar até pensava que teria que matar a mãe. Ela não vai ouvir. Você sabe como se diz se render em Nagal? *Rjoga*. Sabe como se diz subjugação? *Rjoga*. Sabe como se diz escravidão? *Rjoga*. Sem Ragnar pra liderá-los, o que você acha que vai acontecer se você libertá-los do jugo da Sociedade? Alia Snowsparrow é uma tirana com um rastro de sangue atrás de si. E os outros chefes de guerra não são muito melhores do que isso. Ela pode até estar nos esperando. Mesmo que tenhamos hackeado os sistemas de monitoramento dos Ouros, eles próprios sabem que ela é a mãe dele, então podem ter dito a ela que o esperasse. Ela pode muito bem estar se comunicando com eles neste exato momento.

Quando eu olhava para meu pai na infância, imaginava que ser homem era ter controle. Ser mestre e comandante do seu próprio destino. Como algum menino poderia saber que a liberdade é perdida no momento em que você se torna homem? As coisas começam a contar. A se contrair lenta e inevitavelmente, criando uma jaula de inconveniências e deveres e prazos e planos fracassados e amigos perdidos. Estou cansado de pessoas duvidando. De pessoas escolhendo acreditar que sabem o que é possível em função do que aconteceu antes.

Holiday grunhe:

— Escapar daqui não vai ser nada fácil.

— Passo um — diz Mustang enquanto escorrega as mãos das algemas. Ela usou um pequeno fragmento de osso para abrir o cadeado.

— Onde foi que você aprendeu isso? — pergunta Holiday.

— Você acha que o Instituto foi minha primeira escola? — pergunta ela. — Sua vez. — Ela vai na direção das minhas algemas. — Da forma como vejo a coisa, nós podemos cair em cima deles quando eles abrirem a… O que houve?

Afasto as mãos dela.

— Não vou sair daqui.

— Darrow…

— Ragnar era meu amigo. Eu lhe disse que ajudaria o povo dele. Não vou fugir pra me salvar. Não vou permitir que a morte dele tenha sido em vão. A única maneira de sair daqui é levando a coisa até o fim.

— Os Obsidianos…

— São necessários — digo. — Sem eles, não consigo lutar com as Legiões de Ouro. Nem mesmo com sua ajuda.

— Tudo bem — diz Mustang, não elaborando a questão. — Então como você pretende mudar a opinião de Alia?

— Acho que vou precisar da sua ajuda nisso.

Horas mais tarde, somos guiados ao centro de uma cavernosa sala de trono construída para gigantes. Ela é iluminada por lamparinas com óleo de foca que arrotam fumaça preta ao longo das paredes. As portas de ferro são batidas atrás de nós com um estrondo, e somos deixados sozinhos diante de um trono sobre o qual está sentado o maior ser humano que já vi na vida. Ela nos observa da extremidade da sala, mais estátua do que mulher. Nós nos aproximamos de maneira canhestra com nossas correntes. Nossas botas escorregam no piso preto até ficarmos diante de Alia Snowsparrow, rainha das Valquírias.

No seu colo repousa o corpo do seu filho morto.

Alia olha com raiva para nós. Ela é tão colossal quanto Ragnar, mas antiga e perniciosa, como a mais velha das árvores de alguma floresta primeva. O tipo que bebe o solo e bloqueia o sol de árvores menores e as observa definhar e amarelar e fenecer e não faz nada além de colocar seus galhos a alturas maiores e suas raízes cada vez mais profundas. O vento fez do seu rosto uma armadura de pele morta e calosidades. Seus cabelos são viscosos e compridos, da cor de neve suja. Ela está sentada numa almofada de peles empilhadas no interior das costelas do esqueleto do que deve ter sido o maior grifo jamais entalhado. A cabeça do grifo berra silenciosamente para nós de cima dela. As asas se espalham de encontro à parede de pedra, dez metros de envergadura. Na cabeça da rainha se encontra uma coroa de vidro preto. Aos seus pés está seu mitológico peitoral de guerra que em tempos de paz fica trancado por um grande dispositivo de ferro. Suas mãos nodosas estão cobertas de sangue.

Esse é o domínio primal, e embora eu soubesse o que dizer a uma rainha que está sentada num trono, não faço a menor ideia de que porra dizer a uma mãe que está sentada com seu próprio filho morto no colo e olha para mim como se eu fosse alguma espécie de verme que acabou de rastejar da taiga.

Parece que ela não se importa muito com o fato de eu ter perdido a língua. A dela é afiada o bastante.

— Há uma grande heresia nas nossas terras contra os deuses que governam as milhares de estrelas do Abismo.

A voz dela ribomba como a de um velho crocodilo. Mas não é a língua dela, é a nossa. AltoIdioma Áurico. Uma língua sagrada, conhecida apenas por uns poucos nessas terras, principalmente pelo xamã que comunga com os deuses. Espiões, em outras palavras. A fluência de Alia deixa Mustang sobressaltada. Mas não a mim. Sei como os baixos ascendem sob a pressão dos poderosos, e isso meramente confirma a minha já antiga desconfiança. Os sacanas dos Gamas não são os únicos escravos favorecidos dos mundos.

— Uma heresia contada por profetas malignos com objetivos malignos. Por um verão e um inverno essa heresia tem deslizado entre nós. Envenenado meu povo e o povo da Borda e do Espigão do Dragão e das Tendas Sangrentas e das Cavernas Trepidantes. Envenenando-os com mentiras que cospem no olho do nosso povo.

Ela se curva no trono, há cravos enormes no seu nariz. Rugas que são como profundas ravinas ao redor dos olhos retintos.

— Mentiras que dizem que um filho Manchado retornará e que ele trará um homem que nos guiará para longe desta terra. Uma estrela da manhã na escuridão. Eu procurei esses hereges com o intuito de descobrir seus sussurros, de ver se os deuses falaram através deles. Eles não falaram. O mal falou através deles. E portanto cacei esses hereges. Quebrei seus ossos com minhas próprias mãos. Esfolei suas carnes e os joguei sobre a rocha dos espigões pra serem comidos como carniça pelas aves selvagens do gelo. — Os sete corpos que estavam pendurados das correntes. Os amigos de Ragnar. — Isso eu faço pelo meu povo. Porque amo meu povo. Porque os filhos do meu lombo são poucos, e aqueles do meu coração são muitos. Porque eu sabia que a heresia era uma mentira. Ragnar, sangue do meu sangue, jamais retornaria. Retornar significaria quebrar o juramento feito a mim, ao seu povo, aos deuses que cuidam de nós de Asgard lá no alto.

Ela olha para o filho morto.

— E então despertei neste pesadelo. — Ela fecha os olhos. Respira fundo e os abre novamente. — Quem são vocês pra trazer o cadáver do melhor filho nascido no meu espigão?

— Meu nome é Darrow de Lykos — digo. — Essa aqui é Virginia au Augustus e essa aqui, Holiday ti Nakamura. — Os olhos de Alia ignoram Holiday e piscam sobre Mustang. Mesmo com quase dois metros de altura, ela parece uma criança nesta sala descomunal. — Viemos com Ragnar na condição de uma missão diplomática em nome do Levante.

— O Levante. — Ela sente repulsa diante do sabor da palavra estrangeira. — E quem é você pro meu filho? — Ela olha meus cabelos com mais desdém do que uma mortal deveria ter por um deus. Algo mais profundo está em jogo aqui. — Você é o mestre de Ragnar?

— Eu sou irmão dele — corrijo.

— Irmão dele? — Ela faz pouco da ideia.

— Seu filho fez um juramento de servidão a mim quando eu o tirei de um Ouro. Ele me ofereceu Manchas e eu lhe ofereci a liberdade. Desde então ele tem sido meu irmão.

— Ele... — A voz dela fica engasgada. — Morreu livre?

O jeito como ela diz isso entoa aquela compreensão mais profunda. Uma compreensão que Mustang repara.

— Morreu livre, sim. Os homens dele, os que você deixou pendurados nos muros lá fora, teriam lhe dito que eu liderei uma rebelião contra os Ouros que são seus senhores, que levaram Ragnar de você como levaram também seus outros filhos. E eles teriam dito a você, assim como ao seu povo, que Ragnar era o maior dos meus generais. Ele era um homem bom. Ele era...

— Conheço meu filho — interrompe ela. — Eu nadava com ele nas banquisas de gelo quando ele era criança. Ensinei-lhe os nomes da neve, das tempestades, e o levei no meu grifo pra mostrar a ele o espinhaço do mundo. As mãos dele agarravam meus cabelos e cantavam de alegria enquanto cortávamos as nuvens ascendendo ao céu. Meu filho era desprovido de medo. — A lembrança que ela tem desse dia é bastante diferente da que ele tinha. — Conheço meu filho. E não preciso que um estranho me fale do espírito dele.

— Então você mesma deveria perguntar, rainha, o que o faria voltar pra cá — diz Mustang. — O que faria Ragnar mandar seus homens pra cá, se ele viria pra cá em pessoa se soubesse que isso significava quebrar o juramento que fizera a você e ao seu povo?

Alia não fala enquanto examina Mustang com aqueles olhos ávidos.

— Irmão. — Ela debocha novamente da palavra, olhando para mim. — Eu imagino, você usaria seus irmãos como usou meu filho? Trazê-lo pra cá. Como se ele fosse a chave que pudesse soltar os gigantes de gelo. — Ela olha ao redor do hall, de modo que vejo os feitos entalhados na pedra que se estende a uma altura de quinze homens acima de nós. Jamais conheci um artesão Obsidiano. Eles nos mandam apenas seus guerreiros. — Como se você pudesse usar o amor de uma mãe contra ela. Essa é a maneira dos homens. Consigo sentir o cheiro da sua ambição. Dos seus planos. Não conheço o Abismo, ó senhor da guerra do mundo, mas conheço o gelo. Conheço as serpentes que deslizam nos corações dos homens. Eu mesma questionei os hereges. Eu sei o que você é. Sei que você descende de criaturas inferiores a nós. Um Vermelho. Eu já vi Vermelhos. Eles são como crianças. Pequenos elfos que vivem nos ossos do mundo. Mas você roubou o corpo de um Aesir, de um nascido-no-Sol. Você chama a si mesmo um rompedor de correntes, mas é você mesmo quem as produz. Você gostaria muito de criar um laço que nos unisse a você. Usando nossa força pra torná-lo grandioso. Como qualquer homem.

Ela se curva sobre meu amigo morto para olhar de esguelha para mim e eu vejo o que essa mulher respeita, o motivo pelo qual Ragnar acreditava que teria de matá-la e tirar-lhe o trono, e o motivo pelo qual Mustang queria fugir. Força. E onde está a minha é o que ela está imaginando.

— Você sabe muitas coisas dele — diz Mustang. — Mas não sabe nada de mim. Contudo, me insulta.

Alia franze o cenho. Está claro que ela não faz a menor ideia de quem é Mustang e não tem nenhum desejo de instilar a raiva de uma verdadeira Ouro se, de fato, Mustang é mesmo uma. Sua confiança fraqueja durante apenas uma fração de segundo.

— Eu não a acuso de nada, nascida-no-Sol.

— Mas acusa sim. Ao sugerir que ele tem desejos malignos reservados pro seu povo, você sugere que eu estou em conluio com ele. Que eu, sua companheira, estou aqui com as mesmas intenções maléficas.

— Então quais são suas intenções? Por que você acompanha essa criatura?

— Pra ver se valia a pena segui-lo — diz Mustang.

— E vale?

— Ainda não sei. O que eu sei é que milhões o seguirão. Você está a par desse número? Consegue ao menos conceber isso, Alia?

— Estou a par do número.

— Você perguntou quais eram minhas intenções — diz Mustang. — Vou dizê-las com a maior honestidade. Sou uma senhora da guerra e rainha assim como você. Meu domínio é maior do que o que você pode conceber. Possuo naves de metal no Abismo que podem carregar mais homens do que você jamais viu na vida. Que podem rachar ao meio as mais altas montanhas. E estou aqui pra lhe dizer que não sou uma deusa. Aqueles homens e mulheres em Asgard não são deuses. Eles são de carne e osso. Como você. Como eu.

Alia se levanta lentamente, sustentando seu imenso filho com facilidade nos braços, e o leva até um altar de pedra e deposita-o ali. Ela despeja óleo de uma pequena urna sobre um pano e o dispõe sobre o rosto de Ragnar. Em seguida beija o pano. Olhando para ele.

Mustang a pressiona:

— Esta terra não é cultivável. Ela é governada pelo vento e pelo gelo, e pelas rochas estéreis. Mas vocês sobrevivem. Canibais estão às espreitas nas colinas. Clãs inimigos estão ávidos pelas suas terras. Mas vocês sobrevivem. Vocês vendem seus filhos, suas filhas, a seus "deuses", mas vocês sobrevivem. Diga-me, Alia. Por quê? Por que viver se vocês só vivem pra servir? Pra acompanhar suas famílias definharem? Eu acompanhei a minha partir. Cada membro dela foi roubado de mim, um a um. Meu mundo está esfacelado. E o seu também está. Mas se você juntar suas armas às minhas, a Darrow, como Ragnar queria... nós podemos fazer um novo mundo.

Alia se vira novamente para nós, sitiada. Seus passos são lentos e medidos ao se postar diante de nós.

— De quem você teria mais temor, Virginia au Augustus, de um deus? Ou de um mortal com o poder de um deus? — A pergunta paira no ar entre as duas, criando um hiato que palavras não conseguem unir. — Um deus não pode morrer. Portanto, um deus não tem medo algum. Mas homens mortais... — Ela estala a língua atrás dos seus dentes manchados. — Como eles ficam assustados com a chegada da escuridão. Como vão lutar horrendamente pra permanecer na luz.

A voz corrupta dela congela meu sangue.

Ela sabe.

Mustang e eu percebemos isso no mesmo terrível instante. Alia sabe que seus deuses são mortais. Um novo temor borbulha das mais profundas partes do meu ser. Sou um tolo. Viajamos toda essa distância para retirar a venda dos olhos da rainha, mas ela já viu a verdade. De alguma maneira. De algum jeito. Será que os Ouros vinham até ela porque ela é uma rainha? Será que ela descobriu por conta própria? Antes de vender Ragnar? Depois? Pouco importa. Ela própria já está resignada com esse mundo. Com a mentira.

— Há uma outra trilha a seguir — digo, desesperado, ciente de que Alia fez seu julgamento contra nós antes de ao menos pisarmos nesta sala. — Ragnar viu isso. Ele viu um mundo onde seu povo poderia deixar o gelo. Onde eles poderiam construir seu próprio destino. Junte-se a mim e esse mundo será possível. Eu lhe darei os meios de tomar o poder que permitirá a você atravessar as estrelas como seus ancestrais, de andar sem ser vista, de voar entre as nuvens sobre botas. Você poderá viver na terra que escolher. Onde o vento é cálido como a carne e a terra é verde em vez de branca. Tudo o que você precisa fazer é lutar comigo como seu filho lutava.

— Não, homenzinho. Você não pode lutar com o céu. Você não pode lutar com o rio ou com o mar ou com as montanhas. E você não pode lutar com os deuses — diz Alia. — Portanto, farei meu dever. Protegerei meu povo. Mandarei vocês pra Asgard algemados. Deixarei os deuses do alto decidirem o destino de vocês. Meu povo continuará vivendo. Sefi herdará meu trono. E eu enterrarei meu filho no gelo do qual ele nasceu.

32

TERRA DE NINGUÉM

O céu está da cor de sangue sob unha morta enquanto voamos para longe dos Espigões. Desta vez, estamos aprisionados, acorrentados de barriga para baixo às partes traseiras das fétidas selas de couro como se fôssemos bagagem. Meus olhos lacrimejam quando o vento da troposfera mais baixa os açoita. O grifo bate as asas, seus musculosos ombros ondeiam e agitam o ar. Damos uma guinada lateral e eu vejo as amazonas inclinando seus rostos mascarados em direção ao céu para ver a tênue luz que é Phobos. Pequenos lampejos de branco e amarelo pintam o céu escuro com as naves no alto em meio a uma batalha. Isso significa que Sevro capturou naves. Mas quantas? O bastante? Rezo silenciosamente pela segurança dele, pela de Victra e dos Uivadores.

As palavras fracassaram com Alia, como Mustang disse que fracassariam. E agora estamos no rumo de Asgard, um presente para os deuses com o objetivo de assegurar o futuro do seu povo. Isso foi o que ela disse a Sefi. E sua silenciosa filha pegou minhas algemas e, com a ajuda da guarda pessoal de Alia, arrastou a mim, Mustang e Holiday até o hangar onde suas Valquírias estavam à espera.

Agora, horas depois, passamos sobre uma terra criada por deuses irados na sua juventude. Dramática e brutal, a Antártica foi projetada como um castigo e um teste para os ancestrais dos Obsidianos que ousaram se rebelar contra os Ouros no ducentésimo ano do seu reinado.

Um lugar selvagem em que menos de 60% dos Obsidianos alcançam a idade adulta, pelas cotas do Comitê de Controle de Qualidade.

Essa luta desesperada pela vida rouba deles a chance de cultura e de progresso social, da mesma maneira que as tribos nômades da primeira fase da Idade das Trevas foram roubadas. Fazendeiros fazem cultura. Nômades fazem guerra.

Sinais sutis de vida salpicam a desolada vastidão. Manadas de auroques a esmo. Há fogos nas cristas das montanhas, cintilando das rachaduras nas grandes portas das cidades obsidianas entalhadas na rocha à medida que eles juntam suprimentos e os amontoam atrás das paredes às vésperas do longo e escuro inverno. Nós voamos por horas. Eu caio no sono e desperto várias vezes, com o corpo exausto. Não fechei os olhos desde que compartilhamos aquela massa com Ragnar e nosso aconchegante buraco no ventre daquela nave morta. Como tantas coisas mudaram com tanta velocidade?

Acordo com o troar de uma trombeta. *Ragnar está morto*. É o primeiro pensamento que me vem à cabeça.

Não me é estranho despertar com amargura.

Uma outra trombeta ecoa quando as amazonas de Sefi encurtam as distâncias umas das outras, vagando juntas numa formação compacta. Ascendemos em meio a um mar de nuvens cinzentas. Sefi está recurvada sobre as rédeas diante de mim, empurrando seu grifo com firmeza na direção de uma assoberbante escuridão. Escorregamos para fora das nuvens para encontrar Asgard pendendo no crepúsculo. É uma montanha arrancada do chão pelos deuses e pendurada no ar entre o Abismo e o mundo gelado abaixo. Terra dos Aesir. Se o Olimpo era uma vívida celebração dos sentidos, isso aqui é uma sinistra ameaça a uma raça conquistada.

Um conjunto de escadas de pedra, precárias e aparentemente sem sustentáculo, se ergue das montanhas abaixo. O Caminho das Manchas. A trilha que todo jovem Obsidiano deve percorrer se deseja obter o favor dos deuses, se deseja levar honra e fortuna à sua tribo ao se tornar servo da Morte Mãe-de-Todos. O Vale dos Caídos abaixo está repleto de corpos. Montes congelados de homens e mulheres numa terra onde a carniça jamais apodrece e apenas a habilidade dos corvos pode produzir esqueletos decentes. É uma caminhada solitária, uma caminhada que o Obsidiano deve fazer se deseja se aproximar da montanha.

Isso é o que basta para deixar um Obsidiano com medo. Sinto esse medo agora em Sefi. Ela jamais percorreu essa trilha. Nenhum Manchado pode permanecer no povo dos Espigões ou em outras tribos. Todos são escolhidos pelos Ouros para servirem. A mãe dela jamais teria permitido que ela se submetesse a testes. Ela precisava que uma filha permanecesse como sua herdeira.

Diferentemente do Olimpo, Asgard é cercada por um aparato defensivo. Emissores eletrônicos de alta frequência que fariam os tímpanos dos grifos sangrarem com dois cliques. Um escudo pulsante de carga alta nas proximidades que hiperoscilaria a estrutura molecular de qualquer homem ou criatura fervendo a água na nossa pele e órgãos. Magia negra para os Obsidianos. Mas os sensores estão desligados agora, com os cumprimentos de Quicksilver e seus hackers, e as câmeras e drones que monitoram nossa aproximação estão cegos para nós, exibindo em vez disso gravações de três anos antes, exatamente como ocorreu com os satélites. Existe apenas uma maneira de ir atrás de uma audiência com os deuses, e essa maneira é percorrendo o Caminho das Manchas através do Templo Boca-da-Sombra.

Pousamos em cima do proibitivo pico montanhoso abaixo de Asgard onde o Caminho das Manchas se encontra acorrentado à terra. Um templo preto se agacha sobre as estrelas como uma mulher velha e possessiva. A construção está devastada pelo tempo. Sua face desmorona ao vento.

Sou tirado da sela e caio no gelo; minhas pernas estão dormentes depois da longa jornada. A Valquíria espera que eu me levante com a ajuda de Mustang.

— Acho que está na hora — diz ela. Balanço a cabeça em concordância e deixo a Valquíria nos empurrar atrás de Sefi na direção do templo preto. O vento escapa das bocas de trezentos e trinta e três rostos de pedra que gritam da fachada frontal do templo, aprisionados embaixo da rocha preta, olhos selvagens desesperados para ser soltos. Nós entramos, passando pela arcada preta. A neve rola pelo chão.

— Sefi — digo. A mulher se vira lentamente para olhar para mim. Ela não tirou dos cabelos o sangue do seu irmão. — Posso falar com você? A sós? — As Valquírias esperam que sua quieta líder faça um meneio antes de puxar de volta Mustang e Holiday. Sefi penetra um pouco mais no templo. Sigo da melhor maneira possível com minhas correntes até um pequeno pátio a céu aberto. Tremo de frio. Sefi me observa ali na estranha luz violeta, esperando pacientemente que eu lhe dirija a palavra. É a primeira vez que me ocorre que ela é tão curiosa a meu respeito quanto eu sou a respeito dela. E isso também me enche de confiança. Aqueles olhinhos pretos são inquisitivos. Eles enxergam as rachaduras nas coisas. Nos homens, nas armaduras, nas mentiras. Mustang estava certa acerca de Alia. Ela jamais ouviria. Eu já desconfiava disso antes de entrarmos na sala do trono, mas era preciso que eu desse o máximo de mim. E mesmo que ela tivesse me ouvido, Mustang jamais confiaria em Alia Snowsparrow para liderar os Obsidianos na nossa guerra. Eu teria ganho uma aliada e perdido outra. Mas Sefi... Sefi é a última esperança que tenho.

— Pra onde eles vão? — pergunto a ela agora. — Você alguma vez imaginou? Os homens e mulheres que seu clã entrega aos deuses? Eu não acho que você acredita no que eles te contam. Que eles são enaltecidos como guerreiros. Que eles recebem indizíveis tesouros a serviço dos imortais.

Espero que ela responda. É claro que ela não o faz. Se eu não conseguir dobrá-la aqui, será certamente nosso fim. Mas Mustang acha, como eu também acho, que temos uma chance com ela. Pelo menos, mais do que jamais tivemos com Alia.

— Se você acreditasse nos deuses, você não teria jurado manter silêncio quando Ragnar ascendeu. Outros deram vivas, mas você chorou. Porque você sabe... Não sabe? — Dou um passo e me aproximo mais ainda da mulher. Ela é apenas um pouco mais alta do que eu. Mais musculosa do que Victra. Seu rosto pálido tem quase o mesmo tom dos seus cabelos. — Você sente a verdade sombria no seu coração. Todos que deixam o gelo se tornam escravos.

A testa dela se enruga. Tento não perder o impulso a meu favor.

— Seu irmão era Manchado, um Filho dos Espigões. Ele era um titã. E ascendeu para servir aos deuses, mas não foi tratado melhor do que um cachorro de estimação. Eles o mandavam lutar em fossos, Sefi. Eles faziam apostas com a vida dele. Seu irmão, o que te ensinou os nomes do gelo e do vento, que foi o maior filho dos Espigões da geração dele, era propriedade de um outro homem.

Ela olha para o céu onde as estrelas brilham através do crepúsculo negro-violáceo. Quantas noites ela olhou para cima e imaginou o que acontecera com seu irmão mais velho? Quantas mentiras ela contou a si mesma para que pudesse dormir à noite? Agora, saber os horrores que ele sofreu faz com que todas essas vezes que ela olhou para as estrelas lhe traga uma sensação bem pior.

— Foi sua mãe quem o vendeu — digo, aproveitando a oportunidade. — Ela vendeu suas irmãs, seus irmãos, seu pai. Todos que jamais deixaram esta terra viraram escravos. Como meu povo. Você sabe o que os profetas que seu irmão enviou disseram. Eu era escravo mas me levantei contra meus mestres. Seu irmão se levantou comigo. Ragnar voltou pra cá com o objetivo de levar vocês conosco. De tirar seu povo do cativeiro. E ele morreu por isso. Por vocês. Você confia nele o bastante pra acreditar nas últimas palavras que ele proferiu? Você o ama o bastante?

Ela olha para mim novamente, os brancos dos olhos vermelhos com uma raiva que parece ter estado muito tempo dormente. Como se ela soubesse da duplicidade da mãe há anos. Imagino o que ela ouviu, escutando por duas décadas e meia. Imagino inclusive se a mãe dela lhe contou a verdade. Sefi deve se tornar rainha. Talvez essa seja a passagem correta. Transmitir o conhecimento da verdadeira condição delas. Talvez Sefi tenha inclusive escutado nossa audiência com Alia. Algo na maneira com a qual ela me olha faz com que eu acredite nisso.

— Sefi, se você me entregar aos Ouros, o domínio deles vai continuar e seu irmão terá se sacrificado por nada. Se o mundo é como você gosta, então não faça nada. Mas se ele estiver espatifado, se ele for injusto, dê-me uma chance. Deixe eu lhe mostrar os segredos que sua mãe escondeu de você. Deixe eu lhe mostrar como seus deuses são mortais. Deixe-me ajudá-la a honrar seu irmão.

Ela olha fixamente para a neve que vaga pelo chão, imersa em pensamentos. Então, com um meneio medido, ela tira do manto de montaria uma chave de ferro e dá um passo na minha direção.

As escadas do Caminho das Manchas são frígidas e tempestuosas, e se revertem diabolicamente na direção do céu através das nuvens. Mas são apenas escadas. Nós as subimos desacorrentados disfarçados de Valquírias — máscaras ósseas pintadas de azul, mantos de montaria e botas grandes demais para meus pés. Tudo nos foi dado por três mulheres que ficaram para trás para vigiar os grifos na base do templo. Sefi nos conduz, oito outras Valquírias vêm atrás de nós. Minhas pernas já estão tremendo devido ao exercício quando alcançamos o topo e vemos o complexo de vidro preto dos Ouros na crista da montanha flutuante. Há oito torres ao todo, cada qual pertencente a um dos deuses. Elas cercam o edifício central. Uma escura pirâmide de vidro, como aros de roda, conectadas por finas pontes vinte metros acima do desnivelado solo nevado. Entre nós e o complexo Dourado existe um segundo templo no formato de uma gigantesca cara berrante, este tão grande quanto o Castelo Marte. Na frente do templo há um pequeno parque quadrado, ao centro do qual se pode ver uma retorcida árvore preta. Chamas queimam ao longo dos seus galhos. Florações brancas estão encarapitadas em meio às chamas, intocadas pelo fogo. As Valquírias sussurram umas com as outras, temendo a magia em ação.

Sefi cuidadosamente arranca uma flor da árvore. As chamas tostam as bordas das suas luvas de couro, mas ela aparece com uma pequena flor no formato de uma lágrima. Quando tocada, ela se expande e escurece até ficar da cor de sangue antes de murchar e virar cinza. Nunca vi nada semelhante. Nem particularmente dou a mínima para a exibição. Está frio demais para isso. Uma pegada vermelho-sangue floresce na nave à nossa frente. Sefi e suas Valquírias permanecem mortalmente imóveis, braços esticados com dedos torcidos num gesto de defesa contra espíritos malignos.

— É apenas sangue escondido na pedra — diz Mustang. — Não é de verdade.

Mesmo assim, as Valquírias ficam extremamente admiradas quando mais pegadas começam a aparecer no chão, conduzindo-nos na direção da boca do deus. Elas olham umas para as outras, temerosas. Até mesmo Sefi fica de joelhos quando alcançamos as escadas na base da boca do templo. Nós a imitamos, encostando o nariz na pedra quando a garganta se abre e de lá sai gingando um velho definhado, com a barba branca e olhos violetas e leitosos devido à idade avançada.

— Vocês são loucas! — uiva ele. — Loucas como corvos pra percorrer as escadas às vésperas do inverno! — O cajado dele bate individualmente em cada degrau na sua descida. Sua voz esmaga as rugas, se é que elas têm algum valor. — Osso e sangue congelado é tudo o que deveria restar. Vocês vieram requisitar uma prova das Manchas?

— Não — ribombo no meu melhor Nagal. Fazer a prova das Manchas agora não nos traria nenhum benefício. Apenas veríamos os deuses quando recebêssemos as tatuagens faciais. E sobreviver ao teste do Manchado é algo para o qual até Ragnar achava que eu não estava preparado. Há apenas uma outra maneira de trazer os deuses à minha presença. Isca.

— Não? — diz o Violeta, confuso.

— Viemos em busca de uma audiência com os deuses.

A qualquer momento, uma das Valquírias poderia nos entregar. Bastaria uma palavra. A tensão percorre meus ombros. A única coisa que me mantém são é saber que Mustang está confiando no plano o bastante para ficar de joelhos ao meu lado no topo desta maldita montanha. Isso deve significar que não estou totalmente maluco. Pelo menos é o que eu espero.

— Então vocês são *realmente* loucas! — diz o Violeta, ficando entediado conosco. — Os deuses vêm e vão. Pro Abismo, pro mar lá embaixo. Mas eles não dão audiência a mortais. Já que o tempo não significa nada pra criaturas como eles. Somente os Manchados são dignos do amor deles. Somente os Manchados podem aguentar a febre do olhar deles. Somente as crianças do gelo e da noite mais escura.

Bem, isso é perturbador, porra.

— Uma nave de ferro e estrela caiu do Abismo — digo. — Ela veio com um rabo de fogo. E ficou presa entre os picos próximos aos Espigões das Valquírias. Queimando no céu como sangue.

— Uma nave? — pergunta o Violeta, agora absolutamente interessado, como supúnhamos que ele ficaria.

— Uma nave de ferro e estrela — digo.

— Como você sabe que isso não era uma visão? — pergunta o Violeta inteligentemente.

— Tocamos o ferro com nossas próprias mãos.

O Violeta fica em silêncio, a mente disparando em todas as direções por trás daqueles olhos maníacos. Estou apostando que ele sabe que os sistemas de comunicação deles estão desligados. Que seus mestres ficarão ansiosos de ouvir acerca da nave caída. A última visão que ele talvez tenha tido foi meu discurso antes de Quicksilver desligar tudo. Agora esse Violeta inferior, esse ávido ator banido para essa vastidão com o objetivo de representar uma farsa pantomimeira para simplórios bárbaros, tem notícias que seus mestres não têm. Ele tem um prêmio, e seus olhos, quando percebe isso, se estreitam gananciosamente. Agora é a vez dele agarrar a iniciativa e obter favores aos olhos dos seus mestres.

Como é triste a certeza da ganância em tornar os homens tolos.

— Vocês têm alguma evidência? — pergunta ele com avidez. — Qualquer homem pode dizer que viu uma nave dos deuses caindo. — Hesitando, temerosa da mentira que eu produzo mas desdenhosa de sacerdotes, Sefi pega minha lâmina na bolsa. Ela está envolta em pele de foca. Sefi a deposita no chão em forma de chicote. O Violeta sorri, muitíssimo agradecido. Ele tenta pegá-la no chão com um trapo que estava no seu bolso, mas Sefi a puxa de volta com o tecido de foca.

— Isso é pros deuses — rosno. — Não pros cachorrinhos deles.

33

DEUSES E HOMENS

O sacerdote nos insta a atravessar a boca do templo, onde esperamos ajoelhados numa antecâmara de pedra preta no interior da montanha. A boca de pedra fecha atrás de nós com um rangido. Chamas dançam no centro do recinto, saltando num pilar de fogo em direção ao teto de ônix.

Acólitos vagam pelo cavernoso templo, cantando suavemente, usando vestimentas de aniagem pretas com capuz.

— Filhos do Gelo — sussurra finalmente uma voz divina vinda da escuridão. Um sintetizador, como os que existem nos nossos demonElmos, multiplica a voz, de modo que parece dezenas delas costuradas para formar uma única. A Ouro invisível nem se importa em usar um sotaque. Fluente como eu na língua deles, mas desdenhosa do fato e das pessoas para as quais fala. — Vocês vêm com notícias.

— Eu venho, nascida-no-Sol.

— Fale-nos da nave que você viu — diz uma outra voz, esta de um homem. Menos altiva, mais brincalhona. — Você pode olhar pra mim, criança. — Permanecendo de joelhos, olhamos furtivamente do chão e vemos dois Ouros com armaduras desativando seus fantasMantos. Eles se postam perto de nós na sala escura. As chamas do templo dançam sobre seus metálicos rostos divinos. O homem veste um manto. A mulher provavelmente não teve tempo para vestir o seu, tão ansiosa que estava para nos atender.

A mulher desempenha o papel de Freya enquanto o homem está vestido como Loki. Sua fisionomia metálica é semelhante à de um lobo. Animais podem sentir o cheiro do medo. Homens não. Mas aqueles que matam o bastante podem sentir as vibrações naquele silêncio particular. Eu as sinto agora vindas de Sefi. Os deuses são verdadeiros, ela está pensando. Ragnar estava errado. Nós estávamos errados. Mas ela não diz nada.

— Ela sangrou fogo no céu — murmuro, a cabeça baixa. — Fez um grande estrondo e se chocou com a encosta da montanha.

— Não diga — murmura Loki. — E ela está inteira ou em vários pedacinhos, criança?

É arriscado dizer que vimos uma nave cair. Mas eu não conhecia nenhuma outra artimanha que pudesse afastar os Ouros das suas telas holográficas no meio de uma rebelião e fazê-los passar pelos sistemas de segurança e pelas guarnições de Cinzas para se encontrarem comigo aqui. Eles são Inigualáveis Maculados, presos aqui na fronteira enquanto seu mundo se transforma além daquelas paredes. No passado, esse posto teria sido considerado glamouroso, mas agora é uma forma de banimento. Imagino que crimes ou faltas graves trouxeram esses Inigualáveis Maculados para cá com o objetivo de funcionar como babás dos dejetos.

— A montanha está cheia de ossos da nave, nascido-no-Sol — explico, olhando para trás na direção do chão de modo que eles não insistam para que eu tire a máscara de montaria que me cobre o rosto. Quanto mais eu me humilho, menos curiosidade incito neles. — Quebrada como um barco de pesca arrebentado na popa por um Quebrador. Pedaços de ferro, pedaços de homens sobre a neve.

Acho que essa é uma metáfora que os Obsidianos usariam. Ela dá uma ideia de conjunto.

— Pedaços de homens? — pergunta Loki.

— Sim. Homens. Mas com rostos suaves. Como pele de foca à luz de uma fogueira. — Metáforas em excesso. — Mas olhos como brasas. — Não consigo parar. De que outra maneira Ragnar falaria? — Cabelos como o ouro do seu rosto. — As máscaras de metal dos

Ouros permanecem indiferentes, falando uma com a outra através de comunicadores nos seus capacetes.

— Nosso sacerdote afirma que você possui uma arma dos deuses — diz Freya, utilizando um tom de liderança. Sefi pega o tecido de foca mais uma vez, o corpo tenso, imaginando quando eu dispersaria a magia dos deuses como havia prometido. Suas mãos tremem. Ambos os Ouros se aproximam, uma tênue ondulação dos pulsoEscudos evidenciando isso. Eu os toco e sou fritado na hora. Eles não têm medo. Não aqui na montanha deles. Mais perto. Mais perto, seus débeis mentais filhos da puta.

— Por que você não levou isso ao líder da sua tribo? — pergunta Loki.

— Ou pro seu xamã? — acrescenta Freya desconfiadamente. — O Caminho das Manchas é longo e duro. Escalar tudo isso apenas pra nos trazer esse objeto…

— Nós somos andarilhos — diz Mustang enquanto Freya se curva para olhar a lâmina. — Não temos tribo. Nem xamã.

— São mesmo, pequenina? — pergunta Loki acima de Sefi, com a voz endurecendo. — Então por que há tatuagens azuis de Valquíria nos tornozelos daquela ali? — A mão dele vaga na direção da lâmina na sua cintura.

— Ela foi expulsa da tribo — digo. — Por ter quebrado um juramento.

— Está marcada com o Sinete de alguma casa? — pergunta Loki a Freya. Ela vai examinar o cabo na minha frente quando Mustang começa a rir amargamente, atraindo-lhe a atenção.

— No cabo, minha boa senhora — diz Mustang em idioma Áurico, permanecendo de joelhos enquanto retira sua máscara e a joga no chão. — Você vai encontrar um pégaso alçando voo. Sinete da Casa Andromedus.

— Augustus? — tartamudeia Loki, conhecendo o rosto de Mustang.

Eu me aproveito da surpresa deles e deslizo à frente. Quando os dois se viram novamente para mim, já arranquei a lâmina da mão de Freya e ativei o pino, de modo que ela está no formato de ponto de interrogação que queimou as encostas de colinas, partiu testas ao meio e matou tantos da estirpe dela. O mesmo formato que eles teriam visto nos holoDisplays enquanto eu fazia meu discurso.

— Ceifeiro… — consegue dizer Freya, sacando seu pulsoPunho. Eu lhe decepo o braço na altura do ombro, depois corto sua cabeça na altura do queixo antes de lançar minha lâmina bem no tórax de Loki. A lâmina diminui de velocidade ao atingir seu pulsoEscudo, congelada no meio do ar por meio segundo enquanto o escudo resiste. Finalmente a lâmina escorrega para dentro do corpo dele. Mas ela está lenta e a armadura por baixo segura o impacto. A lâmina se incorpora à placa da pulsArmadura. Inofensiva. Até que Mustang dá um passo à frente e chuta o cabo da lâmina. Ela é empurrada para dentro da armadura de Loki, empalando-o.

Ambos os deuses caem. Freya de costas. Loki de joelhos.

— Tirem as máscaras — late Mustang enquanto as mãos de Loki estão envoltas na lâmina que se projeta do seu peito. Ela dá um tapa nas mãos dele, afastando-as do seu datapad. — Nada de comunicadores. — Holiday tira a lâmina da cintura do homem quando seu pulsoEscudo encurta. Eu tiro a lâmina do cadáver de Freya. — Façam isso.

Sefi e suas Valquírias miram boquiabertas, ajoelhadas que estão, o sangue formar uma poça embaixo de Freya. Retiro o capacete da cabeça de Freya para revelar o rosto lacerado de uma jovem Inigualável Maculada com pele escura e olhos amendoados.

— Por acaso isso se parece com um deus, Sefi? — pergunto.

Mustang resfolega um risinho sombrio quando Loki retira sua máscara.

— Darrow, olhe só quem é. Inspetor Mercúrio! — O Inigualável Maculado gorducho com cara de querubim que tinha a intenção de me recrutar para sua própria casa no Instituto antes que Fitchner me roubasse para si. Dá última vez que nos vimos, cinco anos antes, ele tentou duelar comigo nos corredores enquanto meus Uivadores atacavam o Olimpo. Atirei no peito dele com um pulsoPunho. Ele sorriu naquela ocasião. Não está sorrindo agora, com o metal voltado para seu peito.

— Inspetor Mercúrio — digo. — Você deve ser o Ouro com menos sorte que conheci até hoje. Duas montanhas perdidas pra um Vermelho.

— Ceifeiro. Você só pode estar de sacanagem. — Ele estremece de dor e ri da sua própria surpresa. — Você deveria estar em Phobos.

— Negativo, meu bom homem. Aquele é meu cúmplice diminutivo e psicótico.

— Maldição. Maldição. — Ele olha para a lâmina no seu peito, grunhindo ao se colocar de cócoras e respirar, ofegante. — Como... nós não o vimos...

— Quicksilver hackeou seus sistemas — digo.

— Você está... aqui por... — Sua voz fica embargada enquanto ele olha para as Valquírias, que se levantam e se reúnem ao redor da deusa morta. Sefi se debruça sobre Freya. A pálida guerreira passa os dedos no rosto da mulher enquanto Holiday lhe retira a armadura.

— Por eles — digo. — Com certeza estou aqui por eles, porra.

— Oh, que inferno. Augustus — diz nosso velho inspetor, virando-se para Mustang com um riso amargo. — Você não pode fazer isso... É uma loucura. Eles são monstros! Você não pode soltá-los! Você sabe o que vai acontecer? Não abra a caixa de Pandora.

— Se eles são monstros, deveríamos perguntar a nós mesmos quem os fez dessa maneira — diz Mustang na língua Obsidiana para que Sefi possa entender. — Agora, quais são os códigos de acesso ao arsenal de Asgard?

Ele cospe.

— Você vai ter que perguntar com mais delicadeza do que isso, sua traidora.

Mustang está fria como a morte.

— Traição é uma questão de data, Inspetor. Devo perguntar novamente? Ou devo começar a retalhar suas orelhas?

Ao lado do corpo de Freya, Sefi põe o dedo no sangue e sente seu sabor.

— É só sangue — digo, agachando-me ao lado dela. — Não é icor. Não é divino. É humano.

Estendo a lâmina de Freya para que Sefi a pegue. Ela recua diante da ideia, mas força a si mesma a envolver o cabo com seus dedos, a mão trêmula, esperando ser atingida por um raio ou eletrocutada como acontece com os homens que tocam pulsoEscudos com as mãos nuas.

— Esse botão aqui retrai o chicote. Esse aqui controla o formato.

Ela aconchega a arma reverentemente e levanta os olhos para mim, os olhos furiosos perguntando que formato ela deveria conjurar. Balanço a cabeça indicando o da minha lâmina, tentando construir um laço familiar com ela. E consigo. Pelo menos nessa maneira marcial. Lentamente a lâmina dela adquire o formato de uma curviLâmina. A pele do meu braço pinica enquanto as Valquírias riem umas para as outras. Vibrando de excitação, elas sacam seus próprios machados e facas longas e olham para mim e para Mustang.

— Faltam cinco deuses — diz Mustang. — Meninas, como vocês gostariam de se encontrar com eles?

34

MATADORES DE DEUSES

Arrastamos os corpos de sete deuses, dois mortos e cinco capturados, atrás de nós. Estou usando a armadura de Odin. Sefi, a armadura de Tyr. Mustang, a armadura de Freya. Todas elas foram pilhadas do arsenal em Asgard. O sangue mancha a pedra do corredor. Pés escorregam e tropeçam enquanto Sefi puxa pelos cabelos um dos Ouros vivos. Suas Valquírias arrastam o restante.

Retornamos aos espigões numa espaçonave roubada de Asgard, na qual entramos silenciosamente usando os códigos de acesso de Loki para ingressar no arsenal e nos vestirmos com a panóplia de guerra antes de ir atrás dos deuses remanescentes. Encontramos dois deles no prédio principal de Asgard, liderando uma equipe de Verdes que tentava expurgar do sistema deles os hackers de Quicksilver. Sefi com sua nova lâmina reivindicou o braço de um e espancou o outro, deixando-o inconsciente, aterrorizando os Verdes, dois dos quais levantaram os punhos para mim num silencioso reconhecimento da sua solidariedade para com o Levante. Com a ajuda deles, prendemos os outros num depósito enquanto os dois Verdes simpáticos à causa me conectavam diretamente à sala de operações de Quicksilver.

Não alcançamos Quicksilver em pessoa, mas Victra transmitiu a notícia de que a aposta de Sevro funcionou. Um pouco mais de um terço da frota defensiva marciana está sob controle dos Filhos de Ares e dos Azuis de Quicksilver. Milhares dos melhores pelotões de soldados da Sociedade estão presos em Phobos, mas o Chacal está contra-atacando com dureza, assumindo pessoalmente o comando das naves remanescentes e reconvocando forças do Cinturão Kuiper para reforçar sua frota arrasada.

Localizamos o resto dos Ouros através do mapa de sensor biométrico da estação nos níveis mais baixos. Uma estava fazendo exercícios com sua lâmina na sala de treinamento. Ela viu meu rosto e soltou a lâmina, num gesto de rendição. Reputação às vezes é uma coisa muito boa. Encontramos os dois Ouros restantes nas baias de monitoramento, andando de um lado para o outro em frente às câmeras. Eles tinham acabado de descobrir que as gravações eram arquivadas e de três anos antes.

Agora, todos os nossos Ouros cativos estão usando algemas magnéticas e estão amarrados uns aos outros por longos pedaços de corda do grifo de Sefi, todos amordaçados, todos olhando de relance para os Espigões como se nós os tivéssemos arrastado para a boca do inferno propriamente dito.

Obsidianos dos Espigões se aglomeram nos corredores, disparando dos espigões mais fundos para ver a estranha visão. A maioria teria visto apenas seus deuses à distância, como lampejos de ouro produzindo rastros sobre a neve de primavera em mach 3. Agora nos colocamos entre eles, nossos pulsoEscudos distorcendo o ar, os canhões pulsantes da nossa espaçonave derretendo as imensas portas de ferro que protegiam o hangar de grifos do frio. As portas derretem para dentro como a porta na *Pax* derreteu quando Ragnar me ofereceu Manchas.

Não era assim que eu pretendia arrebanhar os Obsidianos. Eu queria usar palavras, chegar humildemente, em peleFoca, não em armadura, colocando a mim mesmo à mercê dos Obsidianos para mostrar a Alia que prezava o valor do seu povo. Prezava seu julgamento, e estava disposto a me colocar em perigo por eles. Queria que meus atos correspondessem às minhas pregações. Mas até Ragnar sabia que essa era a missão de um tolo. E agora eu não tenho tempo para intransigência ou para superstição. Se Alia não me seguir à guerra, eu a arrastarei para dentro dela, aos chutes, aos berros, como fiz com Lorn antes dela. Para que os Obsidianos ouçam, preciso falar na única língua que eles entendem.

Força bruta.

Sefi dispara seu pulsoPunho por cima da minha cabeça nas portas que dão para o santuário da sua mãe. O ferro antigo enverga. Dobradiças curvadas e retorcidas chiam. Flutuamos sobre um exército de gigantes prostrados que entopem os cavernosos corredores de ambos os lados. Tanta força tornada frágil pela superstição. No passado, quando eram mais fortes, eles tentaram atravessar os mares. Construíram poderosos knarrs para carregar muitos guerreiros. Os monstros entalhados que os Ouros cultivavam nos oceanos destruíram todos os barcos, ou os próprios Ouros os derreteram no mar. O último barco velejou há mais de duzentos anos.

Encontramos Alia sentada em conselho com seus famosos setenta e sete chefes de guerra. Eles se viram agora para nós em meio aos grandes e fumarentos braseiros. Guerreiros descomunais com cabelos brancos até a cintura, braços nus, fivelas de ferro nas cinturas, imensos machados nas costas. Olhos pretos e anéis revestidos de metais preciosos cintilam na penumbra. Mas eles estão perplexos demais com a visão das portas de ferro de trezentos anos de idade subitamente refulgindo em laranja e derretendo para conseguirem falar ou se ajoelhar. Eu me posto à frente deles, ainda arrastando os cadáveres dos Ouros atrás mim. Mustang e Sefi empurram à frente os Ouros capturados, chutando suas pernas. Eles se esparramam no chão e se levantam desajeitadamente, tentando além de qualquer racionalidade manter alguma dignidade aqui cercados por gigantes selvagens no recinto esfumaçado.

— Esses aí são deuses? — digo, soltando um rugido através do meu capacete.

Ninguém responde. Alia se move lentamente através dos senhores de guerra.

— Eu sou um deus? — rosno, dessa vez retirando o capacete. Mustang e Sefi retiram os delas. Alia vê sua filha na armadura dos seus deuses e estremece. O temor sussurra nos seus lábios. Ela para perto dos cinco amarrados e amordaçados Ouros quando eles finalmente conseguem ficar de pé. Eles têm mais de dois metros de altura. Mas, mesmo curvada e idosa como Alia é, ela é uma cabeça mais alta do que eu. Ela mira os homens e mulheres que foram no passado seus deuses antes de levantar os olhos para sua última filha.

— Criança, o que você fez?

Sefi não diz nada. Mas a lâmina no seu braço desliza, atraindo os olhos de cada um dos Obsidianos. Uma das mais destacadas filhas deles carrega a arma dos deuses.

— Rainha das Valquírias — digo, como se jamais tivéssemos nos encontrado. — Meu nome é Darrow de Lykos. Irmão de sangue de Ragnar Volarus. Eu sou o senhor de guerra que enfrenta os falsos deuses Dourados. Você viu todos os fogos que devastam a lua. Aqueles foram produzidos pelo meu exército. Além desta terra, no abismo, uma guerra sangrenta opõe escravos a mestres. Vim até aqui com o maior dos filhos dos Espigões pra trazer a verdade ao seu povo. — Aceno para os Ouros, que olham fixamente para mim com o ódio de toda uma raça. — Eles acabaram com Ragnar antes que ele pudesse lhes dizer que vocês são escravos. Os profetas que ele enviou disseram a verdade. Seus deuses são falsos.

— Mentiroso! — alguém grita. Um xamã com joelhos tortos e a coluna curvada. Ele balbucia alguma outra coisa, mas Sefi o corta.

— Mentiroso? — sibila Mustang. — Eu estive em Asgard. Eu vi onde seus imortais dormem. Onde seus imortais se acasalam, comem e cagam. — Ela gira o pulsoPunho na mão. — Isso aqui não é mágica. — Ela ativa suas gravBotas, flutuando no ar. Os Obsidianos a miram, embevecidos. — Isso aqui não é mágica. Isso aqui é uma ferramenta.

Alia está vendo o que eu fiz. O que mostrei à sua filha e o que agora trouxe para seu povo, querendo ela ou não. Nós somos da mesma estirpe cruel. Eu dizia para mim mesmo que seria melhor do que isso. Fracassei nessa promessa. Mas a vaidade pode brilhar um outro dia. Isso é guerra. E a vitória é a única nobreza. Acho que era isso o que Mustang estava procurando aqui com os Obsidianos. Ela tinha mais medo de que eu permitisse que meu idealismo deixasse alguma coisa frouxa que eu não poderia controlar. Mas agora ela está vendo o compromisso que estou disposto a assumir. A força que estou disposto a exercer. É isso o que ela quer num aliado tanto quanto num construtor. Alguém sábio o bastante para se adaptar.

E Alia? Ela está vendo como seu povo olha para mim. Como eles olham para minha lâmina, ainda manchada com o sangue dos deuses, como se ela fosse alguma relíquia sagrada. E Alia também sabe que eu poderia ter feito dela uma cúmplice dos crimes dos deuses. Poderia tê-la acusado diante do seu povo. Mas, em vez disso, eu lhe ofereço uma chance de fingir que está descobrindo isso pela primeira vez.

Lamentavelmente, a mãe da minha amiga não aceita a oferta. Ela dá um passo na direção de Sefi.

— Eu te carreguei dentro de mim, te dei à luz, te amamentei, e é essa minha recompensa? Traição? Blasfêmia? Você não é uma Valquíria. — Ela olha para seu povo. — Tudo isso é mentira. Libertem nossos deuses desses usurpadores. Matem os blasfemadores. Matem todos eles!

Mas antes que o primeiro chefe de guerra pudesse ao menos sacar sua lâmina, Sefi dá um passo à frente e decapita sua mãe com a lâmina que eu lhe dei. A cabeça cai no chão, com os olhos ainda abertos. O imenso corpo da mulher permanece sentado. Lentamente ele tomba para trás e cai no chão com um baque. Sefi se posta sobre a rainha caída e cospe no cadáver. Virando-se para seu povo, ela fala pela primeira vez em vinte e cinco anos.

— Ela sabia.

A voz dela é profunda e perigosa, mal ultrapassa o nível de sussurro. Contudo, toma posse do recinto tão certamente quanto tomaria se tivesse ela rosnado. Então a alta Sefi dá as costas aos Ouros, caminha em meio ao bando de chefes de guerra de volta ao trono de grifo onde a mitológica arca de guerra da sua mãe se encontra fechada há dez anos. Lá, ela se curva, toma a fechadura nas mãos e rosna guturalmente, como uma fera, enquanto força o metal enferrujado até que seus dedos sangrem e o ferro se desfaça. Ela joga a velha fechadura no chão e abre a arca com um puxão, liberando a velha pelEscaravelho preta que sua mãe usou para conquistar a Costa Branca. Sefi libera o manto de escamas vermelhas do dragão que sua mãe degolou quando jovem. E brande bem alto seu grandioso e preto machado duplo de guerra. O fulgor ondulante de duroAço fica visível à luz. Ela retorna aos Ouros em passos largos, arrastando a lâmina no chão atrás de si.

Ela faz um gesto para Mustang, que retira as focinheiras das bocas dos Ouros.

— Você é um deus? — pergunta Sefi, num tom tão diferente dos seus irmãos. Direto e frio como uma tempestade de inverno.

— Você queimará, mortal — diz o homem. — Se não nos soltar, Aesir vira do céu e choverá fogo sobre sua terra. Você sabe disso. Nós apagaremos sua semente dos mundos. Nós derreteremos o gelo. Nós somos os poderosos. Nós somos os Inigualáveis Maculados. E esse milênio pertence a...

Sefi o degola ali mesmo com um gigantesco golpe. O sangue espirra no meu rosto. Eu não recuo. Eu sabia o que aconteceria se os trouxesse para cá. Também sei que não havia como mantê-los prisioneiros. Os Ouros construíram esse mito, mas agora ele precisa morrer. Mustang se aproxima de mim, um sinal de que aceita o que está acontecendo. Mas seus olhos estão fixos nos Ouros. Ela se lembrará dessa chacina pelo resto da vida. É seu dever, e meu também, fazer com que ela tenha algum significado.

Parte de mim lamenta a morte desses Ouros. Mesmo enquanto morrem, eles fazem esses outros mortais mais altos parecerem ainda tão menores. Eles mantêm a postura ereta, orgulhosos. Eles não tremem no seu último momento nesta sala fumarenta tão distante das suas propriedades onde eles montavam cavalos na infância e aprendiam a poesia de Keats e a maravilha de Beethoven e Volmer. Uma Ouro de meia-idade volta o olhar para Mustang.

— Você os deixa fazerem isso conosco? Eu lutei pelo seu pai. Eu te conheci quando você era uma menininha. E caí na Chuva desse aí. — Ela olha para mim com raiva e começa a recitar com uma voz alta e clara o poema de Ésquilo que os Inigualáveis Maculados usam às vezes como grito de guerra:

Que a dança do Destino comece agora!
Entoe a canção que aos mortais apavora…
Diga que direitos temos a reivindicar,
Sobre todos os humanos nascidos neste lugar
Rápidos para vingar nós somos!
Para ele cujas mãos são limpas e puras,
Nossa ira para odiar dispomos.

Um a um, eles caem pelo machado de Sefi. Até que resta apenas a mulher, a cabeça elevada, suas palavras ressoando límpidas. Ela olha fixamente para mim, tão certa do seu direito quanto eu sou do meu.

— Sacrifício. Obediência. Prosperidade.

O machado de Sefi balança no ar e a última deusa de Asgard tomba no piso de pedra. Sobre seu corpo assoma a Princesa das Valquírias salpicada de sangue, terrível e ancestral com sua justiça. Ela se curva e corta a língua da Ouro com uma faca torta. Mustang se mexe ao meu lado, desconfortável.

Sefi sorri, reparando a inquietude de Mustang, e se afasta de nós para se dirigir à sua mãe morta. Ela pega a coroa da mulher e ascende os degraus que dão acesso ao trono, o machado ensanguentado numa das mãos, a coroa de vidro na outra, e senta-se dentro das costelas do grifo, onde coroa a si mesma.

— Filhos dos Espigões, o Ceifeiro nos convocou a nos juntarmos a ele na sua guerra contra os falsos deuses. As Valquírias respondem?

Em resposta, suas Valquírias levantam os machados de penas azuladas bem no alto da cabeça para entoar o cântico de morte Obsidiano. Até os chefes de guerra da caída Alia se juntam a elas. Parece que o oceano em si se arrebenta nos corredores de pedra dos Espigões, e eu sinto dentro de mim os tambores de guerra batendo, congelando meu sangue.

— Então, sigam nas suas montarias, Valquírias Hjelda, Tharul, Veni e Hroga! Sigam nas suas montarias, Faldir e Wrona e Bolga, até as tribos da Costa do Sangue, até o Urzal Desolado, até o Espinhaço Despedaçado. Sigam nas suas montarias em direção a parentes e inimigos e digam a eles que Sefi fala. Digam a eles que os profetas de Ragnar disseram a verdade. Asgard caiu. Os deuses estão mortos. Os velhos juramentos foram quebrados. E digam a todos que possam ouvir: as Valquírias vão à guerra nas suas montarias.

À medida que o mundo rodopia ao nosso redor e o êxtase da guerra preenche o ar, Mustang e eu olhamos um para o outro com olhos sombrios e imaginamos o que acabamos de desencadear.

Parte III
GLÓRIA

Tudo o que temos é esse grito ao vento, a maneira como vivemos.
Como vamos. E como nos postamos antes de cair.

Karnus au Bellona

35
A LUZ

Por sete dias depois da morte de Ragnar, eu viajo pelo gelo com Sefi, falando com os membros do sexo masculino das tribos do Espigão Partido, dos Bravos Sangrentos da Costa Norte, com as mulheres que usam chifres de carneiro e vigiam a Passagem da Bruxa. Voando em gravBotas ao lado das Valquírias, chegamos trazendo as notícias da queda de Asgard.

É algo... dramático.

Sefi e um grupo das suas Valquírias começaram a treinar com Holiday e comigo com o objetivo de aprender a usar as gravBotas e armas pulsantes. Elas são desajeitadas a princípio. Uma delas voa em direção ao flanco de uma montanha em mach 2. Mas quando trinta Valquírias aterrissam com seus penteados batendo ao vento, a lateral esquerda do rosto exibindo a imagem de Sefi, a Quieta, em tom azul e a lateral direita exibindo a imagem da curviLâmina do Ceifeiro, o povo tende a escutar.

Levamos a maior parte das lideranças Obsidianas à montanha conquistada e os deixamos percorrer os corredores onde seus deuses comiam e dormiam, e lhes mostramos os cadáveres frios e preservados dos Ouros chacinados. Ao verem seus deuses degolados, a maioria deles, mesmo aqueles que sabiam tacitamente acerca da sua verdadeira condição de escravos, aceitou nosso ramo de oliva. Aqueles que não aceitaram, que nos denunciaram, foram sobrepujados pelo seu próprio povo. Não somente pelos Ouros, mas também por líderes como Alia. Dois chefes de guerra com essa orientação se lançaram da montanha, envergonhados. Um outro se cortou com uma adaga e sangra no chão das casas verdes.

E uma outra ainda, uma mulherzinha particularmente psicótica, observa com grande malevolência enquanto nós a levamos ao datatronco da montanha, onde três Verdes a informam de um golpe planejado contra seu domínio, mostrando-lhe vídeos da conspiração. Entregamos a ela uma lâmina, um voo de volta à sua casa e dois dias depois ela acrescenta à minha causa vinte mil guerreiros.

Às vezes, encontro a lenda de Ragnar. Ela se espalhou entre as tribos. Eles o chamam o Porta-Voz. O que veio com a verdade, que trouxe os profetas e sacrificou a vida pelo seu povo. Mas com a lenda do meu amigo cresce a minha própria. O símbolo da minha curvi-Lâmina queima nas encostas das montanhas para saudar a mim e as Valquírias quando voamos para nos encontrar com as novas tribos. Eles me chamam de Estrela da Manhã. Aquela estrela pela qual os montadores de grifos e os viajantes navegam a vastidão nos meses escuros de inverno. A última estrela que desaparece quando a luz do dia retorna na primavera.

É minha lenda que começa a uni-los. Não o senso de parentesco que eles têm uns com os outros. Esses clãs lutaram entre si durante gerações. Mas eu não tenho nenhuma história sórdida aqui. Ao contrário de Sefi ou dos outros grandes senhores de guerra Obsidianos, sou o campo nevado intocado deles. A lousa vazia sobre a qual eles podem projetar seja lá que sonhos disparatados eles venham a ter. Como diz Mustang, eu sou algo novo, e neste mundo velho embebido em lendas, ancestrais, e o que veio antes, algo novo é algo bastante especial.

No entanto, apesar do nosso progresso na reunião dos clãs, a dificuldade que encaramos é maciça. Precisamos não apenas impedir que os refratários Obsidianos se matem uns aos outros em duelos pela honra, como também muitos dos clãs aceitaram meu convite para realocação. Centenas de milhares deles devem ser trazidos das suas casas na

Antártica e instalados nos túneis dos Vermelhos para que possam ficar fora do alcance dos bombardeios Dourados. Tudo isso enquanto mantemos o Chacal abobalhado e cego em relação às nossas manobras. De Asgard, Mustang liderou os esforços de contrainteligência, com a ajuda dos hackers de Quicksilver, a mascarar nossa presença e projetar relatórios consistentes com aqueles preenchidos em semanas prévias ao quartel-general do Comitê de Controle de Qualidade em Agea.

Sem um modo de movê-los sem que alguém reparasse, Mustang, uma aristocrata Ouro, concebeu o mais audacioso plano na história dos Filhos de Ares. Uma maciça movimentação de tropas, utilizando milhares de espaçonaves e cargueiros da frota mercantil de Quicksilver e da armada dos Filhos de Ares para transportar a população do polo em doze horas. Mil naves passando pelo Mar do Sul, queimando hélio para pousar no gelo diante das cidades Obsidianas e baixando suas rampas às centenas e milhares de gigantes envoltos em pele e ferro que preencherão seus cascos com os idosos, os doentes, os guerreiros, as crianças e o fétido fedor de animais. Então, sob a cobertura das naves dos Filhos de Ares, a população irá se dispersar no subsolo; e os muitos guerreiros, nas nossas naves militares em órbita. Acho que não conheço nenhuma outra pessoa nos mundos que consiga organizar algo assim com a mesma rapidez de Mustang.

No oitavo dia depois da queda de Asgard, eu parto com Sefi, Mustang, Holiday e Cassius para nos juntarmos a Sevro na supervisão dos preparativos finais para a migração. As Valquírias trazem Ragnar conosco no voo, envolvendo seu corpo congelado num tecido áspero e abraçando-o com firmeza, aterrorizadas que estão à medida que nossa nave dispara pouco abaixo da velocidade do som cinco metros acima da superfície do oceano. Elas observam, admiradas, quando entramos nos túneis de Marte através de um dos muitos pontos de acesso subterrâneos dos Filhos. Essa era uma antiga colônia de mineração numa cadeia de montanha sulista. Vigias dos Filhos em pesadas jaquetas de inverno e balaclavas nos saúdam com os punhos no ar quando passamos no túnel.

Metade de um dia de voo subterrâneo mais tarde, chegamos a Tinos. É um aglomerado de naves em atividade. Centenas delas entopem as docas de estalactite, taxeiam através do ar. E parece que a cidade inteira observa nossa nave passar pelo tráfego e aterrissar no seu hangar de estalactite, sabendo que ela abriga não apenas a mim e nossos novos aliados Obsidianos, mas também o derrotado Escudo de Tinos. Seus rostos chorosos passam por nós como um borrão. Boatos já rodopiam entre os refugiados. Os Obsidianos estão chegando. Não apenas para lutar, como também para viver em Tinos. Para comer a comida deles. Para compartilhar suas ruas já abarrotadas de gente. Dancer diz que o lugar é um barril de pólvora prestes a explodir. Não posso dizer que discordo.

A disposição dos Filhos de Ares é obstinada. Eles se reúnem em silêncio enquanto a rampa de aterrissagem da minha nave é aberta. Desço a rampa em primeiro lugar. Sevro espera ao lado de Dancer e Mickey. Ele me dá um abraço apertado. Os começos de uma barbicha marcam seu rosto estoico. Ele mantém os ombros alinhados o máximo que consegue, como se aquelas coisas ossudas pudessem sustentar as esperanças de milhares de Filhos de Ares que enchem a baia de atracação para ver o Escudo de Tinos de volta a seu lar de adoção.

— Onde está ele? — pergunta Sevro.

Olho para trás na direção de minha nave enquanto Sefi e suas Valquírias carregam Ragnar rampa abaixo. Os Uivadores são os primeiros que as saúdam. Palhaço diz algumas palavras respeitosas a Sefi enquanto Sevro passa por mim para se postar diante da Valquíria.

— Bem-vinda a Tinos — diz ele à Valquíria. — Eu sou Sevro au Barca, irmão de sangue de Ragnar Volarus. Esses aqui são os outros irmãos e irmãs de sangue dele. — Ele faz um gesto na direção dos Uivadores, todos os quais usam seus mantos lupinos. Sevro pega o manto ursino de Ragnar. — Ele usava isso aqui em batalha. Com sua permissão, gostaria de vesti-lo agora.

— Você era irmão de Ragnar. Agora é meu irmão — diz Sefi. Ela estala a língua e suas Valquírias encaminham o corpo do irmão dela a Sevro. Mustang olha de relance na minha direção. A generosidade de Sefi me parece um sinal promissor. Se ela fosse uma criatura ávida, teria mantido o corpo dele nas suas terras e lhe dado uma pira funerária Obsidiana. Em vez disso, ela me disse que sabe onde o verdadeiro lar do seu irmão se encontra: com aqueles ao lado dos quais ele lutou, que o ajudaram a retornar ao seu povo.

Mustang se aproxima de mim enquanto os Uivadores cobrem o corpo de Ragnar com seu manto e o carregam em meio à multidão. Os Filhos se separam para que eles possam passar. Mãos são estendidas para tocar Ragnar.

— Olhe — diz Mustang, fazendo um meneio na direção das fitinhas pretas que os Filhos amarraram na barba e nos cabelos. As mãos dela encontram meu dedo mindinho. Um pequeno aperto me leva de volta à floresta onde ela me salvou, fazendo com que eu me sinta aquecido mesmo enquanto observo Sevro deixar o hangar com o corpo de Ragnar — Vá. — Ela me cutuca, indicando-me a direção que ele está seguindo. — Dancer e eu temos uma conferência marcada com Quicksilver e Victra.

— Ela precisa de uma guarda — digo a Dancer. — Filhos da sua confiança.

— Eu vou estar bem — diz Mustang, revirando os olhos. — Sobrevivi aos Obsidianos.

— Ela vai ter as Víboras-das-Cavidades — diz Dancer, examinando Mustang sem a delicadeza que estou acostumado a ver nos seus olhos. A morte de Ragnar lhe tirou o espírito hoje. Ele parece mais velho enquanto acena para Narol e faz um meneio na direção da espaçonave. — O Bellona está a bordo?

— Holiday o deixou na cabine de passageiros. O pescoço dele ainda está arrebentado, portanto vai precisar que Virany lhe dê uma olhada. Seja discreto em relação a isso. Arrume uma sala particular pra ele.

— Particular? O lugar está entupido de gente, Darrow. Nem os capitães estão conseguindo salas particulares.

— Ele tem informações importantes. Você quer que ele leve um tiro antes de nos fornecer tudo? — pergunto.

— Foi por isso que você o deixou vivo? — Dancer olha para Mustang com ceticismo, como se ela já estivesse comprometendo minhas decisões. Mal sabe ele que ela teria deixado Cassius morrer muito mais prontamente do que eu. Dancer suspira quando eu não cedo. — Ele vai ficar seguro. Dou minha palavra.

— Me procure mais tarde — diz Mustang assim que eu saio.

Eu sorrio, sentindo-me mais seguro com ela aqui.

— Com certeza.

Encontro Sevro debruçado sobre Ragnar no laboratório de Mickey. Uma coisa é ouvir falar da morte de um amigo, outra bem diferente é ver a sombra do que ele deixou para trás. Eu odiava a visão das velhas botas de trabalho do meu pai depois da sua morte. Minha mãe era muito prática para poder jogá-las no lixo. Disse que não podíamos nos dar ao luxo de fazer isso. Então eu mesmo as joguei um dia e ela me deu um tapa nas orelhas e me obrigou a pegá-las de volta.

O aroma da morte está ficando cada vez mais forte em Ragnar.

O frio o preservou na sua terra nativa, mas Tinos tem sofrido com falta de energia e as unidades de refrigeração têm funcionado como assistentes para os purificadores de água e os sistemas de aproveitamento de ar na cidade abaixo. Logo Mickey o embalsamará e fará os preparativos para o enterro que Ragnar solicitou.

Eu me sento em silêncio por meia hora, esperando que Sevro fale alguma coisa. Não quero estar aqui. Não quero ver Ragnar morto. Não quero permanecer muito tempo na tristeza. Contudo, fico aqui por Sevro.

Minhas axilas estão fedendo. Estou cansado. A bandeja de comida quase vazia que Dio trouxe para mim está intocada, exceto pelo biscoito que eu mastigo entorpecidamente e penso o quanto Ragnar parece ridículo em cima daquela mesa. Ele é grande demais para ela, seus pés pendem da borda.

Apesar do cheiro, Ragnar está pacífico na morte. Há fitinhas vermelhas como amoras aninhadas no branco da sua barba. Duas lâminas repousam nas suas mãos, que estão dobradas sobre o peito nu. As tatuagens estão mais escuras na morte, cobrindo-lhe os braços, o tórax e o pescoço. A caveira combinando que ele deu a mim e a Sevro parece muito triste. Conta sua história, muito embora o homem que a usa esteja morto. Tudo está mais vívido, com exceção do ferimento. Está inócuo e fino como o sorriso de uma cobra ao longo da lateral do seu corpo. Os buracos que Aja fez no seu estômago parecem pequenos demais. Como é possível que coisas tão diminutas possam tirar deste mundo uma alma tão grande?

Eu gostaria muito que ele estivesse aqui.

O povo precisa dele mais do que nunca.

Os olhos de Sevro estão vítreos enquanto seus dedos pairam sobre as tatuagens no rosto branco de Ragnar.

— Ele queria ir pra Vênus, sabia? — murmura ele, a voz suave como a de uma criança. Mais suave do que jamais me soou até hoje. — Eu lhe mostrei um dos holoVídeos de um catamarã por lá. Assim que ele pôs os óculos no rosto foi como se eu nunca tivesse visto alguém sorrir daquele jeito. Como se ele tivesse descoberto o céu e percebido que não precisava morrer pra estar lá. Ele ia lá sorrateiramente no meio da noite e pegava emprestado meu equipamento de holo até que um belo dia eu simplesmente dei o troço pra ele. As coisas são 400% credibilidade, meu irmão. Sabe o que ele fez pra me retribuir o presente? — Eu não sei. Sevro estende a mão direita para me mostrar sua tatuagem de caveira. — Ele me transformou num irmão dele. — Ele dá em Ragnar um soco lento e afetuoso no queixo. — Mas esse idiota grandalhão e balofo tinha que atacar Aja em vez de fugir dela.

As Valquírias ainda estão vasculhando a vastidão em busca de sinais da Cavaleira Olímpica. As pegadas dela vão bem no fundo da fenda antes de ficarem cobertas pelo sangue preto congelado de alguma criatura. Espero que alguma coisa a tenha encontrado e levado para sua caverna no gelo, e a finalizado lentamente. Mas duvido muito disso. Uma mulher como ela simplesmente não desaparece. Seja lá qual for o destino de Aja, se ela estiver viva encontrará uma maneira de entrar em contato com a Soberana ou com o Chacal.

— Foi culpa minha — digo. — Foi meu plano de merda querer acabar com Aja.

— Ela matou Quinn. Ajudou a matar meu pai — murmura Sevro. — Matou dezenas de nós quando você estava preso. Sua ideia não foi ruim. Você também teria me perdido se eu estivesse lá. Nem o Rags teria conseguido me impedir de tentar acabar com ela. — Sevro passa a junta dos dedos ao longo da borda da mesa, deixando pequenos vincos brancos na pele. — Sempre tentando proteger a gente.

— O Escudo de Tinos — digo.

— O Escudo de Tinos — ecoa ele, com a voz embargada. — Ele adorava esse nome.

— Eu sei.

— Acho que ele sempre se imaginou uma lâmina antes de conhecer a gente. A gente o deixou ser o que queria. Um protetor. — Ele enxuga os olhos e se afasta de Ragnar. — De qualquer modo, o principezinho está vivo.

Balanço a cabeça em assentimento.

— Nós o trouxemos na espaçonave.

— Pena. Dois milímetros. — Ele junta os dedos, ilustrando o pouco que faltou para que Mustang acertasse a jugular de Cassius. Depois que Sefi despachou os cavaleiros para as tribos, eu a levei e muitas das suas guerreiras a Asgard a bordo da espaçonave para ver a fortaleza de lá. Também levei comigo Cassius, e os Amarelos de Asgard salvaram a vida dele. — Por que você está mantendo aquele cara vivo, Darrow? Se você acha que ele vai te agradecer pela sua generosidade, você vai é receber outra na cara.

— Eu não podia deixá-lo morrer simplesmente.

— Por que não?

— Sei lá.

— Pare com essa besteirada.

— Talvez eu ache que o mundo seria um lugar melhor com ele dentro — digo, de modo tentativo. — Tantas pessoas o usaram, mentiram pra ele, o traíram. Todas essas coisas acabaram definindo quem ele é. Não é uma coisa justa. Quero que Cassius tenha uma chance de decidir por ele mesmo que tipo de pessoa deseja ser.

— Nenhum de nós consegue ser o que deseja ser — murmura Sevro. — Pelo menos não por muito tempo.

— Não é por isso que a gente luta? Não foi isso o que você acabou de dizer de Ragnar? Ele era uma lâmina, mas nós lhe demos uma chance de ser um escudo. Cassius merece essa mesma chance.

— Você tem merda na cabeça. — Ele revira os olhos. — Você estar certo não quer dizer que você esteja certo. De qualquer modo, as águias são odiadas tanto quanto os leões. Alguém aqui ainda vai tentar acabar com ele. E com sua garota também.

— Ela está com as Víboras-das-Cavidades. E não é minha garota.

— Você quem diz. — Ele desaba numa das cadeiras de couro roubadas por Mickey e passa a mão na crista Mohawk. — Eu gostaria muito que ela tivesse levado os Telemanus com ela. Se tivesse, você teria acabado bonito com Aja. — Ele fecha os olhos e recosta a cabeça. — Ih, é o seguinte — lembra-se subitamente —, arrumei umas naves pra você.

— Eu vi. Obrigado — digo.

— Finalmente. — Ele bufa um riso. — Um sinal de que a gente está fazendo a diferença. Vinte navesChamas, dez fragatas, quatro destróieres, um couraçado. Você precisava ver, Ceifa. A Armada Marciana encheu Phobos de Legionários, esvaziou as naves deles e a gente simplesmente roubou as naves de assalto dos caras, mandamos todos eles de volta com os códigos corretos e os fizemos pousarem nos hangares. Meu esquadrão não disparou um único tiro. Os moleques do Quicksilver inclusive hackearam os sistemas de alto-falantes nas naves. Todos eles ouviram seu discurso. Já estava um motim pouco antes de a gente entrar a bordo, Vermelhos, Laranjas, Azuis, até Cinzas. A parada dos alto-falantes não vai funcionar de novo. Os Ouros vão aprender a se desligar da rede pra gente não conseguir hackear, mas essa semana a coisa foi dura pra eles. Quando a gente se unir à *Pax* e às outras naves de Orion, vai haver uma força de verdade pra arrebentar com aqueles Pixies.

São em momentos como esse que eu sei que não estou sozinho. Dane-se o mundo, contanto que eu tenha meu pequeno e sórdido anjo da guarda. Se ao menos eu fosse tão bom em guardá-lo como ele me guarda. Mais uma vez ele fez tudo o que eu podia pedir e ainda mais. Enquanto eu liderava os Obsidianos, ele fez um furo na frota defensiva do Chacal. Incapacitou um quarto dela. Forçou o resto a bater em retirada na direção da lua exterior de Deimos para se reagrupar com as reservas do Chacal e esperar reforços adicionais de Ceres e da Lata.

Por uma breve hora, ele teve nas mãos a supremacia naval sobre todo o hemisfério sul de Marte. O Rei Duende. Então foi forçado a bater em retirada para se aproximar ainda mais de Phobos, onde seus homens eliminaram as armadas legalistas lá presas usando os esquadrões de Rollo para cortar o ar e lançá-los no espaço. Não estou alimentando nenhuma ilusão. O Chacal não deixará que tomemos posse da lua. Ele pode até não se importar com o povo de lá, mas não pode destruir as refinarias de hélio da estação. Portanto, um outro ataque logo ocorrerá. Não afetará meu esforço de guerra, mas o Chacal ficará de mãos atadas lá embaixo lutando com o populacho que despertei. Isso drenará os recursos dele sem que eu fique preso numa armadilha. É a pior situação possível para ele.

— O que você está pensando? — pergunto a Sevro.

Os olhos dele estão perdidos no teto.

— Estou aqui imaginando quanto tempo ainda vai demorar até sermos nós a bater as botas. E imaginando por que a gente é que tem que estar na linha de tiro. Você assiste a vídeos e ouve histórias e pensa nas pessoas comuns. As que têm uma chance de ter uma vida em Ganimedes ou na Terra ou em Luna. Não dá pra não sentir inveja delas.

— Você acha que não tem chance de continuar vivo? — pergunto.

— Não uma chance adequada — diz ele.

— Adequada como? — pergunto.

Ele cruza os braços como se fosse um menino num forte olhando para o mundo real e imaginando por que ele não pode ser tão mágico quanto ele próprio é.

— Sei lá. Alguma coisa bem diferente de ser um Inigualável Maculado. Quem sabe um Pixie ou até mesmo um feliz médiaCor. Só quero alguma coisa que eu possa olhar e dizer: isso é seguro, isso é meu, e ninguém vai tentar tirar isso de mim. Uma casa. Filhos.

— Filhos? — pergunto.

— Sei lá. Nunca pensei nisso até o papai morrer. Até eles te levarem.

— Até eles levarem Victra, é isso o que você quer dizer... — digo com uma piscadela. — Barbichinha bacana essa sua, por falar nisso.

— Cale essa boca — diz ele.

— Por acaso vocês dois... — Ele me corta, mudando de assunto.

— Mas seria legal apenas ser Sevro. Ter o papai aqui. Ter conhecido minha mãe. — Ele ri de si mesmo. Com mais dureza do que deveria. — Às vezes penso em voltar ao começo e imaginar o que teria acontecido se o papai tivesse sabido que o Comitê estava a caminho. Se ele tivesse escapado com minha mãe, comigo.

Faço um meneio.

— Sempre penso como teria sido minha vida se Eo não tivesse morrido. Os filhos que eu teria tido. Que nome eu teria dado a eles. — Eu sorrio, meus pensamentos distantes. — Eu teria envelhecido. Teria acompanhado Eo envelhecer. E a teria amado mais a cada nova cicatriz, a cada novo ano mesmo enquanto ela aprendia a desprezar nossa vidinha. Eu teria enterrado minha mãe, quem sabe meu irmão, minha irmã. E, se eu tivesse sorte, um dia, quando os cabelos de Eo ficassem grisalhos, antes de começarem a cair e ela começasse a tossir, eu escutaria as rochas se mexendo em cima da minha cabeça na perfuratriz e pronto. Ela teria me enviado aos incineradores e salpicado minhas cinzas, aí depois meus filhos teriam feito a mesma coisa. E os clãs diriam que nós éramos felizes e bons e que tínhamos criado filhos legais pra cacete. E quando esses filhos morressem, nossas lembranças ficariam baças, e quando os filhos deles morressem, as lembranças seriam varridas como o pó que nós tínhamos virado, pelos longos túneis. Teria sido uma vidinha sem graça — digo com um dar de ombros —, mas eu teria gostado dela. E sempre que eu pergunto a mim mesmo se tivesse a chance de voltar, de ser cego, de ter tudo isso de volta, será que eu aproveitaria essa chance?

— E qual é a resposta?

— Todo esse tempo eu pensei que estava fazendo isso por Eo. Seguia em frente como se fosse uma flecha porque eu tinha essa ideia perfeita na minha cabeça. Ela queria isso. Eu a amava. Então vou fazer o sonho dela virar realidade. Mas isso é uma besteira. Eu estava vivendo uma porra de uma vida pela metade. Idolatrando uma mulher, fazendo com que ela virasse um mártir, uma coisa em vez de alguém. Fingindo que ela era perfeita. — Passo a mão pelos meus cabelos gordurosos. — Ela não ia querer isso. E quando olhei pros Vazios, simplesmente soube, enfim, eu imagino que percebi enquanto falava que a justiça não tem a ver com consertar o passado, tem a ver com consertar o futuro. Nós não estamos lutando pelos mortos. Estamos lutando pelos vivos e por aqueles que ainda não nasceram. Por uma chance de ter filhos. É isso o que precisa sair daí, senão qual seria o objetivo do que estamos fazendo?

Sevro fica em silêncio, pensando sobre o que eu acabei de dizer.

— Você e eu continuamos procurando a luz na escuridão, esperando que ela apareça. Mas ela já apareceu. — Eu toco o ombro dele. — A gente é essa luz, garotão. Por mais destroçados e arrebentados e idiotas que a gente seja, a gente é essa luz, e a gente está se espalhando.

36

ZURRAPA

Dou de cara com Victra no corredor ao sair com Sevro e Ragnar. Está tarde. Passa da meia-noite e ela acabou de chegar de Phobos para ajudar a coordenar os últimos preparativos entre os seguranças de Quicksilver, os Filhos e nossa nova armada, da qual lhe entreguei o comando até nos reunirmos em Orion. É uma outra decisão que irrita Dancer. Ele está assustado com o fato de eu estar delegando poderes demais a Ouros que poderiam muito bem ter motivos ulteriores. A presença de Mustang poderia ser a última gota dessa animosidade.

— Como ele está indo? — pergunta Victra em relação a Sevro.

— Melhor — digo. Eles não se veem desde meu discurso em Phobos. Ele estava nas naves enquanto ela coordenava a segurança do espigão de Quicksilver. — Mas ele vai ficar contente de te ver.

Ela sorri ao ouvir isso, contra a própria vontade, e acho que na verdade fica enrubescida.

— Aonde você está indo? — pergunta ela com um certo excesso de firmeza.

— Vou me certificar de que Mustang e Dancer ainda não arrancaram as cabeças um do outro.

— Nobre da sua parte. Mas já é tarde demais pra isso.

— O que foi que aconteceu? Está tudo bem?

— Isso é relativo, suponho. Dancer está na sala de guerra fazendo arengas a respeito dos complexos de superioridade dos Ouros, arrogância etc. Nunca o ouvi falando tanto palavrão. Não fiquei lá muito tempo e ele não falou muito. Você sabe que ele não é assim tão meigo comigo.

— E você não é assim tão meiga com Mustang — digo.

— Não tenho nada contra essa garota. Ela me faz lembrar de casa. Principalmente considerando os novos aliados que você nos trouxe. Só acho que ela é uma potranquinha dúplice. Nada mais que isso. Mas os melhores cavalos são os que dão marradas. Você não acha?

Eu rio.

— Não tenho muita certeza se isso foi uma indireta ou não.

— Foi, sim.

— Você sabe onde ela está?

Victra faz uma carinha triste.

— Ao contrário do que diz o povo, eu não sei tudo, querido. — Ela passa por mim para se juntar a Sevro, dando-me um tapinha na cabeça. — Mas se eu fosse você, daria uma verificada no comissariado no nível três.

— Aonde *você* vai? — pergunto.

Ela sorri maliciosamente.

— Cuide da sua vida.

Encontro Mustang no comissariado debruçada sobre uma garrafa de metal com tio Narol, Kavax e Daxo. Uma dúzia de membros das suas Víboras-das-Cavidades estão acomodados confortavelmente em outras mesas, fumando queimadores e de ouvidos atentos em Mustang, que está sentada com as botas em cima da mesa, usando Daxo como encosto para as costas enquanto conta uma história do Instituto para os outros dois ocupantes da mesa. Eu não consegui vê-los assim que entrei, devido ao tamanho dos Telemanus, mas meu irmão e minha mãe estão sentados à mesa escutando a narrativa.

— … e aí, é claro que eu gritei pelo Pax.

— Esse é meu filho — lembra Kavax à minha mãe.

— ... e ele vem lá de cima da colina liderando uma coluna formada por membros da minha casa, e Darrow e Cassius sentem o chão tremendo e entram aos berros no lago onde ficam grudados um no outro por horas e horas, tremendo e ficando azuis.

— Azuis! — diz Kavax com uma portentosa gargalhada infantil que faz com que os Filhos que estão na escuta nas outras mesas fiquem completamente incapazes de manter a compostura. Mesmo sendo ele um Ouro, é difícil não gostar de Kavax au Telemanus. — Azuis como amoras, Sophocles. Não é assim? Dê-lhe uma outra, Deanna. — Minha mãe rola na mesa uma jujuba para Sophocles, que espera ansiosamente ao lado da garrafa para abocanhá-la.

— O que está acontecendo aqui? — pergunto, olhando a garrafa de cujo conteúdo meu irmão está enchendo novamente as canecas dos Ouros.

— Estamos ouvindo histórias da mocinha — diz Narol asperamente em meio a uma nuvem de fumaça de queimador. — Tome um gole. — Mustang franze o nariz para a fumaça.

— Que vício horrível, Narol — diz ela.

Kieran olha fixamente para nossa mãe.

— Eu tenho dito isso a ambos há anos.

— Oi, Darrow — diz Daxo, levantando-se para apertar meu braço. — É um prazer te ver sem uma lâmina na mão. — Ele me cutuca o ombro com um dedo mais longo.

— Daxo. Desculpe por tudo isso. Acho que tenho uma pequena dívida com você por ter cuidado da minha família.

— A maior responsabilidade nesse quesito ficou com Orion — diz ele com um piscar de olhos. Ele retorna graciosamente ao seu assento. Meu irmão está cativado pelo homem e pelos anjos tatuados na cabeça dele. E como poderia não estar? Daxo tem duas vezes o peso dele, é imaculado, e é mais cortês inclusive do que um Rosa como Matteo, que eu ouvi falar estar se recuperando bem numa das naves de Quicksilver e está encantado por saber que estou vivo.

— O que aconteceu com Dancer? — pergunto a Mustang.

As bochechas dela estão rubras e ela ri da pergunta.

— Bom, acho que ele não gosta muito de mim. Mas não se preocupe, ele vai pintar por aqui alguma hora.

— Você está bêbada? — pergunto com um sorriso.

— Um pouquinho. Já falo com você. — Mustang gira as pernas e põe os pés no chão para desocupar o banquinho ao lado dela. — Eu estava chegando na parte em que você lutou com Pax na lama. — Minha mãe me observa silenciosamente, com um sorrisinho nos lábios, já que está a par do pânico que deve estar percorrendo meu corpo nesse exato momento. Chocado demais ao ver duas metades da minha vida colidindo sem minha supervisão, eu me sento intranquilo e escuto Mustang terminar sua história. Com tudo o que transcorreu, eu tinha me esquecido do charme dessa mulher. Sua natureza tranquila e leve. Como ela atrai outras pessoas ao fazê-las sentirem-se importantes, ao dizer seus nomes e fazer com que elas se sintam vistas. Ela mantém meu tio e meu irmão presos num encanto, um encanto reforçado pela admiração que os Telemanus nutrem por ela. Tento não enrubescer quando minha mãe me pega admirando Mustang.

— Mas chega do Instituto — diz Mustang depois de explicar em detalhes como Pax e eu duelamos em frente ao castelo dela. — Deanna, você me prometeu uma história de Darrow quando criança.

— Que tal aquele do bolsão de gás? — diz Narol. — Se ao menos Loran estivesse aqui…

— Não, não essa — diz Kieran. — Que tal…

— Eu tenho uma — diz mamãe, cortando os homens. Ela começa lentamente, as palavras sendo balbuciadas. — Quando Darrow era pequeno, talvez três ou quatro anos, seu pai lhe deu um velho relógio que tinha ganho de presente do pai. Essa coisa metálica, com uma roda em vez de números digitais. Você se lembra dele? — Faço que sim com a cabeça. — Era lindo. Seu objeto favorito. E anos mais tarde, depois que o pai dele tinha morrido, o Kieran aqui ficou doente, com uma tosse. Os remédios eram sempre raros nas minas. Aí você tinha que conseguir algum com Gamas ou com Cinzas, mas cada um tinha seu preço. Eu não sabia como ia fazer pra pagar, e então Darrow chega em casa um belo dia com o remédio e se recusa a dizer como foi que conseguiu. Mas várias semanas depois vi um dos Cinzas vendo a hora naquele velho relógio.

Olho para minhas mãos, mas sinto os olhos de Mustang sobre mim.

— Acho que já está na hora de irmos pra cama — diz mamãe. Narol e Kieran protestam até que ela limpa a garganta e se levanta. Ela me dá um beijo na cabeça, perdurando mais tempo no ato do que normalmente perduraria. Em seguida, toca o ombro de Mustang e sai da sala mancando com a ajuda do meu irmão. Os homens de Narol a acompanham.

— Ela é uma mulher e tanto — diz Kavax. — E te ama muito.

— Fico contente de vocês terem se encontrado assim — digo a ele, depois a Mustang. — Principalmente você.

— Como assim? — pergunta ela.

— Sem que eu ficasse tentando controlar tudo. Como da última vez.

— Sim, eu diria que aquilo foi um desastre e tanto — diz Daxo.

— Agora a sensação que eu tenho é que está tudo bem — digo.

— Eu concordo. É essa a sensação mesmo. — Mustang sorri. — Eu gostaria muito de poder te apresentar à minha mãe. Você teria gostado mais dela do que do meu pai.

Retribuo o sorriso, imaginando o que é isso que existe entre nós dois. Abomino a ideia de ter de arranjar uma definição para isso. Há uma tranquilidade que surge quando estou perto dela. Mas tenho medo de perguntar o que ela está pensando. Com medo de abordar o assunto por temer esfacelar essa pequena ilusão de paz. Kavax limpa a garganta de maneira canhestra, dissolvendo o momento.

— Então a reunião com Dancer não deu muito certo? — pergunto.

— Tenho a impressão de que não — diz Daxo. — O ressentimento que ele nutre é bem profundo. Theodora foi mais acessível, mas Dancer foi... Intransigente. De um modo militante.

— Ele é um enigma — esclarece Mustang, tomando um outro gole e estremecendo para a qualidade da graduação alcoólica. — Impedindo que a gente tenha acesso a informações. Ele se recusou a compartilhar qualquer coisa que eu já não soubesse.

— Duvido muito que você mesma tenha sido acessível.

Ela faz uma careta.

— Não, mas estou acostumada a fazer com que os outros contrabalancem pro meu lado. Ele é esperto. E isso significa que vai ser difícil convencê-lo de que eu quero que nossa aliança funcione.

— Então você quer.

— Graças à sua família, sim, eu quero — diz ela. — Você quer construir um mundo pra eles. Pra sua mãe, pros filhos de Kieran. Eu entendo isso. Quando... escolhi negociar com a Soberana, estava tentando fazer a mesma coisa. Proteger aqueles que amo. — O dedo dela percorre saliências na mesa. — Eu não conseguia ver um mundo sem guerra a menos que eu capitulasse. — Os olhos dela encontram minhas mãos desprovidas de Sinetes, vasculhando a carne nua ali como se ela sustentasse o segredo de todos os nossos futuros. Talvez sustente. — Mas agora eu consigo ver um.

— Você está realmente sendo sincera? — pergunto. — Todos vocês estão sendo?

— Família é tudo o que interessa — diz Kavax. — E você é da família. — Daxo deposita uma elegante mão no meu ombro. Até Sophocles parece compreender a gravidade do momento, pousando o queixo no meu pé debaixo da mesa. — Não é?

— Sim — digo, balançando a cabeça em gratidão. — Eu sou.

Com um sorriso contido, Mustang tira um pedaço de papel do bolso e o desliza na minha direção.

— Isso aí é a frequência do comunicador de Orion. Não sei onde eles estão. Provavelmente no cinturão. Eu lhes dei uma ordem simples: promovam o caos. Pelo que ouvi falar em fofocas de Ouros, eles estão fazendo exatamente isso. Vamos precisar de Orion e das naves dela se quisermos derrotar Octavia.

— Obrigado — digo a todos eles. — Nunca imaginei que teríamos uma segunda chance.

— Nem nós — responde Daxo. — Deixe-me ser indelicado com você, Darrow: há uma questão de importância. Trata-se do seu plano. Seu projeto de usar perfuratrizes-garra pra permitir que os Obsidianos invadam cidades-chave ao redor de Marte... Consideramos isso um erro.

— É mesmo? — pergunto. — Por quê? Precisamos estraçalhar o poder deles, ganhar tração junto ao populacho.

— Papai e eu não temos a mesma fé nos Obsidianos que você parece ter — diz Daxo cuidadosamente. — Suas intenções vão importar pouco se você deixá-los à solta junto ao populacho de Marte.

— Bárbaros — diz Kavax. — Eles são bárbaros.

— A irmã de Ragnar...

— Não é Ragnar — responde Daxo. — Ela é uma estranha. E depois de ouvir o que ela fez com os prisioneiros Ouros... Não podemos em sã consciência unir forças com um plano que desembestaria os Obsidianos em cidades de Marte. As mulheres Arcos também não vão.

— Entendi.

— E há um outro motivo pelo qual achamos que o plano é falho — diz Mustang. — Ele não lida adequadamente com meu irmão.

— Minha prioridade é a Soberana — digo. — Ela é a maior ameaça.

— Por enquanto. Mas dê crédito ao meu irmão. Ele é mais esperto do que você. Mais esperto do que eu. — Nem Kavax contesta isso. — Olhe o que ele fez. Se ele souber como jogar o jogo, se ele conhecer as variáveis, vai se sentar num canto por dias e dias avaliando todas as possíveis movimentações, contramovimentações, externalidades e resultados. Essa é a ideia que ele tem de diversão. Antes da morte de Claudius e antes de nós termos sido enviados pra morar em casas diferentes, ele ficava dentro de casa, chovesse ou fizesse sol, montando quebra-cabeças, criando labirintos de papel e implorando sem parar pra que eu tentasse encontrar o centro quando voltava das minhas cavalgadas com papai ou das minhas pescarias com Claudius e Pax. E quando eu encontrava de fato o centro, ele ria e dizia que tinha uma irmã muito inteligente. Nunca pensei muito nisso até vê-lo um dia, bem mais tarde, sozinho no quarto quando ele pensava que ninguém estava olhando. Berrando e dando socos em si mesmo, castigando-se por ter perdido pra mim. Quando ele me pediu em outra ocasião pra encontrar o centro do labirinto, fingi que não conseguia; mas ele não se deixou enganar: era como se ele soubesse que eu o tinha visto no quarto. Não o introvertido, mas o agradável e frágil menino que todas as outras pessoas viam. O verdadeiro ele. — Ela respira fundo, descartando o pensamento com um dar de ombros. — Ele me fez terminar o labirinto. E quando fiz isso, ele sorriu, disse que eu era inteligentíssima e foi embora. Na ocasião seguinte em que ele desenhou um labirinto, não consegui encontrar o centro. Por mais que eu tentasse. — Ela se mexe desconfortavelmente. — Ele simplesmente me observava tentar do chão entre seus lápis. Como um velho fantasma maligno dentro de uma bonequinha de porcelana. É assim que eu me lembro dele. É assim que eu o vejo agora quando penso nele matando papai.

Os Telemanus escutam com um silêncio premonitório, tão temerosos do Chacal quanto eu.

— Darrow, ele nunca vai te perdoar por ter batido nele no Instituto. Por tê-lo obrigado a cortar a própria mão. Ele nunca vai me perdoar por tê-lo deixado nu e o entregado a você. Nós somos a obsessão dele, tanto quanto Octavia é, tanto quanto papai era. Então, se você acha que ele vai simplesmente esquecer como Sevro entrou valsando na Cidadela com uma perfuratriz-garra e te roubou debaixo do nariz dele, você vai causar a morte de muita gente. Seu plano de tomar as cidades não vai funcionar. Ele vai ver isso chegando a um quilômetro de distância. E mesmo que ele não veja, se tomarmos Marte, essa guerra vai durar anos. Precisamos atacar a jugular.

— E não apenas isso — diz Daxo. — Precisamos de garantias de que você não tem como meta começar uma ditadura, ou uma democracia total, caso saia vencedor.

— Uma ditadura? — pergunto com um risinho debochado. — Vocês realmente acham que eu quero governar?

Daxo dá de ombros.

— Alguém terá que fazer isso.

Uma mulher limpa a garganta na porta. Giramos nas nossas cadeiras para ver Holiday lá postada com seus polegares no cinto.

— Desculpe interromper, senhor. Mas o Bellona está pedindo sua presença. Parece uma coisa bastante importante.

37
A ÚLTIMA ÁGUIA

Cassius está deitado e algemado ao parapeito da reforçada maca médica no centro da enfermaria dos Filhos de Ares. O mesmo lugar no qual acompanhei meu povo morrer dos ferimentos sofridos para me salvar das garras dele. Cama após cama de rebeldes feridos de Phobos e de outras operações no Termal preenchem o espaço. Ventiladores emitem zunidos e bipes, homens tossem. Mas é o peso dos olhos o que eu mais sinto. Mãos tentam me alcançar enquanto passo pelas fileiras de catres e macas estendidas no chão. Bocas sussurram meu nome. Eles querem tocar meu braço, sentir um ser humano sem Sinetes, sem a marca dos mestres. Eu os deixo fazerem isso na medida do possível, mas não tenho tempo para visitar as margens do recinto.

Pedi para Dancer dar a Cassius uma sala privada. Em vez disso, ele foi jogado bruscamente no centro da principal enfermaria entre os amputados, adjacente à imensa tenda de plástico que cobre a unidade de queimaduras. Lá ele pode observar e ser observado pelos baixaCores e sentir o peso dessa guerra da mesma maneira que eles. Sinto a mão de Dancer em operação aqui. Dando a Cassius um tratamento equânime. Nenhuma crueldade, nenhuma consideração, apenas o mesmo que os outros. Sinto vontade de pagar uma bebida para o velho socialista.

Diversos rapazes de Narol, um Cinza e dois desgastados ex-Mergulhadores-do-Inferno, estão sentados em cadeiras de metal jogando carta perto da cama de Cassius. Pesados abrasadores estão pendurados nas suas costas. Eles dão um salto para se colocarem de pé e me cumprimentarem assim que me aproximo.

— Ouvi falar que ele pediu minha presença — digo.

— Quase a noite toda — responde asperamente o mais baixo dos Vermelhos, olhando Holiday atrás de mim. — Eu não teria te incomodado... Mas ele é uma porra de um Olímpico. Aí pensei que a gente devia levar isso pros escalões superiores. — Ele se aproxima tanto de mim que consigo sentir o aroma mentolado do tabaco sintético entre seus dentes manchados. — *E o sacana está dizendo que tem informações, senhor.*

— Ele consegue falar?

— Ahã — resmunga o soldado. — Não fala muita coisa, não, mas a flecha não acertou o alvo.

— Preciso falar com ele em particular — digo.

— A gente está aqui vigiando, senhor.

O médico e os guardas giram a maca de Cassius até a extremidade da sala na direção da farmácia, que eles mantêm guardada a cadeado. Lá dentro, em meio a fileiras de caixas plásticas de medicamentos, Cassius e eu somos deixados a sós. Ele me observa da sua cama, com um curativo branco em volta do pescoço, um diminuto pontinho de sangue se dilatando entre seu pomo de adão e a jugular na lateral direita do seu pescoço.

— É um milagre você não ter morrido — digo. Ela dá de ombros. Não há tubos nos seus braços ou um bracelete morfonal. Franzo o cenho. — Eles não te deram nenhum analgésico?

— Nenhum castigo. Eles fizeram uma votação — diz ele muito lentamente, tomando cuidado para não arrancar os pontos do pescoço. — Não tinha morfona suficiente por aqui. Estoque baixo. Como eles dizem, os pacientes votaram semana passada pra que os medicamentos mais pesados fossem dados às vítimas de queimadura e amputações. Eu acharia até um gesto nobre se eles não gemessem a noite toda de dor como se fossem cachorrinhos abandonados. — Ele faz uma pausa.

— Sempre imaginei se as mães conseguem ouvir seus filhos chorando por elas.

— A sua consegue?

— Eu não chorava. E não acho que minha mãe se importe muito com qualquer coisa que não seja vingança. Independente do que isso possa significar a essa altura do campeonato.

— Você disse que tinha informações? — pergunto, voltando ao assunto importante porque não tenho mais o que dizer. Sinto uma familiaridade férrea em relação a esse homem. Holiday perguntou por que o salvei, e eu pude aspirar a noções de valor e honra. Mas a razão axial é que eu quero desesperadamente que ele volte a ser meu amigo. Anseio pela aprovação dele. Será que isso faz de mim um tolo? Será isso a culpa falando? Será o magnetismo dele? Ou será aquela parte vaidosa de mim que apenas deseja ser amada pelas pessoas que eu respeito? E eu o respeito. Ele tem honra, uma espécie corrompida de honra, mas uma honra verdadeira, em todo caso. Meu combate é mais límpido do que o dele.

— Foi ela ou foi você? — pergunta ele cuidadosamente.

— Como assim?

— Quem impediu os Obsidianos de cozinhar meus olhos e de arrancar minha língua? Você ou Virginia?

— Fomos nós dois.

— Mentiroso. Não achei que ela fosse atirar, pra falar a verdade. — Ele tenta levar a mão ao pescoço para senti-lo, mas as algemas o impedem, sobressaltando-o de volta à sua posição original. — Você acha que dá pra tirar isso aqui? É pavoroso quando você precisa se coçar.

— Acho que você aguenta.

Ele ri como se estivesse dizendo que precisa tentar.

— Então, é aqui que você banca o moralmente superior por ter me salvado? Por ser mais civilizado do que os Ouros?

— Quem sabe eu te torture pra obter informações — digo.

— Bom, isso não é uma coisa exatamente honrosa.

— Nem me deixar preso numa caixa por nove meses depois de me torturar por três. De qualquer modo, por que cargas d'água você imaginou que eu dou a mínima pra ter uma atitude honrosa?

— É verdade. — Ele franze o cenho, enrugando a testa e parecendo assustadoramente com algo que Michelangelo teria esculpido. — Se você acha que a Soberana vai fazer alguma barganha, está redondamente enganado. Ela não vai sacrificar uma única coisa sequer pra me salvar.

— Então por que servir a ela? — pergunto.

— Dever. — Cassius pronuncia a palavra, mas imagino o quanto ele ainda a sente profundamente.

Nos seus olhos vislumbro a solidão, o anseio por uma vida que deveria ter sido, e a cintilação do homem que ele deseja ser por baixo do homem que ele imagina dever ser.

— Estamos empatados, então — digo. — Acho que já causamos muitos danos um ao outro. Não vou te torturar. Você tem informações ou vamos apenas ficar nessa dança por mais dez minutos?

— Você já imaginou por que a Soberana estava fazendo um apelo pela paz, Darrow? Certamente isso deve ter te passado pela cabeça. Ela não é do tipo que dilui as punições a menos que seja obrigada a isso. Por que ela iria mostrar leniência a Virginia? A Borda? As frotas dela são três vezes superiores àquelas dos rebeldes do Lorde Lunar. O Cerne está mais bem munido de suprimentos. Romulus não pode se equiparar a Roque. Você sabe como ele é bom. Então por que a Soberana nos enviaria pra fazer uma negociação? Por que se comprometer?

— Já sei que Octavia queria substituir o Chacal — digo. — E ela não pode muito bem ter uma rebelião em escala total na Borda enquanto tenta cortar as orelhas dele e lutar com os Filhos de Ares ao mesmo tempo. Ela está tentando limitar seus teatros de guerra de modo a conseguir concentrar todo o seu peso num problema de cada vez. Não é uma estratégia complicada.

— Mas você sabe por que ela queria removê-lo?

— Minha fuga, os acampamentos, os problemas no processamento do hélio... Eu poderia fazer uma lista com cem motivos pelos quais instalar um psicopata como ArquiGovernador se transformaria num fardo pra ela.

— Todos esses motivos são válidos — diz ele, interrompendo. — Inclusive convincentes. E esses são os motivos que fornecemos a Virginia.

Dou um passo na direção dele, ouvindo a implicação na sua voz.

— O que foi que você não disse a ela? — Ele hesita, como se imaginando inclusive agora se deveria ou não me contar. Por fim, ele me conta.

— No início desse ano, nossos agentes de inteligência descobriram discrepâncias entre os dados trimestrais de produção de hélio relatados ao Departamento de Energia e ao Departamento de Gerenciamento de Minas e os relatórios de ganhos dos nossos agentes nas próprias colônias de mineração. Encontramos pelo menos cento e vinte e cinco instâncias onde o Chacal relatou falsamente perdas de hélio devido a perturbações causadas pelos Filhos de Ares. Perturbações que não existiram. Ele também afirmou que catorze minas haviam sido destruídas por ataques dos Filhos de Ares. Ataques que jamais aconteceram.

— Então o Chacal está fazendo uma limpa na empresa — digo, dando de ombros. — Dificilmente ele será o primeiro ArquiGovernador corrupto nos mundos.

— Mas ele *não* está revendendo o produto no mercado — diz Cassius. — Ele está criando situações de escassez artificiais enquanto faz seu próprio estoque de hélio.

— Estoque? Quanto, até agora? — pergunto de modo tenso.

— Contando com o inventário dos excedentes provenientes das catorze minas e da Reserva Marciana? No ritmo atual, em dois anos ele vai ter mais do que as Reservas Imperiais em Luna e Vênus e a Reserva de Guerra em Ceres combinadas.

— Isso poderia significar uma centena de coisas — digo em tom baixo, percebendo a quantidade de hélio que isso representa. Três quartos da mais valiosa substância dos mundos. Tudo sob controle de um único homem. — Ele está fazendo uma jogada pra se transformar em Soberano. Comprando Senadores?

— Até agora quarenta — admite Cassius. — Mais do que pensávamos que ele tinha. Mas há uma outra pegadinha na qual ele os envolveu. — Ele tenta se sentar com as costas retas no catre, mas as algemas em volta das suas mãos o ancoram a uma pose parcialmente relaxada. — Vou te fazer uma pergunta, e preciso que você me diga a verdade. — Eu riria da ideia se não estivesse vendo como ele está sério. — Por acaso os Filhos de Ares roubaram o depósito de um asteroide do espaço profundo em março, vários dias depois da sua fuga? Mais ou menos quatro meses atrás?

— Seja mais específico — digo.

— Um asteroide menor de um cinturão principal no Aglomerado Karin. Designação S-1988. Asteroide de sucata com base de silicato. Potencial de mineração quase zero. Parece um pouquinho com a mancha que Mustang tem no quadril esquerdo. — Os olhos dele resplandecem. — Isso é específico o bastante?

Revisei todas as operações táticas de Sevro quando estava me recuperando com Mickey. Houve diversos ataques a bases militares da Legião no interior do cinturão de asteroides, mas nada nem remotamente semelhante ao que Cassius está se referindo.

— Não. Que eu saiba, não houve nenhuma operação no S-1988.

— *Maldição* — murmura ele baixinho. — Então nosso julgamento foi correto.

— O que havia nesse depósito? — pergunto. — Cassius...

— Quinhentas ogivas nucleares — diz ele de maneira sombria.

O sangue do curativo dele se espalhou e ficou do tamanho de uma boca aberta.

— Quinhentas — eu ecoo, e minha própria voz soa distante, vazia. — Qual a capacidade delas?

— Trinta megatons cada.

— Matadores de mundos... Cassius, por que essas coisas existem, pra começo de conversa?

— Caso Lorde Ash tivesse algum dia que repetir Rhea — diz Cassius. — O depósito se encontra entre o Cerne e a Borda.

— Repetir Rhea... É a essa pessoa que você serve? — pergunto. — Uma mulher que estoca ogivas nucleares pra destruir um planeta, *caso* seja necessário.

Ele ignora meu tom.

— Todas as evidências apontavam pra Ares, mas a Soberana achou que isso dava crédito demais a Sevro. Ela mandou Moira investigar a coisa pessoalmente, e ela foi capaz de rastrear o percurso da nave do sequestrador até uma linha de montagem de naves defunta que pertencia anteriormente às Indústrias Julii. Se os Filhos não fizeram realmente o roubo, então as armas só podem estar com o Chacal. Mas não sabemos o que ele vai fazer com elas. — Eu me levanto nesse instante, entorpecido. Minha mente está muito acelerada para conseguir juntar as peças e entender como o Chacal poderia vir a utilizar tantos artefatos atômicos. De acordo com o Pacto, os militares de Marte têm permissão para ter apenas vinte no seu arsenal, para utilização em batalhas de nave a nave. E todas com menos de cinco megatons.

— Se isso for verdade, por que você me contaria? — pergunto.

— Porque Marte também é minha casa, Darrow. Minha família está lá há tanto tempo quanto a sua. Minha mãe ainda está lá na nossa casa. Seja lá qual for a estratégia de longo prazo do Chacal, o julgamento da Soberana é no sentido de que ele vai usar as armas aqui se estiver acuado.

— Vocês estão com medo da possibilidade de nós vencermos — percebo.

— Quando era uma guerra do Sevro, não. Os Filhos de Ares estavam condenados. Mas agora? Olhe só o que está acontecendo. — Ele me olha de cima a baixo. — Nós perdemos a contenção. Octavia não sabe onde estou. Se Aja está ou não viva. Ela não tem olhos pra isso. O Chacal pode muito bem saber que ela tentou traí-lo com a irmã dele. Ele é um cão selvagem. Se você o provoca, ele morde. — Ele baixa a voz. — Você poderia muito bem sobreviver a isso, Darrow, mas será que Marte pode?

38
A CONTA

— Quinhentas ogivas nucleares? — sussurra Sevro. — *Puta que me pariu.* Fala pra mim que você está brincando. Vá lá. — Dancer está sentado em silêncio à mesa da sala de guerra massageando as têmporas.

— Nem por um cacete — rosna Holiday da parede. — Se ele tem isso mesmo, já teria usado.

— Vamos deixar as deduções pros indivíduos que de fato conheceram o homem, certo? — diz Victra. — Adrius não funciona como um ser humano normal.

— Isso com certeza — diz Sevro.

— Mesmo assim, é uma questão sólida — diz Dancer, incomodado com a presença de tantos Ouros, particularmente Mustang, que está em pé ao meu lado. — Se ele tem tudo isso, por que não usou?

— Porque esse tipo de escalada vai fazer mal a ele quase tanto quanto a nós — digo. — E se ele usar o arsenal, a Soberana vai ter todas as desculpas pra substituí-lo.

— Ou ele não tem nada — diz Quicksilver, diminuindo a importância do tema. Ele flutua diante de nós, holoPixels azuis tremeluzem sobre um display de painel. — Isso é uma manobra. Bellona sabe o que você acha importante, Darrow. Ele está puxando as cordinhas do seu coração. Isso é conversa pra boi dormir. Meus techs teriam visto ondulações de grande intensidade se ele estivesse movendo mísseis. E eu teria ouvido falar de enriquecimento de plutônio se a Soberana tivesse mandado as ogivas serem construídas.

— A menos que sejam mísseis antigos — digo. — Várias relíquias dando sopa por aí.

— E o sistema solar é bem grande — diz Mustang equilibradamente.

— Eu tenho ouvidos grandes — responde Quicksilver.

— Tinha — diz Victra. — Eles estão diminuindo de tamanho enquanto falamos.

Os líderes da rebelião se sentam num semicírculo em frente a um holoprojetor que exibe o asteroide S-1988. Trata-se de um naco estéril de rocha, parte da subfamília Karin da família Koronis de asteroides no Cinturão Principal entre Marte e Júpiter. Os asteroides Koronis são a base de pesadas operações de mineração levadas a cabo por um consórcio de energia com sede na Terra e matriz de diversas mal-afamadas estações no caminho astral para contrabandistas e piratas, mais notavelmente a Lacrimosa 208, onde Sevro reabasteceu sua nave durante a jornada de Plutão a Marte. A população local chama o esconderijo dos contrabandistas de Nossa Senhora dos Pesares, onde a vida é mais barata do que um quilo de hélio e um grama de poeiraDemoníaca, ou pelo menos é o que ele diz.

Reuniões de Ouros numa sala de guerra são feitas em círculo ou retângulos porque pessoas que estão de frente uma para a outra têm mais propensão a se envolver num conflito intelectual do que pessoas sentadas lado a lado. Os Ouros saboreiam isso. Estou tentando uma diplomacia diferente, fazendo meus amigos encararem o problema — o holoprojetor — de modo que, caso queiram discutir um com o outro, terão de empinar o pescoço para fazê-lo.

— É uma pena não termos os oráculos da Soberana — diz Mustang.
— Amarre um no punho dele e veja como Cassius é realmente acessível.

— Desculpe, mas não temos esse tipo de recurso que você está acostumada a usar, *domina* — diz Dancer.

— Não foi isso o que eu quis dizer.

— A gente podia torturá-lo — diz Sevro. Ele está no meio da mesa limpando as unhas com uma lâmina. Victra está encostada na parede atrás dele, estremecendo de irritação a cada pedacinho de unha que cai em cima da mesa. Dancer está à esquerda de Sevro. O holograma de um metro de altura de Quicksilver refulge à sua direita, entre nós. Tendo declarado Phobos uma cidade livre em nome do Levante, ele funciona como seu Governador e agora está debruçado sobre uma pequena pilha de corações de ostras do tamanho de um polegar com uma faca platinada para abrir moluscos em formato de polvo, dispondo as conchas em nivelados montinhos de cinco cada. Se ele está nervoso em relação às retaliações do Chacal contra sua estação, não parece nem um pouco. Sefi sua debaixo das suas peles tribais enquanto anda sem parar pelo perímetro da mesa como se fosse um animal enjaulado, fazendo com que Dancer se mexa, agitado.

— Você quer a verdade? — pergunta Sevro. — É só me dar dezessete minutos e uma chave de fenda.

— Nós deveríamos mesmo estar tendo essa conversa com ela aqui? — pergunta Victra, referindo-se a Mustang.

— Ela está do nosso lado — digo.

— Tem certeza? — pergunta Dancer.

— Ela foi crucial no recrutamento dos Obsidianos — digo. — Ela nos conectou a Orion. — Eu fiz contato com a mulher depois de falar com Cassius. Ela está vindo a todo vapor com a *Pax* e uma quantidade relevante de naves remanescentes da minha antiga frota para se encontrar comigo. Parecia impossível eu alguma vez voltar a ver a geniosa Azul, ou aquela nave que foi o primeiro lugar que fez com que eu me sentisse em casa desde Lykos. — Por causa de Mustang, teremos uma verdadeira armada. Ela preservou meu comando. Ela manteve Orion como piloto. Por acaso ela teria feito isso se não tivesse as mesmas metas que nós?

— Que são? — pergunta Dancer.

— Derrotar Lune e o Chacal — diz ela.

— Isso é apenas a superfície do que queremos — diz Dancer.

— Ela está trabalhando conosco — insisto.

— Por enquanto — diz Victra. — Ela é uma menina esperta. De repente ela quer nos usar pra eliminar seus inimigos. Quem sabe? Colocar-se numa posição de poder. De repente ela quer Marte. De repente ela quer mais coisas. — Parece que foi ontem a reunião em que meu conselho de Ouros colocou em discussão se Victra era digna de confiança ou não. Roque falou em defesa dela quando ninguém mais se apresentava para fazê-lo. A ironia aparentemente escapa de Victra. Ou talvez ela se lembre de Mustang exprimindo vocalmente a desconfiança em relação às intenções dela um ano antes e decidiu retribuir a velha dívida.

— Odeio concordar com a Julii — diz Dancer —, mas ela está certa em relação a isso. Os Augustinos são jogadores. Ninguém nascido nessa família deixou de ser um jogador. — Pelo visto, Dancer não ficou impressionado com a falta de transparência de Mustang anteriormente. Mustang esperava por isso. Na realidade, ela pediu para ficar no seu quarto, distante disso para não depreciar meu plano. Mas para que isso possa funcionar, para que possa haver alguma maneira de essas peças se encaixarem no final, é preciso que haja cooperação.

Eles esperam que eu defenda Mustang, o que demonstra como a conhecem pouco.

— Vocês todos estão sendo bastante ilógicos — diz Mustang. — Não pretendi insultar ninguém ao dizer aquilo, o que eu quis foi simplesmente ressaltar um fato real. Se eu quisesse prejudicá-los, teria me aproximado da Soberana ou do meu irmão e instalado um dispositivo de rastreamento na minha nave — diz Mustang. — Vocês sabem o que ela não faria para encontrar Tinos. — Meus amigos trocam olhares perturbados. — Mas não fiz nada disso. Sei que vocês não vão confiar em mim. Mas vocês confiam em Darrow e ele confia em mim, e já que ele me conhece melhor do que qualquer um de vocês, acho que está numa posição melhor pra fazer o julgamento. Então parem de choramingar como se fossem malditas criancinhas e vamos logo arregaçar as mangas e trabalhar, certo?

— Se vocês tiverem uma serra, posso conseguir as informações em mais ou menos uns três minutos... — diz Sevro.

— Quer calar essa droga dessa boca? — late Dancer para ele. É a primeira vez que eu o vejo perder a paciência dessa maneira. — Um homem vai mentir baixinho, vai dizer qualquer coisa que você queira ouvir se você começar a arrancar as unhas dele. Isso não funciona. — Ele próprio foi torturado pelo Chacal. Da mesma maneira que Evey e Harmony.

Sevro cruza os braços.

— Bom, essa é uma generalização injusta e gritante, vovozinho.

— Nós não torturamos — diz Dancer. — Ponto final.

— Ah, tá, tudo bem, então — diz Sevro. — Nós somos os caras legais. Os caras legais nunca torturam. E sempre vencem. Mas quantos caras legais acabam com a cabeça dentro de uma caixa? Quantos caras legais acabam sendo obrigados a ver as cervicais dos amigos cortadas pela metade?

Dancer olha para mim em busca de ajuda.

— Darrow…

Quicksilver abre uma ostra.

— Tortura pode ser eficiente se feita de modo correto, com informações confirmáveis num espaço de tempo estreito. Como qualquer ferramenta, não é nenhuma panaceia; ela deve ser usada de modo adequado. Pessoalmente, não acho que podemos nos dar ao luxo de ficar desenhando frases morais na areia. Não hoje. Deixe o Barca seguir com a ideia dele. Arranque algumas unhas. Alguns olhos, se necessário for.

— Eu concordo — diz Theodora, surpreendendo o conselho.

— E quanto a Matteo? — pergunto a Quicksilver. — Sevro arrebentou a cara dele.

A faca de Quicksilver desliza em cima da outra ostra, furando a carne da palma da sua mão. Ele estremece e suga o sangue.

— E se ele não tivesse desmaiado, teria revelado onde eu estava. Pela minha experiência, a dor é o melhor negociador.

— Concordo com eles, Darrow — diz Mustang. — Precisamos ter certeza de que ele está dizendo a verdade. Do contrário estaremos deixando Cassius ditar nossa estratégia, que é uma postura clássica de contrainteligência da parte dele. É o que você faria. — E é o que eu tentei fazer até que a tortura começou com o Chacal.

Victra, que estivera calada a respeito da questão até agora, contorna abruptamente a mesa e se coloca em frente à holoprojeção de modo que espaço preto e estrelas dançam na sua pele. Cabelos espetados e louros, quase brancos, agitam-se em frente a olhos zangados enquanto ela tira a camisa cinza. Ela é musculosa e flexível por baixo e usa um sutiã de compressão. Meia dúzia de cicatrizes provenientes de lâminas se espalham por uns dez centímetros em diagonal ao longo da sua barriga bem definida. Há mais de uma dúzia no braço onde ela mantém a espada. Umas poucas no rosto, pescoço, clavícula.

— Algumas delas me dão até orgulho — diz ela. — Outras não. — Ela se vira para mostrar para nós sua região lombar. É um pedaço de carne com aspecto de cera derretida onde sua irmã deixou uma marca em ácido. Ela se volta para nós, levantando o queixo numa postura desafiadora. — Eu vim pra cá porque não tive escolha. Fiquei quando tive. Não deixem que eu me arrependa da minha decisão.

É impressionante ver a vulnerabilidade presente nela. Acho que Mustang jamais baixaria a guarda dessa maneira em público. Sevro olha fixamente para a mulher alta enquanto ela veste a camisa e se volta para o holo. Ela vai na direção do asteroide com ambas as mãos para esticar o holograma.

— Dá pra gente conseguir uma resolução melhor? — pergunta ela.

— A foto foi tirada por um drone da Agência Censitária — digo. — Quase setenta anos atrás. Não temos acesso aos registros militares atuais da Sociedade.

— Meus homens estão trabalhando nisso — diz Quicksilver. — Mas não estão otimistas. Estamos combatendo uma legião de contra-ataques da Sociedade neste exato momento. Um maldito redemoinho.

— É nessas horas que ter seu pai por perto viria a calhar — diz Sevro a Mustang.

— Ele nunca mencionou nada disso comigo — responde ela.

— Mamãe, sim, uma vez — diz Victra pensativamente. — À Antonia e a mim. Alguma coisa a ver com umas desagradáveis bolsinhas femininas que os Imperadores podiam recolher no voo se a Borda saísse do controle.

— Isso bate com o que o Cassius disse.

Ela se vira novamente para nós.

— Então acho que Cassius está falando a verdade.

— Eu também — digo para o grupo. — E torturá-lo não resolve nada. Corte os dedos dele um a um. E se ainda assim ele disser que é verdade? Vamos continuar cortando até ele dizer que não é? De uma forma ou de outra, trata-se apenas de uma aposta. — Recebo alguns meneios relutantes e sinto alívio de que pelo menos uma batalha foi vencida, apesar de um pouco cauteloso ao saber o quanto meus amigos podem se tornar selvagens.

— O que ele sugeriu que a gente fizesse? — pergunta Dancer. — Tenho certeza de que ele tinha alguma proposta.

— Ele quer que eu tenha uma holoconferência com a Soberana — digo.

— Por quê?

— Pra discutir uma aliança contra o Chacal. Eles nos dão informações, nós o matamos antes que ele consiga detonar qualquer bomba — digo. — Esse é o plano dele.

Sevro dá uma risada.

— Desculpe aí. Mas isso seria engraçado pra cacete de se ver. — Ele levanta a mão esquerda e faz um movimento como se estivesse falando com ela. — "Oi, sua piranha velha e enferrujada, você se lembra de quando eu sequestrei seu neto?" — Ele levanta a mão direita. — "Olha, lembro, sim, meu bom homem. Logo depois de eu escravizar toda a sua raça." — Ele sacode a cabeça. — Não há nenhum propósito em se conversar com aquela Pixie. Não até a gente pisar no batente da casa dela com uma frota. Você devia me mandar ir atrás do bom e velho Chacal com os Uivadores. Não dá pra apertar um botão sem uma cabeça.

— As Valquírias vão realizar essa missão com os Uivadores — diz Sefi.

— Não. O Chacal impõe a necessidade de um ataque pessoal — digo, olhando de relance para Mustang, que já me alertou para não seguir esse caminho. — Ele nos conhece bem demais para ficar surpreendido por coisas que já fizemos no passado. Não vou jogar vidas no lixo brincando com todo o conhecimento que ele tem sobre nossas forças.

— Você conhece alguém no círculo íntimo dele, Regulus? — pergunta Dancer a Quicksilver. Surpreendentemente, os dois homens parecem gostar bastante um do outro.

— Eu conhecia. Até seus Cinzas libertarem Darrow. Adrius mandou seu chefe de inteligência fazer um expurgo no seu círculo íntimo. Todos os meus homens estão mortos ou aprisionados ou se borrando de medo.

— O que você acha, Augustus? — pergunta Dancer a Mustang.

Todos os olhos se voltam para ela, que leva um tempo para responder.

— Acho que vocês conseguiram ficar vivos tanto tempo porque os Ouros estavam tão consumidos pelo ego individual que se esqueceram de como haviam conquistado a Terra. Cada um deles pensa que pode governar. Com o retorno de Orion e os ganhos de Sevro, sua maior força agora reside na sua armada e num exército Obsidiano. Não ajudem a Soberana. Ela ainda é a inimiga mais perigosa. Se a ajudarem, ela vai se concentrar em vocês. Semeiem mais discórdia.

Dancer balança a cabeça em concordância.

— Mas podemos ter certeza de que o Chacal usaria de fato o arsenal nuclear no planeta?

— A única coisa que meu irmão quis até hoje foi a aprovação do meu pai. Ele não a conseguiu. Então ele foi lá e matou meu pai. Agora ele quer Marte. O que você acha que ele vai fazer se não conseguir isso?

Um silêncio ameaçador preenche o recinto.

— Tenho um novo plano — digo.

— Eu realmente espero que você tenha, porra — murmura Sevro a Victra. — Por acaso vou ter que me esconder dentro de alguma coisa?

— Tenho certeza de que gente vai achar algo pra você, querido — diz ela.

Balanço a cabeça em concordância.

Ele acena para mim.

— Bom, então vamos ouvir qual é a desse plano, Ceifeiro.

— Hipoteticamente, imaginem que tomemos metade das cidades de Marte — digo, levantando-me e evocando um gráfico da mesa que mostra uma maré vermelha fluindo sobre o globo de Marte, tomando cidades, empurrando os Ouros para trás. — Digamos que esmaguemos a frota do Chacal em órbita quando Orion se juntar a nós, mesmo que a frota dele seja duas vezes maior do que a nossa. Digamos que esfacelemos os exércitos dele. Com a ajuda das Valquírias, nós fraturamos os Obsidianos que estão nas legiões e os obrigamos a se juntarem a nós, e conseguimos um maremoto do próprio populacho. As máquinas da indústria param por completo em Marte. Repelimos os inúmeros reforços da Sociedade e temos insurreições a cada esquina e acuamos o Chacal depois de anos de conflito. E isso vai levar anos e anos. O que acontece em seguida?

— As máquinas da indústria não vão parar de trabalhar em Marte — diz Victra. — Elas vão continuar a todo vapor. E vão continuar fornecendo homens e equipamentos pro front.

— Ou… — digo.

— Ele usa as bombas — diz Dancer.

— O que eu também acredito que ele vai usar nos Obsidianos e no nosso exército se seguirmos em frente com a operação Maré Crescente — digo.

— Estamos preparando essa operação há meses — protesta Dancer. — Com os Obsidianos é bem possível que ela venha a funcionar. Você quer simplesmente descartá-la?

— Quero — digo. — Este planeta é a razão pela qual lutamos. A força dos exércitos rebeldes ao longo da história sempre teve a ver com o fato de que eles têm menos a proteger. Eles podem ficar a esmo e se mover quando bem entender e são impossíveis de ser detectados. Temos muito a perder aqui. Muito a proteger. Essa guerra não vai ser vencida em dias ou semanas. Ela vai levar uma década. Marte vai sangrar. E no fim, perguntem a vocês mesmos o que herdaremos disso tudo. Um cadáver do que no passado foi nosso lar. Precisamos lutar essa guerra, mas não vou lutá-la aqui. Proponho que saiamos de Marte.

Quicksilver tosse.

— Sair de Marte?

Sefi dá um passo à frente, saindo das sombras da sala de pedra e rompendo seu silêncio.

— Você disse que protegeria meu povo.

— Nossa força está aqui, nos túneis — continua Dancer. — Na nossa população. É aqui que nossa responsabilidade reside, Darrow. — Ele olha de relance para Mustang, com visível desconfiança. — Não se esqueça de onde você vem. Do motivo pelo qual você está fazendo isso.

— Eu não me esqueci, Dancer.

— Tem certeza? Essa guerra é por Marte.

— Ela é por mais do que isso — digo.

— Pelos baixaCores — continua ele, com a voz se avolumando. — Vencer aqui e depois se espalhar pela Sociedade. É aqui que está o hélio. É aqui o coração da Sociedade, dos Vermelhos. Vencer aqui e depois se espalhar. É assim que Ares queria que fosse.

— Essa guerra é pra todos — corrige Mustang.

— Não — diz Dancer territorialmente. — Essa guerra é nossa, Ouro. Eu já estava engajado nela quando você ainda estava aprendendo a escravizar seres humanos na sua...

Sevro olha para mim incomodado quando nossos amigos atingem as raias da altercação. Faço um ligeiro meneio para ele, que saca a lâmina e golpeia a mesa. Ela para na metade do caminho antes de parti-la ao meio e fica lá tremendo.

— O Ceifeiro está tentando falar, seus comedores de merda. Além do mais, todo esse Colorismo me enche o saco. — Ele olha ao redor, terrivelmente satisfeito com o silêncio. Balança a cabeça para si mesmo e acena de maneira teatral. — Ceifeiro, por favor, prossiga. Você estava chegando numa parte excitante.

— Obrigado, Sevro. Não vou cair na armadilha do Chacal — digo. — O caminho mais fácil de perder qualquer guerra é deixar o inimigo ditar os termos do conflito. Precisamos fazer a coisa que o Chacal e a Soberana menos esperam de nós. Criar nosso próprio paradigma pra que eles passem a jogar o *nosso* jogo. Passem a reagir às *nossas* decisões. Precisamos ser ousados. Nesse exato momento nós acendemos a fagulha. Há rebeliões em quase todos os territórios da Sociedade. Ficarmos aqui vai significar que estamos contidos. Eu não vou ser contido.

Transfiro a imagem no meu datapad para a mesa de modo que o holograma de Júpiter flutue no ar. Sessenta e três diminutas luas pontilham a periferia, mas as quatro grandes luas jupiterianas dominam a órbita. Essas quatro maiores — Ganimedes, Calisto, Io e Europa — são referidas coletivamente como Ilium. Ao redor dessas luas se encontram duas das maiores frotas no sistema solar, a dos Lordes Lunares e aquela da Armada Espada. Sevro parece tão satisfeito que dá a impressão de que está prestes a desmaiar.

Finalmente estou lhe dando a guerra que ele nem sabia que queria.

— A guerra civil entre Bellona e Augustus expôs falhas mais gritantes entre o Cerne e a Borda Exterior. A frota principal de Octavia, a Armada Espada, está a centenas de quilômetros de distância do apoio mais próximo. É a maior frota em atuação no sistema solar. Octavia enviou nosso bom amigo Roque au Fabii pra subjugar os Lordes Lunares. Ele despedaçou cada uma das frotas que foi lançada contra eles, inclusive com a ajuda de Mustang, dos Telemanus e dos Arcos; ele destroçou a Borda. A bordo dessas naves se encontram mais de dois milhões de homens e mulheres. Mais de dez mil Obsidianos. Duzentos mil Cinzas. Três mil dos maiores matadores vivos, Inigualáveis Maculados. Pretores, Legados, cavaleiros, comandantes de esquadrões. Os maiores Ouros dos Institutos. Essa frota foi reforçada por Antonia au Severus-Julii. E é o instrumento do medo pelo qual a Soberana exerce seu domínio sobre os planetas. Essa armada, a exemplo do seu comandante, jamais foi derrotada.

Faço uma pausa, permitindo que as palavras sejam absorvidas de modo que todos eles tenham ciência da gravidade da minha proposta.

— Em trinta e seis dias nós destruiremos a Armada Espada e arrancaremos o coração pulsante da máquina de guerra da Sociedade. — Puxo a lâmina de Sevro da mesa e jogo-a de volta para ele. — Agora vou ouvir as porras das perguntas de vocês.

39

O CORAÇÃO

Dancer me encontra enquanto cuido dos preparativos finais para embarcar com Sevro e Mustang na espaçonave que nos levará à frota em órbita. Tinos está pululando de atividade. Centenas de espaçonaves e transportes reunidos por Dancer e pela liderança dos seus Filhos de Ares partem através dos grandes túneis para realizar sua migração na direção do Polo Sul, onde ainda transportarão os Obsidianos jovens e velhos dos seus lares para a segurança das minas, mas os guerreiros irão para a órbita com o objetivo de se juntar à minha frota. Em vinte e quatro horas, eles moverão oitocentos mil seres humanos no que será o maior esforço da história dos Filhos de Ares. Sinto vontade de sorrir pensando em como Fitchner ficaria mais feliz sabendo que a maior conquista do seu legado foi salvar vidas em vez de perdê-las.

Depois de dar cobertura à evacuação com a frota, vou seguir a todo vapor para Júpiter. Dancer e Quicksilver permanecerão para trás com o intuito de dar continuidade ao que começaram e segurar o Chacal em Marte até que tenha início a próxima evolução do plano.

— É assustador, não é? — diz Dancer, observando o mar de chamas azuis dos motores que fluem pela nossa estalactite na direção do grande túnel no teto de Tinos. Victra está bem perto de Sevro na extremidade do hangar aberto, duas sombrias silhuetas observando a esperança de dois povos flutuar para longe na direção da escuridão. — A

Armada Vermelha vai pra guerra — diz Dancer baixinho. — Nunca imaginei que veria esse dia.

— Fitchner devia estar aqui — respondo.

— É verdade, devia sim — diz Dancer, fazendo uma careta. — Acho que esse é meu grande arrependimento. O fato de ele não poder estar vivo pra ver o filho usar seu capacete. E você se tornou o que ele sempre soube que você seria.

— E o que é? — pergunto, observando um Uivador Vermelho dar dois saltos com suas gravBotas e alçar voo da borda do hangar para entrar na escotilha aberta do compartimento de carga de uma transportadora de tropas de passagem.

— Alguém que acredita no povo — diz ele delicadamente.

Eu me viro para encarar Dancer, contente por ele ter me procurado nos meus últimos momentos aqui entre os meus. Não sei se terei oportunidade de voltar algum dia. E se voltar, temo que ele me veja como um homem diferente. Alguém que o traiu, que traiu nosso povo, que traiu o sonho de Eo. Já estive aqui antes. Dando adeus numa plataforma de aterrissagem. Harmony estava com ele nessa ocasião, Mickey também, ao se despedirem de mim naquele espigão em Yorkton. E aqui está ele novamente, dando adeus enquanto me preparo para partir para a guerra. Como é possível que eu esteja me sentindo tão melancólico por um passado tão terrível? Quem sabe isso seja apenas nossa natureza, sempre desejando coisas que foram e poderiam ser muito mais do que coisas que são e serão.

É mais difícil ter esperança do que se lembrar.

— Você acha que os Lordes Lunares vão realmente nos ajudar? — pergunta ele.

— Não. O truque vai ser fazê-los pensar que eles estão ajudando a si próprios. Depois sair de lá antes que eles se voltem contra nós.

— É um risco, rapaz, mas você gosta desse tipo de coisa, não gosta?

Eu dou de ombros.

— Também é a única chance que temos.

Botas pisoteiam o deque de metal atrás de mim. Holiday sobe a rampa carregando uma bolsa de equipamentos com diversos novos Uivadores. A vida segue, carregando-me com ela. Faz sete anos desde que eu e Dancer nos conhecemos, ainda que olhando para ele a impressão que tenho é que se passaram trinta. Quantas décadas de guerra ele já encarou? A quantos amigos ele já disse adeus, amigos que eu jamais conheci, amigos que ele jamais mencionou? Pessoas que ele amou tanto quanto amo Sevro e Ragnar. Ele já teve uma família, embora raramente fale deles agora.

Nós todos já tivemos alguma coisa no passado. Cada um de nós foi roubado e despedaçado a nosso próprio modo. É por isso que Fitchner formou esse exército. Não para nos reconstituir pedaço por pedaço, mas para que se salvasse do abismo que a morte da sua mulher abriu dentro dele. Ele precisava de uma luz. Ele a fez. O amor foi seu grito ao vento. A mesma coisa com minha mulher.

— Lorn uma vez me disse que se tivesse sido meu pai teria me criado pra ser um homem bom. Não há paz pra grandes homens, dizia ele. — Sorrio para a lembrança. — Eu deveria ter lhe perguntado quem ele achava que poderia fazer a paz pra todos esses homens bons.

— Você *é* um homem bom — Dancer me diz.

Minhas mãos são coisas brutas e cheias de cicatrizes. Quando eu as aperto, as juntas adquirem aquele familiar tom esbranquiçado.

— É mesmo? — digo, com um sorrisinho. — Então por que será que eu quero fazer coisas ruins? — Ele ri disso, e eu o surpreendo puxando-o para lhe dar um abraço. Seu braço são me envolve a cintura. Sua cabeça mal alcança meu tórax. — Sevro pode até ter ficado com o capacete, mas o coração aqui é você — digo a ele. — Você sempre foi. Você é humilde demais pra enxergar isso, mas é um homem tão grandioso quanto o próprio Ares. E de certa forma, você ainda é bom. Ao contrário daquele rato imundo do cacete. — Eu me afasto e lhe dou um tapinha no peito. — E eu te amo. Fique sabendo disso.

— Ah, porra — murmura ele, com os olhos se enchendo de lágrimas. — Eu pensava que você era um matador. Está ficando frouxo comigo, rapaz?

— Nunca — digo, piscando.

Ele me empurra.

— Vá se despedir da sua mãe antes de ir embora.

* * *

Eu o deixo gritando para um grupo de fuzileiros e sigo em meio ao tumulto, batendo os punhos com Pedrinha, que Cara Ferrada empurra numa cadeira de rodas na direção da rampa de embarque, cumprimentando Filhos de Ares que reconheço, falando umas merdas com Palhaço que anda com uma tropa de Uivadores. Minha mãe e Mustang param de conversar abruptamente quando eu chego. Ambas parecem estar emocionadas.

— Qual é o problema? — pergunto.

— Só estamos nos despedindo — diz Mustang.

Minha mãe dá um passo para se aproximar de mim.

— Dio trouxe isso aqui de Lykos. — Ela abre uma caixinha de plástico e me mostra a terra que há dentro. Minha mãezinha sorri para mim. — Você voa pra noite, e quando tudo começar a ficar escuro, lembre-se de quem você é. Lembre-se de que você nunca está sozinho. As esperanças e os sonhos do nosso povo seguem com você, lembre-se de casa. — Ela me abaixa e me beija a testa. — Lembre-se de que você é amado. — Eu a abraço com força e me afasto para ver que ela está com lágrimas nos olhos duros.

— Eu vou ficar bem, mã — digo.

— Eu sei. Eu sei que você acha que não merece ser feliz — diz ela. — Mas você merece, meu filho. Você merece isso mais do que qualquer outra pessoa que eu conheço. Então, faça o que precisa fazer e depois volte pra casa e pra mim. — Ela segura minha mão e a mão de Mustang. — Vocês dois voltem pra casa. E depois comecem a viver.

Eu a deixo para trás, confuso e emocionado.

— O que foi isso? — pergunto a Mustang. Ela olha para mim como se eu devesse saber.

— Ela está com medo.

— Por quê?

— Ela é sua mãe.

Subo na plataforma de aterrissagem da minha espaçonave, com Sevro e Victra, que se juntam a Mustang e a mim na parte de baixo.

— Mergulhador-do-Inferno... — grita Dancer antes de alcançarmos o topo. Eu me viro para encontrar o homem de aparência dura com o punho erguido. E atrás dele todo o hangar de estalactite me observa, centenas de funcionários do hangar em carrinhos mecânicos, pilotos, Azuis e Vermelhos e Verdes, que se encontram nas rampas das suas naves ou nas escadas que dão acesso às cabines dos pilotos, capacetes nas mãos, pelotões de Cinzas e Vermelhos e Obsidianos lado a lado carregando equipamentos de combate e suprimentos — a foice costurada nos ombros, pintada nas faces, enquanto embarcam nas naves que partirão para minha frota. Homens e mulheres de Marte, todos eles. Lutando por algo maior do que eles próprios. Pelo nosso planeta, pelo seu povo. Sinto o peso do amor deles. Sinto a esperança de todas essas pessoas acorrentadas que acompanharam os Filhos de Ares se levantando para tomar Phobos. Nós lhes prometemos algo, e agora temos o dever de cumprir com a promessa. Um a um, meu exército levanta as mãos até surgir um mar de punhos cerrados como Eo cerrou os dela quando segurou o haemanthus e caiu diante de Augustus.

Calafrios percorrem meu corpo quando Sevro e Victra e Mustang e inclusive minha mãe levantam suas mãos juntas.

— Rompa as correntes! — berra Dancer. Levanto meu próprio punho cheio de cicatrizes e entro silenciosamente na espaçonave para me juntar à Armada Vermelha à caminho da guerra.

40
MAR AMARELO

O Mar Amarelo de Io rola ao redor das minhas botas pretas. Grandes dunas de areia sulfurosa com cristas afiadas como lâminas de rochas de silicato até onde a vista alcança. No céu azul como aço, a superfície marmórea de Júpiter ondula. Cento e trinta vezes o diâmetro que Luna aparenta ter vista da superfície da Terra, o planeta parece a vasta e maligna cabeça de um deus de mármore. A guerra tomou conta das suas sessenta e sete luas. Cidades vergam a pulsoEscudos. Cascas escurecidas de homens em couraçasEstelares se aglomeram nas luas enquanto esquadrões de combate duelam e caçam tropas e transportes de suprimentos em meio aos tênues anéis de gelo da gigante gasosa.

É uma baita visão.

Estou em pé sobre a duna flanqueado por Sefi e cinco Valquírias usando pulsArmaduras pretas recentemente pintadas à espera da espaçonave do Lorde Lunar. Nossa nave de assalto se encontra atrás de nós, os motores descansando. Ela tem o formato de um tubarão-martelo. Cinza-escura. Mas as Valquírias e os doqueiros Vermelhos pintaram juntos sua cabeça na nossa jornada de Marte até aqui, dando à nave dois olhos azuis esbugalhados e uma boca escancarada com vorazes dentes manchados de sangue. Entre os olhos, Holiday está deitada de bruços com um rifle munido de mira telescópica vasculhando as formações rochosas ao sul.

— Alguma coisa? — pergunto, a voz quebradiça escapando da máscara de ar.

— *Nadinha* — diz Sevro pelo comunicador. Ele e Palhaço estão dando uma varredura no pequeno povoado a dois cliques de distância com gravBotas. Não consigo vê-los a olho nu. Mexo na minha curviLâmina.

— Eles vão vir — digo. — Mustang estabeleceu o local e a hora.

Io é uma lua estranha. A mais interna e a menor das quatro grandes luas galileanas, ela é um buraco de cinto maior do que Luna. Nunca foi seu destino ser totalmente mudada pelas máquinas terratransformadoras dos Ouros. Ela é um inferno do qual Dante poderia se orgulhar. O mais seco objeto no sistema solar, repleta de vulcões explosivos e depósitos sulfurosos e marés de aquecimento internas. Sua superfície, uma tela de planícies amarelas e laranjas quebradas por imensas falhas entranhadas na superfície eternamente em mutação. Penhascos dramaticamente íngremes se erguem das dunas sulfurosas para raspar o céu.

Enormes manchas de um verde concêntrico salpicam suas regiões equatoriais. Percebendo que a agricultura e o cultivo de animais eram difíceis num local tão distante do sol, a Corporação de Engenharia da Sociedade cobriu milhões de hectares da superfície de Io com pulsoEscudos, importou terra e água equivalentes a três ciclos de vida em cosmoRebocadores, adensou a atmosfera do planeta para filtrar a maciça radiação de Júpiter e usou a maré de aquecimento interna do planeta para fornecer energia para gigantescos geradores e assim cultivar víveres para toda a órbita de Júpiter e ainda exportar para o Cerne e, mais importante ainda, para a Borda. Ela é um deque-fazenda com a maior pança entre Marte e Urânio com gravidade fácil e terra barata.

Adivinhe quem fez todo o trabalho.

Além das Bolhas, o Mar Sulfúrico se estende de polo a polo, interrompido apenas por lagos de magma e vulcões.

Eu posso não gostar de Io. Mas posso respeitar o povo dessa terra. Mesmo os homens e mulheres sob as Bolhas não são como os humanos da Terra ou de Luna ou de Mercúrio ou de Vênus. Eles são mais duros, mais ágeis, têm os olhos ligeiramente maiores para absorver a luminosidade tênue seiscentos milhões de quilômetros distante do sol, pele clara, são mais altos e capazes de suportar doses maiores de radiação. Essas pessoas acreditam em si mesmas em grande parte como os Ouros Férreos que conquistaram a Terra e colocaram o homem em paz pela primeira vez na sua história.

Eu não deveria estar usando preto hoje. Minhas luvas, meu manto, minha jaqueta por baixo. Imaginei que iríamos para o lado antiJúpiter de Io onde os campos nevados de dióxido sulfúrico encrostam o planeta. Mas a equipe de operação do Lorde Lunar exigiu um novo ponto de encontro no último momento, colocando-nos na extremidade do Mar Sulfúrico. Temperatura de 120 °C.

Sefi se posiciona ao meu lado com seu novo instrumento óptico e começa a vasculhar o horizonte amarelo. Ela e suas Valquírias se adaptaram rapidamente ao equipamento de guerra, estudando e treinando dia e noite com Holiday durante nossa jornada de um mês e meio até Júpiter. Praticando abordagem de naves e táticas de armas de energia, bem como sinais manuais utilizados por Cinzas.

— Como está o calor? — pergunto.

— Estranho — diz ela. Apenas seu rosto pode senti-lo. O resto se beneficia dos sistemas de resfriamento na armadura. — Por que alguém viveria aqui?

— Nós vivemos onde podemos.

— Mas os Ouros escolhem — diz ela. — Certo?

— Certo.

— Eu ficaria cautelosa com homens que escolhessem um lar como este. Os espíritos aqui são cruéis. — A areia sobe com o vento na baixa gravidade, flutuando para baixo em colunas ondulantes. É com Sefi que Mustang acha que eu deveria ser cauteloso. Na nossa viagem a Júpiter, ela assistiu a centenas de horas de hologravações. Aprendendo nossa história como povo. Mantenho a atividade do datapad dela constantemente rastreada. Mas o que preocupa Mustang não é o fato de Sefi gostar de vídeos sobre florestas tropicais e experimentais, mas ela ter passado inúmeras horas assistindo aos holos das nossas guerras, em especial o aniquilamento nuclear de Rhea. Imagino o que ela achou disso.

— Conselho importante, Sefi — respondo. — Conselho importante.

Sevro aterrissa dramaticamente à nossa frente, espirrando areia em nós. Seu fantasManto ondula até desaparecer.

— Que merda de lugar.

Esfrego o rosto para tirar a areia, incomodado. Ele esteve incorrigível durante toda a viagem até aqui. Rindo, pregando peças e dando escorregadelas para o quarto de Victra sempre que imaginava que não havia ninguém olhando. O baixinho feioso está apaixonado. E pelo visto a recíproca é verdadeira.

— O que você está achando? — pergunto.

— Este lugar inteiro fede a peido.

— *Essa é sua avaliação profissional?* — pergunta Holiday através do comunicador.

— Pode crer. Há um povoado Waygar sobre o penhasco. — A pelagem lupina de Uivador dele bate ao vento, balançando as correntinhas que a conectam à sua armadura. — Um montão de Vermelhos agachados com óculos de visão noturna na cabeça transportando equipamentos de destilação.

— Você deu uma varredura na areia? — pergunto.

— Não é o tipo de gentalha que eu mais admiro, chefe. Não gosto dessa escrotice de ficar cara a cara com eles, mas a visão é bem nítida. — Ele olha de relance o datapad. — Eu pensava que os Lunares fossem pontuais. Os chupadores de pica estão trinta minutos atrasados.

— Provavelmente estão cautelosos. Devem estar pensando que temos apoio aéreo — digo.

— Isso aí. Porque a gente só pode ter merda na cabeça pra não ter trazido isso.

— *Captado* — diz Holiday em concordância através do comunicador.

— Por que eu iria precisar de apoio aéreo quando tenho você? — digo, fazendo um gesto na direção das gravBotas de Sevro. Um estojo cinza de plástico está no chão atrás dele. Dentro do estojo se encontra um lançador de mísseis sarissa encaixado em espuma. O mesmo que Ragnar usou na embarcação de Cassius. Se houver necessidade, tenho bombardeiro psicótico do tamanho de um duende.

— Mustang disse que eles estariam aqui — digo.

— *Mustang disse que eles estariam aqui* — diz Sevro numa voz infantil a título de deboche. — É melhor que eles venham mesmo. A frota não pode ficar parada tempo demais sem ser avistada.

Minha frota espera em órbita desde que Mustang levou sua espaçonave para Ilion, a capital de Io. Cinquenta navesChamas e destróieres voando baixo, escudos desativados, motores às escuras na lua estéril de Sinope enquanto as frotas maiores dos Ouros nadam em meio ao espaço mais próximo às Luas Galileanas. Se estivéssemos um pouquinho mais perto, os sensores dos Ouros nos pegariam. Mas enquanto está escondida, minha frota está vulnerável. Com uma passagem, um esquadrão de quinta categoria de rasgAsas poderia destruí-la.

— Os Lunares vão vir — digo. Mas não tenho certeza disso.

Eles são um povo frio, orgulhoso e isolado, esses Ouros Jupiterianos. Aproximadamente oito mil Inigualáveis Maculados chamam as Luas Galileanas de Júpiter de seu lar. Seus Institutos estão todos por aqui. E é somente o serviço Societário ou férias, para os mais ricos entre eles, que os leva ao Cerne. Luna pode muito bem ser o lar ancestral do povo deles, mas é estranho à maioria dos seus indivíduos. A metropolitana Ganimedes é o centro do mundo deles.

A Soberana conhece o perigo de ter uma Borda independente. Ela falou comigo acerca da dificuldade de impor seu poder ao longo de um bilhão de quilômetros de império. O verdadeiro temor dela jamais foi Augustus e Bellona se destruindo mutuamente. Foi a chance de a Borda se rebelar e cindir a Sociedade ao meio. Sessenta anos antes, no começo do seu reinado, ela mandou Lorde Ash jogar uma bomba nuclear na lua de Saturno, Rhea, quando o governante de lá se recusou a aceitar a autoridade dela. Esse exemplo se sustentou por sessenta anos.

Mas nove dias depois do meu Triunfo, os filhos dos Lordes Lunares que estavam sendo mantidos em Luna, na corte da Soberana, como um seguro contra a cooperação política dos seus pais, escaparam. Eles foram auxiliados pelos espiões de Mustang que ela deixara na Cidadela. Dois dias mais tarde, os herdeiros do derrotado ArquiGovernador Revus au Raa, que foi morto no meu Triunfo, roubaram ou destruíram por completo a Frota de Guarnição Societária na sua doca de Calisto com ajuda dos Cordovan de Ganimedes. Eles declararam a independência de Io e pressionaram as outras luas mais populosas e poderosas a se juntarem a eles.

Logo depois, o infamemente carismático Romulus au Raa foi eleito Soberano da Borda. Saturno e Urano se juntaram a ele logo depois disso, e a Segunda Rebelião Lunar começou sessenta anos, duzentos e onze dias depois da primeira.

Os Lordes Lunares obviamente esperavam que a Soberana se encontrasse atolada em Marte por uma década, quem sabe por mais tempo ainda. Acrescente a isso uma certa insurreição baixaCor no Cerne e pode-se ver com clareza por que eles imaginaram que ela não seria capaz de reunir os recursos necessários para enviar uma frota de tamanho suficiente numa jornada de seiscentos milhões de quilômetros para esmagar a nascente rebelião deles. Eles estavam errados.

— Tem gente chegando — diz Pedrinha da sua estação nos painéis de sensores da nave. — Três naves. Estão a 2,90 cliques de distância.

— Finalmente — murmura Sevro. — Aí vêm as porras dos Lunares.

Três naves de guerra emergem da miragem de calor no horizonte. Dois bombardeiros pretos classe *sarpedon* com a imagem do dragão branco de quatro cabeças de Raa segurando um raio jupiteriano nas suas garras escoltam uma gorda espaçonave bronzeada classe *príamo* que ostenta um símbolo que conheço muito bem. Uma raposa em múltiplas tonalidades. A nave aterrissa diante de nós. A poeira rodopia e a rampa se desenrola do ventre da embarcação. Sete formas graciosas, mais altas e mais magricelas do que eu, descem em direção à areia. Todos Ouros. Eles vestem kryl, máscaras de oxigênio orgânicas feitas por Entalhadores, sobre narizes e bocas. Parece a casca de um gafanhoto, as pernas se esticam na direção de cada orelha. Seus equipamentos de combate brônzeos são mais leves do que as armaduras do Cerne e complementados por cachecóis vivamente coloridos. Armastrilhos de cano longo personalizadas com cabos de marfim estão presas nas suas costas por correias. Lâminas estão penduradas nas suas cinturas. Equipamentos ópticos laranjas cobrem seus olhos. E nos seus pés há saltadores. Botas de peso leve que usam ar condensado em vez de gravidade para moverem seus usuários. Fazendo com que eles saltem sobre o chão como se fossem pedras num lago. Não atingem alturas tão elevadas, mas você consegue se mover quase a sessenta quilômetros por hora. Elas têm mais ou menos um quarto do peso das minhas botas, possuem bateria com duração de um ano e são mortalmente frias quando vistas pela visão térmica.

Eles são assassinos. Não cavaleiros. Holiday reconhece a natureza diferente do perigo.

— Mustang não está com eles — diz Holiday pelo comunicador. — Algum Telemanus?

— Não — digo. — Espere. Eu a estou vendo.

Mustang sai da aeronave, juntando-se aos ionianos muito mais altos. Ela está vestida como eles, exceto pelo fato de que está sem rifle. Acompanhada por uma outra ioniana, esta com os ombros projetados como os de um guepardo, Mustang se junta a nós em cima da duna. O restante dos ionianos permanece perto da nave. Não uma ameaça, apenas uma escolta.

— Darrow — diz Mustang. — Desculpe o atraso.

— Onde está Romulus? — pergunto.

— Ele não vem.

— Você está de sacanagem — sibila Sevro. — Eu te disse, Ceifa.

— Sevro, está tudo bem — diz Mustang. — Essa aqui é a irmã dele, Vela.

A mulher alta nos mira por sobre seu nariz achatado por socos. Sua pele é clara, o corpo adaptado à baixa gravidade. É difícil ver o rosto de Vela por trás da máscara e dos óculos especiais, mas ela parece estar na casa dos cinquenta anos. Sua voz é equilibrada.

— Trago as saudações do meu irmão e lhe dou as boas-vindas, Darrow de Marte. Sou a Legada Vela au Raa. — Sefi desliza ao nosso redor, examinando a Ouro estranha e o esquisito equipamento que ela carrega consigo. Gosto do jeito como as pessoas falam quando Sefi dá suas voltas. Parece um pouco mais honesto.

— Suas palavras são bem-vindas, *legatus* — digo, fazendo uma mesura cordial. — Você fala pelo seu irmão? Eu tinha a esperança de endereçar meus argumentos pessoalmente.

A pele da lateral dos óculos dela enruga.

— Ninguém fala pelo meu irmão. Nem mesmo eu. Ele deseja que você se junte a ele na sua casa particular na Vastidão de Karrack.

— Pra você levar a gente pra uma armadilha? — pergunta Sevro. — Tenho uma ideia melhor. Que tal você falar pro puto do seu irmão honrar a porra do acordo que ele fez antes que eu pegue esse rifle aqui e enfie bem fundo no seu rabo até você ficar parecida com um espetinho magricela de Pixie?

— Sevro, pare com isso — diz Mustang. — Não aqui. Não com essas pessoas.

Vela observa Sefi circular, tomando nota da lâmina na imensa cintura da Obsidiana.

— Estou cagando e andando pra quem ela é. Ela sabe quem a gente é. E se ela não ficar toda escorrendo pela perna quando ficar cara a cara com o porra do Ceifeiro de Marte, então ela deve ter menos cérebro do que um monte de piolho de cu.

— Ele não pode vir — diz Vela.

— Compreensível — respondo.

Sevro faz um gesto grotesco.

— O que é isso? — pergunta Vela, balançando a cabeça na direção de Sefi.

— Essa é a rainha das Valquírias — digo. — Irmã de Ragnar Volarus.

Vela está cautelosa com Sefi, como bem deveria estar. Ragnar é um nome conhecido.

— Ela tampouco pode ir. Mas eu estava falando em relação àquele naco de metal no qual você voou pra cá. Aquilo é pra ser considerado uma nave? — Ela bufa e empina o nariz. — Construída em Vênus, obviamente.

— Ela é emprestada — digo. — Mas se você quiser fazer uma troca...

Vela me surpreende com um sorriso antes de ficar séria mais uma vez.

— Se você deseja se apresentar aos Lordes Lunares como um enviado diplomático, então deve mostrar respeito pelo meu irmão. E confiar na honra da hospitalidade dele.

— Já vi muitos homens e mulheres colocarem a honra de lado quando ela é inconveniente — digo, sondando.

— Aqui não é o Cerne. Aqui é a Borda — responde Vela. — Nós lembramos dos ancestrais. Nós lembramos como os Ouros Férreos deveriam ser. Não assassinamos hóspedes como aquela puta em Luna. Ou como aquele Chacal em Marte.

— Mesmo assim — digo.

Vela dá de ombros.

— É uma escolha que você deve fazer, Ceifeiro. Você tem sessenta segundos pra decidir. — Vela se afasta enquanto faço uma conferência com Mustang e Sevro. Faço um gesto na direção de Sefi para que ela se aproxime.

— Pensamentos?

— Romulus preferiria morrer a matar um hóspede — diz Mustang. — Sei que você não tem nenhum motivo pra confiar nessas pessoas. Mas honra na realidade significa muito pra eles. Não é como os Bellona, que falam da boca pra fora. Por aqui a palavra de um Ouro significa tanto quanto o sangue dele.

— Você sabe onde fica a residência dele? — pergunto.

Ela sacode a cabeça em negativa.

— Se eu soubesse, eu mesma te levaria até lá. Eles têm equipamentos dentro que verificam índices de radiação e rastreadores eletrônicos. Eles te estudaram. Vamos estar por conta própria.

— Adorável. — Mas isso não tem a ver com tática. Não há jogo de curto prazo aqui. Minha grande jogada era vir para a Borda sabendo que tinha um poder de manobra que a Soberana não tem. Esse poder de manobra vai manter minha cabeça em cima dos ombros melhor do que a honra de quem quer que seja. Contudo, eu já errei antes, de modo que agora penso duas vezes e escuto atentamente.

— As regras que governam o tratamento de hóspedes se estendem aos Vermelhos? — pergunta Sevro. — Ou só aos Ouros? É isso o que a gente precisa saber.

Olho de relance para Vela.

— É um ponto justo.

— Se ele te matar, ele me mata — diz Mustang. — Não vou sair do seu lado. E se ele fizer isso, meus homens vão se voltar contra ele. Os Telemanus vão se voltar contra ele. Até as noras de Lorn vão se voltar contra ele. Isso representa quase um terço da armada dele. Ele não pode se dar ao luxo de tamanho conflito envolvendo essas famílias.

— Sefi, o que você acha?

Ela fecha os olhos de modo que suas tatuagens azuis possam ver os espíritos dessa vastidão.

— Vá.

— Dê seis horas pra nós, Sevro. Se não voltarmos até lá, então...

— Começo a bater punheta no mato?

— Comece a devastação.

— Deixe comigo. — Ele bate o punho no meu e dá uma piscadela. — Boa diplomacia, galera. — Ele mantém o punho estendido para Mustang. — Você também, eguinha. A gente está nessa merda juntos, hein?

Ela bate o punho no dele com a maior felicidade do mundo.

— Pode crer, porra.

41
O LORDE LUNAR

A casa do homem mais poderoso das Luas Galileanas é um lugar simples e serpeante com pequenos jardins e tranquilos recantos. Disposta na sombra de um vulcão adormecido, a residência tem vista para uma planície amarela que se estende até o horizonte onde um outro vulcão expele fumaça e magma na direção ocidental. Pousamos num pequeno hangar coberto na lateral da formação rochosa, uma de apenas duas naves. A outra, uma elegante embarcação de corrida que Orion morreria de vontade de pilotar, está próxima a uma fileira de diversas motos flutuantes cobertas de poeira. Ninguém aparece para servir nossa embarcação quando desembarcamos e nos aproximamos da casa ao longo de uma passarela de pedra branca encravada no giz sulfúrico. Ela se curva ao redor da lateral da casa. A totalidade da pequena propriedade é cercada por uma discreta pulsoBolha.

Nossa escolta está tranquila na propriedade. Eles seguem à nossa frente através do portão de ferro que leva ao pátio gramado e ao interior da casa, retirando suas botas saltadoras empapadas de poeira e depositando-as logo na entrada do caminho ao lado de um par de botas militares pretas. Mustang e eu trocamos olhares e em seguida retiramos as nossas. Eu sou o que leva mais tempo para retirar minhas volumosas gravBotas. Cada qual pesa quase nove quilos e tem três fechos paralelos ao redor da bota nos quais minhas pernas ficam presas.

É estranhamente reconfortante sentir a grama entre meus dedos dos pés. Estou consciente do fedor que exala deles. É esquisito olhar as botas de dúzias de inimigos empilhadas ao lado da porta. É como se eu tivesse entrado em alguma coisa bastante privativa.

— Por favor, espere aqui — diz Vela, dirigindo-se a mim. — Virginia, Romulus deseja antes falar com você em particular.

— Eu vou dar um berro se estiver em perigo — digo com uma risadinha, quando Mustang hesita. Ela pisca para mim ao seguir atrás de Vela, que reparou a sutileza da troca de olhares. Sinto que há poucas coisas que escapam ao olho arguto da mulher mais velha, menos ainda o fato de ela não fazer julgamento de espécie alguma. Sou deixado sozinho no jardim com a canção de um mensageiro dos ventos pendendo de uma árvore. O jardim do pátio é um retângulo perfeito. Quem sabe trinta passos de largura. Dez do portão frontal aos pequenos degraus brancos que levam à entrada dianteira da residência. As paredes de reboco branco são lisas e cobertas de finas trepadeiras que vagam na direção da casa. Pequenas flores de laranjeira irrompem das trepadeiras e enchem o ar com um aroma amadeirado e defumado.

A casa é perambulante, cômodos e jardins se desdobram uns dos outros. Não há teto na casa. Mas há poucos motivos para se ter um ali. A pulsoBolha lacra a propriedade, protegendo-a das intempéries exteriores. Eles produzem sua própria chuva aqui. Pequenos instrumentos gotejam água que se acumula todas as manhãs nas pequenas árvores cítricas cujas raízes racham o fundo da fonte de pedra branca no centro do jardim. Uma rápida olhadela num local como este foi o que levou minha mulher ao cadafalso.

Como ela acharia estranha essa viagem.

Mas também, de uma certa maneira, como acharia maravilhosa.

— Você pode comer uma tangerina se quiser — uma vozinha diz atrás de mim. — Papai não vai se importar. — Eu me viro para encontrar uma criança em pé ao lado de um outro portão que vai do pátio principal a uma trilha que serpenteia ao redor da parte esquerda da casa. Ela poderia ter seis anos de idade. Está segurando uma pequena pá, e sua calça, na altura dos joelhos, está suja de terra. Seus cabelos são curtos, seu rosto claro, seus olhos têm um terço do tamanho dos olhos de qualquer menina de Marte. Dá para ver a extensão suave dos seus ossos. Como se fosse um potro recém-nascido. Não conheci muitas crianças Ouro. Famílias de Inigualáveis Maculados do Cerne frequentemente as protegem dos olhares públicos por temerem assassinatos, mantendo-as em propriedades privadas ou em escolas. Ouvi falar que na Borda a coisa é diferente. Não se mata crianças por aqui. Mas todos gostam de fingir que não matam crianças.

— Olá — digo delicadamente. É um tom desajeitado, frágil, que não uso desde que vi meus próprios sobrinhos e sobrinhas pela última vez. Adoro crianças, mas me sinto muito distante delas ultimamente.

— Você é o marciano, não é? — pergunta ela, impressionada.

— Meu nome é Darrow — respondo com um meneio. — Qual é o seu?

— Eu sou Gaia au Raa — diz ela orgulhosamente, imitando um adulto, mas apenas ao declarar seu nome. — Você já foi um Vermelho mesmo? Ouvi meu pai falar isso — explica ela. — Eles acham que só porque não tenho isso — ela passa o dedo ao longo da bochecha numa cicatriz imaginária —, também não tenho ouvidos. — Ela mexe a cabeça na direção das paredes cobertas de trepadeiras e sorri maliciosamente. — Às vezes eu subo lá.

— Ainda sou um Vermelho — digo. — Não é algo que se deixa de ser.

— Oh. Você não parece um.

Ela não deve assistir a holos se não sabe quem eu sou.

— De repente não tem a ver com minha aparência — sugiro. — De repente tem a ver com o que eu faço.

Será isso algo inteligente demais para ser dito a uma criança de seis anos de idade? Até parece que eu sei a resposta. Ela faz uma cara desgostosa e eu temo ter cometido um erro.

— Você já conheceu muitos Vermelhos, Gaia?

Ela sacode a cabeça em negativa.

— Só vi Vermelhos nos meus estudos. Papai diz que não é adequado se misturar.

— Você não tem serviçais?

Ela dá uma risada antes de perceber que estou falando sério.

— Serviçais? Mas eu não mereci receber serviçais. — Ela dá mais uma vez um tapinha de leve no rosto. — Ainda não. — Meu estado de espírito se torna sombrio ao pensar nessa menina correndo para salvar sua vida numa floresta do Instituto. Ou será ela a perseguidora?

— E nem vai merecer ter um se não deixar nosso convidado em paz — diz uma voz baixa e rouca da entrada principal da casa. Romulus au Raa está encostado na moldura da porta da sua casa. Ele é um homem sereno e violento. Da minha altura, ainda que mais magro e com um nariz duas vezes fraturado. Seu olho direito é um terço maior do que o meu e está encaixado num rosto estreito e iracundo. A pálpebra do seu olho esquerdo está atravessada por uma cicatriz. Um globo liso de mármore azul e preto olha para mim no lugar de um globo ocular. Seus lábios grossos estão cerrados, o lábio superior exibindo três outras cicatrizes. Seus cabelos em tom dourado-escuro são compridos e presos num rabo de cavalo. Exceto pelas velhas feridas, sua pele é uma perfeita porcelana. Mas o que faz o homem é mais o que ele parece ser do que seu visual. Sinto sua naturalidade equilibrada. Sua confiança tranquila, como se ele sempre tivesse estado naquela porta. Sempre tivesse me conhecido. É impressionante o quanto eu gosto dele a partir do momento que o vejo piscar para a filha. E também o quanto eu quero que ele goste de mim, apesar do tirano que sei que ele é.

— Então, o que acha do nosso marciano? — pergunta ele à filha.

— Ele é forte — diz Gaia. — Maior do que você, papai.

— Mas não tão grande quanto um Telemanus — digo.

Ela cruza os braços.

— Bom, nada é tão grande quanto um Telemanus.

Eu rio.

— Se ao menos isso fosse verdade. Conheci um homem que era tão grande em relação a mim quanto eu sou em relação a você.

— Não — diz Gaia, arregalando os olhos. — Um Obsidiano?

Faço que sim com a cabeça.

— O nome dele era Ragnar Volarus. Ele era um Manchado. Um príncipe de uma tribo de Obsidianos do polo sul de Marte. Eles chamam a si mesmos de Valquírias. E são governados por mulheres que montam em grifos. — Olho para Romulus. — A irmã dele está aqui comigo.

— E ele monta em grifos? — A noção deslumbra a menina. Ela ainda não chegou nessa parte nos seus estudos. — Onde ele está agora?

— Ele morreu, e nós o atiramos na direção do sol quando viemos visitar seu pai.

— Oh, sinto muito... — diz ela com a cega delicadeza que parece ainda existir apenas nas crianças. — É por isso que você estava com uma aparência tão triste?

Eu estremeço, não sabendo que isso era tão óbvio. Romulus repara e me poupa da resposta.

— Gaia, seu tio estava atrás de você. Os tomates não vão ser plantados sozinhos. Vão? — Gaia baixa a cabeça e me dá um aceno de despedida antes de voltar pela trilha. Eu a observo desaparecer e tardiamente percebo que meu filho teria agora a idade dela.

— Você preparou esse encontro? — pergunto a Romulus.

Ele dá um passo na direção do jardim.

— Você acreditaria em mim se eu dissesse que não?

— Eu não acredito em muitas coisas de quem quer que seja ultimamente.

— Isso vai fazer com que você continue respirando, mas não te trará felicidade — diz ele seriamente, a voz escapando da sua boca de um jeito distanciado típico de um homem criado em academias para gladiadores. Não há afetações aqui, nada de insultos sendo ronronados ou de joguinhos. O que existe aqui é uma objetividade refrescante, se não divisória. — Aqui era o refúgio do meu pai, e do pai dele antes dele — diz Romulus, fazendo um gesto para que eu me sente num dos banquinhos de pedra. — Achei que aqui seria um lugar adequado para discutirmos o futuro da minha família. — Ele arranca uma tangerina da árvore e se senta no banquinho oposto ao meu. — E o da sua.

— Parece uma estranha quantidade de esforço a ser gasto — digo.

— Como assim?

— As árvores, a terra, a grama, a água. Nada disso pertence a este lugar.

— E nunca se esperou que o homem dominasse o fogo. Essa é a beleza da coisa — diz ele de modo desafiador. — Esta lua é uma coisinha pavorosa. Mas nós a construímos através da nossa genialidade. Através da nossa vontade.

— Ou será que estamos apenas passando por ela? — pergunto.

Ele balança um dedo para mim.

— Você nunca recebeu créditos por ser sábio.

— Sábio não — corrijo. — Eu fui degradado. E isso é uma coisa que nos deixa sóbrios.

— A caixa é de verdade? — pergunta Romulus. — Nós ouvimos boatos nesse último mês.

— Era de verdade.

— Indecoroso — diz ele, num tom de desprezo. — Mas isso fala muito da qualidade do seu inimigo.

A filha dele deixou pequenas pegadas enlameadas na trilha de pedra.

— Ela não sabia quem eu era. — Romulus se concentra em descascar a tangerina formando delicadas listrinhas. Ele está satisfeito por eu ter reparado na sua filha.

— Nenhum filho da minha família assiste a holos antes dos doze anos de idade. Nós todos temos a natureza e a educação pra nos dar forma. Ela pode acompanhar as opiniões de outras pessoas quando tiver sua própria opinião, e não antes disso. Não somos criaturas digitais. Somos feitos de carne e osso. É melhor que ela aprenda isso antes que o mundo a encontre.

— É por isso que não existem serviçais aqui?

— Existem serviçais, sim, mas não preciso que eles o vejam hoje. E eles não são dela. Que espécie de pai poderia querer que sua filha tivesse serviçais? — pergunta ele, enojado com a ideia. — No momento que uma criança pensa que tem direito a qualquer coisa, ela pensa que merece tudo. Por que você acha que o Cerne é aquela tremenda Babilônia? Porque nunca recebeu um não como resposta. Olhe só pro Instituto que você frequentou. Escravidão sexual, assassinatos, canibalismo entre companheiros Ouros? — Ele sacode a cabeça. — Barbárie. Não era isso o que os Ancestrais queriam. Mas os Cernepovoadores são tão insensíveis à violência que se esqueceram que ela precisa ter um propósito. A violência é uma ferramenta. Sua função é causar choque. Mudança. Em vez disso, elas a normalizam e a celebram. E criam uma cultura de exploração onde eles têm tanto direito a sexo e a poder que, quando ouvem um não como resposta, sacam uma espada e fazem como bem entendem.

— Exatamente como eles fizeram com seu povo — digo.

— Exatamente como eles fizeram com meu povo — repete ele. — Exatamente como nós fazemos com o seu. — Ele termina de descascar a tangerina, só que agora o processo se assemelha mais a uma escalpelização. Ele rasga a carne da fruta medonhamente em dois e joga uma das partes para mim. — Não vou romantizar o que eu sou. Ou pedir desculpas pela subjugação do seu povo. O que fazemos com ele é cruel, mas necessário.

Mustang me contou na nossa jornada até aqui que ele usa uma pedra do próprio Fórum Romano como travesseiro. Ele não é uma pessoa delicada. Pelo menos não com seus inimigos, o que eu sou, no caso, independente da sua hospitalidade.

— É difícil pra mim lhe falar como se você não fosse um tirano — digo. — Você está aí sentado pensando que é mais civilizado do que as pessoas de Luna porque obedece ao seu credo de honra, porque demonstra conseguir se conter. — Faço um gesto na direção da casa simples. — Mas você não é mais civilizado — digo. — Você só é mais disciplinado.

— E isso não é civilização? Ordem? Negar os impulsos animais em prol da estabilidade? — Ele come a fruta em mordidas medidas. Deposito a minha na pedra.

— Não, não é. Mas não estou aqui pra debater filosofia ou política.

— Graças a Júpiter. Duvido muito que conseguíssemos estar de acordo em muitas coisas. — Ele me observa cuidadosamente.

— Estou aqui pra discutir o que nós dois fazemos melhor: guerra.

— Nossa velha amiga horrorosa. — Ele olha de relance para a porta que dá na casa para se certificar de que estamos sozinhos. — Mas antes que passemos pra essa esfera, posso lhe fazer uma pergunta de âmbito pessoal?

— Se for necessário.

— Você está ciente de que meu pai e minha filha morreram no seu Triunfo em Marte?

— Estou.

— De certa maneira, esse incidente foi o que deu início a tudo isso aqui. Você viu o incidente acontecer?

— Vi, sim.

— E foi mesmo como eles disseram?

— Eu não poderia presumir saber quem eles são ou o que eles dizem.

— Dizem que Antonia au Severus-Julii pisou no crânio da minha filha até fazer um buraco nele. Minha esposa e eu desejamos saber se isso é verdade. Isso nos foi dito por um dos poucos que conseguiram escapar.

— Sim — digo. — É verdade.

A tangerina escorre nos seus dedos, esquecida.

— Ela sofreu?

Eu mal me lembro de ver a garota naquele momento. Mas já sonhei com aquela noite uma centena de vezes, o suficiente para desejar que minhas lembranças fossem mais ínfimas. A garota de rosto franco usava um vestido cinza com um broche com um dragão relampejante. Ela tentou contornar a fonte. Mas Vixus arrebentou seus tendões do jarrete ao passar por ela. Ela começou a rastejar e a chorar no chão até que Antonia acabou com ela.

— Ela sofreu. Por vários minutos.

— Ela chorou?

— Chorou. Mas não implorou.

Romulus vigia o portão de ferro enquanto a poeira sulfurosa dança do outro lado da planície estéril abaixo da sua quieta casa. Conheço a dor dele, a tristeza horrível e esmagadora de amar alguma coisa delicada apenas para vê-la despedaçada pelo mundo duro. A menina dele cresceu aqui, amada, protegida, e então partiu para uma aventura e aprendeu o que era o medo.

— A verdade pode ser dura — diz ele. — No entanto, é a única coisa digna de valor. Agradeço a você por isso. E também tenho uma verdade a compartilhar. Uma verdade que acho que você não vai gostar de ouvir…

— Você tem um outro hóspede — digo. Ele fica surpreso. — Há botas na porta. Tão polidas que só podem ser usadas em naves, não num planeta. Por aqui a poeira gruda horrivelmente nas botas. Não estou ofendido. Eu meio que esperava isso quando você não se encontrou comigo no deserto.

— Você compreende o motivo pelo qual não tomarei uma decisão de maneira cega ou impetuosa?

— Compreendo, sim.

— Dois meses atrás, não concordei com o plano de Virginia cujo objetivo era negociar pela paz. Ela foi embora por sua própria vontade com o apoio daqueles assustados pelas nossas perdas. Acredito na guerra apenas enquanto ela funciona como uma ferramenta eficaz de propostas políticas. Eu não acreditava que estivéssemos numa posição de força pra ganhar o que quer que fosse com nossa guerra sem conquistar pelo menos uma ou duas vitórias. A paz era a subjugação com um outro nome. Minha lógica era sólida, nossos exércitos não. Jamais conseguimos as vitórias. O Imperador Fabii é… eficaz. E o Cerne, por mais que eu despreze a cultura deles, produz matadores muito bons com suprimentos e apoio logístico muito bons também. Estamos lutando com um gigante no alto de uma colina. Agora, você está aqui. E eu posso conquistar alguma coisa com a paz que não conseguia conquistar com a guerra. Portanto, devo sopesar minhas opções.

Ele quer dizer que pode usar minha presença em vantagem própria no sentido de requerer à Soberana melhores condições do que as que ela teria dado se a guerra tivesse continuado. É um plano ousadamente formulado em interesse próprio. Eu sabia que era um risco quando me pus a seguir esse curso, mas tinha a esperança de que ele estaria com o sangue quente depois de um ano de guerra com Octavia e iria querer uma retaliação. Aparentemente, o sangue de Romulus au Raa circula num tipo especial de frieza.

— Quem a Soberana enviou? — pergunto.

Ele se recosta, o olhar de quem está se divertindo.

— Quem você imagina?

42

O POETA

Roque au Fabii está sentado à mesa de pedra num pomar ao longo da lateral da casa, terminando uma sobremesa composta de cheesecake de sabugo e café. A fumaça de um mal-humorado vulcão anão rodopia na direção do horizonte crepuscular com a mesma indolência que o vapor do seu pires de porcelana. Ele se vira da sua posição voltada para a observação da fumaça e nos vê entrar. Ele está soberbo no seu uniforme preto e dourado — magro como uma haste de trigo dourado de verão, com ossinhos salientes na bochecha e olhos acolhedores, mas seu rosto é distante e pertinaz. No estágio atual, ele já poderia adornar seu peito com uma dúzia de glórias em função de batalhas vencidas. Mas sua vaidade é tão profunda que ele considera afetação um sinal de rústica decadência. A pirâmide da Sociedade, alçando voo com asas de Imperador de ambos os lados, marca cada um dos seus ombros; uma caveira dourada com uma coroa lhe enche o peito, o Sinete da garantia do Lorde Ash. Roque deposita o pires delicadamente em cima da mesa, enxuga a boca com o canto do seu guardanapo e se levanta de pés descalços.

— Darrow, faz séculos — diz ele com uma graciosidade tão polida que eu poderia quase convencer a mim mesmo de que nós éramos velhos amigos se reunindo novamente depois de uma longa ausência. Mas não vou permitir a mim mesmo sentir o que quer que seja por esse homem. Não posso deixar que ele tenha perdão. Victra quase morreu por causa dele. Fitchner morreu efetivamente. Lorn também. E quantos mais não teriam morrido caso eu não tivesse deixado Sevro sair da festa mais cedo para ir em busca do seu pai?

— Imperador Fabii — respondo equilibradamente. Mas por trás da minha distante saudação de boas-vindas se encontra um coração condoído. Não há um pingo de pesar no rosto dele, entretanto. Eu quero que haja. E, ciente disso, sei que ainda sinto algo pelo homem. Ele é um soldado do seu povo. Eu sou um soldado do meu. Ele não é o mal da história. Ele é o herói que desmascarou o Ceifeiro. Que arrebentou a frota de Augustus-Telemanus na Batalha de Deimos na noite após minha captura. Ele não faz essas coisas por ele próprio. Ele vive por algo tão nobre quanto aquilo pelo qual eu vivo. Seu povo. Seu único pecado é amá-los demais, como é do seu feitio.

Mustang me observa com o semblante preocupado, ciente de tudo o que devo estar sentindo. Ela me fez perguntas sobre Roque na jornada de Marte. Eu lhe disse que ele não representava nada para mim, mas nós dois sabemos que isso não é verdade. Ela está comigo agora. Ancorando-me entre esses predadores. Sem ela eu poderia encarar meus inimigos, mas não aguentaria tantas coisas sozinho. Eu seria mais sombrio. Mais iracundo. Eu me sinto abençoado por ter pessoas como ela a quem amarrar meu espírito. Do contrário, temo que ele fugiria de mim.

— Não posso afirmar que seja um prazer vê-lo novamente, Roque — diz ela, tirando a atenção de mim. — Embora eu esteja surpresa pelo fato de a Soberana não ter enviado um político pra tratar conosco.

— Ela enviou — diz Roque. — E vocês devolveram Moira na condição de cadáver. A Soberana ficou profundamente consternada por isso. Mas ela tem fé nas minhas armas e no meu julgamento. Da mesma maneira que tenho fé na hospitalidade de Romulus. Obrigado pela refeição, a propósito — diz ele ao nosso anfitrião. — Nosso comissário é lamentavelmente militarista, como você pode imaginar.

— O benefício de ser dono de um bom estômago — diz Romulus. — Ficar sitiado nunca é um caso de fome. — Ele faz um gesto para que tomemos nossos assentos. Mustang e eu tomamos os dois em frente a Roque, ao passo que Romulus se senta na cabeceira da mesa. Duas outras cadeiras à direita e à esquerda dele estão preenchidas pelo ArquiGovernador de Triton e uma mulher velha e curvada que eu não conheço. Ela está usando as asas de Imperador.

Roque me observa.

— Fico satisfeito, Darrow, de saber que você está finalmente participando da guerra que começou.

— Darrow não é o responsável por *essa* guerra — diz Mustang. — Sua Soberana é.

— Por instilar a ordem? — pergunta Roque. — Por obedecer ao Pacto?

— Ah, essa é nova. Eu a conheço um pouquinho melhor do que você, poeta. Aquela velha é uma criatura insuportável, gananciosa. Você acha que foi ideia de Aja matar Quinn? — Ela espera por uma resposta. Nenhuma vem. — Foi ideia de Octavia. Ela disse a Aja para fazer isso pelo comunicador auricular.

— Quinn morreu por causa de Darrow — diz Roque. — De ninguém mais.

— O Chacal se gabou comigo de ter matado Quinn — digo. — Você sabia disso? — Roque não demonstra estar impressionado com minha afirmação. — Se ele tivesse deixado, ela teria continuado viva. Ele a matou na cauda da nave enquanto o resto de nós lutava pelas nossas vidas.

— Mentiroso.

Eu sacudo a cabeça.

— Desculpe. Mas essa culpa que você sente no seu estomagozinho magrela vai durar ainda um bom tempo. Porque essa é a verdade.

— Você me transformou num genocida contra meu próprio povo — diz Roque. — Minha dívida com a Soberana e com a Sociedade pela minha participação na guerra Bellona-Augustus ainda não foi paga. Milhões perderam suas vidas no Sítio de Marte. Milhões que não precisavam ter morrido se eu tivesse conseguido enxergar seu estratagema e tivesse feito meu dever para com meu povo. — A voz dele fica embargada. Conheço aquela fisionomia perdida nos olhos dele. Já a vi no meu próprio espelho ao acordar de um pesadelo e mirar a mim mesmo na pálida luz do banheiro daquele mesmo camarote em Luna. Todos esses milhões gritam por ele na escuridão, pedindo-lhe o quê?

Ele prossegue:

— O que eu não consigo entender, Virginia, é por que você abandonou as tratativas em Phobos. Tratativas que teriam curado as feridas que dividem os Ouros e que permitiriam que nos concentrássemos no nosso verdadeiro inimigo. — Ele olha para mim pesadamente. — Esse homem queria que seu pai morresse. Ele não deseja nada além da destruição do nosso povo. Pax morreu pela mentira dele. Seu pai morreu por causa dos esquemas que ele montou. Ele está usando seu coração contra você.

— Poupe-me. — Mustang bufa desdenhosamente.

— Estou tentando…

— Não fale comigo como se fosse meu superior, poeta. Você é o tipo chorão aqui, não eu. Isso aqui não tem nada a ver com amor. Isso aqui tem a ver com o que é certo. Isso aqui não tem nada a ver com emoção. Isso tem a ver com justiça, que se sustenta em fatos. — Os Lordes Lunares se mexem desconfortavelmente diante da noção de justiça. Ela empina a cabeça na direção deles. — Eles sabem que eu acredito na independência da Borda. E eles sabem que sou uma Reformista. E eles sabem que sou suficientemente inteligente pra não fundir as duas coisas ou pra confundir minhas emoções com minhas crenças. Ao contrário de você. Portanto, como suas jogadas retóricas aqui neste recinto vão cair em ouvidos surdos, vamos poupar a nós mesmos da indignidade desses embates verbais e fazer nossas propostas pra que possamos terminar essa guerra de uma maneira ou de outra?

Roque olha com raiva para ela.

Romulus sorri ligeiramente.

— Você tem algo a acrescentar, Darrow?

— Acredito que Mustang tenha abordado a questão de uma maneira bastante abrangente.

— Muito bem — responde Romulus. — Nesse caso, pronunciarei minha paz e vocês pronunciarão a de vocês. Vocês dois são meus inimigos. Um me devastou com greves de trabalhadores. Propaganda antigovernista. Insurreições. O outro com guerras e sítios. Contudo, aqui nas franjas da escuridão, distantes de ambas as suas fontes de poder, vocês precisam de mim, e das minhas naves, e das minhas legiões. Vejam que ironia. Minha questão solitária é a seguinte: quem pode me dar mais em retorno? — Ele olha primeiro para Roque. — Imperador, por favor, comece.

— Honrados lordes, minha Soberana pranteia esse conflito entre nosso povo. Ele foi gerado a partir das sementes plantadas em disputas prévias, mas pode se encerrar agora quando a Borda e o Cerne se lembrarem de que existe um mal ainda maior e mais pernicioso do que pendengas políticas e debates acerca de impostos e representatividade. E esse mal é o mal chamado demokracia. Essa nobre mentira que afirma que todos os homens são criados em igualdade. Vocês já viram essa mentira despedaçar Marte. Adrius au Augustus lutou com nobreza naquele planeta em nome da Sociedade.

— Com nobreza? — pergunta Romulus.

— Efetivamente. Mas ainda assim o contágio se espalhou. Agora é nossa melhor chance de destruí-la antes que ela reivindique uma vitória da qual poderemos jamais ter condições de nos recuperar. Apesar das nossas diferenças, nossos ancestrais caíram todos sobre a Terra na Conquista. Em lembrança a esse fato, a Soberana está disposta a cessar todas as hostilidades. Ela solicita a ajuda das suas legiões e da sua armada no sentido de destruir a ameaça Vermelha que procura destruir não somente a Borda, como também o Cerne. Em retribuição, depois da guerra ela retirará a guarnição Societária de Júpiter, mas não de Saturno ou de Urano. — O ArquiGovernador de Titan bufa desdenhosamente. — Ela vai entrar em tratativas de boa-fé concernentes à redução dos impostos e das taxas de exportação da Borda. Ela dará a você as mesmas licenças pra mineração no Cinturão que as empresas do Cerne detêm atualmente.

— E a reforma do processo de eleição dos Soberanos? — pergunta Romulus. — Ela jamais deveria ter se transformado numa imperatriz. Ela é uma funcionária eleita.

— Ela revisará o processo eleitoral depois que os novos Senadores tiverem sido indicados. Adicionalmente, os Cavaleiros Olímpicos serão indicados pelo voto dos ArquiGovernadores, não por ordem da Soberana, como você requisitou.

Mustang joga a cabeça para trás e solta uma gargalhada.

— Me desculpem. Podem me chamar de cética. Mas o que você está dizendo, Roque, é que a Soberana dirá sim a tudo que Romulus porventura quiser até que ela retorne a uma posição em que possa dizer não. — Ela solta o ar do nariz de modo cômico. — Confiem em mim, meus amigos, minha família conhece muito bem o ferrão das promessas da Soberana.

— E quanto a Antonia au Julii? — pergunta Romulus, reparando o ceticismo de Mustang. — Você a entregará à nossa justiça pelo assassinato da minha filha e do meu pai?

— Sim.

Romulus fica satisfeito com os termos e emocionado com os comentários de Roque a respeito da ameaça Vermelha. Não nos ajuda em nada o fato de que as promessas dele pareçam bem plausíveis. Práticas. Não prometem em excesso ou pouco. Tudo o que posso fazer para combatê-los é abraçar o fato de que ofereço a eles uma fantasia, e uma fantasia perigosa, diga-se de passagem. Romulus olha para mim, à espera.

— Independente de Cor, você e eu temos um laço em comum. A Soberana é uma mulher da política, eu sou um homem da espada. Eu lido com ângulos e metais. Como você. Esse é o sangue da minha vida. Todo o meu propósito de vida. Olhe como subi nas suas fileiras sem ser um de vocês. Olhe como tomei Marte. A mais bem-sucedida Chuva de Ferro em séculos. — Curvo o corpo para a frente. — Lordes, eu darei a vocês a independência que merecem. Não pela metade. Não vinte anos de serviço ao Cerne pros seus Cinzas e Obsidianos. Não ordens da Babilônia em que se transformou o Cerne.

— Uma promessa ousada — diz Romulus, exibindo a profundidade do seu caráter ao sustentar o insulto que deve estar sentindo diante da promessa de um Vermelho lhe dar sua independência.

— A promessa de um forasteiro — diz Roque. — Darrow só é quem é por causa das pessoas que estão ao redor dele.

— De acordo — diz Mustang, entusiasmadamente.

— E eu ainda tenho todo mundo ao meu redor, Roque. Quem você tem?

— Ninguém — responde Mustang. — Somente a queridinha Antonia, que se tornou a colaboracionista do meu irmão.

As palavras acertam o alvo com Roque e Romulus. Volto a me dirigir aos Lordes Lunares.

— Vocês têm o maior estaleiro que os mundos já conheceram. Mas começaram sua guerra rápido demais. Sem naves suficientes. Sem combustível suficiente. Pensando que a Soberana não seria capaz de enviar uma frota pra cá com tanta rapidez. Vocês estavam equivocados. Mas a Soberana também cometeu um erro: todas as frotas remanescentes dela estão no Cerne, defendendo luas e mundos contra Orion. Mas Orion não está no Cerne. Ela está aqui comigo. As forças dela se juntaram às naves que roubei do Chacal pra formar a armada com a qual eu triturarei a Armada Espada.

— Você não tem naves o bastante pra isso — diz Roque.

— Você não sabe o que eu tenho — digo. — E você não sabe onde estou escondendo o que eu tenho.

— Quantas naves ele tem? — pergunta Romulus a Mustang.

— O bastante.

— Roque tem a intenção de convencê-los de que sou um fogo-fátuo. Eu tenho cara de fátuo? — Não hoje, pelo menos. — Romulus, você não tem nenhum interesse no Cerne, assim como eu não tenho nenhum interesse na Borda. Isso aqui não é meu lar. Nós não somos inimigos. Minha guerra não é contra sua raça, mas contra os dominadores do meu lar. Ajude-nos a esfacelar a Armada Espada, e você *terá* sua independência. Dois pássaros com uma cajadada só. Mesmo que eu não derrote a Soberana no Cerne depois que derrotarmos o Poeta aqui, mesmo que eu perca dentro de um ano, causaremos tantos estragos que levará uma vida inteira pra Octavia conseguir reunir as naves, o dinheiro, os homens, os comandantes pra atravessar novamente os bilhões de quilômetros da escuridão. — Os Lordes Lunares estão propensos às minhas palavras. Ainda posso tê-los.

Roque desdenha:

— Vocês realmente acham que esse libertador de meia-tigela vai abandonar os baixaCores na Borda? Só nas Luas Galileanas existem mais de cento e cinquenta milhões de "escravizados".

— Se eu pudesse libertá-los, eu o faria — admito. — Mas não posso. Reconheço isso, e fico de coração partido, porque eles são meu povo. Mas todo líder precisa fazer sacrifícios.

Isso recebe meneios da parte dos Ouros. Mesmo que eu seja o inimigo, eles conseguem respeitar minha lealdade para com meu povo, e também a dor que eu devo estar sentindo. É estranho ver tanta veneração nos olhos dos meus inimigos. Não estou acostumado a isso.

Roque também vê os meneios.

— Conheço esse homem melhor do que qualquer um de vocês — pressiona ele. — Eu o conheço como um irmão. E ele é um mentiroso. Ele diria o que quer que fosse necessário pra romper os laços que nos unem.

— Ao contrário da Soberana, que nunca mente — digo, atraindo alguns risos.

— A Soberana honrará o acordo — insiste Roque.

— Como fez com meu pai? — pergunta Mustang de maneira contundente. — Quando ela planejou matá-lo no baile de gala ano passado? Eu era sua lanceira e ela planejou isso bem debaixo do meu nariz. E por quê? Porque ele não concordava com a linha política dela. Imaginem o que ela não faria com pessoas que fossem de fato à guerra contra ela?

— Escutem, escutem — diz o ArquiGovernador de Triton, batendo com as juntas dos dedos na mesa.

— E em vez disso, vocês confiariam num terrorista e num vira-casaca? — pergunta Roque. — Ele conspirou por seis anos com o intuito de destruir nossa Sociedade. Toda a existência dele é uma mentira. Como vocês poderiam confiar nele agora? Como vocês poderiam pensar que um Vermelho se importa mais com vocês do que um Ouro? — Roque sacode a cabeça, desolado. — Nós somos *Áuricos*, meus irmãos e irmãs. Somos a ordem que protege a espécie humana. Antes de nós existia uma raça com intenções de destruir o único lar que ela jamais conhecera. Mas então trouxemos a paz. Não permitam que Darrow os manipule no sentido de trazer de volta a Idade das Trevas que veio antes de nós. Eles vão expurgar todas as maravilhas que fizemos pra encher as barrigas deles e saciar os desejos do povo deles. Temos uma chance de detê-lo aqui e agora. Temos uma chance de sermos unidos uma vez mais, como sempre deveríamos ter sido. Pelos nossos filhos. Que mundo vocês querem que eles herdem?

Roque põe a mão sobre o coração.

— Sou um Homem de Marte. Não tenho amor pelo Cerne muito mais do que vocês. Os apetites de Luna pilharam meu planeta muito antes de eu ter nascido. Isso precisa mudar. E vai mudar. Mas não na ponta da espada *dele*. Ele queimaria a casa pra consertar uma janela quebrada. Não, meus amigos, não é esse o caminho. Pra mudarmos pra melhor, precisamos olhar além da política atual e nos lembrarmos do espírito da nossa Era Dourada. Áuricos, unidos acima de tudo.

Quanto mais a discussão se alonga, é maior a probabilidade de Roque convencê-los do patriotismo dos Ouros. Mustang e eu sabemos disso. Da mesma maneira que eu sabia que teria de sacrificar algo ao vir até aqui. Tinha esperança de que não seria o que estou prestes a oferecer, mas sei pelos olhares dos Lordes Lunares que a mensagem de Roque acertou o alvo. Eles temem um levante. Eles temem a mim.

É o grande pavor dos Filhos de Ares, o grande erro que Sevro cometeu ao soltar meu Entalhe e levar os Filhos a uma guerra de verdade. Nas sombras, poderíamos deixar que eles se matassem uns aos outros. Nós éramos apenas uma ideia. Mas Roque fez com que eles tivessem o pensamento que une todos os mestres que jamais existiram: e se os escravos tomarem minha propriedade?

Quando meu tio me deu minha curviLâmina, ele disse que ela salvaria minha vida pelo preço de um membro decepado. Todo mineiro ouve essa história, de modo a saber desde o primeiro dia que pisa na mina que o sacrifício vale a pena. Faço um sacrifício agora pelo qual poderei jamais ser perdoado.

— Eu vou dar a vocês os Filhos de Ares — digo num sussurro. Ninguém me ouve devido ao contínuo discurso de Roque. Somente Mustang. — Vou dar a vocês os Filhos de Ares — repito em tom mais elevado. Um silêncio toma conta da mesa.

A cadeira de Romulus range quando ele se curva para a frente.

— Como assim?

— Eu disse a vocês que não tinha nenhum interesse na Borda. Agora vou provar isso. Há mais de trezentos e cinquenta células de Filhos de Ares espalhadas pelo território de vocês — digo. — Nós somos suas greves das docas. Nós somos as sabotagens sanitárias e o motivo pelo qual as ruas de Ilion se enchem de merda. Mesmo que vocês me entreguem à Soberana hoje, os Filhos sangrarão vocês por mil anos. Mas eu vou dar a vocês cada célula dos Filhos de Ares na Borda, vou abandonar os baixaCores aqui e levar minha cruzada pro Cerne sem jamais passar pelo cinturão de asteroides enquanto estiver vivo se vocês me ajudarem a acabar com a porra da frota dele.

Cravo um dedo em Roque, que parece estar horrorizado.

— Isso é insanidade — diz Roque, notando o efeito que minhas palavras tiveram. — Ele está mentindo.

Mas não estou mentindo. Dei ordens para que as células dos Filhos de Ares fossem evacuadas em toda a Borda. Muitas delas não conseguirão. Milhares serão capturados, torturados, mortos. Assim é a guerra, e os riscos que acompanham a liderança.

— Lordes, o Imperador está esperando que vocês se curvem — respondo. — Vocês não estão cansados disso? De se aviltar a um trono que fica a seiscentos milhões de quilômetros da casa de vocês? — Eles balançam a cabeça em concordância. — A Soberana diz que eu sou uma ameaça a vocês. Mas quem foi que bombardeou suas cidades? Quem foi que chacinou um milhão de pessoas do seu povo? Quem foi que manteve seus filhos como reféns em Luna? Assassinou seu pai e sua filha em Marte? Que queimou uma lua inteira? Fui eu, por acaso? Não. O maior inimigo de vocês é a ganância do Cerne. Os destruidores de Rhea.

— Era uma época diferente — protesta Roque.

— Era a mesma mulher — eu rosno e olho para o Ouro Saturniano à esquerda de Romulus, que presta extasiada atenção. — Quem queimou Rhea? A Soberana esqueceu porque seu trono está de costas pra Borda. Mas vocês veem o cadáver vítreo dela todas as noites nos seus céus.

— Rhea foi um erro — diz Roque, caindo numa armadilha que Mustang me ajudou a preparar. — Um erro que jamais deverá se repetir.

— Jamais deverá se repetir? — pergunta Mustang, fechando rapidamente o alçapão da armadilha. Ela se volta para Vela, que vigia dos degraus da casa com diversos outros Ouros Ionianos. — Vela, minha amiga, será que eu poderia usar meu datapad, por favor?

— Não entrem no joguinho dela — diz Roque.

— Meu joguinho? — pergunta Mustang desdenhosamente. — Meu joguinho são fatos, *Imperador*. Estes não são bem-vindos aqui ou apenas a retórica é permitida? Pessoalmente, não confio em nenhum homem que teme os fatos. — Ela olha novamente para Vela, divertindo-se com suas próprias farpas. — Você pode operá-lo pra mim, Vela. A senha é L17L6363. — Ela dá uma risadinha, para minha surpresa.

Vela olha para seu irmão:

— Ela poderia mandar uma mensagem pro Barca.

— Desative minha conexão — diz Mustang. Romulus faz um aceno de cabeça para Vela. Ela desativa. — Olhe em datapastas, número de cache 3, por favor. — Ela o faz. A princípio os olhos da quieta Ouro se estreitam, confusos com o que está olhando. Então, à medida que lê, seus lábios se franzem e a pele nos seus braços fica arrepiada. O resto da pequena reunião observa a reação dela com crescente ansiedade. — Iluminador, não é, Vela?

— O que é isso? — exige saber Romulus. — Mostre-nos.

Vela olha com raiva para Roque, que está tão confuso quanto qualquer um, e entrega o dispositivo ao irmão. O rosto dele consegue permanecer distante à medida que ele lê os dados, os dedos varrendo as informações na telinha. Agora estou usando as informações de Cassius contra sua mestre, transformando o presente dele numa flecha mirada no coração dela. Mustang e eu pensamos, entretanto, que seria melhor que a flechada viesse dos agentes dela. Emprestando à mentira a credibilidade do seu relacionamento com Romulus.

— Eleve isso — diz Romulus, jogando o datapad para Vela.

— O que é isso? — pergunta Roque, com irritação. — Romulus... — As palavras lhe fogem quando uma imagem do asteroide S-1988, parte da subfamília Karin da família Koronis de asteroides no Cinturão Kuiper entre Marte e Júpiter, brota no ar. A imagem gira lentamente sobre a mesa. O fluxo verde de dados abaixo dela pronuncia a derrocada da Soberana. Trata-se de uma série de comunicados falsificados da Sociedade detalhando a entrega de suprimentos a um asteroide sem uma base. O fluxo continua a rolar, detalhando diretrizes de alto nível da Sociedade no sentido de "reabastecer" o asteroide. Em seguida aparecem tomadas da nave que eu enviei da frota principal com o objetivo de investigar o asteroide enquanto o resto de nós seguia para Júpiter. Os Vermelhos do meu tio flutuam através do depósito escuro. Os pequenos jatos nos seus trajes estão silenciosos no vácuo. Mas seus contadores Geiger, que estão sincronizados com seus capacetes, chiam diante da quantidade de radiação no local. Uma quantidade bem maior de radiação do que a que está presente nas ogivas legais de cinco megatons que são usadas em combates espaciais.

Romulus olha fixamente para Roque.

— Se Rhea não deve ser repetido, então por que sua frota esvazia um depósito de armas nucleares antes de entrar na nossa órbita?

— Nós não visitamos o depósito — diz Roque, ainda tentando processar o que acabou de ver e as implicações de tudo. As evidências são constrangedoras. Todas as mentiras são melhor servidas com uma pesada ajuda da verdade. — Os Filhos de Ares pilharam o local meses atrás. A informação foi falsificada. — Ele está operando por fora da informação errada. O que significa que a Soberana manteve a sedição do Chacal bem grudada ao seu peito. E agora ela está pagando por confiar em tão poucos. Ele não está preparado para essa argumentação e isso se torna evidente nas suas atitudes.

— Então existe *mesmo* um depósito — pergunta Romulus. Roque percebe o quanto essa admissão foi devastadora. Romulus franze o cenho e continua: — Imperador Fabii, por que haveria um depósito secreto de armas nucleares entre o local onde estamos e Luna?

— Isso é informação sigilosa.

— Você só pode estar fazendo uma pilhéria.

— A Armada Societária é responsável pela segurança de...

— Se era por segurança, então ela não deveria estar mais perto de uma base? — pergunta Romulus. — Esse local é perto da extremidade do cinturão de asteroides no caminho que uma frota de Luna usaria quando Júpiter está em órbita mais próxima do sol. Como se isso fosse um depósito secreto que devesse ser adquirido por um Imperador a caminho da minha casa...

— Romulus, eu percebo como tudo isso parece...

— Percebe, jovem Fabii? Porque a impressão que dá é que você estava considerando *aniquilamento* uma opção contra pessoas que você chama de irmão e irmã.

— Essa informação foi claramente falsificada...

— Exceto a existência do depósito...

— Sim — admite Roque. — Ele existe.

— E as ogivas nucleares. Com toda essa quantidade de radiação?

— Elas existem por segurança.

— Mas o resto é mentira?

— Sim.

— Então vocês, na realidade, não vieram até minha casa com armas nucleares suficientes pra transformar nossas luas em vidro?

— Não viemos — diz Roque. — As únicas ogivas nucleares que temos a bordo são pra combate nave a nave. Cinco megatons cada. Romulus, pela minha honra...

— A mesma honra que você teve quando traiu seu amigo... — Romulus faz um gesto para mim. — Quando você traiu o honrado Lorn. Meu amigo, Augustus. Meu pai, Revus. Essa honra com a qual você acompanhou a cabeça da minha filha ser pisoteada por uma matricida sociopata que recebe ordens de um patricida sociopata?

— Romulus...

— Não, Imperador Fabii. Não acredito que você mereça mais a intimidade de usar meu nome de nascença. Você chama Darrow de selvagem, de mentiroso. Mas ele veio até aqui com o capacete na manga do seu traje. Você veio com mentiras. Escondendo-se por trás de boas maneiras e bons antepassados...

— ArquiGovernador Raa, você precisa me escutar. Há uma explicação, se você ao menos me deixar...

— Chega — grita Romulus. Levantando-se num ímpeto e batendo a grande mão na mesa. — Chega de hipocrisia. Chega de esquemas. Chega de mentiras, seu sicofanta chorão do Cerne. — Ele treme finalmente com a raiva que sente. — Se você não fosse meu hóspede, eu jogaria minha luva em você e cortaria sua masculinidade no Lugar Sangrento. Sua geração perdida se esqueceu do que significa ser Ouro. Você abandonou sua herança. Mamando nas tetas do poder, e por quê? Pra quê? Por aquelas coisas nos seus ombros? *Imperador*. — Ele debocha da palavra. — Seu cãozinho. Sinto pena de um mundo onde você decide se um homem como Lorn au Arcos vive ou morre. Será que seus pais nunca lhe ensinaram? — Não ensinaram, não. Roque foi criado por tutores, por livros. — O que é o orgulho sem a honra? O que é a honra sem a verdade? Honra não é o que você diz. Não é o que você lê. — Romulus bate no peito. — Honra é o que você faz.

— Então não faça isso... — diz Roque.

— Sua mestre fez isso — responde Romulus indiferentemente. — Se ela não pudesse fazer com que nos curvássemos, ela nos queimaria. Mais uma vez.

Mustang tenta, mas não consegue, impedir que um sorriso se forme no seu rosto enquanto Roque observa os Lordes Lunares escorrerem pelos seus dedos. Uma escuridão adentra sua voz culta. Uma escuridão que deixa meu coração em frangalhos. Pensar que essa voz já me defendeu uma vez. Agora ele guarda consigo algo bem menos amável. Uma Sociedade que não liga a mínima para ele.

Sempre imaginei por que Fitchner selecionou Roque para a Casa Marte. Até sua traição, eu o considerava apenas a mais gentil das almas. Mas agora o Imperador mostra sua ira.

— ArquiGovernador Raa, ouça atentamente — diz ele. — Você está enganado ao acreditar que viemos até aqui com a intenção de destruí-lo. Viemos até aqui pra preservar a Sociedade. Não ceda às manipulações de Darrow. Você está acima disso. Aceite os termos da Soberana, e podemos ter paz por outros mil anos. *Mas*, se você escolher essa trilha, se renegar nosso armistício, não haverá trégua. Sua frota está esfarrapada. A de Darrow, onde quer que esteja se escondendo, não pode ser nada além de uma coalizão de desertores em embarcações emprestadas. Mas nós somos a Armada Espada. Somos a mão de ferro da Legião e a fúria da Sociedade. Nossas naves escurecerão as luzes dos seus mundos. Você sabe o que eu posso fazer. Você não tem nenhum comandante que possa se equiparar a mim. E quando suas naves começarem a queimar, os cavaleiros do Cerne vão desembarcar aos borbotões nas suas cidades nas colunas voadoras e encherão o ar de cinzas o bastante pra asfixiar suas crianças. Se você trair sua Cor, o Pacto, a Sociedade, que é o que esse gesto seu vai significar, Ilium queimará. Eu o tornarei familiar à ruína. Caçarei todas as pessoas que você jamais conheceu e exterminarei suas sementes dos mundos. E farei isso com um coração pesado. Mas eu sou um Homem de Marte. Um homem de guerra. Portanto, saiba que minha ira será interminável. — Ele estende a mão magra. A boca do lobo da Casa Marte está aberta num uivo silencioso e faminto. — Tome minha mão em sinal de parentesco pelo bem do seu povo e pelo bem dos Ouros. Ou então eu a usarei pra construir uma era de paz sobre as cinzas do seu lar.

Romulus contorna a mesa para poder ficar cara a cara com Roque, a mão esticada do homem mais jovem entre os dois. Romulus saca sua lâmina de onde ela se encontra espiralada na sua cintura. Ela adquire uma forma rígida com um chiado. Uma lâmina entalhada com visões da Terra e da Conquista. Sua família tão antiga quanto a de Mustang, tão antiga quanto a de Octavia. Ele usa essa lâmina para dar um talho na sua mão e sugar o sangue escarlate da ferida antes de levantar a cabeça e cuspir na cara de Roque.

— Isso é uma disputa de sangue. Se alguma vez nós voltarmos a nos encontrar, você é meu e eu sou seu, Fabii. Se alguma vez voltarmos a compartilhar o ar de um mesmo recinto, um pulmão deixará de respirar. — É uma declaração formal e fria que requer uma coisa apenas de Roque. Ele faz um meneio. — Vela, acompanhe o Imperador até a nave dele. Ele tem uma frota a preparar pra batalha.

— Romulus, você não pode deixá-lo ir embora — diz Mustang. — Ele é perigoso demais.

— Eu concordo — digo, mas por um outro motivo. Eu pouparia Roque dessa batalha. Não quero o sangue dele nas minhas mãos. — Mantenha-o prisioneiro até que a batalha esteja encerrada e depois solte-o ileso.

— Aqui é minha casa — diz Romulus. — É dessa maneira que nós agimos. Eu prometi a ele um salvo-conduto. Ele o terá.

Roque limpa o sangue e o cuspe com o mesmo guardanapo que usou para o cheesecake e segue Vela da mesa aos degraus que levam de volta à casa. Ele faz uma pausa antes de se virar e nos encarar. Não posso dizer se ele está falando comigo ou com os Ouros reunidos, mas quando ele recita suas últimas palavras, sei que elas são para sempre:

Irmãos e irmãs, até que o último pesar
De tudo isso por mim finalmente passar
Prantearei em seus túmulos amargamente
Pois suas vidas extingui do nascente ao poente.

Roque faz uma mesura sumária.

— Obrigado pela sua hospitalidade, ArquiGovernador. Nos veremos em breve. — Enquanto Roque deixa a assembleia, Romulus instrui Vela a mantê-lo até que eu tenha saído em segurança de Io.

— Liguem pros meus Imperadores e Pretores — diz ele a um dos seus lanceiros. — Eu os quero nos meus holos em vinte minutos. Temos uma batalha a planejar. Darrow, se você deseja fazer uma ligação aos seus Pretores... — Mas minha mente está em Roque. Pode ser que eu jamais volte a vê-lo. Pode ser que jamais tenha uma chance de dizer a ele tantas coisas que me enchem o peito agora. Mas também estou ciente do que o fato de deixá-lo partir poderia significar para meu povo.

— Vá — diz Mustang, lendo meus olhos. Eu me levanto abruptamente, desculpando-me, e consigo alcançar Roque enquanto ele termina de amarrar suas botas no jardim. Vela e diversos outros o estão levando na direção do portão de ferro.

— Roque. — Ele hesita. Algo na minha voz faz com que ele se vire e observe minha aproximação. — Quando foi que eu te perdi? — pergunto.

— Quando Quinn morreu — diz ele.

— Você planejou me matar mesmo quando ainda pensava que eu fosse um Ouro?

— Ouro. Vermelho. Pouco importa. Seu espírito é preto. Quinn era boa. Lea era boa. E você as usou. Você é a ruína, Darrow. Você suga a vida dos seus amigos, e os deixa desgastados e devastados no seu rastro, convencendo a si mesmo de que cada morte valeu a pena. Cada morte te deixa mais perto da justiça. Mas a história está recheada de homens como você. Essa Sociedade não é desprovida de falhas, mas a hierarquia... Este mundo é o melhor que o homem pode conseguir.

— E é seu direito decidir isso?

— É. É meu direito, sim. Mas me vença no espaço e esse direito será seu.

43
AQUI NOVAMENTE

O sangue escorre da mão de Mustang.

Vozes de crianças vagam pelo ar.

— Meu filho, minha filha, agora que vocês estão sangrando, não devem ter medo algum. — Uma jovem virgem com cabelos brancos e pés descalços sobre frias placas de metal caminha em meio a fileiras de gigantes ajoelhados carregando uma adaga de ferro da qual escorre sangue Áurico. — Sem derrotas.

Sua armadura é dourada e tem entalhes representando feitos dos seus ancestrais. O manto do menino é inocente como a neve.

— Somente vitórias. — Ela retalha a mão já ferida de Romulus au Raa, cujos olhos estão fechados, sua armadura de dragão branca e lisa como marfim enquanto a outra mão segura a mão do seu filho mais velho. O menino não tem mais de dezessete anos, tendo acabado de vencer seu ano no Instituto de Ganimedes. Seus olhos estão flamejantes e selvagens para o dia. Se ao menos sua intrépida alma jovem soubesse o que o esperava do outro lado da hora. Sua prima mais velha se ajoelha ao lado dele. A mão dela está pousada no seu joelho. O irmão dela está ao seu lado. A família forma uma corrente do outro lado da ponte. — Sua covardia extravasa de vocês. — Atrás da menina, mais crianças caminham pelo redil, carregando os quatro estandartes dos Ouros: um cetro, uma espada, um pergaminho coroado com uma láurea. — Sua raiva queima intensamente. — Ela ergue a adaga, respingando sangue diante de Kavax au Telemanus e da sua filha mais jovem, Thraxa, uma menina atarracada de cabelos indomáveis e rosto cheio de sardas com o riso do pai e a delicadeza simples de Pax. — Ergam-se. Crianças de Ilium, guerreiros dos Ouros, e levem consigo o poder da sua Cor.

Duzentos Pretores e Legados Ouros se levantam. Mustang e Romulus estão à frente deles, flanqueados pelos Telemanus e a Casa Arcos. Mustang levanta a mão e salpica o sangue sobre seu próprio rosto. Duzentos matadores se juntam a ela, mas não eu. Observo do canto com Sefi a corporação reunida de oficiais dos meus aliados Ouros que honra seus Ancestrais. Reformistas Marcianos, tiranos da Borda, velhos amigos, velhos inimigos se aglomeram na ponte da nau capitânia de Mustang, o couraçado de duzentos anos chamado *Dejah Thoris*.

— A batalha hoje é pra decidir o destino da nossa Sociedade. Se vivemos sob as regras de uma tirana ou se entalhamos nosso próprio destino. — Mustang cataloga a lista de inimigos para a caçada do dia. — Roque au Fabii, Scipia au Falthe, Antonia au Severus-Julii, Cyriana au Tanus. Cardo. — Esses nós queremos vivos.

Já estive aqui antes, testemunhando essa bênção, e não consigo deixar de sentir que estarei aqui novamente. O local não perdeu nem um pouco do seu lustre. Nem um pouco da grandiosidade que tanto reveste esse povo notável. Eles vão para a morte, não para o Vale, não por amor, mas por glória. Jamais vimos uma raça semelhante a essa, e jamais veremos novamente. Após meses cercado pelos Filhos de Ares, vejo esses Ouros menos como demônios do que como anjos decadentes. Preciosos, flamejando tão intensamente no céu antes de desaparecerem além do horizonte.

Mas quantos outros dias como esse eles serão capazes de proporcionar?

Nos corredores dos nossos inimigos, Roque estará recitando nossos nomes, e os nomes dos meus amigos. Aquele que matar o Ceifeiro terá glória eterna, riqueza e renome. Jovens feras com ombros largos e olhos raivosos egressos diretamente dos corredores das escolas do Cerne estarão no meu encalço. Prontos para fazerem seus nomes.

E também os velhos legionários Cinzas estão no meu encalço. Aqueles que veem minha rebelião como a grande ameaça contra a mãe Sociedade. Contra essa união que eles amaram e pela qual lutaram durante toda a vida deles. E Obsidianos virão atrás de mim, liderados por mestres que lhes prometeram Rosas em troca da minha cabeça. Eles caçarão meus amigos. Eles dirão o nome de Sevro, o de Mustang e o de Ragnar, porque ainda não sabem que ele saiu do nosso convívio. Eles caçarão os Telemanus e Victra, Orion e meus Uivadores. Mas não conseguirão tê-los a todos. Não hoje.

Hoje eu os terei.

Estou parado olhando para meus aliados Ouros. Estou encaixado em metal militarizado. Dois metros e vinte de altura, cento e sessenta quilos de morte num traje de pulsArmadura em tom vermelho-sangue. Minha curviLâmina está espiralada no meu braçal direito logo acima do punho. Carrego um pulsoPunho na mão esquerda. Construído para colisões em corredores no dia de hoje, não para velocidade. Sefi está tão monstruosa quanto eu na armadura do seu irmão. Há ódio nos seus olhos, vendo esse bando de inimigos.

Meus aliados precisavam vê-la. Ver a mim. Saber sem sombra de dúvida que o Ceifeiro está mais vivo do que nunca. Muitos dos marcianos caíram comigo na Chuva. Alguns olham para mim com ódio. Outros com curiosidade. E alguns — pouquíssimos — me saúdam. Mas a maioria deles exibe um desprezo que não pode ser desmanchado. É por isso que eu trouxe Sefi. Na ausência de amor, o medo será um substituto à altura.

Ao ouvir a notícia de que a frota de Roque começou sua jornada partindo de Europa, eu me despeço de Romulus e do seu cortejo de Pretores que ajudaram a bolar nosso plano de batalha. O aperto de mão de Romulus é firme. Há respeito entre nós, mas não amor. No hangar, digo adeus a Mustang e aos Telemanus. O chão vibra à medida que o ônibus espacial transporta as centenas de Inigualáveis de volta às suas naves.

— Parece que estamos sempre nos despedindo — digo a Kavax depois que ele dá seu adeus a Mustang, erguendo-a facilmente, como se estivesse levantando uma bonequinha, e beijando-lhe a cabeça.

— Despedindo? Isso não é uma despedida — ribomba ele com um sorrisinho cheio de dentes. — Vença hoje e isso se torna apenas um longo "olá". Há muita vida ainda pra nós dois, acho eu.

— Não sei como te agradecer — digo.

— Pelo quê? — pergunta Kavax, confuso, como de costume.

— Pela gentileza... — Eu não sei que outras palavras poderia usar. — Por ter cuidado da minha família quando eu não sou nem um dos seus.

— Um dos nossos? — O rosto rosado dele despenca. — Tolo. Você fala como um tolo. Meu garoto fez de você um dos nossos. — Ele olha do outro lado do hangar onde Mustang fala com uma das noras de Lorn perto de um transporte. — Ela faz de você um dos nossos. — Mal consigo impedir que as lágrimas escorram do meu rosto. — E se nós queremos que tudo isso se dane, digo que você é um dos nossos. Então um dos nossos você é.

Ele deixa Sophocles zanzar pelo chão. Fazendo círculos, a raposa salta nas minhas pernas para cavar alguma coisa numa junta da minha armadura. Uma jujuba. Thraxa coloca o dedo na boca atrás do seu pai. Os olhos do homenzarrão brilham.

— Que guloseima é essa, Sophocles? Oh, seu tipo favorito! De melancia. — A raposa retorna, saltando para o ombro dele. — Está vendo? Você também tem a bênção dele.

— Obrigado, Sophocles — digo, acariciando a parte de trás das orelhas do bicho.

Kavax me dá um abraço apertado antes da partida.

— Cuide-se, Ceifeiro. — Ele sobe a rampa com sua pisada paquidérmica. — Pescaria? — ribomba ele para mim antes de subir dez metros.

— O quê?

— Os Vermelhos fazem pescaria?

— Eu nunca fiz.

— Há um rio que atravessa minha propriedade em Marte. Nós vamos lá, você e eu, quando isso tiver acabado, e vamos nos sentar na margem e jogar as linhas e eu vou te ensinar como distinguir um lúcio de uma truta.

— Eu levo o uísque — digo.

Ele aponta um dedo para mim.

— Isso! E nós vamos ficar bêbados juntos. Isso! — Ele desaparece no interior da nave, abraçando Thraxa e chamando suas outras filhas pra lhes contar a respeito de um milagre que acabara de testemunhar. — Acho que talvez ele seja o mais sortudo de nós — digo assim que Mustang aparece atrás de mim para acompanhar a partida da nave dos Telemanus.

— Você acha que seria ridículo eu te pedir pra ser cuidadoso? — pergunta ela.

— Eu te prometo que não vou fazer nada arriscado demais — respondo com uma piscadela. — Vou ter as Valquírias comigo. Duvido que alguém queira se meter com a gente por um bom tempo. — Ela olha de relance por cima do meu ombro na direção de onde Sefi espera ao lado do meu ônibus espacial, admirando os motores de outras naves à medida que alçam voo. Mustang parece querer dizer alguma coisa, mas está lutando consigo mesma para saber como se expressar.

— Você não é invencível. — Ela toca a armadura no meu peito. — Alguns de nós talvez gostassem de ter você por perto depois que tudo isso acabar.

— Eu pensei que não houvesse um nós — digo.

— Vivo, e pode ser que eu mude de ideia — responde ela. — Afinal de contas, de que vai servir tudo isso se você for lá e morrer?

— Entendi.

— Entendeu mesmo? — Ela levanta os olhos para mim. — Não quero ficar sozinha. Então, veja se volta. — Ela bate os dedos no meu peito e se vira para dirigir-se à sua nave.

— Mustang. — Eu corro atrás dela e lhe agarro o braço, puxando-a para mim. Antes que ela possa dizer qualquer coisa, eu a beijo ali, cercada por metais e motores roncando. Não um beijo delicado, mas um beijo raivoso: puxo a cabeça dela de encontro à minha e sinto a mulher por baixo do peso do dever. O corpo dela se gruda ao meu. E sinto o tremor do medo de que essa seja a última vez. Nossos lábios se separam e eu afundo nela, embalando-a, cheirando-lhe os cabelos e arfando em função do aperto no meu peito. — A gente se vê logo, logo.

44
OS SORTUDOS

Eu ando na minha ponte como se fosse um lobo enjaulado, vendo sua refeição do outro lado das grades. A delicadeza que existe em mim está escondida novamente atrás do selvagem rosto do Ceifeiro.

— Virga, os Uivadores estão em posição? — pergunto. Atrás e abaixo de mim, a reduzida tripulação de Azuis conversa no seu fosso estéril. O rosto deles está iluminado por holotelas. Seus implantes subcutâneos pulsam à medida que eles sincronizam com a nave. O capitão Pelus, um cavalheiro com aspecto desamparado que foi antes um tenente a bordo da *Pax* quando tomei a nave, está à espera das minhas ordens.

— Sim, senhor — diz Virga da sua estação. — Elementos avançados da frota inimiga estarão na mira dos canhões de longo alcance em quatro minutos.

O arrogante poder dos Ouros se desdobra na extensão do negrume espacial. Um infindável mar de lascas brancas. Eu daria qualquer coisa para ser capaz de me aproximar delas e espatifá-las. Minhas próprias naves principais se aglomeram em três grupos ao redor dos nossos poderosos couraçados acima do polo norte de Io. Mustang e Romulus comandam suas forças ao redor do polo sul. E juntos, oito quilômetros nos separando, observamos a frota de Lorde Ash atravessar o vazio entre Europa e Io para nos enfrentar na batalha.

— Cruzadores inimigos a dez mil quilômetros — entona um Azul.

Não há nenhum preâmbulo para minha frota. Nenhuma bênção ou rito que podemos encenar antes da batalha, a exemplo dos Ouros. Apesar de todos os nossos direitos, parecemos ser tão pálidos e simples se comparados a eles. Mas há uma noção de parentesco aqui na minha nave. Uma noção que eu vi nas salas de máquinas, nas estações de artilharia, em cima da ponte. Um sonho que nos une e nos torna corajosos.

— Eu quero Orion — digo sem me virar.

Um holo da geniosa e gorda Azul ondula até ganhar vida na minha frente. Ela está a cinquenta quilômetros de distância no coração do *Uivo de Perséfone*, um dos meus outros couraçados, sentada numa cadeira de comando sincronizada a todas as naves principais na minha frota, com exceção daquelas da minha força de ataque. Muito do que acontecerá hoje depende dela e da frota pirata que ela reuniu nos meses que se passaram desde que nos vimos pela última vez. Ela tem investido contra naves do Cerne. Atraindo Azuis para nossa causa. O suficiente para ajudar os Filhos a tripular as naves que roubamos do Chacal com homens e mulheres leais.

— *Frota grande* — diz Orion do nosso inimigo, impressionada. — *Eu sabia que jamais deveria ter respondido à sua chamada. Estava curtindo bastante ser pirata.*

— Posso imaginar — digo. — Seu camarote é tão espalhafatoso que deixaria até um Prata envergonhado. — A *Pax* tem sido o lar dela pelos últimos dezoito meses. Ela pegou para si meus antigos aposentos e os entupiu com o butim dos ataques piratas que realizou. Tapetes de Vênus. Quadros de coleções privadas de Ouros. Encontrei um Ticiano enfiado atrás de uma estante.

— *O que eu posso fazer? Gosto de coisas bacaninhas.*

— Bom, vença pra nós hoje e eu vou arrumar um papagaio pra você pôr no ombro. Que tal?

— *Ah! Pelus te disse que eu estava atrás de um. Cara legal o Pelus.* — O capitão com aspecto desamparado balança a cabeça polidamente atrás de mim. — *Difícil pra cacete encontrar um papagaio quando você não consegue atracar em nenhum planeta. A gente encontrou um gavião, um pombo, uma coruja. Mas nada de papagaio. Se você conseguir um vermelho, faço questão de abrir eu mesma um rombo na ponte de Antonia au Severus-Julii.*

— Papagaio vermelho será — digo.

— *Bom. Bom. Tenho a impressão de que agora eu deveria ir tratar da batalha.* — Ela ri consigo mesma e pega um chá trazido por um valete na sua ponte. — *Só quero dizer uma coisa: obrigada, Darrow. Por acreditar em mim. Por me dar isso. Depois de hoje, os Azuis não terão mais mestres. Bota pra quebrar, rapaz.*

— Bota pra quebrar, almirante.

Ela desaparece. Eu olho de volta para a projeção do sensor central. Os displays táticos flutuam diante das janelas como um globo em escala do sistema de Júpiter. Quatro diminutas luas internas orbitam Júpiter mais de perto do que as quatro imensas Luas Galileanas. Meus olhos se concentram em Thebe, a mais externa delas e a mais próxima de Io. Trata-se de uma pequena massa. Pouco maior do que Phobos. Há muito tempo explorada para extração de minérios valiosos, e agora a casa de uma base militar que foi explodida nos primeiros dias da guerra.

— Sessenta tique-taques até os comunicadores dos Uivadores ficarem mudos — entona Virga da sua estação enquanto Victra entra na ponte usando uma espessa armadura dourada com uma curviLâmina Vermelha pintada no peito e nas costas.

— O que você está fazendo aqui, cacete? — pergunto.

— Você está aqui — responde ela inocentemente.

— Você devia estar no *Gorgon*.

— Isso aqui não é o *Gorgon*? — Ela morde os lábios. — Bom, acho que fiquei perdida. Vou simplesmente te seguir por aí pra que isso não volte a acontecer. Beleza?

— Sevro te mandou. Não foi?

— O coração dele é uma coisinha preta. Mas pode se partir. Estou aqui pra garantir que isso não aconteça mantendo você bem bonitinho. Oh, e eu quero dar um oi pro Roque.

— E sua irmã? — pergunto.

— Roque antes. Depois ela. — Victra me dá uma cotovelada. — Também sei trabalhar em equipe.

Eu me viro para o fosso.

— Virga, acione os Uivadores no meu capacete.

— Sim, senhor.

O comunicador no meu ouvido chia. Ativo o capacete da minha armadura. O display transparente me mostra as informações referentes à minha tripulação, patentes, nomes, tudo o que está ligado ao registro da nave central. Ativo a função de comunicação do holo e uma colagem semitranslúcida dos rostos dos meus amigos aparece por sobre a visão da ponte da minha nave.

— *Tudo maneiraço por aí, chefe?* — pergunta Sevro. Seu rosto está com uma pintura de guerra em tom Vermelho, mas ele está banhado de luz azul devido ao aparato mecânico do seu display de cabeça. — *Está precisando de um beijinho de despedida ou qualquer coisa assim?*

— Só verificando pra ter certeza que vocês estão todos bem confortáveis.

— *Seu parente podia ter cavado pra gente um cantinho maior* — murmura Sevro. — *Aqui nesta caixinha fedorenta é um com o pé na cara do outro.*

— *Quer dizer então que você está dizendo que o Tactus estaria gostando disso aí?* — pergunta Victra. Ela está engatada no painel de modo que ouço sua voz num link.

Eu rio.

— O que ele não gostava?

— *Roupas, predominantemente* — responde Mustang da sua própria ponte. Ela também está usando sua armadura de batalha. Puro Ouro com um leão vermelho rugindo no peito.

— *E sobriedade* — acrescenta Victra.

— *Esta lua tem um cheiro de merda de rei* — murmura Palhaço da sua própria couraçaEstelar num aparato mecânico. — *Pior do que cheiro de cavalo morto.*

— *Você está num aparato mecânico e no vácuo* — fala Holiday, com a voz arrastada. Ouço o barulho e os gritos das pessoas atrás dela na baia do hangar da minha nave. Ela está com uma enorme mão em tom azul impressa no rosto. Dada a ela por um dos seus Obsidianos. — Provavelmente não é da lua o fedor.

— *Oh! Então devo ser eu* — diz Palhaço. Ele cheira a si próprio. — *Oh, oh. Sou eu.*

— *Eu disse pra você tomar banho* — murmura Pedrinha.

— *Regra número 17 dos Uivadores. Apenas Pixies tomam banho antes das batalhas* — diz Sevro. — *Gosto dos meus soldados selvagens, fedorentos e sexies. Estou orgulhoso de você, Palhaço.*

— *Obrigado, senhor.*

— *Threka! Engate seu dispositivo de segurança* — grita Holiday. — *Agora! Desculpem. Uns porras de uns Obsidianos circulando por aí com os dedos nas porras dos gatilhos. Aterrorizante essa merda.*

— *Por que nós rimos e falamos como crianças?* — ribomba Sefi no seu comunicador, tão alto que meus tímpanos chacoalham.

— *Que porra é essa, cacete?* — gane Sevro. Há um coro de xingamentos em relação ao volume da voz de Sefi.

— *Abaixe o volume do seu aparelho!* — rebate Palhaço, dirigindo-se à rainha.

— *Eu não entendo...*

— *Seu aparelho...*

— *O que é aparelho...?*

— *Essa coisa de Quieta pra ela é meio mal-empregada, hein?* — salienta Victra. Mustang bufa uma risada.

— *Sefi, curve-se um pouco* — late Holiday. — *Não consigo alcançar sua cabeça. Curve-se.* — Holiday encontrou Sefi no hangar e ajuda a diminuir o volume do seu aparelho. A rainha Obsidiana dorme com seu novo pulsoPunho toda noite, mas está um pouquinho para trás na compreensão de equipamentos de telecomunicação.

— *Então, como a grandalhona perguntou, havia alguma razão pra esse pequeno tête-à-tête?* — diz Holiday.

— *Tradição, Holi* — diz Sevro, imitando a voz fanhosa dela. — *O Ceifa é um camarada sentimental. Provavelmente ele vai até fazer um discurso.*

— Nada de discurso — digo.

Minha pequena família esquisitona choraminga e apupa.

— *Você não vai advertir a gente pra sentir raiva, sentir raiva pela morte da luz?* — pergunta Sevro. Mas a piada soa estranha, já que é sabido que isso é o que Roque teria dito. Sinto novamente um aperto no peito. Sinto tanto amor por esse bando de desajustados e blasfemadores. Tanto medo. Gostaria muito de poder protegê-los disso. De encontrar alguma maneira de poupá-los do inferno que se avizinha.

— Seja lá o que aconteça, lembrem-se de que nós somos os sortudos — digo. — Vamos conseguir fazer a diferença hoje. Mas vocês são minha família. Portanto, sejam corajosos. Protejam-se uns aos outros. E voltem pra casa.

— *Você também, chefe* — diz Sevro.

— *Rompam as correntes* — diz Mustang.

— *Rompam as correntes!* — ecoam meus amigos.

O rosto de Sevro se torna um rosnado enquanto ele troveja:

— *Uivadores, vão…*

— *Ahhhhhh!* — Eles uivam como tolos, estalando. Um a um, suas imagens tremeluzem até desaparecer, e eu sou deixado na solidão do meu capacete. Respiro e rezo uma prece silenciosa para quem quer que esteja ouvindo. Mantenham-nos em segurança.

Deixo o capacete deslizar de volta ao pescoço da minha armadura. Meus Azuis me observam dos seus displays. Um pequeno cortejo de fuzileiros Vermelhos e Cinzas se encontra ao lado da porta, esperando para me escoltar até meu hangar. Os fios de tantas vidas de tantos mundos estão todos se cruzando aqui, nesse momento em redor dos meus. Quantos terão medo? Quantos terminarão esse dia? Victra sorri para mim, e parece que já estou com sorte demais para que esse dia acabe em alegria. Ela não deveria estar aqui. Ela deveria estar do outro lado do vazio no leme de um cruzador de batalha inimigo. Contudo, ela está aqui conosco, em busca da redenção que achava que jamais conseguiria obter.

— Mais uma vez pra luta — diz ela.

— Mais uma vez — respondo. Eu me dirijo à multidão. — Como vocês todos estão se sentindo?

O silêncio é incômodo. Eles trocam nervosos olhares. Estão incertos a respeito de como responder. Então uma jovem Azul com uma cabeça calva irrompe do seu console.

— Nós estamos prontos pra matar uns porras de uns Ouros... senhor.

Eles riem, a tensão rompida.

— Mais alguém? — ribomba Victra. Eles rugem em resposta. Fuzileiros tão jovens que mal aparentam ter dezoito anos, e tão velhos quanto meu pai se estivesse vivo, batem suas botas de aço no chão.

— Conecte-me com a frota inteira — ordeno. — Transmita em frequência aberta a Quicksilver. Certifique-se de que os Ouros possam me ouvir pra que saibam onde me encontrar.

Victra faz um meneio para mim. Estou ao vivo.

— Homens e mulheres da Sociedade, aqui é o Ceifeiro. — Minha voz ecoa pelo comunicador máster em todas as cento e vinte naves principais da minha frota, nos mil rasgAsas, na naveVentosa e nas salas de máquinas e nas medbaias onde médicos e enfermeiros recentemente indicados percorrem camas vazias com lençóis imaculadamente brancos, esperando pela inundação. Em trinta e oito minutos, a partir de agora, Quicksilver e os Filhos de Ares em Marte ouvirão essa mensagem, e retransmitirão o sinal ao Cerne. Se vamos estar vivos ou não quando isso acontecer, vai depender da minha dança com Roque. — Na mina, no espaço, na cidade e no céu, temos vivido nossas vidas com medo. Medo da morte. Medo da dor. Hoje, tenham medo apenas de fracassar. Não podemos fracassar. Estamos parados à beira da escuridão segurando a tocha solitária do ser humano. Essa tocha não vai se apagar. Não enquanto eu ainda estiver respirando. Não enquanto os corações de vocês estiverem batendo no peito. Não enquanto nossas naves ainda representarem ameaça. Deixem os outros sonhar. Deixem os outros cantar. Nós, os escolhidos dentre poucos, somos o fogo do nosso povo. — Bato no peito. — Não somos Vermelhos, nem Azuis ou Ouros ou Cinzas ou Obsidianos. Somos humanidade. Somos a maré. E hoje reivindicamos as vidas que nos foram roubadas. Nós construímos o futuro que nos foi prometido. Guardem seu corações. Guardem seus amigos. Sigam-me através dessa noite maligna, e prometo a vocês que a manhã está à nossa espera do outro lado. Até isso acontecer, rompam as correntes! — Saco a lâmina do meu braço e deixo-a assumir o formato da minha curviLâmina. — Todas as naves, preparar pra batalha.

45
A BATALHA DE ILIUM

Tambores tribais Vermelhos ressoam no ventre de uma das minhas naves, *A Maré Noturna*, batendo através dos alto-falantes numa interpretação marcial da Canção Proibida. Uma pulsação constante de desafio à medida que rolamos na direção da Armada Espada. Nunca vi uma frota tão grande, nem mesmo quando invadimos Marte. Aquilo era apenas duas casas rivais convocando aliados. Esse é o conflito de povos. E é apropriadamente descomunal.

Infelizmente, Roque e eu estudamos com os mesmos professores. Ele conhece as batalhas de Alexandre, as dos exércitos Han e de Agincourt. Ele sabe que a maior ameaça a um poder sobrepujante é a falta de comunicação, o caos. Então ele não estima em demasia o poder da sua força. Ele a subdivide em vinte divisões móveis menores, dando relativa autonomia a cada Pretor para criar velocidade e flexibilidade. Nós encaramos não um único martelo gigantesco, mas um enxame de lâminas.

— É um pesadelo — murmura Victra.

Imaginei que Roque faria isso, mas mesmo assim não deixo de xingar ao ver a coisa acontecendo diante dos meus olhos. Em qualquer enfrentamento espacial, você precisa decidir se está matando naves inimigas ou as capturando. Parece que a intenção dele é fazer abordagens. Portanto, não podemos ser preguiçosos com eles e simplesmente ficar esperando que aconteça o melhor. Tampouco podemos atrair a frota dele à minha armadilha de início. Eles a triturarão e matarão os Uivadores. Tudo depende da única vantagem que temos. E não são nossas naves. Não são nossas centenas de milhares de Obsidianos que empacotei em navesVentosas. É o fato de que Roque pensa que me conhece, e então toda a estratégia dele estará baseada em como eu me comportaria.

Portanto, decido ir além do que ele estima ser minha insanidade e lhe mostrar o quão pouco ele de fato conhece a psicologia dos Vermelhos. Hoje lidero a *Pax* numa missão suicida em direção ao coração da frota dele. Mas não começo a batalha. Orion o faz, pairando à minha frente no *Uivo de Perséfone* com três quartos da minha frota. Eles se aglomeram em esferas, as corvetas menores ainda com quatrocentos metros de extensão. A maioria é formada por navesChamas com quinhentos metros de extensão, alguns destróieres e dois imensos couraçados. Mísseis de longo alcance deslizam das naves Ouro e das nossas. Contramedidas em miniatura guiadas por computadores são lançadas. E então a frota de Roque surge brilhando à frente e o espaço preto entre as duas frotas irrompe com investidas, mísseis e munições de armastrilho de longo alcance. Munições no valor de milhões de créditos são gastas em segundos.

Orion encolhe a distância em relação à frota de Roque à medida que as naves de Mustang e Romulus disparam na direção da extremidade sul — pelo polo de Io — da formação de Roque, tentando atingir o único lugar vulnerável na nave, os motores. Mas a frota de Roque é ágil e dez esquadrões se separam do resto, orientando-se de modo que seus encrespados costados encarem as proas das naves dos Lordes Lunares vindo do polo sul do planeta e nos atacam com canhonaços de armastrilhos. Cem mil canhões disparam simultaneamente.

Metal despedaça metal. Naves vomitam oxigênio e homens.

Mas naves são feitas para aguentar rojões. Monstrengos descomunais de metal subdivididos em milhares de compartimentos alveolados interligados projetados para isolar brechas e impedir que as naves se partam com um tiro de armatrilho. Desses castelos flutuantes fluem milhares de diminutas embarcações de combate de um-homem-só. Elas infestam em pequenos esquadrões através da terra de ninguém entre nossa frota e a de Roque. Algumas contendo bombas nucleares em miniatura cujo objetivo é matar naves principais. Mergulhadores-do-Inferno e perfuradores treinados dia e noite em simuladores pelos Filhos de Ares voam com esquadrões de Azuis sincronizados. Eles investem contra os pilotos da Sociedade calejados de guerras liderados por rasgAsas listrados de Ouro.

A força de Romulus se afasta de Mustang para se unir a Orion, enquanto Mustang continua na direção do coração da formação inimiga, preparando o caminho para minha investida.

Nós nos aproximamos três quilômetros e as armastrilhos de médio alcance abrem fogo. Imensas barragens de munições de vinte quilos são arremessadas ao espaço em mach 10. Escudos de fogo antiaéreo formam plumas sobre toda a formação Ouro. Mais próximos das naves, PulsoEscudos latejam em tom azul iridescente à medida que as munições se chocam com elas e ricocheteiam espaço afora.

Minha força de ataque fica parada atrás da principal batalha. Logo isso se tornará uma guerra de grupos de abordagem. NavesVentosas lançarão homens às centenas. Pretores agressivos esvaziarão os fuzileiros e Obsidianos das suas naves com o objetivo de tomar posse das embarcações inimigas, as quais eles em seguida manterão para si após a batalha, de acordo com as regras da lei naval. Pretores conservadores vão manter seus homens a bordo até o último momento, com o objetivo de repelir grupos de invasores e usar suas naves como sua principal arma de guerra.

— Orion deu o sinal — diz meu capitão.

— Estabeleça o curso pro *Colossus*. Motores a toda a velocidade. — Minha nave ronca sob meus pés. — Pelus, o gatilho é seu. Ignore navesChamas. Destróieres ou naves maiores são a ordem do dia. — A nave ruge enquanto avançamos da parte traseira da frota de Orion. — Escoltas, mantenham posição. Igualem velocidade.

Passamos pelas naves de artilharia, e em seguida pelo *Uivo de Perséfone* e seus quatro quilômetros de extensão enquanto imergimos do centro da dianteira de Orion com o inimigo como uma lança escondida, agora entrando nos cinquenta quilômetros de terra de ninguém mirando o coração do inimigo. As naves de Orion disparam refugo, criando um corredor para proteger nossa insana aproximação. Roque agora verá qual é minha intenção, e suas naves principais pairam para longe das minhas, convidando-me a penetrar no coração da sua enorme formação à medida que eles produzem uma chuva de detonações sobre minha força de ataque.

Nossos escudos tremeluzem em azul. Munições inimigas se esgueiram através do refugo e nos castigam. Retribuímos o fogo. Varremos a tiros um destróier ao passarmos com amplo costado. Ele perde poder. Uma naveVentosa escapa do seu interior para tentar escorregar através do nosso túnel de refugo, mas nossa escolta despedaça a pequena embarcação. Mesmo assim, somos atingidos pelos canhões de uma dúzia de naves. Vermelho refulge ao redor dos nossos escudos. Eles falham em estágios, geradores locais escasseando a estibordo. Instantaneamente, nosso casco é furado em sete locais. A rede alveolar de portas pressurizadas é ativada, isolando os níveis comprometidos da minha nave do resto. Eu perco uma naveChama. Metade de um clique atinge a proa, uma barragem inteira de munições-trilho dispara sobre ela de popa a popa, disparada pelo couraçado de Antonia, o *Pandora*.

— Parece que minha irmã está curtindo minha nave — diz Victra.

Corpos irrompem da ponte da naveChama, mas Antonia continua a atirar na nave muito menor até o cerne nuclear do motor implodir. Pulsando em branco duas vezes antes de devorar a metade traseira da nave. A onda de choque empurra nossa embarcação para o lado. Nossa pulsação eletromagnética e escudos de pulsação seguram o ataque, as luzes tremulam apenas uma vez. Alguma coisa imensa bate de encontro ao anteparo de dez metros de espessura além da ponte. A parede enverga para dentro à minha direita. A forma de uma munição de armatrilho esticando o metal para dentro como se fosse um bebê alienígena. Nossos canhões despedaçam o destróier de um quilômetro e meio de extensão que disparou em nós, liberando oitenta das nossas armastrilhos diretamente na ponte dela. Duzentos homens perdidos. Não estamos levando prisioneiros nesse estágio. É alarmante a quantidade de violência que a *Pax* consegue disponibilizar. E alarmante também é a quantidade que estamos recebendo. Antonia disseca uma outra parte da minha força de ataque.

— *Esperança de Tinos* foi abatido — diz baixinho meu sensor Azul. — *O Grito de Tebas* vai entrar em modo nuclear.

— Diga pros timoneiros de *Tinos* e *Tebas* enfiarem quarenta e cinco negativo na linha média deles e abandonarem as naves — rebato. As naves obedecem e alteram o curso para investirem contra a nau capitânia de Antonia. Ela reverte seus motores e minhas naves moribundas continuam inofensivamente no espaço. Uma entra em modo nuclear.

Estamos sendo superados aqui em número de naves e em quantidade de armas. Estamos presos numa armadilha. Sem saída. Uma esfera se forma ao nosso redor. Tenho apenas quatro navesChamas restantes. Digamos que sejam três.

— Múltiplos incêndios nos deques — entona um oficial.

— Detonações de munições no deque dezessete.

— Motores um a seis inutilizados. Sete e oito em 40% de capacidade.

A *Pax* morre ao meu redor.

O quebraLua de Roque assoma à frente. Duas vezes o comprimento da minha nave, três vezes a circunferência. Uma doca militar flutuante com oito quilômetros de extensão. Com uma imensa proa em crescente, semelhante a um tubarão com uma boca aberta nadando de lado. A embarcação se afasta de nós na mesma velocidade com que avançamos. Certificando-se de que não podemos atacá-la enquanto ela nos castiga com seu arsenal superior. Roque pensou que eu daria uma de Karnus. Tentaria investir contra as naves principais deles usando a minha própria nave. Isso agora é impossível. Nossos motores estão quase completamente incapacitados. Nosso casco está comprometido.

— Todos os canhões de frente mirem as armastrilhos e os lançadores de mísseis localizados no deque superior deles, produzam uma sombra pra nós. — Levanto um holograma da nave e circulo a área de disparo com meus dedos, direcionando o fogo enquanto Victra dá ordens aos grupos de combatentes que mantivemos inoperantes até agora. As rasgAsas berram ao entrarem no espaço. A *Pax* faz uma rotação para apresentar suas principais fileiras de canhões ao *Colossus* com o objetivo de abrir uma surriada.

Pouco importa o que fazemos nesse estágio. Somos um lobo preso ao chão por um urso que nos esmaga as pernas uma a uma, arrancando nossas orelhas, nossos olhos, nossos dentes, mas mantendo nosso ventre em bom estado e preparado para um ataque. Minhas naves estremecem ao meu redor. Os Azuis perdem sua sincronia, vomitando nos fossos enquanto os datanervos nas naves, aos quais eles estão linkados, morrem um a um. Meu timoneiro, Arnus, tem um ataque quando os motores são triturados.

— O *Dançarino de Faran* já era — diz o capitão Pelus. — Não há casulos de escape. — Era uma tripulação reduzida, e ainda assim quarenta morrem. Melhor do que mil. Somente duas navesChamas das minhas dezesseis iniciais permanecem. Elas voam em disparada ao redor do *Pandora* de Antonia atrás de nós, mas essa nave é um monstro preto e titânico. Ela despedaça as rapidinhas até que estas se transformam em metal morto. E quando os casulos de escape são lançados das naves silenciosas, ela os abate com disparos. Victra assiste ao assassinato em silêncio, acrescentando-o às dívidas de Antonia.

Roque está nos convidando a lançar nossas navesVentosas, atraindo o *Colossus* para mais perto da minha nave morta. Um quilômetro de distância agora. Aceito o convite.

— Lançar todas as navesVentosas existentes na superfície do quebraLua — digo. — Agora. Disparem os cospeTubos.

Centenas de trajes vazios são disparados dos cospeTubos como fariam numa Chuva de Ferro. Duas centenas de navesVentosas são lançadas dos quatro hangares da minha nave. Cuspidas numa torrente de metal horroroso, cada qual carregando cinquenta homens para penetrar nas entranhas do quebraLua. Controlados remotamente por pilotos Azuis a bordo do *Uivo de Perséfone*, eles imprimem o máximo de velocidade que conseguem para atravessar o perigoso espaço entre as duas naves principais. E são pulverizadas antes mesmo de atingirem a metade do caminho, quando Roque detona uma série de ogivas nucleares de baixa intensidade.

Ele adivinhou meu movimento.

E agora minhas naves em fuga nada mais são do que detritos flutuando entre as duas embarcações. Sirenes de emergência piscam no teto da minha ponte. Nossos sensores de longo alcance estão desativados. Nossos canhões, destruídos. Há múltiplas fissuras nos deques.

— Segure firme — murmuro. — Segure firme, *Pax*.

— Estamos recebendo uma transmissão — diz Virga.

Roque aparece no ar à minha frente.

— Darrow — diz ele, que também vê Victra. — Victra, acabou. O barco de vocês está morto na água. Diga pra sua tripulação se render e eu pouparei a vida deles. — Ele pensa que pode terminar essa rebelião sem nos pôr no túmulo. A noção de posse embutida nisso me exaspera. Mas nós dois sabemos que ele precisa do meu corpo para mostrar aos mundos. Se ele destruir minha nave e me matar, eles jamais me encontrarão entre os destroços. Olho para Victra. Ela cospe no chão em desafio. — Qual é a resposta de vocês? — exige saber Roque.

Envergo os dedos cruamente.

— Vá se foder.

Roque olha para a tela.

— Legado Drusus, lance todas as navesVentosas. Diga pro Cavaleiro da Nuvem me trazer o Ceifeiro. Vivo ou morto. Mas se certifique de que ele esteja reconhecível.

46

MERGULHADOR-DO-INFERNO

Olho para os Azuis na sua estação. A maioria estava aqui quando tomei esta nave. Quando a renomeei. Eles se tornaram piratas com Orion, rebeldes comigo.

— Vocês todos ouviram o que ele disse — digo. — Bom trabalho. Vocês deixaram a *Pax* orgulhosa. Agora digam adeus, entrem no seu ônibus espacial, e logo, logo eu os verei novamente. Não há motivo de vergonha aqui. — Eles cumprimentam e o capitão Pelus abre as escotilhas no fundo do fosso. Os Azuis começam a deslizar pelo estreito eixo em direção ao ancoradouro onde deveriam estar os casulos de escape, mas nós os substituímos por ônibus espaciais pesadamente revestidos de armaduras. Meu próprio casulo de escape está montado na lateral da ponte. Mas Victra e eu não vamos escapar. Não hoje.

— Está na nossa hora, bebê — diz Victra. — Agora.

Dou um tapinha no umbral da ponte.

— Obrigado, *Pax* — digo à nave. Mais um amigo perdido para a causa. Sigo Victra e os fuzileiros em disparada pelos corredores vazios. Luzes vermelhas pulsam. Sirenes soam. Pequenas batidas reverberam através do casco à medida que seguimos nosso percurso. A naveVentosa de Roque já deve estar infestando a *Pax* a uma hora dessas. Produzindo buracos nas suas laterais e bombeando para seu interior grupos de abordagem formados por Cinzas e Obsidianos liderados pelos cavaleiros Ouros. Em vez de mim, eles encontrarão uma nave abandonada. Um círculo liquefeito lateja na parede do corredor ao lado de um gravElevador enquanto entramos nele. Observo o tom alaranjado se aprofundar até ficar da cor do sol. Os tambores ainda batem através dos alto-falantes. *Tum. Tum. Tum.*

Victra deixa uma mina como presente para o grupo de abordagem.

Nós a ouvimos detonar dez níveis acima de nós à medida que o gravElevador nos deposita em nível negativo três no hangar auxiliar. Aqui minha verdadeira força de ataque está à espera. Trinta pesados ônibus espaciais com as rampas abaixadas. Há Azuis desempenhando verificações de luz nas cabines. Mecânicos Laranjas, trabalhando furiosamente para deixar os motores em condições ótimas, enchem tanques de combustível. Cada espaçonave comporta cem Valquírias em armaduras completas. Vermelhos e Cinzas as acompanham em igual número para tarefas relacionadas a armas especiais. Os Obsidianos batem seus pulsoMachados e suas lâminas quando eu passo por eles, meu nome entoado num trovejante cântico. Encontro Holiday no centro do hangar com Sefi e um cortejo de Valquírias que serão meu esquadrão pessoal. Com elas, rezando num pequeno grupo, encontram-se os Mergulhadores-do-Inferno que eu requisitei a Dancer. Eles têm menos do que a metade do tamanho dos Obsidianos.

— A nave está com as armas prontas — digo a Holiday. Ela mexe a cabeça na direção de um esquadrão de Vermelhos que sai correndo para lhe dar cobertura. — A distância é de menos de um clique.

— Não… — diz Holiday com um riso solto. — Tão perto assim?

— Eu sei — respondo com entusiasmo. — Eles pensavam que estávamos com bombas nucleares estocadas. Tentaram nos trazer pra mais perto com os motores desligados pra que ficássemos no raio da explosão caso descarregássemos neles.

— Então agora a gente dá um beijo neles — diz Victra com um leve ronronar para Holiday. — E um pouco de língua.

Holiday balança de cima a baixo sua cabeça semelhante a um bloco concreto de cinzas.

— Então vamos acabar com essa falação.

Sefi tira um punhado de cogumelos secos de uma sacola.

— Pão de Deus? — pergunta ela. — Vocês vão ver dragões.

— A guerra já é assustadora o bastante, querida — diz Victra. Depois acrescenta, à parte: — Uma vez usei essa merda com Cassius durante uma semana no Termal. — Ela capta meu olhar. — Bom, foi antes de eu te conhecer. E você já o viu sem camisa? A propósito, não comente isso com Sevro.

Holiday e eu também nos abstemos de consumir os cogumelos. Disparos de armas automáticas chacoalham as paredes vindo do corredor logo depois do hangar.

— A hora é essa! — ribombo aos três mil Obsidianos nas naves de assalto. — Afiem seus machados! Lembrem-se do seu treinamento! *Hyrg la*, Ragnar!

— *Hyrg la*, Ragnar! — rugem eles.

Isso significa "Ragnar vive". A rainha das Valquírias saúda sua lâmina olhando para mim e começa a entoar o cântico de guerra Obsidiano. Ele se espalha através da embarcação de assalto revestida de armadura. Um som horrível, pavoroso, dessa vez do meu lado. Eu trouxe as Valquírias para o céu, e agora as deixo à solta.

— Victra, tudo bem com você? — pergunto, preocupado com Antonia estar tão próxima. Será que minha amiga está distraída pela presença da irmã?

— Estou esplêndida, bebê — diz a mulher alta. — Cuide desse seu rabo bonitinho. — Ela me dá um tapa na bunda antes de se afastar, jogando para mim um beijo obnóxio e correndo na direção do ônibus espacial. — Vou estar logo atrás de você. — Fico na companhia dos Mergulhadores-do-Inferno. Eles estão fumando queimadores, observando-me com malignos olhos vermelhos.

— O primeiro a entrar ganha a porra da láurea — digo. — Vistam os capacetes.

Pouca coisa precisa ser dita a esses homens. Eles acenam com a cabeça e dão uma risadinha. Nós partimos. Eu voo trinta metros para cima nas minhas gravBotas para aterrissar no topo de uma das quatro perfuratrizes-garra que confiscamos da empresa de mineração de platina no interior do cinturão de asteroides. Elas estão enfileiradas no deque do hangar, cada qual com cinquenta metros de distância entre uma e outra. Como mãos que agarram, com o cockpit onde o cotovelo ficaria, os doze perfuram pedacinhos do deque onde os dedos alcançariam. Cada um deles foi reformatado por Rollo para ter impulsionadores nas costas e espessas placas de armadura estendidas ao longo das laterais. Deslizo para dentro do cockpit, maior do que o normal para acomodar minha estrutura e armadura, e escorrego as mãos para o interior do prisma de controle digital.

— Atirem neles — digo. Um ruído familiar de energia passa pela perfuratriz, vibrando vidro ao meu redor. Dou uma risadinha como se fosse um lunático. Talvez eu seja. Mas eu sabia que não poderia vencer essa batalha sem alterar o paradigma. E eu sabia que Roque jamais seria levado a uma armadilha ou atraído a um cinturão de asteroides por temer expor sua frota maior a emboscadas. Portanto, eu tinha apenas um único recurso: esconder minha emboscada numa falha de caráter. Ele sempre pregou que eu deveria dar um passo para trás, que eu deveria encontrar a paz. É claro que Roque pensava que sabia como me derrotar. Mas hoje não estou lutando como o homem que ele conhecia, como um Ouro.

Sou um porra de um Mergulhador-do-Inferno com um exército de mulheres gigantes ligeiramente psicóticas por trás de mim e uma frota de naves de guerra de primeira linha tripulada por piratas, engenheiros, técnicos e ex-escravos putos da vida. E ele pensa que sabe como lutar contra mim? Eu rio quando a perfuratriz-garra sacode meu assento e me preenche com uma espécie de poder tresloucado, dormente. Um grupo de abordagem inimigo invade o hangar pelo mesmo gravElevador que usamos. Eles miram as imensas perfuratrizes e evaporam quando o ônibus espacial de Victra dispara uma armatrilho sobre eles à queima-roupa.

— Lembrem-se das palavras da nossa líder Ouro — digo aos Mergulhadores-do-Inferno. — Sacrifício. Obediência. Prosperidade. Essas são as melhores partes da humanidade.

— *Uma babaquice da porra* — um deles diz pelo comunicador. — *Vou mostrar pra ela a melhor parte da humanidade.*

— Perfuratrizes quentes — ordeno. Eles ecoam a confirmação um a um. — Colocar capacetes. Vamos queimar.

Giro o botão de rotação da minha perfuratriz-garra no sentido horário. Abaixo, a perfuratriz chia. Mergulho ambas as mãos no prisma de controle. A existência chacoalha. Os dentes rangem. O deque de metal cede sob meu peso. O metal derretido se solta. Avanço dez metros nave adentro, entalhando através do deque em cinco segundos. E no segundo seguinte. Mergulho de novo, caindo inteiramente no chão da baia do hangar. Há metal mastigado ao redor do cockpit. Então o deque seguinte se desfaz. Depois o outro. O calor fica mais intenso ao longo da perfuratriz enquanto continuo arrebentando a nave, deixando as Valquírias para trás. Diminua a velocidade e a perfuratriz emperra, diminua a velocidade e você morre. E essa velocidade é a pulsação do meu povo. Impulso que flui em direção a mais impulso.

Minha perfuratriz-garra está implantando uma velocidade infernal. Agredindo implacavelmente os deques. Assassinando o metal com dentes de carbureto de tungstênio liquefeito. Vislumbro imagens fraturadas de outras perfuratrizes arrebentando o coração da nave enquanto caímos em meio ao quartel parcamente iluminado. Cada perfuratriz refulge de calor e em seguida arrebenta o próximo deque. É uma visão gloriosa, horrenda. Atravessamos um corredor bagunçado. Um tanque de água, em seguida um corredor onde um grupo de abordagem tenta se afastar dos destroços e mira as megalíticas perfuratrizes escavando a nave como se fossem as mãos liquefeitas de algum hilariante deus metálico.

— Não diminuam o ritmo — rosno, com o corpo todo em convulsões no meu assento. Estou fora de controle, indo rápido demais, a perfuratriz está quente demais. Então... Nada. Abro um rombo no ventre da *Pax*. O silêncio do espaço toma conta de mim. Sem peso. Flutuo como uma lança através da água na direção do titânico *Colossus*. Uma naveVentosa direcionada à *Pax* passa zunindo por mim, tão perto que eu consigo ver os olhos arregalados do capitão no cockpit. Uma outra voa diretamente para a boca da minha perfuratriz superaquecida. Triturada em segundos. Homens e destroços saltam para o lado. As outras perfuratrizes saem bem mais abaixo do ventre da *Pax*, explodindo na direção do espaço, mergulhando na direção do quebraLua. Ao nosso redor, a batalha segue ensandecida. Explosões azuis, imensos campos de fogo antiaéreo. O grupo de Mustang correndo ao longo da extremidade das formações de Roque, trocando canhonaços punitivos. Sevro ainda à espera, escondido.

Posso sentir a confusão na artilharia do inimigo. Estou no centro das suas equipes de assalto instaladas em navesVentosas. Eles não conseguem atirar. Seus computadores nem mesmo registram a classificação da embarcação. Isso vai parecer um naco de detrito no formato de um braço do cotovelo para baixo. Duvido que a ponte ao menos saiba o que é isso sem ver a coisa a olhos nus.

— Motores a toda — digo. Os motores da perfuratriz-garra reformatada tremem atrás de mim e me alçam em direção à superfície preta do *Colossus*. Reconhecendo minha ameaça, uma rasgAsa dispara em mim uma saraivada de balas de canhão. Balas do tamanho de um polegar batem silenciosamente na perfuratriz. A armadura segura o tranco. A perfuratriz-garra ao meu lado não tem tanto sucesso. Quando uma saraivada de armatrilho atirada de um canhão de cinco metros de extensão ao longo da crista do quebraLua perfura o cockpit, assassinando o Mergulhador-do-Inferno no seu interior, sua nave é despedaçada. Um dos destroços da sua perfuração bate de encontro ao vidro do meu cockpit, rachando-o. Mais uma dúzia de tiros trituram a naveVentosa ao meu lado. Roque pode até não saber o que são os projéteis de trinta metros vindos da minha nave, mas está disposto a matar seus próprios homens para impedir a aproximação deles.

Metal cinza vem na minha direção como um borrão. Um disparo de armatrilho vindo do *Colossus* atravessa três navesVentosas em frente à minha nave antes de atingir a parte inferior da minha perfuratriz-garra, na altura do "punho". O balaço estilhaça a extensão da perfuratriz, irrompe pelo chão do meu cockpit, entre minhas pernas, a centímetros do meu saco, passa de raspão no meu peito, quase arrancando minha cabeça na altura do queixo. Eu me contorço para trás e o projétil bate no suporte de metal do cockpit, esfacelando o vidro e entortando a barra para o lado de fora como se ela fosse um canudo de plástico derretido. Eu arquejo, nocauteado e quase inconsciente pela transferência de energia cinética.

Pontinhos brancos piscam nos meus olhos.

Eu me sacudo, tentando recobrar os sentidos.

Rodopiei e saí de curso. Esse aparelho não foi feito para ser girado. Estou prestes a bater de encontro ao deque do quebraLua. O instinto não me salva. Meus amigos, sim. Os motores da perfuratriz-garra estão escravizados à bancada de Azuis na nave de Orion. Alguém reverte os impulsionadores no último instante de modo que eu não bato. Sou alçado duramente de volta ao meu assento quando a perfuratriz-garra diminui de velocidade e em seguida aterrissa com delicadeza na superfície do *Colossus*. Eu me contorço no assento, rindo de medo.

— Porra — grito para meu salvador distante, seja lá quem for. — Obrigado!

Mas a perfuratriz-garra propriamente dita é toda manual. Azuis não podem operar os dígitos muito melhor do que eu posso montar catapultas ao redor de um planeta. Minhas mãos dançam sobre os controles, fluindo na direção do meu antigo modo de trabalho. Eu reativo a perfuratriz, usando meus motores para me empurrar para baixo como se eu fosse um prego na superfície da nave. O metal chia. Parafusos chacoalham. E começo a triturar a camada superior da armadura, na qual me disseram que nenhuma naveVentosa poderia penetrar.

A pressão sibila ao redor da minha perfuratriz. Eu me ergo no ritmo das revoluções, minhas mãos dançando através dos controles, mudando de lugar os detritos da perfuratriz à medida que começam a esquentar, circulando através de unidades de resfriamento. O espaço desaparece. Eu me enfurno na nave de guerra. Escavando não em linha reta, mas fazendo um túnel na direção da dianteira da nave. Um deque. Dois deques. Triturando através de corredores e quartéis e geradores e linhas de gás. É uma ação hedionda e selvagem, semelhante à qual eu jamais fiz na vida. Apenas rezo para não atingir um depósito de munições. Homens e mulheres e destroços voam como folhas mortas para o espaço através do buraco que escavei, sugados dos vários níveis de deque que eu penetro. Os anteparos e o túnel estão simplesmente destruídos.

A trezentos metros no interior da nave, minha perfuratriz-garra escangalha. Pedacinhos de detrito gastos e superaquecimento do motor. Levo a mão até a cobertura do meu cockpit para abandonar a perfuratriz, mas minha mão escorrega na manivela. Ela está coberta de sangue. Vasculho meu corpo freneticamente. Mas minha armadura não foi perfurada. O sangue não é meu. Ele flutua da parede direita do cockpit, pegajoso ao redor da cápsula redonda de armatrilho que furou as três navesVentosas para se encravar na viga de suporte da minha perfuratriz-garra. Pedacinhos de cabelo e um fragmento de osso estão empapados no sangue coagulado.

Deixo minha perfuratriz-garra para trás e sigo na direção do túnel de vácuo que escavei. O ar não está mais fluindo da nave. Ela está calma agora, a pressão já aliviada e os anteparos de emergência fechados para deixarem em quarentena o casco comprometido. O gerador de gravidade nessa seção da nave deve ter sido atingido. Meus cabelos flutuam no capacete.

Olho para cima. Ao fim do túnel, onde penetrei o casco, encontra-se um pequeno buraco de fechadura que leva à escada. Um homem morto paira logo depois, lentamente espiralando. Uma sombra o cobre quando a nau capitânia de Antonia passa ao longe, bloqueando o sol refletido da superfície de Júpiter. Como o homem, eu fico na escuridão. Estou sozinho no ventre do *Colossus*. Meu comunicador é uma inundação de conversas de guerra. Victra está partindo do nosso hangar. Orion e os Lordes Lunares estão em fuga, expulsos dos polos de Io e a caminho de Júpiter. A nau capitânia de Mustang ainda está sob ataque da nave de Roque enquanto Antonia lidera o resto da frota dele atrás dos Telemanus e Raas em fuga.

Ainda assim, Sevro está à espera.

Trinta metros acima de mim, algo se move de um dos níveis que escavei, espiando o interior do túnel de vinte metros de largura. Meu capacete identifica uma arma ativa. Eu voo para cima, ativando meu pulsoEscudo enquanto sigo apenas para encontrar um jovem Cinza me olhando através da placa de plástico de uma máscara de oxigênio de emergência. Ele flutua, um braço segurando uma extensão esfarrapada de parede metálica. Está coberto de sangue, mas não dele próprio: o corpo de um dos seus amigos flutua atrás dele. O jovem está tremendo. Minha perfuratriz deve ter atravessado todo o pelotão dele, e então o espaço sugou os corpos para fora, deixando-o sozinho aqui. O terror que eu represento está refletido nos seus olhos. Ele ergue seu abrasador e eu reajo sem pensar. Enterrando minha lâmina na lateral do seu coração, faço dele uma carcaça. Ele morre de olhos arregalados e jovem e fica lá flutuando, o corpo ereto até eu colocar meu pé no seu peito de modo que possa puxar minha lâmina do seu corpo. Vagamos para longe um do outro. Pequenas gotículas de sangue dançam da minha lâmina na gravidade zero.

Então os geradores de gravidade dão um reboot e meus pés se grudam no chão com força. O sangue espirra sobre eles. O corpo do Cinza desaba no chão. Atrás de mim uma inundação de luz vem do eixo do túnel. Eu me afasto do homem morto e dou uma espiada dentro do túnel para ver uma nave vindo a toda a velocidade pelo espaço. Outras a seguem. Toda uma cavalgada de embarcações em ataque lideradas por Victra. RasgAsas os caçam, mas canhões montados na traseira da embarcação de ataque disparam rajadas de alta energia do tamanho de um punho nelas. Despedaçando as rasgAsas. Mais virão. Centenas mais. Precisamos nos mover com rapidez. Velocidade e agressividade são nossa única vantagem aqui.

O transporte de Victra diminui a velocidade dramaticamente no túnel além do meu nível, logo acima da perfuratriz-garra. Valquírias são desovadas da nave para se juntar a mim. Mais transportes desembarcam soldados em níveis superiores. Holiday e diversos Vermelhos com armaduras de batalha se movem com os Obsidianos, carregando equipamento de perfuração ao longo da sala sem ar na direção da porta-anteparo que nos isola do resto da nave. Eles batem a perfuratriz térmica de encontro ao metal. Ele começa a refulgir em tom vermelho. Eles acionam uma pulsoBolha sobre a escotilha de metal de modo que, no momento em que realizarmos a perfuração, não ativemos mais anteparos.

— Brecha verde em quinze — diz Holiday.

Victra está ao lado escutando a conversa do inimigo.

— Equipes de resposta chegando. Mais de duas mil unidades misturadas. — Ela também está sintonizada ao comando estratégico da nave de Orion para que possa reunir dados de batalha dos enormes sensores na nau capitânia. Parece que Roque lançou mais de quinze mil homens sobre nós na sua naveVentosa. A maioria já deve estar na *Pax* nesse momento. Enfiados lá para me encontrar. Tremendos idiotas. Roque apostou alto, apostou errado. E eu acabei de trazer mil e oitocentos ensandecidos e furiosos Obsidianos para uma nave de guerra praticamente vazia.

O Poeta vai ficar puto.

— Dez — diz Holiday.

— Valquírias, comigo — ribombo, levantando as mãos numa formação triangular.

As cinquenta e sete Obsidianas pisam sobre destroços do depósito e se reúnem atrás de mim, exatamente como as treinamos para que fizessem na nossa jornada de Júpiter. Os comandados de Sefi estão à minha esquerda, os de Victra à minha direita e Holiday atrás. A porta de metal superaquecida cede. Os Vermelhos e Cinzas se afastam. Todos ao longo do túnel nos dez níveis que escavei, equipes como essa estarão preparadas para abrir brechas da mesma maneira que nós. Duas das outras perfuratrizes-garra acertam o alvo. Dois mil Obsidianos estão perfurando ali também. Cinzas, Vermelhos e grupos espalhados de Ouros simpatizantes à causa os liderarão contra as forças de segurança que tomam trens e gravElevadores para se transportarem à nova frente de batalha no interior da nave.

Isso vai ser uma tempestade de fogo. Combate corpo a corpo. Fumaça. Gritos. O pior da guerra.

— Energia nos escudos — digo em Nagal, encarando as Valquírias. Elas ondulam escudos iridescentes sobre as armaduras. — Matem qualquer coisa armada. Não firam ninguém desarmado. Não importa a Cor. Lembrem-se do nosso alvo. Limpem o caminho. *Hyrg la*, Ragnar!

— *Hyrg la*, Ragnar! — rugem elas, batendo no peito, abraçando a loucura da guerra. A maioria terá levado seu fungo furioso na embarcação. Elas não sentirão nenhuma dor. Movem-se pé ante pé, ansiosas para o auxílio da batalha. Victra vibra perto de mim. Eu me lembro de estar sentado com ela no laboratório de Mickey enquanto ela me contava como amava o cheiro da batalha. O velho suor nas luvas. O óleo nas armas. Os músculos retesados e as mãos trêmulas depois das contendas. É a honestidade embutida na guerra, eu percebo. É isso o que ela adora. A batalha nunca mente.

— Victra, fique ao meu lado — digo. — Emparelhe em Hidra se encontrarmos Ouros.

— *Njar la tagag*... — diz Sefi atrás de mim.

— ... *syn tjr rjyka!*

— Não há dor. Somente alegria — cantam elas, no fundo do abraço do pão de deus. Sefi começa o grito de guerra. Sua voz é mais alta do que a de Ragnar. Suas duas irmãs se juntam a ela. Em seguida as amigas das irmãs, até que dezenas delas preenchem o comunicador com sua canção, dando a mim um sentido de grandiosidade enquanto minha mente diz pro meu corpo fugir. É por isso que os Obsidianos entoam esses cânticos. Não para semear o terror. Mas para se sentirem corajosos, para se sentirem uma família, em vez de sentirem isolamento e medo.

O suor escorre pelas minhas costas.

O medo não é real.

Holiday desativa sua trava de segurança.

— *Njar la tagag*...

Minha lâmina enrijece.

A pulsArma estremece e gane, adquirindo seu estado ideal.

Meu corpo treme. Minha boca está cheia de cinzas. Usar a máscara. Esconder o homem. Não sentir nada. Ver tudo. Mover e matar. Mover e matar. Eu não sou um homem. Eles não são homens.

Os cânticos aumentam de intensidade...

— ... *Syn tjr rjyka!*

O medo não é real.

Se você está assistindo a isso, Eo, está na hora de fechar os olhos.

O Ceifeiro chegou. E trouxe o inferno com ele.

47
INFERNO

— **Ataque!** — ruge Holiday.

A porta cai ao se abrir. Corro para dentro do pulsoCampo que cerca o ponto de ataque. Tudo se condensa. Visões, sons, o movimento do meu próprio corpo. Tudo envolto em névoa. O espalhaFlash de Holiday chia através da abertura de dois metros no anteparo, fritando quaisquer nervos ópticos desprovidos de escudos do outro lado. Uma granada de fusão secundária é detonada. Salto pelo buraco em direção ao interior da fumaça, indo para a direita, Victra comigo. Sefi vai para a esquerda. O fogo inimigo nos atinge imediatamente. Meu escudo chia com o som da saraivada atingindo um telhado de metal. O fim do corredor é um caos de flashes de canos de armas e disparos pulsantes. Projéteis superaquecidos retalham a fumaça.

Disparo meu pulsoPunho, o braço entortando espasmodicamente. Abaixando-me e me movendo de modo a não bloquear a entrada. Alguma coisa bate em mim. Eu tropeço na direção da parede esquerda, partículas superaquecidas berrando do meu punho. Meu escudo range com os disparos de roloarma que impactam a barreira de energia e caem, imprensadas no chão aos meus pés. Mais Obsidianos preenchem o corredor atrás de mim. Eles se movem muito rápido. É uma cacofonia de som. Minha mente tática empurra os fatos para a frente. Estamos encurralados. Homens morrem no ataque. Precisam avançar.

Algo zune ao passar pela minha cabeça e é detonado atrás da entrada. Membros e armaduras desabam no chão. O capacete abafa o ruído maciço, salvando meus tímpanos. Tropeço para a frente, tentando sair da zona de matança. Uma outra granada aterrissa entre nós, explodindo depois que um Obsidiano mergulha sobre ela. Mais carne para o moedor. Preciso diminuir a distância. Não consigo enxergar coisa alguma na minha frente. Fumaça em excesso. Fogo.

Para o inferno com isso.

Com um rugido de frustração, ativo minhas gravBotas e disparo como um foguete pelo estreito corredor a oitenta quilômetros por hora na direção dos nossos agressores, atirando enquanto sigo. Voando um metro acima do chão. Victra me segue. Trata-se de um esquadrão inteiro formado por vinte Cinzas liderados por um legado Ouro numa brilhante armadura prateada. Vou de encontro ao Ouro. Lâmina estendida, penetro seu escudo e perfuro seu cérebro. Ele cai no chão com o impacto. O braço fica preso debaixo de mim. A equipe de reação Cinza se separa, cada uma indo para um lado, mantendo-me no centro enquanto luto para me levantar. Um deles dispara uma carga iônica nas minhas costas. Relâmpagos azuis brilham espasmodicamente nos meus escudos, matando-os. Apunhalo um Cinza no pescoço com minha lâmina. Dois outros atiram no meu tórax. Minha armadura fica coalhada de reentrâncias devido à dezena de disparos. Tombo para trás. Uma pesada armatrilho com uma carga entediante na câmara passa no nível da minha cabeça. Eu mergulho e desvio para o lado, escorregando em sangue. Caindo. A arma é disparada e abre no chão um buraco do tamanho da cabeça de um homem.

Então Victra investe contra os Cinzas. Ela explode de lado a lado com suas gravBotas, como uma raivosa bola de demolição. Despedaça ossos entre as paredes e seu corpo é provido de uma pesada armadura. Então os Obsidianos estão entre os Cinzas, triturando-os com seus pulsoMachados. Os Cinzas estão gritando, caindo para trás no canto do recinto onde têm cobertura. A perna de um Cinza é arrancada por Sefi à medida que ele cai disparando sua arma na direção da parede. Ela lhe arranca a cabeça por trás.

Isso é o horror.

A fumaça. Os corpos se contorcendo e a evaporação de sangue espirrando das feridas chamuscadas. A urina de um homem moribundo forma uma poça ao redor da minha armadura, sibilando de encontro ao cano superaquecido do meu pulsoPunho enquanto Victra me ajuda a me levantar.

— Obrigado.

O assustador capacete de pássaro dela faz um aceno para mim sem exibir nenhuma expressão.

À medida que o resto do pelotão segue em frente, avanço em direção ao canto pelo qual diversos Cinzas escaparam. Um outro esquadrão de reação do inimigo monta apressadamente uma pesada arma sobre um gravPod flutuante trinta metros abaixo próximo à entrada de um gravElevador. Quando ela dispara, um quarto da parede acima de mim derrete. Ordeno que Holiday assuma meu lugar no canto com o ambirrifle de Trigg.

— Quatro latões, um Ouro — digo. — Eles têm uma QR-13 montada. Acabe com eles.

Ela ajusta o cano do seu rifle multiuso.

— Sissenhor.

Em nosso ponto de ataque, seis Valquírias estão no chão. O capacete de uma mulher imensa está grudado na sua armadura. Ela vomita sangue. Metade do seu torso exala fumaça, a armadura derretida ainda destrói sua carne. Ela tenta se levantar, rindo da dor, embriagada devido ao pão de deus. Mas essa é uma nova espécie de guerra para essas mulheres com novos ferimentos. Incapaz de se sustentar, a Obsidiana desaba de encontro a uma irmã que chama Sefi. A rainha jovem olha para as feridas e vê Victra sacudir a cabeça. Mais rápida na compreensão do que o resto delas, Sefi sabia muito bem o que essa guerra custaria a seu povo. Mas encarar o conflito é algo completamente diferente. Ela diz algo acerca de casa à mulher, algo acerca do céu e das penas no crepúsculo durante o verão. Só vejo a lâmina que ela desliza para a nuca da mulher moribunda quando ela a retira de lá.

Um holograma do rosto de Mustang lampeja no canto da minha tela. Abro o link.

— *Darrow, conseguiu fazer a invasão?*

— Estamos dentro. Minhas equipes também. Indo pra ponte agora. Qual é a boa?

— *Você precisa correr. Minha nave está sendo atacada duramente.*

— A gente está dentro. Você devia estar dando o fora. Vá embora pra Thebe.

— *Roque usou bombas de pulsação eletromagnéticas.* — A voz dela está tensa. — *Nosso escudo nos manteve no ar, mas metade dos motores da nossa frota foram arrasados. Nós estamos aqui mortinhos, trocando tiros com ele. Assim que sua perfuratriz-garra atingiu o ponto, o* Colossus *começou a atirar pra matar. Eles estão nos despedaçando. Estamos sem armamentos, sem nada mesmo. As principais baterias já estão em meia força.* — Uma sensação de enjoo me sobe do estômago. Roque pode nos ver nas câmeras da sua nave. Ele conhece a força da minha equipe de abordagem. É apenas uma questão de tempo até eu alcançar a ponte. Logo ele fará um anúncio pelo comunicador pedindo minha rendição. Do contrário, a matará. — *Vá logo pra essa maldita ponte e acabe com ele. Registrou?*

— Registrei. — Eu me viro para encarar meus soldados. — Precisamos ir — digo. — Victra, assuma o comando do esquadrão. Vou entrar em digital. Sefi, vá na frente.

— Holiday, quando quiser — diz Victra ansiosamente, andando de um lado para o outro no corredor. — O leãozinho precisa da nossa ajuda. Vamos lá! Vamos lá!

— Segure essas tetas — murmura Holiday, ajustando seu rifle e apertando o botão que aciona a função tiro-no-canto. As juntas do cano fazem uma rotação de modo a espiar ao redor da parede e alimentar o link visual diretamente no seu capacete. Quatro disparos rápidos são emitidos pela arma. Trinta tiros cada do pente de munição nas costas da sua armadura. — Vá.

Victra e eu contornamos o canto da parede num rompante, devorando metros enquanto um Cinza tenta tomar o lugar do seu companheiro no canhão. Eu o derrubo com meu pulsoPunho e Victra troca um conjunto de quatro movimentos de kravat com o Ouro antes de empalá-lo com um golpe no peito. Eu o finalizo com uma punhalada no pescoço. Holiday manda seus comandos arrastarem o QR-13 conosco, capazes somente de manter o ritmo com nossas longas pernas por causa das nossas pesadas armaduras.

Enquanto avançamos na direção da ponte a toda a velocidade, outros elementos da minha força invasora realizam funções vitais na nave com uma nova velocidade frenética. É um ataque-relâmpago. Cinzas não conseguem se mover com essa velocidade porque confiam na tática, em manobras de saltos, tiros-no-canto e tecnologias de dissimulação. Os Obsidianos são verdadeiros aríetes. É tentador avançar, concentrar-se apenas em alcançar a ponte. Mas não posso abandonar meu plano. Meus pelotões precisam de mim para guiá-los usando o mapa de batalha no meu HUD. Falando com líderes de pelotão Vermelhos e Cinzas, eu coordeno em meio à corrida enquanto Victra nos lidera através do labirinto de corredores metálicos e emboscadas. À medida que os soldados vão sendo imobilizados no chão, uso meu comunicador para manobrar outros pelotões através de gravElevadores e corredores para flanquear equipes de segurança entrincheiradas. Trata-se de uma dança intrincada. Estamos não somente correndo contra a destruição da nave de Mustang, como também correndo contra o retorno da naveVentosa.

Roque sabe disso. E menos de três minutos depois do início da nossa inserção, a nave entra em protocolo de controle total. Todos os gravElevadores e trens e anteparos são lacrados, criando um favo de obstáculos ao longo da nave. Podemos apenas avançar cinquenta metros por vez. É um sistema demoníaco, imobiliza forças de abordagem enquanto equipes de segurança com chaves digitais percorrem a nave à vontade, flanqueando e criando mortíferas zonas de morte e fogos cruzados que podem triturar até mesmo um grupo de abordagem como o meu. Não há maneira de combatê-lo. Isso é um moedor de guerra. Independente da tecnologia ou da tática empregadas, tudo acaba se resumindo a momentos aterrorizantes agachados com a boca seca num canto enquanto um amigo se deita para lhe dar cobertura no tiroteio e você tenta não tropeçar no equipamento de alta tecnologia que está enrolado no seu corpo à medida que avança, a cabeça abaixada, as pernas trêmulas. Não se trata de bravura, é o medo de se humilhar na frente dos seus amigos que faz com que você continue se movendo.

À medida que avançamos derretendo anteparos atrás de anteparos, as Valquírias de Sefi alimentam o moedor. Estamos presos numa emboscada de todos os lados. Alguns dos melhores guerreiros que jamais conheci caem com buracos enfumaçados nas costas dos seus capacetes atingidos por atiradores Cinzas. Eles derretem sob o fogo de pulsoPunhos. Eles caem ao serem alvejados por um cavaleiro Ouro flanqueado por sete Obsidianos até que Victra, Sefi e eu os abatemos com lâminas.

Tudo isso para alcançar a ponte. Tudo isso para alcançar um homem que eu poderia ter alcançado e tocado no dia anterior. Se esse é o custo da honra, prefiro receber um assassinato vergonhoso. Se eu tivesse apunhalado Roque na garganta naquela ocasião, o chão agora não estaria coalhado de Valquírias.

— *Homens e mulheres da Armada da Sociedade, aqui é o Ceifeiro. Sua nave foi abordada pelos Filhos de Ares...* — escuto minha voz através da unidade geral de comunicação da nave. Um dos meus pelotões alcançou o eixo central de comunicação na metade traseira da nave. Todos os grupos de abordagem na minha frota possuem cópias do discurso que Mustang e eu gravamos juntos para que fosse transmitido às embarcações inimigas de abordagem. Ele exorta baixaCores a ajudar minhas unidades, a desativar protocolos de controle se puderem, a destravar portas manualmente se não puderem e a invadir os arsenais. A maior parte desses homens e dessas mulheres é formada por veteranos. É uma atitude irrealista esperar o mesmo tipo de conversão que eu tive na tripulação da *Pax*, mas cada pedacinho ajuda.

O anúncio funciona parcialmente no *Colossus*. Ele nos fornece um tempo precioso enquanto passamos por diversas portas em segundos ao invés de minutos que seriam normalmente levados para serem derretidas. Roque também desliga a gravidade artificial, percebendo que meus Obsidianos não possuem experiência em gravidade zero ao observar sua tática.

Os Cinzas da Sociedade abrem caminho pelos corredores como focas debaixo d'água, vingando-se nos meus Obsidianos flutuantes, destituídos da sua velocidade, que haviam dizimado tantos dos seus amigos. No fim, uma das minhas equipes reativa a gravidade. Eu os mando diminuí-la para um sexto do padrão da Terra para que minha força não seja estorvada pela pesada armadura que vestimos. É uma bênção para nossos pulmões e pernas.

Depois de abrirmos caminho em meio a uma equipe de segurança formada por Cinzas, finalmente alcançamos a ponte, desgastados e ensanguentados. Eu me agacho, arfando, e aumento a circulação de oxigênio na minha armadura. Nadando em suor, ativo uma injeção de estimulante no meu equipamento para me impedir de sentir o talho no bíceps, onde a lâmina de um Ouro me acertou. A agulha pica minha coxa. Relatórios chegam dos meus outros pelotões informando que eles perderam contato com o inimigo, o que significa que estão sendo consolidados por Roque, redirecionados, provavelmente a nós. De volta à porta da ponte, miro o outro lado da antecâmara circular e exposta da ponte e me lembro de como meu instrutor na Academia demonstrava a mortífera realidade geométrica do espaço para qualquer um sitiando uma ponte em formato de estrela como esta. Três corredores de três direções dão na sala circular, incluindo um gravElevador no centro. É indefensável, e os fuzileiros de Roque estão chegando.

— Roque, meu querido — fala Victra para as câmeras no teto enquanto Holiday e sua equipe montam uma perfuratriz na porta. — Como estou ansiosa pra te rever desde o jardim. Você está por aí? — Ela suspira. — Vou simplesmente assumir que você está. Ouça, eu compreendo. Você imagina que devemos estar irados com você, ainda mais com o assassinato da minha mãe, a execução dos nossos amigos, as balas na coluna, o veneno e um ano de tortura pro nosso caro Ceifeiro e pra mim, mas não é bem esse o caso. Nós só queremos te colocar numa caixa. De repente em várias. Você ia gostar disso? É uma coisa bem poética.

Os três comandos restantes de Holiday estão prendendo grampos magnéticos na porta e montando sua perfuratriz térmica. Ela tecla alguns comandos e o olho da perfuratriz começa a girar como uma centrífuga.

Sefi retorna da sua batida. Seu capacete desliza de volta à sua armadura.

— Muitos inimigos estão vindo do túnel. — Ela aponta para o corredor do meio. — Matei o líder deles, mas outros Ouros estão a caminho. — Ela não matou simplesmente o líder. Ela trouxe a cabeça dele. Mas está mancando e seu braço esquerdo sangra.

— Ah, que inferno. Esse é Flagilus — diz Victra, olhando a cabeça. — Ele era da mesma casa que eu na escola. Um sujeito bem afável, pra falar a verdade. Cozinheiro maravilhoso.

— Quantos estão vindo, Sefi?

— O bastante pra nos proporcionar uma boa morte.

— Merda. Merda. Merda. — Holiday soca a porta atrás de mim.

— É espessa demais, não é isso? — pergunto.

— Pode crer. — Ela tira o capacete de assalto. Seu Mohawk está empapado para o lado. O rosto tenso goteja de suor. — A porta não tem a mesma especificação técnica do resto da nave. Ela é das Indústrias Ganimedes. Customizada. Pelo menos duas vezes mais grossa.

— Quanto tempo vai levar pra furar? — pergunto.

— Em queima total? Catorze minutos, de repente? — adivinha ela.

— *Catorze?* — repete Victra.

— Talvez mais.

Eu me viro, sibilando para deixar escapar a raiva. As mulheres sabem tão bem quanto eu que não dispomos nem de cinco minutos. Chamo Mustang no comunicador. Nenhuma resposta. A nave dela deve estar morrendo. Porra. Fique viva. Simplesmente fique viva. Por que fui deixar que ela saísse de perto de mim?

— Vamos atacá-los — está dizendo Victra. — Direto pelo corredor do meio. Eles vão correr como se fossem raposas fugindo dos cachorros.

— Exato — diz Sefi, encontrando um espírito mais semelhante ao seu em Victra do que ambas jamais poderiam ter imaginado antes de terem tirado sangue uma da outra. — Eu vou te seguir, filha do Sol. Pra glória.

— Dane-se a glória — diz Holiday. — Vamos deixar a perfuratriz fazer o serviço dela.

— E ficar aqui sentada pra morrer como uma Pixie? — pergunta Victra.

Antes que eu possa dizer uma palavra ou fazer qualquer coisa, ouço um zunido metálico atrás de mim vindo da parte hidráulica da parede quando a porta da ponte se abre.

48

IMPERADOR

Avançamos sobre a ponte, esperando uma emboscada. Ao contrário, o local está calmo. Limpo, luzes tênues, exatamente como é a preferência de Roque. Beethoven pode ser ouvido a partir de alto-falantes ocultos. Todos estão imóveis nas suas estações. Os rostos lívidos são iluminados por uma pálida luminosidade. Dois Ouros caminham ao longo da ampla trilha de metal que vai dos fossos à frente da ponte onde Roque está orquestrando sua batalha diante de uma projeção holográfica com trinta metros de largura. Naves dançam entre os sensores. Emoldurado por fogo, ele circula através de imagens, emitindo ordens como um grande regente convocando a paixão de uma orquestra. Sua mente é uma arma bela, terrível. Ele está destruindo nossa frota. A *Dejah Thoris* de Mustang lambe chamas dos seus estoques de oxigênio à medida que o *Colossus* e os três destróieres que o escoltam continuam a martelá-la com armastrilhos. Homens e destroços flutuam pelo espaço. Isso é apenas uma parte da batalha maior. A parte mais significativa da sua força, incluindo Antonia, perseguiu Romulus, Orion e os Telemanus na direção de Júpiter.

À nossa esquerda, a vinte metros de distância, perto do arsenal da ponte, um esquadrão tático de Obsidianos e Cinzas salvaguardam os armamentos pesados e escutam atentamente seus comandantes Ouros, preparando-se para defender a ponte contra mim.

E logo à nossa direita, no painel de controle ao lado da porta agora aberta, invisível e não notada por ninguém mais na ponte, treme uma pequena Rosa num uniforme branco de valete. O display com a senha de acesso refulge em tom verde sob suas mãos. Sua figura magra é frágil em contraste com o pano de fundo da guerra. Mas o rosto da mulher exibe uma fisionomia de desafio, seu dedo no botão de abertura da porta, a boca se abrindo no mais delicioso sorrisinho enquanto ela fecha a porta atrás de nós.

Tudo isso em três segundos. O comandante da infantaria Ouro nos vê.

Lobos, apesar de adoráveis como são quando uivam, matam melhor em silêncio. Portanto, aponto para a esquerda e os Obsidianos investem contra os soldados que estão escutando o Ouro. Ele grita para que seus comandados se virem, mas Sefi já está em cima dos homens dele antes mesmo que possam erguer suas armas. Ela dança ao redor deles com suas lâminas adejando em rostos e joelhos. Suas Valquírias esmagam o restante. Apenas duas armas são disparadas quando o corpo do Ouro desliza na extremidade da lâmina de Sefi e cai no chão com um baque.

Cinzas atiram em nós do outro lado do fosso. Holiday e seus comandos os alvejam. Meu capacete desliza da cabeça.

— Roque — rosno enquanto meus homens continuam a matança.

Ele agora se virou para me ver. Toda a nobreza nele, todo o sangue-frio de Imperador derrete e desaparece, deixando-o na condição de um homem perplexo e sobressaltado. Victra e eu avançamos pela ponte. Há Azuis abaixo de nós em ambos os lados, mirando-nos em confusão e medo mesmo enquanto sua nave se encontra engajada na batalha. Silenciosamente, os dois Pretorianos de Roque vêm até nós. Ambos estão vestidos com armaduras pretas e púrpuras adornadas com o quarto crescente prateado da Casa Lune. Ficamos emparelhados sobre a ponte de metal na hidra, Victra tomando a direita e eu a esquerda. Minha Pretoriana é mais baixa do que eu. Sem capacete, os cabelos presos num coque apertado, pronta para proclamar as grandes láureas da sua família.

— Meu nome é Felicia au... — Faço uma finta, fingindo uma chicotada no seu rosto. Ela levanta a lâmina, e Victra vai na diagonal e a empala na altura do umbigo. Eu a finalizo com uma decapitação bem-feita.

— Tchau, Felicia — cospe Victra, virando-se para o último Pretoriano. — Nenhuma substância ultimamente. Vocês são da mesma fibra? — O homem solta a lâmina e se ajoelha, dizendo algo sobre se render. Victra está prestes a lhe cortar a cabeça de um jeito ou de outro quando me avista com o canto do olho. Não sem uma dose de irritação, ela aceita a rendição do homem, chutando-lhe o rosto e entregando-o aos Obsidianos que estão vigiando a ponte. — Você gosta das perfuratrizes-garra? — pergunta Victra, andando à esquerda de Roque. Ela está faminta por morte. — Isso é um pouquinho de justiça poética pra você, seu putinho traiçoeiro.

Os Azuis ainda estão nos observando, sem saber ao certo o que fazer. O grupo de abordagem que veio no nosso encalço agora preenche o local no corredor do lado de fora da ponte. Deixamos a perfuratriz, mas seriam necessários dez minutos pelo menos para que eles conseguissem abrir uma fenda na porta.

O comunicador na mão de Roque zune com solicitações de ordens. Esquadrões que ele havia enviado ao ataque agora estão à deriva, suas posições superexpostas. Seus comandantes acostumados a ser guiados pela mão invisível agora lutam às cegas em relação à batalha geral. É a falha da estratégia de Roque. A iniciativa individual agora cria o caos, porque a inteligência central acaba de ser silenciada.

— Roque, diga pra sua frota se entregar — exijo. Estou encharcado de suor. O tendão contundido. A mão trêmula de exaustão. Dou um passo pesado à frente, com as botas pisoteando o aço. — Faça isso agora.

Ele olha por sobre mim, na direção da Rosa que nos deixou passar pela ponte. A voz espessa com a traição de uma amante em vez da traição de um mestre.

— Amathea... até você? — A jovem não se sente aviltada pela tristeza dele. Ela joga os ombros para trás, ancorando-se ao ponto onde se encontra. Ela retira do seu colarinho o distintivo com a rosa que a marca como propriedade dos Fabii e o deixa cair no chão.

Um tremor atravessa meu amigo.

— Seu tolo romântico — diz Victra, rindo. Diminuo a distância entre mim mesmo e Roque. Botas percorrem sangue sobre seu deque cinza de aço. Aponto para o display atrás dele onde a nave de Mustang está morrendo. Posso ver as estrelas cintilando através dos buracos no seu casco, mas mesmo assim os destróieres continuam castigando-a. Eles estão orientados da proa da *Pax*, trinta quilômetros mais próximo do que a nave dela.

— Fale pra eles pararem de atirar! — digo, apontando a lâmina para Roque. Sua lâmina está na cintura. Ele sabe o quanto é insignificante sacá-la contra mim. — Faça isso agora.

— Não.

— É Mustang que está lá! — digo.

— Ela escolheu o próprio destino.

— Quantos homens você mandou? — pergunto friamente. — Quantos você mandou à *Pax* pra me trazer de volta pra cá? Vinte mil? Quantos estão naqueles destróieres? — Deslizo a capa protetora sobre meu datapad no antebraço esquerdo e invoco o diagnóstico de reator da *Pax*. Ele pulsa em vermelho. Revertemos para um fluxo refrigerante para deixar o reator ficar superaquecido. Um tênue aumento na demanda de energia e ele fica térmico. — Diga-lhes para cessarem fogo ou suas vidas serão confiscadas.

Ele ergue seu queixo delicado.

— De acordo com minha consciência, não posso dar tal ordem.

Ele sabe o que isso significa.

— Então isso será responsabilidade de nós dois.

A cabeça dele gira na direção do seu comAzul:

— Cyrus, diga aos destróieres que assumam uma ação evasiva.

— Tarde demais — diz Victra, enquanto eu aumento a carga de energia do gerador. Ele lateja num maligno tom carmesim no meu datapad, banhando-nos com sua luz. E no holograma atrás de Roque, a *Pax* começa a liberar gotas de chama azulada. Freneticamente reagindo ao seu Imperador, os destróieres suspendem sua barragem a Mustang e tentam voar para longe, mas uma luz intensa implode no centro da *Pax*, envelopando os deques de metal e amassando o casco à medida que espasmos de energia são expelidos para fora. A onda de choque atinge os destróieres e, amassando seus cascos, arrebenta-os uns contra os outros. O *Colossus* estremece ao nosso redor e nós somos igualmente nocauteados no espaço, mas o sistema de escudos da nave segura o impacto. O *Dejah Thoris* adeja à deriva, as luzes escuras. Posso apenas rezar para que Mustang esteja viva. Mordo a parte de dentro da minha bochecha para me obrigar a me concentrar.

— Por que você simplesmente não usou nossos canhões? — diz Roque, abalado pela perda dos seus homens, dos seus destróieres, por suas manobras terem sido tão bem superadas na batalha. — Você podia tê-los inutilizado...

— Estou guardando esses canhões — digo.

— Eles não vão te salvar. — Ele se volta para mim. — Minha frota está perseguindo a sua. Eles vão dizimar o restante e voltar pra cá e tomar de volta o *Colossus*. Então vamos ver se você tem mesmo capacidade de manter uma ponte.

— Besteira sua, Poeta. Você não imaginou onde Sevro está? — pergunta Victra. — Não me diga que você o perdeu de vista durante todo esse processo. — Ela faz um aceno de cabeça na direção da tela onde a frota dele persegue as forças em debandada dos Lordes Lunares e Orion em direção a Júpiter. — Ele está prestes a fazer sua entrada em cena.

Quando a batalha começou, a mais externa das quatro luas internas de Júpiter, Thebe, estava em rotação distante. Mas à medida que a batalha foi se arrastando, a órbita dela aproximou-a mais e mais, levando-a na direção da trilha da minha armada agora em retirada, pouco menos de vinte mil quilômetros distante de Io. Liderada pela nau capitânia de Antonia, a frota de Roque tinha como objetivo, como não poderia deixar de ter, completar a destruição das minhas forças. O que eles não anteciparam foi que minhas naves sempre planejaram trazê-los para Thebe, a proverbial crônica de uma morte anunciada.

Enquanto eu negociava com Romulus, equipes de Mergulhadores--do-Inferno estavam derretendo cavernas na face da estéril Thebe. Agora, enquanto os cruzadores de batalha e navesChamas de Roque passam pela lua, Sevro e seis mil soldados em couraçasEstelares saem aos borbotões das cavernas. E pelo outro lado da lua são lançadas duas mil navesVentosas recheadas de cinquenta mil Obsidianos e quarenta mil Vermelhos ensandecidos. Armastrilhos são detonadas. Fogo antiaéreo é acionado no último minuto. Mas minhas forças envelopam o inimigo, grudando-se nos seus cascos como uma nuvem de mosquitos de Luna para se enfurnar nas suas tripas e reivindicar para si as naves a partir do seu interior.

No entanto, até minha vitória carrega consigo uma traição. Romulus tinha navesVentosas Ouro dele próprio preparadas para ser lançadas da superfície da lua, a fim de que ele também pudesse capturar naves para equilibrar meus ganhos. Mas eu preciso das naves muito mais do que ele. E meus Vermelhos fizeram desabar a boca dos túneis deles ao mesmo tempo que Sevro lança seu ataque. Quando ele perceber a sabotagem, minha frota já terá superado a dele em número.

— Eu não tinha como te atrair pra um campo de asteroides, então o que fiz foi trazer um pra você — digo a Roque enquanto observamos a batalha se desdobrar.

— Bem jogado — sussurra Roque. Mas nós dois sabemos que o plano funciona apenas porque eu tenho cinquenta mil Obsidianos e ele não. No máximo, toda a frota dele possui dez mil. Provavelmente um número mais realista seria sete mil. Pior, como ele poderia ter ficado ciente de que eu tinha tantos Obsidianos quando quase todos os ataques dos Filhos de Ares repousava nas costas de Vermelhos? Batalhas são vencidas meses antes de serem lutadas. Nunca tive naves suficientes para derrotá-lo. Mas por enquanto minhas naves vão continuar a fugir dos canhões dele enquanto meus homens destroem seus cruzadores de batalha por dentro. Lentamente, as naves dele irão se tornar minhas naves e começarão a atirar nas mesmas embarcações com as quais se encontram em formação. Não é possível estabelecer uma defesa contra isso. Ele pode arrebentar os cascos das naves, mas meus homens terão equipamentos magnéticos, máscaras de oxigênio. Ele apenas matará seus próprios homens.

— O dia está perdido pra você — digo ao magro Imperador. — Mas você ainda pode salvar vidas. Diga pra sua frota se render.

Ele sacode a cabeça.

— Você está encurralado, Poeta — diz Victra. — Não há saída. Já está na hora de fazer a coisa certa. Sei que faz tempo que isso não ocorre.

— E destruir o que sobrou da minha honra? — pergunta ele enquanto um grupo de vinte homens em couraçasEstelares penetra o hangar traseiro de um destróier próximo. — Acho que não.

— Honra? — debocha Victra. — Que honra você imagina ter? Nós éramos seus amigos e você nos passou pra trás. Não simplesmente pra sermos mortos, mas pra sermos colocados em caixas. Pra sermos eletrocutados. Queimados. Torturados dia e noite por um ano. — Aqui, na sua armadura, é difícil imaginar que a guerreira loura tenha jamais sido uma vítima. Mas nos seus olhos existe essa tristeza especial que vem da experiência de mirar o vazio. De se sentir cortada do resto da humanidade. Sua voz é densa de emoção: — Nós éramos seus amigos.

— Fiz um juramento de proteger a Sociedade, Victra. O mesmo juramento que vocês dois fizeram no dia em que se postaram diante dos nossos melhores e receberam a cicatriz nos seus rostos. O juramento de proteger a civilização que trouxe ordem ao homem. Olhem o que vocês fizeram em vez disso. — Ele olha as Valquírias atrás de nós com repulsa.

— Ninguém vive num conto de fadas, seu babaquinha chorão — rebate ela. — Você acha que algum deles sente alguma coisa por você? Antonia? O Chacal? A Soberana?

— Não — diz ele num sussurro. — Não tenho tais ilusões. Mas isso não diz respeito a eles. Não diz respeito a mim. Nem toda vida precisa ser cálida. Às vezes, o frio é nosso dever. Mesmo que ele nos afaste daqueles que amamos. — Ele olha para ela com pena. — Você nunca vai ser o que Darrow deseja. Você precisa saber disso.

— Você acha que estou aqui por causa dele? — pergunta ela.

Roque franze o cenho.

— Então é vingança?

— Não — diz ela raivosamente. — É mais do que isso.

— Quem você está tentando enganar? — pergunta Roque, torcendo a cabeça na minha direção. — Ele ou você mesma? — A pergunta pega Victra de surpresa.

— Roque, pense nos seus homens — digo. — Quantos mais precisam morrer?

— Se você liga tanto pra vida, diga aos seus que parem de atirar — responde Roque. — Diga a eles que entrem na linha e que entendam que a vida não é gratuita. Não é desprovida de sacrifício. Se todos tiverem o que quiserem, quanto tempo teremos até que não haja mais nada?

Fico alquebrado ao ouvi-lo pronunciar essas palavras.

Meu amigo sempre teve o domínio das coisas. Suas próprias marés que entram e saem. Não é da sua natureza odiar. Nem era da minha. Nossos mundos nos fizeram ser como somos, e toda essa dor que sentimos é para consertar a loucura daqueles que vieram antes, que formaram o mundo de acordo com sua imagem e nos deixaram a ruína do seu banquete. Naves detonam nas suas íris, banhando seu pálido rosto com uma luminosidade furiosa.

— Tudo isso... — sussurra ele, sentindo o fim se aproximando. — Ela era assim tão adorável?

— Era. Ela era como você — digo. — Uma sonhadora. — Ele é jovem demais para parecer tão velho. Não fosse pelas rugas no seu rosto e o mundo entre nós, pareceria ter sido apenas ontem que ele se agachou diante de mim enquanto eu estava tremendo no chão do Castelo Marte depois de ter matado Julian e me disse que, quando você é lançado nas profundezas, existe apenas uma única escolha. Continue nadando ou se afogue. Se ao menos eu soubesse do que ele é feito, eu o teria amado ainda mais. Eu teria feito qualquer coisa para mantê-lo ao meu lado e lhe mostrado o amor que ele merece.

Mas a vida é o presente e o futuro, não o passado.

É como se olhássemos um para o outro de margens distantes e o rio entre nós se alargasse e rugisse e escurecesse até que nossos rostos fossem pálidos fragmentos da lua na calada da noite. Mais ideias dos meninos que éramos do que os homens que somos. Eu vejo a resolução se formando no seu rosto. A determinação afastando-o da sua vida.

— Você não precisa morrer.

— Perdi a maior frota que nós jamais reunimos — diz ele, dando um passo para trás, sua mão apertando com força a lâmina. Atrás dele, o display exibe a armadilha de Sevro arruinando o corpo principal da frota dele. — Como vou poder prosseguir? Como vou poder suportar essa vergonha?

— Eu conheço a vergonha. Assisti à minha mulher morrer — digo. — Depois me matei. Que eles me enforquem pra acabar com tudo isso. Pra escapar da dor. Eu senti essa culpa todos os dias desde então. Essa não é a saída.

— Meu coração fica condoído pela pessoa que você era — diz ele. — Pelo menino que assistiu à sua mulher morrer. Meu coração ficou condoído naquele jardim. E fica condoído agora sabendo de tudo o que você sofreu. Mas o único alívio era meu dever, e agora isso me foi roubado. Toda a remissão que tentei fazer… está acabada. Eu amo a Sociedade. Eu amo meu povo. — A voz dele fica mais suave. — Você não consegue enxergar isso?

— Consigo.

— E você ama o seu. — Não é um julgamento, não é perdão que ele me dá. É apenas um sorriso. — Não posso assistir ao meu povo desaparecer. Não posso assistir a tudo isso sendo queimado.

— Isso não vai acontecer.

— Vai, sim. Nossa era está acabando. Sinto os dias se encurtando. A breve luz diminuindo de intensidade sobre o reino do homem.

— Roque…

— Deixe-o fazer isso — diz Victra atrás de mim. — Roque escolheu o destino dele. — Eu a odeio por ser tão fria até num momento como esse. Como é possível que ela não consiga enxergar que, por baixo dos seus feitos, ele é um bom homem? Ele ainda é nosso amigo, apesar do que fez conosco.

— Sinto muito pelo que aconteceu, Victra. Lembre-se de mim com carinho.

— Não vou mesmo.

Ele a presenteia com um sorriso triste enquanto retira o distintivo de Imperador do seu ombro esquerdo e o segura com firmeza, retirando dele sua força. Mas em seguida o joga no chão. Há lágrimas nos seus olhos enquanto ele retira o outro.

— Eu não mereço esses distintivos. Mas terei a glória perdendo esse dia. Mais do que vocês obterão com essa vil conquista.

— Roque, ouça-me. Isso aqui não é o fim. Isso aqui é o começo. Nós podemos consertar o que se partiu. Os mundos precisam de Roque au Fabii. — Eu hesito. — Eu preciso de você.

— Não há lugar pra mim no seu mundo. Nós fomos irmãos, mas eu te mataria se ao menos tivesse o poder.

Estou dentro de um sonho. Sou incapaz de mudar as forças que se movem ao meu redor, de impedir que a areia escorregue pelos meus dedos. Coloquei isso em movimento, mas não tive o coração ou a força ou a astúcia ou seja que diabos eu precisava para impedir que isso acontecesse. Não importa o que eu faça ou diga, Roque foi perdido para mim no momento em que descobriu o que sou.

Dou um passo na direção dele, pensando que posso tirar a lâmina da mão dele sem matá-lo, mas ele sabe qual é minha intenção e ergue sua mão vazia como quem faz uma súplica. Como se para me reconfortar e me implorar pela misericórdia de permitir que ele morra como viveu.

— Fique imóvel. A noite paira sobre meus olhos. — Ele olha para mim, com os olhos cheios de lágrimas.

— Continue nadando, meu amigo — digo a ele.

Com um singelo meneio, ele enrola no pescoço sua lâmina no formato de chicote e enrijece a coluna.

— Eu sou Roque au Fabii do *gene* Fabii. Meus ancestrais caminharam sobre a vermelha Marte. Caíram sobre a Velha Terra. Eu perdi o dia, mas não perdi a mim mesmo. Não serei prisioneiro. — Seus olhos se fecham. Sua mão treme. — Eu sou a estrela no céu noturno. Eu sou a lâmina no crepúsculo. Eu sou o deus, a glória. — Sua respiração fica entrecortada. Ele está com medo. — Eu sou o Ouro.

E lá, na ponte da sua invencível nave de guerra, enquanto sua famosa frota cai em ruína atrás dele, o Poeta de Deimos tira a própria vida. Em algum lugar o vento uiva e a escuridão sussurra que estou ficando sem amigos, ficando sem luz. O sangue se esvai do seu corpo na direção das minhas botas. Um fragmento de meu próprio reflexo preso nos seus dedos vermelhos.

49
COLOSSUS

Victra fica menos abalada do que eu. Ela assume o comando enquanto eu me posiciono diante do cadáver de Roque. Seus olhos sem vida miram o chão. O sangue troveja nos meus olhos. Contudo, a guerra segue no seu fluxo voraz. Victra está parada sobre o fosso de operações dos Azuis, o rosto contraído em determinação.

— Alguém aqui contesta que esta nave agora pertence ao Levante? — Nenhum marinheiro sequer diz uma palavra. — Bom. Sigam as ordens e vocês manterão seus postos. Se não conseguem seguir as ordens, levantem-se agora e serão prisioneiros de guerra. Se disserem que conseguem seguir as ordens mas não as seguirem, nós lhes daremos um tiro na cabeça. Escolham. — Sete Azuis se levantam. Holiday os escolta fosso afora. — Bem-vindos ao Levante — diz Victra aos remanescentes. — Ainda falta muito pra batalha ser vencida. Quero um link direto com o *Uivo de Perséfone* e com o *Titan*. Tela principal.

— Pare com isso — digo. — Victra, faça a chamada no seu datapad. Ainda não quero transmitir o fato de que nós tomamos esta nave.

Victra faz um meneio em concordância e aperta diversas vezes seu datapad. Orion e Daxo aparecem no holo. A mulher escura fala em primeiro lugar:

— *Victra, onde está Darrow?*

— Aqui — diz Victra rapidamente. — Qual é sua condição? Teve notícias de Virginia?

— *Um terço da frota inimiga foi abordada. Virginia está a bordo de uma base de escape, prestes a ser pega pelo* Eco de Ismenia. *Sevro está nos corredores da nau capitânia secundária deles. Relatórios periódicos. Ele está fazendo progresso. Telemanus e Raa estão disputando...*

— *Uma partida equilibrada* — diz Daxo. — *Vamos precisar que o* Colossus *decida a pendenga. Meu pai e minhas irmãs subiram a bordo do* Pandora. *Estão no encalço de Antonia...*

A conversa deles parece estar a um mundo de distância.

Em meio ao pesar, sinto Sefi se aproximar de mim. Ela se ajoelha ao lado de Roque.

— Esse homem era seu amigo — diz ela. Balanço a cabeça entorpecidamente. — Ele não se foi. Ele está aqui. — Ela toca seu próprio coração. — Ele está aqui. — Ela aponta para as estrelas no holo. Olho para a Valquíria, surpreso pelo fluxo profundo que ela me revela. O respeito que ela dá a Roque agora não cura minhas feridas, mas faz com que pareçam menos vazias. — Deixe-o ver — diz ela, balançando a cabeça na direção dos olhos dele. Do mais puro ouro, eles agora miram o chão. Então tiro os parafusos da minha luva e os fecho com meus dedos nus. Sefi sorri e eu me levanto para ficar ao lado dela.

— Pandora *está se movendo lateralmente pro setor D-6* — diz Orion a respeito da nave de Antonia. No display, as naves dos Severus-Julii estão se separando da Armada Espada e atirando umas nas outras para tentar afugentar as navesVentosas que os engrinaldam. Ela está fortalecendo a potência dos motores e se afastando dos escudos e do combate nave a nave. — *Agora D-7.*

— Ela os está abandonando — diz Victra, perplexa. — A merdinha está salvando a própria pele. — Os Pretores da Sociedade não devem estar acreditando no que estão vendo. Mesmo que eu trouxesse o *Colossus* para se engajar com eles, as frotas ficariam em posição de equilíbrio. A batalha duraria mais doze horas e deixaria exaustas ambas as nossas frotas. Agora a frota dela começa a se desfazer.

Se por covardia ou por traição, eu não sei, mas Antonia simplesmente nos deu a batalha de bandeja.

— *Ela deixou um buraco pra nós* — diz Orion. Os olhos dela ficam distantes à medida que se sincroniza com os capitães da sua nave e com sua própria embarcação, impulsionando as imensas naves principais para as regiões anteriormente ocupadas por Antonia, que as leva para o flanco do corpo principal do inimigo.

— Não deixe Antonia escapar! — rosna Victra.

Mas nem Daxo nem Orion podem liberar as naves para se colocar em perseguição a Antonia. Eles estão ocupados demais obtendo vantagem da ausência dela.

— Nós podemos pegá-la — diz Victra consigo mesma. — Motores, preparem-se pra nos dar 60% de impulso, escalado em 10% sobre 5. Timoneiro, estabeleça o curso pro *Pandora*.

Faço uma rápida avaliação. Da nossa pequena batalha na retaguarda da zona de guerra, somos a única nave ainda pronta para enfrentar uma batalha. O resto são destroços à deriva. Mas o *Colossus* ainda não fez uma ação ou uma declaração de que sua ponte foi tomada pelo Levante. O que significa que temos uma oportunidade que nem me passou pela cabeça antes.

— Cancele isso — rebato.

— Não! — berra Victra, girando o corpo para me encarar. — Darrow, nós podemos capturá-la.

— Há algo mais que precisa ser feito.

— Ela vai escapar!

— E nós vamos atrás dela.

— Não se ela se afastar muito de nós. Vamos ficar atados aqui por várias horas. Você me prometeu minha irmã.

— E vou entregá-la. Pense além de si mesma — rebato. — Escudo de ponte desativado. — Ignoro o olhar raivoso da irada mulher e passo pelo corpo de Roque para dar uma espiada no negrume do espaço enquanto o escudo de metal além dos portos de observação de vidro desliza para o interior da parede. Ao longe, naves tremeluzem e lampejam contra o pano de fundo marmóreo de Júpiter. Io está abaixo de nós e, bem longe à nossa esquerda, a lua cidade de Ganimedes refulge, grande como uma ameixa.

— Holiday, convoque toda infantaria disponível pra proteger a ponte e salvaguardar a embarcação. Sefi, certifique-se de que ninguém passe por aquela porta. Timoneiro, estabeleça o curso pra Ganimedes. Não permita que nenhuma nave da Sociedade fique sabendo que a ponte foi tomada. Fui claro? Nenhuma transmissão. — Os Azuis seguem minhas instruções.

— Pra Ganimedes? — pergunta Victra, olhando para a nave da irmã. — Mas Antonia, a batalha...

— A batalha está vencida. Sua irmã garantiu que isso acontecesse.

— Então o que estamos fazendo?

Os motores da nossa nave latejam e nós nos desemaranhamos dos destroços da *Pax* e do devastado grupo de ataque de Mustang.

— Vencendo a próxima guerra. Com licença.

Esfrego no rosto sangue do meu joelho protegido pela armadura e deixo meu capacete deslizar sobre a cabeça. O display de HUD se expande. Eu aguardo. E então, como esperado, uma chamada de Romulus aparece. Deixo-a piscar no lado esquerdo da minha tela, alterando minha respiração para que pareça que eu estava correndo. Aceito a chamada. O rosto dele se expande sobre a oitava esquerda da visão do meu visor. Ele está no meio de um combate, mas minha visão está tão restrita quanto a dele. Tudo o que consigo enxergar é o rosto dele no seu capacete.

— *Darrow. Onde você está?*

— Nos corredores — digo. Eu arquejo e me agacho sobre um joelho como se estivesse tentando ganhar fôlego. — Correndo pra ponte do *Colossus*.

— *Você ainda não entrou?*

— Roque deu início ao protocolo de controle. Está uma dureza — digo.

— *Darrow, ouça com atenção. O* Colossus *alterou a trajetória e está se dirigindo para Ganimedes.*

— As docas — sussurro com intensidade. — Ele está indo pras docas. Será que dá pra alguma nave interceptá-lo?

— *Não! Elas estão fora de posição. Se Octavia não conseguir vencer, ela vai nos arruinar. Aquelas docas são o futuro do meu povo. Você precisa tomar essa ponte a todo custo!*

— Eu vou tomar... Mas, Romulus. Ele tem bombas nucleares a bordo. E se não forem apenas as docas o objetivo dele?

Romulus empalidece.

— *Detenha-o. Por favor. Seu povo também está lá embaixo.*

— Vou me esforçar ao máximo.

— *Obrigado, Darrow. E boa sorte. Primeiro grupo, comigo...*

A conexão morre. Retiro o capacete. Meus homens olham fixamente para mim. Eles não escutaram a conversação, mas sabem o que estou fazendo agora.

— Você vai destruir os estaleiros de Romulus ao redor de Ganimedes — diz Victra.

— Cacete — murmura Holiday. — Cacete.

— Não vou destruir coisa alguma — respondo. — Estou lutando através de corredores. Tentando alcançar a ponte. Roque está ordenando esse movimento como seu último ato de violência antes que eu reivindique o comando dele. — Os olhos de Victra se iluminam, mas mesmo ela tem reservas.

— Se Romulus descobrir, se ele ao menos desconfiar, ele vai atirar nas nossas forças e tudo o que vencemos hoje vai virar cinza.

— E quem vai contar a ele? — pergunto. Olho ao redor da ponte. — Quem vai contar a ele? — Olho para Holiday. — Se alguém enviar algum sinal nesse sentido, atirem na cabeça dele.

Se eu arruinar os estaleiros de Ganimedes, a Borda não será capaz de nos ameaçar por cinquenta anos. Romulus é um aliado hoje, mas sei que ele ameaçará o Cerne se o Levante obtiver sucesso. Se eu preciso entregar Roque por essa vitória, se eu preciso dar os Filhos nessas luas, tomarei algo em retribuição. Olho para baixo. Pegadas vermelhas de botas seguem meus passos. Nem percebi que havia pisado no sangue de Roque.

Abrimos caminho em meios aos destroços formados pela frota de Mustang e a minha e nos afastamos de Júpiter seguindo na direção de

Ganimedes, deixando-a para trás. Sinto o desespero pulsante à medida que os Lordes Lunares enviam suas mais rápidas embarcações para nos interceptar. Nós as abatemos. Todo o orgulho e a esperança do povo de Romulus estão nos rebites e nas linhas de montagem e nas lojas de eletricidade daquele opaco anel de metal cinza. Todas as suas promessas de poder e de independência futura estão à minha mercê.

Quando alcanço a resplandecente gema que é Ganimedes, posiciono o *Colossus* em paralelo ao monumento de indústria que eles construíram em órbita no equador da lua. As Valquírias se reúnem atrás de nós no porto de observação. Sefi mira embevecida a majestade e o triunfo da vontade Áurica. Duzentos quilômetros de docas. Centenas de rebocadores e cargueiros. Berço das maiores naves do sistema solar, incluindo o próprio *Colossus*. Como qualquer bom monstro da mitologia, a menina precisa comer a mãe antes de ficar livre para ir atrás do seu verdadeiro destino. Esse destino está liderando o ataque ao Cerne.

— Homens construíram isso? — pergunta Sefi com uma quieta reverência. Muitas das suas Valquírias caíram de joelhos para observar o espetáculo, maravilhadas.

— Meu povo construiu isso tudo — digo. — Os Vermelhos.

— Foram necessários duzentos e cinquenta anos... essa é a idade da primeira doca que existe aqui — diz Victra, ombro a ombro comigo.

Centenas de bases de escape florescem da carapaça de metal da lua. Eles sabem por que estamos aqui. Eles estão evacuando os administradores sêniores, os supervisores. Não tenho ilusão alguma. Sei muito bem quem vai morrer quando atirarmos.

— Ainda deve haver milhares de Vermelhos aqui — diz Holiday num sussurro. — Laranjas, Azuis... Cinzas.

— Ele sabe disso — diz Victra.

Holiday não sai do meu lado.

— Tem certeza de que você quer fazer isso, chefe?

— Se eu quero? — pergunto, com a voz vazia. — Desde quando qualquer coisa relacionada a esse movimento tem a ver com o que eu quero? — Eu me viro para o timoneiro, prestes a dar a ordem quando Victra põe a mão no meu ombro.

— Divida esse fardo, querido. Esse aqui é por minha conta. — Sua voz Áurica soa límpida e alta. — Timoneiro, abrir fogo com todas as baterias dos portos. Lançar tubos vinte a cinquenta na linha central.

Juntos, ficamos ombro a ombro e assistimos à nave de guerra arruinar a doca indefesa. Sefi mira profundamente admirada. Ela assistiu aos holos de artefatos bélicos navais, mas sua guerra até agora tem sido corredores estreitos e homens e tiros. Essa é a primeira vez que elas veem o que uma embarcação de guerra pode fazer. E, pela primeira vez, eu a vejo assustada.

É um crime a lua ser obrigada a morrer dessa forma. Nenhuma canção. Nenhum som. Nada além de silêncio e o brilho imóvel das estrelas para proclamar o fim de um dos grandes monumentos da Era Dourada. E eu ouço, no fundo da minha mente, aquela velha verdade escura sussurrando para mim.

A morte gera morte que gera morte...

O momento é mais triste do que era minha intenção original. Portanto, eu me viro para Sefi enquanto a doca continua sendo esfacelada. As partes despedaçadas à deriva ao longo da lua, onde cairão no mar ou nas cidades de Ganimedes.

— A nave precisa ser renomeada — digo. — Eu gostaria que você escolhesse.

O rosto dela está manchado com uma luz branca.

— *Tyr Morga* — diz ela sem hesitação.

— O que isso significa? — pergunta Holiday.

Olho para o porto de observação enquanto explosões atingem a doca e suas bases de escape pegam fogo tendo como pano de fundo a atmosfera de Ganimedes.

— Significa "Estrela da Manhã".

Parte IV
ESTRELAS

Meu filho, meu filho
Lembre-se das algemas
Quando o Ouro governava com rédeas de ferro
Nós rosnamos e rosnamos
E nos contorcemos e berramos
Pelo nosso vale
Um vale de sonhos melhores.

Eo de Lykos

50
TROVÃO E RELÂMPAGO

A Armada Espada está esfacelada. Mais da metade destruída, um quarto dela tomada pelas minhas naves. O restante fugiu com Antonia ou em pequenos grupos estiolados, reagrupando-se ao redor dos Pretores que sobraram com o objetivo de disparar para o Cerne. Envio Thraxa e suas irmãs em corvetas de alta velocidade sob o comando de Victra para trazer de volta Antonia e recapturar Kavax, que foi pego pelas forças de Antonia enquanto tentava abordar o *Pandora*. Pedi para Sevro ir com Victra, pensando em manter os dois juntos, mas ele foi até a nave dela e em seguida retornou meia hora antes da nave zarpar, irado e quieto, recusando-se a discutir o que quer que pudesse haver transcorrido.

Mustang, por sua parte, está preocupadíssima com Kavax, embora exiba um rosto corajoso. Ela mesma lideraria a missão de resgate se sua presença não fosse necessária na frota principal. Fazemos reparos onde podemos para deixar as naves aptas à viagem. Abandonamos as naves que não conseguimos salvar e procuramos em meio aos destroços navais para ver se encontramos sobreviventes. Existe uma aliança incipiente entre o Levante e os Lordes Lunares, uma aliança que não durará por muito tempo.

Eu não durmo desde a batalha dois dias atrás. Nem Romulus, ao que parece. Seus olhos estão escuros de raiva e exaustão. Ele perdeu um braço e um filho no dia, e mais, muito mais. Nenhum de nós dois poderia arriscar um encontro pessoal. Portanto, tudo o que sobrou entre nós é esse holo de conferência.

— Como prometido, você tem sua independência — digo.

— *E você tem suas naves* — responde Romulus. Colunas de mármore se estendem atrás dele, esculpidas com efígies ptolomaicas. Ele está em Ganimedes, no Palácio Pendente. O coração da sua civilização. — *Mas elas não serão suficientes pra derrotar o Cerne. Lorde Ash vai estar te esperando.*

— Espero que sim. Tenho planos pro mestre dele.

— *Você zarpa pra Marte?*

— Você saberá pra onde zarparemos logo, logo.

Ele permite um silêncio pensativo.

— *Há uma coisa que eu acho curiosa acerca da batalha. De todas as nossas naves que meus homens abordaram, nenhuma arma nuclear acima de cinco megatons foi encontrada. Apesar das suas afirmações. Apesar das suas... evidências.*

— Meus homens encontraram uma quantidade suficiente — minto. — Suba a bordo se duvida de mim. Não é nem um pouco curioso que eles estocassem as armas no *Colossus*. Roque ia querer mantê-las sob vigilância estrita. Temos muita sorte por eu ter conseguido tomar a ponte quando tomei. Docas podem ser reconstruídas. Vidas não.

— *Eles sempre estiveram de posse delas?* — pergunta Romulus.

— Eu poria em risco o futuro, por acaso? — digo, sorrindo sem humor. — Suas luas estão a salvo. Você define seu próprio futuro agora, Romulus. Não olhe os dentes do cavalo dado.

— *De fato* — diz ele, embora agora enxergue através da mentira. Sabe que foi manipulado. Mas é a mentira que ele precisa vender ao seu próprio povo se deseja a paz. Eles não podem se dar ao luxo de ir à guerra comigo agora, mas sua honra exigiria isso se soubessem o que fiz. E se eles fossem à guerra comigo, eu provavelmente venceria. Tenho mais naves agora. Mas eles me causariam danos o suficiente para arruinar minha verdadeira guerra contra o Cerne. Portanto, Romulus engole a mentira. E eu engulo a culpa de deixar centenas de milhões na escravidão e pessoalmente assinando a sentença de morte de milhares de Filhos de Ares junto à polícia de Romulus. Eu lhes dei um aviso. Mas nem todos escaparão. — *Eu gostaria que sua frota partisse antes do fim do dia* — diz Romulus.

— Serão necessários três dias pra dar uma busca nos destroços pra ver se encontramos sobreviventes — digo. — Aí então partiremos.

— *Muito bem. Minhas naves escoltarão sua frota até os limites que foram acertados por nós. Quando sua nau capitânia cruzar o cinturão de asteroides, pode ser que você jamais retorne. Se uma única nave sob seu comando cruzar esse limite, será a guerra entre nós.*

— Eu me lembro dos termos.

— *Certifique-se que sim. Mande lembranças ao Cerne. Certamente darei lembranças suas aos Filhos de Ares que você está deixando pra trás.* — Ele extingue o sinal.

Partimos três dias depois da minha conferência com Romulus, fazendo reparos adicionais à medida que seguimos viagem. Soldadores e pessoal de manutenção salpicam os cascos como se fossem cracas benevolentes. Embora tenhamos perdido mais de vinte e cinco naves principais durante a batalha, ganhamos outras setenta. É uma das maiores vitórias militares da história moderna, mas vitórias são menos românticas quando você está recolhendo do chão os restos mortais dos seus amigos.

É fácil ser ousado no momento, porque tudo o que você tem é o que consegue processar: ver, cheirar, sentir, saborear. E isso é uma amostra bem pequena do que é a coisa. Mas é depois, quando tudo se descomprime e se desenrola pedacinho por pedacinho, que o horror do que você fez e do que aconteceu aos seus amigos o atinge. É sobrepujante. Essa é a maldição dessa guerra naval. Você luta e depois passa meses esperando, tendo à sua frente apenas o tédio da rotina. Em seguida você começa a lutar de novo.

Ainda não contei aos meus homens para onde estamos navegando. Eles não me perguntam pessoalmente, mas seus oficiais o fazem. E mais uma vez dou a eles a mesma resposta.

— Pra onde devemos ir.

O cerne do meu exército são os Filhos de Ares, e eles têm experiência em dureza. Eles organizam danças e reuniões e jubilações de força em gargantas exaustas da guerra. Parece funcionar. Homens e mulheres sussurram nos corredores enquanto nos distanciamos de Júpiter. Eles costuram distintivos de unidades em uniformes e pintam couraçasEstelares em cores vivas. Há uma vibração aqui diferente da fria precisão da Armada da Sociedade. Mesmo assim, eles convivem principalmente entre os da sua Cor, misturando-se apenas quando indicados a fazê-lo. Não é tão harmonioso quanto eu imaginava que seria, mas é um começo. Eu me sinto desconectado disso tudo mesmo enquanto sorrio e lidero da melhor forma possível. Matei dez homens nos corredores. Matei outros treze mil dos meus próprios soldados quando destruímos as docas. Seus rostos não me aterrorizam. Mas é difícil perder essa sensação de pavor.

Ainda não fomos capazes de entrar em contato com os Filhos de Ares. As comunicações estão às escuras em todos os canais. O que significa que Quicksilver foi bem-sucedido em destruir as transmissões como prometeu. Ouros e Vermelhos estão igualmente cegos.

Dou a Roque o enterro que ele teria desejado. Não no solo de alguma lua estrangeira, mas no sol. Seu caixão é feito de metal. Um torpedo com uma escotilha através da qual Mustang e eu empurramos o corpo dele. Os Uivadores o contrabandearam do necrotério abarrotado de cadáveres para que pudéssemos dizer adeus a ele em segredo. Com tantos dos nossos mortos, não seria justo que me vissem honrar tão profundamente um inimigo.

Poucos pranteiam a morte do meu amigo. Roque, se for lembrado pelo seu povo, será para sempre conhecido como O Homem que Perdeu a Frota. Um moderno Caio Terêncio Varro, o tolo que deixou Aníbal fazer um círculo em torno dele em Cannae. Para meu povo, ele nada mais é do que um outro Ouro que se imaginava imortal até o Ceifeiro lhe mostrar que ele estava equivocado.

É uma coisa solitária carregar o corpo de alguém morto e amado. Como um vaso que você sabe que jamais abrigará flores novamente. Eu gostaria muito que ele acreditasse na vida após a morte com a mesma convicção que eu uma vez acreditei, como Ragnar acreditava. Não tenho certeza de quando perdi a fé. Não acho que seja algo que simplesmente acontece. Quem sabe a ideia tenha se enfraquecido em mim aos pouquinhos: eu fingia acreditar no Vale porque era mais fácil do que a alternativa. Eu gostaria muito que Roque tivesse pensado que sua alternativa era ir para um mundo melhor. Mas ele morreu acreditando apenas nos Ouros, e algo que acredita apenas em si mesmo não pode partir para a noite com felicidade.

Quando é minha vez de dizer adeus, olho fixamente para o rosto dele e não vejo nada além de lembranças. Penso nele na cama lendo antes do Baile de Gala, antes de que eu o apunhalasse com o sedativo. Eu o vejo no seu traje, implorando para que eu fosse com ele e com Mustang para a Ópera em Agea, dizendo o quanto eu sentiria prazer com o apuro de Orfeu. Eu o vejo rindo perto do fogo na sua propriedade depois da Batalha de Marte. Abraçando-me enquanto soluçava depois de eu chegar no nosso lar na Casa Marte quando éramos pouco mais do que meninos.

Agora ele está frio. Seus olhos são círculos pretos. Toda a promessa de juventude fugiu dele. Todas as possibilidades de família e de filhos e de alegria e de envelhecermos e de ficarmos sábios juntos acabaram por minha causa. Eu me recordo agora de Tactus, e sinto as lágrimas brotarem nos meus olhos.

Meus amigos, os Uivadores em particular, não gostam muito do fato de eu ter deixado Cassius vir ao funeral. Mas eu não conseguia suportar a ideia de mandar Roque ao sol sem que o Bellona lhe desse um beijo de despedida. Suas pernas estão acorrentadas. Mãos agrilhoadas atrás das costas com algemas magnéticas. Eu as tiro de modo que ele possa dizer adeus adequadamente. O que ele faz. Curvando-se para dar um beijo de despedida na testa de Roque.

Sevro, impiedoso mesmo numa ocasião como essa, bate com força a tampa de metal depois que Cassius termina de se despedir. Como Mustang, o pequeno Ouro veio por minha causa, caso eu necessitasse dele. Ele não nutre nenhum amor pelo homem, não tem nenhum coração por alguém que me traiu e traiu Victra. Lealdade é tudo para ele. E, na sua mente, Roque não tinha nem um pouco disso. Mustang compartilha da mesma opinião. Roque a traiu tão prontamente quanto me traiu. Ele tirou a vida do pai dela. E embora ela possa entender Augustus não ter sido o melhor dos homens, ele era seu pai, de uma maneira ou de outra.

Meus amigos esperam que eu diga algo. Não há nada que eu possa dizer que não os deixará com raiva. Então, como recomendou Mustang, eu os poupo da indignidade de ter de escutar elogios ao homem que assinou suas sentenças de morte e, em vez disso, recito as mais relevantes estrofes de um dos seus velhos favoritos.

Do sol não temas mais o calor
Nem a raiva furiosa do inverno.
Tua tarefa foi realizada com louvor
Para casa fostes, resta-te o eterno;
Rapazes e moças de douradas frontes,
Teu destino é o pó que soterra os montes.

— *Per aspera ad astra* — sussurram meus amigos Dourados, inclusive Sevro. E, com um apertar de um botão, Roque desaparece das nossas vidas para começar sua última jornada e se juntar a Ragnar e a gerações de guerreiros derrotados no sol. Eu fico. Os outros saem. Mustang permanece comigo, seus olhos seguem Cassius, que é escoltado de volta à sua cela.

— Quais são seus planos pra ele? — ela me pergunta quando somos deixados sozinhos.

— Não sei — digo, com raiva por ela ter feito essa pergunta justamente agora.

— Darrow, está tudo bem com você?

— Tudo bem. Só preciso ficar sozinho agora.

— O.k. — Ela não sai de perto de mim. Ao contrário, dá um passo para se aproximar ainda mais. — Não foi culpa sua.

— Eu disse que queria ficar sozinho.

— Não foi culpa sua. — Olho para ela, com raiva por ela não ir embora, mas quando vejo quanta delicadeza ela tem nos olhos, como eles estão abertos para mim, sinto a tensão nas minhas costelas ceder. As lágrimas vêm desenfreadamente. Escorrendo pelas minhas bochechas. — Não foi culpa sua — diz ela, puxando-me para junto de si enquanto sinto o primeiro soluço chacoalhar meu peito. Ela me abraça na cintura e põe a testa no meu peito. — Não foi culpa sua.

Mais tarde naquela noite, meus amigos e eu ceamos juntos no camarote que herdei de Roque. Um evento silencioso. Nem Sevro tem muito o que dizer. Ele anda quieto desde que Victra partiu, alguma coisa o perturba no fundo da mente. O trauma dos últimos dias pesa bastante sobre todos nós. Mas esses poucos homens e mulheres sabem para onde estamos viajando, e é esse conhecimento que acrescenta ainda mais peso do que aquele que os soldados regulares carregam.

Mustang quer permanecer comigo, mas não quero que ela fique. Preciso de tempo para pensar. Então rapidamente tranco a porta atrás dela, e fico sozinho. Não apenas à mesa na minha suíte, mas no meu pesar. Meus amigos vieram ao funeral de Roque por minha causa, não por ele. Somente Sefi foi delicada em relação ao passamento dele, porque ao longo da nossa jornada a Júpiter ela aprendeu a respeito da proeza de Roque nas batalhas e então o respeitou de um jeito puro, que os outros não conseguem. Mesmo assim, dos meus amigos, apenas eu amava Roque tanto quanto ele merecia no fim.

O camarote do Imperador ainda tem o cheiro de Roque. Remexo os livros velhos nas estantes. Um pedaço de metal de nave escurecido flutua numa vitrine. Diversos outros troféus estão pendurados na parede. Presentes da Soberana "Por heroísmo na Batalha de Deimos" e do ArquiGovernador de Marte pela "Defesa da Sociedade Áurica". As *Peças Tebanas de Sófocles* repousam abertas na mesinha de cabeceira. Eu não mudei a página. Não mudei nada. Como se ao preservar o cômodo eu pudesse mantê-lo vivo. Um espírito em âmbar.

Eu me deito para dormir, mas consigo apenas mirar o teto. Então me levanto e sirvo três dedos de uísque de um dos decantadores dele e assisto ao holoTubo no *lounge*. A rede está desativada graças à guerra de hackers. Uma sensação arrepiante se forma quando ficamos desconectados do resto da humanidade. Então dou uma busca nos programas antigos no computador da nave, escolhendo entre vídeos de piratas do espaço, nobres cavaleiros Ouros, caçadores de recompensa Obsidianos e um perturbado músico Violeta de Vênus, até encontrar um menu onde estão catalogados vídeos recentemente exibidos. As datas mais recentes são da noite anterior à batalha.

Meu coração retumba no peito enquanto examino os títulos dos vídeos. Olho por cima do ombro, como se estivesse bisbilhotando o diário de uma outra pessoa. Alguns são interpretações da ópera favorita de Roque, *Tristão e Isolda*, mas a maior parte são tomadas da nossa época no Instituto. Fico lá sentado, a cabeça no ar, prestes a dar um clique nos ícones correspondentes. Mas em vez disso, sinto-me compelido a esperar. Ligo para Holiday no meu comunicador.

— Está acordada?

— *Agora estou.*

— Preciso de um favor.

— *Pra variar.*

Vinte minutos depois, Cassius, com as mãos e os pés acorrentados, arrasta-se pelo corredor para se juntar a mim. Ele vem escoltado por Holiday e três Filhos. Eu os libero, fazendo um aceno de cabeça em agradecimento a Holiday.

— Posso cuidar de mim mesmo.

— Peço perdão, chefe, mas não é exatamente assim.

— Holiday.

— A gente vai ficar bem aqui fora, chefe.

— Pode voltar pra cama.

— Basta gritar se precisar de qualquer coisa, chefe.

— Disciplina férrea você tem aqui — diz Cassius desajeitadamente depois que ela sai. Ele está de pé no meu átrio de mármore circular, olhando as esculturas. — Roque sempre gostou de enfeitar um lugar.

Infelizmente, ele tem o gosto de um ocupante da primeira poltrona da primeira fila da plateia e com noventa anos de idade.

— Nascido três milênios depois, certo? — respondo.

— Prefiro pensar que ele teria odiado a toga romana. Moda irritante, de fato. Eles fizeram esforços pra que essa moda voltasse na época do meu pai. Principalmente durante as bebedeiras e em alguns clubes de café da manhã que eles tinham nesse tempo. Eu vi as fotos. — Ele estremece. — Troço pavoroso.

— Um dia eles vão dizer isso dos nossos colarinhos altos — digo, tocando o meu.

Ele olha o uísque na minha mão.

— Isso aqui é alguma ocasião social?

— Não exatamente. — Eu o conduzo até o *lounge*. Ele é lento e barulhento por causa das botas de prisioneiros de quarenta quilos dentro das quais seus pés foram lacrados, mas ainda assim está mais em casa naquela sala do que eu. Sirvo-lhe um uísque enquanto ele se senta no sofá, ainda esperando alguma espécie de armadilha. Cassius ergue as sobrancelhas para o copo.

— É isso mesmo, Darrow? Veneno não é seu estilo.

— É uma caixa de Lagavulin. Presente de Lorn a Roque depois do Sítio de Marte.

Cassius resmunga.

— Nunca gostei de ironia. Uísque, por outro lado... Nós nunca tivemos uma discussão que não pudéssemos resolver. — Ele olha através do uísque. — Troço fino.

— Isso me faz lembrar meu pai — digo, escutando o suave zunido dos ventiladores acima. — Não que o troço que ele bebia fosse bom pra qualquer coisa além de limpar equipamentos e matar células cerebrais.

— Quantos anos você tinha quando ele morreu? — pergunta Cassius.

— Mais ou menos seis, acho.

— Seis. — Ele inclina o copo pensativamente. — Meu pai não era um bebedor solitário. Mas às vezes eu o encontrava no seu banquinho favorito. Perto dessa trilha arrepiante na espinha da Montanha. Ele estaria bebendo um uísque como este. — Cassius mastiga o interior da bochecha. — Esses eram meus momentos favoritos com ele. Ninguém mais ao redor, apenas águias voando ao longe. Ele me contava que tipo de árvores ficavam na encosta da montanha. Ele amava árvores. Ele começava a divagar acerca do que crescia onde e por que os pássaros gostavam de aparecer por lá. Principalmente no inverno. Alguma coisa sobre como era a aparência deles no frio. Eu nunca ouvia o que ele dizia, de fato. Gostaria muito de ter ouvido.

Cassius dá um gole. Ele vai sentir o destilado no copo. A turfa, a toranja na língua, a pedra da Escócia. Nunca consigo saborear coisa alguma além de fumaça.

— Isso é o Castelo de Marte? — pergunta Cassius, fazendo um meneio para o holograma acima do console de Roque. — Por Júpiter. Como parece pequeno.

— Não chega nem ao tamanho dos motores de uma naveChama — digo.

— Dá uma confusão na cabeça, as expectativas exponenciais da vida.

Eu rio.

— Eu antes achava os Cinzas bem altos.

— Bom... — Ele ri maliciosamente. — Se seu critério de avaliação for o Sevro... — Ele dá uma gargalhada antes de ficar sério. — Eu queria te agradecer... por ter me convidado pro funeral. Isso foi uma coisa... surpreendentemente digna da sua parte.

— Você teria feito o mesmo.

— Hummm. — Ele não tem certeza disso. — Esse era o console de Roque?

— Isso aí. Eu estava dando uma olhada nos vídeos. Ele assistiu de novo à maioria daqueles vídeos dezenas de vezes. Não as estratégias ou as batalhas contra outras casas. Mas as partes mais tranquilas. Você sabe do que estou falando.

— Você já assistiu a isso? — ele pergunta.

— Eu queria esperar você.

Ele é pego de surpresa por isso, e fica desconfiado da minha hospitalidade.

Então aperto play e voltamos a ser os rapazes que éramos no Instituto. É esquisito a princípio, mas logo o uísque dispersa isso e os risos chegam com facilidade, os silêncios ficam mais profundos. Assistimos às noites em que nossa tribo cozinhava carneiro na ravina do norte. Em que fazíamos batidas nas terras altas, escutando as histórias de Quinn ao redor da fogueira.

— A gente se beijou naquela noite — diz Cassius, referindo-se ao momento logo após Quinn terminar uma história sobre a quarta tentativa de sua avó em construir uma casa no vale montanhoso cem quilômetros distante da civilização sem a ajuda de um arquiteto. — Ela estava entrando no saco de dormir. Eu lhe disse que tinha escutado um barulho. Nós investigamos. Quando ela descobriu que eu estava apenas jogando pedras no escuro pra poder ficar a sós com ela, percebeu o que eu queria. Aquele sorriso. — Ele ri. — Aquelas pernas. O tipo de perna feito pra se enroscar em alguém, entende o que eu quero dizer? — Ele ri. — Mas a mocinha protestou de verdade. Pôs a mão no meu rosto e me empurrou para longe.

— Bom, ela não era das mais fáceis — digo.

— Não. Mas ela me acordou quase de manhã pra me dar uns beijos. De acordo com as regras dela, é claro.

— E essa foi a primeira vez que jogar pedras funcionou com uma mulher.

— Você ficaria surpreso.

Há momentos que eu jamais soube que se passaram. Roque e Cassius tentando pescar juntos apenas para Quinn empurrar Cassius por trás. Ele agora toma um grande gole da bebida ao meu lado enquanto seu eu mais jovem cai na água e tenta puxar Quinn para dentro. Assistimos a momentos particulares onde Roque começava a se apaixonar por Lea, onde eles davam batidas nas terras altas na escuridão. Suas mãos roçando inocentemente umas nas outras enquanto eles paravam para beber água. Fitchner os avaliando da copa das árvores, tomando notas no seu datapad. Assistimos à primeira vez que eles dormiram grudadinhos um no outro sob os mesmos cobertores na fortaleza do portão, e Roque levando-a para as terras altas com o objetivo de lhe roubar seu primeiro beijo apenas para ouvir botas nas rochas e ver Antonia e Vixus emergindo da névoa, os olhos refulgentes com os instrumentos ópticos.

Eles levaram Lea, e quando Roque começou a lutar, jogaram-no de um penhasco. Ele quebrou o braço e foi levado pela correnteza do rio. Quando retornou, depois de três dias de caminhada, eu já era tido como morto pelas mãos do Chacal. Roque lamentou minha morte e visitou o monumento de pedras que eu erigi em cima do túmulo de Lea apenas para descobrir que os lobos haviam cavado e roubado o corpo dela. Ele chorou no local, sozinho. Cassius assume uma fisionomia sombria testemunhando isso, lembrando-me da perturbação no seu rosto quando ele voltou com Sevro para descobrir o que acontecera com Lea e Roque. E talvez se sentindo culpado por ter se aliado a Antonia.

Há mais vídeos, mais pequenas verdades que eu descubro. Mas o que foi mais assistido de acordo com o holodeque foi o momento em que Cassius disse que encontrara dois novos irmãos e nos ofereceu postos como lanceiros na Casa Bellona. Ele parecia tão esperançoso nessa ocasião. Tão feliz por estar vivo. Todos nós nos sentíamos assim, inclusive eu, apesar do que sentia por dentro. Minha traição me dá a sensação de ter sido ainda mais monstruosa quando assisto a essas imagens de longe.

Encho novamente o copo de Cassius. Ele está quieto sob o fulgor do holograma. Roque está cavalgando sua égua cinza malhada para longe de nós, olhando de maneira pensativa para as rédeas.

— Nós o matamos — diz ele depois de um momento. — Foi nossa guerra.

— Foi? — pergunto. — Nós não fizemos este mundo. E nem estamos lutando por nós mesmos. Nem Roque estava. Ele estava lutando por Octavia. Por uma Sociedade que nem vai notar o sacrifício que ele fez. Eles vão encarar a morte dele como uma jogada política. Vão colocar a culpa nele. Roque morreu por eles e vai acabar virando a frase central da piada. — Cassius sente a revolta que eu pretendia que ele sentisse. Esse é seu maior temor. O fato de que ninguém vai ligar se ele morrer. Essa nobre ideia de honra, de uma boa morte... Isso era para o velho mundo. Não para este.

— Quanto tempo você acha que isso ainda vai durar? — pergunta ele, pensativamente. — Essa guerra?

— Entre nós ou todos?

— Nós.

— Até que um coração pare de bater. Não foi isso que você disse?

— Você lembra — ele resmunga. — E todos?

— Até que não haja mais Cores.

Ele ri.

— Bom, bom. Você mirou bem baixo.

Eu o observo inclinar o destilado no interior do copo.

— Se Augustus não tivesse me colocado com Julian, o que você acha que teria acontecido?

— Pouco importa.

— Diga. Isso importa, sim.

— Não sei — diz ele com rispidez. Ele engole o uísque e se serve de outra dose, surpreendentemente ágil com as algemas. Ele avalia o copo, irritado. — Você e eu não somos como Roque e Virginia. Não somos criaturas matizadas. Tudo em você é trovão. Tudo em mim é relâmpago. Lembra daquela besteira que a gente costumava dizer quando pintávamos nossos rostos e saíamos pra cavalgar como tremendos idiotas? É a verdade mais profunda. Nós só podemos obedecer ao que somos. Sem uma tempestade, eu e você? Somos apenas homens. Mas basta nos dar isso. Arrume um conflito pra gente... aí você vai ver como chiamos e rosnamos. — Ele debocha da sua própria grandiloquência, uma sombra irônica manchando seu sorriso.

— Você realmente acha que isso é verdade? — pergunto. — Que estamos presos nessa ideia de sermos uma coisa ou outra?

— Você não acha?

— Victra diz isso dela própria — digo, dando de ombros. — Estou fazendo uma aposta altíssima no sentido de que ela não é. De que nós não somos. — Cassius se curva para a frente e me serve a bebida dessa vez. — Você sabe, Lorn sempre falou de se sentir preso numa armadilha criada por ele próprio, pelas escolhas que ele fazia, até que passou a ter a sensação de que não estava vivendo a própria vida. Como se alguma coisa estivesse batendo nele por trás pra que ele seguisse em frente, alguma coisa no meio do caminho que ele tinha escolhido. No final, todo o amor dele, toda a delicadeza dele, sua família, nada disso importou. Ele morreu como viveu.

Cassius vê mais do que apenas a dúvida na minha própria teoria. Ele sabe que eu poderia falar sobre Mustang, ou Sevro, ou Victra mudando suas posturas. Sendo diferentes, mas ele vê o que está obscuro, porque de muitas maneiras o fio da sua vida é o que mais se parece com o meu dentre meus amigos.

— Você acha que vai morrer — diz ele.

— Como Lorn costumava dizer, a conta chega no fim. E o fim está a caminho.

Ele me observa com delicadeza, seu uísque esquecido, a intimidade mais profunda do que minha intenção inicial. Toquei uma parte da própria mente dele. Quem sabe também ele se sentisse como se estivesse caminhando na direção do seu próprio enterro.

— Nunca pensei no peso que você aguentava — diz ele cuidadosamente. — Todo esse tempo entre nós. Anos. Você não podia falar com ninguém, podia?

— Não. Arriscado demais. Era tipo um matador de conversa. "Oi, eu sou um espião Vermelho".

Ele não ri.

— Você ainda não pode. E é isso o que te mata. Você está entre seu próprio povo e se sente um estrangeiro.

— É isso aí — digo, erguendo o copo. Eu hesito, imaginando o quanto confiar nele. Então o uísque fala por mim. — É difícil falar com qualquer pessoa. São todos frágeis demais. Sevro com o pai dele, com o peso de um povo que ele mal conhece. Victra pensa que é má e não para de fingir que está apenas querendo vingança. Como se estivesse cheia de veneno. Eles acham que eu sei qual é o caminho aqui. Que eu tive uma visão do futuro por causa da minha mulher. Mas eu não a sinto mais como sentia no passado. E Mustang... — Eu paro abruptamente.

— Continue. O que tem ela? Vamos lá, cara. Você matou meus irmãos. Eu matei Fitchner. A coisa já está degringolada.

Faço uma careta para a esquisitice desse pequeno momento.

— Ela está sempre me vigiando — digo. — Julgando. Como se estivesse calculando meu valor. Se eu sou apto ou não.

— Pra quê?

— Pra ela. Pra isso. Não sei. Eu tinha a sensação de ter provado o que eu era no gelo, mas isso não acabou — digo, dando de ombros. — É a mesma coisa com você, não é? Servir ao prazer da Soberana quando Aja matou Quinn. Às expectativas... da sua mãe. Sentar-se aqui com o homem que tirou dois irmãos de você.

— Você pode ficar com Karnus.

— Ele deve ter sido um encanto em casa.

— Ele na verdade gostava de mim quando era criança — diz Cassius. — Eu sei. É difícil acreditar, mas ele era meu campeão. Fez com que eu participasse de esportes. Levou-me em viagens. Ensinou-me sobre garotas, do jeito dele. Mas ele não era tão gentil com Julian.

— Eu tenho um irmão mais velho. O nome dele é Kieran.

— Ele está vivo?

— Ele é mecânico com os Filhos. Tem quatro filhos.

— Espere aí. Você é tio? — diz Cassius, surpreso.

— Diversas vezes. Kieran se casou com a irmã de Eo.

— É mesmo? Eu já fui tio. Eu era bom nisso. — Os olhos dele ficam distantes, o sorriso desvanecendo, e eu sei quais são as desconfianças que repousam pesadamente na sua alma. — Estou cansado dessa guerra, Darrow.

— Eu também. E se eu pudesse trazer Julian de volta pra você, eu traria. Mas essa guerra é pra ele, ou pra homens como ele. Os decentes. É pros quietos e gentis que sabem como o mundo deveria ser, mas que não conseguem gritar mais alto do que os filhos da puta.

— Você não tem medo de estar quebrando alguma coisa que depois não vai mais conseguir juntar os pedaços? — pergunta ele com sinceridade.

— Sim — digo, compreendendo a mim mesmo melhor do que tenho compreendido há muito tempo. — É por isso que eu tenho Mustang.

Ele olha fixamente para mim por um momento longo e estranho antes de sacudir a cabeça e rir de si mesmo ou de mim.

— Eu gostaria muito que fosse mais fácil te odiar.

— Isso sim vai ser um brinde como eu jamais fiz antes. — Eu levanto meu copo e ele o dele, e bebemos em silêncio. Mas antes que ele se separe de mim naquela noite, eu lhe dou um holocubo para assistir na sua cela. Peço desculpas de antemão pelo seu conteúdo, mas trata-se de algo que ele precisa ver. A ironia não se perdeu nele. Ele vai assisti-lo mais tarde na sua cela, e vai chorar e se sentir ainda mais solitário, mas a verdade nunca é fácil.

51

PANDORA

Horas depois de Cassius ir embora, sou despertado de um sonho inquieto por Sevro. Ele me liga no meu datapad com uma mensagem urgente. Victra está enfrentando Antonia no Cinturão. Ela requisita reforços, e Sevro já está com seu equipamento e Holiday reunindo uma equipe de ataque.

Mustang, os Uivadores e eu pegamos uma carona na naveChama remanescente dos Telemanus, a mais veloz que sobrou na frota. Sefi tentou vir conosco, ansiosa por mais combate, mas mesmo depois da vitória em Io minha frota caminha no fio da lâmina. Sua liderança é necessária para manter os Obsidianos em linha. Ela é uma pacificadora, e também a frase decisiva da nova piada favorita de Sevro: o que você diz quando uma mulher de dois metros e trinta de altura entra numa sala com um machado de batalha e línguas presas num gancho? Absolutamente nada.

Pessoalmente, estou mais preocupado com o fato de que apenas um punhado de personalidades fortes mantém essa aliança coesa. Se eu perder um deles, a coisa toda pode muito bem desmoronar.

Nós vamos a todo vapor, usando todos os motores para alcançar Victra, mas uma hora antes de chegarmos nas suas coordenadas em meio a um emaranhado de asteroides desintegradores de sensores, recebemos uma breve mensagem codificada que traz a marca registrada dos Julii:

"Piranha capturada. Kavax livre. Vitória minha."

Nós migramos da magra naveChama dos Telemanus para a frota de Victra, que se encontra à nossa espera. Sevro mexe nervosamente a perna. Victra obteve uma grande vitória. Ela saiu no encalço de Antonia com vinte embarcações de ataque. Agora possui quase cinquenta naves pretas — embarcações rápidas, ágeis, caras. Exatamente do tipo que se esperaria de uma família cujo negócio é o comércio. Nenhum dos paquidermes que os Augustus e os Bellona preferem. Todas as naves ostentam o sol choroso perfurado por uma lança da família Julii.

Victra espera por nós no deque da velha nau capitânia da sua mãe, o *Pandora*. Ela está esplêndida e orgulhosa num uniforme preto com o sol dos Julii sobre o peito direito, uma flamejante linha laranja queimando até as calças, botões de ouro resplandecentes. Ela encontrou seus antigos brincos. Jade pende das suas orelhas. Seu sorriso é largo e enigmático.

— Meus bons homens, bem-vindos a bordo do *Pandora*.

Ao lado dela se encontra Kavax, novamente ferido, com uma atadura de gesso no braço direito e resCarne cobrindo o lado direito do seu rosto. As filhas que correram na frente para encontrá-lo agora o flanqueiam e riem enquanto Kavax berra um olá para Mustang. Ela tenta manter a compostura enquanto dispara em direção a ele e o abraça com ardor. Ela o beija uma vez na testa calva.

— Mustang — diz ele, feliz. Ele a empurra de volta e abaixa a cabeça. — Peço desculpas. Não consigo parar de ser capturado.

— Apenas uma donzela em apuros — diz Sevro.

— É o que parece — responde Kavax.

— Eu só quero que você me prometa que essa foi a última vez, Kavax — diz Mustang. Ele o faz. — E você está ferido de novo!

— Um arranhãozinho! Só um arranhãozinho, minha senhora. Você não sabe que eu tenho magia nas veias?

— Tem alguém aqui que está morrendo de vontade de te ver — diz Mustang, olhando na direção da rampa. Ela assobia e, de dentro do ônibus espacial, Pedrinha solta Sophocles. Garras batem no chão atrás de mim, depois debaixo de mim, enquanto o animal dispara pelas pernas de Sevro, quase chutando meu amigo, para saltar no peito de Kavax. Este beija a raposa com a boca aberta. Victra estremece de nojo.

— Pensei que você estivesse com dificuldades — resmunga Sevro para ela.

— Eu te disse que estava com tudo sob controle — diz ela. — Quanto tempo o resto da frota ainda vai demorar, Darrow?

— Dois dias.

Mustang olha ao redor.

— Onde está Daxo?

— Daxo está lidando com ratos nos deques superiores. Ainda restam alguns Inigualáveis barras-pesadas. É um saco tirá-los de lá — diz Victra.

— Quase não se vê destroços... — digo. — Como foi que você fez isso?

— Como? Sou a verdadeira herdeira da Casa Julii — diz Victra orgulhosamente. — De acordo com a vontade da minha mãe e de acordo com meu nascimento. As naves de Antonia, legalmente *minhas* naves, eram conduzidas por infiltrados, aliados pagos. Eles entraram em contato comigo, pensavam que toda a frota estava logo atrás do meu grupinho de pilhagem. Eles *imploraram* pra que eu os poupasse do Ceifeiro malvado...

— E onde estão os homens da sua irmã agora? — pergunto.

— Executei três e destruí suas naves como exemplo pro resto. Os Pretores desleais que eu pude capturar estão apodrecendo nas celas. Meus aliados leais e os amigos da minha mãe assumiram o comando.

— E eles vão nos seguir? — pergunta Sevro com aspereza.

— Eles me seguem — diz ela.

— Isso não é a mesma coisa — digo.

— Obviamente. As naves são *minhas*. — Ela está um passo mais próxima de retomar o império da sua mãe. Mas o resto só pode ser feito em paz. Mesmo assim, isso lhe dá uma independência assustadora. Exatamente como a que Roque obteve quando ganhou naves depois da Chuva de Leão. Isso irá testar a lealdade dela, um fato com o qual Sevro não parece se sentir completamente confortável. Mustang e eu franzimos o cenho um para o outro.

— Propriedade é uma coisa engraçada hoje em dia — diz Sevro. — Tende a ter opiniões. — Victra fica eriçada diante do desafio.

Mustang se intromete na conversa:

— Acho que Sevro quer dizer o seguinte: agora que você teve sua vingança, você ainda pretende ir conosco até o Cerne?

— Eu não tive minha vingança — diz Victra. — Antonia ainda está respirando.

— E quando ela não estiver mais? — pergunta Mustang.

Victra dá de ombros.

— Eu não sou boa com compromissos.

O humor de Sevro fica ainda mais amargo.

Dezenas de prisioneiros enchem as celas da ala. A maioria Ouros. Alguns Azuis e Cinzas. Todos de alta patente e leais a Antonia. Um desfiladeiro de inimigos que olham para mim com raiva das grades. Caminho sozinho pelo corredor, desfrutando a sensação de tantos Ouros cientes de que sou seu captor.

Encontro Antonia na antepenúltima cela. Ela está sentada encostada na grade da cela que a separa da cela adjacente. Além de um hematoma na bochecha, ela está linda como sempre. Boca sensual, olhos candentes por trás de espessos cílios enquanto rumina à luz pálida da nave de guerra. Suas pernas flexíveis estão dobradas debaixo dela, mãos de unhas pretas mexem uma ferida no dedão.

— Eu bem que achei que tinha ouvido o Ceifeiro brandir sua foice — diz ela com um sorrisinho sedutor. Seus olhos adejam lentamente de baixo para cima ao longo da extensão do meu corpo, verificando cada centímetro. — Você anda comendo muita proteína, hein, querido? Todo grande de novo. Não se queixe. Sempre vou me lembrar de você como um vermezinho chorão.

— Você é a única que sobrou com vida da Tropa dos Ossos em toda a frota — digo, olhando para a cela adjacente à dela. — Quero saber o que o Chacal está planejando. Quero saber quais são as posições das tropas dele, suas rotas de suprimento, o poder das suas guarnições. Quero saber que informações ele tem sobre os Filhos de Ares. Quero saber quais são os planos dele com a Soberana. Se eles estão em conluio. Se existe alguma tensão. Se ele está fazendo algum movimento contra ela. Quero saber como derrotá-lo. E, acima de tudo, quero saber onde estão as porras das armas nucleares. Se você me der essas informações, continua viva. Se não me der, você morre. Estou sendo claro?

Ela não estremece diante da menção às armas. Nem a mulher na cela adjacente.

— Claro como cristal — diz Antonia. — Estou mais do que disposta a cooperar.

— Você é uma sobrevivente, Antonia. Mas eu não estava falando apenas com você. — Bato minha mão na grade da cela próxima à dela onde uma Ouro mais baixa de rosto escuro está sentada me observando com olhos crus. Seu rosto é perspicaz, como sua língua costumava ser. Cabelos encaracolados e mais dourados do que da última vez que a vi: artificialmente clareados, a mesma coisa com seus olhos. — Estou falando com você também, Cardo. Qualquer uma das duas que me der mais informações vai ficar viva.

— Ultimato demoníaco. — Aplaude Antonia do chão. — E você chama a si mesmo de Vermelho. Acho que você estava mais à vontade conosco do que está com eles. Estou certa? — Ela ri. — Estou certa, não estou?

— Vocês têm uma hora pra pensar no assunto.

Eu me afasto delas, deixando-as se afligir com a questão.

— Darrow — Cardo me chama. — Diga a Sevro que eu sinto muito. Darrow, diga isso, por favor! — Eu me viro e retorno lentamente.

— Você pintou os cabelos — digo.

— A Bronzeadinha só queria se encaixar — ronrona Antonia, esticando as longas pernas. Ela é uma cabeça mais alta do que Cardo. — Não culpe as expectativas nanicas e irrealistas.

Cardo olha para mim, as mãos agarrando as barras da grade.

— Sinto muito, Darrow. Eu não sabia que a coisa iria tão longe. Eu não tinha como...

— Você tinha, sim. Você não é nenhuma idiota. E não seja ridícula afirmando ser uma. Eu compreendo como você pôde fazer aquilo comigo — digo lentamente. — Mas Sevro devia estar lá. E também os Uivadores. — Ela olha para o chão, incapaz de me olhar nos olhos. — Mas como você pôde fazer aquilo com ele? Com eles?

Ela não tem resposta. Eu toco os cabelos dela.

— A gente gostava de você do jeito que você era.

52
DENTES

Eu me junto a Sevro, Mustang e Victra na sala de monitoramento do brigue. Dois techs estão recostados em cadeiras ergonômicas, várias dezenas de holos flutuando ao redor deles ao mesmo tempo.

— Elas já disseram alguma coisa? — pergunto.

— Ainda não — responde Victra. — Mas a panela já está no fogão e eu aumentei o fogo.

Sevro está observando Cardo no holoDisplay.

— Você queria falar com Cardo? — pergunto.

— Com quem? — pergunta ele, erguendo as sobrancelhas. — Nunca ouvi falar dela. — Percebo que ele ficou magoado ao vê-la novamente. Magoado ainda mais porque diz para si mesmo que precisa ser duro, mas essa traição, por um membro dos seus próprios Uivadores, parte-lhe o coração. Mesmo assim ele segue em frente como se estivesse disputando uma partida. Não sei ao certo se a disputa é com Victra, comigo ou com ele próprio. Provavelmente com todos os três.

Depois de vários minutos, Antonia e Cardo estão gotejando de suor. Por minha recomendação, deixamos as celas com uma temperatura de quarenta graus para intensificar a irritabilidade delas. A gravidade também está uma fração acima. Apenas um pouco fora do domínio da percepção. Até agora, Cardo não fez nada além de chorar e Antonia às vezes toca o hematoma na bochecha para ver se algum estrago duradouro foi feito no seu rosto.

— Você precisa bolar um plano — diz Antonia através da grade.

— Que plano? — pergunta Cardo do canto mais ao fundo da sua cela. — Eles vão nos matar mesmo que a gente dê as informações.

— Sua vaca chorona. Levante essa cabeça. Você está constrangendo a mácula que tem no rosto. Você é da Casa Marte, não é?

— Elas sabem que a gente está ouvindo — diz Sevro. — Antonia pelo menos sabe.

— Às vezes isso pouco importa — responde Mustang. — Prisioneiros altamente inteligentes quase sempre fazem joguinhos com seus captores. É a autoconfiança que pode torná-los mais vulneráveis à manipulação psicológica, porque eles pensam que ainda estão no controle.

— Você sabe disso a partir da sua própria experiência ao ser torturada? — pergunta Victra. — Me conte isso aí.

— Silêncio — digo, aumentando o volume do holo.

— Vou contar tudo pra eles — está dizendo Cardo a Antonia. — Não estou mais dando a mínima pra essa merda.

— Tudo? — pergunta Antonia. — Você não sabe tudo.

— Sei o suficiente.

— Eu sei mais — diz Antonia.

— E quem acreditaria em alguma coisa dita por você? — rebate Cardo. — Matricida psicopata! Se ao menos você soubesse o que as pessoas pensam de você...

— Ah, querida, você não pode ser assim tão estúpida — diz Antonia, suspirando com simpatia. — Só que você é. É tão triste ver isso.

— Como assim?

— Use a cabeça, sua desmiolada. Faça apenas uma tentativa, por favor.

— Vá se ferrar, sua piranha!

— Sinto muito, Cardo — diz Antonia, arqueando as costas de encontro à grade. — É o calor.

— Ou uma loucura sifilítica — murmura Cardo, agora andando de um lado para o outro na cela, abraçada a si mesma.

— Que coisa mais... baixa. Só pode ser sua criação mesmo.

Avalio a possibilidade de tirar Cardo de lá, extraindo as informações que ela diz estar disposta a dar.

— Pode ser uma artimanha — diz Mustang. — Alguma coisa que Antonia bolou caso elas fossem capturadas. Ou então alguma jogada do meu irmão. É bem a cara dele plantar informações falsas. Sobretudo se elas simplesmente se deixaram ser capturadas.

— Se deixaram ser capturadas? — pergunta Victra. — Tem mais de cinquenta Ouros mortos nos necrotérios desta nave que discordariam dessa hipótese.

— Ela tem razão — diz Sevro. — Deixe o jogo seguir. Pode ser que assim Antonia se abra mais quando a gente levá-la pra uma sala.

Antonia fecha os olhos, repousando a cabeça na grade, ciente de que Cardo perguntará o que ela quer dizer com "use a cabeça". E, como não podia deixar de ser, Cardo faz isso.

— A que você estava se referindo quando disse que, se eu contasse tudo pra eles, eu não teria mais utilidade?

Antonia olha para ela através da grade.

— Querida. Você realmente não pensou nisso com o cuidado necessário. Eu estou morta. Você mesma falou isso. Posso tentar negar, mas... minha irmã faz com que eu pareça o gato da aldeia. Atirei na espinha dela e brinquei de derramar ácido nas suas costas por quase um ano. Ela vai tirar minha pele como quem descasca uma cebola.

— Darrow não deixaria Victra fazer uma coisa dessas.

— Ele é um Vermelho. Pra ele, somos apenas demônios usando coroas.

— Ele *não* faria uma coisa dessas.

— Eu conheço um duende que faria.

— O nome dele é Sevro.

— É mesmo? — Antonia não poderia demonstrar mais indiferença. — Não muda nada. Eu estou morta. Você poderia ter uma chance. Mas eles só precisam de uma de nós viva pra obter as informações. A pergunta que você precisa fazer a si mesma é: se contar tudo pra eles, será mesmo que vão te deixar viva? Você precisa de uma estratégia, alguma coisa que seja uma garantia. Pra incrementar a barganha.

Cardo se aproxima da grade que separa as duas mulheres.

— Você não está me enganando. — Sua voz se torna corajosa. — Mas quer saber? Você está *mesmo* acabada. Darrow vai vencer e de repente ele deveria vencer mesmo. E quer saber? Eu vou ajudá-lo. — Cardo olha para a câmera no canto da cela, desviando o olhar de Antonia. — Eu vou contar pra você o que ele está planejando, Darrow. Deixe-me fazer...

— Tire Cardo de lá — diz Mustang. — Tire-a de lá agora.

— Não... — murmura Victra ao meu lado, vendo o que Mustang está vendo. Sevro e eu olhamos para as mulheres, confusos, mas Victra já está quase na porta. — Abra a cela 31! — grita ela para os techs antes de desaparecer através do corredor. Percebendo o que está acontecendo, Sevro e eu corremos atrás dela, dando um encontrão num Verde que está ajustando uma das holotelas. Mustang nos segue. Nós irrompemos no corredor e corremos até a porta de segurança do cárcere da nave. Victra está martelando na porta, gritando para que a deixem entrar. A porta emite um zumbido e nós voamos atrás dela, passamos pelos confusos guardas de segurança que estão juntando seus equipamentos e entramos no bloco de celas.

Prisioneiros estão gritando. Mas mesmo assim ouço o barulho úmido dos golpes antes de chegarmos na cela de Antonia e a vermos debruçada sobre Cardo. Suas mãos, através das barras que separam as celas, estão encharcadas de sangue. Seus dedos seguram com força os cabelos encaracolados de Cardo. Os restos despedaçados do topo do crânio da Uivadora estão curvados ao redor da grade à medida que Antonia torce a cabeça dela em sua direção e de encontro à grade entre as duas uma última vez. Victra empurra a porta magnetizada da cela.

Antonia se levanta, sua tarefa medonha finalizada, as mãos ensanguentadas suspensas no ar inocentemente enquanto ela exibe um sorrisinho cínico para sua irmã mais velha.

— Cuidado — provoca ela. — Cuidado, Vicky. Você precisa de mim. Sou a única que restou com informações pra vender. A menos que você queira cair no estômago do Chacal, você terá que...

Victra quebra o rosto de Antonia. Dá para ouvir o estalar seco do osso a dez metros de distância. Antonia gira o corpo para trás, tentando escapar. Victra gruda-a na parede e a espanca. Como uma máquina e assustadoramente silenciosa. Cotovelo indo e vindo, pernas em constante movimento, exatamente como nos é ensinado. Os dedos de Antonia atacam os musculosos braços de Victra, e então amolecem à medida que o som se torna úmido e enlameado. Victra não se detém. E eu não a detenho, porque odeio Antonia, e aquela pequena parte obscura de mim deseja que ela sinta a dor.

Sevro me empurra para o lado e se lança sobre Victra, paralisando seu braço direito e sufocando-a com seu braço esquerdo. Ele a acerta nas pernas e a leva para o chão, prendendo suas pernas ao redor da cintura dela, imobilizando-a. Liberada de Victra, Antonia cai para o lado. Mustang avança para impedir que a cabeça dela sofra uma rachadura ao bater de encontro à extremidade dura do catre de metal soldado. Eu me ajoelho e meto a mão pela grade para sentir a pulsação de Cardo, embora não saiba por que me importo com isso. A cabeça dela está com um buraco. Olho fixamente para a reentrância, imaginando por que não estou horrorizado diante da cena.

Alguma parte de mim morreu. Mas quando foi que morreu? Por que eu não reparei?

Mustang está gritando por um Amarelo. Os guardas fazem a chamada.

Eu me sacudo.

Sevro está soltando Victra. Ela tosse devido ao local onde ele a conteve, empurrando-o para longe com raiva. Mustang se curva sobre Antonia, que agora está ressonando pelo nariz quebrado. O rosto arruinado. Pedaços de dente misturados aos lábios empapados. Exceto pelos seus cabelos e Sinetes, não é nem possível dizer que ela é uma Ouro. Victra deixa o recinto sem olhar para ela, abrindo caminho em meio aos guardas Cinzas com tanta dureza que dois deles caem.

— Victra... — eu a chamo, como se houvesse algo a dizer.

Ela se volta para mim, com os olhos vermelhos, não de raiva, mas de uma tristeza insondável. Os nós dos seus dedos estão machucados.

— Eu fazia tranças nos cabelos dela — diz ela vigorosamente. — Não sei por que ela é assim. Por que eu sou assim. — Metade de um dos dentes quebrados da irmã dela se projeta da carne entre os nós dos dedos médio e anular dela. Victra arranca o dente dos nós e ergue-o na direção da luz como uma criança descobrindo vidro do mar na praia antes de tremer de horror e deixá-lo cair em cima do deque de aço. Ela olha para mim e para Sevro. — Eu falei pra vocês.

Mais tarde naquele dia, enquanto os médicos cuidam de Antonia, os Filhos vasculham os itens pessoais de Cardo na sua suíte a bordo da naveChama, o *Typhon*. Sob um fundo falso num armário, eles encontram o pelo fedido e curtido de um lobo. Sevro faz cara de nojo quando Cara Ferrada o leva para ele.

— Cardo a cortou — diz Palhaço enquanto os remanescentes originais dos Uivadores se postam sobre o caixão de Cardo na baia de lançamento do cospeTubo. Mustang dá espaço a eles, observando da parede. Pedrinha, Cara Ferrada e Sevro estão conosco. — Quando Antonia foi crucificada pelo Chacal no Instituto, Cardo a cortou.

— Eu tinha me esquecido — digo.

Sevro bufa.

— Que mundo.

— Lembra quando você mandou que Cardo lutasse com Lea quando ela não conseguia esfolar a ovelha? Tentando fazer com que ela ficasse durona — diz Pedrinha, dando uma risadinha. Sevro também ri.

— Por que vocês estão rindo? — pergunta Palhaço. — Vocês ainda estavam fora comendo cogumelos e uivando pra lua naquele momento.

— Eu estava de vigia — diz Sevro. — Eu estava sempre de vigia.

— Isso é arrepiante, chefe — diz Cara Ferrada, galhofeiro. — O que você estava fazendo enquanto estava de vigia?

— Batendo punheta no mato, obviamente — digo.

Sevro rosna.

— Só quando todo mundo estava dormindo.

— Que feio. — Pedrinha franze o nariz e enfia seu manto de Uivador na mochila. — Continue uivando, pequena Cardo. — A delicadeza nos seus olhos é quase excessiva demais para se suportar. Não há recriminação. Não há raiva. Apenas a ausência de uma amiga. Isso me faz lembrar o quanto eu amo essas pessoas. Como ocorreu com Roque, cada um de nós diz suas palavras de despedida e a atira na direção do sol para se juntar a Ragnar e a Roque na sua última jornada. Palhaço e Pedrinha saem de mãos dadas, Cara Ferrada escarnecendo de todos no trajeto. Sorrio para a visão enquanto Sevro e eu permanecemos ainda um tempo por lá. Mustang ainda não saiu do seu lugar junto à parede.

— O que Victra quis dizer com "eu falei pra vocês"? — pergunto.

Sevro olha de relance para Mustang.

— Ah, isso não importa mais. — Ele age como se estivesse saindo, mas hesita. — Ela deu um tempo na coisa.

— Na coisa? — pergunto.

— *Em nós*.

— Oh.

— Sinto muito, Sevro — diz Mustang. — Ela está passando por um momento bem difícil agora.

— Pode crer. — Ele encosta na parede. — Pode crer. A culpa é minha, com toda a certeza. Eu disse pra ela... — Ele faz uma cara. — Eu disse pra ela... que eu a *amava*, antes da batalha. Sabe o que ela disse?

— Obrigada? — adivinha Mustang.

Ele estremece.

— Que nada. Ela só disse que eu era um idiota. De repente, ela tem razão. De repente, eu fiz uma leitura totalmente errada da coisa. É que fiquei entusiasmado demais, sabe como é, né? — Ele olha para o chão, pensando. Mustang balança a cabeça na minha direção para que eu diga alguma coisa.

— Sevro, você é um monte de coisas. Você é malcheiroso. Você é pequeno. Seu gosto em relação a tatuagens é questionável. Seus gostos em relação a pornografia são... bem, um tanto quanto excêntricos. E as unhas dos seus pés são realmente esquisitas.

Ele gira o corpo para olhar para mim.

— Esquisitas?

— Elas estão grandes demais, parceiro. Tipo... eu acho que você devia dar uma aparada nelas.

— Que nada. Elas são boas pra segurar bem as coisas.

Estreito os olhos para ele, sem saber ao certo se ele está fazendo uma piada, e prossigo da melhor maneira possível:

— Estou dizendo apenas que você é um monte de coisas, garotão. Mas idiota você não é.

Ele não faz nenhum sinal de ter me ouvido.

— Ela acha que tem veneno nas veias. Era sobre isso que ela estava falando no brigue. Ela disse que tinha acabado de arruinar tudo. Então era melhor simplesmente dar um tempo na coisa toda.

— Ela está só assustada — diz Mustang. — Principalmente depois do que aconteceu.

— Você quer dizer do que está acontecendo... — Ele se senta junto à parede e encosta a cabeça nela. — A coisa está começando a dar uma sensação de profecia. A morte gera morte que gera morte...

— Nós vencemos em Júpiter... — digo.

— Podemos vencer todas as batalhas e ainda assim perder a guerra — murmura Sevro. — O Chacal tem alguma carta na manga e Octavia está apenas ferida. A Armada Cetro é maior do que a Armada Espada, e eles vão tirar as frotas de Vênus e de Mercúrio. A gente vai ser superado em número numa escala de três pra um. Gente vai morrer. Provavelmente a maior parte das pessoas que a gente conhece.

Mustang sorri.

— A menos que a gente mude o paradigma.

53
SILÊNCIO

Depois que Mustang detalha o resto dos lances maiores do seu plano a nós e todos terminam de rir, analisando a dissecando suas falhas, ela nos deixa ruminar acerca dele e parte para se reunir com o restante da frota com os Telemanus. Fico para trás com Victra e os Uivadores para interrogar Antonia e supervisionar os reparos na nave.

A bela Antonia é uma coisa do passado. O estrago que ela sofreu foi superficialmente catastrófico. O osso esquerdo orbital foi pulverizado. O nariz foi achatado, esmagado com tanta brutalidade que eles tiveram de puxá-lo da cavidade nasal com o uso de um fórceps. Sua boca está tão inchada que emite um som sibilante quando o ar passa entre seus dentes dianteiros despedaçados. Sua cabeça foi gravemente contundida e apresenta concussões. Os médicos da nave pensavam que ela havia estado numa nave acidentada até descobrirem as impressões da crista do relâmpago típicas da Casa Júpiter em diversos lugares do seu rosto.

— Marcada pela justiça — digo. Sevro revira os olhos. — O quê? Eu consigo ser engraçado.

— Continue tentando, Ceifa.

Quando eu questiono Antonia, seu olho esquerdo é uma massa preta inchada. O direito me espia com raiva, mas ela coopera. Talvez agora porque pense que ameaças contra ela carreguem consigo um pouco de mérito, e que sua irmã esteja apenas esperando para finalizar o trabalho.

De acordo com ela, o último comunicado do Chacal dizia que ele estava fazendo preparativos para nosso ataque em Marte. Ele reúne sua frota ao redor da retomada Phobos e reconvoca naves da Sociedade atracadas na Lata e em outros postos navais. Similarmente, há um êxodo de naves Ouros, Pratas e Cobres de Marte a Luna ou Vênus, que se tornaram centros de refugiados para patrícios destituídos de imunidade. A exemplo de Londres durante a primeira Revolução Francesa ou da Nova Zelândia depois da Terceira Guerra Mundial, quando os continentes ficaram saturados de radioatividade.

O problema com as informações de Antonia é que são de difícil verificação. Impossível, na realidade, com comunicações de longo alcance e intraplanetárias essencialmente de volta à idade da pedra. Até onde sabemos, o Chacal poderia muito bem ter preparado informações contingentes para ela nos dar caso fosse capturada e sob pressão. Se ela usa essas informações e agimos em função delas, poderíamos facilmente estar caindo numa armadilha. Cardo teria sido crucial para nossa compreensão das informações. O assassinato perpetrado por Antonia foi horrendo, mas taticamente bastante eficiente.

Holiday se junta a mim na ponte da *Pandora* enquanto tento fazer esse contato. Eu me sento com as pernas cruzadas no posto de observação dianteiro tentando me logar novamente ao dataDrop digital de Quicksilver. No horário da nave, estamos tarde da noite. Luzes tênues. A tripulação reduzida de Azuis opera no fosso abaixo, conduzindo-nos de volta ao ponto de encontro com a frota principal. Asteroides sombreados executam rotações ao longe. Holiday desaba ao meu lado.

— Fortifica-te — diz ela, entregando-me uma caneca de café.

— Simpático da sua parte — digo, surpreso. — Também não consegue dormir?

— Que nada. Pra falar a verdade, eu odeio naves. Não ria.

— Isso deve ser inconveniente pra uma Legionária.

— E não é? Metade de ser soldado tem a ver com ser capaz de dormir em qualquer lugar.

— E a outra metade?

— Ser capaz de cagar em qualquer lugar, esperar e aceitar ordens estúpidas sem pirar. — Ela dá um tapinha no deque. — É o ronco do motor. Isso me faz lembrar de vespas. — Ela tira as botas. — Se importa?

— Vá em frente. — Beberico o café. — Isso aqui é uísque.

— Você pega a coisa com rapidez. — Ela dá uma piscadela para mim como se fôssemos dois rapazes.

Ela faz um aceno de cabeça para o datapad nas minhas mãos. — Nada ainda?

— Asteroides já são ruins o bastante, mas a Sociedade ainda está criando todos os obstáculos que pode.

— Bom, Quicksilver está competindo de igual pra igual com eles.

Estamos sentados juntos em silêncio. A presença dela não é naturalmente tranquilizante, mas é a presença fácil de uma mulher criada nos campos de cultivo onde a reputação de uma pessoa só é tão boa quanto sua palavra e seu cão de caça. Não somos semelhantes em muitas maneiras, mas há uma lasca no ombro dela que eu entendo.

— Sinto muito por sua perda — diz ela.

— Qual delas?

— Ambas. Você conhecia a garota há muito tempo?

— Desde a escola. Ela era um pouquinho chata. Mas leal...

— Até não ser mais — diz ela. Dou de ombros em resposta. — Victra está bem abalada.

— Ela falou com você? — pergunto.

Ela ri suavemente.

— Sem chance. — Ela põe um queimador na boca e o acende. Sacudo a cabeça em negativa quando ela me oferece uma tragada. Os dutos de ar da nave zunem. — O silêncio é uma droga, não é? — diz ela depois de um tempo. — Mas imagino que você saiba disso depois da caixa.

Faço que sim com a cabeça.

— Ninguém nunca me pergunta sobre isso — digo. — A caixa.

— Ninguém me pergunta sobre Trigg.

— Você quer que perguntem?

— Que nada.

— Eu nunca me acostumei a me importar com isso — digo. — Com o silêncio.

— Bom, você o preenche com mais coisas quando envelhece.

— Não tinha muita coisa pra fazer em Lykos, exceto ficar sentado em algum canto e observar a escuridão.

— Observar a escuridão. Isso parece tão maneiro. — A fumaça escapa do seu nariz. — A gente cresceu perto do milho. Um pouquinho menos dramático. Toneladas de milho até onde a vista alcançava. Você ficava parado no meio do milho à noite às vezes e fingia que aquilo era um oceano. Você consegue ouvir os sussurros do milharal. Não é uma coisa tranquila. Não como você possa imaginar. É uma coisa malévola. Mesmo assim, eu sempre quis estar em algum outro lugar. Não como Trigg. Ele adorava Goodhope. Queria se alistar na delegacia local pra fazer tarefas de policiamento ou ser guarda florestal, pra impedir que os animais fossem caçados ilegalmente. Ele ficaria feliz fazendo isso naquele fim de mundo atrasado até ficar velhinho, bebendo com aqueles idiotas no Lou's, indo caçar nas manhãs geladas. Eu era a que queria sair de lá. A que queria *ouvir o oceano, ver as estrelas*. Vinte anos de serviço pra Legião. Precinho barato.

Ela ridiculariza a si própria, mas é curioso para mim Holiday estar escolhendo se abrir justamente agora. Ela me encontrou aqui. A princípio, pensei que fosse por ela ter vindo me consolar. Mas já havia uísque no bafo da mulher atarracada. Ela não estava disposta a ficar sozinha. E eu sou a única pessoa que conheceu Trigg pelo menos um pouco. Baixo meu datapad.

— Eu disse pro Trigg que ele não precisava vir comigo, mas eu sabia que estava arrastando-o pra cá. Falei pra mamãe que cuidaria dele. Não fui nem capaz de falar pra ela que ele está morto. De repente ela acha que nós dois estamos mortos.

— Você conseguiu contar pro noivo dele? Ephraim, certo? — pergunto.

— Você lembra.

— É claro que lembro. Ele era de Luna.

Ela me observa por um momento.

— Pode crer. Eph é um cara legal. Estava com uma firma de segurança privada em Imbrium City. Especializada em recuperação de propriedades de alto valor: obras de arte, esculturas, joias. Um garoto superbonitinho. Eles se conheceram num desses bares temáticos quando a gente estava de folga da Treze. Uma regalia numa praia venusiana. Eph não sabia sobre nós dois, que estávamos com os Filhos e coisa e tal. Mas entrei em contato com ele depois que a gente te resgatou de Luna quando eu estava numa missão. Usei um webcafé. Mais ou menos uma semana depois disso contei a ele que Trigg estava morto. Ele me mandou uma mensagem dizendo que estava abandonando seu trabalho e se juntando aos Filhos em Luna. Desde essa época, não tenho notícias dele.

— Tenho certeza de que ele está bem — digo.

— Obrigada. Mas nós dois sabemos que Luna agora é um tremendo aglomerado de merda. — Ela dá de ombros. Depois de um momento apertando os calos de halteres da palma das mãos, ela me cutuca. — Quero que você saiba que está indo muito bem. Sei que você não perguntou. E eu sou apenas um soldado. Mas você está.

— Trigg aprovaria?

— Pode crer. E ele mijaria nas calças se soubesse que a gente estava seguindo pra...

Ela interrompe o discurso abruptamente quando o holo acima emite um suave bipe e um dos comAzuis me chama. Eu me levanto para pegar meu datapad. Uma única mensagem está sendo transmitida em todas as frequências para o cinturão. Nosso primeiro contato com Marte desde que atravessamos o cinturão de asteroides pela primeira vez.

— Mostre aí! — diz Holiday. Eu o faço e uma gravação aparece. É uma sala de interrogatório cinza. Um homem está coberto de sangue, acorrentado a uma cadeira. O Chacal aparece na tela e se posta ao lado dele.

— Esse é o... — sussurra Holiday ao meu lado.

— É, sim — digo. O homem é tio Narol.

O Chacal está segurando uma pistola.

— Darrow. Faz um bom tempo. Nós realmente precisamos conversar. Minha Tropa dos Ossos encontrou esse aqui sabotando faróis no espaço profundo. Ele é realmente mais durão do que parece. Imaginei que ele talvez conhecesse sua mente. Mas ele arrancou a própria língua a mordidas em vez de falar comigo. Uma ironia pra você. — Ele se posiciona atrás do meu tio. — *Eu não quero recompensa. Eu não quero nada de você. Quero apenas que você veja isso.* — Ele ergue a pistola. É um pedaço de metal fino e cinza do tamanho da minha mão. Os Azuis no fosso arquejam. Sevro corre para a ponte no exato instante em que o Chacal leva a ponta da pistola para a nuca do meu tio. Meu tio levanta os olhos para mirar a câmera.

— Desculpe, Darrow. Mas vou mandar lembranças pro seu pai por...

O Chacal puxa o gatilho, e eu sinto uma outra parte de mim deslizar em direção à escuridão enquanto meu tio desaba na cadeira.

— Desligue isso — digo entorpecidamente, à medida que o passado me inunda. Narol colocando um capacete de traje-forno na minha cabeça quando eu era menino, eu disputando com ele na festa da Láurea, seus olhos tristes enquanto estávamos sentados no cadafalso depois do enforcamento de Eo, seu riso...

— O selotempo estabelece a hora em três semanas atrás, chefe — diz em voz baixa Virga, a comAzul. — Não recebemos a mensagem por causa da interferência.

— O resto da frota a recebeu? — pergunto num sussurro.

— Não sei, chefe. A interferência agora é marginal. E está numa frequência pulsante. Eles provavelmente já a viram.

E eu disse para Orion manter todas as naves vasculhando caso tivéssemos sorte. Isso vai vazar.

— Ah, merda — murmura Sevro.

— O quê? — pergunta Holiday.

— A gente acabou de tocar fogo na nossa própria frota — digo mecanicamente. A frágil aliança entre os altaCores e os baixaCores ficará despedaçada com esse incidente. Meu tio era quase tão amado quanto Ragnar. Narol se foi. Estremeço por dentro. A coisa ainda não me parece de verdade.

— O que a gente faz? — pergunta Sevro. — Darrow?

— Holiday, acorde os Uivadores — digo. — Timoneiro, empuxo máximo nos retromotores. Quero estar com minha frota principal dentro de quatro horas. Ponham Mustang e Orion no meu comunicador. Os Telemanus também.

Holiday retoma a atenção num estalo.

— Pode deixar, chefe.

Apesar da interferência, alcanço Orion pelo comunicador e digo a ela que lacre todas as pontes da nave e isole o controle dos canhões caso alguém decida mirar ao acaso nossos aliados Ouros. São necessários quase trinta minutos para que os Azuis me conectem com Mustang. Sevro e Victra estão agora comigo, juntamente com Daxo. O resto da família dele está nas suas naves. O sinal está fraco. A interferência provoca estática e faz o rosto de Mustang ondular. Ela está se movendo por um corredor. Dois Ouros e diversas Valquírias estão ao seu redor.

— *Darrow, você ficou sabendo?* — diz ela, vendo os outros atrás de mim.

— Meia hora atrás.

— *Sinto muitíssimo...*

— O que está acontecendo?

— *Recebemos o comunicado. Alguns techs espertinhos mandaram a coisa pra todos os sensores principais* — confirma Mustang. — *O vídeo já está nos centros de controle das naves em toda a frota. Darrow... já se tem notícias de movimentos contra altaCores em diversas das nossas naves. Três Ouros no* Perséfone *foram mortos quinze minutos atrás por Vermelhos. E uma das minhas tenentes foi obrigada a abrir fogo em dois Obsidianos que tentaram levá-la. Eles estão mortos.*

— A merda está no ventilador — diz Sevro.

— *Estou evacuando todo o meu pessoal de volta às nossas naves.* — Há tiros atrás de Mustang.

— Onde é que você está? — pergunto.

— *No* Estrela da Manhã.

— E que droga você está fazendo aí? Você precisa sair daí!

— *Ainda tenho homens aqui. Há sete Ouros no deque dos motores pra suporte de logística. Não vou deixá-los pra trás.*

— *Então vou mandar a guarda do meu pai* — rosna Daxo das naves-Chamas da sua família. — *Eles vão tirar vocês daí.*

— Isso é uma idiotice — diz Sevro.

— *Não* — rebate Mustang. — *Se você mandar cavaleiros Ouros pra cá, isso aqui vai se transformar num banho de sangue do qual nunca vamos conseguir nos recuperar. Darrow, você precisa voltar pra cá. Essa é a única coisa que talvez possa parar tudo isso.*

— A gente ainda está a horas de distância.

— *Bom, esforce-se ao máximo. E tem mais uma coisa... eles invadiram a prisão. Acho que eles vão executar Cassius.*

Sevro e eu trocamos olhares.

— Você precisa encontrar Sefi e ficar com ela — digo. — Logo, logo a gente chega aí.

— *Encontrar Sefi? Darrow... é ela quem está na liderança disso tudo.*

54

O DUENDE E O OURO

Meu ônibus espacial de assalto aterrissa no deque auxiliar do *Estrela da Manhã*, onde Mustang deveria nos encontrar. Ela não está lá. Nem os Ouros que ela está resgatando. Em vez disso, um grupo de Filhos de Ares nos espera, liderados por Theodora. Ela não carrega nenhuma arma consigo e parece deslocada, cercada que está por homens armados, mas eles estão submetidos a ela. Ela me conta o que aconteceu. A morte do meu tio desencadeou diversos pequenos combates que evoluíram para tiroteios em ambos os lados. Agora várias naves se encontram em franco conflito, inclusive essa nau capitânia.

— Mustang foi levada pelos homens de Sefi, juntamente com Cassius e o resto dos prisioneiros altaCores, Darrow — anuncia Theodora, avaliando o resto dos meus tenentes.

— Malditos selvagens — murmura Victra. — Se eles a matarem, será o fim de tudo.

— Eles não a matarão — digo. — Sefi sabe que Mustang está do lado dela.

— Por que ela faria uma coisa dessas? — pergunta Holiday.

— Justiça — diz Victra, atraindo o olhar de Sevro.

— Não — digo. — Não, acho que é algo totalmente diferente disso.

— Que maldita maravilha! — diz Victra, balançando a cabeça para o espaço. — Parece que os Telemanus estão pretendendo arrebentar a coisa toda. — Um outro ônibus espacial faz uma manobra para entrar no hangar atrás de nós. Nós nos reunimos enquanto ele aterrissa. Descendo a rampa como um foguete antes mesmo de a aeronave pousar por completo, encontra-se no chão e saltando no deque a totalidade do clã dos Telemanus. Daxo, Kavax, Thraxa e duas outras irmãs que eu não conhecia aterrissam pesadamente atrás deles. Armados até os dentes, embora a arma de Kavax ainda esteja embainhada. Atrás deles vêm trinta outros membros Ouros da sua Casa. Trata-se de uma porra de um exército.

— Assim eles vão fazer com que todo mundo aqui morra — diz Holiday. Ao meu lado, Sevro pisca para o pelotão de guerra que acaba de desembarcar.

— Morte gera morte que gera morte… — murmura ele, rompendo seu inabitual silêncio.

— Kavax, que droga é essa que você está fazendo? — pergunto enquanto a família dele atravessa o hangar.

— Virginia precisa da nossa ajuda — ribomba ele, diminuindo o ritmo da sua passada apenas quando eu o corto, bloqueando sua passagem e conduzindo-o para o fundo da nave. Por um momento, acho que ele vai passar por cima de mim. — Nós não a deixaremos à mercê de selvagens.

— Eu disse pra você ficar na sua nave.

— Infelizmente, recebemos ordens de Virginia, não de você — diz Daxo. — Nós conhecemos as ramificações de estar aqui. Mas faremos o que devemos fazer pra proteger nossa família.

— Até Mustang disse pra vocês não aparecerem aqui com cavaleiros.

— A situação mudou — responde Kavax.

— Você quer que isso se transforme numa guerra? Você quer que nossa frota seja despedaçada? A forma mais rápida de conseguir isso é vocês marcharem pra lá com um pelotão de Ouros.

— Não vamos permitir que ela morra — diz Kavax.

— E se eles a matarem por causa de vocês? — pergunto. Essa é a única coisa que faz com que eles parem. — E se eles cortarem a garganta dela quando vocês invadirem o local? — Dou um passo à frente, de modo que ele possa ver o medo que está estampado no meu rosto e eu possa falar alto o bastante para que Daxo também ouça. — Escute, Kavax, o problema com isso é que vocês vão deixar os Obsidianos com uma única opção. Retribuírem o ataque. E você sabe que eles podem fazer isso. Deixe-me lidar com isso e nós vamos trazê-la de volta. Não deixe e estaremos debruçados sobre o caixão dela amanhã.

Kavax olha de volta para seu filho esguio, sempre a influência moderada, para ver o que ele está achando. E, para meu alívio, Daxo balança a cabeça em concordância.

— Muito bem — diz Kavax. — Mas eu vou com você, Ceifeiro. Crianças, esperem minha convocação. Se eu cair, venham com toda a fúria.

— Pois não, papai — dizem eles.

Com um suspiro de alívio, eu me volto para meus homens.

— Onde está Sevro?

Sevro se esgueirou de lá enquanto discutíamos, com qual propósito eu desconheço. Corremos atrás dele através dos corredores, Victra atrás de nós. Holiday segue à frente, pegando informações com outros Filhos de Ares através do implante óptico no seu olho. Seus homens avistaram uma turba no hangar principal. Eles estão realizando um julgamento para Cassius, que é acusado do assassinato de diversas dezenas de Filhos de Ares e, evidentemente, do próprio Ares. Não há nenhum sinal de Mustang. Onde está ela? Deveria estar escondida em algum lugar. Ela se encontraria conosco, se pudesse. Será que eles a pegaram? Pior? Quando alcançamos o corredor que dá acesso ao hangar, há um movimento tão grande de pessoas no local que mal conseguimos passar, empurrando Vermelhos e Obsidianos para os lados enquanto passamos.

Estão todos gritando e empurrando. Por sobre as cabeças deles, perto do centro do hangar, vejo várias dezenas de Obsidianos e Vermelhos escarranchados sobre a passarela de vinte metros de altura que cobre parte do hangar e bem acima da multidão. Sefi se encontra ao centro. Sete Ouros pendem mortos da passarela, suspensos por um cabo de ligadura de borracha, os pés pendurados cinco metros acima da multidão, escalpos esfolados. Cervicais Áuricas são mais duras do que a média humana. Cada um desses homens e mulheres teria morrido horrivelmente ao longo de sete minutos devido a uma anorexia cerebral, observando a multidão xingando-os e cuspindo neles, e arremessando frutas podres e ferramentas e garrafas. O sangue pisado pode ser visto formando longas listras que vão do queixo ao tórax. Línguas arrancadas por Sefi, a Quieta. Cassius e diversos outros prisioneiros esperam suas próprias execuções sobre a passarela, ajoelhados ao lado dos seus captores, ensanguentados e espancados. Mustang não se encontra entre eles, graças a Júpiter. Eles despiram Cassius até a cintura e entalharam uma sangrenta CurviLâmina no seu amplo tórax.

— Sefi! — grito, mas não posso ser ouvido. Não consigo ver Sevro em parte alguma. Há mais de vinte e cinco mil pessoas num espaço que deveria acomodar dez mil. Muitos estão armados. Alguns deles feridos, devido à batalha na semana anterior. Todos se acotovelam para abrir caminho em direção ao hangar com o objetivo de assistir à execução. Os Obsidianos mais parecem titãs em meio às massas, como gigantescos penedos dispostos num mar de baixaCores. Eu jamais deveria ter condensado a maior parte dos agrupamentos de feridos e resgatados nesse ninho de pesar. A multidão percebeu que estou aqui agora e se separa para me ver e começa a entoar meu nome como se pensassem que eu vim para testemunhar a justiça sendo feita. A barbaridade do ato me deixa arrepiado. Um dos homens segurando Cassius é um tech Verde que me deu café em Phobos. Não reconheço a maioria dos outros.

Um a um, os Filhos que estão nas proximidades começam a reconhecer minha presença. O silêncio se espalha ao meu redor como ondas. Sefi, acima, finalmente repara em mim.

— Sefi! — rosno. — Sefi! — Finalmente ela me ouve. — O que você está fazendo?

— O que você não vai fazer — fala ela na sua própria língua, não com ira, mas com a aceitação de que está realizando um ato desagradável, porém necessário. Como se um espírito de vingança tivesse subido do Inferno. Seus cabelos brancos estão soltos atrás dela. Sua faca está ensanguentada devido às línguas que reivindicou. E pensar que eu depositei confiança nela. Permiti que ela batizasse esta nave. Mas o simples fato de um leão permitir que você o crie como um bichinho de estimação não significa que ele esteja domado. Kavax está horrorizado com a cena. Ele está quase pronto para convocar seus filhos, e o faria se Victra não segurasse seu braço e o convencesse a desistir do seu intento. Há medo também nos seus olhos. Não apenas diante da visão acima, mas do que poderia acontecer com ela aqui. Eu não deveria ter trazido os Ouros comigo.

Há momentos na vida em que você está seguindo em frente tão atento à sua tarefa que se esquece de olhar para baixo até se sentir afundado pela metade em areia movediça. Estou exatamente nessa situação agora. Cercado por uma turba imprevisível, olhando para cima e vendo uma mulher com sangue de Alia Snowsparrow correndo nas veias. Minha única defesa é um pequeno círculo de Filhos de Ares e Ouros. Holiday está sacando um abrasador. A lâmina de Victra se move por baixo da manga do seu uniforme. Fui imprudente demais ao aportar aqui com minha tropa nessas circunstâncias. Tudo isso poderia dar errado muito rapidamente.

— Onde está Mustang? — grito para Sefi. — Você a matou?

— Se eu a matei? Não. A filha do Leão nos trouxe do Gelo. Mas ela é um obstáculo à justiça, de modo que está aprisionada. — Então ela está a salvo.

— É disso que se trata? — falo a ela. — Justiça? Foi isso o que foi dado aos amigos de Ragnar que sua mãe deixou pendurados daquelas correntes nos Espigões?

— Esse é o código do gelo.

— Você não está no gelo, Sefi. Você está na *minha* nave.

— Ela é sua? — Isso não soa bem aos baixaCores entre a multidão. — Nós pagamos por ela com nosso sangue.

— Como nós — digo. — O que era bom em relação ao gelo? Você deixou aquele lugar porque sabia que havia algo errado por lá, sabia que o modo de vocês tinha a forma definida pelos seus mestres. Você disse que me segue. Agora é uma mentirosa?

— E você não é? Você prometeu ao meu povo que eles ficariam em segurança — berra Sefi para mim, apontando seu machado, o peso da perda como um fardo sobre ela. — Eu vi o trabalho dessa gente. Eu vi a guerra que eles fazem, as naves que eles navegam. Palavras não serão suficientes. Esses Ouros falam uma língua. E é a língua do sangue. E enquanto eles estiverem vivos, enquanto eles falarem, meu povo não estará em segurança. O poder que eles têm é grande demais.

— Você acha que era isso o que Ragnar queria?

— Acho.

— Ragnar queria que você fosse melhor do que eles. Do que isso. Que você fosse um exemplo. Mas quem sabe os Ouros tenham razão. Quem sabe vocês não passem de assassinos. Cães selvagens. Como era o objetivo deles ao fazerem vocês.

— Nós jamais seremos outra coisa além disso enquanto eles não tiverem morrido — diz ela para mim, a voz ecoando ao redor do hangar. — Por que defendê-los? — Ela arrasta Cassius na direção dela. — Por que chorar por alguém que ajudou a matar meu irmão?

— Por que você acha que Ragnar segurou sua mão em vez da espada ao morrer? Ele não queria que sua vida girasse em torno da vingança. É um fim vazio. Ele queria mais pra você. Ele queria um futuro.

— Eu vi os céus, eu vi os infernos, e sei agora que nosso futuro é a guerra — diz Sefi. — Guerra até que eles desapareçam na noite. — Ela arrasta Cassius na direção dela e ergue a faca para lhe arrancar a língua. Mas antes que ela o faça, um pulsoPunho dispara e arranca a arma das suas mãos, e Ares, senhor dessa rebelião, aterrissa na passarela usando seu pontudo capacete de guerra. Os Obsidianos recuam à medida que ele estica o corpo, tira a poeira dos ombros e deixa o capacete deslizar de volta à armadura.

— O que ele está fazendo? — Victra me pergunta. Eu sacudo a cabeça.

— Seus otários de merda — escarnece Sevro. — Vocês estão tocando na minha propriedade. — Ele avança pela ponte na direção de Sefi. — Hum… Saia da minha frente. — Diversas Valquírias barram seu caminho. Ele fica nariz a peito com elas. — Se mexam, seus sacos de pentelhos albinos!

Os Obsidianos se movem apenas quando Sefi os manda fazê-lo. Sevro passa pelos Ouros acorrentados dando tapinhas brincalhões nas suas cabeças no caminho.

— Esse aqui é meu — diz ele, apontando para Cassius. — Tire as mãos dele, moça. — Ela não move a faca. — Ele cortou a cabeça do meu pai e colocou-a dentro de uma caixa. E a menos que você queira que eu faça a mesma coisa contigo, você vai me fazer a cortesia de soltar minha propriedade.

Sefi se afasta, mas não embainha a faca.

— É sua dívida de sangue. A vida dele pertence a você.

— Obviamente. — Ele faz um gesto, dispensando-a. — Levante daí, seu Pixie — late ele para Cassius, chutando-o e puxando-o pelo cabo em volta do seu pescoço. — Veja se mostra um pouco de dignidade. Levante daí. — Cassius se levanta desajeitadamente, com as mãos nas costas. Seu rosto está inchado devido aos espancamentos. O desenho da curviLâmina lívido no seu peito. — Você matou meu pai?

Cassius olha para mim. Não há nenhuma dose de humor no homem, somente orgulho, não o orgulho do tipo vão que vi nele ao longo dos anos. Guerra e vida sugaram dele esse vigoroso espírito. Esse é o rosto, o semblante de um homem que não quer nada além de morrer com um pouco de dignidade.

— Sim — diz ele em alto e bom som. — Eu o matei.

— Fico contente de a gente ter esclarecido essa situação. Ele é um assassino — grita Sevro para a multidão. — E o que é que a gente faz com assassinos?

A multidão ruge pela vida de Cassius. E Sevro, depois de fazer uma exibição levando a mão ao ouvido como quem deseja ouvir melhor, dá isso a eles. Ele empurra Cassius pela borda da passarela. O Ouro despenca até que o cabo em volta do seu pescoço fica rígido, interrompendo sua queda. Ele fica sem ar. Os pés se debatem. O rosto fica vermelho. A multidão ruge vorazmente, entoando o nome de Ares.

Turbas são coisas desprovidas de alma que se alimentam do medo, da impulsividade e do preconceito. Elas não conhecem o espírito de Cassius, a nobreza do homem que teria dado a vida por sua família, mas que foi condenado a viver enquanto todos eles morreram. Eles veem um monstro. Um ex-deus de dois metros e quinze centímetros de altura agora quase completamente nu, humilhado, sendo estrangulado na sua própria *hubris*.

Vejo um homem tentando se esforçar ao máximo num mundo que não dá a mínima para ele. Isso me parte o coração.

No entanto, eu não me mexo, porque sei que não estou testemunhando a morte de um amigo tanto quanto estou vendo o renascimento de outro. Meu grupo não entende. O horror mancha o rosto de Kavax. Também o de Victra — muito embora ela tenha tido pouca pena de Cassius durante todo esse tempo, acho que ela está pranteando a selvageria que vê em Sevro. É uma coisa feia para qualquer homem suportar. Holiday saca sua arma, olhando os Vermelhos nas proximidades que estão apontando para Kavax. Mas eles estão perdendo o show.

Observo admirado Sevro subir na amurada, os braços abertos, abraçando seu exército. Abaixo, Cassius está pendurado e morrendo, e a multidão se diverte ao ver quem consegue se alçar alto o bastante para lhe puxar os pés. Ninguém obtém sucesso.

— Meu nome é Sevro au Barca — grita meu amigo. — Eu sou Ares! — Ele bate com força no peito. — Matei noventa e quatro Ouros. Quarenta Obsidianos e treze Cinzas com minha lâmina. — A multidão ruge sua aprovação, inclusive os Obsidianos. — Júpiter sabe quem mais eu derrubei com naves, armastrilhos e pulsoPunhos. Com bombas nucleares, facas, porretes afiados... — Ele diminui dramaticamente a intensidade do discurso.

Eles batem seus pés.

Ele bate novamente no próprio peito.

— Eu sou Ares! E também sou um assassino! — Ele leva as mãos ao quadril. — E o que é que a gente faz com assassinos?

Dessa vez ninguém responde.

Ele jamais esperaria que eles o fizessem. Ele puxa o cabo atado a um dos Ouros ajoelhados, enrola no seu próprio pescoço e, olhando para Sefi com um sorrisinho demente, pisca e salta por cima da amurada.

A multidão berra, mas o arquejo perplexo de Victra soa mais alto. A corda de Sevro fica rígida. Ele se debate, estrangulado ao lado de Cassius. Seus pés se debatem. Silencioso e horrendo. Seu rosto vai ficando vermelho, a caminho de adquirir uma tonalidade púrpura como o de Cassius. Eles balançam juntos, o Duende e o Ouro, suspensos acima da multidão rodopiante que agora está em debandada, tentando subir a escada que dá acesso à passarela para cortar a corda de Sevro; mas, na sua insanidade, eles sobrecarregam a escada e ela entorta e se afasta do muro. Victra está prestes a se lançar no ar nas suas gravBotas para salvá-lo. Eu a impeço.

— Espere.

— Ele está morrendo! — diz ela freneticamente.

— Esse é o ponto.

Não é um menino que está pendurado naquela corda. Não é um órfão com o coração partido que precisa da minha ajuda para tirá-lo de lá. É um homem que já passou pelo inferno e agora acredita no sonho do seu pai, no sonho da minha mulher. É um homem que eu morreria para proteger, mesmo enquanto ele morre para salvar a alma dessa rebelião.

Kavax está petrificado, observando Sefi, que olha para baixo na direção da curiosa cena. Seus Obsidianos estão igualmente confusos. Eles olham para ela em busca da sua liderança. Ragnar acreditava na sua irmã. Na sua capacidade de ser melhor do que o mundo que lhes havia sido dado, um mundo no qual não existe algo como misericórdia, não existe algo como perdão. E isso a surpreende de maneira igualmente profunda. Em silêncio, ela ergue o machado e o balança no ar na direção do cabo que prende Sevro e então, com relutância, no de Cassius. Em algum lugar, Ragnar está sorrindo.

Ambos os homens despencam do ar para serem pegos pela rodopiante multidão abaixo.

Kavax não se moveu desde que Sevro saltou, observando Sefi com um profundo olhar de confusão. Ainda está com a mão no comunicador para chamar seus filhos, mas eu o perco na multidão. Os Filhos de Ares e os Uivadores formaram um círculo coeso ao redor do seu líder, empurrando as outras pessoas para trás. Sevro luta por fôlego de quatro no chão. Corro até ele e me ajoelho, ao mesmo tempo em que Holiday ajuda Cassius, que ofega no chão à minha esquerda, enquanto Pedrinha deposita seu manto de Uivador sobre o Ouro nu e ensanguentado.

— Você consegue falar? — pergunto a Sevro. Ele faz que sim com a cabeça, os lábios tremendo de dor, mas seus olhos estão incandescentes. Eu lhe dou o braço e o ajudo a se levantar. Levanto o punho, exigindo silêncio. Os Filhos gritam para que os outros se calem até que a respiração das vinte e cinco mil pessoas fique em equilíbrio com as batidas do coração do meu amiguinho. Ele olha para eles, sobressaltado pelo amor que vê, a reverência, os olhos úmidos.

— A mulher de Darrow… — crocita Sevro, com a laringe machucada. — A mulher dele — diz ele com mais profundidade — e meu pai nunca se encontraram. Mas eles compartilhavam um sonho. O sonho de um mundo livre. Não construído sobre cadáveres, mas sobre a esperança. Sobre o amor que nos une, não o ódio que nos divide. Nós perdemos muitas pessoas. Mas não estamos derrotados. Nossa luta continua. Mas não estamos lutando pra nos vingarmos por aqueles que morreram. Estamos lutando por aqueles que estão vivos. Estamos lutando por aqueles que ainda não estão vivos. Cassius matou meu pai… — Ele se posta sobre o homem, engolindo em seco antes de novamente levantar os olhos. — Mas eu o perdoo. Por quê? Porque ele estava protegendo o mundo que conhecia, porque ele estava com medo.

Victra abre caminho em meio à multidão até chegar à frente do círculo, observando Sevro, que fala a última frase como se esta fosse dirigida a ela e somente a ela.

— Nós somos a nova era. E se é nosso objetivo mostrar o caminho, é melhor que esse novo caminho seja bem melhor do que a droga do outro. Eu sou Sevro au Barca. E não tenho mais medo.

55
A IGNÓBIL CASA BARCA

— Você é um maníaco da porra! — digo a Sevro quando estamos a sós na enfermaria de Virany. Sevro está segurando o pescoço e rindo de si mesmo. Eu beijo o topo da cabeça dele. — Um insano da porra, sabia?

— Pode crer. Bom, roubei aquela lá do seu livrinho; o que é mesmo que ele diz de você?

— Que ele também é insano — diz Mickey do canto da sala. Ele está fumando seu queimador. A fumaça púrpura desliza das suas narinas.

Sevro estremece.

— Isso dói pra cacete. Não dá nem pra olhar pro lado.

— Você torceu o pescoço, machucou a cartilagem, está com lacerações na laringe — diz a dra. Virany por trás do seu scanner biométrico. Ela é uma mulher esguia e bronzeada com aquele pequeno silêncio especial dentro de si reservado a pessoas que já viram ambos os lados da dureza.

— Exatamente o que eu disse quando você entrou aqui. Todas essas ferramentas que você usa, Virany. Na boa, que arte existe nisso tudo?

Virany revira os olhos.

— Mais dez quilos no seu corpo e você teria quebrado o pescoço, Sevro. Pode se considerar sortudo.

— Foi uma boa eu ter dado uma cagada antes — resmunga ele.

— O pescoço de Darrow teria se segurado sob o peso de cinquenta quilos a mais do que o seu — diz Mickey, gabando-se ociosamente. — A taxa de elasticidade da cervical dele é...

— É mesmo? — diz Virany, cansada. — Dá pra você se gabar mais tarde, Mickey?

— Estou apenas observando minha própria maestria — responde Mickey, dando uma piscadela na minha direção. Ele gosta de implicar com a gentil Virany. Desde que Mickey começou a empregar a ajuda dela no seu projeto, ambos têm passado a maior parte do tempo acordados no laboratório dele, para a tristeza de Virany.

— Ai! — gane Sevro quando ela espeta a base da sua coluna. — Isso aí é meu corpo.

— Desculpe.

— Pixie — digo.

— Quase quebrei o pescoço — diz Sevro.

— Eu estava lá, eu vi tudo. Pelo menos você não precisou ser chicoteado.

— Eu ia preferir muito mais ter sido chicoteado — murmura ele, fazendo uma careta enquanto tenta virar o pescoço. — Deve ser melhor do que isso aqui.

— Não se você fosse chicoteado por Pax — respondo.

— Eu vi o vídeo, ele não estava batendo com tanta força assim.

— Você já foi chicoteado alguma vez? Você viu minhas costas?

— Você viu a porra do meu olho no Instituto? O Chacal o arrancou com uma faca e ninguém me viu choramingando.

— Eu tive toda a porra do meu corpo entalhado — digo enquanto as portas se abrem com um sibilo e Mustang entra. — Duas vezes.

— Oh, a coisa sempre acaba voltando pra droga do Entalhe — murmura Sevro, balançando os dedos no ar. — Sou tão especial, porra, que tive até meus ossos raspados. Meu DNA foi remendado e tal.

— Eles sempre fazem isso? — pergunta Virany a Mustang.

— Parece que sim — diz Mustang. — Existe alguma possibilidade de eu te subornar pra você costurar as bocas desses dois até eles aprenderem a não falar tanto palavrão?

Mickey levanta a cabeça.

— Bom, é interessante você fazer essa pergunta, já que...

Sevro o interrompe:

— Como é que o Ouro está indo? — pergunta ele a Mustang. — Você sabe?

— Feliz por ainda ter uma língua — diz Mustang. — Estão suturando o peito dele na enfermaria. Ele está com uma espécie de hemorragia interna devido a um trauma agudo, mas vai sobreviver.

— Você finalmente foi vê-lo? — pergunto.

— Fui, sim. — Ela balança a cabeça pensativamente. — Ele estava... emotivo. Queria que eu te transmitisse o agradecimento dele, Sevro. Ele disse que sabe que não merecia isso.

— E não merecia mesmo, droga — murmura Sevro.

— Sefi disse que os Obsidianos vão deixá-lo em paz — digo.

— Só os Obsidianos? — pergunta Mustang, minha sentença tirando-a dos seus pensamentos. — Todos eles.

Eu rio subitamente.

— Eu nem tinha pensado nisso.

— No quê? — pergunta Sevro.

— Que ela falou agora pelos Obsidianos, não apenas pelas Valquírias. Isso não foi um ato falho. O pantribalismo não existia antes da revolta — digo. — Ela deve ter usado isso pra unir outros chefes de guerra sob a direção dela.

— Então... ela deu um golpe? — pergunta Sevro.

Eu rio.

— É o que parece.

— Vamos ver se a coisa se sustenta. Mesmo assim... é impressionante — diz Mustang. — Eles sempre falaram pra gente jamais desperdiçar uma boa crise.

Mickey estremece.

— Obsidianos brincando de política...

— Então, tudo aquilo lá... foi uma estratégia ou foi de verdade? — pergunta Mustang a Sevro.

— Sei lá — diz Sevro, dando de ombros. — Enfim, chega uma hora que é preciso fechar o ciclo. É um saco, mas meu pai se foi mesmo.

Não faz sentido incendiar o mundo pra tentar trazê-lo de volta. Quer saber? Cassius não matou o papai porque o odiava. Os dois eram soldados fazendo o que soldados fazem.

Mustang balança a cabeça, incapaz de achar palavras adequadas. Portanto, ela põe a mão no ombro dele, e Sevro sabe o quanto ela está impressionada. O elogio do silêncio é o mais profundo que ela pode dar, e ele a presenteia com um raro sorriso desprovido de ironia. Um sorriso que desaparece quando a porta se abre e Victra entra. Ela está com os olhos vermelhos e agitada.

— Eu preciso falar com você — diz ela a Sevro.

— Saiam daqui — diz Sevro ao ver que ninguém se move. — Todos vocês.

Nós esperamos do lado de fora enquanto Victra e Sevro conversam do lado de dentro.

— Quanto tempo você acha que vai ser necessário pra se fazer essa viagem? — pergunta Mustang.

— Quarenta e nove dias — digo, puxando Mickey da porta, onde ele está com os ouvidos grudados numa tentativa de escutar o que se passa no interior do recinto. — A questão central é manter os Azuis calados.

— Quarenta e nove dias é tempo demais pro meu irmão fazer planos.

Além do nosso casco, os mundos continuam a girar. Vermelhos são caçados. E embora tenhamos despertado o espírito dos baixaCores e dado a essa rebelião uma outra vitória, cada dia que passamos a caminho do Cerne é mais um dia que o Chacal pode usar para perseguir nossos amigos e que a Soberana pode debelar as rebeliões que pululam ao seu redor. Meu tio já se foi. Quantos mais irão morrer antes de eu voltar?

— Isso não vai curar tudo — diz Mustang. — Os Obsidianos ainda mataram sete prisioneiros. Meu povo está cauteloso em relação a essa guerra. Em relação às consequências. Principalmente se Sefi tiver mesmo unido as tribos agora. Isso a torna perigosa.

— E mais útil — digo.

— Até que ela discorde novamente de você. Isso poderia dar pra trás a qualquer momento.

Ela enrijece o corpo quando Mickey desliza de volta e a porta que dá na enfermaria se abre. Sevro e Victra saem, ambos com sorriso no rosto.

— Do que vocês dois estão rindo? — pergunto.

— Disso aqui. — Sevro tira um anel do Instituto usado pela Casa Júpiter. Está folgado no seu dedo. Eu estreito os olhos para a peça, não entendendo de imediato. O anel dele próprio não está no seu dedo e então o vejo enfiado no dedinho de Victra de uma maneira um tanto quanto desajeitada. — Ela me propôs — diz ele, deliciado.

— O quê? — eu cuspo.

Mustang ergue as sobrancelhas.

— Propôs tipo... propôs se casar com você?

— Pode crer, garotão! — Sevro está radiante. — A gente vai se casar.

Sevro e Victra se casam sete noites mais tarde numa pequena cerimônia no hangar auxiliar do *Estrela da Manhã*. Quando Victra me pediu para levá-la ao altar depois que eles nos revelaram a notícia, fiquei sem palavras. Eu a abracei naquele momento como a abraço agora antes de lhe tomar o braço e conduzi-la através da pequena fileira de Uivadores de banho tomado e cabelos penteados e dos gigantescos Telemanus. Sevro está limpo como eu jamais o vi, seus rebeldes cabelos ao estilo Mohawk bem penteados para o lado enquanto ele se posiciona diante de Mickey. É costume ter um Branco dando as bênçãos. Mas Victra riu da ideia de tradição e pediu que Mickey o fizesse.

O rosto do Violeta está agora resplandecente. Há maquiagem em excesso, mas mesmo assim ele está como um raio de luz. De Entalhador a escravocrata a condutor de uma cerimônia de casamento, a estrada dele não foi uma das mais fáceis, mas ele está adorável na ocasião. Ele ficou deliciado quando Palhaço e Cara Ferrada lhe pediram que se juntasse a nós na despedida de solteiro de Sevro, e ele uivou junto conosco quando sequestramos Sevro do seu quarto na noite anterior e o arrastamos até o refeitório onde os Uivadores se reuniram para beber.

A animosidade surgida em função da revolta não amainou por completo, mas o casamento traz uma sensação de nostálgica normalidade. Cercada pela insanidade da guerra, trata-se de uma esperança especial que nos é dada, cientes que estamos de que a vida pode seguir seu rumo. Embora alguns Filhos estejam irritados com um casamento de um líder Vermelho com uma Ouro, Victra já fez o bastante para merecer o respeito dos líderes dos Filhos. E a bravura que ela demonstrou ao atacar o *Estrela da Manhã* com Sefi e comigo ao redor de Ilium lhe trouxe o respeito deles. Ela verteu sangue por eles, com eles, de modo que minha frota está tranquila, em paz. Pelo menos essa noite.

Nunca vi Sevro tão feliz. Nem tão nervoso como ele estava na hora anterior à cerimônia quando penteava os cabelos no meu banheiro. Não que se possa fazer muito com um Mohawk.

— Você acha que isso é loucura? Ontem a ideia parecia boa — perguntou ele, mirando-se no espelho.

— E hoje continua sendo uma boa ideia — respondi.

— Não é só isso que você quer dizer. Conte a verdade, cara. Estou ficando enjoado.

— Antes de me casar com Eo, eu vomitei.

— Não sacaneia.

— Vomitei bem em cima das botas do meu tio. — Sinto uma pontinha de dor ao lembrar que ele partiu. — Não era porque eu estava com medo de tomar a decisão errada. Eu estava com medo de que Eo estivesse tomando a decisão errada. Com medo de não conseguir atender às expectativas dela... Mas meu tio me disse que são as mulheres que nos veem melhor do que nos vemos. É por isso que você ama Victra. É por isso que você luta ao lado dela. E é por isso que você merece esse casamento.

Sevro estreita os olhos para mim no espelho.

— Pode crer, mas seu tio era maluco. Todo mundo sabe disso.

— Então é tudo farinha do mesmo saco. Nós todos somos um pouquinho maníacos. Principalmente Victra. Enfim, ela só pode ser, já que quer casar com você, certo?

Ele dá uma risadinha.

— Certo demais, porra. — E eu o despenteio, esperando acima de toda e qualquer esperança que eles possam ter esse pequeno momento de felicidade e quem sabe mais depois de tudo isso. É o melhor que qualquer um de nós pode esperar, de fato. — Mas bem que eu gostaria muito que o papai estivesse aqui.

— Eu acho que ele está dando gargalhadas em algum lugar por você ser obrigado a ficar na pontinha dos pés pra beijar a noiva — digo.

— Ele sempre foi sacana.

Agora Sevro se apoia ora num pé ora no outro enquanto eu lhe entrego Victra e ele a olha nos olhos. Eu nem estou lá. Nenhum de nós está, não para eles. A delicadeza que agora vejo na raivosa mulher é tudo o que é necessário se ver para saber o quanto ela o ama. Não é algo sobre o qual ela jamais falaria. Não é o jeito dela. Mas a extrema agudeza que ela tem para tudo e todos essa noite não existe. Como se ela visse Sevro como um refúgio, um lugar onde ela pudesse estar em segurança.

Eu me reúno a Mustang enquanto Mickey começa seu floreado discurso. Não tem nem metade da grandiloquência que eu poderia ter suspeitado. Pela maneira com a qual Mustang balança a cabeça para as palavras, sei que ela deve tê-lo ajudado a editá-lo. Lendo minha mente, ela se curva na minha direção e diz:

— Você devia ter lido a primeira versão. Era um espetáculo. — Ela me fareja. — Você está bêbado? — Ela olha para os afogueados Uivadores e para os oscilantes Telemanus. — Está todo mundo bêbado?

— Shhh — digo e estendo um frasco a ela. — Você está sóbria demais.

Mickey está finalizando a cerimônia.

— ... um acordo que possa ser apenas rompido pela morte. Eu os pronuncio Sevro e Victra Barca.

— Julii — corrige Sevro rapidamente. — A casa dela é mais antiga.

Victra sacode a cabeça para Sevro, discordando.

— Ele disse certo.

— Mas você é uma Julii — responde ele, confuso.

— Ontem eu era. Hoje eu prefiro ser uma Barca. Presumindo que você não tenha nada contra isso e que eu não tenha que me tornar proporcionalmente diminutiva.

— Isso seria encantador — diz Sevro, as bochechas refulgindo enquanto Mickey continua e Sevro e Victra se viram para encarar seus amigos.

— Então eu os apresento aos seus companheiros e aos mundos como Sevro e Victra da Casa Marciana de Barca.

A cerimônia pode ter sido singela, mas a celebração foi tudo, menos isso. Do tamanho de uma frota, inclusive. Se há uma coisa que meu povo sabe fazer é sobreviver às durezas com comemorações. A vida não é apenas uma questão de oxigênio nos pulmões, é uma questão de ser. Notícias do discurso de Sevro e do seu enforcamento se espalham através das naves, dando pontos nas feridas.

Mas esse é o dia importante. O dia que reafirma a alegria da vida ao redor da minha frota. Danças são realizadas nas corvetas menores, nos destróieres e navesChamas e no *Estrela da Manhã*. Voos de rasgAsas fazem as pontes zunir em formações comemorativas. Zurrapa e aguardentes da Sociedade fluem entre as multidões que se reúnem em hangares para cantar e dançar ao redor das armas de guerra. Inclusive Kavax, tão teimoso no seu temor do caos e seu preconceito contra os Obsidianos, dança com Mustang. Ebriamente abraçando Sevro e Victra e desajeitadamente tentando esquecer o lixo de dança dos Ouros e aprender as do meu povo com uma voluptuosa Vermelha com um rosto sorridente e graxa de mecânico nas unhas. Com eles está Cyther, o esquisito Laranja que tanto me impressionou um ano e meio antes nas garagens da *Pax*. Ele acabou de finalizar o projeto especial de Mustang hoje de manhã. Agora está bêbado e girando seu desequilibrado corpo na pista de dança enquanto Kavax ruge sua aprovação.

Daxo sacode a cabeça para as palhaçadas do seu pai sentado ao lado, a atitude reservada como sempre. Divido uma bebida com ele.

— É vinho — digo.

— Graças a Júpiter — responde ele, segurando a taça com delicadeza. — Seu povo não para de tentar me dar uma espécie de solvente de motor pra beber. — Ele escaneia seu datapad com preocupação nos olhos.

— Deixei Holiday na segurança — digo. — Isso aqui não é uma festa Ouro.

Ele ri.

— Então graças a Júpiter por isso também. — Finalmente, ele toma um gole do vinho. — Atóis de Vênus — diz ele. — Muito bom.

— Seu pai está uma visão e tanto — digo, balançando a cabeça para a pista de dança onde o grandalhão balança o corpo com duas Vermelhas.

— Ele não é o único — responde Daxo, seguindo meus olhos em direção a Mustang, que agora está sendo rodopiada por Sevro. O rosto da mulher está cintilante de vida, ou talvez seja o álcool. Seus cabelos estão suados e empapados na testa. — Ela te ama, sabia? — diz Daxo. — Ela só tem medo de te perder, então te mantém bem à distância. Engraçado como nós somos, não é?

— Daxo, por que você não está dançando? — pergunta Victra, indo na direção com passadas largas. — Tão ajuizado o tempo todo. De pé! De pé! — Ela o levanta e o empurra para a pista de dança e em seguida desaba na cadeira dele. — Meus pés. Dei uma busca no armário de Antonia. Esqueci que ela tem pé de pombo.

Eu rio e Palhaço cambaleia até nós, pesadamente bêbado.

— Victra, Darrow. Uma pergunta. Vocês acham que a Pedrinha está interessada naquele homem? — pergunta ele, encostando numa das mesas enquanto bota para dentro mais uma taça de vinho. Seus dentes já estão púrpuras.

— Aquele alto ali? — pergunta Victra. Pedrinha está dançando com um capitão Cinza das Gárgulas. — Ela parece estar a fim dele.

— Ele é terrivelmente bem-apessoado — diz Palhaço. — Tem bons dentes também.

— Tenho a impressão que dá pra você chegar nela — digo.

— Bom, não vou querer dar a entender que estou desesperado.

— Júpiter que te ajude — diz Victra.

— Acho que vou lá.

— Acho que é uma boa ideia — diz ela. — Mas antes é melhor você fazer uma mesura. Ser polido.

— Oh. Só se for agora. Lá vou eu. — Ele se serve de mais uma taça de vinho. — Depois de tomar uma.

Tiro o vinho dele e o empurro na direção de Pedrinha. Holiday aparece no umbral da porta para observar a esquisita interrupção de Palhaço. Ele está fazendo uma mesura para Pedrinha e balançando a mão de modo teatral.

— Ah, que inferno. Ele fez isso mesmo. — Victra bufa champanhe através do nariz. — Você devia fazer a mesma coisa com Mustang. Acho que ela está tentando roubar meu marido. *Marido*. Que palavra mais estranha.

— O mundo é que é estranho.

— Mas não é, não. *Esposa*. Quem poderia imaginar?

Eu a olho de alto a baixo.

— Em você, o nome parece se ajustar. — Eu a abraço. — Parece se ajustar perfeitamente. — Ela dá um sorriso radiante.

— Chefe — diz Holiday, vindo até nós.

— Holiday, veio beber com a gente? — Olho de relance para ela, o sorriso morrendo quando vejo a expressão que está estampada no rosto dela. Alguma coisa aconteceu. — O que houve?

Ela faz um gesto para que eu me afaste de Victra.

— É o Chacal — diz ela num sussurro, de modo a não estragar o clima. — Ele está no comunicador. Quer falar com você. Link direto.

— Qual é o nível de atraso? — pergunto.

— Seis segundos.

Na pista de dança, Sevro está rodopiando desastradamente com Mustang, rindo porque nenhum dos dois conhece a dança que os Vermelhos ao redor deles estão executando. Os cabelos dela estão escuros devido ao suor nas têmporas, seus olhos iluminados com a alegria do momento. Nenhum dos dois sente o súbito pavor que me acomete, no mundo além. Não quero que eles sintam. Não essa noite.

56
EM TEMPO

Ele está sentado numa cadeira simples no centro da minha sala de treinamento circular usando um casaco branco com um leão dourado em cada um dos colarinhos altos. As estrelas acima do seu resplandecente holograma são manchas frias através do domo de durovidro. Essa sala foi construída para treinamentos de guerra e portanto é aqui que propiciarei uma audiência a meu inimigo. Não permitirei que ele perverta essa nave onde Roque viveu e onde meus amigos estão celebrando sendo visto aqui ou em qualquer outro lugar.

Muito embora ele esteja a milhões de quilômetros de distância, quase consigo sentir seu aroma de raspas de lápis. Quase consigo ouvir o vasto silêncio com o qual ele preenche espaços enquanto me posto ali diante da sua imagem digital. Ela é tão semelhante a uma pessoa de verdade que se não cintilasse eu pensaria que se tratava dele ali em pessoa. O pano de fundo atrás dele está borrado. O Chacal me observa entrar no recinto. Nenhum sorriso estampa seu rosto. Nenhuma falsa afabilidade, mas dá para ver que ele está se divertindo. Um estilete de prata gira na sua única mão. O único sinal da sua agitação.

— *Oi, Ceifeiro. Como estão as festividades?* — Tento não deixar que meu desconforto fique aparente. É claro que ele está ciente do casamento. Ele tem espiões na nossa frota. O quanto eles estão próximos de mim, não tenho como afirmar. Mas não deixo o pensamento se espalhar malignamente por mim. Se ele pudesse se aproximar e nos causar danos aqui, já o teria feito.

— O que você quer? — pergunto.

— *Você me ligou da última vez. Pensei em retribuir o favor, principalmente tendo em consideração a mensagem que enviei acerca do seu tio. Você a recebeu?* — Eu não digo nada. — *Afinal de contas, quando você chegar a Marte os canhões vão falar por nós. Pode ser que a gente nunca mais se veja. Estranho, não é mesmo? Você viu Roque antes de ele morrer?*

— Vi.

— *E ele chorou pelo seu perdão?*

— Não.

O Chacal franze o cenho.

— *Pensei que ele choraria. É fácil enganar um romântico. E pensar que ele estava bem ali quando acabei com a garota dele. Você saiu correndo pelo corredor berrando o nome de Tactus e ele levantou os olhos, confuso. Enfiei uma lasca do crânio de Quinn bem fundo no cérebro dela com meu escalpelo. Pensei em deixá-la viver com danos cerebrais. Mas a ideia dela babando pra cima e pra baixo me deixou enjoado. Você acha que ele a continuaria amando se ela babasse?*

Há um som na porta, fora do alcance de captura da câmera. Mustang me seguiu. Absorvendo a cena, ela observa em silêncio. Eu deveria desligar o holo. Deixar essa criatura consigo mesma, mas parece que não consigo me separar dele. A mesma curiosidade que me trouxe aqui agora me ancora nesse ponto.

— Roque não era perfeito, mas ele gostava dos Ouros. Ele gostava da humanidade. Ele tinha algo por que morrer. E isso faz dele um homem melhor do que a maioria — digo.

— *É fácil perdoar os mortos* — diz o Chacal. — *Eu saberia.* — Um diminuto espasmo de humanidade se move pelos lábios dele. Pode ser que Adrius jamais diga isso, mas o próprio tom da sua voz me diz que ele não é desprovido de remorso. Sei que ele queria a aprovação do pai dele. Mas será mesmo possível que ele sinta falta do homem? Que ele tenha perdoado seu pai na morte e agora o pranteie? Será que é isso que está tentando dizer?

Ele tira do colo um curto bastão dourado. Com o apertar de um botão, o bastão se estende e se transforma num cetro. Um cetro com o crânio de um chacal no topo da pirâmide da Sociedade. Eu lhe encomendei a peça mais de um ano antes.

— *Eu não me desfiz do seu presente* — diz ele, passando a mão na cabeça do chacal. — *Toda a minha vida, recebi leões de presente. Nunca uma coisa que me dissesse respeito. O que diz de mim o fato de que meu maior inimigo me conhece melhor do que qualquer amigo meu?*

— Você o cetro, eu a espada — digo, ignorando a pergunta. — Esse era o plano. — Dei-lhe o objeto porque queria que ele se sentisse amado. Que ele sentisse que eu era seu amigo. E eu teria sido, naquele momento. Eu o teria ajudado a mudar como Mustang mudou. Como Cassius talvez tivesse mudado. — É como você imaginava que seria? — pergunto.

— *O quê?*

— O assento do seu pai.

Ele franze o cenho, avaliando que espécie de diplomacia deveria empregar.

— *Não* — diz ele, por fim. — *Não era isso o que eu esperava.*

— Você quer ser odiado. Não quer? — pergunto. — Foi por isso que matou meu tio quando não havia necessidade. Isso lhe dá um propósito. Foi por isso que você me chamou. Pra se sentir importante. Mas eu não te odeio.

— *Mentiroso.*

— Não odeio, não.

— *Matei Pax e seu tio e Lorn...*

— Tenho pena de você.

Ele recua.

— *Pena?*

— ArquiGovernador de toda Marte, um dos homens mais poderosos de todos os mundos. Com o poder pra fazer qualquer coisa que deseje. E não é o suficiente. Nada nunca foi suficiente pra você, nem será. Adrius, você não está tentando provar nada pro seu pai, pra mim, pra Virginia, pra Soberana. Você está tentando ser importante pra si mesmo. Porque está quebrado por dentro. Porque odeia o que é. Você gostaria muito de ter nascido como Claudius. Como Virginia. Você gostaria de ser como eu sou.

— *Como você?* — pergunta ele com um risinho de deboche. — *Um Vermelho imundo?*

— Eu não sou Vermelho coisa nenhuma. — Mostro a ele minhas mãos, desprovidas de Sinetes. Ele fica enojado com a visão.

— *Nem evoluiu o bastante pra ter uma Cor, Darrow? Exatamente como um* Homo sapiens *brincando do domínio de deuses.*

— Deuses? — Sacudo a cabeça. — Você não é nenhum deus. Você não é nem um Ouro. Você não passa de um homem que pensa que um título vai te dar grandeza. Apenas um homem que deseja ser mais do que na verdade é. Mas tudo o que você realmente deseja é amor. Não é isso?

Ele bufa, escarnecendo das minhas palavras.

— *Amor é pros fracos. A única coisa que você e eu temos em comum é nossa voracidade. Você acha que não posso ficar satisfeito. Que sempre vou ansiar por mais. Mas olhe no espelho e você vai ver o mesmo homem te olhando. Diga pros seus amiguinhos Vermelhos o que você quiser. Mas sei que você se perdeu entre nós. Você ansiava ser Ouro. Eu vi isso nos seus olhos no Instituto. Vi aquela febre em Luna quando você propôs que a gente deveria governar. Vi isso quando você estava naquela carruagem triunfal subindo os degraus da Cidadela. É aquela voracidade que nos torna eternamente solitários.*

E nesse momento ele ataca meu próprio cerne. Aquele temor abissal que a escuridão transformou na minha realidade. O medo de ficar sozinho. De nunca voltar a encontrar o amor. Mas então Mustang dá um passo e se junta a mim.

— Você está errado, irmão — diz ela.

O Chacal recua diante da visão da irmã.

— Darrow tinha uma esposa. Uma família que ele amava. Ele tinha apenas um pouquinho e era feliz. Você tinha tudo e era infeliz. E você sempre vai ser infeliz porque anseia. — A fundação na qual está alicerçada a calma dele começa a desmoronar. — Foi por isso que você matou o papai e Quinn. Por isso que matou Pax. Mas isso aqui não é um jogo, irmão. Isso aqui não é um dos seus labirintos...

— *Não me chame de irmão, sua puta. Você não é mais minha irmã. Abrindo as pernas pra um vira-lata. Pra uma besta de carga. Os Obsidianos serão os próximos? Aposto que eles já devem estar fazendo fila. Você é uma desgraça pra sua Cor e pra nossa Casa.*

Eu me movo com raiva na direção do holo dele, mas Mustang põe a mão no centro do meu peito e se vira para Adrius.

— Você acha que nunca foi amado, *irmão*. Mas a mamãe te amava.

— *Se ela me amava, por que não ficou?* — pergunta ele rispidamente. — *Por que ela foi embora?*

— Não sei — diz Mustang. — Mas eu também te amava, e você jogou isso no lixo. Você era meu irmão gêmeo. Nós éramos unidos pra vida inteira. — Há lágrimas nos olhos dela. — Eu te defendi por anos e anos. Aí descubro que foi você quem matou Claudius. — Ela pisca em meio às lágrimas, sacudindo a cabeça enquanto encontra em si mesma a resolução de que necessita. — Isso eu não posso perdoar. Não posso. Você tinha amor e perdeu, irmão. Essa é sua maldição.

Eu dou um passo à frente até ficar lado a lado com Mustang.

— Adrius, nós estamos indo atrás de você. Vamos destruir suas naves. Vamos invadir Marte. Vamos penetrar os muros do seu bunker. Vamos te encontrar e você será levado à justiça. E quando você estiver pendurado na forca, quando a portinhola abaixo de você se abrir, quando seus pés começarem a fazer a Dança do Diabo, aí, nesse momento, você vai se dar conta de que tudo isso foi por nada, porque não vai restar mais ninguém lá pra puxar seus pés.

A luz pálida do holo começa a desaparecer quando encerramos a conexão, restando para nós o teto de vidro e as estrelas além.

— Você está bem? — pergunto a Mustang. Ela faz que sim com a cabeça, enxugando os olhos.

— Eu não esperava começar a chorar desse jeito. Desculpe.

— Pra ser justo, acho que eu choro mais. Mas está perdoada.

Ela tenta sorrir.

— Você realmente acha que a gente vai conseguir fazer isso, Darrow?

Seus olhos estão vermelhos, o rímel que ela estava usando para o casamento está manchado pelas lágrimas. E seu nariz escorrendo tem um tom rosado, mas jamais vi uma beleza tão vasta quanto a dela diante de mim agora. Toda a crueza da vida flui através dela. Todas as rachaduras e temores que a fazem ser quem ela é estão escondidas. Tão imperfeita e áspera que eu quero abraçá-la e amá-la enquanto puder. E, pela primeira vez, ela me permite isso.

— A gente precisa conseguir. Você e eu temos toda uma vida pela frente — digo, puxando-a para junto de mim. Parece impossível que uma mulher como essa pudesse algum dia desejar ser abraçada por mim, mas ela põe a cabeça no meu peito enquanto eu a abraço e me lembro como nos encaixamos perfeitamente, abraçados que estamos com as estrelas e os minutos passando ao longe.

— É melhor a gente voltar pra festa — diz ela por fim.

— Por quê? Tenho tudo o que preciso aqui comigo agora. — Baixo os olhos para a coroa dos seus cabelos dourados e vejo a escuridão das suas raízes. Aspiro profundamente o aroma que emana dela. Se acabar amanhã ou daqui a oitenta anos, eu poderia aspirar o aroma dela pelo resto da vida. Mas eu quero mais. Eu preciso de mais. Curvo o queixo delgado dela para cima com a mão de modo que ela fica olhando para mim. Eu ia dizer alguma coisa importante. Alguma coisa memorável. Mas esqueci as palavras nos olhos dela. Aquele golfo que nos dividia ainda está lá, preenchido por perguntas e recriminações e culpa, mas isso é apenas uma parte do amor, uma parte de ser humano. Tudo está rachado, tudo está manchado, exceto os frágeis momentos que pendem cristalinos no tempo e tornam a vida digna de ser vivida.

57
LUNA

Os Faróis Rubicão são uma esfera de transponders, cada qual do tamanho de dois Obsidianos, flutuando no espaço um milhão de quilômetros além do cerne da Terra, circulando o domínio mais interior da Soberana. Por quinhentos anos, nenhuma frota estrangeira atravessou seus limites. Agora, dois meses e três semanas depois das notícias da destruição da invencível Armada Espada terem alcançado o Cerne, oito semanas depois que eu proclamei termos zarpado para Marte, dezessete dias depois que a Soberana declarou lei marcial em todas as cidades da Sociedade, a Armada Vermelha se aproxima de Luna, ultrapassando os Faróis Rubicão sem disparar um tiro sequer.

NavesChamas dos Telemanus voam à frente na vanguarda para limpar minas e escanear o local em busca de quaisquer armadilhas deixadas pelas forças da Sociedade. Eles estão sendo seguidos pelos pesados destróieres de Orion recheados de Obsidianos, pintados com os olhos-que-tudo-veem dos espíritos do gelo, depois pela frota dos Julii com o sol chorando de Victra e adornando o pesado couraçado, o *Pandora*, as forças dos Reformadores — as noras de Lorn au Arcos vêm por justiça e suas naves em tom ouro e preto exibindo o leão de Augustus lideradas pelo já experiente em batalhas *Dejah Thoris*. E finalmente minhas próprias embarcações lideradas pela maior nave jamais construída e roubada, a indomável e branca *Estrela da Manhã* exibindo a pintura de uma foice vermelha com sete quilômetros de extensão no seu porto e nas laterais de estibordo. Os buracos que escavamos nela com nossas perfuratrizes-garra não estão remendados em nenhuma parte da estrutura da nave. Mas a armadura foi substituída ao longo do casco exterior. A *Pax* morreu para nos dar essa nave de presente. E que presente ela representa. Ficamos sem tinta na altura da parte inferior da foice, de modo que o desenho mais parece uma lua crescente desleixada, o símbolo da Casa Lune. Os homens acham que se trata de um bom augúrio. Uma promessa acidental a Octavia au Lune de que nós a temos marcada.

A guerra chegou ao Cerne.

Há três dias eles sabem que estou chegando. Não pudemos proteger toda a nossa aproximação do alcance dos sensores deles, mas o caos ao redor do planeta demonstra o quanto eles estão despreparados para o conflito. É uma civilização imersa no caos. Lorde Ash dispôs a Armada Cetro, o orgulho do Cerne, ao redor de Luna numa formação defensiva. Caravanas de embarcações comerciais da Borda se aglomeram na Via Appia acima do hemisfério lunar nordeste, enquanto provisões de embarcações civis hesitam no seu caminho de volta ao longo da Via Flaminia, esperando para passar pela inspeção na colossal astroDoca Flaminius antes da sua descida em direção à atmosfera da Terra. Mas, à medida que atravessamos os Faróis Rubicão e nos entranhamos mais a fundo no espaço de Luna, as embarcações se lançam num frenesi. Muitas disparam para sair do seu lugar na fila com o objetivo de voar para Vênus, outras tentam passar completamente pelas docas e seguir a todo vapor para a Terra. Elas queimam à medida que bombardeiros de longa distância nas cores prata e branca e velozes fragatas canhoneiras trituram motores e cascos. Dezenas de embarcações morrem para que a ordem seja mantida.

Somos em menor número, temos uma quantidade infinitamente inferior de armas, mas a iniciativa está do nosso lado, bem como o temor que todas as civilizações têm de bárbaros invasores.

A primeira dança da Batalha de Luna começou.

— *Atenção, frota não identificada...* — ecoa a voz quebradiça de um Cobre através da frequência aberta. — *Aqui é o Comando de Defesa de Luna: vocês estão de posse de propriedade roubada e em violação das regulações das fronteiras do espaço profundo estabelecidas pela Sociedade. Identifique a si mesmo e suas intenções imediatamente.*

— Dispare um míssil de longo alcance na Cidadela — digo.

— Isso fica a um milhão de quilômetros de distância... — diz o canhãoAzul. — Ele vai ser abatido.

— Ele sabe dessa porra — diz Sevro. — Cumpra a ordem.

Foi necessário uma campanha de contrainteligência não apenas nas nossas transmissões às células de Filhos ao longo do Cerne, mas entre nossas naves e comandantes para nos trazer até aqui sem sermos notados. O Chacal não vai estar em posição para ajudar a Soberana, nem o *Classis Venetum*, a Quarta Frota de Vênus. Ou o *Classis Libertas*, a Quinta Frota do Cinturão interior, que a Soberana enviou a Marte para ajudar o Chacal. A toda a velocidade, todas as naves estarão a três semanas de distância na órbita atual. A mentira funcionou. Os espiões na minha nave vazaram informações errôneas que Sevro gritou a eles depois do seu enforcamento e a Soberana mordeu a isca com vontade.

Esse é o perigo de um império solar: todo o poder em todos os mundos não significa coisa alguma se estiver no lugar errado.

Vinte minutos mais tarde, meu míssil é abatido pelas plataformas de defesa orbital.

— Novo link direto a caminho — diz o comAzul atrás de mim. — Exibe etiquetas Pretorianas.

— Holo principal — digo.

Um Pretoriano Ouro com um rosto aquilino e tons grisalhos nas têmporas dos cabelos cortados curtos se materializa à minha frente. A imagem irá aparecer em todas as pontes e holotelas na frota.

— *Darrow de Lykos* — pergunta ele num sotaque impecavelmente bem-nascido de Luna. — *Você está de posse de* imperium *sobre essa frota de guerra?*

— Que necessidade eu tenho das suas tradições? — pergunto.

— *Muito bem* — diz o Ouro, mantendo o decoro inclusive agora. — *Sou o ArquiLegado Lucius au Sejanus da Guarda Pretoriana, Primeiro Coorte.* — Estou ciente de Sejanus. Ele é um homem assustador, eficiente. — *Venho com um emissário diplomático às suas coordenadas* — diz ele secamente. — *Requisito que você cancele outras agressões e dê ao meu ônibus espacial acesso à sua nau capitânia para que possamos relatar as intenções da Soberana e do Senado no sentido de...*

— Negado — digo.

— *Perdão?*

— Se qualquer nave da Sociedade vier na direção da minha frota, será rechaçada por mísseis. Se a Soberana deseja falar comigo, então que faça isso ela mesma. Não através da boca de algum lacaio. Diga pra bruxa que estamos aqui pra guerra. Não palavras.

Minha nave lateja de atividade. Tendo sido revelado a eles apenas três dias atrás nosso verdadeiro destino, os homens estão cheios de um entusiasmo estouvado. Há algo de imortal em atacar Luna. Vencendo ou perdendo, manchamos para sempre o legado Ouro. E nas mentes dos meus homens, e nas conversas que captamos nos comunicadores dos planetas e luas do Cerne, há um medo real no ar. Pela primeira vez em séculos, os Ouros demonstraram fraqueza. A vitória sobre a Armada Espada espalhou a rebelião com muito mais velocidade do que meus discursos jamais conseguiriam.

Soldados me saúdam ao passarem por mim no corredor no seu caminho até os transportadores de tropas de navesVentosas. Os esquadrões são predominantemente formados por Vermelhos e por Cinzas desertados, mas vejo técnicos de batalha Verdes, maquinistas Vermelhos e patrulhas Obsidianas, e também uma pesada infantaria em cada uma das cápsulas. Eu reenvio ao ônibus espacial uma autorização de partida com meu código para o controlador de voo do *Estrela da Manhã*. A autorização foi aceita e o voo liberado. Em dias normais eu teria confiança de que a simples ordem bastaria. Mas hoje quero ter certeza, de modo que vou até a ponte para confirmar pessoalmente. O capitão naval Vermelho responsável pela segurança da ponte grita aos seus homens para que fiquem atentos quando eu entro. Mais de cinquenta soldados com armaduras, Vermelhos, Cinzas e Obsidianos, me saúdam. Os Azuis nos fossos continuam nas suas operações. Orion está no posto de observação dianteiro onde Roque ficava no passado. As mãos carnudas nas costas. A pele quase tão escura quanto seu uniforme preto. Ela se vira para mim com aqueles grandes olhos claros e aquele desagradável sorriso branco.

— Ceifeiro, a frota está quase pronta.

Eu a cumprimento calorosamente e me junto a ela no porto de observação de vidro.

— E o que você acha?

— Lorde Ash recuou pra uma posição defensiva. Ele parece estar pensando que pretendemos instaurar uma Chuva de Ferro antes de expulsá-lo da lua. Suposição aguçada. Ele não tem motivos pra vir até nós. Todo o resto das naves no Cerne vai se encaminhar pra cá. Quando elas chegarem, vamos ser a barata presa entre o chão e o martelo. Ele presumiu que vamos fugir do confronto, mas não há outra opção.

— Lorde Ash conhece a guerra — digo.

— Isso ele conhece bem. — Ela olha de relance para seu datapad. — O que é isso que estou ouvindo sobre uma autorização de voo pra um ônibus espacial classe *sarpedon* de Delta HB?

Eu sabia que ela notaria. E não desejo me explicar agora. Nem todo mundo tem tanta compaixão para com Cassius quanto eu tenho, mesmo com Sevro lhe poupando a vida.

— Estou mandando um emissário pra se reunir com um grupo de Senadores — minto.

— Nós dois sabemos que você não está fazendo nada disso — diz ela. — O que está acontecendo?

Dou um passo para me aproximar dela, de modo que ninguém possa nos entreouvir.

— Se Cassius permanecer na frota enquanto estivermos em guerra, alguém vai tentar passar pelos guardas e cortar a garganta dele. Há muito ódio pelo Bellona pra que ele possa ficar aqui.

— Então o esconda numa outra cela. Não o solte — diz ela. — Ele vai simplesmente voltar pra eles. Vai se juntar à guerra contra nós.

— Não vai, não.

Ela olha atrás de mim para se certificar de que não estamos sendo ouvidos.

— Se os Obsidianos descobrirem…

— Foi exatamente por isso que não contei pra ninguém — digo. — Estou soltando Cassius. Esvazie aquele ônibus espacial. Solte-o. Preciso que você me prometa isso. — Os lábios dela se franzem, formando uma ruga fina e dura. — Prometa. — Ela balança a cabeça em concordância e olha de volta para Luna. Como sempre, sinto que ela sabe mais do que aparenta saber.

— Eu prometo. Mas tenha cuidado, rapaz.

Eu me encontro com Sevro no corredor do lado de fora da prisão de alta segurança. Ele está sentado em cima do engradado de laranja com sua flutuante gravCorda bebendo de um frasco, a mão esquerda pousada no abrasador no seu coldre de perna. O corredor está mais quieto do que deveria estar, tendo em vista a presença dos seus hóspedes, mas é nos hangares principais e nas estações de canhões e motores e arsenais onde minha nave pulsa de atividade. Não aqui no deque da prisão.

— Por que você demorou tanto? — pergunta Sevro. Ele também está vestindo seu uniforme preto, esticando-se desconfortavelmente em contato com seu novo colete de combate. As botas emitem um clique quando suas pernas ficam penduradas.

— Orion estava fazendo perguntas na ponte a respeito da autorização do voo.

— Merda. Ela sacou que a gente estava deixando a águia voar?

— Ela prometeu liberar.

— É melhor mesmo. E é melhor que ela fique com aquela matraca fechada. Se Sefi descobrir…

— Eu sei — digo. — E Orion também sabe. Ela não vai contar pra Sefi.

— Se você diz, está dito. — Sevro franze o rosto e engole o que resta do seu frasco enquanto olha de relance para o corredor. Mustang se aproxima.

— Os guardas foram redistribuídos — diz ela. — As patrulhas navais foram desviadas do corredor 13-c. Cassius está com passagem livre pro hangar.

— Bom. Tem certeza disso? — pergunto, tocando-lhe a mão. Ela faz que sim com a cabeça.

— Não totalmente, mas a vida é assim.

— Sevro? Ainda de acordo?

Sevro salta do engradado.

— Obviamente. Estou aqui, não estou?

Sevro me ajuda a manobrar a gravCorda através das portas da prisão. A estação de vigilância está deserta. Invólucros de comida e pontas de tabaco são tudo o que resta da equipe de Filhos que vigiavam os prisioneiros. Sevro me segue da entrada até a sala decagonal de celas de durovidro, assobiando a canção que fez para Pliny.

— *Se sua calça está molhada...* — canta ele enquanto paramos diante da cela de Cassius. Antonia está na cela em frente. Com o rosto inchado devido aos espancamentos que recebeu, ela nos observa com ódio, sem se mexer no catre da cela. Sevro dá uma batidinha no durovidro que nos separa de Cassius.

— Acorde aí, acorde aí, sr. Bellona.

Cassius esfrega os olhos sonolentos e se senta no catre, olhando para mim e Sevro, mas se dirigindo a Mustang.

— O que está acontecendo?

— Nós chegamos a Luna — digo.

— Não a Marte? — pergunta Cassius, surpreso. Antonia se mexe no seu catre atrás de nós, tão sobressaltada pela notícia quanto Cassius parece estar.

— Não a Marte.

— Vocês vão realmente atacar Luna? — murmura Cassius. — Vocês só podem estar malucos. Vocês não têm naves o bastante. Como é que planejam ao menos passar pelos escudos?

— Não se preocupe com isso, queridinho — diz Sevro. — A gente tem nossa maneira de fazer as coisas. Mas logo, logo metal quente vai começar a deslizar dentro desta nave. E é muito provável que alguém apareça aqui e te dê um teco na cabeça. O Darrow aqui fica todo tristinho pensando nisso. E eu não gosto de ver o Darrow tristinho. — Cassius apenas olha para nós como se fôssemos loucos. — Ele ainda não sacou a coisa.

— Quando você disse que tinha desistido dessa guerra, você estava falando sério mesmo? — pergunto.

— Não estou entendendo...

— É uma porra bem simples de entender, Cassius — diz Mustang. — É sim ou não.

— Sim — diz Cassius do seu catre. Antonia se senta para observar. — Eu estava falando sério. E como poderia não estar? Ela tirou tudo de mim. Tudo por pessoas que só se importam com elas próprias.

— E aí? — pergunto a Sevro.

— Ah, qual é? — bufa Sevro. — Você acha que isso aí vai me deixar satisfeito?

— Que jogo é esse de vocês? — pergunta Cassius.

— Não tem jogo nenhum, garotão. O Darrow quer que eu te solte. — Os olhos de Cassius ficam arregalados. — Mas preciso saber se você não vai tentar matar a gente. Você é todo honra e dívida de sangue e coisa e tal, então preciso que você jure pra eu poder dormir tranquilo.

— Eu matei seu pai...

— Acho que você devia parar de me lembrar disso.

— Se você ficar aqui, a gente não tem como te proteger — digo. — Eu acho que os mundos ainda precisam de Cassius au Bellona, mas não há lugar pra você aqui. E não há lugar pra você com a Soberana. Se você me der sua palavra de honra que vai deixar essa guerra pra trás, eu te dou sua liberdade.

Antonia cai na gargalhada atrás de nós.

— Isso é hilário. Eles estão curtindo com sua cara, Cassi. Só estão te dedilhando como se você fosse uma harpa.

— Fique quieta aí, sua pivetinha venenosa — rebate Mustang.

Cassius olha para Mustang, julgando nossa proposta.

— Você concordou com isso?

— Foi ideia minha — diz ela. — Nada disso é sua culpa, Cassius. Eu fui cruel com você, e sinto muito por isso. Sei que você queria se vingar de Darrow. De mim...

— Não de você, nunca de você.

Mustang estremece.

— ... mas sei que você viu o que a vingança proporciona. Sei que você viu o que Octavia é de fato. O que meu irmão é de fato. Você só é culpado por tentar proteger sua família. Você não merece morrer aqui.

— Você realmente quer que eu vá? — pergunta ele.

— Quero que você continue vivo — diz ela. — E é isso aí, sim. Quero que você vá e que nunca mais volte.

— Mas... ir pra onde? — pergunta ele.

— Pra qualquer lugar que não seja aqui.

Cassius engole em seco, vasculhando a si mesmo. Não apenas procurando entender o que ele deve à honra e ao dever, mas tentando imaginar um mundo sem ela. Conheço a horrível solidão que ele está sentindo agora mesmo enquanto estamos lhe dando sua liberdade. A vida sem amor é a pior prisão de todas. Mas ele lambe os lábios e acena com a cabeça para Mustang, não para mim.

— Pelo meu pai, por Julian, prometo não levantar armas pra nenhum de vocês. Se vocês me deixarem partir, eu partirei. E nunca mais voltarei.

— Seu covarde. — Antonia dá um soco no vidro da sua cela. — Seu maldito vermezinho rastejante...

Eu cutuco Sevro.

— A bola continua contigo.

Ele passa os dedos pela barbicha.

— Ah, que inferno, é melhor vocês estarem certos com relação a esse troço, seus chupadores de pica. — Enfiando a mão no bolso, ele tira a chave magnética em formato de cartão e a porta da cela de Cassius é destravada com um pesado ruído.

— Então há um ônibus espacial esperando por você no hangar auxiliar nesse nível — diz Mustang de modo equilibrado. — Foi tudo esvaziado pra te receber. Mas você precisa ir agora mesmo.

— Isso significa *agora*, seu cabeça de merda — diz Sevro.

— Eles vão te dar um tiro na nuca! — está dizendo Antonia. — Seu traidor.

Cassius coloca uma mão hesitante na porta da cela, como se estivesse com medo de empurrá-la e descobrir que ela está trancada e que nós todos vamos rir dele e que toda a esperança que lhe demos será arrancada dele. Mas ele tem fé e, endurecendo o rosto, a empurra. A porta da cela se abre para fora. Cassius sai para se juntar a nós. Ele estende as mãos para que sejam algemadas.

— Você é um homem livre — diz Sevro com a voz arrastada, batucando com o nó dos dedos a caixa de laranja —, mas é melhor entrar logo nessa caixa pra que a gente possa te tirar daqui sem que ninguém veja.

— É claro. — Ele faz uma pausa e se vira para mim com o intuito de estender a mão. Eu a aperto, e uma estranha sensação de familiaridade me sobe pelo corpo. — Adeus, Darrow.

— Boa sorte, Cassius.

E para Mustang ele para, querendo se aproximar e lhe dar um abraço, mas ela meramente estica a mão, fria com ele mesmo num momento como esse. Ele olha para a mão dela e sacode a cabeça, não aceitando o gesto.

— Nós sempre teremos Luna — diz ele.

— Adeus, Cassius.

— Adeus.

Ele entra no engradado que Sevro tinha aberto e olha seu interior. Hesitando nesse momento, querendo dizer algo a Sevro, talvez agradecê-lo uma última vez.

— Eu não sei se seu pai estava certo. Mas ele era corajoso. — Ele estende a mão para Sevro como fizera comigo. — Sinto muito por ele não estar aqui.

Sevro pisca duramente para a mão, querendo odiá-la. Isso não é fácil para ele. Ele jamais foi uma alma gentil. Mas se esforça ao máximo e aperta a mão esticada. Porém, alguma coisa parece estar errada. Cassius não a solta. Seu rosto fica frio. Seu corpo faz uma rotação, tão rápida que eu não consigo impedi-lo de torcer a mão de Sevro para trás, puxando o corpo menor do meu amigo na direção dele no exato instante em que rodopia o quadril, trazendo Sevro para sua axila direita como se estivesse dançando com ele, de modo a conseguir tirar sua pistola do coldre de perna. Sevro tropeça, remexendo o coldre em busca da pistola, mas ela não está mais lá. Cassius empurra-o para longe de si e se posta diante de mim com o abrasador encostado à nuca de Sevro. Os olhos de Sevro estão imensos, mirando-me aterrorizados.

— Darrow...

— Cassius, não! — grito.

— Esse é meu dever.

— Cassius... — Mustang dá um passo à frente. A mão esticada tremendo. — Ele salvou sua vida... Por favor.

— De joelhos — diz Cassius a nós. — De joelhos, maldição! — Eu me sinto oscilando à beira de um precipício, a escuridão se espalha diante de mim, sussurrando para me ter de volta. Não consigo alcançar minha lâmina. Cassius poderia facilmente atirar em mim antes mesmo de eu sacá-la. Mustang se ajoelha e faz um gesto para que eu me abaixe. Entorpecidamente, sigo a orientação dela.

— Mate-o! — está gritando Antonia. — Mate esse filho da puta!

— Cassius, me escute... — eu imploro.

— Eu disse pra ficar de joelhos — repete Cassius a Sevro.

— De joelhos? — diz Sevro, rindo maldosamente. Um brilho ensandecido no seu olho. — Ouro estúpido. Você se esqueceu da regra número um dos Uivadores. Nunca baixe a cabeça. — Ele saca a lâmina do punho esquerdo, tenta girar o corpo. Mas é lento demais. Cassius acerta-lhe o ombro, fazendo-o tombar para o lado. O colete de combate racha. O sangue espirra na parede de metal. Sevro cambaleia, os olhos tresloucados.

— Pelos Ouros — sussurra Cassius e dispara mais seis tiros à queima-roupa no tórax de Sevro.

58
LUZ EVANESCENTE

O sangue irrompe do tórax de Sevro, espirrando no meu rosto. Ele tropeça. Solta a lâmina. Desaba de joelhos no chão, arfando em estado de choque. Corro até ele sob a mira da arma fumegante de Cassius. Sevro está segurando o peito, confuso. O sangue escorre da sua boca. Borbulhando através do seu colete, manchando minhas mãos. Ele tosse em cima de mim. Está desesperado para se levantar. Para rir disso tudo. Mas nada está funcionando. Seus braços estão trêmulos. Sua respiração, entrecortada. Olhos arregalados, um temor selvagem e profundo e primal no seu semblante.

— Não morra — digo freneticamente. — Não morra. Sevro. — Ele treme nos meus braços. — Sevro. Por favor. *Por favor*. Fique vivo. Sevro… — Sem uma última palavra, sem uma súplica ou um lampejo de personalidade, ele fica rígido, esvaindo-se em vermelho. A pulsação sumindo à medida que as lágrimas escorrem pelo meu rosto e Antonia começa a rir.

Dou um grito, horrorizado.

Diante da sombria malignidade que sinto no mundo.

Balançando ali no chão com meu melhor amigo.

Sobrepujado por essa escuridão e por esse ódio e pelo desamparo.

Cassius olha fixamente para mim, desprovido de qualquer pena.

— Ceife o que você semeou — diz ele.

Eu me levanto com um horrível soluço. Ele me atinge a lateral da cabeça com o abrasador. Eu não caio. Recebo o golpe e saco a lâmina. Mas ele me atinge mais duas vezes e eu caio. Ele tira a lâmina de mim, segurando-a junto ao pescoço de Mustang enquanto ela tenta se levantar. Ele aponta a arma para minha testa enquanto levanto os olhos para ele e está prestes a puxar o gatilho.

— A Soberana vai querê-lo vivo! — diz Mustang.

— Exato — responde Cassius num tom baixo, controlando sua raiva. — Exato, você tem razão. Pra que ela possa esfolá-lo vivo até que você nos conte quais são seus planos de batalha.

— Cassius, me tire dessa droga de cela — sibila Antonia.

Cassius movimenta o corpo de Sevro com o pé e puxa o cartão-senha para abrir a porta. Quando Antonia sai da cela, ela o faz como uma rainha. Seus chinelos de prisão produzem algumas poucas pegadas no sangue fresco de Sevro. Ela dá uma joelhada na cara de Mustang, que cai. Minha própria visão oscila, o foco indo e vindo. Há náusea no meu estômago devido a uma concussão. A quentura do sangue de Sevro escorre pela minha camisa ao longo da barriga. Antonia suspira acima de mim.

— Argh. Ainda está saindo sangue do Duende pra tudo quanto é lado.

— Prenda-os e pegue os datapads deles — ordena Cassius. — Precisamos de um mapa.

— Pra onde você vai?

— Pegar algemas. — Ele joga o abrasador para ela.

Enquanto ele desaparece no corredor, Antonia se agacha sobre mim, avaliando-me. Ela encosta a arma nos meus lábios.

— Abra. — Com os olhos enrolando de dor, abro a boca. Ela empurra o abrasador na minha garganta. Meus dentes raspam o aço preto. Sinto ânsia de vômito, a bile subindo. Ela olha para mim com ódio nos olhos, agachada sobre minha cabeça, o cano da arma na minha garganta enquanto meu corpo entra em convulsão, tirando-o apenas quando começo a vomitar no chão. — Verme.

Ela cospe em mim e tira nossos datapads e lâminas, jogando a de Sevro para Cassius quando ele retorna da estação de vigilância. Eles me encaixam num arreio de prisioneiro, uma combinação de focinheira-mais-colete que entrelaça os braços e os prende ao meu peito de modo que meus dedos fiquem tocando o ombro oposto, e me jogam no contêiner que trouxemos para ele, forçando meus joelhos a se curvarem para que eu consiga me encaixar. Fico incapaz de amparar minha queda com as mãos, e minha cabeça bate com força no plástico do fundo. Então eles empilham Sevro e Mustang em cima de mim como se fossem lixo e fecham o engradado. O sangue de Sevro escorre pelo meu rosto. Meu próprio sangue se esvai do talho na lateral da minha cabeça. Estou tonto demais para chorar ou para me mover.

— *Darrow*... — murmura Mustang. — Você está bem?

Eu não respondo.

— Encontrou algum mapa? — ouço Cassius perguntar a Antonia através do engradado.

— E um embaralhador pras câmeras — diz ela. — Eu empurro. Você indica o caminho, se conseguir.

— Eu consigo. Vamos.

O embaralhador faz *pop* e a gravCorda se move, levando-nos junto com eles. Se Sevro e Mustang não estivessem em cima de mim, eu poderia me agachar e pôr as costas de encontro à tampa, mas o peso deles dois me empurra para baixo no pequeno contêiner. Está quente. O cheiro é de suor. É difícil respirar. Estou no mais completo desamparo aqui. Incapaz de detê-los à medida que eles usam a trilha que deixei limpa para Cassius. Incapaz de detê-los à medida que eles nos empurram ao longo do hangar deserto, rampa acima em direção ao interior da nave, e começam a fazer as checagens que antecedem o voo.

— *Ônibus espacial S-19, você está pronto pra decolar, fique de prontidão pra desativação de pulsoEscudo* — diz o oficial de voo pelo comunicador da ponte distante à medida que os motores entram em ação. — *Você está preparado para a decolagem.*

Do ventre da nave de guerra, meus inimigos me contrabandeiam para longe do conforto dos meus amigos, da segurança do meu povo e do poder do meu exército à medida que este se prepara para a guerra. Prendo a respiração, esperando que a voz de Orion surja no comunicador. Para abater a nave. Para que rasgAsas disparem com seus motores. Nenhum deles faz nada disso. Em algum lugar, minha mãe estará fazendo chá, imaginando onde estou, se estou em segurança. Rezo para que ela não consiga sentir a dor em meio ao vácuo, esse medo que me consome apesar de toda a minha força alardeada e minha tola fanfarronada. Estou com medo, apesar do que sei. Não apenas por mim mesmo, mas por Mustang.

Ouço Antonia e Cassius falando do lado de fora do engradado. Cassius mandou transmitir um sinal de emergência da embarcação. Alguns momentos mais tarde, uma fria voz estala através do comunicador:

— *Ônibus espacial* sarpedon, *aqui é a nave de assalto de longa distância* Kronos; *você transmitiu um sinal de perturbação olímpico. Por favor, identifique-se.*

— *Kronos*, aqui é o Cavaleiro da Manhã. Código de liberação 7-8-7-Eco-Alfa-9-1-2-2-7. Escapei da prisão a bordo da nau capitânia do inimigo e estou requisitando escolta e liberação pra atracar. Antonia au Severus-Julii está comigo. Temos conosco uma carga valiosa. O inimigo está nos perseguindo.

Há uma pausa.

— *Registrado, código aceito. Aguarde no comunicador. A próxima voz que você ouvir será a da Cavaleira Multiforme.* — Um instante depois a voz de Aja ribomba através da nave, preenchendo-me de pavor. Então ela realmente sobreviveu à devastação para achar o caminho de casa.

— *Cassius? Você está vivo.*

— Por enquanto.

— *Que carga é essa sua?*

— O Ceifeiro, Virginia e o corpo de Ares.

— *O corpo... eu quero vê-los.*

Botas pisoteiam o chão em direção ao meu contêiner. O topo se abre e Cassius tira Mustang. Em seguida me tira e me joga no chão diante do holograma. Pequena e escura no projetor holográfico, Aja nos observa com uma calma que não é deste mundo. Antonia mantém a arma de Sevro apontada para minha cabeça enquanto Cassius levanta a cabeça dele pelo penteado Mohawk para exibir seu rosto.

— *Maldição, Bellona* — diz Aja, com o entusiasmo penetrando sua voz. — *Maldição. Você fez isso. A Soberana vai querer te ver na Cidadela.*

— Antes que eu faça isso, preciso que você me assegure de que nenhum mal será feito a Virginia.

— Do que você está falando? — pergunta Antonia, cautelosa, pois Cassius está próximo dela com sua lâmina. — Ela é uma traidora.

— E será aprisionada — diz Cassius. — Não executada. Nem torturada. Eu preciso da sua palavra, Aja. Ou então vou dar meia-volta nesta nave. Darrow matou sua irmã. Você quer vingança ou não?

— *Você tem minha palavra* — diz Aja. — *Nenhum mal recairá sobre ela. Tenho certeza de que Octavia concordará com isso. Precisamos acalmar as coisas na Borda. Estamos enviando esquadrões pra interceptar seus perseguidores. Redirecione pro vetor 41'13'25, circule a lua e espere o contato do* Leão de Marte *pra instruções de atracação. Não podemos liberar sua nave pra pousar na lateral da lua. Mas o ArquiGovernador Augustus vai se juntar à Soberana na Cidadela dentro de uma hora. Não acho que ele se importará em oferecer uma carona pra vocês descerem.*

— O ArquiGovernador está aqui? — pergunta Cassius. — Não estou vendo as naves dele.

— *É claro que ele está aqui* — responde Aja. — *Adrius sabia que Darrow jamais iria pra Marte. Toda a frota dele está na extremidade de Luna esperando que eles ataquem a frota do meu pai. Essa é a armadilha.*

59

O LEÃO DE MARTE

Mustang e eu somos arrastados através da rampa de carga do ônibus espacial por Obsidianos vestindo armaduras pretas, cada um deles tão grande quanto Ragnar e usando o distintivo do leão. Tento chutá-los, mas eles encostam íonBastões no meu estômago, eletrocutando-me. Meus músculos estão com câibras. A eletricidade berra através de mim. Eles me jogam no deque, puxando-me pelos cabelos de modo que fico de joelhos olhando para o corpo de Sevro. Misericordiosamente, seus olhos estão fechados. Sua boca tem um tom rosa, devido ao sangue escorrido. Mustang tenta se levantar, mas solta um ruído abafado quando um Obsidiano a atinge na barriga, colocando-a novamente de joelhos, arfando. Cassius também foi forçado a ficar de joelhos.

Antonia se junta a Lilath, que está postada diante de nós numa armadura preta. Um berrante crânio dourado em cada um dos ombros e um outro no centro do peitoral. Ao longo das laterais do seu corpo se encontram ossos de costela de seres humanos encravados na armadura. A primeira dentre os membros da Tropa dos Ossos em toda a sua elegância bárbara. A Sevro do Chacal. Cabeça raspada. Olhos quietos afundados num rosto pequeno e murcho que gosta pouco do que vê no mundo. Atrás dela, assomam dez jovens Inigualáveis Maculados, cabeças raspadas como a dela para a guerra.

— Escaneiem todos eles — ordena ela.

— Que droga é essa, afinal? — pergunta Cassius.

— Ordens do Chacal. — Lilath observa cuidadosamente os Ouros me escanearem. Cassius sofre a indignidade à medida que Lilath prossegue. — O chefe não quer nenhum truque.

— Eu tenho a garantia da Soberana — diz ele. — Temos que levar o Ceifeiro e Virginia pra Cidadela.

— Entendido. Recebemos as mesmas ordens. Logo partiremos. — Ela faz um gesto para Cassius se levantar enquanto seus homens os revistam. Nenhum aparelho de escuta ou dispositivo eletrônico ou rastreadores de radiação. Cassius tira a poeira dos joelhos. Permaneço ajoelhado enquanto Lilath espia Sevro, que um dos Obsidianos arrastou rampa abaixo. Ela sente a pulsação dele e sorri.

— Boa caçada, Bellona.

Um membro da Tropa dos Ossos, um homem arrebatador e altivo com olhos flamejantes e ossos malares como os de uma estátua, emite um pequeno ruído de arrulho. Dedos tatuados com unhas pintadas batucam seu lábio inferior.

— Quanto você quer pelos ossos do Barca? — pergunta ele.

— Não estão à venda — responde Cassius.

O homem exibe um sorriso arrogante.

— Tudo está à venda, meu bom homem. Dez milhões de créditos por uma costela.

— Não.

— Cem milhões. Qual é, Bellona…

— Meu título, *Legado Valii-Rath*, é Cavaleiro da Manhã. Você se dirige a mim como senhor ou não se dirige. O corpo de Ares é propriedade do Estado. Não é meu direito vendê-lo. Mas se você me perguntar novamente, eu terei mais do que palavras pra você, senhor.

— Você deseja uma contenda? — pergunta o irmão mais velho de Tactus. — É isso que você quer dizer? — Nunca me encontrei com a criatura irritantemente aristocrática antes, e fico feliz por nunca ter me encontrado. Tactus parece o melhor do bando.

— Seu maldito selvagem — diz Mustang em meio a dentes ensanguentados.

— Selvagem? — pergunta o irmão de Tactus. — Uma boquinha tão linda. Não é assim que você devia usá-la. — Cassius dá um passo na direção do homem. Os outros soldados da Tropa dos Ossos fazem um gesto no sentido de sacar suas lâminas.

— Tharsus. Cale essa boca. — Lilath inclina a cabeça, ouvindo um comunicador encostado a seu ouvido enquanto ele retorna para o lado dela, empinando o nariz. — Sim, meu senhor — diz ela no comunicador. — Barca está morto. Eu verifiquei.

Antonia dá um passo à frente.

— É Adrius? Deixe-me falar com ele.

Ela levanta a mão para a mulher mais alta.

— Antonia quer falar com o senhor. — Ela faz uma pausa. — Ele está dizendo que isso pode esperar. Tharsus, Novas, tirem as algemas do Ceifeiro e estiquem os braços dele.

— E Virginia? — pergunta Tharsus.

— Se você encostar um dedo nela, você morre — diz Cassius. — Isso é tudo o que você precisa saber. — Há medo por trás dos olhos de Cassius, mesmo que ele não o exiba. Ele jamais a teria trazido para cá se tivesse como evitar. Ao contrário dos homens da Soberana, o Chacal é passível de fazer qualquer coisa a qualquer momento. A garantia de segurança de Aja parece subitamente frágil. Por que a Soberana nos mandaria para cá?

— Ninguém vai tocar nos seus prêmios — diz Lilath, a voz com aquele tom assustador. — Exceto o Ceifeiro.

— Eu tenho que entregá-lo a...

— Nós sabemos. Mas o mestre solicita compensação por agravos passados. A Soberana lhe deu permissão pra isso enquanto você estava aterrissando. Medidas de precaução. — Ela exibe o datapad. Cassius lê a ordem e empalidece um pouquinho, olhando de volta para mim. — Agora, podemos prosseguir? Ou você ainda deseja fazer algum estardalhaço?

Cassius não tem escolha. Ele aperta o controle remoto. As algemas de metal que prendem minhas mãos ao peito se abrem. Tharsus e Novas estão lá para segurar meus braços e puxá-los para o lado, envolvendo suas lâminas em formato de chicote em cada um dos meus punhos, esticando-os até meus ombros rangerem nas juntas.

— Você vai deixá-los fazerem isso? — rosna Mustang para Cassius. — O que aconteceu com sua honra? Por acaso ela é falsa como o resto de você? — Ele está prestes a dizer alguma coisa, mas Mustang cospe nos pés dele.

Antonia sorri repugnantemente, cativada pela visão da minha dor. Lilath tira minha lâmina de Cassius e anda na direção dos rasgAsas que nos escoltaram até o hangar. Lá, ela segura minha curviLâmina próxima a um dos motores fumegantes enquanto eles resfriam.

— Diga-me, Ceifeiro, você fez meu irmãozinho mijar nas calças? Foi por isso que ele ficou tão tonto? — pergunta Tharsus enquanto esperamos. Seus cachos perfumados lhe caem sobre os olhos. Ele é o único que não raspou a cabeça. — Bom, você não foi o primeiro a arar esse campo, se é que você me entende.

Eu miro à frente.

— Ele é destro ou canhoto? — pergunta Lilath.

— Destro — responde Cassius.

— Pollox, torniquete — instrui Lilath.

Percebo o que eles pretendem fazer e meu sangue gela. A sensação que tenho é de que isso está acontecendo com alguma outra pessoa. Mesmo quando a borracha comprime meu antebraço direito e as agulhadas picam a ponta dos meus dedos.

Então ouço meu inimigo.

O clique das suas botas pretas.

A delicada mudança nos modos de todos.

O medo.

A Tropa dos Ossos se divide para observar seu mestre entrar na baia do hangar pela boca do hall principal, flanqueado por mais uma dúzia de gigantescos guarda-costas Ouros com as cabeças raspadas. Cada qual tão alto quanto Victra. Crânios dourados riem sobre seus colarinhos, nos cabos das suas lâminas. Ossos chacoalham nos seus ombros, juntas de dedos tiradas dos seus inimigos. Tiradas de Lorn, de Fitchner, dos meus Uivadores. Esses são os matadores do meu tempo.

Sua arrogância goteja dos seus corpos. E eles olham para mim. Não é ódio que vejo nos seus olhos violentos, mas uma fundamental ausência de empatia.

Eu disse para o Chacal que não o odiava. Isso foi uma mentira. Isso é tudo o que eu sinto observando-o caminhar ao longo do deque, a pistola com a qual ele matou meu tio pendurada num coldre magnético na sua coxa. Sua armadura dourada. Rugindo com Leões Dourados. Costelas humanas implantadas ao logo das laterais do torso, cada qual com detalhes entalhados que não consigo distinguir. Cabelos penteados e repartidos de lado. Seu estilete de prata na mão, girando, girando. Antonia dá um passo na direção dele, mas se detém quando vê que ele está caminhando até Sevro e não até ela.

— Bom. Os ossos estão intactos. — Depois de examinar o corpo ensanguentado de Sevro, ele se posiciona sobre a irmã. — Olá, Virginia. Nada a dizer?

— O que haveria a ser dito? — pergunta ela através de dentes cerrados. — Que palavras teria eu a um monstro?

— Hum... — Ele segura o queixo dela entre os dedos indicadores, fazendo com que a mão de Cassius adeje para sua lâmina. Lilath e a Tropa dos Ossos o cortariam em pedaços se ele ao menos a sacasse. — Somos nós contra o mundo — diz o Chacal suavemente. — Você se lembra de me dizer isso?

— Não.

— Estávamos errados. Mamãe acabara de morrer. Eu não conseguia parar de chorar. E você disse que nunca me abandonaria. Mas então Claudius a convidava a ir a algum lugar. E você se esquecia de mim por completo. E eu ficava naquela nossa casa grande e velha, e chorava, porque já naquele tempo eu sabia que estava sozinho. — Ele dá um tapinha no nariz dela. — Essas horas seguintes vão testar quem você é como pessoa, irmã. Estou excitado pra ver o que existe por baixo de toda essa fanfarronada.

Ele se move na minha direção, afrouxando minha focinheira. Mesmo de joelhos, minha estatura o apequena. Cinquenta quilos mais pesado. A presença dele é como o mar: estranho e vasto e escuro e cheio de escuras profundezas e poder. Seu silêncio é um rugido. Vejo o pai dele na figura de Ádrius agora. Ele me enganou e estou com medo de que tudo o que fiz venha a se revelar.

— E aqui estamos mais uma vez — diz ele. Eu não respondo. — Você reconhece essas coisas?

Ele passa o estilete pelas costelas na sua armadura, aproximando-se para que eu possa enxergar os detalhes.

— Meu querido pai pensava que os feitos fazem de um homem o que ele é. Eu, por minha vez, acho que são seus inimigos. Você gosta disso? — Ele dá um passo e se aproxima ainda mais. Uma das costelas exibe um capacete com uma explosão solar furada por uma lança. Uma outra costela exibe uma cabeça numa caixa.

O Chacal está usando as costelas de Fitchner.

A raiva ruge de dentro de mim e tenta morder o rosto dele, berrando como um animal ferido, sobressaltando Mustang. Luto contra os homens que estão me segurando, tremendo de raiva enquanto o Chacal me observa. Cassius mira o chão, evitando o olhar de Mustang. Minha voz grasna de dentro de mim, muito diferente do que normalmente soa.

— Eu vou te esfolar — digo.

Entediado de mim, ele revira os olhos e estala os dedos.

— Recoloquem a focinheira. — Tharsus me amordaça. O Chacal abre os braços como se estivesse recebendo numa festa dois amigos com quem não se encontrava havia muito tempo. — Cassius! Antonia! — diz ele. — Heróis da hora. Minha querida… o que aconteceu? — pergunta ele ao ver o rosto de Antonia. Eles eram amantes durante meu aprisionamento. Às vezes eu sentia o cheiro dela no Chacal quando ele vinha me visitar antes da caixa. Ou ela arrastava uma unha pelo pescoço dele enquanto passava. Ele se posta perto dela agora, tomando-lhe o queixo na mão, inclinando a cabeça para examinar o estrago feito a ela. — Foi Darrow que fez isso?

— Minha irmã — corrige ela, achando o exame desagradável. Ela lamentou o estado do seu rosto quando era nossa cativa muito mais do que lamentou a morte da própria mãe. — A piranha vai pagar por isso. E eu vou mandar endireitar meu rosto, não se preocupe. — Ela puxa a cabeça para longe dele.

— Pare — diz o Chacal rispidamente. — Por que mandar endireitar?

— É repulsivo.

— Repulsivo? Minha querida, as cicatrizes são o que você é. Elas contam sua história.

— Essa é a história de Victra, não a minha.

— Você ainda está bonita. — Ele a puxa carinhosamente pelo queixo e beija seus lábios delicadamente. Ele não gosta dela. Como disse Mustang, somos apenas sacos de carne para ele. Mas apesar de Antonia ser uma das coisas mais malignas que eu já conheci, ela quer ser amada. Ser valorizada. O Chacal sabe como usar isso.

— Isso era do Barca — diz Antonia, entregando ao Chacal a pistola de Sevro. O Chacal passa o polegar pelos lobos uivantes entalhados no cabo.

— Trabalho fino — diz ele. Ele tira sua própria arma do coldre magnético e a joga para um guarda-costas antes de colocar a de Sevro no coldre. É claro que ele fica com a pistola do meu amigo como um troféu.

Seu datapad pisca e ele levanta a mão para pedir silêncio.

— Pois não, Imperador.

O grotesco Lorde Ash aparece no ar diante do Chacal como uma cabeça gigantesca e incorpórea. Escuros olhos Dourados espiam por baixo das grossas sobrancelhas gêmeas. Sua papada pende do colarinho preto elevado do seu uniforme.

— *Augustus, o inimigo está a caminho. NavesChamas à frente.*

— Eles estão vindo por causa dele — diz Cassius.

— Quantos? — pergunta o Chacal.

— *Mais de sessenta. Metade com o símbolo da raposa vermelha.*

— Você deseja que eu ponha a armadilha em funcionamento?

— *Ainda não. Eu assumirei o comando das suas naves.*

— Você está ciente do acordo.

A boca larga dele forma uma linha reta no seu rosto.

— *Estou. Você seguirá sua trajetória e se juntará à Soberana como o planejado. Escoltará o Cavaleiro da Manhã e seu grupo até a Cidadela. Minhas filhas ficarão com a custódia dele lá. Vá agora, pelos Ouros.*

— Pelos Ouros.

A cabeça desaparece.

O Chacal olha de relance por sobre os Obsidianos que me puxaram pela rampa de carga.

— Escravos, recebam o Pretor Licenus na ponte. Vocês não são mais necessários aqui. — Os Obsidianos saem sem questionar a ordem. Depois que eles partem, ele olha para os trinta membros da Tropa dos Ossos. — O Cavaleiro da Manhã nos deu uma oportunidade de vencer essa guerra hoje. Os Telemanus virão pela minha irmã. Os Uivadores e os Filhos de Ares virão pelo Ceifeiro. Eles não os terão. É nosso dever entregá-los à nossa Soberana e aos seus estrategistas na Cidadela.

Ele se dirige a Antonia e Cassius.

— Deixem de lado as pequenas ofensas entre vocês. Hoje somos Ouros. Podemos ter nossas altercações quando o Levante tiver virado cinza. A maioria de vocês viveu a escuridão das cavernas comigo. Vocês estavam ao meu lado e viram quando essa… criatura roubou o que era nosso. Eles vão tirar tudo de nós. Nossas casas. Nossos escravos. Nosso direito de governar. Hoje nós lutamos pra manter o que é nosso. Hoje nós lutamos contra a morte da nossa Era.

Eles se curvam para as palavras dele, esperando suas ordens com voracidade. É aterrorizante ver o culto que ele construiu ao redor de si mesmo. Ele pegou pedacinhos meus, dos padrões dos meus discursos, e os transpôs para seu próprio comportamento. Ele continua a evoluir.

O Chacal dá as costas aos seus homens enquanto Lilath traz de volta minha curviLâmina, vermelha e em brasa devido ao calor do motor, e a entrega para ele segurando pelo cabo.

— Lilath, você deve ficar com a frota.

— Tem certeza?

— Você é meu plano de seguro.

— Sim, meu soberano.

Antonia não sabe exatamente do que eles estão falando, e não está gostando nem um pouquinho disso. O Chacal rodopia minha lâmina na mão. E então, olhando entre mim e Mustang, ele é tomado por um pensamento.

— Quanto tempo você foi aprisionado por Darrow, Cassius?

— Quatro meses.

— Quatro meses. Então acredito que você deveria ter as honras da casa. — Ele joga a lâmina em brasa para Cassius, que suavemente a segura pelo cabo. — Corte a mão de Darrow.

— A Soberana quer o Ceifeiro…

— Vivo, sim. E vivo ele estará. Mas ela não vai querer que ele entre no bunker dela com o braço da espada atado ao corpo, vai? Devemos tomar todas as armas dele. Neutralize a fera e sigamos nosso caminho. A menos que… haja algum problema.

— Nenhum problema — diz Cassius, dando um passo à frente. Ele ergue a lâmina bem no alto, o metal latejando de calor.

— Isso é o que você se tornou? — pergunta Mustang. Cassius sofre com o olhar dela, há vergonha no seu rosto. — Olhe pra mim, Darrow — diz Mustang. — Olhe pra mim.

Eu obrigo a mim mesmo a esquecer a lâmina. A olhar para ela, obtendo sua força. Mas à medida que o metal superaquecido perpassa a pele e o osso do meu punho direito, eu esqueço de Mustang. Grito de dor, olhando para o local onde minha mão ficava para ver um cotoco preguiçosamente espirrando sangue através de vasos capilares chamuscados. A fumaça da minha carne queimada sobe sinuosamente ao ar. E em meio à agonia consigo ver o Chacal pegando minha mão no chão e a segurando no ar. Seu mais novo troféu.

— *Hic sunt leones* — diz ele.

— *Hic sunt leones* — ecoam seus homens.

60

BUCHO DE DRAGÃO

Penso no meu tio enquanto seguro o cotoco queimado do meu braço direito, estremecendo de dor. Será que ele está com meu pai agora? Será que está sentado com Eo ao lado de uma fogueira escutando os passarinhos? Estarão me observando? O sangue choraminga através da carne escurecida no meu punho. A dor é cegante, atinge meu corpo inteiro. Estou atado ao lado de Mustang num assento em duas fileiras paralelas na traseira de uma embarcação militar de ataque em meio a trinta membros da Tropa dos Ossos. A luz acima de mim pulsa num tom verde alienígena. A nave sacode devido à turbulência. Luna está vivenciando uma tempestade: há imensos cúmulos indicativos de trovoadas envolvendo as cidades. Torres pretas penetram as nuvens escuras. Em todas as partes ao longo dos topos dos edifícios, pontinhos de luz dançam das luminárias de cabeça de Laranjas e altoVermelhos, meus próprios confrades, que trabalham como escravos sob o jugo militar, preparando armas que derrubarão seus assemelhados marcianos. Luzes ainda mais intensas banham cenas de batalha. Formas pretas recortadas por malignos faróis vermelhos sibilam e flutuam entre torres à medida que esquadrões de rasgAsas patrulham o céu e Ouros em gravBotas saltam entre torres a quilômetros de distância uma da outra, verificando defesas, preparando-se para a tempestade que se avizinha, dizendo suas últimas palavras a amigos, colegas, amantes.

Passando pela Casa de Ópera Elorian, vejo uma fileira de Ouros empoleirados nas mais elevadas guarnições de ameias, mirando o céu, usando gloriosos capacetes de guerra com chifres pontudos de modo que eles mais parecem uma trupe de gárgulas equilibradas ali no alto, suas silhuetas formadas pela luz dos relâmpagos, à espera da chuva do inferno.

Seguimos na direção do caldeirão de nuvens que rodopia ao redor dos mais elevados arranha-céus. Abaixo das nuvens, a entrelaçada pele da paisagem urbana está quieta e escura, na expectativa do bombardeio orbital, exceto pelos veios de chamas que sangram ao longo do horizonte oriundos dos tumultos na Cidade Perdida. Veículos de emergência com suas luzes piscando mergulham na direção das chamas. A cidade reúne oxigênio há horas, há dias e, prestes a exalar, suas costuras se esgarçam e seus pulmões se esticam a ponto de explodir.

Manobramos até uma plataforma de aterrissagem circular no topo do espigão da Soberana. Lá, Aja e uma coorte de Pretorianos se encontram conosco. A Tropa dos Ossos desce com gravBotas antes de pousarmos, dando cobertura à embarcação à medida que ela se assenta sobre a plataforma. Cassius sai, carregando-me consigo, meus braços amarrados na frente do corpo. Ele arrasta Sevro com a outra mão como se fosse a carcaça de um veado. Antonia empurra Mustang. A deprimente chuva de inverno da lua-cidade escorre pelo rosto escuro de Aja. O vapor ascende do seu colarinho e um brilhante sorriso de dentes alvíssimos arrebenta a noite.

— Cavaleiro da Manhã, bem-vindo à sua casa. A Soberana está à sua espera.

Um quilômetro abaixo da superfície da lua, o grande gravElevador conhecido apenas na mitologia militar como o Bucho do Dragão sibila ao se abrir e nos conduzir através de um corredor de concreto parcamente iluminado até uma outra porta brasonada com a pirâmide da Sociedade. Ali, uma luz azul escaneia as íris de Aja. A pirâmide é fraturada em quatro, equipamentos e imensas pistolas chiando. A tecnologia aqui é mais velha do que a da Cidadela acima, antiga, de um tempo em que a

Terra era a única inimiga que Luna conhecia, e as grandes armastrilhos da América eram o temor de todos os nascidos em Luna. É um testamento à arquitetura e à disciplina dos Pretorianos o fato de o grande bunker da Soberana não ter sido obrigado a mudar substancialmente há mais de setecentos anos.

Imagino se Fitchner sabia disso. Duvido. Parece que é um segredo que Aja guardava consigo. Mas imagino se até mesmo ela conhece todos os segredos deste lugar. Os túneis à esquerda e à direita do estreito corredor pelo qual passamos desabaram há muito tempo, e não posso deixar de imaginar quem já percorreu este caminho no passado, quem os fez desabar e por que motivo.

Passamos por salas fortemente vigiadas iluminadas por luzes de holos. Azuis e Verdes sincronizados estão recostados nas suas camas tech, e tubos intravenosos se engancham nos seus corpos à medida que torrentes de dados circulam através dos seus cérebros via nódulos de uplink encravados no crânio, os olhos perdidos em algum lugar distante. Trata-se do sistema nervoso central da Sociedade. Octavia pode começar uma guerra a partir daqui mesmo que a lua seja arruinada ao seu redor.

Os Obsidianos daqui usam capacetes pretos com crânios em tom púrpura escuro de formatos draconianos nas suas armaduras corporais. Letras douradas com os dizeres *Cohors Nihil* podem ser vistas ao longo das laterais das suas espadas curtas. Legião Zero. Nunca ouvi falar deles, mas vejo o que vigiam: uma última porta de metal sólido e desprovida de qualquer adorno, o mais profundo refúgio da Sociedade. Ela se dilata e se abre com um rugido, e só então, um ano e meio desde que saltei da traseira do seu ônibus espacial de assalto, consigo ver a silhueta da Soberana.

Sua voz patrícia ecoa pelo corredor.

— ... Janus, quem dá a mínima pra vítimas civis? Por acaso o mar já ficou sem sal? Se eles conseguirem efetivar uma Chuva de Ferro, atirem neles, seja qual for o custo. A última coisa que eu desejo é que a Horda de Obsidianos aterrisse aqui e se ligue aos tumultos na Cidade Perdida...

A ditadora de tudo contra o qual lutei até hoje se encontra num círculo mais baixo no centro de uma grande sala cinza e preta banhada por uma luz azul emanada dos Pretores e de Lorde Ash que a cercam em forma holográfica. Há mais de quarenta pessoas num semicírculo, os veteranos das guerras dela. Criaturas implacáveis me observam entrar na sala com o contentamento sombrio e arrogante de estátuas de catedral, como se sempre soubessem que esse momento acabaria acontecendo. Como se merecessem esse meu fim e ele não se tratasse apenas de sorte, como de sorte se tratou seus nascimentos.

Eles sabem o que minha captura significa. Eles a estão transmitindo sem parar à minha frota. Tentando tomar nossos comunicadores com ataques de hackers para espalhar a notícia entre minhas naves. Espalhando-a para a Terra para debelar os levantes que lá ocorrem, divulgando o sinal ao Cerne para deter o surgimento de qualquer outra inquietude civil. Eles farão o mesmo com minha execução. O mesmo com o corpo morto de Sevro. E quem sabe com Mustang, apesar do acordo que Cassius acha que firmou. Olhem o que recai sobre aqueles que se levantam contra nós, dirão eles. Olhem como mesmo esses monstros poderosos caem diante dos Ouros. Quem mais pode se colocar contra eles? Ninguém.

O domínio deles ficará maior.

O reinado deles ficará mais forte.

Se perdermos hoje, uma nova geração de Ouros ascenderá com um vigor jamais visto desde a queda da Terra. Eles verão a ameaça ao seu povo e reproduzirão criaturas como Aja e o Chacal aos milhares. Eles construirão novos Institutos, expandirão seu aparato militar e sufocarão ainda mais meu povo. Esse é o futuro que poderia ser. O futuro que Fitchner mais temia. O futuro que eu temo estar chegando à medida que observo o Chacal passar por mim ao entrar na sala.

— Os Obsidianos dele não são treinados em guerra extraplanetária — está dizendo um dos Pretores.

— Você quer dizer isso ao Fabii? — pergunta a Soberana. — Ou quem sabe à mãe dele? Ela está com os outros Senadores que eu tive de cercar na Câmara antes que eles fugissem como mosquinhas e levassem com eles suas naves.

— Políticos covardes… — murmura alguém.

Além dos refulgentes hologramas, a sala está ocupada por um pequeno grupo de Ouros marciais. Mais do que eu esperava. Dois Cavaleiros Olímpicos, dez Pretorianos e Lysander. Ele tem dez anos de idade agora, cresceu quase quinze centímetros desde que o vi pela última vez. Carrega consigo um datapad para tomar copiosas notas da conversa da sua avó e sorri para Cassius quando entramos, observando-me com o cauteloso interesse que alguém observaria um tigre através de durovidro. Seus cristalinos olhos Ouros absorvem meus grilhões, Aja e minha mão ausente. Mentalmente tocando o vidro com a unha para ver a espessura dele.

Os dois Cavaleiros Olímpicos cumprimentam Cassius silenciosamente quando entramos, de modo a não perturbar a Soberana na sua reunião, embora ela tenha notado minha presença com um olhar de relance desprovido de qualquer emoção. Ambos os cavaleiros estão munidos de armaduras pesadas e prontos para defender a Soberana.

Acima de Octavia, um holo globular domina o teto em formato de domo do recinto, exibindo a lua em perfeito detalhe. A frota de Lorde Ash está espalhada como uma tela para cobrir o lado escuro de Luna, onde se encontra a Cidadela, como se fosse um escudo côncavo. A batalha está bem encaminhada. Mas minhas forças não têm como saber que o Chacal está apenas esperando para contorná-las pelos flancos e martelá-las de encontro à bigorna de Lorde Ash. Se ao menos eu pudesse alcançar Orion, talvez ela conseguisse encontrar alguma maneira de evitar isso.

O Chacal se senta em silêncio numa cadeira lateral, assistindo pacientemente a Lorde Ash dar instruções a uma esfera de navesChamas.

— Cassius, seu maldito cão de caça — diz o Cavaleiro da Verdade, com a voz de um profundo barítono. Seus olhos são estreitos e asiáticos. Ele é da Terra, e é mais compacto do que nós marcianos. — É ele mesmo?

— Ossos e coração. Retirei-o da sua nau capitânia — diz Cassius, chutando-me nos joelhos e puxando minha cabeça pelos cabelos de modo que eles possam olhar melhor meu rosto. Ele joga Sevro no chão e eles inspecionam o morto. O Cavaleiro da Alegria balança a cabeça. Ele é mais magro do que Cassius e duas vezes mais aristocrático, oriundo de uma antiga família venusiana. Encontrei-me com ele uma ou duas vezes em Marte.

— Augustus também? Não é que você teve mesmo a maior das sortes? E Aja empacotou o Obsidiano. Medo e Amor vão pegar Victra e aquela Bruxa Branca…

— Eu mataria alguém pra poder agarrar Victra — diz Verdade, andando ao meu redor. — Isso seria uma dança. Diga-me, Cassius, você já não a agarrou?

— Eu nunca beijo e conto depois — diz Cassius, fazendo um meneio para a batalha que está sendo travada. — Como estamos indo?

— Melhor do que Fabii. Eles são tenazes. Difícil de segurá-los. Fico tentando o tempo todo me aproximar pra que usem os Obsidianos deles, mas Lorde Ash os mantém à distância. A frota do Chacal vai ser a faca vencedora nessa batalha, já está contornando o flanco deles. Está vendo? — O Cavaleiro olha para o holo como que ansiando por algo. Cassius nota.

— Você pode se juntar a eles quando quiser — diz Cassius. — Peça uma nave.

— Isso levaria horas — responde Verdade. — Já temos quatro cavaleiros engajados na batalha. Alguém precisa proteger Octavia. E minhas naves estão sendo mantidas na reserva, protegendo o lado diurno. Se eles fizerem uma aterrissagem, o que é duvidoso a essa altura da contenda, vamos precisar de marcianos no chão. Vamos ter que lavar o rosto dele.

— O quê?

— O rosto de Barca. Está ensanguentado demais. Logo, logo faremos a transmissão, se não formos novamente atacados por hackers. Sabotadores estavam destruindo as operações. Mais rapazes de Quicksilver. Todo tipo de tech rebotalho demokrata com delírios de grandeza. Mas atingimos um dos covis deles ontem à noite com esquadrão de mestiços.

— Quer saber a melhor maneira de deter um hacker? Metal quente — acrescenta Alegria.

— *O inimigo é corajoso, tenho que dar esse crédito a eles* — está dizendo Lorde Ash no centro da sala, seu holograma novamente duas vezes a largura dos seus adjuntos. — *Cortamos a fuga deles, mas ainda assim eles continuam no páreo. Sofremos perdas, mas eles estão ficando com a pior parte nesse conflito.* — Ele está numa corveta na retaguarda da sua frota, seu sinal sendo retransmitido através de dezenas de outras naves. As frotas de Lorde Ash se movem com uma bonita precisão, jamais permitindo que minhas naves fiquem a menos de cinquenta quilômetros de distância delas.

Roque se importava com vítimas. Importava-se em ter cuidado para não destruir as belas naves de trezentos anos de idade que eu capturara. Lorde Ash não possui tais restrições. Ele esmaga violentamente quaisquer naves que veja pela frente, transformando-as em pó. Que se danem suas linhagens, que se danem as vidas, que se danem suas perdas, ele é um destróier. Aqui de costas para a parede ele vencerá a todo custo. É doloroso assistir ao sofrimento da minha frota.

— Relate quando tiver mais notícias — diz a Soberana. — Quero Daxo au Telemanus vivo, se possível. Todos os outros são passíveis de serem mortos, incluindo o pai dele e a Julii.

— *Sim, minha soberana.* — O velho matador a saúda e desaparece.

Com um cansado suspiro, a Soberana se vira para olhar seu Cavaleiro da Manhã e estende os braços como se cumprimentasse um filho há muito perdido. — Cassius. — Ela o abraça depois que ele faz uma mesura, beijando a testa dele com a mesma familiaridade que uma vez teve para com Mustang. — Meu coração se partiu quando eu soube o que aconteceu no gelo. Pensei que você havia sido chacinado.

— Aja teve razão ao pensar que eu já era. Mas sinto muito por ter demorado tanto para retornar dos mortos, minha soberana. Eu tinha tarefas a concluir.

— É o que vejo — diz a Soberana, importando-se pouco comigo. Concentrando-se, em vez disso, em Mustang. — Acredito que você tenha vencido a guerra, Cassius. Vocês dois. — Ela balança a cabeça para o Chacal, sem sorrir. — Suas naves tornarão esta uma breve batalha.

— É nosso prazer servir — responde o Chacal com um sorriso sabedor.

— Sim — diz a Soberana de uma maneira estranha, quase nostálgica. Seus dedos percorrem as cicatrizes no largo pescoço de Cassius. — Eles te enforcaram?

— Ah, eles tentaram. Mas não deu muito certo. — Ele solta uma risadinha.

— Você me lembra Lorn quando jovem. — Sei que ela uma vez disse a Virginia que, quando olhava para ela, lembrava de si mesma. A afeição é mais real do que a que o Chacal nutre pelos seus homens, mas ainda assim ela é uma colecionadora. Ainda assim ela está usando o amor e a lealdade como escudos para proteger a si mesma. A Soberana faz um gesto para mim, franzindo o nariz para a focinheira de metal ao redor do meu rosto. — Você sabe o que ele está planejando? Alguma coisa que possa comprometer nosso fim de jogo...

— Do que eu posso apreender, ele está planejando um ataque à Cidadela.

— Cassius, pare — rebate Mustang. — Ela não gosta de você.

— E você gosta? — pergunta a Soberana. — Sabemos exatamente do que você gosta, Virginia. E o que fará pra conseguir.

— Por ar ou por terra? — pergunta o Chacal. — Esse ataque.

— Por terra. Eu acho.

— Por que você não mencionou isso no espaço?

— Você estava mais preocupado em cortar a mão de Darrow.

O Chacal ignora a farpa.

— Quantas perfuratrizes-garra existem em Luna?

— Nenhuma funcionando, nem nas minas abandonadas — diz a Soberana. — Nós nos certificamos disso.

— Se ele tem uma equipe a caminho, só pode ser Volarus e Julii — diz o Chacal. — Elas são as melhores armas dele e o ajudaram a tomar o quebraLua.

— Volarus é a Obsidiana? — pergunta a Soberana. — Certo?

— Rainha dos Obsidianos — diz Mustang. — Você devia conhecê-la. Você faria com que Sefi se lembrasse da mãe dela.

— Rainha dos Obsidianos... eles estão unidos? — pergunta a Soberana a Cassius com uma certa preocupação. — É isso mesmo? Meus políticos diziam que uma liderança pantribal era impossível.

— E eles estavam errados — diz Cassius.

Antonia aproveita um momento para aparecer aos olhos da Soberana.

— São apenas os Obsidianos do grupo de Darrow, minha soberana. Uma aliança das tribos sulistas.

A Soberana a ignora.

— Não gosto disso. Temos centenas de Obsidianos apenas na Cidadela...

— Eles são leais — diz Aja.

— Como você sabe? — pergunta Cassius. — Existe algum de Marte?

Octavia olha para Aja em busca de confirmação.

— A maioria deles — admite Aja. — Inclusive a Legião Zero. Os Obsidianos de Marte são os melhores.

— Quero todos eles fora do bunker — diz Octavia. — Agora.

Um dos Pretorianos se move para cumprir a tarefa ordenada.

— Ela é tão formidável quanto o irmão? — pergunta Aja a Cassius.

— Pior — diz Mustang, da sua posição de joelhos, com um riso no rosto. — Bem pior e muito mais brilhante do que ele. Ela luta com um bando de guerreiras. Ela fez um juramento de sangue de que vai te achar, Aja. Que vai beber seu sangue e usar seu crânio como cálice no Valhalla. Sefi está a caminho. E vocês não podem detê-la.

Aja e Octavia trocam olhares preocupados.

— Elas teriam primeiro que aterrissar antes de fazer um ataque à Cidadela — diz Aja. — Isso é impossível.

— Como elas estão vindo? — pergunta-me Cassius. Eu sacudo a cabeça e rio para ele por trás da minha focinheira. Aja dá um chute no meu cotoco. Quase desmaio enquanto me contorço de dor no chão. — Como elas estão vindo? — pergunta Cassius. Eu não respondo. Ele faz um gesto para o Cavaleiro da Alegria. — Segure o outro braço dele. — Alegria agarra meu braço esquerdo e o estica. — Como elas estão vindo? — pergunta ele não a mim, mas a Mustang. — Vou cortar a outra mão dele se você não me disser. Depois vou cortar os pés dele e depois o nariz e depois vou arrancar os olhos dele. Como a Volarus está vindo?

— Você vai matá-lo de um jeito ou de outro — diz Mustang, escarnecendo dele. — Então vá se foder.

— O quão lentamente ele vai morrer depende de você — diz Cassius.

— Quem disse que elas já não aterrissaram? — pergunta Mustang.

— O quê?

— Elas vieram nas naves de grãos vindas da Terra, com os cumprimentos de Quicksilver. Aterrissaram horas atrás. E estão a uma hora dessas prestes a invadir a Cidadela. Dez mil Obsidianos fortíssimos. Vocês não sabiam?

— Dez mil? — murmura Lysander da sua cadeira na lateral do holofosso. O Cetro da Madrugada pertencente à sua avó repousa sobre a mesa diante dele. Um metro de extensão de ouro e ferro, ele tem na ponta o triângulo da Sociedade e um sol explodindo. — As Legiões estão mobilizadas pra deter uma invasão. Os Obsidianos vão devastar nossas defesas antes que elas possam retornar.

— Vou deixar os Pretorianos preparados e reconvocar duas legiões — diz Aja, disparando na direção da porta.

— Não — diz Octavia, imóvel, pensativa. — Não, Aja, você fica comigo. — Ela se vira para o capitão Pretoriano. — Legatus, vá reforçar a superfície. Leve seu pelotão. Não há necessidade deles aqui. Tenho meus cavaleiros. Qualquer nave que estiver se aproximando da Cidadela deve ser abatida. Não me importo se ela estiver carregando Lorde Ash em pessoa. Está me entendendo?

— Será feito. — Legatus e o restante dos Pretorianos saem às pressas, deixando o recinto deserto salvo por Cassius, os três Cavaleiros Olímpicos, Antonia, o Chacal, a Soberana, três guardas Pretorianos e nós prisioneiros. Aja aperta a palma da mão no console próximo à porta. A porta interna se fecha atrás dos Pretorianos. Uma segunda porta, mais espessa, aparece das paredes num parafuso, trancando-nos lentamente e nos isolando do mundo exterior.

— Sinto muito, Aja — diz Octavia quando a mulher retorna a seu lado. — Sei que você quer estar com seus homens, mas nós já perdemos Moira. Eu não podia correr o risco de perder você também.

— Eu sei — responde Aja, mas seu desapontamento é óbvio. — Os Pretorianos vão lidar com a horda. Podemos cuidar da outra questão?

Octavia olha de relance por sobre o Chacal e ele lhe faz a mais nua das mesuras.

— Severus-Julii, aproxime-se — diz Octavia.

Antonia o faz, surpresa por ter sido escolhida. Um sorriso esperançoso se forma nos seus lábios. Sem dúvida ela receberá um elogio pelos seus esforços hoje. Ela fica de mãos juntas nas costas e espera diante da Soberana.

— Diga-me, Pretora Julii, você foi recrutada a se juntar à Armada Espada quando esta subjugava os Lordes Lunares em junho deste ano, não foi?

Antonia franze o cenho.

— Minha soberana, eu não entendo...

— É uma pergunta razoavelmente simples. Responda-a com o máximo de habilidades de que dispõe.

— Fui, sim. Liderei as naves da minha família e a Quinta e Sexta Legiões.

— Sob o comando temporário de Roque au Fabii?

— Sim, minha soberana.

— Então me diga, como é possível que você ainda esteja viva e seu Imperador não?

— Consegui escapar por um triz da batalha — diz Antonia, vendo o perigo na linha de questionamento. Sua voz se modula de acordo: — Foi uma... terrível calamidade, minha soberana. Com os Uivadores escondidos em Thebe, Roque... o Imperador Fabii, caiu duplamente na armadilha, mas não foi culpa dele. Qualquer um teria feito a mesma coisa. Fiz um esforço pra resgatar o comando dele, pra reagrupar nossas naves. Mas Darrow já havia alcançado a ponte. E navesChamas estavam queimando por todos os lados ao nosso redor. Não tínhamos como distinguir os amigos dos inimigos. Os sons das hordas de Obsidianos saindo aos borbotões das suas naves perseguiram meus sonhos durante muito tempo...

— Mentirosa — bufa Mustang com desprezo.

— E então você bateu em retirada.

— A um grave custo, sim, minha soberana. Salvei quantas naves pude pra Sociedade. Salvei meus homens, ciente de que eles seriam necessários pra batalha que estava por vir. Foi tudo o que pude fazer.

— Foi um gesto nobre, salvar tantos — diz a Soberana.

— Obrigada, minha…

— Pelo menos seria se fosse verdade.

— Perdão?

— Acredito não ter gaguejado em momento algum, menina. Acredito, entretanto, que você fugiu da batalha, abandonando seu posto e seu Imperador ao inimigo.

— Está me chamando de mentirosa, minha soberana?

— Obviamente — diz Mustang.

— Eu não vou tolerar calúnias contra minha honra — rebate Antonia a Mustang, inflando o peito. — Está abaixo de…

— Oh, acalme-se, criança — diz a Soberana. — Você se encontra aqui em águas profundas, com peixes maiores do que você. Entenda, outros fugiram da batalha, outros que nos transmitiram suas análises da batalha de modo que pudéssemos saber o que havia acontecido. De modo que pudéssemos avaliar a calamidade e ver como Antonia dos Severus-Julii desgraçou seu nome e perdeu a batalha pra Sociedade, abandonando seu Pretor quando ele estava pedindo ajuda, fugindo pro cinturão pra salvar a própria pele, local onde ela depois perdeu suas naves.

— Fabii perdeu a batalha — diz ela vingativamente. — Não eu.

— Porque seus aliados o abandonaram — ronrona Aja. — Ele talvez ainda pudesse ter salvo seu comando caso você não tivesse jogado a formação dele no caos.

— Fabii cometeu erros — diz a Soberana. — Mas ele era uma criatura nobre e um servidor muito leal à Cor dele. Ele foi inclusive honrado o bastante pra tirar a própria vida, pra aceitar que fracassara e pra pagar com justiça esse débito e garantir que não fosse interrogado ou corrompido. Seu último ato ao destruir as docas rebeldes foi o ato de um herói. De um Ouro Férreo. Mas você… sua covarde chula, você fugiu como uma garotinha que mijou no vestido que usaria no Dia Branco. Você o abandonou pra salvar a si própria. Agora você o difama na frente de todos. Na frente do amigo dele. — Ela faz um gesto protetor na direção de Cassius. — Seus homens viram o réptil por baixo, foi por isso que eles se voltaram contra você. Por isso você perdeu suas naves pra sua irmã melhor.

— Eu veria quem quer que tenha feito essas acusações a mim no Lugar do Sangue — diz Antonia, tremendo de raiva. — Minha honra não vai ser manchada por criaturas ciumentas que não mostram a cara. É triste elas produzirem evidências pra manchar meu bom nome. Sem dúvida nenhuma essas pessoas possuem motivos ulteriores. Quem sabe intenções contra minha empresa ou contra minhas possessões ou procuram minar os Ouros como um todo. Adrius, diga à Soberana o quanto tudo isso é ridículo.

Mas Adrius permanece quieto.

— Adrius?

— Eu preferiria muito mais ter a lealdade de um cão do que a de um covarde — diz ele. — Lilath estava certa. Você é fraca. E isso é perigoso.

Antonia olha ao redor de si como se fosse uma mulher se afogando, sentindo a água lhe subir acima da cabeça, puxando-a para o fundo, sem nada que pudesse agarrar, nada que pudesse salvá-la. Aja incha atrás dela como uma onda escura quando Octavia a denuncia formalmente:

— Antonia au Severus-Julii, matrona da Casa Julii e Pretora Primeira Classe da Quinta e Sexta Legiões, pelo poder em mim investido pelo Acordo da Sociedade, eu a declaro culpada de traição e negligência dos seus deveres num tempo de guerra e por este a sentencio à morte.

— Sua piranha — sibila Antonia a ela, e em seguida ao Chacal. — Você não tem poderes pra me matar. Adrius… por favor. — Mas ela não tem mais naves. Não tem mais rosto. Lágrimas escorrem pelos seus olhos inchados à medida que ela procura alguma ajuda, alguma forma de escapar. Não existe nenhuma, e quando ela encontra meu olhar, ela sabe o que eu estou pensando. *Ceife o que você semeou*. Isso é por Victra, e Lea, e Cardo, e por todos os outros que ela sacrificaria para continuar viva. — Por favor… — choraminga ela.

Mas não há misericórdia aqui.

Aja segura o pescoço de Antonia por trás. Ela treme de horror, encolhendo e caindo de joelhos, nem mesmo tentando lutar quando a imensa mulher lentamente fecha as mãos e começa a estrangulá-la até a morte. Antonia resfolega, se contorce e leva um minuto inteiro para morrer. Quando isso acontece, Aja completa sua execução estalando o pescoço dela com uma violenta torção e jogando-a em cima do cadáver de Sevro.

— Que criatura mais odiosa — diz a Soberana, dando as costas ao corpo de Antonia. — Pelo menos a mãe dela tinha coragem. Cassius, seus sapatos estão imundos. — O sangue encrosta as solas de borracha dos seus chinelos de prisão e mancha as pernas do macacão verde. — Há um complexo de aposentos por aqui, uma cozinha, chuveiros. Limpe-se. Meu valete está tentando empurrar pra mim uma refeição há horas. Vou mandar que ele a sirva aqui pra você. Você não vai perder a batalha. Lorde Ash prometeu que ela durará várias horas ainda, na melhor das hipóteses. Lysander, quer fazer o favor de mostrar a ele o caminho?

— Eu não sairei do seu lado, minha soberana — diz Cassius muito nobremente. — Não até que tudo isso tenha acabado e esses monstros tenham sido abatidos. — O Cavaleiro da Verdade revira os olhos diante da exibição.

— Você é um bom rapaz — diz ela antes de voltar para mim. — Agora chegou a hora de lidarmos com o Vermelho.

61
O VERMELHO

Aja me arrasta até os pés da Soberana no centro do holopad. O sorrisinho sarcástico e frio de quem comanda está gravado profundamente no rosto marmóreo da tirana. Seus ombros, contudo, demonstram fadiga, pressionados para baixo pelo peso do império e pela massa sombria de centenas de anos de noites maldormidas. Seus cabelos bem amarrados são curtos, com profundos rios em tom cinza. Traços azuis serpenteiam através dos cantos dos seus olhos oriundos de terapias de rejuvenescimento celular reincidentes. Ela não teve paz comigo. Apesar de estar ajoelhado e ensanguentado como estou, é um bálsamo para minha alma saber que a persegui nas suas noites insones.

— Retire a focinheira — diz ela a Aja, que está atrás de mim, preparando-se para administrar a justiça da Soberana. O Cavaleiro da Verdade e o Cavaleiro da Alegria flanqueiam Octavia. Cassius se encontra de pé sobre Mustang no seu macacão verde de prisioneiro, um pouco afastado do resto, entre os Pretorianos, enquanto o Chacal observa da sua cadeira próximo a Lysander, bebericando um café trazido pelo valete. Estico minha mandíbula quando a focinheira é tirada.

— Imagine um mundo sem a arrogância dos jovens — diz Octavia à sua Fúria.

— Imagine um mundo sem a ganância dos velhos — respondo com aspereza. Aja me dá um tapa na cabeça. O mundo pisca em preto e eu quase emborco.

— Por que você tirou a focinheira dele se queria que ficasse em silêncio? — pergunta Mustang.

O Chacal ri.

— Uma boa pergunta, Octavia!

Octavia olha com dureza para ele.

— Porque executamos um fantoche da última vez e os mundos sabem disso. Isso aqui é carne e osso. O Vermelho que ascendeu. Quero que eles saibam que é ele que está caindo. Quero que eles saibam que mesmo o melhor deles é insignificante.

— Dê-lhe palavras e ele vai simplesmente fazer um outro slogan — alerta o Chacal.

— Octavia, você realmente acha que meu irmão não vai te matar? — pergunta Mustang. — Ele não vai descansar enquanto você não estiver morta. Enquanto todos vocês não estiverem mortos. Enquanto ele não estiver de posse desse cetro e não estiver sentado bem aí no seu trono.

— É claro que ele quer meu trono, quem não iria querer? — diz a Soberana. — Do que estou encarregada, Lysander?

— De defender seu trono. De criar uma união onde seja mais seguro pros súditos seguir do que lutar. Esse é o papel dos Soberanos. Ser amado por poucos, ser temido por muitos e sempre conhecer a si mesmo.

— Muito bom, Lysander.

— O propósito de um Soberano não é ser um ditador. É ser um líder — digo.

Nem mesmo se dando ao trabalho de me ouvir, ela se volta para o Cavaleiro da Alegria, que está sentado nos controles do holodeque preparando a transmissão:

— Está pronto?

— Sim, minha soberana. Os Verdes restauraram os links. As imagens entrarão ao vivo pro Cerne.

— Diga adeus ao Vermelho... *Mustang* — diz Aja, dando um tapinha na cabeça de Mustang.

— Nem isso você consegue fazer sozinho? — pergunto ao Chacal. — Que homem você é, hein?

— Eu quero fazer isso, Octavia — diz o Chacal em tom baixo, levantando-se do seu assento e caminhando até o holodeque.

— Os Cavaleiros Olímpicos cuidam de execuções executivas — diz Aja. — Esse não é seu lugar, ArquiGovernador.

— Não me lembro de ter pedido sua permissão. — Aja cerra os dentes diante do insulto, mas a mão da Soberana no ombro dela contém sua língua.

— Deixe-o fazer isso — diz a Soberana. É estranha a deferência que a Soberana tem para com o Chacal. É despropositada, mas está em consonância com a estranheza que senti entre os dois ao longo do dia. Por que ele estaria aqui, eu imagino. Não em Luna. Isso é óbvio o bastante. Mas por que ele viria a um lugar onde a Soberana possui poderes sobre ele? A qualquer momento ela poderia matá-lo. Ele deve ter alguma coisa sobre ela, algo que lhe garanta alguma espécie de imunidade. Qual é a jogada dele aqui? Sinto Mustang tentando adivinhar a mesma resposta quando Aja se afasta de mim. O Cavaleiro da Alegria oferece um abrasador ao Chacal, mas Adrius o recusa. Em vez disso, ele pega a arma de Sevro do seu coldre e a rodopia ao redor do seu dedo indicador.

— Ele não é um Ouro — explica o Chacal. — Não merece uma lâmina ou uma morte de estado. O Ceifeiro vai como o tio dele. De qualquer modo, eu gostaria muito de começar a transição como a mão da justiça. E mais, acabar com Darrow usando a arma de Sevro é... mais poético, você não acha, Octavia?

— Muito bem. Há alguma outra coisa que você desejaria? — pergunta a Soberana, demonstrando um certo cansaço.

— Não. Você foi por demais obsequiosa. — O Chacal assume o lugar de Aja ao meu lado enquanto a Soberana se transforma diante dos nossos olhos. A exaustão lhe queima o rosto enquanto ela adota o semblante sereno, matronal, que eu me lembro de ela exibir ao dizer para mim: "Obediência. Sacrifício. Prosperidade" seguidamente no HC em Lykos. Nessa época, Octavia parecia uma deusa tão distante do alcance dos mortais que eu teria dado minha vida para satisfazê-la, para fazer com que ela se orgulhasse de mim. Agora eu daria minha vida para acabar com a dela.

O Cavaleiro da Alegria faz um meneio para a Soberana. Uma luz refulge suavemente acima dela, fortalecendo a mulher com a fúria e a ira do sol. Trata-se apenas de um ponto de luz. A crepitação química se dissipa à medida que a luminária aprofunda seu fulgor. O Chacal tira um fio de cabelo errante do seu fastidioso penteado e sorri carinhosamente para mim.

A transmissão tem início.

— Homens e mulheres da Sociedade — diz Octavia. — Aqui quem fala é sua Soberana. Desde a aurora do homem, nossa saga como espécie tem sido uma saga de guerras tribais. Uma saga de provações, sacrifícios, de ousar desafiar os limites naturais da natureza. Então, depois de anos labutando na sujeira, ascendemos às estrelas. Nós nos ligamos às nossas tarefas. Deixamos de lado nossos próprios desejos, nossa própria avidez, pra abraçarmos a Hierarquia das Cores, não pra oprimir os muitos pela glória dos poucos, como Ares e esse... terrorista fariam vocês acreditar, mas pra assegurar a imortalidade da raça humana nos princípios da ordem e da prosperidade. Uma imortalidade que foi garantida antes de que esse homem tentasse roubá-la de nós.

Ela aponta um dedo longo e elegante para mim.

— Esse homem, no passado um nobre servidor de vocês, das suas famílias, deveria ter sido o mais brilhante dos filhos da Cor dele. Ele subiu degraus na sua juventude. Recebeu prêmios de honra. Mas ele escolheu a vaidade. Escolheu estender seu próprio ego pelas estrelas. Escolheu se tornar um conquistador. Ele esqueceu dos seus deveres. Esqueceu da razão pra existência da ordem e caiu na escuridão, arrastando consigo os mundos. Mas nós não cairemos na escuridão. Não. Não nos curvaremos às forças do mal. — Ela toca o coração. — Nós... *nós* somos a Sociedade. Nós somos Ouros, Pratas, Cobres, Azuis, Brancos, Laranjas, Verdes, Violetas, Amarelos, Cinzas, Marrons, Rosas, Obsidianos e Vermelhos. Os laços que nos unem são mais fortes do que as forças que nos separam. Por setecentos anos os Ouros pastoreiam a humanidade, trazendo luz pra onde havia antes escuridão, trazendo abundância pra onde havia antes fome. Hoje trazemos paz pra onde havia antes guerra. Mas pra termos paz devemos destruir de imediato este assassino que trouxe a guerra a cada um dos nossos lares.

Ela se volta para mim com uma insensibilidade que me faz lembrar de como ela assistiu ao meu duelo com Cassius. Como ela teria me deixado morrer dando goles no seu vinho e concentrada no seu jantar. Sou uma manchinha para ela, até hoje. Ela está pensando além desse momento. Além do momento em que meu sangue esfriar no chão e eles me arrastarem para que meu corpo seja dissecado.

— Darrow de Lykos, pelo poder a mim confiado pelo Acordo, eu por este o considero culpado de conspiração com o intuito de incitar atos de terror. — Olho diretamente para as lentes ópticas da holoCam, ciente de quantas incontáveis almas estarão me assistindo agora. Ciente de quantos incontáveis olhos me assistirão muito tempo depois de eu ter partido. — Eu o considero culpado do assassinato em massa de cidadãos de Marte. — Eu mal a escuto. Meu coração retumba no peito, chacoalhando os dedos da minha mão esquerda. Subindo-me até a garganta. É isso. O fim se infesta em mim. — Eu o considero culpado de assassinato. — Esse momento, esse fragmento de tempo representa minha vida sumariada. Representa meu grito no vazio. — E eu o considero culpado de traição contra sua Sociedade...

Mas eu não quero grito.

Que isso fique para Roque. Que isso fique para os Ouros. Deem-me algo mais. Deem-me a raiva do meu povo. A raiva de todas as pessoas mantidas em cativeiro. Enquanto a Soberana recita sua sentença, enquanto o Chacal espera para executá-la, enquanto Mustang se ajoelha no chão, enquanto Cassius me observa do seu lugar entre os Pretorianos e os Cavaleiros, à espera, e enquanto Aja me vê olhar para o alto cavaleiro louro, ela dá um passo à frente em trepidação porque sabe que há algo errado. Jogo a cabeça para trás e uivo.

Uivo pela minha mulher, pelo meu pai. Uivo pela minha mãe. Por Ragnar e Quinn e Pax e Narol. Por todas as pessoas que eu perdi. Por todas as vidas que eles tirariam de mim.

Uivo porque sou um Mergulhador-do-Inferno de Lykos. Sou o Ceifeiro de Marte. E paguei com minha carne por ter acesso a este bunker, tudo isso para poder ficar diante de Octavia, tudo isso para que eu pudesse ou morrer com meus amigos ou ver nossos inimigos levados à justiça.

A Soberana faz um meneio para o Chacal executar a sentença. Ele encosta o cano da arma na minha nuca e aperta o gatilho. A arma escoiceia na sua mão. O fogo é cuspido, chamuscando meu couro cabeludo. Um som ensurdecedor ressoa no meu ouvido direito. Mas eu não caio. Nenhuma bala penetra minha cabeça. A fumaça rodopia do cano. E quando o Chacal olha para a arma, ele sabe.

— Não... — Ele se afasta de mim, soltando a arma, tentando sacar sua lâmina.

— Octavia... — grita Aja, avançando com ímpeto.

Mas exatamente nesse instante, naquela batida de coração, a Soberana ouve alguma coisa atrás da câmera e se vira para ver um guarda Pretoriano com a cabeça pendente, seu pulsoRifle batendo de encontro ao chão à medida que uma medonha língua vermelha se projeta da sua boca. Só que não se trata de uma língua. Trata-se da ensanguentada lâmina de Cassius que havia penetrado o crânio do Pretoriano por trás e saído entre seus dentes. O objeto desaparece novamente na sua boca. Os três guardas caem antes que a Soberana possa ao menos dizer uma porra de uma palavra sequer. Cassius se encontra atrás dos homens chacinados, a cabeça abaixada, a lâmina vermelha, a mão esquerda segurando o controle remoto dos meus constritores e dos de Mustang.

— Bellona? — é tudo o que a Soberana consegue dizer antes que ele aperte o botão. O colete de aço de Mustang é desafivelado e cai no chão. O mesmo acontece com o meu em seguida. Ela mergulha para pegar o pulsoRifle de um Pretoriano morto. Desacorrentado, eu me levanto, liberando meu braço e sacando a faca escondida dentro do colete de metal. Avanço na direção da Soberana. Mais veloz do que uma piscada de olhos dela, enfio a lâmina através da sua jaqueta preta e perfuro a maciez do seu baixo-ventre. Ela arqueja. Seus olhos imensos ficam a centímetros dos meus. Sinto o cheiro do café no seu hálito. Sinto o bater dos seus cílios enquanto a apunhalo seis vezes mais na barriga e, na última vez, puxo o metal para cima com toda a força para lhe estraçalhar o esterno. O sangue quente goteja sobre as juntas dos meus dedos e peito enquanto ela transborda, o corpo aberto.

— Octavia! — Aja está me atacando. Está na metade do caminho quando Mustang, atirando de joelhos, a acerta na lateral da armadura com o pulsoRifle. O disparo tira Aja do chão, lançando-a do outro lado da sala na direção da mesa de conferência de madeira ao lado dos corpos de Sevro e de Antonia. Vendo sua Soberana tombando para trás, o ventre aberto, o Cavaleiro da Verdade e o Cavaleiro da Alegria giram na direção de Cassius, sacando as lâminas da cintura, seus escudos zunindo ao ganharem vida. Desarmado, usando apenas seu macacão verde de prisioneiro salpicado de sangue, Cassius investe contra eles, perfurando o globo ocular do surpreso Cavaleiro da Verdade através da parte superior do seu crânio.

O Chacal saca a lâmina da sua cintura e investe contra mim. Dou um passo para o lado, desviando-me e indo na direção dele. Adrius investe novamente contra mim, berrando de raiva, mas eu pego seu braço e lhe dou uma cabeçada no rosto antes de lhe dar uma rasteira e jogá-lo no chão. Saco minha lâmina e prendo seu braço esquerdo no chão para que ele não disponha mais de nenhuma mão livre. Ele grita. Seu cuspe me salpica o rosto. Ele tenta me acertar com as pernas. Eu lhe dou uma joelhada na testa e o deixo entontecido e pregado no chão.

— Darrow! — Cassius me chama enquanto duela com o Cavaleiro da Alegria. — Atrás de você!

Atrás de mim, Aja está se levantando dos restos esfacelados da mesa, com os olhos arregalados de raiva. Fujo dela para ajudar Cassius e Mustang, ciente de que ela me mataria em segundos restando-me apenas uma das mãos. O sangue escurece o macacão verde de Cassius. A perna esquerda dele foi dilacerada seriamente pelo Cavaleiro da Alegria, que dispõe de uma armadura melhor e que usa seu peso e o escudo com a égide pulsante no seu braço esquerdo para sobrepujar Cassius. Mustang agarra duas lâminas dos Pretorianos mortos e joga uma delas para mim. Eu a apanho em meio à corrida com minha mão esquerda. Aperto o cabo. A lâmina dá um salto até adquirir sua extensão mortífera. Cassius recebe um outro talho na perna e tropeça num corpo, caindo no chão, bloqueando o segundo golpe com um pulsoPunho, arruinando assim a arma. O Cavaleiro da Alegria está de costas para mim. Ele sente minha aproximação, mas é tarde demais. Silenciosamente, dou um pulo no ar e o ataco com um longo golpe por trás, meu braço esquerdo diminuindo a velocidade ao se encontrar com a latejante resistência do pulsoEscudo a centímetros de distância da armadura e em seguida entortando ao se grudar à chapa azul-celeste e penetrar músculo e osso. Descendo do ombro esquerdo à pélvis direita, abrindo seu corpo na diagonal. O corpo do cavaleiro cai no chão espirrando sangue.

O silêncio toma conta da sala quando os corpos atingem o chão.

Mustang corre na minha direção. Ela joga seus cabelos dourados e despenteados para trás, um risinho febril lhe dividindo o rosto. Ajudo Cassius a se levantar.

— Como foi minha atuação? — pergunta ele, dando uma piscadela.

— Não tão boa quanto seu trabalho com a espada — digo, olhando para os corpos ao redor dele. Ele dá uma risadinha, mais vivo numa batalha do que em qualquer outro lugar. Sinto uma agonia dentro de mim, ciente que estou de que esse é o rumo que as coisas sempre deveriam ter seguido. Sentindo falta dos dias que cavalgávamos juntos nas terras altas fingindo sermos os lordes da terra. Retribuo-lhe o sorriso, ferido, sangrando, mas quase inteiro pela primeira vez desde que consigo me lembrar.

— Ainda não acabamos aqui — diz Mustang.

Lado a lado com ela, nós nos viramos juntos para encarar o mais mortífero ser humano do sistema solar. Ela está agachada sobre uma Octavia terrivelmente ferida que rastejou até a borda do holodeque e arqueja deitada de costas no chão, segurando a barriga com ambas as mãos. Octavia está pálida e trêmula. Lágrimas escorrem pelos rostos de Aja e de Lysander, que correu para o fosso para ajudar a avó.

— Aja! — berra o Chacal do chão. — Mate-os! Abra a porta ou mate todos eles! — Ele perdeu a cabeça. Debatendo-se enlouquecidamente, tentando alcançar o botão para acionar o chicote na lâmina com seu cotoco. Um metro de distância acima dele e ele simplesmente não consegue alcançá-lo. — Abra a porta! — diz ele entre dentes cerrados.

Mas para abrir a porta ela precisa alcançá-la. E para alcançá-la ela precisa passar por mim e por meus amigos e em seguida apresentar suas costas a nós três enquanto tecla o código. Ela está presa aqui até morrermos ou ela morrer.

— Aja, entregue-nos a Soberana. A justiça chegou pra ela — digo, sabendo qual será a resposta de Aja, mas cuidando para que o holodeque continue ativo. Continue transmitindo o sangue dos Ouros encharcando o chão. Aja não se vira para olhar para nós. Ainda não. Suas mãos enormes acariciam o rosto de Octavia. Ela toma nos seus braços a mulher mais velha como uma mãe segura o próprio filho.

— Fique viva — diz ela a Octavia. — Eu vou tirar você daqui. Eu prometo. Fique viva, só isso. Fique viva, Octavia.

Octavia balança a cabeça desmilinguidamente. Lysander toca o braço de Aja.

— Corra. Por favor.

— Deixe-a enfraquecer — sussurra Mustang. — É ela quem está correndo contra o relógio.

— Não deixe que ela te prenda num canto — digo. — Mova-se lateralmente como planejamos. Cassius, você ainda consegue apontar uma arma?

— Tentem aguentar, só isso — diz ele.

Aja se põe de pé exibindo toda a sua estatura, uma taciturna massa de músculos e armadura, a maior aluna do maior mestre de lâminas que a Sociedade jamais conheceu. Rosto escuro, indecifrável. A armadura multiforme em tom azul profundo movendo-se sutilmente com os dragões do mar. Ombros tão largos quanto os de Ragnar. Eu gostaria muito de poder ter trazido Sefi. Um metro e meio de prata mortífera desliza diante de Aja e ela assume a postura invernal do Estilo do Salgueiro, espada erguida como uma tocha, inclinada para o lado, pé esquerdo para a frente, quadril encaixado, joelhos ligeiramente curvados.

Mustang e eu nos separamos, um para a esquerda, outro para a direita. Cassius, o melhor espadachim entre nós agora, toma o meio. Os olhos famintos de Aja devoram nossas fraquezas. Os passos arrastados de Cassius, a ausência da minha mão direita, o tamanho de Mustang, a disposição dos obstáculos no chão. E ela ataca.

Existem duas estratégias quando se luta com múltiplos oponentes. A primeira é usá-los uns contra os outros. Mas Cassius e eu sempre fomos uma mente única nas batalhas, e Mustang é adaptável. Portanto, Aja escolhe a segunda opção: um ataque total sobre mim antes que Cassius ou Mustang possam vir em meu auxílio. Ela me considera o inimigo mais fraco. E está certa. Seu chicote estala na direção do meu rosto com mais rapidez do que minha capacidade de levantar minha lâmina. Eu recuo, quase perdendo o olho. Anulando meu centro de equilíbrio. Ela está em cima de mim, a lâmina rígida, atazanando-me num poético frenesi de movimentos cuidadosamente construídos para tirar minha lâmina de posição ao longo do meu corpo de modo a poder desempenhar a manobra de Lorn chamada Escalpo de Asa. Na qual ela tenta usar a lâmina dela como se fosse uma alavanca em cima da minha para encostar a ponta no ombro do braço em que seguro minha espada e descer em direção à parte externa do meu punho para esfolar os músculos e tendões ao longo do caminho. Eu danço para trás, roubando-lhe a posição vantajosa, navegando pelos cadáveres atrás de mim enquanto Cassius e Mustang fecham o cerco sobre Aja. Cassius se aproxima precipitadamente e se estende de modo exagerado, quase como aconteceu comigo também.

Mas Aja não usa sua lâmina. Ela ativa suas gravBotas numa rápida explosão e se lança sobre ele: duzentos quilos de armadura da Inigualável Maculada propelidos por gravBotas se chocam duramente com carne e ossos. Quase é possível ouvir o esqueleto dele se partindo. Seu corpo se dobra ao redor dela, a testa batendo de encontro ao ombro de Aja protegido pela armadura. Ele escorre dela e ela o perfura, prendendo-o ao chão. Mustang dispara pelo flanco de Aja na expectativa de impedir que ela finalize Cassius. Mas Aja estava esperando a disparada de Mustang e usou Cassius como isca para pegá-la. Ela acerta Mustang lentamente na altura do estômago, quase abrindo seu intestino grosso.

Arremesso minha lâmina em Aja por trás. Ela de algum modo ouve ou sente o objeto vindo na sua direção e se curva de lado enquanto a arma passa e se gruda à parede do holodeque que o separa da sala de estar acima. A perna de Aja acerta Mustang, impactando seu joelho e torcendo-o para trás. Não consigo dizer se ela o deslocou ou não, mas Mustang tropeça para trás, a lâmina esticada, e Aja se vira na minha direção porque não tenho nenhuma arma comigo.

— Merda merda merda merda merda — sibilo, cambaleando na direção dos Pretorianos para pegar uma das lâminas deles. Consigo um pulsoRifle e atiro às cegas atrás de mim. O pulsoEscudo de Aja absorve as munições, latejando em carmesim enquanto ela dispara até onde estou e arranca a arma da minha mão. Escapo novamente, rolando para trás, recebendo um longo talho que me deixa em fogo o tendão do jarrete, mas ganhando uma lâmina ao saltar do holodeque em direção ao nível das cadeiras vários metros acima. Ela pega um pulsoPunho e atira em mim. Eu mergulho no chão de modo que ela não acerta o alvo. O teto de aço acima de mim borbulha e goteja. Eu rolo para o lado.

As lâminas afiadas estão no deque abaixo. Cambaleio de volta à beirada para continuar o combate. Aja está nos retalhando e tudo o que minha fuga proporciona é permitir que ela volte suas atenções para Cassius e Mustang. Ela avança ameaçadoramente na direção dele, usando contra Cassius o fato de ele estar mancando e seu novo ferimento no ombro. Mustang ataca por trás antes que ele seja cortado, mas Aja se curva quando Mustang a golpeia com a lâmina, movendo-se como se houvesse estudado a luta antes mesmo de ela ter acontecido.

Nós não vamos derrubá-la, eu percebo. Esse era nosso temor. Perder minha mão jamais fez parte do plano, tampouco. Um a um, ela vai nos matar a todos.

Tenho um breve momento de esperança quando Mustang e Cassius finalmente prendem Aja entre os dois. Salto para ajudar o ataque lá embaixo. A mulher gira e rodopia como um pedaço de madeira pego entre três tornados. Ela sabe que sua armadura suportará nossos golpes e que nossa pele não pode suportar os dela. Aja privilegia cortes superficiais, sangrando-nos metodicamente, mirando os tendões nos nossos joelhos, nos nossos braços, como Lorn nos ensinou a ambos. Uma Sábia desenterrando raízes.

A lâmina dela corta profundamente meu antebraço, lacerando minhas juntas, decepando um canto do meu dedo mindinho. Eu rosno de raiva, mas raiva não é o bastante. Meus instintos não são o bastante. Estamos desgastados demais, sobrepujados demais pela monstruosidade dela. Lorn a treinou muito bem. Girando o corpo, ela me golpeia o lado direito das costelas com as duas mãos. Meu mundo balança. Ela me levanta com um horrível berro. Meus pés ficam pendurados meio metro acima do deque. Cassius investe contra Aja e ela me joga pelo fio da sua lâmina para conter o ataque dele. Eu me choco contra o chão e tenho a sensação de que estou com um buraco no peito. Arquejo em busca de ar, mal conseguindo respirar. Cassius e Mustang se postam entre mim e Aja.

— Não toque nele — sibila Mustang.

A lâmina não acertou meus órgãos, encaixando-se entre duas das costelas reforçadas que Mickey me deu, mas estou sangrando pelo corpo todo. Tento me levantar, cambaleando pelo deque. O Chacal me observa do seu lugar no chão, exausto pelas tentativas de se libertar. Ele está dando um sorrisinho, apesar do horror de todos aqueles corpos ao nosso redor, ciente de que Aja vai me matar. O rosto da Soberana, distante e evanescente, também observa. Ela está apoiada na borda do holodeque que se encontra numa posição mais alta em relação ao resto do recinto, as mãos de Lysander mantendo-a coesa. Aja olha para ela com temor, ciente de que a vida de Octavia está perto do fim.

— Como vocês puderam escolhê-lo em detrimento de nós? — grita Aja com raiva para Mustang e Cassius.

— Facilmente — responde Mustang.

Cassius puxa a seringa do coldre na sua perna e a joga do outro lado da sala para mim.

— Faça isso antes que ela nos mate, cara. — Eu me levanto com muito esforço enquanto Aja tenta furiosamente chegar a mim, mas

Cassius e Mustang possuem força suficiente para mantê-la afastada. Ela rosna de frustração. Os três escorregando em sangue, meus amigos com o tempo contado neste mundo e cara a cara com ela. Consigo chegar na beirada do holodeque, do lado oposto ao da Soberana, e o escalo em direção ao corpo de Sevro.

— Você não pode fugir! — grita Aja. — Vou arrancar seus olhos. Não há pra onde fugir, seu Enferrujado covarde! — Mas eu não estou fugindo. Caio de joelhos ao lado de Sevro. A parte frontal do seu tórax é um caos de sangue de laboratório e panos rasgados devido aos ferimentos da execução de Cassius. Abro a camisa dele com minha lâmina. Seis falsos buracos me olham do tórax dele, pedacinhos de carne Entalhada parecendo bastante reais. Seu rosto está quieto e pacífico. Mas paz não é a natureza dele, e nós ainda não a conquistamos. Abro a seringa preenchida com a mordida-de-cobra de Holiday. O suficiente para acordar os mortos. Mesmo aqueles fingindo um sono eterno que tomaram o maligno coquetel à base de extrato de haemanthus preparado por Narol.

— Acorde aí, acorde aí, Duende — digo enquanto levanto a seringa bem no alto, rezando baixinho para que o coração dele não falhe, e a enfio diretamente no peito do meu melhor amigo. Seus olhos se abrem de súbito.

— Caraaaaaalho.

62
OMNIS VIR LUPUS

Explodindo para cima ao sair do seu coma induzido pelo óleo de haemanthus no frasco do qual estava bebendo antes de libertarmos Cassius, ele passa por mim zunindo, pondo-se de pé, olhando ao redor com olhos maníacos, selvagens, as mãos vibrando. Segurando seu coração, arquejando de dor como ocorreu comigo quando Trigg e Holiday me tiraram da prisão. A última coisa que ele viu foi meu rosto na prisão da nave; agora desperta aqui e é enfiado no meio de uma batalha, com sangue e corpos entulhando o chão. Ele olha fixamente para mim com olhos ensandecidos, vermelhos, apontando para minha barriga.

— Você está sangrando!

— Eu sei.

— Onde é que está sua mão? Você está sem uma das porras das mãos!

— Eu sei!

— Porra. — Seus olhos miram ao redor, inquietos, vendo o Chacal imobilizado e Octavia no chão. Aja espancando Cassius e Mustang e nos obrigando a recuar. — Funcionou! Funcionou, caralho! A gente precisa ajudar o Testa Dourada, seu cabeça de merda! Levanta aí! *Levanta aí!* — Ele me põe de pé com um puxão e empurra a lâmina de volta à minha mão, correndo em direção ao holofosso, uivando o hediondo grito de batalha que criamos quando éramos crianças entre os pinheiros congelados. — Eu vou te matar, Aja! Eu vou te matar na sua cara!

— É o Barca! — berra o Chacal do chão. — O Barca está vivo!

Na corrida, Sevro pega um pulsoPunho de um Pretoriano morto e dá um pisão no corpo do Chacal, pisoteando seu rosto enquanto agarra a lâmina que mantém imóvel no chão o jovem ArquiGovernador sem diminuir seu ritmo. Ele voa na direção de Aja, disparando o pulsoPunho. Insano devido às drogas e à vitória que consegue farejar.

As rajadas pulsantes ondulam sobre o escudo de Aja, espalhando carmesim ao redor da silhueta da mulher, prejudicando sua visão o bastante para que Cassius consiga finalmente deslizar sua lâmina em meio às defesas dela. Mesmo assim, ela gira o corpo ao perceber a chegada do golpe de modo que este atinge apenas seu ombro, mas então Sevro está em cima dela, apunhalando-a duas vezes na lombar. Ela rosna de dor, recuando. Eu me junto à contenda enquanto Aja consegue se separar de nós, tropeçando para trás. Mas no chão atrás dela, a Fúria deixa algo que poucos humanos viram: um fiapo de sangue. Ele cobre a lâmina de Sevro. Ele passa a mão na ponta da lâmina e suja os dedos com o sangue.

— Hahaha. Olha só pra isso aqui. Você sangra *mesmo*. Vamos ver que quantidade de sangue você ainda tem aí dentro. — Ele avança como um animal, investindo contra ela enquanto Mustang, Cassius e eu a imobilizamos entre nós, formando um quadrado ao redor da maior Cavaleira Olímpica viva, como se fôssemos um bando de lobos enfrentando uma grande pantera da floresta. Encolhendo diante dela quando ela ataca, golpeando seu traseiro, retalhando seus flancos. Sangrando a fera. Nós somos uma prisão de quatro. Sevro brande a lâmina no ar, uivando raivosamente.

— Cale essa boca! — diz Aja, atacando-o. Mas Sevro dança de volta e Cassius e eu disparamos à frente, esfaqueando-a. Ela detém a investida de Cassius no seu pescoço e seus dois movimentos sucessivos, mas não a tempo de impedir meu golpe. Finjo golpeá-la na altura do abdome e, em vez disso, dilacero sua canela, rasgando o metal e a carne. Fagulhas de aço e sangue cobrem minha lâmina. Mustang apunhala a panturrilha dela. Eu volto em disparada enquanto ela gira sobre mim, fazendo-a estender-se demasiadamente de modo que Sevro possa atacá-la mais uma vez. Ele o faz, furiosamente retalhando o tendão de aquiles da perna direita da guerreira. Ela emite um grunhido e cai antes de atacá-lo. Ele dança para trás.

— Você vai morrer — diz ele com um ligeiro sibilo maligno. — Você vai morrer.

— Cale essa boca!

— Este aqui é pela Quinn — sibila ele enquanto Cassius corta os tendões do joelho esquerdo dela. — Este aqui é pelo Ragnar. — Enfio minha lâmina com força em sua coxa direita. — Este aqui é por Marte. — Mustang corta o braço dela na altura do cotovelo. Aja olha para o apêndice caído no chão como se imaginasse se aquilo pertencia a ela.

Mas nenhuma trégua lhe é dada. Sevro joga para o lado seu pulso-Punho, pega a lâmina do Cavaleiro da Verdade no chão e dá um salto no ar para enfiar ambas as espadas no peito dela, ficando lá pendurado, trinta centímetros acima do chão. Seus rostos a centímetros um do outro, os narizes quase se tocando enquanto Aja cai de joelhos, recolocando Sevro de pé.

— *Omnis vir lupus.*

Ele beija o nariz dela e arranca as lâminas do seu peito com um puxão, deixando-as deslizar de volta ao formato de chicote ao redor dos seus antebraços. Braços esticados, ele se afasta da moribunda Cavaleira Multiforme, a maior do seu tempo, à medida que sua derradeira pulsação sanguínea escorre em direção ao piso frio. Ainda de joelhos, os olhos de Aja vagam cheios de desesperança para a Soberana, a mulher que se tornou a mãe das suas irmãs, que a criou, que a amou tão verdadeiramente quanto qualquer pessoa que domina o sistema solar pode amar, e agora morre juntamente com ela.

— Sinto muito... minha soberana. — ofega Aja.

— Não há motivo algum — consegue dizer Octavia do seu lugar no chão. — Você brilhou intensamente, minha Fúria. O tempo em si... lembrará de você.

— Que nada, acho que não vai lembrar, mesmo — diz Sevro implacavelmente. — Tchauzinho, Grimmus. Tchauzinho.

Ele decepa a cabeça dela e lhe dá um chute no peito. O corpo de Aja cai para trás e desaba no chão. Em seguida Sevro pula em cima dele, posicionando-se de quatro, e uiva. Um gemido profundo escapa da boca da Soberana diante da hedionda visão. Ela cerra os olhos, de onde vazam lágrimas, enquanto corremos até ela. Cassius e eu mancamos juntos, seu braço nos meus ombros para tirar a pressão da perna que ele arrasta atrás de si. Mustang nos segue. Sevro imobiliza o Chacal, sentando-se no peito dele e balançando uma lâmina sobre sua cabeça.

Empapado no sangue da avó, Lysander agarra a lâmina de Octavia que estava no chão e barra nosso caminho.

— Não vou deixar que vocês a matem.

— Lysander… não faça isso — diz Octavia. — É tarde demais.

Os olhos do menino estão inchados de lágrimas. A lâmina treme nas suas mãos. Cassius dá um passo à frente e estende a mão.

— Solte a arma, Lysander. Eu não quero te matar. — Mustang e eu trocamos olhares. Olhares que não passam despercebidos a Octavia e que devem estar fazendo com que sua alma estremeça. Lysander sabe que não tem como lutar. Seu bom senso se sobrepõe à sua tristeza e ele solta a lâmina, dando um passo para trás para nos observar com olhos vazios.

Os olhos de Octavia estão distantes e sombrios, já na metade do caminho em direção àquele outro mundo onde nem mesmo ela reina. Imaginei que haveria ódio da parte dela no fim, ou súplica como Vixus ou Antonia. Mas não há nada fraco na Soberana mesmo agora. É tristeza e amor perdido o que aparece no fim. Ela não criou a hierarquia, mas foi sua mantenedora no seu tempo de poder. E, por isso, ela deve ser responsabilizada.

— Por quê? — pergunta Octavia a Cassius, trêmula de pesar. — Por quê?

— Porque você mentiu — diz ele.

Mudo, Cassius tira do seu cinto de munição o pequeno holocubo, um prisma triangular do tamanho de um polegar, e o deposita nas mãos ensanguentadas dela. Imagens dançam na sua superfície antes de flutuarem no ar acima das mãos da Soberana. A cena da morte da família de Cassius é exibida, banhada em luz azul. Sombras se movem por um corredor, homens que chegam usando pelEscaravelhos. Eles abatem a tia dele num hall e em seguida se movem pelo local e aparecem momentos depois arrastando crianças, que eles matam com lâminas e botas. Mais corpos são arrastados e empilhados e em seguida queimados para que não haja nenhum sobrevivente. Mais de quarenta crianças e familiares não maculados morreram naquela noite. Eles imaginaram que poderiam depositar o pecado sobre os ombros de um homem caído. Mas aquilo foi trabalho do Chacal. Ele finalizou a guerra entre os Bellona e os Augustus, e a cooperação e o silêncio da Soberana foram seu preço pelo meu Triunfo.

— Você me pergunta por quê? — A voz de Cassius é pouco mais do que um sussurro. — É porque você é uma pessoa desprovida de honra. Fiz um juramento como Cavaleiro Olímpico no sentido de honrar o Acordo, de trazer justiça pra Sociedade dos Homens. Você fez o mesmo juramento, Octavia. Mas se esqueceu do que ele significava. Todos se esqueceram. É por isso que este mundo está acabado. Quem sabe o próximo pode ser um pouquinho melhor.

— Este mundo é o melhor que nós podemos ter — sussurra Octavia.

— Você realmente acredita nisso? — pergunta Mustang.

— Do fundo do meu coração.

— Então só posso ter pena de você — diz Mustang.

E também é o que sente Cassius.

— Meu coração era meu irmão. E eu não acredito mais num mundo que diz que ele era fraco demais pra merecer viver. Ele acreditaria nisso que estamos fazendo. Na esperança de algo novo. — Cassius olha para mim. — Por Julian, eu também posso acreditar nisso.

Cassius me entrega os dois holocubos que estavam na sua bolsa. O primeiro é o assassinato dos meus amigos no Triunfo. O segundo é para a Borda. Quando eles assistirem a essa gravação, vão saber que eu lhes desferi um golpe. A política não descansa jamais. Deposito os dois holocubos nas mãos da Soberana para que se juntem ao primeiro. Rhea cintila diante dela. Uma lua azul e branca, estonteante ao lado dos seus irmãos Iapetus e Titan orbitando o gigante Saturno. Então, sobre o polo norte da lua, diminutos pontos que mal se consegue notar tremeluzem várias inocentes vezes, e cogumelos de fogo florescem sobre a superfície do planeta azul e branco.

À medida que o fogo nuclear flameja aos olhos da Soberana, Mustang se afasta para que eu possa me agachar diante da mulher moribunda, falando suavemente para que ela possa saber que a justiça, não a vingança, a encontrou no fim.

— Meu povo tem uma lenda onde existe um ser que está de pé com as duas pernas abarcando uma estrada que leva ao outro mundo. Ele vai condenar os malvados e poupar os bondosos. Seu nome é Ceifeiro. Eu não sou ele. Sou apenas um homem. Mas logo, logo você vai se encontrar com ele. Logo, logo ele a julgará por todos os pecados que você cometeu.

— Pecados? — pergunta Octavia, balançando a cabeça e olhando para os três holos dançando nas suas mãos, estas as únicas gotas no seu oceano de pecados. — Isso aqui são sacrifícios. O que é necessário pra se governar — diz ela, com as mãos se fechando sobre eles. — Eu os possuo como possuo meus triunfos. Você vai ver. Você será a mesma coisa, Conquistador.

— Não, eu não vou ser.

— Na ausência de um sol, só pode haver escuridão. — Ela estremece, agora com frio. Luto contra a ânsia de cobri-la com alguma coisa. Ela sabe o que está sendo deixado para trás. Quando ela morrer, a luta sucessória terá início. E despedaçará os Ouros. — Alguém... alguém precisa governar, senão daqui a mil anos as crianças perguntarão: "Quem arrasou os mundos? Quem apagou as luzes?". E os pais delas dirão que foi você. — Mas eu já sabia disso. Eu sabia disso quando perguntei a Sevro se ele imaginava como tudo isso terminaria. Não vou substituir a tirania pelo caos. Mas não lhe digo nada. Ela engole em seco, dolorosamente, uma luta para conseguir ao menos respirar. — Você precisa detê-lo. Você precisa... deter Adrius.

Essas são as últimas palavras de Octavia au Lune. E à medida que elas desvanecem, o fogo de Rhea resfria nos seus olhos e a vida deixa uma pupila fria cercada de ouro mirando a escuridão infinita. Fecho os olhos dela. Com calafrios pelo seu falecimento, pelas suas palavras, pelo seu temor.

A Soberana da Sociedade, que exerceu a função de ditadora por sessenta anos, está morta.

E eu não sinto coisa alguma a não ser pavor, porque o Chacal começou a rir.

63
SILÊNCIO

A gargalhada dele ecoa pela sala. Seu rosto está pálido sob o fulgor do holo da lua e das frotas se agredindo mutuamente na escuridão. Mustang desligou a transmissão do holodeque e já está analisando o centro de dados da Soberana enquanto Cassius se move na direção de Lysander e eu me levanto sobre o corpo de Octavia. Meu corpo queima em decorrência dos ferimentos.

— O que ela quis dizer com aquilo? — Cassius me pergunta.

— Não sei.

— Lysander?

O menino está traumatizado demais pelo horror ao redor dele para conseguir falar o que quer que seja.

— O vídeo foi transmitido às naves e aos planetas — diz Mustang. — As pessoas estão vendo a morte de Octavia. Comitês formados para divulgação de boletins oficiais estão surgindo de tudo quanto é lado. Eles não sabem quem está no controle. Temos de nos mexer agora antes que eles comecem a cerrar fileiras atrás de alguém.

Cassius e eu nos aproximamos do Chacal.

— O que foi que você fez? — está perguntando Sevro. Ele sacode o homem pequeno. — Do que é que ela estava falando?

— Tire seu cão de cima de mim — diz o Chacal debaixo dos joelhos de Sevro. Eu puxo Sevro. Ele anda sem parar ao redor de Chacal, ainda vibrando de adrenalina.

— O que foi que você fez? — pergunto.

— Não tem nenhum sentido ficar falando com ele — diz Mustang.

— Nenhum sentido? Por que você acha que a Soberana me deixou ficar na presença dela? — pergunta o Chacal do chão. Ele se apoia num joelho, segurando a mão machucada. — Por que ela não sentiu medo da arma na minha cintura? A menos que houvesse uma ameaça maior mantendo-a na linha?

Ele olha para mim daquela cabeça completamente despenteada. Seus olhos estão calmos, apesar da carnificina que perpetramos. Apesar de nos ter trazido até aqui, e estar agora sendo grampeado ao chão.

— Eu me lembro da sensação de ficar debaixo do chão, Darrow — diz ele lentamente. — A pedra fria debaixo das minhas mãos. Meus colegas da Casa Plutão ao meu redor, agachados na escuridão. O vapor das respirações deles, olhando lá pra mim. Eu me lembro como tinha medo de fracassar. De ter levado tanto tempo me preparando pra nada. De como meu pai tinha tão pouca consideração por mim e pelas coisas que eu fazia. Toda a minha vida sopesada naqueles poucos momentos. Toda ela deslizando pelos meus dedos. Nós iríamos sair correndo do nosso castelo, fugir de Vulcan. Eles chegaram rápido demais. Eles iriam nos escravizar. Os últimos dos nossos companheiros de casa ainda estavam correndo pelo túnel quando terminei de depositar todas as bombas na mina, mas Vulcan também estava. Eu podia ouvir a voz do meu pai. Podia ouvi-lo me dizendo como ele não estava surpreso por eu ter fracassado tão rapidamente. Não consegui ouvir mais nada durante uma semana inteira depois da explosão que lacrou o túnel. Foi numa outra semana depois daquela que a gente matou uma garota e comeu as pernas dela pra sobreviver. Ela implorou pra gente não fazer isso. Implorou pra gente escolher uma outra pessoa. Mas eu aprendi naquele momento que se ninguém se sacrificar, ninguém sobrevive.

Um medo gélido toma conta de mim, começando no fundo do meu estômago e se espalhando em direção à minha garganta.

— Mustang...

— Elas estão aqui — diz ela, horrorizada.

— O que está acontecendo? O que é que está aqui? — sibila Sevro.

— Darrow... — sussurra Cassius, preocupado.

— As bombas nucleares não estão em Marte — digo. — Elas estão em Luna.

O sorriso do Chacal se alarga. Lentamente, ele se põe de pé e nenhum de nós ousa tocá-lo. Tudo começa a se encaixar. A tensão entre ele e a Soberana. As ameaças sutis. A ousadia dele ao vir aqui para o lugar de poder da Soberana. Sua habilidade para debochar de Aja sem que houvesse nenhuma consequência.

— Ah, merda. *Merda. Merda. Merda.* — Sevro puxa seu Mohawk.

— Nunca foi minha intenção instalar bombas nucleares em Marte — diz o Chacal. — Eu nasci em Marte. É meu direito hereditário, o prêmio do qual todas as coisas fluem. O hélio que existe lá é o sangue do império. Mas esta lua, essa esfera esquelética é, como Octavia, uma velhota traiçoeira sugando o tutano da Sociedade, uivando sobre o que era antes e sobre o que pode ser. E Octavia permitiu que eu exigisse um resgate por ela. Da mesma maneira que vocês vão permitir, porque são fracos e não aprenderam o que deveriam ter aprendido no Instituto. Pra vencer, é preciso se sacrificar.

— Mustang, você consegue encontrar essas bombas? — pergunto. — Mustang!

Ela está muda, abobalhada.

— Não. Ele deve ter mascarado as assinaturas de radiação. Mesmo que conseguíssemos, não teríamos como desativá-las... — Ela vai na direção do comunicador com o objetivo de ligar para nossa frota.

— Se você fizer essa ligação, eu vou detonar uma bomba por minuto — diz o Chacal, dando um tapinha na orelha onde um pequeno comunicador foi implantado. Lilath deve estar escutando. Ela deve estar de posse do gatilho. Era a isso que ele estava se referindo. — Vocês acham mesmo que eu lhes contaria meu plano se vocês pudessem fazer alguma coisa a respeito? — Ele endireita o cabelo e limpa o sangue da armadura. — As bombas foram instaladas semanas atrás. A Corporação contrabandeou os dispositivos na lua pra mim. O suficiente pra criar um inverno nuclear. Uma segunda Rhea, se vocês preferirem. Quando elas ficaram no lugar, eu disse a Octavia o que havia feito e expus minhas exigências. Ela continuaria como Soberana até que o Levante fosse debelado, o que… acabou tendo uma reviravolta surpreendente… é óbvio. E depois disso, no dia da vitória, ela convocaria o Senado, abdicaria do Trono da Manhã e me nomearia seu sucessor. Em troca, eu não destruiria Luna.

— Foi por isso que Octavia mandou deter os Senadores — diz Mustang, revoltada. — Pra você poder ser o Soberano?

— Exato.

Eu me viro de costas para ele, sentindo o peso do combate nos meus ombros, a fraqueza no meu corpo em decorrência do esforço, da perda de sangue, agora essa… essa malignidade. Esse egoísmo é sobrepujante.

— Você é um maluco da porra — diz Sevro.

— Não é, não — diz Mustang. — Eu poderia perdoá-lo se ele fosse maluco. Adrius, existem três bilhões de pessoas nesta lua. Você não quer ser esse homem.

— Elas não se importam comigo. Então por que eu deveria me importar com elas? — pergunta ele. — Tudo isso não passa de um jogo. E eu sou o vencedor.

— Onde estão as bombas? — pergunta Mustang, dando um passo ameaçador na direção dele.

— Uh-uh — diz ele, ridicularizando-a. — Toque num fio do meu cabelo e Lilath detona uma bomba. — Mustang está à beira de um ataque de nervos.

— São seres humanos — diz ela. — Você tem o poder pra dar a três bilhões de pessoas a vida delas, Adrius. Esse é um poder além de qualquer coisa que qualquer pessoa poderia jamais desejar ter. Você tem a chance de ser melhor do que papai. Melhor do que Octavia…

— Sua putinha condescendente — diz ele com um risinho de descrença. — Você realmente acha que ainda pode me manipular. Essa vai ser responsabilidade sua. Lilath, detone a bomba no Mare Serenitatis, ao sul. — Nós todos olhamos para o holograma da lua acima das nossas cabeças, esperando além da esperança que, de algum modo, ele esteja blefando. Que, de algum modo, a transmissão não seja efetuada. Mas um pontinho vermelho refulge no frio holograma, brotando para fora, uma pequena animação quase insignificante que envelopa dez quilômetros de cidade. Mustang corre para o computador. — É um evento nuclear — sussurra ela. — Há mais de cinco milhões de pessoas naquele distrito.

— Havia — diz o Chacal.

— Seu monstro... — grita Sevro, correndo na direção do Chacal. Cassius se posta na frente dele, impedindo-lhe a passagem e obrigando-o a recuar. — Saia da minha frente!

— Sevro, acalme-se.

— Cuidado, Duende! Há mais cem delas — diz o Chacal.

Sevro está sobrepujado, segurando o ponto no seu tórax onde o coração deve estar dando torções devido às drogas.

— Darrow, o que é que a gente vai fazer?

— Vocês obedecem — diz o Chacal.

Eu forço a mim mesmo a fazer a pergunta.

— O que você quer?

— O que eu quero? — Ele enrola um pedaço de pano no braço ensanguentado usando os dentes. — Quero que você seja o que sempre quis ser, Darrow. Quero que você seja como sua mulher. Um mártir. Mate-se. Aqui. Na frente da minha irmã. Em retribuição, três bilhões de almas vão continuar vivas. Não é isso o que você sempre quis? Ser um herói? Você morre e eu serei coroado Soberano. Haverá paz.

— Não — diz Mustang.

— Lilath, detone outra bomba. Mare Anguis, dessa vez.

Um outro pontinho vermelho irrompe no display.

— Pare! — diz Mustang. — Por favor, Adrius.

— Você acabou de matar seis milhões de pessoas — diz Cassius, incapaz de compreender.

— Eles vão pensar que fomos nós — diz Sevro, zombando.

O Chacal concorda.

— Cada bomba parece parte de uma invasão. Esse é seu legado, Darrow. Pense nas crianças que estão queimando neste exato momento. Pense nas mães delas gritando. Quantas você pode salvar simplesmente puxando um gatilho.

Meus amigos olham para mim, mas estou num lugar distante, escutando o gemido do vento através dos túneis de Lykos. Sentindo o cheiro do orvalho nos equipamentos de manhãzinha. Ciente de que Eo estará me esperando quando eu voltar para casa. Como ela espera por mim agora ao fim da estrada de paralelepípedos, como Narol o faz, como Pax e Ragnar e Quinn e, eu espero, Roque, Lorn, Tactus e o resto deles também me esperam. Morrer não seria o fim. Seria o começo de algo novo. Tenho de acreditar nisso. Mas minha morte iria deixar o Chacal aqui neste mundo. Iria deixá-lo com poder sobre aqueles que amo, sobre tudo pelo qual eu lutei. Sempre pensei que morreria antes do fim. Percorri esse caminho cheio de dificuldades sabendo que estava condenado. Mas meus amigos sopraram amor sobre mim, sopraram minha fé de volta aos meus ossos. Eles me fizeram querer viver. Eles me fizeram querer construir. Mustang olha para mim com os olhos vítreos, e sei que ela quer que eu escolha a vida, mas ela não fará essa escolha por mim.

— Darrow? Qual é sua resposta?

— Não. — Eu dou um soco no pescoço dele. Ele crocita, incapaz de respirar. Eu o derrubo e pulo em cima dele, imobilizando seus braços no chão com meus joelhos de modo que a cabeça dele fique entre minhas pernas. Enfio a mão na boca dele. Seus olhos ficam ensandecidos. As pernas se debatem. Seus dentes cortam o nó dos meus dedos, vertendo sangue.

Na última vez que o imobilizei no chão, peguei a arma errada. O que são mãos para uma criatura como ele? Toda a malignidade dele, todas as suas mentiras, são desferidas com a língua. Portanto, eu a agarro com minha mão de Mergulhador-do-Inferno, prendendo-a entre o indicador e o polegar como o carnudo filhotinho de víbora-das-cavidades que ela é.

— É sempre assim que a história terminaria, Adrius — digo a ele. — Não com seus gritos. Não com sua raiva. Mas com seu silêncio.

E com um grande puxão, arranco a língua do Chacal.

Ele berra embaixo de mim. O sangue borbulha do mutilado cotoco no fundo da sua garganta, espirrando sobre os lábios dele. Ele se debate, se contorce. Eu me afasto dele com um safanão e me coloco de pé em sombria raiva, segurando o sangrento instrumento do meu inimigo enquanto ele choraminga no chão, sentindo o ódio rolando através de mim e os olhos estupefatos dos meus amigos. Deixo o comunicador no seu ouvido para que Lilath possa ouvi-lo choramingando e avanço impetuosamente na direção dos holocontroles para efetuar uma ligação para a nave de Victra. Seu rosto aparece, de olhos arregalados diante do meu semblante.

— *Darrow... você está vivo...* — ela consegue dizer. — *Sevro... As bombas nucleares...*

— Você precisa destruir o *Leão de Marte* — digo. Lilath está detonando as bombas na superfície. Há centenas mais escondidas nas cidades. Mate essa nave!

— *Ela está no centro da formação deles* — protesta Victra. — *Vamos destruir nossa frota tentando chegar nele. Mesmo que conseguíssemos, levaria horas.*

— Dá pra gente embaralhar o sinal deles? — pergunta Mustang.

— *Não.*

— Bombas de pulsação eletromagnética? — pergunta Sevro, posicionando-se atrás de mim. O rosto de Victra se ilumina ao vê-lo, antes de sacudir a cabeça em negativa.

— Eles têm escudos — diz ela.

— Use as bombas de pulsação eletromagnética nos artefatos nucleares pra causar um curto-circuito nas transmissões de rádio deles — digo. — Dispare uma Chuva de Ferro e solte as bombas de pulsação na cidade até que eles saiam.

— E mergulhamos três bilhões de pessoas na Idade Média? — pergunta Cassius.

— *Vamos ser chacinados* — diz Victra. — *Não podemos soltar uma Chuva. Vamos perder nosso exército. E os Ouros vão simplesmente ficar com a lua.*

Uma outra bomba é detonada. Essa mais perto do polo sul. E então uma quarta no equador. Sabemos as consequências de cada uma delas.

— Lilath não sabe exatamente o que aconteceu com Adrius — diz Cassius rapidamente. — Qual é o tamanho da sua lealdade? Será que ela vai detonar todas as bombas?

— Não enquanto ele ainda estiver apenas gemendo — digo. Pelo menos essa é minha esperança.

— Com licença — diz uma vozinha. Nós nos viramos para ver Lysander de pé atrás de nós. Tínhamos nos esquecido dele em meio à confusão. Seus olhos estão vermelhos devido às lágrimas. Sevro ergue um pulsoPunho para atirar nele. Cassius afasta a arma.

— Ligue pro meu padrinho — diz Lysander corajosamente. — Ligue pro Lorde Ash. Ele vai ter sensatez.

— Ah, nem a pau que ele vai ter... — diz Sevro.

— Acabamos de matar a Soberana e a filha dele — digo. — Lorde Ash...

— Destruiu Rhea — interrompe Lysander. — Sim. E isso o persegue até hoje. Ligue pro Lorde Ash e ele irá ajudar vocês. Minha avó concordaria com sua ajuda. Luna é nossa casa.

— Ele tem razão — diz Mustang, afastando-me do console. — Darrow, saia daí. — Ela está naquela zona fechada de concentração. Incapaz de relatar seus próprios pensamentos enquanto começa a abrir canais de comunicação diretos com os Pretores Ouros na frota. Os gigantescos homens e mulheres aparecem ao nosso redor como fantasmas prateados, postando-se entre os cadáveres que eles nos assistiram produzir. O último a aparecer é Lorde Ash. Seu rosto se contorce de raiva: sua filha e seu mestre ambos mortos pelas nossas mãos.

— Bellona, Augustus — rosna ele, vendo Lysander entre nós. — Já não é suficiente...

— Padrinho, não temos tempo pra recriminações — diz Lysander.

— Lysander... Você está vivo.

— Por favor, escute o que eles têm a dizer. Nosso mundo depende disso.

Mustang dá um passo à frente e ergue a voz:

— Pretores da frota, Lorde Ash. A Soberana está morta. As explosões nucleares que vocês estão vendo destruindo seus lares não são armas Vermelhas. São provenientes do seu próprio arsenal que foi roubado pelo meu irmão. A Pretora dele, Lilath, está supervisionando as detonações de mais de quatrocentas ogivas nucleares da ponte do *Leão de Marte*. As detonações vão continuar até que Lilath esteja morta. Meus companheiros Áuricos, abracem a mudança ou abracem o oblívio. A escolha é de vocês.

— Você é uma traidora… — sibila um dos Pretores.

Lysander se afasta do holopad e se encaminha à mesa onde estava sentado antes. Ele pega o cetro da sua avó e retorna enquanto os Pretores estão lançando ameaças a Mustang.

— Ela não é traidora — diz Lysander, estendendo o cetro a ela. — Ela é nossa conquistadora.

64

SAUDAÇÃO

O *Leão de Marte* sofre uma morte ignóbil, bombardeado de todos os lados não só por legalistas como também por rebeldes. Assistir a Luna rachar com explosões nucleares fez mais para acabar com a sanha sanguinária entre as duas armadas do que qualquer paz ou trégua jamais fez. Poucos homens gostam verdadeiramente de ver a beleza queimar. Mas queimada ela está. Antes de o leão ser posto para descansar, mais de doze bombas são detonadas, escavando novas cidades de fogo e cinza entre aquelas de aço e concreto. A lua está no mais completo caos.

Assim como a Armada Ouro. Com a notícia da morte da Soberana e a detonação das bombas, a Sociedade estremece sob nossos pés. Ricos Pretores estão subindo a bordo das suas naves pessoais e partindo, dirigindo-se para seus lares em Vênus, Mercúrio ou Marte. Eles não estão juntos porque não sabem onde estar.

Por sessenta anos Octavia ocupou o cargo de ditadora. Para a maior parte dos que estão vivos, ela é a única Soberana que eles já conheceram. Nossa civilização oscila à beira do precipício. Grades eletrificadas foram derrubadas ao redor da lua. Tumultos e pânico se espalham enquanto nos preparamos para deixar o santuário da Soberana. Há uma nave de fuga, mas não há fuga do que fizemos. Arrancamos o coração da Sociedade. Se partirmos, o que ficará no seu lugar?

Sabíamos que jamais poderíamos vencer Luna pela força das armas. Mas essa nunca foi a meta. Da mesma maneira que não era o desejo de Ragnar lutar até que todos os Ouros tivessem perecido. Ele sabia que Mustang era a chave. Ela sempre foi. Foi por isso que ele arriscou nossas vidas para libertar Kavax. Agora Mustang se encontra sob o holo da lua ferida, ouvindo os gritos silenciosos da cidade tão agudamente quanto eu. Dou um passo para me aproximar dela.

— Está preparada? — pergunto.

— O quê? — Ela sacode a cabeça. — Como é que ele pôde fazer uma coisa dessas?

— Não sei — digo. — Mas nós podemos consertar.

— Como? Esta lua vai virar um pandemônio — diz ela. — Dezenas de milhões de mortos. A devastação...

— E nós podemos reconstruí-la, juntos.

As palavras a inundam de esperança, como se ela tivesse acabado de se lembrar de onde estamos. Do que fizemos. De que estamos juntos. Ela pisca rapidamente e sorri para mim. Então olha para meu braço, onde minha mão direita ficava antes, e toca delicadamente meu ombro.

— Como é que você ainda consegue estar de pé?

— Porque nosso trabalho ainda não terminou.

Estropiados e ensanguentados, nós nos juntamos a Cassius, Lysander e Sevro diante da porta que leva à saída do santuário da Soberana enquanto Cassius tecla o código olímpico para abrir as portas. Ele faz uma pausa para farejar o ar.

— Que cheiro é esse?

— Parece cheiro de esgoto — digo.

Sevro olha fixamente para as lâminas que tomou de Aja, incluindo a que pertencia a Lorn.

— Acho que isso é cheiro de vitória.

— Você cagou nas calças? — pergunta Cassius, estreitando os olhos para ele. — Pior que cagou.

— Sevro... — diz Mustang.

— É uma reação muscular involuntária que ocorre quando você é executado de mentirinha e engole uma quantidade maciça de óleo de haemanthus — rebate Sevro. — Vocês acham que eu faria uma coisa dessas de propósito?

Cassius e eu trocamos olhares.

Dou de ombros.

— Bom, de repente.

— Pode crer, na verdade você faria, sim.

Ele levanta o dedo médio e faz uma careta, contorcendo os lábios até termos a impressão de que ele vai explodir.

— O que está acontecendo? — pergunto. — Você... ainda está...

— Não! — Ele joga uma garrafa de água em cima de mim. — Você enfiou uma agulha cheia de adrenalina no meu peito, seu babaca. Estou tendo um ataque cardíaco. — Ele empurra nossas mãos quando tentamos ajudá-lo. — Eu estou bem. Eu estou bem. — Ele tenta respirar por um momento antes de esticar o corpo com uma careta.

— Tem certeza de que está tudo bem com você? — pergunta Mustang.

— Meu braço esquerdo está dormente. Provavelmente vou precisar de um Amarelo.

Nós explodimos em risos. Parecemos cadáveres ambulantes. A única coisa que me mantém de pé são as embalagens de estimulante que encontramos com os Pretorianos. Cassius cambaleia como se fosse um velho, mas tem mantido Lysander perto de si, vetando as ofertas de Sevro para exterminar a descendência dos Lune aqui e agora sacando sua lâmina.

— O menino está sob minha proteção — diz Cassius, escarnecendo. E agora ele anda conosco como um sinal da nossa legitimidade.

— Eu amo vocês todos — digo quando a porta começa a abrir com um chiado. Ajusto o inconsciente Chacal no meu ombro, a quem carrego como um prêmio. — Independente do que acontecer.

— Até Cassius? — pergunta Sevro.

— Principalmente eu, hoje — diz Cassius.

— Fiquem juntos — diz Mustang a todos nós.

A primeira porta se divide. Mustang aperta com força minha mão. Sevro vibra de medo. Então a segunda ribomba e se dilata ao se abrir para revelar um corredor cheio de Pretorianos e Obsidianos da *Cohors*

Nihil, de armas nas mãos e apontadas para a boca do bunker. Mustang dá um passo à frente exibindo dois símbolos de poder, um em cada mão.

— Pretorianos, vocês servem a Soberana. A Soberana está morta.

Ela continua caminhando na direção deles, recusando-se a diminuir seu ritmo quando se aproxima da encrespada linha de metal que eles formaram. Acho que um jovem Ouro com olhos furiosos tenta puxar o gatilho. Mas seu velho capitão põe a mão na arma do homem, baixando-a.

E eles se dividem para ela. Separando-se e baixando suas armas um a um. Eles se afastam para nos deixar passar. Seus capacetes deslizam de volta às armaduras. Nunca vi uma mulher tão gloriosa e poderosa quanto Mustang está agora. Ela é o olho calmo da tempestade e nós seguimos seu rastro, subindo em silêncio o elevador do Bucho do Dragão. Mais de quatro dúzias dos homens vêm conosco.

Encontramos a Cidadela imersa no caos. Serviçais pilhando cômodos, guardas deixando seus postos aos montes, preocupados com suas famílias ou com seus amigos. Os Obsidianos que dissemos que viriam ainda estão em órbita. Sefi está com as naves. Criamos o estratagema apenas para que os homens saíssem do recinto. Mas, ao que parece, a notícia se espalhou. A Soberana está morta. Os Obsidianos estão chegando.

Em meio ao caos há um único líder. E à medida que nos movemos através dos corredores de mármore preto da Cidadela, passando por imensas estátuas de Ouros e lojas de departamento, soldados se reúnem atrás de nós, suas botas pisoteando os corredores de mármore para se aglomerarem em torno de Mustang, o único símbolo de propósito e poder que restou no edifício. Ela ergue seus dois símbolos de poder bem alto no ar e aqueles que primeiro levantam suas armas contra nós os veem e me veem e veem Cassius e veem a massa de soldados que não para de aumentar atrás de nós e percebem que estão remando contra a maré. Eles se juntam a nós ou saem correndo. Alguns atiram em nós ou avançam em disparada em pequenos grupos para deter nosso progresso, mas são derrubados antes de conseguirem chegar a um raio de dez metros de Mustang.

Quando chegamos diante das grandes portas de marfim que levam ao interior das Câmaras do Senado onde os Senadores foram mantidos presos pelos Pretorianos, um exército de centenas já se encontra às nossas costas. E apenas uma tênue linha de Pretorianos barra nossa passagem em direção à Câmara do Senado. Vinte em número.

Um elegante Cavaleiro Dourado dá um passo à frente. Ele é líder dos homens montando guarda na Câmara. O Ouro olha os cem atrás de nós, vendo os aderentes púrpuras que Mustang reuniu, os Obsidianos, os Cinzas, eu. E toma uma decisão: saúda vivamente Mustang.

— Meu irmão tem trinta homens na Cidadela — diz Mustang. — A Tropa dos Ossos. Encontre-os e os prenda, Capitão. Se eles resistirem, mate-os.

— Pois não, *minha soberana*. — Ele estala os dedos e parte com um grupo de soldados. Os dois Obsidianos vigiando as portas as empurram para que elas se abram para nós e Mustang adentra a Câmara do Senado a passos largos.

A sala é vasta. Um funil cheio de fileiras em mármore branco. No centro e num nível abaixo, encontra-se um pódio do qual a Soberana preside os dez níveis da Câmara. Entramos no lado norte, causando um rebuliço. Centenas de efervescentes olhos de Políticos voltam sua autorizada concentração na nossa direção. Eles certamente terão assistido à transmissão. Devem ter visto Octavia morrer, visto as bombas destroçar a lua deles. E em algum lugar deste recinto, a mãe de Roque se levantará do seu assento no banquinho de mármore e empinará o pescoço para observar nosso bando ensanguentado percorrer as escadas de mármore em direção ao centro da grande câmara no nível inferior, passando por Senadores à nossa direita e à nossa esquerda, trazendo conosco silêncio em vez de gritos ou protestos. Lysander segue atrás de Cassius.

Dá para ouvir a respiração arfante e tomada de pânico do porta-voz da Maioria do Senado enquanto seus atendentes Rosas ajudam sua forma decrépita a descer do pódio onde ele estava presidindo algo de grande importância. Eles estavam realizando uma eleição. Aqui, agora, no meio do caos. E agora parecem crianças que foram pegas com as mãos na botija. É claro que jamais suspeitariam que os Pretorianos montando guarda para eles apoiariam rebeldes. Ou que poderíamos sair do bunker da Soberana desimpedidos. Mas eles criaram uma Sociedade de medo. Onde homens e mulheres precisam se ater a uma estrela em ascensão para poderem sobreviver. É disso que se trata. E apenas disso. Essa simples diretiva humana que permite que esse golpe funcione.

Mustang sobe ao pódio com o resto de nós flanqueando-a. Jogo o Chacal no chão para que o Senado possa ver o que aconteceu com ele. Adrius está inconsciente e pálido devido à perda de sangue. Mustang olha para mim. Esse é um momento que ela jamais desejou. Mas ela o aceita como seu fardo da mesma maneira que aceitei o meu como Ceifeiro. Vejo como isso a perturba. Como ela vai necessitar de mim da mesma forma que necessitei dela. Mas eu jamais poderia estar onde ela está agora ou suportar o que ela está suportando. Não sem destruir todos nesta sala. Eles jamais aceitariam isso. Se eu sou a ponte que os liga aos baixaCores, ela é a ponte que nos liga aos altaCores. Somente juntos podemos unir esses povos. Somente juntos podemos trazer-lhes a paz.

— Senadores da Sociedade — proclama Mustang. — Eu estou aqui diante de vocês, Virginia au Augustus. Filha de Nero au Augustus, da Casa Leão de Marte. Talvez vocês me conheçam. Sessenta anos atrás Octavia au Lune estava aqui diante de vocês com a cabeça de um tirano, o pai dela, e efetivou sua reivindicação ao posto de Soberana da Sociedade.

Seus olhos afiados vasculham a sala.

— Agora estou aqui diante de vocês com a cabeça de uma tirana. — Ela ergue sua mão esquerda para mostrar a cabeça de Octavia. Um dos dois objetos que possibilitaram nossa chegada aqui. Ouros respeitam uma única coisa. E para mudar, eles precisam ser domados por essa única coisa. — A Era Antiga trouxe o holocausto nuclear ao coração da Sociedade. Milhões queimaram pela ganância de Octavia. Milhões queimam agora pela ganância do meu irmão. Precisamos salvar a nós mesmos antes que a herança da humanidade se transforme em cinzas. Hoje eu declaro o começo de uma nova era. — Ela olha para mim. — Com novos aliados. Novas condutas. Eu tenho o Levante me apoiando. Uma armada feita de grandiosas Casas Douradas que mantém a Horda Obsidiana em órbita. Vocês têm a escolha diante de si. — Ela joga a cabeça em cima do pódio de pedra e levanta a outra mão. Nela está o Cetro da Madrugada, concedendo àquele que o porta o direito de governar a Sociedade. — Curvem-se. Ou sejam destruídos.

Um silêncio preenche a Câmara. Tão vasto que eu sinto que ele talvez nos engula a todos em si mesmo e recomece a guerra. Nenhum Ouro será o primeiro a se curvar. Eu poderia obrigá-los a isso. Mas é melhor que eu me curve para eles. Caio de joelhos diante de Mustang. Levantando os olhos para ela, ponho meu cotoco sobre o coração e me sinto invadido pela impossível alegria do momento.

— Salve, Soberana — digo. Então Cassius cai de joelhos. E Sevro. Em seguida Lysander au Lune e os Pretorianos, e depois um a um os Senadores ficam de joelhos até que todos, com exceção de cinquenta, se ajoelham e rompem o silêncio juntos, gritando numa única voz turbulenta:

— Salve, Soberana. Salve, Soberana.

Uma semana depois da ascensão de Mustang, estou ao lado dela para assistir ao enforcamento do seu irmão. Com exceção de Valii-Rath e uns dez homens, todos os membros da Tropa dos Ossos do Chacal foram encontrados e executados. Agora o líder deles passa por mim em meio à praça de Luna apinhada de gente. Seus cabelos estão frágeis e penteados. Seu macacão de prisioneiro tem um tom verde-limão. Os baixaCores ao nosso redor observam em silêncio. Uma leve camada de neve cai de uma fina pele de nuvens cinzas. Estou enjoado devido aos medicamentos para a radiação. Mas estou aqui por causa de Mustang, como ela esteve comigo para assistir ao enterro de Roque. Ela está quieta e serena ao meu lado. Seu rosto está pálido como o mármore sob nossos pés. Os Telemanus estão ao lado dela, observando insensivelmente o Chacal subir a escada do cadafalso de metal em direção ao local onde a carrasca Branca o espera.

A mulher lê a sentença. Vivas são gritados na multidão. Uma garrafa se esfacela aos pés do Chacal. Uma pedra abre um rombo na cabeça dele. Mas ele não pisca nem se mexe. Está orgulhoso e vaidoso enquanto eles engatam o nó da corda no seu pescoço. Eu gostaria muito que isso pudesse trazer Pax de volta a nós. Que Quinn e Roque e Eo pudessem voltar a viver, mas esse homem entalhou seu rastro no mundo. O Chacal de Marte jamais será esquecido.

A Branca se move em direção à alavanca, a neve se acumulando nos cabelos de Adrius. Mustang engole em seco. E o alçapão se abre. Em Marte não há muita gravidade, de modo que é preciso que se puxe os pés do executado para que o pescoço se parta. Eles deixam os entes queridos fazerem isso. Em Luna há menos gravidade ainda. Mas ninguém aparece em meio à multidão quando a Branca faz o convite. Nenhuma alma move um dedo enquanto as pernas do Chacal se debatem convulsivamente e seu rosto adquire uma tonalidade púrpura. Há uma quietude em mim observando a cena. Como se eu estivesse a um milhão de quilômetros de distância. Não consigo sentir coisa alguma por ele. Não agora. Não depois de tudo o que ele fez. Mas sei que Mustang sente. Sei que isso a despedaça internamente. Portanto, aperto levemente a mão dela e a guio à frente. Ela se move em meio à neve, entontecida, para segurar os pés do seu irmão gêmeo. Levantando os olhos para ele como se aquilo fosse um sonho. Ela sussurra algo e, baixando a cabeça, puxa os pés de Adrius, mostrando ao irmão que ele era amado, mesmo no fim.

65

O VALE

Nas semanas que se seguiram ao bombardeio de Luna e à ascensão de Mustang, o mundo mudou. Milhões de pessoas perderam suas vidas, mas pela primeira vez há esperança. Como consequência do seu discurso ao Senado, dezenas de naves Ouros desertaram, juntando-se às forças de Orion e Victra. Lorde Ash fez o que pôde para reagrupar sua armada, mas com Luna em chamas, sua frota sendo fraturada e Mustang como Soberana, isso foi o máximo que ele conseguiu fazer para impedir que suas próprias naves caíssem em mãos inimigas. Ele bateu em retirada para Mercúrio com o cerne das suas forças.

Na ausência dele, Mustang assegurou a cooperação de grande parte dos militares, principalmente as Legiões Cinzas e os cavaleiros-escravos Obsidianos. Ela usou essa musculatura política para dar os primeiros passos no sentido de desmantelar a Hierarquia das Cores e o domínio dos Ouros sobre o poder militar. O Senado foi debandado. O Comitê de Controle de Qualidade foi dissolvido. Milhares encaram acusações de crimes contra a humanidade. A justiça não será tão rápida como foi com o Chacal, ou tão limpa, mas faremos o melhor ao nosso alcance para que esse objetivo seja atingido.

Imaginei que talvez pudesse descansar depois que Octavia morreu, mas não estamos desprovidos de inimigos. Romulus e os Lordes Lunares permanecem na Borda. Lorde Ash tem como meta voltar a atacar

Mercúrio e Vênus. Senhores de guerra Ouros começaram a lavrar reivindicações. E Luna em si está um desastre. Devastada por tumultos e escassez de comida e com a radiação se espalhando por seu território. Ela sobreviverá, mas duvido muito que volte algum dia a ter a mesma aparência, por mais que Quicksilver prometa reconstruir a cidade em patamares de grandeza ainda maiores.

Meu próprio corpo está em processo de recuperação. Mickey e Virany recolocaram minha mão, que eu recuperei do ônibus espacial do Chacal que pousou em Luna. Só poderei voltar a escrever daqui a meses. Para voltar a usar uma lâmina, então, nem existe previsão. Embora eu espere que a necessidade de usá-la nos dias vindouros seja cada vez menor.

Em minha juventude, eu achava que destruiria a Sociedade. Que desmantelaria seus costumes. Despedaçaria suas correntes e algo novo e belo simplesmente brotaria das cinzas. Não é assim que o mundo funciona. Essa vitória comprometida é o melhor que a humanidade poderia esperar obter. A mudança virá mais lentamente do que Dancer ou os Filhos desejam, mas ela virá sem o preço da anarquia.

Assim nós esperamos.

Sob a supervisão de Holiday, Sefi partiu para Marte com o objetivo de começar o lento processo de libertar o restante do seu povo, visitando os polos com remédios em vez de armas. Eu me lembro de como seus olhos me pareceram sombrios quando ela olhou para uma das crateras nucleares do Chacal pessoalmente. Por enquanto, ela abraçou o legado do seu irmão, e planeja se estabelecer em terras mais cálidas disponibilizadas para seu povo em Marte, embora ela deseje mantê-lo distante das cidades estrangeiras. Acho que ela sabe no fundo, no fundo, que não será capaz de controlá-los. Os Obsidianos deixarão suas prisões. Ficarão curiosos, irão se espalhar e passarão por um processo de assimilação. O mundo deles jamais será o mesmo. Tampouco o do meu povo será o mesmo. Logo voltarei a Marte para ajudar Dancer a liderar a migração de Vermelhos em direção à superfície. Muitos ficarão e continuarão a viver a vida que conhecem. Mas, para outros, haverá uma chance de viver sob o céu.

Eu disse adeus a Cassius anteontem enquanto ele partia de Luna. Mustang queria que ele ficasse e nos ajudasse a dar forma a um novo e mais justo sistema de justiça. Mas ele já está farto de política.

— Você não é obrigado a partir — disse a ele quando estávamos lado a lado na plataforma de decolagem.

— Não há nada pra mim aqui além de lembranças — disse ele. — Eu tenho vivido demais pros outros. Quero ver o que mais existe aí fora. Vocês não podem me culpar por isso.

— E o menino? — perguntei, acenando para Lysander, que entrou na nave carregando uma sacola cheia de pertences. — Sevro acha que é um erro deixá-lo vivo. Quais foram mesmo as palavras dele? "É como deixar um ovo de uma víbora-das-cavidades debaixo da sua cadeira. Cedo ou tarde ele vai eclodir."

— E o que você acha?

— Acho que o mundo agora é outro. Portanto, devemos agir segundo as novas regras. Ele tem nas veias sangue de Lorn tanto quanto tem sangue de Octavia. Não que sangue faça alguma diferença, agora.

Meu amigo alto sorriu afetuosamente para mim.

— Ele me lembra Julian. Ele é uma boa alma, apesar de tudo. Vou educá-lo com retidão. — Ele estendeu a mão, não para apertar a minha, mas para me dar o anel que tirou do meu dedo na noite em que Lorn e Fitchner morreram. Fechei a mão dele com o anel dentro.

— Isso pertence a Julian — eu disse.

— Obrigado... irmão. — E lá, na plataforma de decolagem de uma cidadela no que antes foi o coração do poder Ouro, Cassius au Bellona e eu demos um aperto de mão e nos despedimos, quase seis anos depois de nos conhecermos.

Semanas depois, observo as ondas baterem na costa enquanto uma gaivota paira no céu. Um dossel branco marca a água escura que açoita as pilhas marinhas da praia do norte. Mustang e eu pousamos nosso pequeno voador de dois lugares na costa leste-nordeste da Borda do Pacífico, na extremidade de uma floresta tropical numa grande península. O musgo cresce nas rochas, nas árvores. O ar é fresco. Apenas frio o bastante para se enxergar a própria respiração. É minha primeira vez na Terra, mas tenho a sensação de que meu espírito chegou em casa.

— Eo iria amar isso aqui, não iria? — Mustang me pergunta. Ela está usando um casaco preto com o colarinho puxado para cima em volta do pescoço. Seus novos guarda-costas Pretorianos estão sentados nas rochas a meio quilômetro de distância de nós.

— Iria, sim — digo. Um lugar como este é o coração pulsante das nossas canções. Não uma praia quente ou um paraíso tropical. Essa terra selvagem é cheia de mistério. Ela guarda seus segredos cobiçosamente atrás de braços de névoa e véus de agulhas de pinheiro. Seus prazeres, como seus segredos, precisam ser merecidos. O lugar me faz lembrar dos meus sonhos acerca do Vale. A fumaça do fogo que fizemos de madeira flutuante sobe diagonalmente ao longo do horizonte.

— Você acha que vai durar? — Mustang me pergunta, observando a água do nosso lugar na areia. — A paz.

— Seria a primeira vez — digo.

Ela faz uma careta e encosta em mim, fechando os olhos.

— Pelo menos nós temos isso.

Eu sorrio, lembrando-me de Cassius quando uma águia voa baixo sobre a água antes de subir bem alto na névoa e desaparecer nas árvores que se projetam do topo da pilha marinha.

— Eu passei no teste?

— No meu teste? — pergunta ela.

— Desde que você impediu minha nave de deixar Phobos, você tem me testado. Pensei que tivesse passado no teste quando estávamos no gelo, mas a coisa não parou ali.

— Você reparou — diz ela com um sorrisinho malicioso. Ele desvanece e ela tira o cabelo dos olhos. — Sinto muito por não poder ter simplesmente te seguido. Eu precisava ver se você conseguiria construir algo. Eu precisava ver se meu povo poderia viver no seu mundo.

— Não, eu entendo isso — digo. — Mas há outras coisas. Algo mudou quando você viu minha mãe. Meu irmão. Alguma coisa se abriu dentro de você.

Ela balança a cabeça em concordância, os olhos ainda na água.

— Tem uma coisa que eu preciso te contar. — Olho para ela. — Você mentiu pra mim por quase cinco anos. Desde o momento em que a gente se conheceu. No túnel de Lykos, você rompeu o que a gente tinha. Aquela confiança. Aquela sensação de proximidade que a gente construiu. Reconstruir aquilo pedaço por pedaço leva tempo. Eu precisava ver se a gente podia encontrar o que tinha perdido. Eu precisava ver se podia confiar em você.

— Você sabe que pode.

— Eu sei, agora — diz ela. — Mas...

Eu franzo o cenho.

— Mustang, você está tremendo.

— Deixe-me terminar. Eu não queria mentir pra você. Mas não sabia como você reagiria. O que você faria. Eu precisava que você fizesse a escolha de ser mais do que um matador não apenas por mim, mas por uma outra pessoa também. — Ela olha além de mim na direção do céu azul onde uma nave costeia preguiçosamente. Levanto minha mão contra o sol outonal para observá-la se aproximar.

— Estamos esperando alguém? — pergunto cautelosamente.

— Mais ou menos. — Ela se levanta. Eu me junto a ela. E ela fica na pontinha dos pés para me beijar. É um beijo longo e delicado que faz com que eu me esqueça da areia sob nossas botas, o cheiro de pinheiro e de sal na brisa. O nariz dela está frio encostado ao meu. Suas bochechas estão rosadas. Toda a tristeza, todas as mágoas do passado tornam esse momento ainda mais doce. Se a dor é o peso do ser, o amor é o propósito. — Quero que você saiba que eu te amo. Mais do que qualquer coisa. — Ela se afasta de mim, puxando-me com ela. — Quase.

A nave dá um voo rasante sobre a floresta de sempre-verdes e pousa na praia. Suas asas se dobram para trás como as de um pombo aterrissando. Areia e sal espirram por causa dos motores. Mustang entrelaça os dedos nos meus enquanto avançamos pela areia. A rampa se desenrola. Sophocles dispara em direção à praia, correndo atrás de um grupo de gaivotas. Atrás dele vem a voz de Kavax e o doce som de uma criança rindo. Meus pés fraquejam. Olho para Mustang, confuso.

Ela me puxa, com um sorriso nervoso no rosto. Kavax sai da nave com Dancer. Victra e Sevro os acompanham, acenando para mim antes de olhar para a rampa cheios de expectativa.

Eu antes achava que os fios da vida se esgarçavam ao meu redor, porque os meus eram fortes demais. Agora percebo como fazemos algo inquebrável quando nossos fios estão bem costurados. Algo que dura até bem depois desta vida acabar. Meus amigos preencheram o vazio entalhado em mim pela morte da minha mulher. Eles me tornaram novamente inteiro. Minha mãe se junta a eles agora na rampa, andando com Kieran para pisar na Terra pela primeira vez. Quando sente o cheiro de sal, ela sorri como eu sorri. O vento açoita seus cabelos grisalhos. Seus olhos estão vítreos e cheios da alegria que meu pai sempre quis para ela. E em seus braços ela carrega uma criança sorridente com cabelos dourados.

— Mustang? — pergunto. Minha voz está trêmula. — Quem é ele?

— Darrow… — Mustang sorri para mim. — Esse é nosso filho. O nome dele é Pax.

EPÍLOGO

Pax nasceu nove meses depois da Chuva de Leão, enquanto eu estava deitado na mesa de pedra do Chacal. Temendo que nossos inimigos fossem atrás do menino se soubessem da sua existência, Mustang manteve sua gravidez em segredo no *Dejah Thoris* até ser capaz de dar à luz. Então, deixando a criança aos cuidados da esposa de Kavax no cinturão de asteroides, ela retornou à guerra.

Aquela paz que ela pretendia fazer com a Soberana não era apenas para ela e seu povo, mas pelo seu filho. Ela queria um mundo sem guerra para ele. Não posso odiá-la por isso. Por ocultar isso de mim. Ela estava com medo. Não apenas porque não podia confiar em mim, mas por eu não estar preparado para ser o pai que nosso filho merecia. Esse era o teste dela, durante todo esse tempo. Ela quase me contou em Tinos, mas, depois de fazer uma conferência com minha mãe, decidiu-se contra a ideia. Mamãe sabia que, se eu soubesse que tinha um filho, não conseguiria fazer o que precisava ser feito.

Meu povo precisava de uma espada, não de um pai.

Mas agora, pela primeira vez na vida, posso ser ambas as coisas.

Essa guerra acabou. Os sacrifícios que fizemos para tomar Luna perseguirão nosso novo mundo. Estou ciente disso. Mas não estou mais sozinho na escuridão. Quando passei pela primeira vez pelos portões do Instituto, carregava o peso do mundo nos meus ombros. Isso me esmagou, me destroçou, mas meus amigos juntaram os cacos e me reconstruíram. Agora cada um deles carrega uma parte do sonho de Eo. Juntos nós podemos fazer um mundo apto para nosso filho. Pelas várias e várias gerações que virão.

Posso ser um construtor, não apenas um destruidor. Eo e Fitchner viram isso quando eu não conseguia ver. Eles acreditaram em mim. Então, quer eles estejam esperando por mim no Vale ou não, eu os sinto no meu coração, ouço o eco deles batendo através dos mundos. Vejo-os no meu filho e, quando ele estiver grande o bastante, eu o sentarei no meu joelho e sua mãe e eu lhe contaremos a respeito da raiva de Ares, da força de Ragnar, da honra de Cassius, do amor de Sevro, da lealdade de Victra e do sonho de Eo, a garota que me inspirou a viver por mais.

AGRADECIMENTOS

Eu tinha medo de escrever *Estrela da Manhã*.

Por meses eu adiei a primeira sentença. Eu esboçava esquemas de naves, escrevia canções para Vermelhos e Ouros, histórias das famílias e dos planetas e das luas que compõem o mundinho selvagem dentro do qual eu caíra em minha sala, acima da garagem de meus pais, quase cinco anos atrás.

Meu medo não era por não saber para onde estava indo. Eu tinha medo porque sabia exatamente como a história acabaria. Eu simplesmente não imaginava ter a habilidade suficiente para levar vocês até lá.

Isso soa familiar?

Portanto, eu impus a mim mesmo uma reclusão. Arrumei minhas malas, peguei minhas botas de caminhada e saí de meu apartamento em Los Angeles para morar na casa de campo da minha família no litoral noroeste do Pacífico, açoitado pelo vento.

Eu imaginava que o isolamento ajudaria no processo, que de alguma maneira eu encontraria a minha musa na quietude e na neblina do litoral. Eu poderia escrever do nascer do sol ao pôr do sol. Eu poderia caminhar em meio às sempre-vivas. Canalizar os espíritos dos criadores de mitos de épocas passadas. Isso funcionou para o *Fúria Vermelha*. Isso funcionou para o *Filho Dourado*. Mas não funcionou para o *Estrela da Manhã*.

Em meu isolamento, eu me senti comprimido, acuado por Darrow, acuado pelos milhares de caminhos que ele poderia seguir e pela congestão em meu próprio cérebro. Eu escrevi os capítulos iniciais nesse espaço mental. Eu tenho a impressão que isso ajudou a formação deles, dando a Darrow um semblante maníaco esquisito e triste por trás de seus olhos. Mas eu não conseguia enxergar além do resgate dele em Attica.

Somente quando eu voltei da casa de campo a história começou a encontrar sua voz e eu comecei a entender que Darrow não era mais o foco. Eram as pessoas ao redor dele. Era a família dele, os amigos dele, os amores dele, as vozes que infestam e os corações que batem em harmonia com o dele.

Como eu poderia esperar escrever algum dia algo assim naquele isolamento? Sem os cafezinhos curandeiros com Tamara Fernandez (a pessoa mais sábia que eu conheço sem cabelos grisalhos), os cafés da manhã bem cedo com Josh Crook, onde nós conspirávamos para tomar de assalto o mundo, os concertos no Hollywood Bowl com Madison Ainley, as horas de debate sobre artefatos militares romanos com Max Carver, as cruzadas para tomar sorvete com Jarrett Llewelyn, as andanças nerds discutindo Battlestar com Callie Young e as conspirações maníacas com Dennis "a Ameaça" Stratton?

Amigos são a pulsação da vida. Os meus são selvagens e vastos e cheios de sonhos e maneiras absurdas. Sem eles eu seria uma sombra, e este livro seria oco entre as capas. Meus agradecimentos a cada um deles, nomeados ou não, por compartilharem esta vida maravilhosa comigo.

Todo novato precisa de um mago sábio para guiar seus passos e mostrar a ele as alternativas clássicas. Eu me considero sortudo por um titã de minha juventude ter se tornado meu mentor quando eu tinha uns vinte e poucos anos de idade. Terry Brooks, obrigado por todas as palavras de estímulo e todos os conselhos que você me deu. Você é o cara.

Obrigado ao clã Phillips por sempre me dar um segundo lar onde eu possa sonhar em voz alta. E Joel em particular por ter se sentado naquele sofá comigo cinco anos atrás e começado a planejar tresloucadamente a confecção dos mapas para um livro que nem ainda havia sido escrito. Você é um fenômeno e um irmão em tudo exceto no nome. Muito obrigado aos meus outros supermanos: Aaron, por me fazer escrever, e Nathan por sempre gostar do que eu escrevo, mesmo quando não deveria gostar.

Obrigado também à minha agente, Hannah Bowman, que achou *Fúria Vermelha* em meio à inundação. Havis Dawson, por guiar os romances a mais de 28 idiomas diferentes. Tim Gerard Reynolds, por me dar calafrios com sua narração no audiolivro. Meus editores internacionais, por seus incansáveis esforços na tentativa de traduzir Bloodydamn ou ripWing ou qualquer coisa dita por Sevro para o coreano ou italiano ou seja lá qual língua local.

Obrigado à inigualável equipe da Del Rey por acreditar em *Fúria Vermelha* desde o momento em que o texto chegou em suas mesas. Eu não poderia pedir uma casa editorial melhor do que essa. Scott Shannon, Tricia Narwani, Keith Clayton, Joe Scalora, David Moench, vocês têm os corações dos Hufflepuffs e a coragem dos Gryffindors até onde eu sei.

Obrigado a minha família por sempre desconfiar que a minha estranheza era uma qualidade e não um risco. Por me fazer explorar florestas e campos em vez dos canais do metrô. Meu pai, por me ensinar a graciosidade do poder que não se usa, e mamãe, por me ensinar a alegria do poder bem usado. Minha irmã, por seus incansáveis esforços em nome da página de fãs dos Filhos de Ares e por me entender melhor do que qualquer outra pessoa.

Meus mais profundos agradecimentos devem ir para o meu editor, Mike "au Telemanus" Braff. Se ele não entendia por completo a extensão da minha neurose antes deste livro, ele certamente agora a entende. Poucos autores têm a sorte que eu tenho por ter Mike como editor. Ele é humilde, paciente e diligente, mesmo quando eu não sou nada disso. O fato de este livro ter chegado em suas mãos apenas um ano depois do *Filho Dourado* é um milagre operado por ele. Eu tiro o chapéu para você, meu bom homem.

E a cada um de meus leitores, meu muito obrigado. Sua paixão e seu entusiasmo permitiram que eu viva a minha vida de acordo com as minhas próprias convicções, e por isso eu serei sempre grato e submisso a vocês. A criatividade, o humor e o apoio aparecem em cada mensagem, em cada *tweet* e comentário que vocês enviam. Conhecer vocês e ouvir suas histórias nas convenções e nas noites de autógrafos é uma das coisas mais legais da atividade de escritor. Muito obrigado, Uivadores, por tudo o que vocês fazem. Espero encarecidamente poder ter uma chance de uivar junto com vocês logo, logo.

Antes eu achava que escrever este livro seria algo impossível. Era um arranha-céu, maciço, total e insuportavelmente remoto. Ele me provocava do horizonte. Mas por acaso nós olhamos para tais edifícios e imaginamos que eles são erguidos da noite para o dia? Não. Nós acompanhamos os engarrafamentos que os cercam. O esqueleto de vigas e barrotes. O enxame de trabalhadores e o ruído dos guindastes...

Tudo que é grandioso é feito a partir de uma série de pequenos momentos feios. Tudo que vale a pena nesta vida é fruto de horas e horas de dúvidas e dias e dias de trabalho enfadonho. Todos os trabalhos feitos por pessoas que você e eu admiramos encontram-se no cimo de uma fundação repleta de fracassos.

Portanto, seja lá qual for o seu projeto, seja lá qual for a sua luta, seja lá qual for o seu sonho, continue labutando, porque o mundo precisa do seu arranha-céu.

Per aspera ad astra!

Pierce Brown

Este livro, composto na fonte Fairfield,
foi impresso em papel pólen natural 70g/m² na gráfica Geográfica.
São Paulo, Brasil, julho de 2022.